さかさ星

貴志祐介

KISHI Yusuke

角川書店

さかさ星

目次

装幀　坂野公一（welle design）
写真　©Adobe Stock

ACT1

SCENE1

秋雨は、早朝からずっと降り続いていた。

中村亮太《なかむらりょうた》は、ワゴン車の窓越しに、濡《ぬ》れそぼつ町並みを眺めた。小糠雨《こぬかあめ》かと思っていると、いきなり勢いを増して驟雨《しゅうう》へと変わる。風も吹いたり止《や》んだりを繰り返しており、そのたびに風向きも変化している。

まるで、あの異常な惨劇を境に、天候までおかしくなってしまったかのようだった。

亮太は、重苦しい沈黙が続いている車内に視線を戻した。

祖母の中村富士子《ふじこ》は、うなだれて、目を閉じている。若い頃の写真を見ると、清純派女優のような整った美貌《びぼう》で、ちょっと前までは七十二歳には見えなかったが、事件の心労のせいか、ここ数日で急に老け込んでしまったようだ。

亮太は、手に持ったＥＯＳ80Ｄに目を落としたが、祖母の今の姿を撮影する気には、とてもなれなかった。

車内には、もう一人、魅力的な被写体になりうる女性がいた。年齢は不詳だが、祖母よりは若いだろう。大きな目は異様なほど目力が強いが、顔の下半分は対照的に貧弱で、甘いものの食べ過ぎか、前歯が三角形に尖《とが》り、『ハリー・ポッター』や『ロード・オブ・ザ・リング』に登場する邪悪な小鬼《ゴブリン》を思わせる。ＹｏｕＴｕｂｅに動画を上げれば、この顔のインパクトで、

そうだった。

植えられてから相当な年月が経過し、大木になりすぎているため、近い将来伐採が必要になり

ワゴン車は、住宅街を抜けると、古い街道に入った。道路の両側には街路樹が並んでいる。

不気味なオーラを感じるのだ。霊能者との触れ込みを鵜呑《うの》みにしているわけではないが。

だが、彼女にも、安易にカメラを向けることはためらわれた。何となく気圧《けお》されるというか、

けっこう視聴回数が稼げそうだ。

奇妙なのは、それらの木々がことごとく、苦悶《くもん》するように拗《ねじ》くれていることである。雨はまた小止みになっていたので、亮太は、窓を半分だけ開けて街路樹にレンズを向けた。見れば見るほど、異様な光景だった。

「近いですね」

霊能者——賀茂禮子《かもれいこ》という名前だった——が、声を発したので、亮太は振り返る。

「もうすぐ着きます」

自分への質問だと思ったらしく、祖母の運転手をしている田中《たなか》さんが答えた。

「さっきから、頭が痛いんです。……これは、思っていた以上ですね」

賀茂禮子は、独り言のようにつぶやく。それを聞いて、祖母が目を開けたのがわかった。

「何か感じるんですか？」

亮太は、祖母の代わりに質問した。

「ええ。それも、どんどん強くなってくる」

賀茂禮子は、こめかみに手を当てて、顔をしかめた。

「あなたも、直接は感じ取れなくても、周りの木を見ればわかるでしょう？」

考えていたことの図星を指されて、亮太はぎくりとした。

「けっこう、捻《ねじ》れてますね」

「ふつうでは、ありえないくらいにね」

亮太は、話の流れに乗って、自然にレンズを賀茂禮子に向けた。

「螺旋木理《らせんもくり》っていうらしいわ。幹や枝が、こんなふうに拗くれてることを」

賀茂禮子は、タイミングよく映像の説明をしてくれる。おかげで、後の編集が楽になるかもしれない。

「ソメイヨシノなどでは、遺伝の要素が大きいけど、どちらに捻れるかは、ふつうは風向きで決まります。だけど、この辺りは、いつも同じ方角から強風が吹く地勢ではないようですね。ごく稀《まれ》に、幹に巻き付いた植物の蔓《つる》が呑み込まれ、その形に螺旋が浮き出ることもあるけど、この木は、それとも違っている」

亮太は、再び木々を撮《うつ》した。

「よく見てください。樹種はバラバラだというのに、どの木も捻れ方はそっくりでしょう？一様に、わたしたちの進行方向へ傾いているし」

そんな馬鹿なことがあるだろうか。亮太は、心中で眉《まゆ》に唾《つば》を付けながら聞いていた。あの家が、永年にわたって、何か強力な磁場のようなものを発し、木々に影響を与えているとでも言うつもりなのだろうか。

また、パラパラと雨が降り始めた。

「そろそろ、窓を閉めといてもらった方が」

田中さんが言う。

「すみません。シートが濡れちゃいますね」

亮太は、レンズを引っ込めると、窓を閉じるボタンを押した。

「そうじゃないんです。この先に、マスコミの車がずっと溜《た》まってるもんですから」

田中さんは、苦々しげに言う。祖母は、顔を隠すようにうつむいた。

ほどなく、路肩に停車する車の列が見え始めた。二十四時間態勢で張り込みを続けるため、ほとんどが大型のワゴン車だった。事件から四日が経過しているが、朝昼のワイドショーや、夕方以降のニュース番組でも、連日報道が続いている。

福森《ふくもり》家の長い塀が見えてきて、車内に緊張が走った。

亮太は、また窓を少しだけ開けて、塀越しに見える母屋の屋根を撮影した。

「あと一、二分で着きますんで、門の扉を開けといてください」

田中さんは、ハンズフリーの携帯電話で、屋敷にいる誰かと話していた。

「門は、この先にあるんですか？」

古い方位磁石を取り出して眺めていた賀茂禮子が、眉をひそめて祖母に訊《たず》ねる。

「……ええ。車の出入りに便利なように、数年前に造ったようです」

祖母は、低い声で答えた。

車用の門の扉が開くのに気がついて、まるで籠城《ろうじょう》戦のように屋敷を包囲しているメディアの尖兵《せんぺい》たちは、たちまち色めき立つ。一時停止したワゴン車の周りには、カメラやレコーダーを掲げた記者やレポーターらが、吶喊《とっかん》攻撃をかけてきた。祖母が、いつものレクサスではなく、フルスモークのワゴン車で迎えに来た理由が、ようやくわかった。

「あの！　ちょっと、お話よろしいでしょうか？」

「福森さんの関係者の方ですか？」

「すみません！　窓を開けていただけませんか？」

口々に叫んでいるが、ワゴン車はかまわず敷地内に進み、背後で電動の門扉が閉じた。

てっきり、刑事ドラマでよく見る黄色いテープで家が封鎖されているのかと思っていたが、すでに鑑識は終わったらしく、すべて撤去されているようだ。

それにしても、と門を振り返って亮太は思う。どうして、こんなに塀を高くしたのだろう。

少なくとも、以前来たときには、こんな刑務所のような印象はなかった。

これでは、梯子《はしご》でも使わなければ、容易に侵入も脱出もできないはずだが……。

「ご苦労様です」

傘を差した小太りのお手伝いさんが、ワゴン車の前に出て誘導する。ワゴン車は、ホテルのような車寄せのある玄関の前に停車した。

田中さんが、運転席から降りて、外から後部座席のドアを開ける。祖母と賀茂禮子が降りる様子を背後から撮影しながら、亮太も降車した。

「あの、中村様。このたびは、こんなに、恐ろしくて、悲しい事件が起こってしまって……。本当に、何と申し上げたらいいのかわかりません」

お手伝いさんが、祖母に向かって深々と頭を下げながら、唇を震わせて言う。

たしか稲村繁代《いなむらしげよ》さんという名前で、福森家に勤めてからは、もう二十年以上になるはずだ。背が低くずんぐりむっくりで、団子っ鼻の愛嬌《あいきょう》のある顔立ちをしている。亮太の記憶の中ではいつも笑顔だったが、今は、瞼《まぶた》を腫《は》らし、悲しみに打ちひしがれているようだった。

「あなたこそ、たいへんだったわね。無事でよかったわ」

祖母は、観音様のような慈顔でねぎらう。

「いいえ、わたしなんかは……」

稲村さんは、泣きそうに顔を歪《ゆが》める。

「お久しぶりです。中村亮太です」

「亮太さん。本当に、このたびは、どう言ったらいいのか」

稲村さんは、亮太が構えているカメラに目を留めて、言葉を切った。

「これですか？　いろいろ調べるときに、一応、記録を取っておこうと思って」

稲村さんは、少し首を傾げたが、何も言わなかった。

賀茂禮子は、車寄せの屋根から外に出て、屋敷を眺めている。

「あの方は、どなたですか？」

稲村さんが小声で訊ねると、祖母が説明する。亮太は、カメラを持って、賀茂禮子のそばに行った。

「何か感じましたか？」

賀茂禮子は、顔をしかめ、大きな目を瞬《しばたた》いた。

「ここに入ってから、頭痛がますますひどくなったわ。一刻も早く退去したいくらい」

それは困る。まだ何も見ていないし、インパクトのある映像も撮れていない。

「それにしても、このお屋敷の庭は、ひどいですね」

ひどい……？　来客の大半は、まず、この宏大《こうだい》さと美しさに感嘆するものだが。

「あの、お傘をどうぞ」

稲村さんが来て、賀茂禮子と亮太にビニール傘を手渡し、あらためて自己紹介をする。

「このお屋敷は、最近、工事をされていますね。いつ頃のことですか？」

賀茂禮子が訊ねる。

「二年ちょっと前だったと思います。建築士の坂井《さかい》先生にお願いして、外構を一新した上で、車用の門を設けたんです。そのとき、母屋も、かなりリフォームしました」

「新しく車用の門を造ったのは、なぜですか？」

「なぜか……ということですか？」

稲村さんは、不思議そうな顔つきになる。

「お車でお出《い》での方が、道路から正門の方へぐるりと回るのが、たいへんでしたので」

福森家の正門とガレージの入り口は、昔から、街道に背を向け、細い村道に面していた。

「この門に、何か問題があるんでしょうか？」

亮太が訊《き》くと、賀茂禮子は無表情に見返す。

「そうですね、特に問題と言うほどのことはありません。……わざわざ鬼門に造ったという、一点を除けば」

雨は、ほとんど止んでいた。代わりに冷たい風が吹いてきて、亮太は肌寒さを感じた。

「お屋敷に入る前に、先に、お庭を拝見した方がよさそうですね」

賀茂禮子はそう言って、勝手に歩き出す。亮太は、カメラを構えたまま、あわててその後を追った。稲村さんも、当惑気味に付いて来る。

「ここには、以前、違う木が植わっていませんでしたか？」

賀茂禮子は、車用の門の手前にあるピンクの美しい花を咲かせた木を指差す。

「ええ。よく、おわかりになりますね」

稲村さんは、呆気《あっけ》にとられた様子だった。

「それは、霊視というやつですか？」

亮太は、賀茂禮子の表情をアップにしながら質問する。

「そんなに大げさなものじゃありませんが、歴史のあるお家には、庭にも記憶のようなものが残っているんです。注意深く耳を傾ければ、誰にでもその来歴を語ってくれますよ」

「そうなんですか」

ハッタリもいい加減にしろと思ったが、亮太は、いかにも感心したように応じた。

「おそらく、ここに植わっていたのは、柊《ヒイラギ》だったと思うんですが」

稲村さんは、感に堪えないように何度もうなずいて、手を打った。

「はい、はい。そうなんです！　あの、クリスマスの飾りみたいな、葉っぱの周りに棘《とげ》のある木でした！」

「植え替えたのは、リフォームのときですか？」

「はい。坂井先生が、子供が触ったら手を怪我するかもしれないとおっしゃって。それから、ヒイラギは地中で根がはびこって、配水管を突き破ることがあるそうで」

「木が植え替えられたことに、何か意味があるんですか？」

亮太は、ピンクの花から、もう一度賀茂禮子にレンズを向け直す。

「さっきも言ったように、こちらは、屋敷から見て東北――鬼門に当たります。柊は、昔から魔除《まよ》けの作用が強い木と言われているんです」

「この木じゃダメなんですか？　花は、けっこう綺麗《きれい》ですけど」

「これは、百日紅《サルスベリ》の木です。通常、庭に植えるには不適当な忌木《いみき》とされています」

何だ、それは。家相とか、風水とかいうやつか。亮太は、内心で舌打ちをしていた。

「じゃあ、サルスベリを植えると、悪いことが起きると？」

まさか、そのせいで、あんな事件が起きたと言うつもりなのか。

「いいえ。そんなことは、まずありません。……少なくとも、これ一本では」

賀茂禮子は、今度は車用の門をしげしげと観察する。

「この門のある場所には、別の花木があったはずです。ちょうど今時分、美しい花を咲かせていたと思うんですが？」

「そ、そうです。おっしゃるとおりです。そこには、たしか金木犀《キンモクセイ》が……」

稲村さんは、うろたえ気味に答える。早くも、すっかり賀茂禮子のペースに嵌《は》まっていた。

「キンモクセイも、ヒイラギの仲間です。太陽を象徴すると言われている黄金色の花は、闇を追い払い、お香のような芳香には、魔を寄せ付けない効力があると言われています」

「なるほど……」

そういう魔除けの意味合いを持つ植物を選んで伐採したのなら、呪いをかける意図があると邪推されてもしかたがないかも……。いや、待て。元々縁起のいい植物で埋め尽くされていた庭だったら、どの木を切ったって、非難されかねないぞ。

亮太は、塀の内側を舐《な》めるように撮影していく。

霊能者の霊視という茶番に付き合うことにしたのは、映像的に面白そうだったのと、同時に、合理的な視点から、この家を調査してみたいと思ったからだった。

歩きながら、侵入経路と脱出経路をチェックしてみる。

やはり、この塀を乗り越えるのは、かなり難しいだろう。長い梯子が必要だし、少なくとも単独犯では無理だ。犯行の態様も考えると、犯人は、最低でも、四、五人はいたと考えるべきかもしれない。

「ここには、槐《エンジュ》の木があったんじゃありませんか？」

賀茂禮子は、車用の門の横手を指さす。

「はい、その通りです。坂井先生が、落ち葉や樹液で車が汚れるからとおっしゃって」

賀茂禮子は、エンジュにもまた、鬼門を防衛する強い力があったと説明する。稲村さんは、気の毒に、しおれていた。どう考えても、彼女の落ち度ではないだろうが。

「それから、この辺りに、桃の木があったような気配があるんですが？」

「ええ。あの、樹齢が八十年を過ぎていて、良い実を付けなくなっていましたので」

宏大な庭を巡りながら、賀茂禮子は、さらに一位《イチイ》や柏《カシワ》の木があったはずだと指摘していく。稲村さんの反応を見るかぎり、ことごとく当たっているらしい。

どの木にも、家を守る吉作用があったというが、イチイを伐採したのは、大きくなりすぎて邪魔だった上に、実は甘いが種は猛毒であるからで、柏の木は、枯葉のまま落葉しないため、見栄えが悪いという理由かららしかった。

庭の中央付近にやって来て、花壇を見たとき、賀茂禮子の憂色はますます濃くなった。

「ここに、大木がありましたね？　おそらくは、この屋敷が最初に建てられたとき以来の」

「……はい」

稲村さんは、叱られた小学生のように首をすくめる。

「ひょっとして、木の種類まで、わかったりするんですか？」

亮太は、花壇を俯瞰《ふかん》して映像を撮った。ここに木があったかどうかなどは、見ただけでは、判別できないはずだ。だとすると、賀茂禮子は、あらかじめ下調べをして来たことになるが、いったいどういう伝手《つて》を用いたのだろう。

「生えていたのは、樹齢数百年の椿の木です」

賀茂禮子は、当然という顔で答える。

「椿の木は、結界樹と言われています。四方に強力な結界を張って、魔の侵入を阻むのです。椿の木が残されていたら、今回の事件は防げていた可能性もあります」

家相だの風水だのという迷信で、よく、そこまで言い切れるものだと思う。亮太は呆《あき》れて、稲村さんの方にレンズを向けた。

「椿の木は、どうして切られちゃったんでしょうか？」

「ええと、あの、毛虫が付くんです。たしか、チャドクガとか。それから、花が落ちる様子が首が落ちるみたいで、不吉だからと」

大工は、よく縁起を担ぐものだが、建築士も、たいして変わらないらしい。

それにしても、稲村さんは、ずいぶん色々なことを、事細かに覚えているものだと思う。

三人は、屋敷をぐるりと回って、正面玄関までやって来た。

「……これは」

そこに植えられていた木を見るなり、賀茂禮子は眉をひそめた。高さは五、六メートルで、まだ若木のようだが、ひょろっとした感じの枝の先に黄色っぽい実をたわわに付けている。

「何の木ですか？」

いっぱいにズームして、実を撮す。ミニサイズの梨のような色と形だった。

「これは、栴檀《センダン》ですね」

賀茂禮子はつぶやく。

「坂井先生から、栴檀は双葉より芳し、ということで、縁起のよい木と伺ったんですが……」

なるほど、聞いたことがある。そんなに芳しいのかと思って、亮太は匂いを嗅《か》いでみたが、よくわからなかった。

「この木には、匂いはしません」

賀茂禮子は、微笑した。

「あの諺《ことわざ》は平家《へいけ》物語が出典ですが、香木である白檀の中国名が栴檀であったために、両者が混同されたようです。センダンは、多くの実が生ることから『千珠《せんたま》』か『千団子《せんだんご》』が語源だと言われています。より正しくは、楝《オウチ》の木と言うのですが」

賀茂禮子は、唐突に言葉を切って絶句した。どうしたのかと思い、亮太がレンズを向けると、なぜか驚愕《きょうがく》の表情で上を見ている。

「何かあったんですか？」

賀茂禮子は黙って瓦《かわら》屋根を指差した。ズームして液晶モニターで見たが、何に驚いたのか、さっぱりわからない。

亮太は、稲村さんの顔を見やったが、彼女も見当が付かないような表情だった。

正面から見上げた屋根は、一般の住宅にはあまりない、寺院を思わせる大仰な造りだった。丸みを帯びたむくり屋根の妻側——左右に勾配《こうばい》屋根のある三角形の壁面——は、唐破風《からはふ》という造りだと聞いたことがある。

「あっ、あれは」

屋根を撮しながら、亮太はぞくりとした。ふいに古い記憶がよみがえってきたのだ。

「丸瓦の突端に、模様が付いてますよね？　……たしか、軒丸瓦でしたっけ。子供の頃ですが、これを見て、ひどく怖いと思ったのを覚えています」

浮き出ているのは、福森家の家紋である菱形《ひし》の中に丸の図案だった。

「何か、たくさんの菱形の目に睨《にら》まれているような気がしたんです」

賀茂禮子は、無表情に亮太を見る。

「あれは、御当家の家紋でしょうね。『黒餅《くろもち》』のようですが」

「クロモチ？」

「シンプルな黒い丸紋で、黒田官兵衛《くろだかんべえ》の紋としても有名です。もとは竹中半兵衛《たけなかはんべえ》の家紋だったものを譲ってもらったとか。……福森家の紋は、周りが菱形になっているところが、ちょっと変わっていますが」

ここでまた言葉を切り、賀茂禮子は考え込むような表情になった。

「どうやら、この紋の由来にも、曰《いわ》く因縁がありそうですね。ですが、それ以上に、わたしが気になったのは、あちらに見える鬼瓦なんです」

賀茂禮子は、唐破風の要所に点在している魔除けの瓦を指差した。

「大棟鬼。隅鬼。二の鬼。それに、降《くだ》り鬼までありますね。鬼瓦と言っても、こんなふうに、本当に鬼の意匠で造ることは稀です。一般の家では、ご近所を憚《はばか》って、福の神とか家紋などを用いるのが一般的でしょう」

たしかに、本当に鬼の形をしている鬼瓦など、お寺でしか見たことがないような気がする。これを建てた福森家の当主は、単純に権勢を示したかったのだろうか。それとも。

「ご先祖には、たいへん敵が多かったんじゃありませんか？」と、賀茂禮子。

「そうですね。……初代は戦国時代まで遡《さかのぼ》るということなんで、まあ、成り上がるまでには、いろいろあったようですが」

子供の頃に散々聞かされたが、やたらと血腥《ちなまぐさ》い話ばかりで、辟易《へきえき》したものだ。

「とはいえ、この屋根瓦は、どう見ても、そこまで古くはありません。せいぜいが、幕末から明治くらいでしょうか」

賀茂禮子は、目を半眼にして屋根を霊視しているようだった。

「おそらく、何らかの理由で、強力な魔除けが必要となったため、特別に作らせたのでしょう。それも、よほど名のある鬼師に」

鬼師というのは、鬼瓦を作る職人のことだろうか。

「そのことでしたら、わたしも以前、旦那《だんな》様から伺ったことがあります」

そう言ってから、事件のことを思い出したらしく、稲村さんは顔を歪めた。

「明治の半ばに、旦那様の曾《そう》祖父に当たる福森順吉《じゅんきち》さんという方が、村田辰次郎《むらたたつじろう》という名工に頼んだとか。手間賃だけで、ゆうに家一軒が買えるくらいだったそうですが、できてからは、ずっと当家を護《まも》ってくれています」

「なるほど。さぞかし、御利益があったことでしょうね」

賀茂禮子は、意味ありげな笑みを浮かべた。

「二年前のリフォームでは、屋根にも手を付けられたんですか？」

「そうですねえ、どうだったかしら？　……たぶん、何枚か割れていた瓦を直したくらいだと思いますけど」

稲村さんは、当惑気味に答えた。

「亮太さん。あなたが以前に見た屋根と、どこか違いはありませんか？」

亮太は、液晶画面に目を凝らしたが、よくわからなかった。そう言われてみると、何となく感じが変わっているような気もするのだが。

「映像に収めておいた方がいいと思います。特に、鬼瓦を」

賀茂禮子の指示通り、鬼瓦を一つ一つアップにして、静止画に記録した。

さっきまで止んでいた雨が、また降り始めた。三人は、いったんすぼめていた傘を開く。

雨はたちまち勢いを増して、鎖樋《くさりどい》を通して激しい飛沫《ひまつ》を上げた。正面玄関の大きな軒下に入っても、四方八方から襲来する水滴で、たちまち服が濡れそぼっていく。

「たいへん！　これはちょっと、いったん中に入られた方が」

稲村さんが、錠に鍵《かぎ》を差し込んで回すと、正面玄関の大きな引き戸を開けた。

外気が入るのと入れ違いに、ふわっと屋敷の中の空気が漏れ出してきて三人を包み込んだ。古い木造家屋に特有の、何世代分もの空気を溜め込んだような臭いがする。

亮太の目に福森家の玄関ホールが飛び込んできた。リフォーム前は、もっと古色蒼然《そうぜん》としていたはずだが、間接照明のおかげか、純和風の土間を残したままで、見違えるようにモダンな印象になっている。

にもかかわらず、亮太は、足が竦《すく》むような感覚に襲われていた。子供の時分から幾度となく訪れてきた家だというのに、まるで、見知らぬ怪物の顎《あぎと》の中に踏み込むような戦慄《せんりつ》を覚えるのだ。

あんな事件があった直後だから、それも、当然と言えば当然かもしれないが。

SCENE 2

「こちらにおかけになって、お待ちください。今すぐ、タオルを取って参ります」

亮太と賀茂禮子が、土間に作り付けになっている木製のベンチに腰掛けると、稲村さんは、小走りに奥へ消えた。

賀茂禮子は、ゆっくりと周囲を見渡していたが、足下の土間に目を落とすなり、大きな目を見開いて凝視した。

「この、敲《たた》き土は……！」

亮太のカメラは、賀茂禮子の鬼気迫る表情と、三和土《たたき》の間を往復した。

「これも、明治の初めに施工されたと聞いています」

亮太は、記憶を辿《たど》りながら言う。屋敷の来歴を聞かされたときには、それほど興味もなく、適当に聞き流していたのだが、案外よく覚えているものだ。

「そのときの当主は、虎雄《とらお》さんの高祖父にあたる憲吉《けんきち》さんです。福森家の富を大きく増やし、屋敷も増築して、今の大きさにしたらしいんですが」

その反面、小作料を払えなかった農民には苛酷《かこく》な態度で臨み、鬼と陰口を叩《たた》かれていたようだったが。

「なるほど。それでは、鬼瓦を注文した方の先代ということでしょうか」

賀茂禮子は、土間の土から目を離さない。

「この土が、どうかしたんですか？」

亮太は立ち上がって、レンズで土間を舐めていった。コンクリートを打った今どきの土間のような、のっぺりした平面ではなく、表面には、ゆるやかな凸凹があり、何とも言えないほど沈鬱《ちんうつ》で深い滅赤《けしあか》色を生み出している。

「三和土は、文字通り三つの材料を和えて作ります。赤土や砂利と、消石灰、それに苦汁《にがり》です。コンクリートがない時代には、それが最も長持ちしたのですが」

賀茂禮子は、立ち上がって身震いしたが、単なる肌寒さからのようではなかった。

「わたしも、未《いま》だかつて、こんなものは見たことがありません！　福森憲吉さんという方は、どうやら人の心を持たない人だったようですが、息子の順吉さんも、一方では、金に飽かせてあの鬼瓦を設《しつら》えながら、三和土の方は手つかずとは、無神経にもほどがあります」

「あの、どういうことでしょうか？　おっしゃっていることが、俺にはよく」

唐突に、口を極めて先祖を罵《ののし》られ、ただ困惑するしかなかった。

「今回の事件の伏線――少なくとも遠因の一つが、ここに顕《あらわ》れています」

賀茂禮子は、吐き捨てるように言った。

「かりに今回の事件が起きていなかったとしても、代々積み上げられた宿業は、いつの日にか必ず、この家を破滅へと導いていたでしょう」

あまりにも滅茶苦茶《めちゃくちゃ》な暴言を吐かれて、亮太は、茫然《ぼうぜん》としていた。どうして、たった今来たばかりの人間に、そこまで言われなきゃならんのだ……？

「お待たせしました。どうぞ、滴をお拭《ふ》きください」

稲村さんが、大きなバスタオルを二枚抱えて廊下を駆け戻ってきたが、三和土を眺めている二人の姿を見て、ぎょっとしたようだ。

「あの、どうかなさいましたか？」

「いいえ、ただ、玄関を拝見していただけですよ」

賀茂禮子は、なぜかはぐらかし、バスタオルを受け取って身体を拭いた。亮太も、黙って、それに倣う。ここで事を荒立てても、いいことはないだろう。

その様子を眺めていた稲村さんが、ぽつりと言った。

「あの。ここには、やっぱり、何かあるんでしょうか？」

「やっぱりと言いますと？」

賀茂禮子は、反問する。

「いいえ、その……何でもありません」

稲村さんは、あわてて首を振った。

「どうぞ、お上がりください。奥のダイニングで、中村の奥様がお待ちです」

稲村さんは、二人からバスタオルを受け取った。

賀茂禮子は、土間で履き物を脱ぐと、式台から上り框《かまち》に足を乗せて、用意されたスリッパに履き替えた。その後ろから、動画を撮影しながら、亮太も続く。

ふいに、賀茂禮子が振り返った。

亮太は、ぎょっとしてバランスを崩し、靴下で土間に降りてしまう。

賀茂禮子が見ているのは、土間と座敷の境にある、黒光りする巨大な角柱だった。

「どうしたんですか？」

すぐに撮影を再開する。

「欅《けやき》の大黒柱ですね。一尺五寸はあります。民家では、これほど立派な柱はあまり見ません。おそらく、福森家の守り神のような存在だったのではないですか？」

賀茂禮子の言葉に、稲村さんは、誇らしげにうなずいた。

「しかも、たいへんに古いもののようです。この屋敷が建てられたのは、江戸時代でしょうが、その時点で、すでに歳月を経た古材だったように思われます」

そういえばと、亮太は、昔誰かから聞かされた話を思い出した。

「福森弾正《だんじょう》の孫である福森清左衛門《せいざえもん》が、江戸時代に、この柱を、京都から運ばせたそうです。それも、一千両とも言われる常識外れの大枚をはたいて」

「なるほど。その方は、明敏な頭脳の持ち主だったようですね。おそらく、それだけの価値はあったのでしょう。ですが、これは」

賀茂禮子は、稲村さんの方に向き直った。

「リフォームのとき、この柱をいじりましたか？」

「ええと、それは。……はい」

稲村さんは、少し口ごもってから答える。

「坂井先生は、屋敷全体の耐震性をチェックしてくださったんですけど、大黒柱も点検して、いったん取り外してから、補強のための工事をされていました」

「取り外した？　大黒柱をですか？」

亮太は、啞然《あぜん》とした。そんな話は、聞いたことがない。

「はい、そうだったと思います」

「やはり、この家をリフォームした建築士さんには、話を聞く必要がありますね」

賀茂禮子は、溜め息交じりに言う。

「今まで見てきただけでも、問題は一つや二つではありません。ここまで重なれば、とうてい偶然とは考えられません」

「その柱に、何かまずい点があるんですか？」

土間に突っ立ったままで、亮太は訊ねた。内部に虫が喰《く》ってるとか、施工が杜撰《ずさん》なために、かえって耐震性が低下したとかいうことだろうか。

「わたしは建築には素人ですが、たぶん、耐震性には何の問題もないでしょう」

賀茂禮子は、亮太の心を読んだように答える。

「では、いったい何が？」

「木目を、よく見てください」

賀茂禮子は、黒光りする柱の表面を指差した。

「どんな木も、ふつうは、木目の幅が細い方が上側なんです。樹木は、伸びれば伸びるほど、先細りになっていきますから」

亮太は、またズームして大黒柱の表面を撮影した。

「あとは、節です。木の枝は上に向かって生えるので、節は上下に長い楕円《だえん》形になりますが、枝が重力に逆らって伸びるとき、中心より下側が引き伸ばされるんです」

亮太は、大黒柱の表面に節を探してみる。あった。しかし、これは……。

表面が黒ずんでいるためわかりにくかったが、蠟燭《ろうそく》の炎のように上側が引き伸ばされた節を撮影する。

「おわかりになったようですね」

賀茂禮子は、亮太の反応を見てうなずいた。

「この大黒柱は、あきらかに天地が逆転している。つまり、逆柱《さかばしら》なんです」

言っていることはわかったが、それは、いったいなぜまずいのか。亮太は戸惑った。

「逆柱というのは、要するに、縁起が悪いということですか？」

耐震性に問題がなければ、実用的な不具合ではないはずだ。だったら、茶柱は縁起がいいというのと、たいして変わらない話では。

「問題は、どういう意図で、逆柱にしたかなんです」

賀茂禮子は、大きなガラス玉のような目で亮太を見る。

「日光東照宮《にっこうとうしょうぐう》の陽明門《ようめいもん》には、有名な逆柱があります。月満つれば則《すなわ》ち虧《か》くとの譬《たと》えを踏まえ、あえて建物を完成させずに不完全な部分を残すことで、衰退を遠ざけようという考え方です。ですから、陽明門では、逆柱はむしろ魔除けとして機能しているのです。また、一般の住宅に逆柱があったとしても、ほとんどの場合、何の影響もないでしょう」

「でも、これは違うと？」

「今も言ったように、他の部分と併せて考えると、ただの偶然とは思えません」

賀茂禮子は、屋敷の中をゆっくりと見回した。

「それだけではありません。この柱からは、顚倒《てんとう》した、きわめて強力な霊気が感じられます。福森家に深い遺恨を抱いた何者かが、家運の衰微を祈って、あえて逆柱を立てたのです」

「……でも、誰が？」

亮太は、ぞっとしていた。眉唾もののオカルト話より、現実の人間の悪意の方が、はるかに恐ろしい。

「可能性は、二つあります。一つは、最初にこの柱を据えた大工が、悪意によって、こっそり逆柱にしたというものです。二つ目は、二年前にリフォームを担当した建築士が、意図的に、大黒柱を上下逆に付け替えたというものです。いずれにしても、どちらかの人物が、福森家に遺恨を抱いていたということになります」

「どうして、そんな」

亮太は戸惑っていた。この屋敷が建てられたときの状況はわからないが、先祖代々の性格を考えれば、大工の恨みを買っていたとしても、不思議ではない。しかし、もしも、坂井という建築士がやったことなら、比較的最近、何かがあったことになる。

亮太は、土間から足を上げようとして、ぞっとした。ひんやりした三和土が足裏に粘ついて、一瞬、まるで搦《から》め捕られるような感覚になったからだった。

はっとして目をやると、表面の微妙な凹凸が浮き上がって見えた。

気のせいだろうが、それが、まるで多くの人間の顔のように映るのだ。

あわててカメラを向けたが、次の瞬間には、もう幻視は消え去っていた。

「亮太さん。どうなさったんですか？」

稲村さんの声には、かすかな恐怖が感じられた。

「すみません。ちょっと、よろけちゃって」

亮太は、靴下の裏を払うと、賀茂禮子の後を追って座敷に上がってスリッパを履く。

逆柱だ？　それが、どうした。つい不安な気分を搔《か》き立てられて、動揺してしまったが、この女は、暗示で人を催眠術にかける名人なのかもしれない。うっかり取り込まれないよう、くれぐれも心しなくては。

座敷は、十二畳ほどの広さだったが、もともとの純和風にモダンな意匠を付け加えていた。

最近の流行なのか、天井の梁《はり》を剝《む》き出しにして、天井高を稼いでいる。特に目を惹《ひ》いたのは、畳の間に設えられた、美術館にでもありそうな展示台で、土間から見えるようになっている。四角いガラスケースの中で柔らかいディスプレイライトで照らされているのは、ずんぐりした土器だった。

「これは？」

賀茂禮子が近づいて、土器を覗《のぞ》き込んだ。亮太も、反対側から撮影する。

『鴛鴦《えんおう》飾り蓋付　須恵器壺《つぼ》　平安時代初期』というプレートがある。この近くで出土したものだろうか。

食い入るように土器を見つめていた賀茂禮子が、顔を背けた。顔色は青白く、眉をひそめているようだ。

「これは、福森家に代々伝わったものですか？」

声も、動揺のせいか、抑揚を欠いている。

「いいえ。たしか、数年前に、旦那様がお買い求めになったものです」

「入手先は？」

「出入りの古物商の、松下誠一《まつしたせいいち》さんという方が持ってきた物だと思いますが」

「どうして、これを、玄関に飾ろうという話になったんですか？」

「ええと……何でしたっけ。坂井先生からお聞きしたんですが」

稲村さんは、うっすらと目を閉じて考えると、得意の記憶力を発揮する。

「『須恵』という文字は、すべからく恵むべしという意味であるとおっしゃいました。それに、土師器《はじき》より硬く長持ちするため、長寿の象徴だとか」

だとすると、これもやはり、縁起物ということらしい。亮太は、須恵器の壺をアップにして撮影する。日本人は、どうして、こうも縁起を担ぎたがるのか。

「あと、蓋の鴛鴦《おしどり》の装飾は、夫婦和合の象徴でもあるそうで」

「夫婦和合ですか」

賀茂禮子は、冷たい目で須恵器の壺を見下ろした。

「これに効力があったとしたら、さぞかし、福森夫妻の夫婦仲は良かったんでしょうね？」

「どうでしょうか。ご夫婦のことは、わたしにはわかりかねますので」

稲村さんは、言葉を濁した。

「あの、そろそろ。中村の奥様がお待ちだと思いますので」

話を打ち切って、廊下を奥へと案内する。

だが、賀茂禮子の足は、またもやぴたりと止まった。大きな双眸《そうぼう》は、廊下の壁に掛けられた能面に吸い寄せられている。その下には、柄と房飾りの付いた神楽《かぐら》鈴もある。

黒い能面を見るのは初めてで、亮太は、すかさず撮影する。目はへの字形に笑った形で、短い眉と顎鬚《あごひげ》を生やした老人の面だった。顎は分離されて、紐《ひも》で繋《つな》がっている。かなり時代を経たものらしく、一部で黒い塗が剝《は》げていた。

「黒色尉《こくしきじょう》ですね。最も古い能楽とされる『翁《おきな》』で、五穀豊穣《ほうじょう》を祈って踊る『三番叟《さんばそう》』にのみ登場する面です。下の鈴は、その際に打ち鳴らされる三番叟鈴でしょう」

賀茂禮子は、顔を近づけて、しげしげと能面を眺める。

「『翁』は、『能にして能にあらず』と言われる別格の一曲で、これらの翁の面は、能自体より古くから存在していました。『三番叟』の舞いも、強く呪術《じゅじゅつ》的な性格を帯びていると言われています」

また、呪術か。亮太は、顔をしかめた。霊能者だから、どうしても、そういう方向にもっていきたいのはわかるが。

「シテがつける白色尉《はくしきじょう》は、白面の神の化身ですが、黒色尉は、黒く焼けた顔に歯が抜けて、神でありながらきわめて人間的なキャラクターになっています。……そして、この面には、大昔に、誰かが実際に使用していた形跡がありますね」

誰かが実際に使用したとは、どういうことなのか質問したかったが、今は賀茂禮子の表情を追うことにする。相変わらず、感情は読み取れないが、真剣な面持ちでじっと能面を見つめていたかと思うと、静かに頭を垂れて瞑目《めいもく》する。合掌こそしていないものの、祈っているかのような風情だった。

「もしかして、これも、くだんの古物商が持ち込んだものですか？」

古物商に対する抜きがたい不信を感じさせる声音だった。

「はい。鎌倉《かまくら》時代のもののようですが、松下さんのご説明では、翁の面はすべて、天下泰平、安全、五穀豊穣、家門の繁栄、子孫繁栄、それから、長寿の祝福をもたらす神とされているということで……」

稲村さんは、例によって驚異的な記憶力を披露したものの、賀茂禮子の表情を見るうちに、だんだん声が小さくなってしまった。

「また、頭が痛くなってきました」

賀茂禮子は、顔をしかめ、長い吐息をつく。

「この屋敷には、もう、あまり長くいられそうにありません」

ちょっと待ってくれ。こんな中途半端なところで投げ出されてしまっては、こちらも困る。亮太は、長く続く廊下を撮影しながら思う。未だに、事件に直接関与したと思われるものは、何一つ見ていないのだから。

二人を先導する稲村さんは、廊下を右に折れた。後に続いて行くと周囲の景色が一変する。廊下は赤い絨毯《じゅうたん》張りになって、白い漆喰《しっくい》の壁には、ガレ風のブラケットライトが並んでいる。和風建築の中に突如として洋館が現れたかのようだった。かなり思い切ったリフォームをしたものだと思う。このあたりが以前はどうなっていたか、思い出せないほどだ。

稲村さんは、重厚な焦げ茶色のドアの前に来ると、「いらっしゃいました」と声をかけて、ドアを開け、二人を通した。

中は二十畳くらいはあるダイニングだった。庭に面した掃き出し窓の前には、十二人以上も座れそうな、アンティークなダイニング・テーブルが置かれており、お誕生席に祖母が座っていた。

「ひどい俄雨《にわかあめ》でしたわね。お濡れになったんじゃありませんか？」

祖母は、賀茂禮子に向かって言う。

「はい。でも、タオルをお借りして、もう、すっかり乾きました」

賀茂禮子は席を勧められ、少し離れた椅子に座った。亮太は、座らずに二人を撮し続けた。

稲村さんは、さらに離れた場所に控えている。

「温かいお茶をいかがですか」

テーブルの上には、銀の盆に載ったティーセットが用意されていた。陶製のティーポットにカップが四脚と、銀のスプーン、シュガーポット、ミルクピッチャー、茶葉の入った容器や、カップをお湯で温めるためのものらしい容器などが、所狭しと置かれている。

「ああ、わたくしがいたします」

稲村さんが手伝おうとしたが、祖母は、「いいのよ。あなたも、お座りなさい」と言って、慣れた様子で手ずから紅茶を淹《い》れる。

「どうぞ」

祖母は、賀茂禮子の前に湯気の立つティーカップを置いた。次いで、亮太と稲村さんの分も淹れる。

「本来なら、まず奥座敷にお通しすべきなのですが、何分、あんな事件の後ですので」

祖母の声が曇った。それはそうだろう。奥座敷もまた、惨劇の舞台だったのだから。

「いただきます」

賀茂禮子は、ティーカップを取り上げたが、急に目を見開いた。そのまま口を付けないで、ソーサーの上に戻す。

「……とても見事なティーセットですね」

「ありがとうございます。わたしは見たことがないので、たぶん遥子《ようこ》さんが買われたものだと思いますが」

祖母は、鷹揚《おうよう》にうなずいた。

「骨灰磁器《ボーンチャイナ》のティーカップ……。十八世紀の英国製でしょうか」

亮太は、テーブルに近づいて、まだ空のカップを撮影した。かすかに光が透ける乳白色で、薔薇《ばら》の花と草花の絵が、繊細なタッチで描かれている。糸底には、王室御用達《ごようたし》を示すものか、王冠のマークの横に、『Royal Ashton』という窯元《かまもと》の名が記されていた。

「つかぬ事を、お訊きしますが」

賀茂禮子は、稲村さんの方を見る。

「このティーセット——特に、このティーカップとポットですが、亡くなったこの家の奥様が購入されたものですか？」

「はい」

稲村さんは、神妙な表情でうなずく。

「もしかして、これも、くだんの古物商が持ち込んだものではありませんか？」

祖母も、びっくりした表情になり、稲村さんを見る。

「ええと……はい。そうだったと思います」

稲村さんは、顔を伏せて、重苦しい声で答えた。

「誰のことですか？　古物商って？」

祖母の質問にも、顔を上げずに答える。

「津雲《つくも》堂の、松下誠一さんです」

祖母は、妙な顔をした。

「よく、掛け軸とか、骨董《こっとう》を持ってくる人でしょう？　こんなものも扱ってるの？」

「とある没落した素封家の蔵の整理を頼まれて、偶然見つけた珍品だとおっしゃってました。明治時代の洋行土産らしいのですが、今では本国ですら入手困難な幻のブランドになっているとか」

「なるほど。では、やはり、これを所有していた家は没落したわけですね」

賀茂禮子が、皮肉な調子で言う。

「どういうことですか？」

祖母が、さすがに怪訝《けげん》な顔をした。

「呪物《じゅぶつ》という言葉をご存じでしょうか？」

賀茂禮子は、質問に質問で返す。

「よくはわかりませんが、呪いをかけるときに使う品のことでしょうか？　――丑《うし》の刻参りの藁《わら》人形みたいな」

「必ずしも、そういった悪しきものばかりではありません」

賀茂禮子は、数珠《じゅず》を嵌《は》めた手首を見せた。

「人の念が籠《こ》もった物品は、すべて広義の呪物になります。たとえば、神社のお守りや絵馬、数珠、千人針、パワーストーン、招き猫なども、呪物の一種と言えるでしょう。その大半は、気休め程度のものですが、実際に強い効力を発揮するものもあります。きわめて強い感情が、残留思念となり物体に浸透している場合ですが、そうした呪物から発散される呪力は、実際に周囲に影響を与えるのです」

「感情が、人から離れて残るんですか？　……たとえば、どのくらいの期間でしょう？」

亮太は、質問してみた。

「淡いものであれば、ほんの数日で消えることでしょう。しかし、真に強烈で根深い感情は、しかるべき物に宿ることで、数千年からそれ以上この世に残留することもあるようです」

何だ、そりゃ。放射能か。人間の一生よりずっと長いじゃないか。

亮太は、エジプトのミイラの呪いを思い出していた。本当にそんな現象が存在するのなら、うっかり発掘した人間が怪死するのも不思議ではないだろうが。

「問題は、そこまで強烈な感情は、マイナスのエネルギーによるものが大半ということです。怒りや憎悪、瞋恚《しんい》、嫉妬《しっと》、復讐《ふくしゅう》心……。そうした負の感情は、長い時間の中で凝縮していき、真っ黒な怨念《おんねん》に結晶します」

「このティーカップにも、何かの怨念が籠もっているということですか？」

祖母の質問に、賀茂禮子はうなずいた。

「はい。ですから、お使いにならない方がよいと思います」

祖母は、信じられないという目で、自分の前に置いたティーカップを見下ろした。

「すぐに処分して。燃えないゴミでいいわ」と、稲村さんに命じる。いくら高価な品物でも、一族に害をなすものは捨てるしかないという強い意志が窺《うかが》えた。

「いや、それはお勧めできません。当面は、このままにされていた方がよいでしょう」

賀茂禮子は、首を横に振った。

「どうしてですか？　そんな不吉な物を家に置いていたら、また何か悪いことが起きるんじゃありませんか？」

祖母は、いつの間にか、賀茂禮子に全幅の信頼を置いているようだった。

「たしかに、そうです。でも、現在、この家にある呪物は、これだけではありません」

賀茂禮子は、さっき見たばかりの須恵器の壺と黒色尉の面のことを説明する。

「お屋敷の奥からは、さらに邪悪な気を感じます。おそらく、夥《おびただ》しい数の呪物が犇《ひし》めいているのでしょう。何者が、どういう意図により集めたのかがわからないまま、迂闊《うかつ》に処分するのはかえって危険です」

「処分してしまうと、どうなるんでしょうか?」

不安そうな声だ。しっかり者だったはずの祖母が、今や、すっかり迷信的な恐怖に囚《とら》われているようだった。

「現在、このお屋敷には、あまりにも多くの呪物が集積されているために、呪いの輻輳《ふくそう》とでも呼ぶべき現象が起こっています」

賀茂禮子は、淡々と、にわかには信じられないような説明をした。

呪いは、おしなべて悪影響をもたらすが、その作用はバラバラであるため、場合によっては、二種類の毒物が拮抗《きっこう》作用を示すように打ち消し合うこともあるのだという。

亮太は、かなり前に調べた事件のことを思い出した。犯人は被害者にフグ毒とトリカブトを同時に投与したのだが、しばらくの間は拮抗作用のため何も起きず、代謝時間の違いによってフグ毒が先に弱まると、トリカブトが作用して絶命したというものだった。

「今は、数多くの危険物が雑然と積み重ねられている状態と考えてください。その中の一つを無造作に引き抜いた場合、バランスが崩れて、全体が崩壊する可能性があります。ですから、まずは、すべての凶作用を把握して、最も危険で致命的な結果をもたらしかねないものから、順番に無害化していかなければならないのです」

今さら何を言っているんだろうと、亮太は憤った。この屋敷では、すでに、世にも恐ろしい事件が起こっているのに。

「でも、呪物なんて、別に、珍しいものじゃないでしょう？　世間には、呪物と称するものが溢《あふ》れていますし、中には部屋いっぱいに集めているコレクターもいますが、そこまで恐ろしい祟《たた》りがあったなんて話は、聞いたことがないんですけど？」

亮太は、賀茂禮子の様子を撮影しながら、少し意地悪く訊いてみた。

「わたしたちにとっては幸いなことに、正真正銘の呪物になど、めったにお目にかかれるものではありません」

賀茂禮子は、ゆっくりとかぶりを振った。

「テレビやネットで見られるのは、ほとんどが、民芸品や土産物の類《たぐ》いです。金が目当ての、自称祈禱《きとう》師が、人体の一部で罰当たりな人形を作ったり、適当な儀式で、念とやらを込めたりしたところで、お手軽に、強力な呪物を作り出せるわけではないのです」

穏やかながら、ひどく辛辣《しんらつ》な口調である。

「想像を絶するほどの慟哭《どうこく》、底知れぬまでの絶望、すべてを焼き尽くさずにはおかない瞋恚、そうした強烈な心的エネルギーが作用した場合にのみ、真に恐ろしい呪物が誕生します」

賀茂禮子の声は、一気に不吉な熱を帯びる。

「ですが、本日こちらに伺って、心の底から驚きました。一箇所に、ここまで恐ろしい呪物が集まったという例は、過去にないでしょうし、とうてい偶然の出来事とは思えません」

全員が、すっかり気を呑まれてしまっていた。

「まさか、そんなことになっていたとは夢にも思っていませんでした……」

祖母は、かすれた声で言う。

「では、あの事件もまた、呪物の力によって引き起こされたのでしょうか？」

「ええ。間違いありません」

賀茂禮子はうなずく。

「呪いの謎が解けたときに、おそらく、すべてがあきらかになるだろうと思います。あの晩、いったい何が起きたのか。そして、真犯人が誰であるのかも」

大きく出たなと、亮太は冷笑した。そこまで言うんだったら、行方不明の遺体を霊視すると謳《うた》いながら、結局は何ひとつ発見できないで終わるテレビ番組のような、グダグダな幕引きは許さないからな。

「どうやら呪物は、こちらの洋館風にリフォームされた部分より、古い日本家屋のままの方に集中しているようです。今から、そちらを拝見させてください」

賀茂禮子は、そう言って立ち上がりかけ、ふと、ダイニングに隣接するキッチンの方へ目を向ける。

「ですが、その前に、キッチンを見ておいた方がいいかもしれませんね。今来られた方には、より関心がおありでしょうから」

「キッチン……ていうか、今来られた方って、誰のことですか？」

亮太が訊ねたとき、インターホンのチャイムが鳴った。

「嫌だわ。またマスコミかしら？」

祖母が、顔をしかめる。

「インターホンは鳴らさないでって、言ってあるはずなのに」

稲村さんが、壁に掛けられたハンドセットを取った。

「はい。……は？　ええ。わかりました」

困惑気味に振り返って、祖母にお伺いを立てる。

「あの、奥様。警察の方です」

どういうことだろう。屋敷の現場検証は、終わったのではなかったのか。

「こちらにお通しして」

祖母は、事件のことを思い出したのか、険しい表情になった。

SCENE3

ダイニングへと通されたのは、三十代の半ばくらいの男だった。ノーネクタイの背広姿で、スポーツ刈り。格闘技でもやっていそうな、引き締まった体躯《たいく》の持ち主である。

「県警の樋口《ひぐち》と言います。ちょっとお話を伺えればと思いまして」

男が祖母に差し出した名刺を覗き込む。『捜査一課　巡査部長　樋口達也《たつや》』と記されているのが見えた。

「知っていることは、もう全部お話ししましたが」

祖母がそう言うと、樋口刑事は頭を下げる。

「ご心痛の折、まことに恐縮ですが、一日も早い事件解決のため、ご協力をお願いします」

「それで、姉の行方はわかったんでしょうか？　それから、犯人の目星は？」

樋口刑事は、わかりやすく顔を曇らせた。

「現在、鋭意捜査中です」

難航していますと告白しているようなものだった。

亮太が樋口刑事にカメラを向けると、苛立《いらだ》たしげにレンズを手で遮られる。

「何をしてるんですか？　あなたは？」

「この子は、わたしの孫なんです。今日は、この屋敷の内部を、映像で記録してくれるように頼みました」

祖母が説明したが、樋口刑事は、亮太を睨みつけて、俺は撮すなという身振りをした。

「記録というと？　よろしければ、皆さんが本日ここへいらっしゃった理由をお聞かせいただけますか？」

樋口刑事は、手帳を出した。おそらく、屋敷に入った人間がいると聞いて来たのだろうが、親戚《しんせき》の家に来るのに理由がいるのか。亮太は、樋口刑事に反発を感じていた。

「実は、この方に、今回の事件に関する調査をお願いしたんです」

祖母が賀茂禮子の方を見ると、樋口刑事も鋭い視線を向けた。

「調査？」

警察が捜査しているのに、民間人が余計なことをするなと言わんばかりの表情だった。

これは、おもしろい。横柄な警察官対インチキ霊能者のバトルが見られるかも。

「こちらは？」

「賀茂禮子と申します」

樋口刑事は、ペンを持った手をぴたりと止めた。

「あなたが？　……そうですか。それで、何か見えましたか？」

亮太は、軽い衝撃を受けた。まさか、警察まで、賀茂禮子の力を信じているのだろうか。

「まだ、これからです」

賀茂禮子は、言葉少なに答える。

「ですが、いろいろと興味深い事実がわかりました」

庭の木々が切られていることと、逆柱や呪物について、手短に説明する。

樋口刑事は、一笑に付すかと思いきや、真剣な面持ちで聞き入っていた。

「つまり、福森家の人たちに対して、呪詛《じゅそ》を行っていた人物がいたということですか」

なるほど、そうかと、亮太は思う。呪いの効力などは信じなくても、福森家の人々に対して強い悪意を持っている人物がいたとすれば、犯人に繋がる有力な手がかりになるだろう。

「ですが、樹木の伐採はともかく、その呪物云々《うんぬん》というのは、あなたの主観でしかないんじゃありませんか？　何か裏付けはありますか？」

「たしかに、客観的に証明するのは難しいでしょうね」

賀茂禮子は、あっさりと認める。

「でも、調べてみれば、白黒が判明するものもあるかもしれませんよ」

賀茂禮子は、全員をキッチンへ誘導する。誰もが、狐につままれたような顔つきになって、後に従った。

賀茂禮子は、超大型の冷蔵庫の扉を開けた。こんなサイズのものは国産にはないだろうから、たぶんアメリカ製だろう。

内部は、きちんと整理されていた。雑然としがちな調味料類も、同じ種類のタッパーの中に収納されている。

賀茂禮子は、手前に積み重なっているタッパーを横にずらす。すると、奥に、ホーロー製の保存容器があるのが見えた。

賀茂禮子は、ホーロー製の保存容器を取り出して、天然大理石のワークトップの上に置く。

亮太は、すかさず撮影した。

「これは、何でしょうか？」

樋口刑事は、稲村さんに訊ねる。稲村さんは、かぶりを振った。

「存じません。冷蔵庫の中は勝手に見たり触れたりしないよう、言われておりましたので」

保存容器には、流麗な筆記体で『Secret ingredient』と書かれたラベルが付いていた。

「どういう意味かしら？」

祖母がつぶやく。亮太は、すばやくスマホを出して検索した。

「秘密の成分……隠し味、ですかね」

樋口刑事が保存容器の蓋を開けると、その中にはさらに三つの小さなタッパーが入っていた。

蓋には、それぞれ、『Well-done meat』、『Bloomy nuts』、『Spicy mushroom』と書かれたラベルが貼られている。

「ええと、よく焼いた肉。その次は、よくわからないな……ブルーミーなナッツ？　最後は、スパイシーなキノコ、ですかね」

樋口刑事は、三つの保存容器を開けて中をたしかめた。それぞれ、黒ずんだ肉のようなもの、ピーナッツやアーモンド、ピスタチオなどの堅果、茶色く煮染めたキノコの佃煮《つくだに》らしきものが入っている。

「料理の残り物のようですが、これが何だと言うんですか？」

賀茂禮子《かもそうけん》は、少し首を傾げるようにして答えた。

「科捜研で、調べてみてください。間違いなく、毒物が含まれているはずです」

キッチンの中は、騒然となった。

「毒って、どういうこと？」

「なぜ、そんなことがわかるんですか？」

「そんなこと、ありえません。これは、奥様の字ですし」

皆が口々に喋《しゃべ》り出したが、賀茂禮子は、無言のまま周囲が静まるのを待っていた。やがて、全員が黙ると、おもむろに口を開く。

「ダイニングに入ったときに、この冷蔵庫の方角から、強い殺意の残り香が漂ってきました。それも、いっときの激情ではなく、日常的に何度も反復された思考によるものです。たぶん、福森遥子さんは、夫の虎雄さんを毒殺しようとしていたのだと思います」

樋口刑事は、落胆したような目つきで保存容器を見下ろした。

「では、さっき言われたような呪詛を行っていたのも、福森遥子ということですか？」

せっかく犯人に辿り着く手がかりを得たと思ったのに、殺意の主が殺された被害者の一人ということになれば、いたずらに話が複雑になっただけである。

「いいえ、そうではありません。黒幕は別にいます。遥子さんが殺意を抱いたのも、むしろ、呪いの結果なのでしょう」

賀茂禮子は、そう言ってから、稲村さんを皮肉に見やった。

「どうやら、鴛鴦の飾り蓋付の須恵器の壺の御利益もなく、夫婦仲はあまり良好ではなかったようですね」

稲村さんは、無言でうつむいた。

「わかりました。この中身は、一応、分析に回します」

樋口刑事は、部屋の外にいた制服警官を呼び入れ、むっつりした顔で保存容器を手渡す。

「今から、お屋敷の中で、危険な呪物を探してみようと思いますが」

賀茂禮子は、大きな目で樋口刑事を見る。

「刑事さんも、ご一緒なさいますか?」

樋口刑事は、一瞬ためらったが、悔しさを押し殺すように「そうですね。お願いします」と答えた。

一同は、キッチンから出ると、さっき来た廊下を戻った。洋館風にリフォームされた部分と純和風建築の境目あたりに、二階への階段があった。

「上から先に、片付けましょうか」

そう言って、賀茂禮子は階段を上がっていく。

その後ろ姿を撮影しながら、亮太は、腹の底から興奮が湧き上がってくるのを感じていた。これで、底辺ユーチューバーから抜け出せるかもしれない。

亮太のYouTubeチャンネルへの登録者数は、千人を超えたところで頭打ちになった。ジャンルは、心霊からオカルト、ヒトコワまで含むホラー系全般だが、収益単価が安い上に、インパクトのあるネタがなかなか見つからないため、得意でもないホラゲーの実況までして、しのいでいるのが現状である。

だが、亮太が作りたかったのは、きちんとした取材に基づく、フェイクではない、ホラー・ドキュメンタリーだった。それで、筋のいいオカルト系の事件はないかリサーチしていたが、その矢先、身近な場所で、あれほど凄惨《せいさん》で不可解な事件が起きるとは想像もしていなかった。幼い頃から知っている親戚の人たちが、およそ現実離れした残虐な殺され方をしたと知って、アルコールがないと夜も寝られなくなったし、今もまだ、終わらない悪夢の中にいるような、非現実感と重苦しさが続いている。

しかし、一方では、これはチャンスだと思う気持ちもあった。事件の動画をアップすれば、無条件で世間の注目を集めることは間違いない。

そんな中、祖母から電話があった。福森家へ同行し、見たものすべてを記録してほしいと、頼まれたのである。渡りに船ではあったが、怯《ひる》む気持ちも大きかった。親戚の恐ろしい不幸を利用することには罪悪感があったし、何よりも、過去に取材してきた事件とは比較にならない恐怖に、足が竦んでいたのだ。

だが、悩みに悩んだ末に、亮太は結論を出す。ユーチューバーとしての成功を目指すなら、この千載一遇の機会をスルーすることはできない。

そのために、さっきまでは、心が二つに引き裂かれていた。こんな場所からは、一刻も早く逃げ出したいと叫ぶ感情と、カメラを構えろと叱咤《しった》する冷徹な頭脳の狭間《はざま》で。

だが、この霊能者は使えると直感し、俄然《がぜん》やる気が出てきた。キャラクターが立っており、本当に霊能力があるのではと思わせる、Xファクターが感じられる。

頑張れば、全世界で途方もない数のアクセス数を稼ぐような動画が、撮れるのではないか。そうなったら、一躍日本を代表するユーチューバーになって、夢である劇場用映画や、Ｎｅｔ ｆｌｉｘで配信されるような作品を作るチャンスにも恵まれるかもしれない。

二階の廊下は、ヘリンボーンの板張りで、片側に重厚なドアが並んでいた。昼間でも、電灯を点《つ》けないと薄暗く、何となく陰鬱な気配を感じる。

「この部屋は、どなたのですか？」

賀茂禮子は、一つのドアの前で立ち止まると、振り返って稲村さんに訊く。

「旦那様の書斎です」

稲村さんは、事件の夜のことを思い出したのか、かすれた声で答えた。

賀茂禮子は、祖母に断ってドアを開ける。中は二十畳ほどの和洋折衷の部屋だった。亮太も見るのは初めてである。畳の上に特大のペルシャ絨毯が敷かれ、マホガニーらしき大きな机が鎮座していた。壁際は作り付けの書棚になっているが、ほとんど開かれることもないだろう、美術書や洋書、文学全集などが並んでいる。

　机の背後の壁には古びた書額がかかっていたが、崩し字だったので亮太には読めなかった。その下には飾り棚があり、天板には二本の鹿の角を立てた台が置かれている。

「これは、刀掛けですね」

賀茂禮子は、しげしげと見入っている。

「もしかして、これも呪物なんでしょうか？」

その様子を撮りながら、亮太は小声で訊ねた。

「これ自体は、違うようです」

賀茂禮子は、含みのある言い方をして、稲村さんの方を向く。

「ここには、大小二振りの刀が掛かっていたはずですが？」

「はい。大刀――虎徹《こてつ》は」

稲村さんは、喉《のど》を詰まらせる。

「あの晩、異変を知った旦那様が、ひっ摑《つか》むなり、部屋を飛び出して行きました。そのあと、下の段にあった短刀――穿山丸《せんざんまる》は、わたしが」

「あなたは、その短刀を抜いて、実際に使ったんですか？」

「いいえ。お守り代わりに、握りしめていただけです」

稲村さんは、そのときの様子を思い出したらしく、胸を押さえてぎゅっと目を閉じた。

「あなたは、たいへん幸運でしたね」

賀茂禮子は、嘆息するように言った。

「普通の器物と比べて、人の命を奪うことを宿命づけられた刀剣は呪物化しやすいのですが、穿山丸という短刀には、特に桁《けた》外れの呪力が備わっていたようです。あなたが無事だったのは、ひとえに、その守り刀のおかげでしょう」

亮太は、鳥肌が立つような思いに襲われていた。

「穿山丸は今、警察が保管しているのでしょうか？」

賀茂禮子は、樋口刑事の方を見た。

「そうですね。稲村さんが保護されたとき、所持していましたので」

樋口刑事は、むっつりした顔で答えた。稲村さんが、放心状態で固く握りしめていたため、指をもぎ放すのがたいへんだったという。

だが、もう一本の刀は、効力を発揮しなかったのだろうか。

「虎徹の方は、どうだったんですか？」

賀茂禮子は、直接亮太の質問には答えず、続けて樋口刑事に質問する。

「虎雄さんの遺体ですが、大刀を持っていましたか？」

樋口刑事は、困った顔をした。

「そういったことは、お話しできません」

現場――特に遺体の状態は、犯人の自白を真実かどうか認定するための「秘密の暴露」にも関わるため、口外できないのだろう。

「なるほど。そのときの刀の状態は、どうでしたか？」

賀茂禮子は、樋口刑事が質問に答えたかのように続ける。

「いや、ですからそれも、私の口からは」

「やはり、そうだったのですか。激しい呪いの拮抗が起きたものの、残念ながら、今少し力が及ばなかったようですね」

賀茂禮子は、あたかも樋口刑事の心を読んでいるかのように深くうなずいた。樋口刑事は、すっかり鼻白んでいる。

「二本の刀は、福森家の守り刀だと、虎雄が自慢していたのを覚えています」

祖母が、記憶を辿っているように、半眼になった。

「穿山丸は福森家に先祖代々伝わっているもので、弾正様の持ち物だったとか。虎徹の方は、いつからこの家にあるのか、よくわかりませんが」

「弾正様というのは？」

この質問には、祖母は即答した。もちろん、亮太もよく知っている。

「福森家の第三代当主、福森義秀《よしひで》のことです。福森家の、今日の隆盛の礎を築いた方として、今でも大切に祀《まつ》られています」

賀茂禮子は、稲村さんの方を見やる。訊かなくてもわかるだろうと言わんばかりだった。

「ええと、虎徹でしょうか？　たしか、旦那様がお求めになったものだったと思いますけど、どこから買われたのかまでは、ちょっと」

「このあたりに、鑑定書があるかもしれませんね」

賀茂禮子は、刀掛けが載っている飾り棚の引き出しを開けた。一冊のクリアファイルを抜き出すと、パラパラとめくった。

「やはり、津雲堂という領収書がありますね。それから、登録書。鑑定書も付いていますが、一個人の書いたものですから、どこまで信用できるかは疑問です」

亮太は、賀茂禮子の肩越しに、クリアファイルから抜き出した墨書きの鑑定書を撮影した。ページをめくると、写真が何枚かあった。

「これは」

賀茂禮子が、眉をひそめる。

「怪しいとは思っていましたが、やはり、真っ赤な偽物のようです」

白鞘《しらさや》や刀身が写っていたものの、いったいどこを見て賀茂禮子が偽物だと断定したのかは、よくわからない。虎徹は、やたら偽物が多いという話は、聞いたことがあるが。

「とはいえ、この刀もまた呪物です。それも、相当なパワーを持つ代物だったのでしょう」

それでも、主人の命を救えなかったということなのか。

「もし、この刀の写真があったら、拝見できないでしょうか？　特に、茎《なかご》の部分を見たいのですが」

樋口刑事は、苦い顔になった。

「一応、検討します」

「この部屋には、他に呪物は見当たらないようですね」

そう言いながら、賀茂禮子は机に近づく。天板下の大きな引き出しを開けると、書簡用紙や封筒が雑然と収まっていた。一番上の袖《そで》引き出しは、施錠されていて開かなかった。二番目の袖引き出しを開けると、万年筆、印鑑、コインパースなどに交じって、小さな鍵束があった。

賀茂禮子は、鍵束を調べ、大きさの合いそうな鍵を一番上の引き出しの鍵穴に入れる。

鍵はあっさりと回転し、引き出しは解錠された。

中には、これといったものは入っていなかった。運転免許証。長財布。家と車の鍵が付いたポルシェのキーホルダー。

賀茂禮子は、細長い紙箱を取り上げ、そっと蓋を開けた。銀色のペンナイフが入っている。

亮太は一応カメラには収めたが、使われた形跡もないし、高級品にも見えない。

「これも、警察で調べてみてください」

賀茂禮子に箱を渡されて、樋口刑事は眉を上げる。

「ただのペンナイフのように見えますが?」

手に取ろうとした樋口刑事に、賀茂禮子が警告を発した。

「指紋に気をつけてください」

「と言いますと?」

「おそらく、家族以外の、他人の指紋が付着しているのではないかと思います」

全員が言葉を失った。どうして、そんなことがわかるのだろう。だが、誰も質問しようとはしなかった。

書斎を出る前に、賀茂禮子の目は、もう一度書額に吸い寄せられた。

「これは、『抜山蓋世《ばつざんがいせい》』でしょうか」

それだったら聞いたことがあるなと亮太は思い出す。たしか『ファイナルファンタジー』に出てきたような気がする。

「『力山を抜き、気世を蓋《おお》う』……。項羽《こうう》が虞美人《ぐびじん》に贈った『垓下《がいか》の歌』の一節で、力が漲《みなぎ》り意気盛んな様子のことですね。署名はよく読めませんが、ひょっとして、さきほど話のあった弾正様の揮毫《きごう》されたものでしょうか?」

「そう聞いています。座右の銘ではないですが、お好きな言葉であったと」

祖母がうなずいた。それがどうしたと、亮太は思う。何百年も前に書かれた書が、いったい何の関係があるというのだ。

次に訪れたのは、子供部屋だった。大きな部屋が収納家具で三つに仕切られている。

「子供たちは、三人ですね」

「そうです。十一歳の虎太郎《こたろう》と八歳の剣士郎《けんしろう》は、虎雄の息子です。それから、六歳の美桜《みお》――この子だけが、美沙子《みさこ》の娘なんですが」

祖母が、少しかすれた声で答える。座は、しんとした。

「美沙子さんというのは？」

「姉の娘なんです。歯医者と結婚したんですが、DVがあったとかで離婚して、美桜を連れて戻ってきまして」

「でも、子供たちは、三人ともすごく仲がよくて。本当に、実の兄妹みたいに」

稲村さんが、そう言ってハンカチで目頭を拭った。

亮太は、虎太郎と剣士郎が幼い頃に何度か遊んだが、どちらも活発な性格の男の子だった。美桜には、二年前に、たった一度会ったきりである。

賀茂禮子は、部屋を順番に見ていったが、三つ目の部屋に入ったところで、立ち止まった。ちゃぶ台のようなキッズテーブルの上に、クレヨンと大判のスケッチブックが置かれている。

賀茂禮子は、スケッチブックを開いた。

「これは、美桜ちゃんが描いた絵ですか？」

「そうなんですよ。とっても上手でしょう？　色使いも、独特できれいだって、幼稚園でも、褒められてたんです」

稲村さんが、嬉《うれ》しそうな声になる。

だが、可愛らしいタッチの絵を見つめる賀茂禮子の眼光は、鋭さを増したようだった。

亮太は、賀茂禮子の肩越しに絵を一枚一枚撮影していった。まさか、あの事件と関係があるとも思えなかったが、途中から、だんだん背筋がうすら寒くなった。

一枚目の絵は、家族を描いたものらしかった。

福森家の人たちが、等間隔に立っている。手前にいる二人は、福森虎雄と妻の遥子だろう。虎雄は、ひときわ身体が大きくて、荒々しい表情だった。手には犬の鎖を摑んでいるのだが、犬はまるで死んでいるように見える。遥子は、炊事をしているところらしいが、包丁を持って背後から虎雄を睨みつけているかのようだった。

その横に佇《たたず》んでいる髪の長い女性は、美桜の母である美沙子に違いない。絵の大きさ以上に不思議な存在感があるのは、やはり美桜の母親だからだろう。目を細め、口角を上げて笑っているようだが、どことなく不気味な感じがするのは、気のせいだろうか。

「この女性は？」

賀茂禮子は、美沙子の隣に描かれているショートカットの人物を指さす。なぜか、そっぽを向いており、口元は、歯嚙《はが》みしているかのようにギザギザの線で表現されていた。どうやら、美桜は、この女性を意地悪な人間だと見なしていたらしい。

「これは、麻衣子《まいこ》でしょう。美沙子の妹で、三十五になっても未婚でしたが、結局は……」

祖母は、その先は言葉を詰まらせた。

三人の子供たちは、大人たちから離れた左手前の隅で、身を寄せ合うようにしていた。

そして、一番奥には、和服の女性が佇んでいた。白髪をショートボブにしている。威張っているという感じではないが、どこか威厳があり、女帝然としている。

「これは、姉の八重子《やえこ》です」

祖母の声は、いっそう暗くなった。

「せめて、姉がどうなったのかだけでも、知りたいのですが」

絵の右上隅には、妙に影が薄い猫が一匹おり、その上は新月らしい星空だった。

黒く塗り潰《つぶ》されている空には、白のクレヨンで、一筆書きのような五芒星《ごぼうせい》形の星がいくつも描かれている。

真剣な表情で見入っていた賀茂禮子は、スケッチブックを上下逆さまにして見た。今度は、くっつきそうなくらいまで顔を近づける。

「……さかさ星」という、小さなつぶやき。

それから、賀茂禮子は、スケッチブックをめくって、二枚目の絵を見た。

一人の女性が、佇んでいる。着物姿だが、大伯母《おおおば》さんよりは、ずっと若いようだ。

こちらに向かって手を伸ばし、うっすらと笑っている。背景は、暗い和室のような空間で、格子模様のある四角い縦長の物体が置かれている。

カメラの液晶越しに眺めながら、亮太は、デジャブのような、奇妙な感覚に襲われていた。この絵を見るのは、どう考えても、初めてのはずなのに。

しかも、なぜかわからなかったが、ここに描かれている女は、この世の存在ではないという確信があった。

「これは、何の絵ですか?」

賀茂禮子の問いに、祖母と稲村さんは顔を見合わせた。

「たぶん、幽霊だと思います」

やはり、そうだったのか。稲村さんの言葉で、思わず身の裡《うち》に震えが走る。もしかすると、事件は、この絵が描かれたときから始まっていたのかも知れない。

「ちょうど一年前くらいでしたが、幽霊騒ぎがあったんです。子供たちは、怯《おび》えてしまって、たいへんでした」

「そのために、三人を、数日間、うちで預かったくらいですから」

祖母も口を揃える。亮太は、その頃はほとんど実家に帰っていなかったので、そんなことがあったとは知らなかった。

「具体的に、どんなことがあったんですか？」

「奥座敷だと思いますが、夜ひとりでに灯《あか》りがつき、女の幽霊が現れたと言うんですよ」

祖母は苦笑するように言ったが、目は笑っていない。

「それも、電灯じゃなく行灯《あんどん》で、光がちらちら揺れていたとか。たしかに、蔵には古い行灯がありますが、使うことはありませんし、座敷に置いてあるはずはないんですが」

話の細部が妙にリアルだなと、亮太は思った。

では、あれは、やはり行灯の絵だったのか。うっすらと見覚えのようなものを感じるのは、なぜだろう。

「それから、独特の臭いがしたとか」

祖母は、眉間《みけん》に皺《しわ》を寄せて言う。

「どんな臭いですか？」

「何て言ってたっけ？　天ぷら？」

祖母は、稲村さんに助けを求める。

「はい。それも、子供たちの好きな、エビ天とかサツマイモの天ぷらじゃなくて、魚の天ぷらみたいな臭いだったって言ってました」

魚の天ぷらの臭いとは、何だろうか。キスとかイサキのような白身魚なら、ほとんど臭いはしないと思うが、今どきの子供は、魚臭さに神経質なのかもしれない。

「それで、最初に幽霊を見たのは美桜だったんですが、何か言われたということで」

「最初に？　というと、幽霊を見たのは、一人じゃなかったんですか？」

亮太は、とうとう我慢できなくなって訊ねた。

「それが、三人が三人とも、見たと言うんです。それも、それぞれ別の機会にです」

稲村さんは、無意識にか、自分の腕をさする。

「きっと、感受性の豊かな美桜ちゃんに、後の二人が影響されたんだと思うんですが」

五歳の女の子の話でも、年長の男の子たちが信じ込んでしまうようなリアリティがあったのかもしれない。

「それで？　美桜ちゃんは、幽霊に何と言われたんですか？」

賀茂禮子は、それが、ごくふつうの出来事であるかのように訊ねる。

「それが、昔話みたいな、変な言葉で……『どんぶらこ』だったかしら？」

祖母は、また、記憶力のいい稲村さんを見やる。

「『おにわのはずれは、とっくらこ』だったと思います。意味は、わかりません」

話しながら、稲村さんの表情に、かすかな恐怖の影が差す。

亮太も、胸騒ぎを感じていた。幼児向けの絵本にでも出て来そうな素朴な言葉の中に、何か恐ろしい真相が隠されていると直感したのである。

……庭の外れに、何かがあるのだろうか。

「いくら想像力が豊かな子だとしても、一人で思いつくような話ではありませんね」

賀茂禮子は、首を傾げる。

「それなんですが、幽霊については、一応、心当たりがないこともないんです」

祖母が、遠慮がちに言う。

「ただ、いつ見たのかがわからなくて。あの子の目に触れる機会なんか、一度もなかったはずなんですが」

「何のことですか？」

「幽霊画です。江戸時代の掛け軸で、先祖が、絵師に注文して描かせたものらしいんですが、見るだけでも祟りがあると言い伝えられているので、長い間、ずっと蔵に仕舞ったままにしてあります」

ああ、そういえば、と亮太は思い出した。

「あの呪われた絵のことですよね？　江戸と明治に、二人も取り殺したっていう」

「ええ。でも、あなたは、どうして知ってるの？　掛け軸は見ていないでしょう？」

「たしか、昔撮られた白黒写真で。いつだったか、ちらっと見ただけだけど」

ああ、と祖母は顔をしかめた。

「そうだったわね。本当は、あれも見せちゃいけないのよ」

祖母は、賀茂禮子の方に向き直る。

「だいぶ前ですが、その幽霊画を、福生寺《ふくしょうじ》に引き取っていただこうとしたんです。それで、先代の住職さんに写真を見てもらい、内諾を得たんですけど、いざ現物を持ち込もうとすると、急に断られてしまいました」

何だ、それ。福森家の菩提寺《ぼだいじ》だというのに、つくづく使えない寺だなと思う。

「福生寺の先代のご住職というと、玄道《げんどう》さんですか？」

賀茂禮子が、つぶやく。

「そうです。よくご存じですね」

祖母は、驚いたようだった。京都の名刹《めいさつ》ならいざしらず、どうして地方の寺の住持の名まで知っているのか。

「玄道さんがお断りになったのならば、よほどの理由があったと思いますが、いずれにせよ、その掛け軸は、見ないわけにはいかないでしょうね」

賀茂禮子は、またスケッチブックをめくって、三枚目の絵を見た。

カメラの液晶画面を見ていた亮太は、衝撃を受けた。

恐ろしい形相の顔が、画面をはみ出して描かれていた。今にも襲いかかろうとするように、顔の両側に掌《てのひら》をかざしている。荒々しいクレヨンの線は、描いた少女の恐怖を生々しく伝えていた。

「え。これって、もしかして、あの事件を」

亮太は、思わずそう口走ってしまう。でも、本当に六歳の子供が予知したということがあるだろうか。

全員が凍りついたように絵を見つめていたが、祖母が急にはっとした顔になり、口元に手をやった。

何かを見つけたのだろうか。亮太は、肉眼で絵を見直してみる。

そうか、髪だ。思わず息を呑む。

画面の上に切れてしまっているが、白髪がショートボブのように顔を縁取っている。

鬼のように変貌している……これが、あの大伯母さんの顔なのか。

しばらくは小降りになっていた雨が、また強くなった。窓ガラスを激しく叩く水滴の音が、子供部屋の中に響いている。

賀茂禮子は、しばらく絵を見つめていたが、溜め息をついてスケッチブックを閉じた。

「頭痛が、ひどくなる一方です。たいへん気が重いですが、一階へ戻りましょうか」

SCENE4

一階に降りると、樋口刑事は、さっきの制服警官に、ペンナイフが入っている箱を手渡し、小声で指示を与えていた。

いよいよ、これから、凄惨な殺人現場に入ることになる。

亮太は、ぶるっと身体が震えるのを感じた。武者震いと言いたいところだったが全然違う。

正直言って、行きたくない。当初は高額なバイト代に目が眩《くら》み、さらに、ＹｏｕＴｕｂｅのネタになるという助平心から、つい、こんな役目を引き受けてしまった。しかし、やはり、断るべきだった。今は、すべての決断を、心の底から後悔していた。

一階の奥へ向かう廊下は、畳敷きだった。新調したときには爽《さわ》やかな緑色だったはずだが、今は美しい黄褐色に変わっている。畳縁《たたみべり》も金糸で家紋の縫い取りをした最高級品で、以前は、廊下を歩くだけで殿様になったような気分に浸れたものだ。

しかし、今は、畳表に点々と続く暗褐色の血痕《けっこん》を見ると、足が竦んで、どうしても第一歩を踏み出すことができない。

意外だが、賀茂禮子の反応も、それと大差なかった。しばらく廊下の奥を見つめていたが、急にハンカチを出すと、苦しそうに口元を押さえる。

「……ちょっと、お手洗いをお借りできますか？」

「ああ、はい。どうぞ、こちらです」

稲村さんに導かれる後ろ姿は、さっきまでとは違って、ひどく弱々しく映った。

後には、亮太と祖母、樋口刑事だけが、ぽつんと残された。賀茂禮子が戻ってくるまでは、ここで待つしかないようだ。

「お葬式は、どうするの？」

亮太は、撮影を止め、オフレコで祖母に訊ねた。

「それが、まだ、できないみたいなのよ」

祖母は、そう言って、訴えるように樋口刑事を見る。

「後ほど確認してみますが、ご遺体は、早ければ明日、お返しできると思います」

樋口刑事は、申し訳なさそうな顔で言う。いずれにせよ、司法解剖が終わらないかぎりは、どうにもならない。

「そうですか。何卒、よろしくお願いいたします」

祖母は、深々と頭を下げると、亮太の方に向き直る。

「川原《かわはら》住職とも相談したんだけど、今回は、わたしたち家族だけで送ろうと思うの」

加熱するメディアの注目を避けるためには、ひっそりと家族葬を執り行うしかないだろう。

過去の福森家の葬儀は、どれも盛大なものだったが、一時に四人もが亡くなったというのに、親戚以外の会葬者がないというのは寂しいかぎりだ。しかし、今は、それより心配しなくてはならないことがある。

「子供たちは、どんな具合？」

祖母は、瞑目してうなずく。

「当然でしょう？　やっぱり、相当ショックがひどいよね？」

「三人とも無傷ですんだのは奇跡的だとは思うけど。あんなに恐ろしい目に遭ったんだから」

精神的外傷から、ＰＴＳＤを発症したりしなければいいが。

「三人とも、まだ記憶は戻りませんか？」

樋口刑事が、遠慮がちに口を挟んだ。

「みんな、あの晩のことは夕方くらいまでで、ぷっつり記憶が途切れてて。何があったのかは全然覚えていませんし。……それどころか、まだ、家族が亡くなったことさえ」

祖母は、言葉を詰まらせた。

「お子さんたちが無事だったのは、不幸中の幸いでしたが、どうにも不思議ですね」

樋口刑事は、独り言のように訊ねる。

「凶行の間、いったいどこに隠れていたんでしょうか？」

そのこともまた、大きな謎だった。もっとも、今回この屋敷で起きた惨劇は、何から何まで謎だらけなのだが。

「……ひょっとすると、犯人は、子供たちに対しては、危害を加えるつもりはなかったんじゃないでしょうか？」

亮太は、ふと思いついて言う。

「もしも、犯人が大伯母さんだったとしたら、孫たちを手に掛けなかったとしても、むしろ、納得できるんですが」

亮太の指摘に、樋口刑事はかぶりを振った。

「現場《げんじょう》を見るかぎりでは、それはありえないと思います。あまりに遺体の損傷がひどくて、とても高齢の女性が一人でやれるような犯行ではありませんし」

間違いなく、それが常識的な見方なのだろう。……だとすれば、ますます、この先の部屋は見たくなくなるが。

「さきほどの絵を見て、どう思われましたか？」

髪型からすると、どうしても、大伯母さんのような気がするのだが。

「あの鬼みたいな顔ですか？」

樋口刑事は、問題にもしていない顔だった。

「あれが八重子さんを描いたものだとしても、事件より前の話ですからね」

まさか事件の最中に犯人を写生したわけでもないだろうと、言わんばかりである。

「それに、八重子さんが犯人だとしたら、どうやって屋敷から脱出したのかがわかりません。門扉は厳重に施錠されていましたし、塀は高すぎて、乗り越えるのはまず不可能です」

樋口刑事の推論を聞きながら、亮太は少しだけ現実に引き戻されるのを感じていた。さっき賀茂禮子の話を聞いていたときには、世界がぐにゃぐにゃに歪んでいくような不条理な不安に襲われていたのだが。

「それなんですが、防犯カメラには、何も映ってなかったんですか？」

亮太は、ずっと疑問に思っていたことをぶつけてみた。福森家は辺鄙《へんぴ》な場所にあるために、警備会社と契約していなかったが、この広大な屋敷には、少なくとも十台以上の防犯カメラが設置されていたはずである。

「それはちょっと……捜査上の秘密にあたりますので」

樋口刑事は、言葉を濁す。

「どうしてですか？　少なくとも、どれかのカメラには、何かが映っていたはずでしょう？不鮮明だったとしても、我々には、何かわかることがあるかもしれませんよ」

亮太は食い下がったが、樋口刑事は答えなかった。

「おそらく、カメラには、何ひとつ映ってはいなかったのでしょう」

いつの間にか戻ってきた賀茂禮子の言葉に、呆気にとられる。

「何も？　どうしてですか？」

樋口刑事の歪んだ表情を見ると、どうやら図星らしい。

「二つの可能性が考えられます。一つは、呪いによって、ハードディスクまたはＳＤカードが故障したというものです。荒唐無稽《こうとうむけい》と思われるでしょうが、超自然の力が作用して電子機器に不具合が生じるのは、よくあることなんです」

だったら、俺のパソコンがしょっちゅうフリーズするのは、霊の仕業だとでもいうのか。

「そして、もう一つは、人間が、意図的に録画を妨げたというものです」

これはオカルトを隠れ蓑《みの》にする詐欺師が常套《じょうとう》的に使う話法なんじゃないかと、亮太は疑う。現実的な可能性も認めておけば、後で嘘だと暴かれる危険性を減らせるからだ。

「ふつうなら、どちらなのか、だいたい見当が付くものです。でも、今回の事件に限っては、そのどちらもあり得ると思っています」

賀茂禮子は、探るような目で一同を見渡す。

「犯行自体は、とうてい人間の仕業とは考えられません。でも、そうなるに至った経緯には、人の意思が介在しています。植栽や外構の変更、ありえないほどの呪物が集まっていることを見れば、そう考えるよりないのです」

「じゃあ、逆柱も、その一つなんでしょうか？」

亮太は、カメラを構えて質問する。揶揄《やゆ》するような口調にも、賀茂禮子は動じない。

「わたしは、つい今し方、母屋の厠《かわや》に行って来ました。中はきれいに改装されていましたが、外形は、おそらく屋敷の創建当時そのままなのでしょう。厠神《かわやがみ》を祀る古い神棚もありました。厠神では、ふつう盆と正月に青柴《あおしば》を上げる程度ですが、宮形《みやがた》まで付いた立派なものです」

そのあたりが、福森本家の、本家たるゆえんだろう。

「しかし、肝心の、厠神を祀っているはずの宮形は空っぽでした」

一瞬、意味がわからなかった。

「宮形の中を覗いたんですか？」

「いいえ。社の中を目視するまでもありませんでした」

賀茂禮子の水晶玉のような眼球には、もしかしたら本当に千里眼なのではないかと思わせるくらい強い光があった。

「厠神とは、ふつうは烏枢沙摩《うすさま》明王を指すのですが、ご神体や神札はおろか、護符一枚入っていないのです。これは一般的に言って、たいへん危険な状態です」

危険？　危険とは何だろう。

「つまりその、御利益というか、家を護ってくれるパワーが喪《うしな》われているからですか？」

「それもあります。ですが、問題はそれだけではありません」

賀茂禮子は、子供を諭すような口調で言う。

「神棚が最初から空っぽだったとは思えません。何者かが、ご神体ないし神札を取り除いたに違いありません。そして、その後長い間、社の中をあらためる人もいなかったのでしょう」

「それで、どうなったんですか？」

「忘れられ、放置された小鳥の巣箱には、いつしか蛇が棲《す》み着いているものです」

何だか寒気がした。

「……蛇というのは、何のことでしょうか？」

「空っぽの神棚は、得体の知れない悪霊の巣窟《そうくつ》となり果てるということです」

賀茂禮子は、無表情に言った。

「現に今、そうなっていました」

この言葉に対する反応は、四者四様だった。

祖母は、あきらかに衝撃を受けたらしく、青い顔をして黙り込んでしまった。樋口刑事は、ぽかんとしていたが、唇には皮肉な笑みが浮かんでいた。亮太は、冷静な撮影者に徹しているつもりだったが、内心では、再び恐怖と不安が込み上げてくるのを感じていた。

そして、稲村さんは、愕然とした様子で目を見開き、両手で口元を覆っている。

「何か、心当たりがあるようですね」

賀茂禮子に促されて、稲村さんは、ようやくうなずいた。

「いつ頃からか、子供たちが怖がるようになったんです。あそこの厠は、けっして使おうとはしませんでした」

たしか、この屋敷には、トイレは四つくらいあったから、不便はなかったのだろう。

「何があったと言っていましたか？」

「それが、いろいろだったんです。何かにじっと見られているような気がするとか、深夜に、扉の内で音がしたとか、あと、鬼火のようなものが見えたとも言っていました」

賀茂禮子は、首を傾げるようにして稲村さんを見た。

「なるほど。子供たちには、かなりの霊感が備わっているようですね。でも、もしかしたら、それは厠に限った話ではないんじゃないですか？」

稲村さんは、ぎょっとしたように賀茂禮子を見た。

「そうです。竈《かまど》のある台所や古いお風呂《ふろ》場でも、夜中になると、ざぶざぶと水が流れる音がすると言うんです。……実は、玄関の三和土もそうでした。真夜中には、大勢の人の呻《うめ》き声が聞こえるとか。てっきり、あの子たちの想像力がたくましすぎるのだろうと思ってましたが、やっぱり、あれは全部、本当に」

亮太は、吐き気のような感覚に襲われていた。しばらく寄りつかないでいた間に、本家は、正真正銘の幽霊屋敷へと化していたらしい。

「先生。それでは、空の神棚に棲み着いた悪霊が、今回の恐ろしい事件を引き起こしたということですか？」

祖母が、痰《たん》の絡んだような声で訊ねる。

「いいえ、そうではありません」

賀茂禮子の視線は、畳廊下の彼方へと注がれていた。

「竈や厠に巣くっている悪霊には、それほど強い力はありません。これらは、いわば呼び水に過ぎないのです」

「そうした悪霊が、何か他のものを呼び寄せたということですか？」

訊ねながら、ああ、まただと亮太は思った。賀茂禮子の話は、それなりの理屈は通っているようだが、聞けば聞くほど、わけのわからない世界に引き摺《ず》り込まれていくような気がする。科学や理性の光が蝕《むしば》まれた、仄暗《ほのぐら》い迷信と恐怖が支配する世界へ。

「『割れ窓理論』というのを、ご存じでしょうか？」

賀茂禮子は、突然、合理性の世界に話をジャンプさせる。

「昔のニューヨーク市長が言ってたやつですよね？」

亮太の言葉に、賀茂禮子はうなずいた。

「建物の窓が、たった一つ割れたまま放置されているだけで、ゴミが増え、軽犯罪が増加し、やがては、麻薬の蔓延《まんえん》から、強盗や殺人などの重大犯罪へと繋がっていくという考え方です。これは、いわば経験則から生まれた真理なのです」

やれやれというように、樋口刑事が頭を掻く。そんなことは、百も承知という顔である。

「犯罪者が汚れた街を好むのには、理由があります。道徳的な腐敗によってその場所の空気が汚染されてしまうと、犯罪行為への抑止力が弱まり、結果、ゴキブリの糞《ふん》で汚れた食品庫に、次々と別のゴキブリがやって来るような、悪循環に陥るのです」

犯罪者を、ゴキブリ呼ばわりするとは、何事だろう。ゴキブリに失礼ではないか。

「この屋敷で起きたことも、それと似ています。厠神や竈神は、単に厠や台所を司《つかさど》るだけではありません。現世《うつしよ》と隠世《かくりよ》の境界を守ってくれているのです。その、いわば関所である神棚に、悪霊が巣くっていれば、何が起きるでしょうか？　さらに、その家に、数多くの危険な呪物が持ち込まれたとしたら？」

賀茂禮子は、一転して声を低める。

「わたしたちが、今見ているものが、その結果です。世に呪われた建物は数多くありますが、この家は、これまでに見たどんな幽霊屋敷や廃墟《はいきょ》より、悲惨で穢《けが》れ果てています」

無礼にも程があるだろうと、亮太は憤る。玄関で三和土を見たときの暴言もひどかったが、いったいどこまで、この自称霊能者を付け上がらせるのか。祖母の顔を見ると、うつむいて、賀茂禮子の言葉を拳々服膺《けんけんふくよう》しているかのようだった。

「わたしがこんな話をしているのは、これより先に進もうと思えば、それなりの覚悟が必要になると申し上げるためです」

賀茂禮子は、囁《ささや》くような声になった。そのために、警告の言葉がかえって染み入ってくる。

「この先は、単に凄惨な犯行の現場というだけでなく、恐ろしい呪物が犇めいている場所でもあります。すべての呪物が、呼吸するように邪気を発散しているのです。悪心を抱く人物が、そういう場所に行くと、しばしば危険な化学変化が起こり、忌まわしい犯罪を引き起こします。先ほど二階で見た、保存容器やペンナイフが、そのいい例です」

「ちょっと待ってください。まだ、毒物も指紋も検出されていませんけど？」

亮太は、ついにたまりかねて口を挟んだ。まだ何も証明されていないというのに、ここまで故人を誹謗《ひぼう》中傷するのはひどすぎる。

「もし何も出て来なければ、わたしの言葉はすべて嘘だと思われてけっこうです」

賀茂禮子は、動じなかった。

「わかりました」

祖母が、諍《いさか》いを止めるように静かに言った。

「この中には、悪心を持った人はいないと思いますが、皆さん、どうかお気をつけください。わたしも、心して臨みたいと思います」

亮太は、もう一度、点々と血痕が続く畳廊下を撮影する。

だが、画面が左右に細かくぶれているのに気づき、自分が慄《おのの》いていることを悟った。

亮太は、深呼吸して、動揺を鎮めようとした。こんなにも簡単に取り込まれてどうする？まやかしやハッタリだったら、必ず見破れる自信がある。これから撮影する映像が、すべてをあきらかにしてくれるはずだ。

畳廊下を西から東へ進むと、左右に八枚ずつ大きな襖《ふすま》が並んでいた。

「左手の方——北側は二部屋の並びですが、その奥にも一室ずつ続いていますので、合わせて四部屋あります」

祖母が、賀茂禮子に説明する。旧家にはよくある、田の字型の間取りだったが、どの部屋も特大なので、ふつうの家の佇まいとはかけ離れている。

「南側は、奥座敷だけです」

幼い頃に、一度だけ覗いたことがあったが、ちょっとした旅館の宴会場並みの大きさだったはずだ。

それにしても、この左右の襖絵は壮観だと、亮太は撮影しながら思った。昔聞いた話では、もともと弾正様のお城にあったものらしい。南側の襖は、一部に金箔《きんぱく》を使い、鮮やかな緑色の竹林に六頭の虎が配されている。

北側には、八枚の襖をすべて使い、雲を巻き起こす一匹の龍《りゅう》が迫力ある筆致で描かれていた。丸い目は人の顔ほどもある。どれほどの豪邸であっても、民家にはご大層すぎる——あまりに強すぎる代物だ。

ふと、疑問が湧いた。ここが凶行の舞台だったら、なぜ、これらの襖は一枚として破れたり血痕が付いたりしていないのだろうか。

賀茂禮子は、茫洋とした目で佇んでいた。左右の襖ではなく前方を透かし見ている。

「この廊下の突き当たり……左に折れた先にあるのは、何ですか？」

「納戸です」

祖母が強《こわ》ばった表情で答えたのを見て、亮太ははっとする。もしかしたら、例の幽霊画は、今もそこにあるのかもしれない。

「それでは、どの部屋から見ましょうか？」

「左手の部屋からにしましょう」

祖母の問いに、賀茂禮子は即答する。

「その前に、ちょっとだけ」

樋口刑事が口を挟んだ。

「左右の五つの部屋のうち、四つの部屋でご遺体が発見されました。今は搬出されていますが、部屋の損傷や生々しい血痕などはそのままです。もし気分が悪くなったら、すぐに部屋を出てください」

祖母は、神妙な表情で「はい」と答える。亮太もうなずいたが、賀茂禮子は無反応だった。

稲村さんだけは、青い顔でかぶりを振る。

「奥様。本当に、申し訳ありません。ここから先は、わたしは遠慮させてください」

そう言って、そそくさと廊下を引き返していった。

「……この部屋は、居間です」

祖母は、大きく息を吸って、龍の尻尾《しっぽ》が描かれた襖を開けた。

SCENE5

薄暗い闇の中に、二十畳ほどの和室が沈み込んでいた。

酸っぱい腐敗臭が漂ってくる。

亮太は、背筋がぞくりとするような悪寒を覚えた。何か、とんでもなく忌まわしいものが、この部屋に蟠踞《ばんきょ》している。不条理だが、それはきわめて生々しい感覚だった。

「灯りを点けましょう」

樋口刑事が、右手の壁にある電灯のスイッチを入れた。天井に嵌め込まれている障子からの柔らかい光が、部屋を照らし出す。

真っ先に目に飛び込んできたのは、茶褐色に染まった畳だった。大量の血が流れたらしく、床の七割くらいが汚染されており、異臭はそこから発生しているらしい。

祖母は、顔を覆って後ろを向いた。亮太も、鼻を押さえたかったが、必死に我慢して室内の様子を撮影し続ける。

部屋は、今入ってきた廊下側と、正面、左側の三方を幅広の襖に囲まれていた。柄はすべて落ちついた松の絵で、廊下側の襖絵とは対照的だった。右側だけが鶯《うぐいす》色の聚楽壁《じゅらくかべ》になっていて、長い一枚板の床の間が設えられていた。

賀茂禮子は、なぜか、正面と左側の欄間に飾られている書の額に目をやっている。

「『福生有基《ふくせいゆうき》　禍生有胎《かせいゆうたい》』、それに、『積善余慶《せきぜんよけい》　積悪余殃《せきあくよおう》』ですね」

このすさまじい部屋で、のんびりと額を眺めている様子は、もはや奇異を通り越している。

樋口刑事が目を剝いているのが、亮太の視界に入った。

「これらは、さっき二階で見た弾正様の手ではないようですが？」

「『福生有基』の方は、古くから当家に伝わる書で、『積善余慶』は、福生寺の前の住職だった玄道和尚に書いていただいたものです」

祖母が、呆れた様子も見せずに答える。

しかたなく、亮太も、二つの扁額《へんがく》を順に映像に収めながら、賀茂禮子に訊ねる。

「どういう意味なんですか？」

「福の生ずるは基《もと》有り、禍《か》の生ずるは胎《たい》有り。……幸福になるときには、その基因があって、禍いが生じるときはその胎動《しるし》がある。漢書《かんじょ》の枚乗伝《ばいじょうでん》にある言葉です」

賀茂禮子は、すらすらと答える。

「もう一つの方は、易経《えききょう》の坤《こん》・文言《ぶんげん》の一節で、省略されていますが、元は、積善の家には必ず余慶有り、積悪の家には必ず余殃有り。……善行を重ねた家には必ずいいことがあり、悪行を重ねた家には必ず悪いことが起こるという意味です」

「で、この二つの額に、何か意味があるんでしょうか？」

亮太が質問する。

「わかりません。どちらも、ほぼ同じことを言っているようですが」

賀茂禮子は、そうつぶやくと、床の間の壁に近づく。

最初に見たのは、額装された十枚の小判だった。

「これはすべて、本物の慶長小判《けいちょうこばん》ですね。ふつうは同時代の貨幣をセットにするか、あるいは何種類かの小判を時代順に並べたりすると思いますが、この額に収められているのは、すべて、まったく同じもの……」

額に目を近づけていた賀茂禮子が、急にすっと身を引く。

「どうしたんですか？」

亮太は、不自然な動きを見咎める。

「これは、とても忌まわしい呪物です。居間になど飾るべきものではありません」

賀茂禮子は、吐き捨てるように言った。

「ということは、これも、例の古物商が持ち込んだものなんでしょうか？」

稲村さんがいれば、すぐにたしかめられるのだがと亮太は思う。すると、意外にも、祖母が異議を唱えた。

「いいえ、この小判は、江戸時代から福森家に伝えられたものです。わたしが子供の頃には、既にありました」

賀茂禮子は、うなずいた。

「呪物には、福森家伝来のものと、新たに持ち込まれたものが混在しているようですね」

何なんだ、こいつは。山勘が外れたら、適当なことを言いやがって。

「どう見ても、ごくふつうの小判だと思いますが、どういう呪いがあるんですか？」

亮太は、意地悪く訊ねてみる。

「あなたには見えないでしょうが、この十枚の小判には、べっとりと血糊《ちのり》が付着しているのですよ」

馬鹿馬鹿しいとは思うが、賀茂禮子の言葉に身の毛がよだつのを感じる。べっとりと付いた血糊というのは、今の状況とぴったり符合する。だとすると、この慶長小判が、今回の事件の元凶だというのだろうか。

だが、賀茂禮子の関心は、早くも、床の間にある別の品に移っていた。

亮太も、賀茂禮子の視線を追って、ぎょっとする。そこにあるのは一体の日本人形だった。赤い着物を着た童女だったが、あどけない表情がかえって薄気味悪かった。こういう人形が、しばしば怪談のネタにされるのは、顔貌のリアルさが、ちょうど不気味の谷にあるためか。

いや、それだけじゃないはずだと亮太は思った。この人形を見ていると、どういうわけか、かつて味わった、背筋が冷たくなるような脅威の感覚がよみがえるのだ。

「市松人形ですね。江戸時代に流行《はや》った着せ替え人形です」

賀茂禮子は、疲れたような表情でつぶやく。

「人の姿をしたものは、呪物になりやすいのですが、これもまた、きわめて危険な呪物です。それも、そもそもの初め——作られたときから、呪詛にまみれていた代物ですね」

亮太は、市松人形を撮影しながら、波立つ気持ちを静めようとした。このインチキ婆《ばばあ》めが。よくもまあ、そんなに次から次へと駄法螺《だぼら》を吹けるものだ。

「ちょっと、待ってください。さっきから伺っていると、言ったもん勝ちじゃないですか？本当に、呪いや因縁があるかどうかは、我々には確認しようがありませんし」

「あなたは、何も感じませんか？」

賀茂禮子は、不思議そうに言う。

「まったく、何も」

亮太は、ここで霊能力の真贋《しんがん》を見極めてやろうと、あえてとぼけてみた。

「それは、意外ですね。てっきり、あなたには感じられると思ったのですが」

「どうしてですか?」

「もしかしてなんですが、あなたは、以前、ストーカー被害にあったことがあるんじゃないですか?」

衝撃を受ける。亮太は沈黙するしかなかったが、必死に自分に言い聞かせる。騙《だま》されるな。この女は、ただ下調べをしてきただけなのだ。どうして、あの事件のことがわかったのかは、見当もつかないが。

「では、試しに、その人形を抱いてみてください」

賀茂禮子の言葉に、ぎょっとする。嫌だ。そんなことはしたくない。

「だいじょうぶですよ。あなたが今、何も感じていないのであれば、何の危険もありません。胸に抱くことで、微弱ながら、波動を感じ取れると思います」

こちらの嘘を見抜いているのだろうか、嫌なことを言うやつだと思う。だが、ハッタリだ。この女は、俺を怖がらせようとしているだけだ。

「わかりました」

亮太は、平静を装って市松人形に手を触れた。

その瞬間だった、稲妻のように胸に激痛が走る。亮太は、弾《はじ》かれたように手を引っ込めた。左手に持っていたカメラが畳に落ちて転がる。

脳裏に、あの女の顔が明滅した。

何が起きたのかわからないまま、しばらく固まっていた。それから、胸に手を当ててみる。特に異状はないようだ。もともと心臓に疾患はないし、今みたいな痛みは一度も感じたことがなかった。

「どうしたの？」

祖母が、心配そうに声をかけた。

「いや、何でもないよ」

亮太は、カメラを拾い上げ、呆然《ぼうぜん》と賀茂禮子を見た。今のは、何の手品なんだ？　まさか、俺を感電でもさせたのか？

「そこまで強い反応があるとは、予想もしていませんでした。どうやら、あなたはこれ以上、その人形に触れない方がよさそうですね」

賀茂禮子は、平然としていた。歩きながら、次々と別の品々に視線を向ける。古い香炉や、伊万里《いまり》の大皿。青磁の壺など。

亮太は、気を取り直して、その姿をカメラで追った。こんなことくらいで、俺を凹《へこ》ませたと思ったら、大間違いだ。すると、賀茂禮子は急に立ち止まった。

視線の先にあったのは、金箔がふんだんに貼られ、双頭の鳥の蒔絵《まきえ》が施された、飯櫃《めしびつ》ほどの大きさの円筒形の器だった。蓋の上で朱房付きの紐が結んである。

「貝桶《かいおけ》のように見えますが……」

賀茂禮子は、しばらくの間、身じろぎもせずに見下ろしていたが、やおら口を開く。

「中を確認しても、よろしいでしょうか？」

「どうぞ、お願いします」

祖母は、恭しく頭を下げる。

賀茂禮子は、器の前に正座すると、朱房の紐を解き、蓋を取って脇に置いた。

中から大ぶりの貝殻をいくつも取り出しては、前に並べる。内側には金箔が貼られており、平安時代の王朝絵巻を思わせる絵が描かれていた。素人目にも、その美しさは際立っている。オークションにでも出せば、相当な高値が付くことだろう。

「合わせ貝……貝合わせに用いる蛤《はまぐり》の貝殻です。この絵柄は、おそらく源氏《げんじ》物語でしょうか。三百六十個で一セットですが、江戸時代の前期のものですね。たいへん素晴らしい出来です。もし海外へでも流出していれば、欧米の美術館に入っていてもおかしくないレベルでしょう。……ですが、これもまた、最悪の呪物の一つです」

祖母が、悲しげにかぶりを振る。

「それは、本当ですか？　これは、福森家に伝わる大切な家宝の一つなんですが」

賀茂禮子は、そっと貝を器の中に戻すと、蓋を閉めて、朱房の付いた紐を元通りに結んだ。かすかに指先が震えているのを、亮太のカメラは捉《とら》えていた。

「貝合わせの貝は、一つしかぴったりと合うものがないことから、夫婦和合のシンボルです。江戸時代には、数ある婚礼道具の中でも、最も重要な品とされていました。大名家などでは、花嫁行列の先頭で運ばれ、婚家に到着すると、まず貝桶を最初に引き渡す『貝桶渡し』という儀式が行われたほどです」

賀茂禮子は、陰鬱な目で貝桶を見下ろした。

「古《いにしえ》より、貝殻には霊魂が宿るという言い伝えがありますが、器の形をしている物はすべて、良い気だけではなく、悪い気も溜め込んでしまうのです。そこに何かの怨念が宿ったために、せっかくの吉作用は消え失せ、正反対の呪物になり果ててしまったようですね」

「正反対……というと、このために、麻衣子は縁遠くなってしまったんでしょうか？」

困ったことに、祖母は、今やすっかり、この霊能者を信じ込んでいるようだった。

「これは、第六代当主、福森監物《けんもつ》の長女、方姫《まさひめ》の持ち物だったと伝えられています。方姫は、とある大名家に輿入《こしい》れしたのですが、離縁されて、実家に戻って参りました。しかし、それが長く恨みとなって残り、子孫に祟ったとすれば、本当に悲しく残念なことです」

祖母は嘆息する。亮太は、怒りでカメラを構えている手が震えるのを感じていた。この上、どうして祖母を苦しめなくてはならないのか。

だが、賀茂禮子は、さらに追い打ちをかける。

「もしかして、方姫は自死されたのでしょうか？　梁にかけた縄で首を吊って」

祖母の目が、驚きに見開かれた。

「そうです。ですが、どうして、そんなことまでご存じなのですか？　外聞を憚り、福森家の古文書でのみ伝えられている事実なのですが」

「これほどまでに強い怨念が染みついているところを見ると、持ち主は、非業の死を遂げたとしか思えません」

賀茂禮子は、ガラス玉のように光る目を祖母に向けた。

「それに、名前とは、しばしば、その人の末路を暗示します。方姫の『方《かた》』という文字は、『さらしもの』という訓の通り、もともとは架屍《かし》——横木に架けられた死体を象《かたど》ったものなのです」

そんな馬鹿な。だったら、名前に『方』という字が付いている人間は、全員首を吊るとでもいうのか。亮太は、内心憤然としていた。

だが、ここで疑問が生じる。「まさひめ」と聞いただけで、なぜ『方』の字だとわかったのだろう。『正』や『昌』、『政』、『雅』など、もっと一般的な字がいくらでもあるのに。

賀茂禮子は、樋口刑事の方を向く。

「この部屋で亡くなっていたのは、次女の麻衣子さんですね？」

樋口刑事は、たじろいだ。カメラを向けている亮太に気がつくと、掌を向け、やめろという身振りをする。

「それは、お答えできません」

「なるほど。やはり、そうですか」

賀茂禮子は、あたかも樋口刑事が「ご明察です!」と答えたかのように、深くうなずいた。まるで、心が読めるというアピールのように。

亮太は、こっそり撮影を続けながら、ふと麻衣子さんのことを思い出していた。

福森本家との血縁は祖母の代までだが、他に親戚がおらず、家が近かったため、幼い頃は、両親に連れられて、たまに遊びに来ていた。虎雄さん、美沙子さん、麻衣子さんの三兄妹は、さほど亮太に関心を示したわけではなかったが、甥《おい》っ子か、年齢の離れた従弟《いとこ》のように接してくれたと思う。少なくとも、冷たい態度を見せるようなことはなかった。

麻衣子さんは、三兄妹の末っ子で、亮太とは、十一歳差ではあるが一番年が近く、何となく親近感を覚えていた。ボーイッシュなショートカットや屈託のない笑みも、子供にとっては、懐きやすいものだった。

しかし、しだいにわかってきた麻衣子さんの実像は、第一印象とはかけ離れたものだった。

麻衣子さんが十七歳くらいのときである。当時、福森家には、麻衣子さんと同い年くらいの「なっちゃん」というメイドさんがいたが、麻衣子さんが、なっちゃんを虐《いじ》めているところを見て、衝撃を受けた記憶がある。特に理由があったわけではないと思うが、悪意のある言葉でいたぶるだけでなく、髪の毛を引っ張ったり、足蹴《あしげ》にしたりと、やりたい放題だった。

麻衣子さんは、亮太に見られたのがわかると、プロレスごっこをしているかのように装い、うまく誤魔化したつもりだったようだが、なっちゃんが泣いている姿を見るのは、子供心にも胸が痛んだものである。あの後、なっちゃんはメイドを辞めたようだが、その後どうなったのだろうか。

賀茂禮子は、厳かな声で言う。

「この部屋には、無視できない凶作用を持つ三つの呪物がありました。慶長小判、市松人形、それに合わせ貝と貝桶です」

全員、水を打ったように静かに傾聴していた。

「その中には、今回の事件を引き起こした元凶の一つが潜んでいます」

マジか。そんなことが、どうしてわかるんだ？

「では、最初の犠牲者は、麻衣子さんだったということですか？」

亮太の質問に、賀茂禮子は首を横に振る。

「そうではないと思います。事件が起きてから、麻衣子さんは居間に逃げ込んできましたが、追いつかれてしまったのです」

いったい、何にだ……？

「発端は、この部屋ですが、それより前に、想像を絶する恐ろしい出来事があったようです。それが、すべての始まりでした」

賀茂禮子は、北側の部屋との境にある襖を見る。

「次は、こちらの部屋を拝見させてください」

祖母が進み出ると、福森家の家紋入りの襖の引き手に手をかけたが、開けるのをためらっているようだ。

「そちらの部屋には、ご遺体はありませんでした」

樋口刑事が、祖母を安心させるように声をかけてくれた。祖母は、ほっと息を吐いて、襖を引き開ける。

「こちらは、仏間です」

そこには、さらに深い闇が広がっていた。

亮太が、電灯のスイッチを入れた。

そのとたん、仏間の姿が浮かび上がる。灯りが照らし出したというよりも、まるで、今まで存在しなかった部屋が、ふいに実体化したかのようだった。

広さは、居間と比べると少し狭いようだが、仏間としては相当なものだろう。右奥に大きな仏壇があるが、扉は閉まっていた。それ以外には目立った調度品もなく、がらんとしている。唯一目に付くのは、鴨居《かもい》に並んでいる先祖の写真くらいだった。

四人は仏間に入った。

この部屋には、あまり見るものもないだろうな。亮太がそう思ってカメラを下ろしたとき、祖母が、あっと声を上げた。

「どうされましたか？」

賀茂禮子が声をかけると、震える指で、鴨居にかかった写真群を指差す。

「違います……これ、全部」

違う？　いったい何が違うというのだろう。亮太はあわてて写真を順に撮影していったが、自身、何とも言えない違和感に襲われていた。

え？　これは、まさか。

「なるほど。そういうことですか」

賀茂禮子は、薄笑いを浮かべて、たくさんの写真を見渡した。

「そういうって、どういうことですか？」

一人だけまだ状況が飲み込めていない樋口刑事が、三人の顔を見比べながら訊ねる。

「ここにある写真は、どれ一つとして、ご先祖様のものではありません。見たこともない人の写真ばかりなんです」

祖母が、喉が詰まったような声で答える。

やはり、そうだったか。先祖の写真だったら、何となく覚えているはずだ。ここにあるのは、同じくらい古いが、縁もゆかりもない人々の顔写真なのだ。

「はあ？　いったいなぜ、そんなことになってるんですか？」

樋口刑事の顔にも、当惑が見て取れた。何者かが写真を入れ替えたとしても、犯罪かどうか微妙だし、そもそも動機がわからないからだろう。

「すべてを仕組んだ黒幕にとっては、福森家のご先祖の写真が邪魔だったんでしょうね」

賀茂禮子の言葉に、「それは、どうしてなんでしょうか？」と祖母が訊ねる。

「人の姿を象る写真には呪物になりやすい性質があり、先祖代々の写真は魔除けの力を有しています。ですから、赤の他人の写真に置き換えたんでしょう。もしかすると、福森家に恨みを抱いていた方々の写真ばかりを集めてきたのかもしれません」

呪いなどいっさい信じていないが、亮太は、福森家に対し十重二十重に向けられた悪意に、ヒヤリとするような気分を味わっていた。

「じゃあ、もしかしたら、お位牌《いはい》も」

祖母が、はっとしたように仏壇の方を見ると、早足で近づいて扉を開いた。

全員が、息を呑む。

中には、何もなかった。完全に、がらんどうである。

「ここにあったはずの、お位牌は、どこへ行ったの？　それに、ご本尊と掛け軸も……？」

「とても立派な金仏壇だったようですが、極楽浄土を模していた背板の金箔まで、ことごとく剝がされているようですね」

賀茂禮子が、つぶやく。亮太は、もはや見る影もなくなっている仏壇にカメラを向けると、映像を大きくクローズ・アップした。

薄っぺらい金箔を盗んだって、たいした金《かね》にはならないはずだが。

「犯人の目的は、金銭ではありません」

賀茂禮子は、最早あたりまえのように、亮太の心中の疑問に返事をする。

「金箔を剝がしたのは、あの晩、この仏壇の内部を、極楽浄土ではなく地獄と同期させるためでした。この中に置かれていたものの、ためにわざわざ、そう設えたのでしょう」

「中にあったのは、何だったんですか？」

亮太の問いに、賀茂禮子は、顔をしかめた。

「わかりません。とても古いものでしょうが、邪悪で生々しい、怨念の痕跡が残っています。そのときの状態のままなら、こうして扉を開いて曝露《ばくろ》することさえ危険だったはずです」

樋口刑事を含む全員が、一言も発せずにいた。

「このお仏壇は、取り壊して、お焚《た》き上げしてもらうか、然《しか》るべき方に清めてもらうしかないかもしれません。でも、今はまず、このお屋敷の状況を把握することを優先すべきでしょう。こちらの部屋を見せてください」

賀茂禮子が指し示したのは、仏間の西側にある部屋の襖だった。

「いや、しかし……」

樋口刑事が言葉を挟む間もなく、祖母が襖を開けて言う。

「次の間です」

襖が敷居の溝を滑る音。そして、真っ暗な部屋が口を開けた。

亮太の鼻孔は、再び濃密な屍臭を嗅いだ。

祖母がスイッチを押して、灯りがつく。

そこは、仏間と同じサイズだが、何のためにあるのかわからない和室だった。

北側に長い床の間があり、一幅の掛け軸が掛かっている。その横には、戦国時代の厳《いか》めしい鎧兜《よろいかぶと》が鎮座していた。

だが、圧倒的に目を奪うのは、広い畳の中央に開いた、まるでパワーショベルで抉《えぐ》ったかのような大穴であり、その周囲は血痕で赤黒く染まっていた。

祖母は、喉の奥で嘔吐《えず》くような声を漏らして、顔を背ける。

亮太は、穴に近づいて、中の映像を撮った。分厚い畳だけでなく杉の荒板《あらいた》まで割れており、さらには、下の根太《ねだ》や大引《おおび》きにまで亀裂《きれつ》が及んでいた。非現実感に、鳥肌が立つようだった。人間の仕業どころか、ヒグマでも、こんな荒技はまず無理だろう。

「ここで亡くなったのは、虎雄さんの奥様——遥子さんでしょうか？」

その問いかけに対し、樋口刑事は無言だったが、強張った表情が肯定していた。

賀茂禮子は、穴の周囲を迂回して、床の間の掛け軸の前に立った。

「……ここにも、また一つ、呪物があります」

亮太は、賀茂禮子の背後から、掛け軸を撮影する。

二人の旅人が、強風の中、断崖《だんがい》の下にある険しい道を歩んでいる図らしかった。

足下の海には荒波がうねり、空には不穏な黒雲が湧いている。しかも、二人が進む道の先は行き止まりになっているかのように見える。

賛が付いているものの、墨がひどく薄い上に癖のある崩し字なので、かなり判読しにくい。

「親不知　子不知」はまだ何とか読めるが、「●ぎ●るはての　●けい　ゝの●ん」……？

「これは、何と読むんですか？」

亮太の質問に、祖母が答える。

「親不知《おやしらず》、子不知《こしらず》、過ぎたる果ての絶景祈らん——今の苦しい道のりを過ぎ、その先の絶景が見られるように祈る、という意味らしいのですが」

「なるほど。親不知子不知図ですか。この二人は、たぶん親子でしょうね。旅しているのは、北陸道《ほくりくどう》で最大の難所として有名な、『親不知、子不知』の海岸ということですね」

賀茂禮子がつぶやく。

「『秋繭《しゅうけん》』という落款が見えますが、絵師の名前でしょうか」

「松下《まつした》秋繭さんは、第十一代当主福森重藏《じゅうぞう》の、お抱え絵師だった方です」

祖母が説明する。初めて見るが、これもまた福森家に伝わる家宝の一つなのだろう。

「なるほど」

賀茂禮子は、不気味な笑みを漏らす。

「秋繭さんは、その福森重藏さんに対し、よほど恨み骨髄に徹していたと見えますね」

図星を指されたのか、祖母は絶句した。

「もしかして、くだんの幽霊画というのも、同じ絵師の描いたものではありませんか？」

「ええ、その通りです」

祖母は、血の気の失せた顔でうなずいた。

「この絵を見て、どうして恨みがあったとわかるんでしょうか？」

亮太は、掛け軸を舐めるように撮しながら訊ねる。

「あなたは、『けんげしゃ茶屋』という上方《かみがた》落語をご存じですか？」

賀茂禮子は、逆に奇妙な質問をしてきた。

「いいえ。それが何か？」

「一度お聞きになれば、わかると思いますよ」

賀茂禮子は、そう言って親不知子不知図の前を離れると、今度は鎧兜と対峙《たいじ》する。亮太は、カメラで後を追った。戦国時代に、合戦で実際に着用されたものだと聞いたことがあったが、あらためて見ると、まるで、今にも動き出しそうな迫力を感じる。兜と胴はくすんだ朱色で、鍬形《くわがた》の代わりに鬼のような黒い角が生えている。

「朱漆塗水牛角兜と、黒糸威朱桶側五枚胴具足《くろいとおどししゅおけがわ》です」

祖母は、気落ちした様子ながら、舌を嚙みそうな名前をすらすらと暗唱する。

「これは、弾正様が、お殿様から拝領した鎧兜で、一門の誉れであり、福森家の守り神です。ですから、端午の節句だけでなく、一年中飾ってあるのです。子供の健やかな成長のために、厄を撥《は》ね返してくれると伝えられておりますから」

賀茂禮子の表情は、ますます厳しくなった。

「お殿様とは、どなたのことですか？」

「山崎崇春公《やまざきたかはる》です。若くして山崎家をお継ぎになった方ですが、英邁《えいまい》の誉れ高い名君でした。弾正様をお取り立てくださった御主君です」

「そうですか。……たいへん、お気の毒な最期を遂げられたようですね」

祖母は、呆気にとられていた。

「たいへん不躾《ぶしつけ》なお願いですが、この鎧兜の背面を拝見してもよろしいでしょうか？」

「ええ。どうぞ」

賀茂禮子は、床の間の前で爪先立ちになって、鎧兜と壁の間にある狭い隙間を覗き込んだ。そのままの姿勢で、しばらく動かない。

「……何と、恐ろしい」

元の姿勢に戻ってから、ぽつりとつぶやく。これには、祖母も、さすがにたまりかねたようだった。

「待ってください。まさか、これまで呪物だとおっしゃるんじゃないでしょうね？」

「言いにくいことですが、その通りです」

賀茂禮子は、祖母をいたわるような表情で、そっとうなずいた。

「パズルのピースは、徐々に嵌まりつつあり、ようやく全体像が見えてきました。田の字型の四部屋の、最後の一つを見てみましょう」

祖母は、何か言いたそうだったが、黙って進み出て、襖に手をかけた。

五つの部屋のうち四つで遺体が発見されたということだが、仏間には何の痕跡もなかった。ということは、次の部屋もまた惨劇の舞台ということになる。

「中の間です」

襖は、音もなく開いた。

衝撃的な光景が、目の前に現れた。

北側にある次の間から入ったので、正面は廊下に面した襖で、左側は居間へと通じている。そして、右側には、この部屋で唯一の壁があった。

亮太と祖母は、衝撃に立ち竦んだ。

老竹色《おいたけ》の聚楽壁には、血染めの人形《ひとがた》——それも天地が逆の——が刻印されていた。

「おお……うっ！」

これまでは必死に耐えていた祖母が、声にならない声を漏らすと、正面の襖を開け放って、外にまろび出て行った。

亮太は、祖母を追って廊下に出ると、大声で稲村さんを呼ぶ。

「すみません！　お祖母《ばあ》さんを、お願いします！」

廊下の向こうから、稲村さんが走ってきて、祖母を抱きかかえ、向こうへ連れて行った。

亮太は、中の間に戻る。再び人形《ひとがた》が視界に入ってきた。

それは、見れば見るほど異様な光景だった。

両手両脚を拡げた人の姿が、大量の血液でくっきりと転写されている。壁はへこみ、ところどころに罅《ひび》が入っており、暴れた痕跡がはっきりとわかる。胴の中央部には、深い縦長の穴が開いていた。人間が、まるで昆虫標本のように、壁に縫い留められていた跡らしい。幾筋もの縦縞《じま》を作って流れ落ちた血液は、真下の畳で血溜まりを作り、異臭を放つ暗褐色の塊に変じていた。

「これは、虎雄さんが亡くなった場所ですね。虎徹を手に一階に降り、ここで魔と遭遇したのでしょう」

賀茂禮子は、しげしげと人形《ひとがた》に見入っている。また、「さかさ星」とつぶやいたようだ。

ありえないと亮太は思う。虎雄さんは、プロレスラーと見まがうような屈強な大男だった。必死に暴れる虎雄さんを抱え上げて、逆さにして壁に串《くし》刺しにするなど、数人がかりでもまず無理だろう。

これはやはり、魔物のなせる業だ。

恐怖というより、畏怖《いふ》に金縛りになっていた。もはや、撮影することもままならない。

関わるべきではなかった。いくら親戚だといっても。

だが、賀茂禮子の方を見ると、すでに視線を人形《ひとがた》の上方にある神棚へと移していた。

「やはり、ここも空っぽですね。廁神や竈神と同じです」

深い溜め息をつく。

「……じゃあ、ここにも悪霊が棲んでいるんですか？」

亮太は、我に返ると、再びカメラをかまえて質問する。

「ええ。それも、さらに質《たち》の悪いものばかりが集まっています。寂れて、荒れ果てた神社が、悪霊の巣窟になっているように」

この婆《ばばあ》は、まだ脅し足りないのか。亮太は、神棚を撮影したが、これといって、変わったところはなかった。その間に、賀茂禮子は、横にある掛け軸の前に移動していた。

それは、よくある達磨図だった。次の間で見た、親不知子不知図とは違って、掛け軸の本紙いっぱいに達磨の顔が描かれているだけのシンプルな構図である。

だが、この迫力は、いったい何だろう。

かっと見開かれた目は上転し、瞳《ひとみ》が天を睨んでいる。真一文字に引き結ばれた口は、なぜか憤怒に歯嚙みしているように見えた。

背景には、意味不明な斜めの線が二本描かれている。

「……これは！」

賀茂禮子は、賛嘆するような声を漏らす。

「このようなものは、生まれて初めて見ました。おそらく、日本に二つとないことでしょう。この達磨図の前では、神棚の悪霊など、消し飛んでしまうはずです」

どういう意味なのか訊く前に、賀茂禮子は、開いた襖から廊下へ出て行ってしまった。

SCENE6

亮太は、樋口刑事と顔を見合わせてから、後を追った。

雨がまた勢いを増しているらしく、瓦屋根を激しく叩く音が、屋敷内の空間の隅々にまで、伽藍《がらん》の中のように反響している。

妙に肌寒かった。それに、湿度が高いせいか、かすかな黴《かび》臭さを感じる。

ちょうど向こうから、稲村さんに付き添われて祖母が戻ってくるところだった。

「たいへん、お見苦しいところを……。失礼をいたしました」

ふだん気丈な祖母は、弱々しい声で賀茂禮子に向かって詫《わ》びる。

「いいえ。無理もありません。どうか、お気になさらないでください」

賀茂禮子は、顔に似合わぬ優しい声で慰めた。

「中の間の達磨図なんですが、落款は、『彌』という文字に見えました。絵師がどなたなのかわかりますか？」

「はい。松下弥兵衛《やへえ》さんといって、弾正様のお抱え絵師だった方です」

今度も祖母は即答した。福森家の歴史は、亮太も幼い頃から幾度となく聞かされていたが、祖母の世代では、さらにしっかりと頭に入っているらしい。

「松下？」

賀茂禮子は、眉をひそめる。

「先ほどの親不知子不知図と幽霊画を描いた、松下秋繭さんのご先祖ですか？」

「ええ、そうです。代々、福森家のお抱え絵師を務めていただいていたようです」

「では、今も御子孫の方と、交流があるんですか？」

「いいえ。さすがに、今はもう。江戸時代までの御縁だったと思います」

祖母は、話しながら、少し落ちついてきたらしく、うっすらと笑みを浮かべる。

「そうですか」

賀茂禮子は、考え込むような表情になった。

「ひょっとして、津雲堂という古物商を営んでいる、松下誠一さんという方は、弥兵衛さん、秋繭さんの御子孫ではありませんか？」

祖母と稲村さんは、ぎょっとしたようだった。

「そんな話は、一度も聞いていません。『松下』は、それほど珍しい名字じゃありませんし、偶然の一致じゃないでしょうか」

「わたしも、初耳です。もしそうだったなら、福森家にゆかりがあるわけですから、ご自身でおっしゃるんじゃないかと」

稲村さんも、横から口を添える。たしかに、福森家に取り入ろうと思ったなら、これ以上の材料はないだろう。

「なるほど。そうかもしれませんね。達磨図ですが、弾正様が、松下弥兵衛さんに注文して、描かせたものなんでしょうか？」

祖母は、うなずいた。

「そうだったと聞いています。弾正様が、面壁九年《めんぺきくねん》の故事にちなんで、常に忍耐を忘れぬよう自戒するためにと……。あの、まさか、あれまで呪物ということですか？」

「ええ。ですが、最初にご説明したとおり、呪物とは、必ずしも悪いものばかりではありませんので」

賀茂禮子は、祖母を安心させるためなのか、にっこりと微笑んだ。顔つきが、小鬼から、『スター・ウォーズ』の「ヨーダ」に近づいたように見える。

「そうですか。でしたら、良いのですが」

祖母は、はっとしたように顔を上げる。

「そういえば、福生寺の玄道さんが、あの達磨図をご覧になって、おっしゃっていたんです。この家では、その……睨み合っていると」

「睨み合っている？　何と何がですか？」

「達磨図と、幽霊画がです」

どういうことだ？　意味がわからず、亮太は顔をしかめた。

「なるほど。面白い話ですね。その二つの呪物は、相克の関係にあるのかもしれません」

賀茂禮子も、笑みを見せる。

「でも、そうなると、先祖の松下弥兵衛さんの描いた絵と、子孫の松下秋繭さんの描いた絵が睨み合っているという、奇妙な構図になりますね」

「そうですね……。玄道さんには、それ以上のことはお聞きできなかったのですが」

祖母は、当惑したように、また顔を伏せる。

「稲村さんに、伺いたいことがあります」

賀茂禮子は、急に矛先を転じる。授業中にうとうとしていた生徒が教師に指されたように、稲村さんは、びくっとした。

「はい。あの、何でしょうか？」

「仏間の長押《なげし》に飾られていた、福森家のご先祖様の写真のことです。お気づきにはなりませんでしたか？」

「気づくというと、あの、何にでしょうか？」

稲村さんは、ぽかんとした様子だった。

「あそこにある写真は、どれも、うちの先祖じゃないわ！　赤の他人なのよ？」

祖母が、稲村さんを咎めるように語気鋭く言った。

「え？　あの、本当ですか？　それは、あの、いつから……？」

「それを、あなたに訊きたかったんだけど？」

祖母が強く言うと、稲村さんは、泣き出しそうな顔になった。

「申し訳ありません。……毎日見ながら、全然、気がつきませんでした」

「まあ、そんなものですよ。他人の家の先祖の写真なんて」

樋口刑事が、見かねて取りなす。

「おそらく、性別も同じで、風貌や年恰好《かっこう》の近いものと入れ替えたんでしょう」

「本当に、申し訳ございません！」

稲村さんは、土下座せんばかりの様子だった。

一族に連なる虎雄さん夫妻や、美沙子さん、麻衣子さんさえも、気づかなかったとすれば、赤の他人である稲村さんが見過ごしていたのも無理はないだろう。

「気にしないでください。誰も、あなたを責めたりはしませんから」

賀茂禮子は、稲村さんに慰めの言葉をかけると、祖母の方に向き直って訊ねた。

「引き続き、南側の奥座敷を見たいのですが、よろしいでしょうか？」

「よろしくお願いします。もう、さっきのような失態は演じませんので」

祖母は、気丈に応じ、廊下の反対側にある、竹と虎の絵のある襖の引き手に手をかけようとする。

「奥様。わたくしがいたします」

稲村さんが、進み出た。

「先ほどは、本当に申し訳ございませんでした！　つい怖くなってしまいました。でももう、だいじょうぶですから」

「ありがとう。だけど、これは、わたしがやります。福森家のことだから、わたしがしっかりしなくちゃね」

祖母は、自分に言い聞かせるように答えると、静かに襖を開けた。

中は、宴会場のようにだだっ広い畳敷きの部屋だった。前方左側の数畳にわたって、血痕が飛び散っている。祖母は、ぶるっと身を震わせて、顔を背けた。

真正面には、ステージのように幅の広い床の間があった。

「この部屋で亡くなったのは、長女の美沙子さんですね？」

賀茂禮子の問いかけに対して、樋口刑事は不承不承うなずいた。今さらとぼけたところで、残っているのは一人だけである。

賀茂禮子は床の間を見た。掛け軸は、禅の悟りの段階を表す、十牛図《じゅうぎゅうず》だった。その他に、曰くありげな古い屏風《びょうぶ》や、木彫りの七福神、鷲《わし》の剝製《はくせい》などが、床板や違い棚の上に並んでいる。

ある品の前に来たとき、ぴたりと足が止まった。

風格のある銀の三ツ組盃が、黒漆を塗った傍折敷《そばおしき》の上に載っている。

「これは？　古くから福森家に伝わる品なのでしょうか？」

「いいえ、違うと思います」

祖母が答えた。

「あ。これは……思い出しました！　これも、やっぱり、津雲堂の松下さんが持ってこられた品です！」

稲村さんが、興奮した様子で言い出す。

「たいへんな掘り出し物が手に入ったと言われて。あの、鑑定団の中島《なかじま》先生みたいな口調で、いい仕事をしてますって言ってました」

それから、はしゃぎすぎたのに気がついたのか、急に声が小さくなる。

「銀盃というのは、たいへん縁起の良い物だそうですね。百歳のお祝いに、内閣総理大臣からいただいたりとか」

財政難から、今は銀メッキに変わっているはずだが。

「そうですね。銀盃の鏡のような輝きには、禍《わざわい》を撥ね返す働きがありますから」

賀茂禮子は、ゆっくりとうなずいた。

「過去には、それで、人の命が救われたという例も聞いています」

いったい、どんな例なんだ？　亮太は、質問をしたい気持ちを抑えて、撮影を続ける。

「……ですが、これに限っては、まぎれもない負の呪物に堕《お》ちてしまっています」

亮太は、**銀の三ツ組盃**をアップにした。

お屠蘇《とそ》の朱盃のように、大、中、小の盃が三段重ねになっており、銀の柔らかい光沢がある見込みには、天井が映っている。台の傍折敷は、手前の縁の黒い漆塗りが一箇所剝げており、生地の木目の縦縞が見えていた。

「それも、周囲にまで漂う異常な冷気——妖気《ようき》からして、最も恐ろしい部類のものでしょう。この**銀の三ツ組盃**には、いくつか小さな不定形の曇りが見えますが、これは、過去に人の命を奪ってきた業が染み付いたものです」

どんなに目を凝らしても、曇りというのはわからなかった。祖母は、何だかぼんやりとしてしまっている。延々とオカルトじみた脅し文句ばかり聞かされ続けたせいだろうか。

「……だいたいのことは、わかりました。奥座敷は、もうけっこうです」

しばらくして、賀茂禮子がそう宣言したので、心底ほっとする。

「では、これで終わりですか？」

亮太は、カメラを下げながら訊ねた。

「いいえ。もう一箇所、どうしても、確認しなければならない場所が残っています」

賀茂禮子は、祖母の方に向き直って言う。

「幽霊画を保管してあるという、納戸を見せていただけますか？」

マジか。もう、おなかいっぱいだ。嫌だ。お家《うち》に帰りたい。

「はい、わかりました……。こちらです」

祖母は、少しためらいを見せたものの、奥座敷の襖を開けて案内する。亮太は、しかたなく録画を再開した。

「鍵を取って来ます」と言って、稲村さんが小走りに姿を消した。

畳廊下を、左に龍、右に虎の襖絵を見ながら進んでいき、一同は突き当たりを左に折れる。廊下は板張りに変わり、途中から、急に狭く、薄暗くなった。

「この先が納戸です」

祖母は、途中で立ち止まる。

亮太は、陰鬱な廊下の突き当たりを透かして見た。頑丈そうな木製の扉が一つあるきりで、蔵のような分厚い土戸もなければ、鉄でできた厳つい和錠が下がっているわけでもない。

だが、そこからは、何か異常な気が発せられているような気がした。

間断なく透明な渦のようなものが流れ出してくるような気がして、目眩《めまい》を覚える。亮太は、目を閉じて頭を振ったが、液晶画面に目を転じると、何の異状も見当たらない。

「あなたも、かなり霊気を感じられるようになったみたいですね」

賀茂禮子が微笑する。

「もともと、霊感が強い体質なのかもしれませんよ」

勘弁してくれと思う。おそらくだが、霊感なんてあったって、何のいいこともないだろう。何か見えたところで、録画できなければ、ＹｏｕＴｕｂｅにアップすることもできないし。

「幽霊画などは、ずっとこちらの納戸に収められていたのですか？」

「いいえ。昔は蔵がありましたので、そちらの方に」

祖母が賀茂禮子の問いに答えかけたとき、稲村さんが鍵を持って戻ってきた。質問を聞いて補足する。

「……古い土蔵があったんです。江戸時代か、もっと前のものです。耐震性に問題ありということで、リフォームの際に取り壊しました」

「その土蔵があったのは、こちらの方角ですか？」

賀茂禮子は、左前方を指差す。

「は、はい。そうです」

稲村さんは、なぜわかるんだという怯えた顔になった。

「なるほど。乾蔵《いぬいぐら》ですね」

賀茂禮子は、うなずいた。

「母屋から見て乾の方角――北西にある蔵は、家相的には大吉ですが、たとえ老朽化しても、取り壊すのは大凶なのです。初代が建てた乾蔵を、三代目が処分したとたんに、家が没落することもままあります。俗に『乾蔵に三代なし』と言われるゆえんです」

だったら、そんな厄介なものは、最初から作らなければいいのに。

待てよ。だとすると、蔵を取り壊したのも、福森家に対する呪いの一環だったのだろうか。呪いに実効性があるかどうかは、ともかくとして、坂井という建築士に悪意があったことは、あきらかではないか。

祖母は、稲村さんから鍵を受け取ると、意を決したように進み、木製の扉に触れた。

「あら？　開いてる……どうしてかしら」

「ふだんは、鍵が掛かっているんですか？」

「はい。いろいろと貴重な品もありますし、子供たちが、うっかり入って、怪我でもしたら、たいへんですから」

祖母は、扉を引き開けた。

亮太は、すかさずレンズを向ける。さっきのような幻視こそ起こらなかったものの、何とも言えぬ陰気な感じがした。納戸の中は新しくて、トランクルームのように整頓《せいとん》されていたが、漂う雰囲気は、まるで百年前に朽ちた廃屋のようなのだ。

「幽霊画は、一番奥の棚にあるはずです」

祖母は、いかにも重い足取りで奥の方へと進む。すると、後に続く賀茂禮子が足を止めた。右手の棚にある、大きな縦長の木箱を見ているようだ。相当古いものらしく、黒ずんでおり、墨の箱書きはほとんど読めない状態だった。

「この箱の中を、見てもよろしいですか？」

「あ、はい。どうぞ」

祖母は、少し動揺しているようだった。

賀茂禮子は箱の蓋を開けて、中にあった物を取り出す。

亮太もそちらにカメラを向け、はっとした。

「……いつから当家にあるのかはわかりませんが、幽霊画に描かれているのはこれなんです。

箱を見ただけで、よくおわかりになりましたね」

祖母はそう言って、畏怖の目で霊能者を見た。

箱から出てきたのは、古い行灯だった。亮太は、丁寧に撮影する。幽霊画は、かなり以前に写真で見ただけだったが、何となく見覚えがあった。よくある縦長の四角柱形で、縦に四本、横に五本の桟が入っている。

「この格子模様はドーマン……安倍晴明《あべのせいめい》のライバルとして有名だった、蘆屋道満《あしやどうまん》に由来する、魔除けの九字《くじ》紋です」

賀茂禮子はそうつぶやくと、行灯の正面にある障子を引き上げた。中には、行灯皿が一枚、脚付きの台に載っていた。表面には、何かが燃えた跡のような黒い汚れが付着している。

賀茂禮子は、行灯皿を取り上げて、ためつすがめつする。

「この絵は、六角籠目《かごめ》紋様ですね。六芒星が連なった形ですが、やはり強力な魔除けの意味があります」

今度は、鼻に近づける。

「何をしているんですか？」

亮太が訊ねると、行灯皿を手渡す。

「この臭いが、何だかわかりますか？」

亮太は、カメラを左手に持ち替えると、右手で行灯皿を受け取る。くんくん嗅いでみたが、よくわからない。

「黒い炭の部分を、指で擦《こす》ってみてください」

言われたとおりにしてみる。擦った指を鼻先に持ってくると、燃え滓《かす》のような臭いがした。かすかに腥い。

「江戸時代の灯油《ともしあぶら》には、高価な菜種油ではなく、鰯《いわし》や秋刀魚《さんま》から搾り取った魚油を使う方が一般的でした」

「魚油ですか」

そのとき、はっと気がついた。

「じゃあ、幽霊騒ぎのときに子供たちが嗅いだ、魚の天ぷらのような臭いというのは」

「ええ。行灯の魚油が燃える臭いでしょう」

鳥肌が立った。祖母も、心底ぞっとしたような表情になっている。

「どうやら、この行灯は、幽霊画の主が出現するときの先触れになっているようですね」

「いや、ちょっと待ってください！　幽霊画の主って、いったい何者なんですか？」

亮太は、堪《たま》らなくなって訊ねた。

「まさか、幽霊ってわけじゃないでしょう？」

賀茂禮子は、不思議そうな顔で亮太を見た。

「幽霊画の主は、もちろん、そこに描かれている幽霊ですよ」

亮太は、絶句した。

「人が死ねば、遠い世界へと旅立ちます。本来なら、この世へ戻ってくることはありません。しかし、よほど強い思いや怨念などによって駆り立てられた場合は、ごく稀に、中有から引き返してくることがあるのです」

賀茂禮子は、とても信じがたいような話を、さらりとする。

「彼岸から此岸《しがん》への帰り道は、どこまでも、果てしなく続く暗黒です。何かに導かれずして、とうてい引き返すことはできません。しかし、そのときに、灯台や道標《みちしるべ》となり得るものが、三つあります」

全員が、固唾《かたず》を呑んで、霊能者の話に聞き入っていた。

「一つ目は、彼らの生前の恨みが染み付いた呪物です。だからこそ、呪物は恐ろしいのです。

遥《はる》か彼岸より、深い遺恨を抱いている存在を呼び寄せてしまうので」

賀茂禮子は、そう言いながら、行灯を丁寧に箱の中にしまった。

「二つ目は、死者に対して、抜きがたい罪の意識や恐怖の感情を抱いている、生者の心です。そして、三つ目が、最も稀なケースですが、生者が死者を思い、命を磨《す》り減らして創り上げた芸術作品なのです。常人では考えられない執念と、それを十全に表現できる才能なくしては、けっして成るものではありません。当家に伝わった幽霊画も、まさにそうだったのでしょう。そして、この行灯も、幽霊画の中に描かれたことで間接的に呪物と化し、幽霊が現れるときの露払いを務めているのではないでしょうか」

わけがわからない話だったが、ならば、そんなものは、もう二度と幽霊が現れないように、処分してしまった方がいいのではないか。亮太は、波立つ心で考える。

そのとき、ふと、この霊能者が言っていたことを思い出した。

「今は、数多くの危険物が雑然と積み重ねられている状態と考えてください。その中の一つを無造作に引き抜いた場合、バランスが崩れて、全体が崩壊する可能性があります。ですから、まずは、すべての凶作用を把握して、最も危険で致命的な結果をもたらしかねないものから、順番に無害化していかなければならないのです」

今すぐ、ここから一目散に逃げ出したい。そして、二度と近づきたくないと痛切に思う。

亮太は、そろそろと息を吐き出す。もう、これ以上、この屋敷の空気を吸うのも嫌だった。ある程度、覚悟はしていたが、まさか、ここまで恐ろしい取材になるとは。

ふと、樋口刑事の様子を見やると、口を真一文字に結んで、眉をひそめている。うっすらと汗を掻いているようだ。今にもゲロを吐きそうな感じである。

賀茂禮子はと見ると、祖母に許可を得て、別の箱に手を伸ばしていた。さっきとは違って、小さく細長い桐の箱だった。

「ここには、天尾筆《あまおふで》とありますが、ご存じですか？」

箱書きを読んで、賀茂禮子が祖母の顔を見る。

「それは、いったい何かしら。わたしは、見たことがありません」と祖母。

「たしか……それも、だいぶ前に、松下さんが持ってこられたものだと思います」

稲村さんが、記憶を呼び覚まそうとするように、額に手を当てながら言う。

「箱は新しいんですが、筆自体は、たしか鎌倉時代初期のものだとか」

毛筆というのは、そんなに長く保《も》つものなのだろうか。

「筆は、白い毛が黒く染まることから、若返りと長寿の象徴だとおっしゃってて」

賀茂禮子は、ゆっくりと首を横に振った。

「縁起担ぎにしても、そんな話は、聞いたことがありませんね」

そう言って、箱の蓋を取った。中には、何の変哲もない、というより、みすぼらしい感じの一本の筆が入っていた。毛は灰色がかった黒で、軸は竹製らしい。

「天尾というのは、馬の尾毛のうち胴体に近い部分の毛のことなのですが、これは馬の毛ではありません」

賀茂禮子は、天尾筆を鋭い目で見ていた。

「では、何の毛なんですか？」

亮太は、筆をアップにした。

「どうやら、人の毛のようです」

「人？　そういう筆があるんですか？」

新生児の髪の毛で作る胎毛筆だったら、聞いたことがあるが。

「人の毛は腰がありませんから、基本的に筆には向きませんが、この筆の毛は、数百年を経過しながら、未だ弾力を失っていません」

賀茂禮子は、筆先を指で撫でた。

「それは、この筆が呪物と化しているからです。それも、きわめて特異な成り立ちの」

賀茂禮子は、そのまま蓋を閉じて、天尾筆を元の場所に置く。

「これもまた、かつては、人の命を喰らったことのある呪物です。けっして、徒《あだ》やおろそかに扱ってはなりません」

その場には、それ以上のことを聞き出そうとする者はいなかった。

賀茂禮子は、さらに納戸の奥に進んだが、また足を止める。

視線の先の棚には、利休《りきゅう》色の風呂敷で包まれた大きな箱のようなものが載っている。

「これは」

賀茂禮子の表情が歪む。

「また、何と、おぞましいものを」

亮太は、げっそりした。今度は、いったい何だろう？

「いったいなぜ、こんなものを屋敷に入れられたのでしょうか？」

詰《なじ》るような言葉に、祖母は当惑して、稲村さんの顔を見る。

「これは、何なのかしら？　福森家に伝わるものではないと思うけど」

「わたくしも、存じません」

稲村さんも首を振る。

「風呂敷を開けてみてくれる？」

祖母に命じられて、稲村さんが風呂敷の結び目を解く。亮太はレンズを向けた。

はらりと風呂敷が開いて、ガラスケースが現れた。中に入っている物をひと目見て、亮太は後ずさった。

何だ、これは……？

ガラスケースの底には綿が敷き詰められており、ミイラのように見えるものが鎮座していた。子供か猿のようだが、眼球は巨大で、口も異様に大きく、鋭い牙《きば》が覗いている。

「**河童《かっぱ》の木乃伊《みいら》**ですね。たぶん、江戸時代の細工師が作ったものでしょう」

賀茂禮子は、そうつぶやいてから、なぜか頭《こうべ》を垂れて静かに瞑目した。亮太は目を瞬く。この姿は、ちょっと前にも見たような気がするのだ。

そうだ、と亮太は思い出す。廊下に掛かっていた黒色尉の能面を見たときである。合掌こそしなかったが、まるで祈りを捧《ささ》げているようだった。

賀茂禮子は、ようやく口を開いたが、その声は少し嗄《しゃが》れていた。

「世間には、こういった木乃伊を守り神として祀っている人もいますが、御利益だけでなく、何らかの障りや祟りがあることも考えられます。寺院ならともかく、一般の家に置くべきものではありません」

「あの。わたくしは、一度も見たことがありませんが、たぶん、虎雄様がお買い求めになったものだと思います」

稲村さんが、眉をひそめて言う。

「少なからず、悪趣味なところもおありの方でしたので」

「これを持ち込んだのは、やはり、松下誠一という人ですか？」

「そうだと思います。他にも、出入りの美術商や骨董商はいますが、こういう類いのものは、たぶん津雲堂さん以外は」

稲村さんは、**河童の木乃伊**をちらりと見て身を震わせると、目を背けた。

「これは、やはり、呪物なんでしょうね？」

祖母の問いに、賀茂禮子はうなずいた。

「見るからに不気味ですが、外見よりも、はるかに深く恐ろしい因縁の産物であるようです。今も、絶え間なく、暗い絶望と恨みを周囲に向かって発散しています。福森家へ来るまでに、好事家の間を転々としてきたようですが、おそらく、ただの一人として無事だった人はいないでしょう」

いったい何なんだ、この家は？　亮太は、軽い目眩を感じていた。

何もかも、狂っている。呪物というものが実在するかどうかはわからないが、何のために、わざわざ不吉な物を導き入れる必要があるんだ。本家の人たち、特に虎雄さんは、どうかしてしまったとしか思えない。

賀茂禮子は、納戸の奥に向かって歩き出す。稲村さんは、そっと風呂敷を結び直した。

「幽霊画は、ここですか？」

納戸の一番奥にある棚だけは、そこまでに並んでいたオープンなスチールラックとは違い、重厚な木製で、たくさんの引き出しがある。

「左の一番上の、鍵の掛かった引き出しです」

祖母がかすれた声で答える。鍵束を持った稲村さんが進み出て、引き出しの鍵を解錠した。

賀茂禮子は、引き出しを開け、中から細長い桐の箱を取り出す。

亮太は、子供の頃に聞かされた呪われた掛け軸の話を思い出していた。江戸時代の中頃と、明治の初めに、それぞれ一人ずつが取り殺されているのだとか。家に伝わる話でありながら、内容は怪談そのものだったので、強烈な印象が記憶に焼き付いていた。

賀茂禮子は、木箱をしげしげと見た。

「最初の二文字は、真っ黒で読めませんが、その後は『幽霊図』とあるようです。どうやら、これでまちがいありませんね」

「待ってください」

祖母が、苦しげな声を絞り出す。

「やはり、それを開けるのだけは、ちょっと……」

賀茂禮子は、静かな目で祖母を見返す。

「見るだけで、祟りがあるということですか？」

「代々、そのように伝わっています。あんなことがあった後だけに、恐ろしくて」

「今、わたしは、この掛け軸の入った箱を、外から眺めています。しかし、同時に、中からも見られているような気配を、ひしひしと感じています」

賀茂禮子は、血も凍るようなことを平然と言う。

「正直に申し上げれば、わたしも、怖くてしかたがありません。しかし、この掛け軸の中身をたしかめないかぎり、先へは進めないようです。ここは、わたしを信じて、開けさせていただけませんか？」

ついに、ここで、あの惨劇を引き起こした元凶に、対面することになるのだろうか。

亮太は、ズボンで手の汗を拭うと、カメラを持ち直した。

「わかりました。万事、先生にお任せしたいと思います」

祖母がそう言ったとき、背後で、何かが落ちるような大きな音がした。

亮太が振り返ると、樋口刑事が呆然と佇んでいるのが見えた。

あきらかに、様子がおかしい。目は虚《うつ》ろで玉の汗を掻き、口は半開きで唇を震わせている。

床には、棚に載っていた箱が、二つばかり落ちていた。

「どうしたんですか？」

亮太は、カメラを構えたまま近づいた。

「やめろ！　俺を撮すなと言ってるだろう！」

樋口刑事は、大声で叫んだ。語尾が納戸の漆喰の壁にキンキン反響する。

「刑事さん。落ちついてください」

賀茂禮子が、声をかける。

「ご気分が悪いのですか？　納戸から出て、新鮮な空気をお吸いになった方が」

樋口刑事は、賀茂禮子に右手の人差し指を突きつけた。

「いいかげんにしろ！　くそ！　何が、霊能者だ？　拝み屋風情が、さっきから、好き勝手にデタラメ放題吐《ぬ》かしやがって！」

樋口刑事の口調は、まるで酩酊《めいてい》しているかのようだった。いったい、どうしたのだろうか。

亮太は唖然とする。さっきまでの冷静な態度とは、まるで別人だ。

「何が、そこまでお気に障ったのでしょうか？」

賀茂禮子は、それほど動揺した様子もなく訊ねる。

「何が？　ふざけるな！　何がって……」

樋口刑事は、口をパクパクさせるが、言葉が出て来ない。

「もしかして、これが原因ですか？」

賀茂禮子は、掛け軸の桐箱を掲げた。樋口刑事は、たじろいだ様子を見せる。

「この中には、何度も話に出てきた幽霊画が収められています。いかがでしょうか。今から、わたしたちと一緒にご覧になりますか？」

樋口刑事の顔に、剝き出しの恐怖が走った。

「いや、私は、けっこうだ」

かすれ声でそう言うと、じりじりと後ずさり、きびすを返して出て行ってしまった。

その様子を、亮太と祖母は呆然と見送った。

「いったい、どうされたんでしょうか？」

祖母が、独り言のようにつぶやく。

「間違いなく、この掛け軸が原因であると思います。どうやら、幽霊画は、絶対開けるなと、強く警告しているようですね。ここは、その通りにした方がいいかもしれません」

賀茂禮子は、桐箱を元あった場所に戻し、引き出しを閉める。

「呪物は、人の心の最も弱いところや、邪悪な部分に働きかけます。そのために、人によって受ける影響は千差万別です。これほどまでに強い呪物は、よくよく注意して取り扱わないと、想定外の事態を引き起こしかねません」

樋口刑事は、どう見ても、メンタルが弱いタイプとは思えなかったが。

賀茂禮子は、引き出しを施錠すると、祖母に鍵を手渡しながら言う。

「さっき、幽霊画を撮った写真があるとおっしゃってましたね。拝見できますか?」

「あ、はい」

祖母は、隣の引き出しを開けて、封筒を取り出した。一瞬中を見るような素振りをしたが、思いとどまり、そのまま賀茂禮子に手渡した。

亮太は、賀茂禮子の横に立って、封筒にレンズを向けた。原画は見られなくても、これで、どんな絵だったのかは確認できるだろう。

だが、封筒から引き出された写真は、期待を裏切るものだった。

「これは、どうしたことでしょう。真っ黒ですね」

賀茂禮子は、かすかに首を振った。わずかな濃淡は残っているものの、何が写っているかはほとんど判別できない。

祖母が、亮太に訊ねた。

「古い写真は、よくセピア色になるけど、こんなふうに真っ黒になることもあるの?」

亮太は、首を横に振った。デジタルデータの場合は、メモリの容量不足で黒くなってしまうことはあるが、銀塩写真では聞いたことがない。

「……現像で失敗したとき、くらいですかね」

ずっと前に見たときは、写真は正常だった。もしこれが、あのときと同じプリントならば、大量の放射線でも浴びたとしか思えない。

「これも、幽霊画の祟りということですか？」

亮太は、賀茂禮子に訊ねる。もしそうだと言われたら、納得してしまいそうだった。だが、返ってきた答えは案に相違していた。

「おそらく、そうではないでしょう」

「それじゃあ、いったい？」

「わたしは、その逆ではないかと思っています」

賀茂禮子は、謎のような答えを返した。逆？　逆とはどういう意味だ？

「少々、長居しすぎました。そろそろ出た方がいいでしょう」

賀茂禮子は、また頭痛がぶり返したように、顔をしかめ、こめかみを押さえた。

「お訊きしたいことがあります。場所を変えましょうか」

SCENE7

ダイニングに戻ってきたとき、亮太は心の底からの安堵《あんど》を感じた。だけど、もしも今すぐ、この屋敷から出られたら、きっと、もっとずっと、ほっとできるのに。

稲村さんが淹れたコーヒーに、今度は、賀茂禮子もためらうことなく口を付けた。祖母も、緊張の反動からか、深い溜め息をつく。

「幽霊画のことですが、亮太さんは、呪われた絵とおっしゃってましたね？　江戸と明治に、二人も取り殺されたと。それについて、詳しく教えていただけますか？」

賀茂禮子の質問に、亮太は咳払《せき》いをした。

「あの絵によって二人の人間が取り殺されているというのは、本当らしいんです。一人目は、江戸時代で……たしか、ええと」

「わたしから、お話ししましょう」

祖母が、コーヒーを一口飲んでから、口を開いた。

「最初の事件が起きたのは、浅間山《あさまやま》の大噴火の前年だったと伝えられています」

亮太は、すばやくスマホを取り出して調べる。江戸時代の大噴火というと、天明《てんめい》三年のことだろう。だとすれば、前年は天明二年——一七八二年ということになる。

カメラを三脚に載せて、祖母の動画を撮影しながら、編集作業のためにメモを取り始めた。昔聞いた話ではあるが、なぜか、今回の事件を解明する上でも、重要な意味を持つような気がしていた。

千太郎《せんたろう》の話

福森家に千太郎という部屋住みの若者がいた。千太郎は長男で、二十代の後半にさしかかっていた。父の重藏は長らく病床にあったが、千太郎は未だ家督を継げないでいた。一説では、重藏が妾《めかけ》に産ませた庶子だったためということだが、真偽のほどははっきりしない。

だが、千太郎は、幼い頃よりたいへん利発だった。特に、昆虫などの身近な小動物に興味を示し、詳しく生態を調べて記したり、長じてからは万巻の書に親しんでいたという。

「千太郎は、特に、医学や美術に造詣《ぞうけい》が深かったようです。蔵書の中には、歴史的にたいへん貴重な書籍も含まれていて、その一部は今も福生寺に保管されているはずです」

祖母は、どこか誇らしげに言った。

そういえば、この人は、昔から、頭のいい若者が大好きだったなと思い出す。残念ながら、俺はその範疇《はんちゆう》には一度も入らなかったがなと、亮太は自嘲《じちよう》した。


福森家は、江戸時代に入ると、藩の重臣だった地位から士分のまま帰農し、郷士となった。さらに時代が下ると、完全に豪農のような暮らしになって、潤沢な資金を元手にして、養蚕や両替商など様々な商売に手を広げて、成功を収めていたという。しかし、千太郎は、家業には携わろうとはせず、終日書物に読み耽《ふけ》るか、村の子供たちを離れに集めては手習いを教える、高等遊民のような毎日を送っていたらしい。

その頃、村の子供たちの間で、神隠しが相次いでいた。性別も年齢も関係なく、ある日突然失踪《しつそう》してしまうのである。手習いにやって来ていた子供が神隠しに遭ったと聞いて、千太郎も心を痛めていたが、災厄は、とうとう家族にまで降りかかってきた。千太郎の幼い弟である、正五郎《まさごろう》までもが姿を消してしまったのだ。

千太郎は、愕然とし、血眼《ちまなこ》になって弟の行方を捜した。だが、いざ書斎での思索から離れて現実の問題に取り組んでみると、過去に書物から学んだ知識は机上の空論に過ぎず、まったく役に立たないことを痛感した。

それで、千太郎は、先入観を捨てて、正五郎と、それより以前に失踪した子供たちが最後にどこで目撃されたのか調べてみた。すると、驚くべき共通点があきらかになった。子供たちの神隠しは、すべて福森家を中心とした地域で起こっていたのである。正五郎は、姿を消す前に、奥座敷の手前の廊下にいるところを家人に見られていた。

千太郎は、何度も現場を訪れて、遺留品がないか探した。それから、手習いに来ていた子供たちから聞き取り調査を行った。最初のうちは、誰もが知らないと首を振るばかりだったが、そのうちに、一人の子が、ぽつりぽつりと奇妙な話を語り出した。

子供たちは、皆、神隠しに遭う二、三日前に、変な掛け軸の絵を見たと言っていたらしい。しかもそれは、福森家の奥座敷に掛かっていたものだという。


あらためて聞くと、江戸時代の怪談というよりも、まるで現代の都市伝説のようだと思う。どことなくミステリっぽいのは、祖母が二時間ドラマのファンだったことも影響しているかもしれない。福森家にとって忌むべき話とされており、古文書の類いもいっさい残っていない。口伝えで伝承されてきたとすれば、話者の知識や個性、時代背景などによって、これまでも、徐々に内容が変化してきたのではないだろうか。


千太郎は、その掛け軸が何だったのか特定しようとした。ところが、実物を見た子供は誰もおらず、唯一残された「怖かった」という言葉以外に手がかりはなかった。正五郎が神隠しに遭う直前に、奥座敷に掛かっていた掛け軸は、すぐにわかったが、名月に秋草があしらわれた平凡な図であり、いくら調べても、神隠しに関係があるとは思えなかった。

事件があったときには、別の掛け軸に取り替えられていたのだろうか。しかし、福森家には数え切れないほどの掛け軸があって、そのすべてを虱潰《しらみ》しに調べるのは容易なことではない。それに、いつまでも部屋住みのままの千太郎は、居候とさほど変わらない立場なので、あまり大っぴらに騒ぎ立てるのも憚られた。

そんな中、奉公して間もない若い女中が、耳寄りな情報をもたらしてくれた。少し前だが、福森家に立ち寄った旅の僧が、一目見るなり立ち上がって不吉なりと喝破した掛け軸があったという。その掛け軸は、以来蔵にしまい込まれたままらしい。どうして処分してしまわないのかと千太郎は不思議に思ったが、福森家のお抱え絵師の遺作と聞き、納得した。千太郎の父、重蔵は、その絵師の絵を偏愛していたからだ。

千太郎は、誰もいない昼間、こっそりと蔵に忍び込んだ。くだんの掛け軸を捜し、一つずつ箱書きをたしかめていると、ふいに、棚の上から一個の桐箱が落ちてきた。鼠でもいるのかと思って見ると、はずみで箱の蓋が外れ、一本の掛け軸が飛び出した。しかも、あろうことか、しっかり軸を巻いて結わえてあるはずの巻緒がはらりと解け、掛け軸がコロコロ転がりながら床の上で展開していく。

千太郎は、とっさに掛け軸に飛びつくと、目をつぶって押さえた。

……桑原桑原。こいつを見たら、百年目だ。

震える手で軸を巻き直し、巻緒を巻いて固く縛る。元通りに箱に収め、棚の奥に押し込めて、逃げるように蔵を出た。

絵は見えなかったが、箱書きに『幽霊図』とあったのは目に焼き付いていた。今さらながら、掛け軸を置いて出て来たことが悔やまれた。中を見なくても、何か調べる手立てはあったかもしれないし、本当に祟りをなすものなら、こっそりと焼き捨ててしまった方がよかったのではないだろうか。

だが、あの蔵に戻るのは嫌だった。神も仏も信じないし、まして妖怪や物の怪《け》の類いなど、見る者の気の迷いでしかないと公言していたが、脚元から這《は》い上る震えは、心の奥底で自分がそうは思っていないことを曝露していた。

千太郎は、心ならずも、正五郎の探索を断念することにした。正五郎がどうなったにせよ、もう生きてはいないだろう。この世にはたぶん、けっして触れてはいけないものがあるのだ。正五郎に詫びるために、千太郎は、毎朝、文机《ふづくえ》の上にお灯明を上げるようになった。

しかし、祟りは、これで終わらなかった。千太郎は、いつしか、自分が狙われていることに気がついたのだ。

祖母は言葉を切ると、コーヒーを一口飲んで喉を潤した。

こんなに怖い話だったのかと、亮太はメモを取りながら思った。子供の頃聞かされたのは、短縮バージョンで、表現も相当和らげてあったのかもしれない。


初めは、気のせいかと思っていた。小春日和のとある午後、千太郎が縁側を歩いていると、部屋の障子が半分開いており、床の間に飾ってある掛け軸が視野の隅に映った。行き過ぎて、ふと、それが、あの掛け軸だったのではないかという思いに囚われた。福森家には膨大な数の掛け軸があったが、ふだん使われるものは決まっており、大概見覚えがあったが、今の部屋にあったのは、一度も見たことのない掛け軸だったような気がするのだ。

しかし、あの掛け軸を見ること自体が禁忌なので、戻ってたしかめるわけにもいかなかった。そんなはずがないと自分に言い聞かせ、忘れようとした。そんなことが、幾度か続いた。

奥座敷に入ったときに、掛け軸の桐箱が、ぽつんと一つ置かれているのが目に付く。遠目に箱の色や形に見覚えがあるような気がする。蔵で見た『幽霊図』の桐箱にそっくりだったのだ。まるで開けてみよと語りかけてくるかのようだったが、たしかめることはおろか、近づくことすらできず、千太郎は後ずさりして廊下に逃げ出した。

すると今度は、真っ昼間に書斎で本を読んでいるときに、遠くの庭から声が聞こえてくる。どうやら子供の声らしい。走り回っているような音もする。どこの子だろうと思っていると、しだいに、はっきり聞こえるようになった。大勢の子供たちが口々に何か叫んでいる。それが自分を呼ぶ声とわかり、千太郎は戦慄した。

そういえば、あの声はどれも、神隠しに遭った子供の声のような気がする。

そして今度は、はっきり「兄上……」と聞こえた。

幽明境を隔てているように、遠くか細いが、それは、まぎれもなく正五郎の声だった。

千太郎は、思わず突っ伏して、両掌《りょうて》で耳を押さえた。


ダイニングのドアにノックの音がして、飛び上がりそうになる。稲村さんが立って、ドアを開ける。そこには、恐縮した様子の樋口刑事が立っていた。

「何と言ったらいいのか、さきほどは、まことに申し訳ありませんでした」

樋口刑事は、悄然《しょうぜん》と頭を垂れる。

「特に、賀茂さんには、たいへん失礼な発言をいたしました。自分でも、なぜ、あんなことを言ってしまったのか……。深く反省しておりますので」

賀茂禮子は、にっこりと笑った。

「どうか、お気に病まれませんよう」

「はあ。ですが」

「すべては人智《じんち》を超えた存在のなせる業ですから」

樋口刑事の表情に、ぞっとしたようなさざ波が走った。

「今、あの掛け軸が、江戸時代に人を取り殺した話を聞いているところですが、刑事さんも、お聞きになりますか?」

「いや、それは。……私は、これで失礼します」

樋口刑事は、逃げるようにいなくなってしまった。


千太郎は、あの掛け軸を燃やすしかないと決意した。本来であれば、菩提寺である福生寺の和尚に相談すべき話だろうが、処分するには父の許可が要る。あの絵師の作品に執着している重蔵が、首を縦に振るとは思えなかった。

だったら、この手でやるしかない。それが、正五郎や他の子供たちの仇討《あだう》ちにもなる。

千太郎は、勇を鼓して蔵に入り、『幽霊図』の掛け軸を捜したが、どういうわけか、今度はどうしても見つからなかった。しかし、よく見ると、古い掛け軸がごっそりなくなっている。

それとなく若い女中に訊ねてみると、どうやら、それらの掛け軸は奥座敷にあるようだった。表装をし直す必要があるとして、集められたらしい。

その晩、千太郎は、若い女中に、奥座敷を見に行かせた。床の間に掛かっている掛け軸が、何かを確認させたのだ。もしも、あの『幽霊図』が掛かっていたなら、女中の命も危ういかもしれないが、その前に何人もが見ているはずだし、そこまで心配していてはきりがない。

女中は、奥座敷から急ぎ足に戻って来るなり、床の間に掛かっていたのは、柿の枝に椋鳥《むくどり》が止まっている図だと報告した。それならよく知っている。秋には必ず掛けられる定番の軸だ。それ以外の掛け軸は、すべて箱に入ったままだという。

家人が寝静まった深更、千太郎は、忍び足で奥座敷へ向かった。月明かりの晩だったので、灯火がなくてもあの箱を選び出せる自信があった。なまじ明るいと、万一箱を取り落としでもしたら、はずみで掛け軸の絵が目に入ってしまうかもしれない。火を見るのは、『幽霊図』を焼却するときだけでいい。

千太郎は、廊下を進んで、虎の絵が描かれている襖を開けた。奥座敷は、なぜか、障子から月明かりも差し込まず、真っ暗だった。一寸先も見えないほどだ。掛け軸の箱は床の間の前に並べてあるという話だったので、手探りでそちらに向かう。足先に、箱らしき物が当たった。そのときには、少し目が慣れてきたので、床の間の前に、たくさんの箱が並べられているのがぼんやりと見えた。

あの掛け軸は、この中にあるはずだ。千太郎は、畳に膝《ひざ》を突き、箱に目を凝らした。

すると、突然、行灯がともった。

奥座敷の中が、赤々と照らし出される。

千太郎は、はっとして顔を上げ、思わず床の間に目をやってしまった。

そこには、今まで一度も見たことのない、掛け軸が掛かっていた。

『幽霊図』だ……。

恐ろしい悲鳴を聞いて家人が駆けつけたときには、奥座敷は、再び闇の中に沈んでいた。

提灯《ちょうちん》に照らされた千太郎は、世にも恐ろしい形相で絶命していた。


亮太は鳥肌の立っている腕をさすった。たった今、見てきたばかりの場所なので、臨場感で恐怖が倍加していた。今いるダイニングが、奥座敷と同じ屋根の下にあるということすらも、忌まわしかった。

「千太郎の死後に、『幽霊図』の掛け軸は封印されたそうですが、それ以降、神隠しはぴたりと止みました。千太郎が生け贄《にえ》になったおかげだと、村の人々は噂したそうです」

祖母が話を終えると、しばらく沈黙が訪れた。

「どう思われますか？」

亮太が賀茂禮子に水を向けてみると、とんでもない答えが返ってきた。

「怖い話ですが、概《おおむ》ね、事実に基づいているのではないでしょうか」

嘘だろう？　ずっと、子供騙しの作り話だと思っていたのだが。

「ただ、いくつか納得のいかない点もあります」

賀茂禮子は、亮太も薄々変だと感じていた問題点を列挙する。

「まず、取り殺されたのは、二人だとおっしゃいましたね？　江戸に一人、明治に一人だと。ところが、今の話だと、江戸だけでも、かなり多くの子供が神隠しに遭っているようですね。

なぜ、千太郎以外をカウントしていないのかが不思議なんです」

「そのことは、私も思いました。もしかしたら、取り殺されたのが二人ということではなく、恐ろしい事件が二度あったという意味かもしれませんが」

祖母も、首を傾げる。

「子供たちは、後で帰ってきたりとか、しなかったんですか？」

亮太は、かすかな希望を託して訊ねた。千太郎が殺されるいきさつは、あまりに理不尽だが、もしそうだったら、半分はハッピーエンドになるのだが。

「いいえ。もしそんなことがあったら、必ず伝わっているはずです」

祖母は無情に期待を打ち砕く。まあ、それはそうだろう。

「……それに、この話を聞くかぎりは、どうして祟りが起きたのか、さっぱりわかりません。くだんの絵師というのは、松下秋繭を指すようですが、なぜ、その遺作が、見る者をどこかへ連れ去ってしまうのでしょうか？」

「さっき、秋繭は福森重藏に対し恨み骨髄に徹していたと、言われてませんでしたか？」

親不知子不知図を見たときに、賀茂禮子が発した言葉だ。

「ええ。ですが、その恨みが、無差別に村の子供に向くのは理不尽です」

「呪いというのは、もともと不条理なものなんじゃないですか？」

賀茂禮子は、きっぱりと首を横に振る。

「身勝手な逆恨みによる呪いはあっても、意味不明な呪いはありません。もしも、無辜《むこ》の人を無差別に襲うのだとしたら、そこには必ず何らかの理由があるはずです」

荒唐無稽な心霊怪談なのに、奇妙な説得力があった。

「さらに、子供たちと千太郎とでは、呪いが作用する手続きが違っています。子供たちは姿を消しますが、千太郎は遺体で発見されています。また、子供たちは、一度掛け軸を見てから、後日、神隠しに遭うのに、千太郎は、その場で即座に取り殺されてしまいました。この差は、いったいどこから生まれたのでしょう?」

そんなことは、考えもしなかった。

「あと、これは口承による物語にはよくあることですが、千太郎にしかわからなかったことが事細かに語られて、最後は、誰に伝える暇《いとま》もないまま、千太郎は死亡していますね」

それを言い出したら、この手の話はほとんど成立しないだろうが。

「……要するに、今語られた物語は、かなりの部分が、想像によって補われているわけです。したがって、話者の都合のいいように、あるいは無意識の願望に従って、話が脚色されているのかもしれません。そのために、真実が覆い隠されてしまっています」

「真実というのは、何でしょう?」

祖母が、眉をひそめて訊ねた。

「おそらくなんですが、この物語の真相は、わたしたちが思っている以上に恐ろしいものではないかと思います」

亮太は呆気にとられた。すでに充分恐ろしいけど、それ以上って、いったい何?

「ですが、わたしの想像をお話しするより前に、明治になってから起きたという、もう一つの事件について聞かせてください」

祖母は、うなずくと、大きく息をついて、語り始めた。

「二つ目は、明治十七年のことだと伝えられています」

一八八四年……。素早く検索すると、自由民権運動の高まりから、群馬事件や加波山《かばさん》事件、秩父《ちちぶ》事件などが起きた年らしい。

「福森家の住み込みの使用人に、松吉《まつきち》という男がいました。苦み走った、なかなかの男前で、福森家の女中たちや村娘たちの憧《あこが》れの的でしたが、本人は、いっこうに煮え切らないままで、いつしか三十路《みそじ》にさしかかっていました」

III

ACT1

松吉の話

それまでは浮いた噂の一つもなかった松吉が、突如として恋に落ちたという評判は、あっという間に村に広がった。お相手は、村で養蚕を営むキクという若後家だった。キクには、幼い二人の娘がいたが、恋する松吉の目には、何の障碍《しょうがい》にも映らない。松吉は、なりふり構わず、キクの歓心を買おうとこれ努めた。頻繁に訪れては、子供たちを村祭りに連れ出したり、町で土産を買ってきたりする。最初は戸惑いの色を見せていたキクも、徐々に、松吉の一途な情にほだされていった。

そして、キクの家でささやかな祝言を挙げる日取りまで決まった、ある日の昼下がりだった。松吉は、偶然にも、『幽霊図』の掛け軸を目にしてしまった。

千太郎の死からは百年以上がたって、一時はあれほど福森家を震撼《しんかん》させた恐怖も、すっかり薄らいでいた。生き証人もいない今となっては、掛け軸に人が取り殺されたなどという与太話を信じる者は誰もいない。文明開化の光に照らされ、昏《くら》い迷信は急速に駆逐されつつある時代だった。

福森家の掛け軸は、人気のあるものが頻繁に掛けられる一方、大半は蔵に死蔵されていた。しかし、巻いたまま放置しておくと傷むので、虫干しのために、年に一回は掛けられることになっていた。くだんの『幽霊図』も、例外ではなかったようだ。

その日、松吉は、主人の言いつけで、ふだんは立ち入ることもない奥座敷に足を踏み入れた。そこには、年に一度の虫干しのために広げられた『幽霊図』が掛けられていた。

松吉は、『幽霊図』に目をやり、ぶるっと身震いした。描かれている女の幽霊の目つきに、どこか尋常ならざるものがあったためだった。言いつかった茶器を見つけ、奥座敷を出ようとしたとき、女の目がじっと自分を見つめているのを感じた。奥座敷に入ったときは、こちらを見ていなかったはずなのだが。同時に、奇妙な既視感も覚えていた。女の目は、通りすがりに村娘が向けてくる、まとわりつくような熱い視線とそっくりだったのだ。

松吉は、酒席で、親しい朋輩《ほうばい》らにその話をしたのだが、一笑に付されてしまった。掛け軸の幽霊に見初められたとは、どうかしてる。いくら色男だからって、自惚《うぬぼ》れもたいがいにしろと嗤《わら》われたのである。

メモを取りながら亮太は嫌な気分に襲われていた。幽霊と人の恋愛話はそれほど珍しくない。『牡丹灯籠《ぼたんどうろう》』では、お露《つゆ》の幽霊が、カランコロンと下駄の音を響かせて、新三郎《しんざぶろう》の許《もと》に通って来るわけだし。

だが、掛け軸の幽霊に一目惚れされるというのは、怪談にしてもシュールすぎるだろう。

……合コンで、斜め横に座ったあの女と、初めて視線が合ったときのことがよみがえった。あれは、まるで薬物中毒のようなトロンとした目つきだった。寒気がよみがえる。

それ以来、松吉は、至るところで何かに見られているという感覚に苛《さいな》まれることとなった。算盤《そろばん》を入れながら、大福帳に売掛金を記しているとき、うなじがチリチリするような視線を感じる。だが、振り返っても誰もいない。生糸を荷駄に積み込む作業を監督しているときも、ずっと見られている気配があった。あり得ない方角、人が立つことができない場所からも。

松吉は、無視することにした。幽霊の正体見たり枯れ尾花だ。いると思えばいる。いないと思えばいない。すべては、ただの気の迷いに違いない。

……スタバで、ふと窓の外を見たとき、あの女と目が合った。向こうは、それまでずっと、こちらを見ていたらしい。女はうっすらと笑みを漏らした。自分の存在を認めさせることで、成功体験を味わったのだろう。

亮太は溜め息をついた。無視するだけで、ストーカーを撃退できるなら、警察はいらない。

すると、不吉なことが、立て続けに起きるようになった。下駄の鼻緒が切れる。まだ新しい箸《はし》がぽっきりと折れる。さらには、ふだんはおとなしい馬が暴れて、荷駄が落下する。小さな事故が、毎日のように起きるために、松吉は満身創痍《そうい》の状態が続いていた。

そのうちに、すでに晩秋だというのに、誰も植えていないはずの曼珠沙華《まんじゅしゃげ》が、福森家の庭に大量に狂い咲きした。毒々しくも真っ赤な花の大群は、庭の一角を墓所のような佇まいに変えてしまい、一本一本が屹立《きつりつ》しながら、まるで松吉を睨みつけているかのようだった。

それでも、松吉は、何事もなかったように振る舞った。それらすべてが、祝言を中止せよという重大な警告であることには、薄々気がついていたのだが。

そうして、祝言の当日となった。とは言え、親戚や近所の人を集めて宴会をするだけだが。キクの家の前には篝火《かがりび》が焚かれ、松吉は羽織袴《はかま》、キクは打ち掛け姿で上座に座って、招待客の盃を受けていた。

床の間には、組頭の家から借りてきた『高砂《たかさご》』の掛け軸が掛けられていた。背景は、高砂の浜辺で、奥には相生の松、手前には蓑亀が配されて、共白髪の尉《じょう》と姥《うば》が、仲良く箒《ほうき》を持って立っている。

宴も酣《たけなわ》となった頃である。すっかり酔いが回って熟柿《じゅくし》のような顔色になったキクの叔父《おじ》が、渋い声で『高砂』を謡い始めた。

〽高砂や、この浦舟に帆を上げて、この浦舟に帆を上げて、月もろともに出で潮の、波の淡《あわ》路《じ》の島影や、遠く鳴尾《なるお》の沖すぎて、はや住吉《すみのえ》に着きにけり、はや住吉に着きにけり。

松吉は、なぜか胸騒ぎを感じて、床の間を振り返った。

掛け軸の絵に、異変が起きていた。砂浜や相生の松、蓑亀は見えなくなり、白髪の尉も姿を消している。

そして、唯一残された姥が、ゆっくりとこちらを向いた。

その顔は、あの『幽霊図』の主だった。四白眼の恐ろしい視線が松吉を捉える。

松吉は、「おのれ、化生！」と叫ぶと、膳《ぜん》をひっくり返して立ち上がった。

客たちは茫然としていた。松吉は狂乱し、制止も聞かず脇差しを抜き、掛け軸に切りつける。

だが、突然目を見開き、怯えた顔で後ずさると、そのまま座敷から飛び出していった。

急を聞いた村人たちが、総出で捜したものの、その晩、松吉の行方は杳《よう》として知れなかった。

翌朝、裏山の池に松吉の遺体が浮かんでいるのが発見された。かっと目を剝いて口を開いた、驚愕と苦悶の表情で。

村人たちは、幽霊に懸想された男の末路と噂し、哀れんだという。


あらためて二つの話を聞いて、強く印象に残ったのは、何の落ち度もない相手を取り殺す、掛け軸の幽霊の理不尽さと、執拗《しつよう》に攻撃してくる粘着気質ぶりだった。

千太郎のケースでは、調べてはならないものを調べたため祟りを受けたのだろうが、元はと言えば弟が神隠しに遭ったからである。松吉のケースに至っては、幽霊が一方的に恋情をつのらせ、結婚を妨害し、挙句の果てに殺してしまう——悪質なストーカーそのものではないか。

「なるほど。たいへん興味深い話です」

賀茂禮子は、目を閉じたまま言う。

「千太郎の話との違いは、松吉は、比較的早い段階で『幽霊図』を見ているということですね。

見た瞬間が百年目だった千太郎とも、二、三日後に幽霊が現れたという子供たちとも、かなり条件が異なっています。……しかし、それよりもっと重要な相違点は、幽霊が、何度も警告を行っているという点です」

「千太郎のときにも、『幽霊図』は、幾度となく現れているようですが、あれは警告ではなかったんですか？」と、遠慮がちに祖母が訊ねる。

「最初に掛け軸が落ちて来たのは警告という可能性もありますが、その後は、問答無用で取り殺そうとしていたとしか思えません。千太郎は、現に、手を引こうとしていたわけですから」

その部分の伝承が間違っていた可能性はあるが、賀茂禮子は、まったく疑問を持っていないようだった。

「ところが、松吉の話においては、祝言をやめろという幽霊の要求を、松吉も察しています。曼珠沙華の花は、死後の世界の象徴なので、強行すれば取り殺すとのメッセージは明白です。掛け軸の幽霊は、まず警告し、従わない場合に無慈悲な膺懲《ようちよう》を下すのでしょう。その点では、昨年こちらで起きた幽霊騒動とも、共通点があるようですね」

「では、去年のあれは、やはり幽霊の警告だったんですか？」

祖母が、真剣な顔で訊く。

「その点に、疑う余地はないと思っています」

「しかし、いったいどういう警告だったんですか？　わたしたちは、どうすれば良かったのでしょう？」

「残念ですが、あの言葉の意味は、まだわかりません」

賀茂禮子は、かぶりを振る。

どうせ警告するんだったら、もっとわかりやすくやってくれと、亮太は幽霊に怒りを感じた。

『おにわのはずれは、とっくらこ』って、何なんだよ。全然意味がわからない。

「そもそも、千太郎は、なぜ殺されなければならなかったんでしょう？」

祖母は、重ねて質問した。かりに、掛け軸が落ちてきたことが幽霊の警告だったとしたら、それに従ったのに殺すのはおかしい。それ以前に、なぜ罪もない子供たちを神隠しに遭わせたのかが、大問題だが。

「たぶん、千太郎の運命は、ずっと前に決まっていたのでしょう」

賀茂禮子は、謎のような答えを返して、腕組みをする。

「二つの話には、明白な共通点もありました。千太郎と松吉は、共にあることをしたために、幽霊画の逆鱗《げきりん》に触れてしまったのです。それが何だったのかが、ようやくわかってきたような気がします。……そして、そう考えると、昨年の幽霊騒ぎもうなずけるのです」

「それは、何だったんですか？」

亮太は、カメラで賀茂禮子の表情をアップにしながら、固唾を呑んで訊ねる。

「わたしの口から、そのことをお話しする前に、福生寺の住職からも、お話を伺った方がいいでしょう」

賀茂禮子は、土壇場ではぐらかし、ダイニングの掛け時計を見た。

「もうすぐ日が暮れます。日没後もこの屋敷に留《とど》まることだけは、避けなければなりません。まだいくつか調べたいこともありますから、明日、もう一度こちらに伺いますが、その前に、福生寺を訪ねたいと思います。よろしいでしょうか？」

「わかりました。では、明日も、車でお迎えに伺います。福生寺には、わたくしどもも一緒に参りますので」

祖母が答えた。「わたくしども」というかぎりは、俺も行かなきゃならないのだろうなと、亮太はげっそりする。

祖母と賀茂禮子が車用の門に近い玄関へ向かう間に、亮太は、こっそり稲村さんに耳打ちし、頼み事をした。

稲村さんは、不思議そうな顔をしたが、「わかりました」とだけ言って奥へとって返すと、言われたとおり、座敷箒と紙袋を持ってきて亮太に手渡した。亮太は、勇を鼓して、すばやく居間に入ると、すぐに出て来た。

これで、あの霊能者の言っていることが真実かどうか、確認してやる。

市松人形の入った紙袋が身体に触れないよう、離して持ちながら、亮太は玄関を出た。

空を見上げると、依然として、霧雨がしとしとと降り続いていた。

肌寒い風が、身体にまとわりついた嫌な熱気を吹き払っていく。

本家を襲った恐ろしい事件の真相を探ろうと思って来たのだが、よりいっそう謎が深まっただけのような気がする。正も邪も、鈍色《にび》の雲の向こうに隠されているようだった。

それがどんなに恐ろしいものであっても真実を知りたいという思いと、知りたくないという気持ちとが、心の中でせめぎ合っていた。

INTERMISSION①

今日一日の出来事は、何だったのだろう。

亮太は、パソコンのキーボードをリズミカルに叩きながら思う。

福森家を突然襲ったのは、完全に理解不能の惨劇としか言いようがないだろう。とはいえ、今日の現場検証もまた、常軌を逸していたと思う。どうしたわけか、全員が、言われるままに呪物や呪い、幽霊の存在を信じ込んでしまったのだ。掛け軸の幽霊？　何じゃ、それ。

凄惨な現場に対する拒絶反応だろうか。あまりにも生々しい血痕と臭気、破壊の痕跡に耐えきれなかったために、自分からオカルトへと現実逃避してしまったのかもしれない。加えて、あの賀茂禮子という霊能者から、ある種のマインドコントロールを受けていたという可能性も否定しきれないが。

亮太は、エンターキーを押した。

ＹｏｕＴｕｂｅにアップする『呪いの家』シリーズの第一弾は、『福森家の世にも不吉なお庭』の紹介である。思いのほか編集に手間取ったが、これで、今日一日の仕事は終わりだ。

だが、思いがけないエラーメッセージが出た。

『サーバーがファイルを拒否しました』

何でだよ。亮太は、腹を立てる。

ファイル名に、何か特殊文字を使用していただろうか。一応はチェックしてみたが、ただのアルファベットと数字だけだった。もちろん動画形式にも問題はないし、長さも十二分だから制限時間内である。

それからしばらくの間、悪戦苦闘していたが、結局、どうやってもアップロードすることは叶《かな》わなかった。

しかたがない。今晩は、諦《あきら》めよう。

亮太は、溜め息をつき、もうすっかり冷たくなってしまったココアのカップを取り上げた。

こんなことは初めてだった。

それから、賀茂禮子は、作者の松下秋繭が、福森重藏に対し恨み骨髄に徹していたようだと語っていた。そう推測した理由は、この落語を一度聞けばわかるらしい。

それから、ＹｏｕＴｕｂｅで、『けんげしゃ茶屋』を検索してみる。親不知子不知図を見たとき、賀茂禮子は、作者の松下秋繭が、福森重藏に対し恨み骨髄に徹していたようだと語っていた。そう推測した理由は、この落語を一度聞けばわかるらしい。

いくつもヒットしたので、おそらく、上方落語では定番のネタなのだろう。桂米朝《かつらべいちょう》の寄席の映像を選んで、クリックする。

「ようこそのお運びで。今日はまた、恐ろしく古い噺《はなし》を聞いていただきます。『けんげしゃ茶屋』という。『けんげしゃ』というのは、験《げん》を気にする人のことを言う、ものすごい、まあもう、すでに三十年、四十年前に滅んだような言葉でございまして……」

上方落語の重鎮だった噺家が、軽妙な語りで聞かせる。いつの映像なのかはわからないが、かなり以前のものに違いない。このとき、すでに、恐ろしく古いと言っているくらいだから、相当な古典なのだろう。

ストーリーはと言うと、悪戯《いたずら》好きな旦那が、悪ふざけが過ぎて新町《しんまち》を出禁になったために、年始に国鶴《くにつる》という若い芸妓《げいぎ》を訪ねるのだが、国鶴は、たいへんな『けんげしゃ』——験担ぎをするたちであり、とにかく縁起の悪いことを嫌がる。それを旦那は面白がって、あえて不吉な言葉ばかり連発することで、国鶴の反応を見て愉《たの》しむのだ。

旦那は、部屋にある短冊に気がつく。俳句の宗匠が、国鶴の父、林松《はやしまつ》右《え》衛門《もん》の還暦祝いに、松右衛門の名前を織り込んで作ってくれたものだという。

のどかなる　はやしにかかる　まつえもん

『長閑なる　林にかかる　松右衛門』という意味なのだが、仮名書きなのをいいことにして、旦那は『喉が鳴る　早や死にかかる　松右衛門』と読んで、国鶴をいたぶるのである。

亮太は、はっとした。……これか。

親不知子不知図の賛は、どうなっていただろうか。

映像をチェックしてみる。

「親不知　子不知　●ぎ●るはての　●け　い　ヽの●ん」……だめだ。やっぱり、よく読めない。肉眼でもわからなかったのだから、しかたがないだろうが。

祖母は、こう説明している。

「親不知、子不知、過ぎたる果ての絶景祈らん——今の苦しい道のりを過ぎ、その先の絶景が見られるように祈る、という意味らしいのですが」

亮太は映像に目を凝らした。たしかに、読めなかった字は、「過」、「た」、「絶」、「ら」に、見えないことはない。

『けんげしゃ茶屋』では、悪ふざけのために曲解したということになっているが、もしも、絵師が依頼人に怨念を抱き、崩し字や仮名書きによってダブルミーニングを誤魔化した呪いの言葉を書き込んでいたとしたら。

懸命に考えているうちに、もしかしたらという解釈が見えてきたが、肝心の部分は映像では判別できない。明日行ったときに、確認するしかないだろう。

亮太は、椅子に深くもたれて、腕組みをして考える。

松下秋繭という絵師は、もしかしたら、今回の事件のキーパーソンなのかもしれない。

親不知子不知図が、秋繭の福森重藏に対する遺恨を示しているのなら、あの幽霊画だって、同じだろう。つまり、福森家に祟っているのは、松下秋繭の呪いということになる。

馬鹿な。俺は、本気で呪いを信じているのか。亮太は、首を横に振った。

呪いはただの迷信だとしても、そこに悪意が存在するなら、犯罪を解明する手がかりになるかもしれない。だけど、秋繭は二百年以上も前に死んでいる。だいたい……。

突然、スマホが着信音を鳴らした。

亮太は、瞬間、呼吸を止めた。あの事件からというもの、条件反射のようになってしまっている。もう二年近くが経過しているのに、心の傷はまだ癒《い》えていなかった。

発信者を見て、ようやく息を吐く。

「先輩、どうも」

「おう、亮太かー？」

大学の映画学科の先輩で、今は検査会社に勤めている杉本《すぎもと》が、いつもの甲高い声で言う。

「一応、見てみたけどな」

本家からの帰り際に、稲村さんに頼んでこっそり持ち出してもらい、ついさっき持ち込んだばかりだが、もう調べてくれたらしい。

「あざっす。それで、何かわかりましたか？」

「相当古い人形だな。江戸時代の中期ぐらいか。着物は、着せ替えできるようになっていて、胴体は木でできてた。日本人形には、桐の粉を糊で練った、いわゆる桐塑《とうそ》製が多いらしいが、これは無垢《むく》の木だ」

周りに会社の人間がいるのか、杉本は声をひそめる。

「それでな、これ、何なんだ？　呪いの人形か？」

「いや、別に、髪の毛が伸びたり、夜中に動いたりはしませんけど」

「そうじゃなくて、これ、まさか、あの女から貰《もら》ったもんか？」

亮太は、喉の奥が詰まったような声を立ててしまう。

「違いますよ。そんなもん、取ってあるわけないじゃないすか？」

「そうだろうな。……しかし、こいつに呪いがかけられてることは、たしかだぞ」

非現実感に、よろめきそうになった。非破壊検査が専門の会社は、呪いの有無までわかるのだろうか？

「先輩。冗談、きついっすよ」

「冗談じゃねえって。X線にかけてみたんだ。後輩から頼まれて、何にもわからないんじゃ、かっこ悪いし、もしかしたら中に何か入ってるんじゃないかと興味が湧いてさ」

亮太は、生唾を呑み込んだ。あのときの、電気ショックのような感覚を思い出す。まさか、スタンガンのようなものが仕込まれていたとか。

「で、何が入ってたんですか？」

「釘《くぎ》が一本見つかった」

亮太は、がっかりした。

「なんかの拍子に、紛れ込んだんじゃないですか？」

無垢材なら、立木に打った釘が残っていたのかも。

「長さが十五センチ強もあるんだぞ。紛れ込むには大きすぎるだろう」

丑の刻参りで使われる、五寸釘の寸法だろうか。もしそうだったなら、呪いであることは、間違いないだろうが。

「それも、ふつうの形じゃねえぞ。ネジ釘みたく捻って鍛造した、特殊な和釘だ。そいつを、玄能か何かで、斜めに叩き込んであるんだ。もし人形に神経があったとしたら、めちゃくちゃ痛かっただろうな」

それを行った人間の底知れぬ悪意を思い、亮太はぞっとした。

「しかも、だ。桐塑で穴を埋めてから丁寧に胡粉《ごふん》を塗って、一見しただけではわからないようカモフラージュしてあったんだ。手間暇を考えたら、藁人形に真っ直ぐな五寸釘を打つより、はるかに恨みは深そうだぞ」

頭がくらくらした。杉本に礼を言って電話を切ってからも、混乱は続いていた。

あの市松人形は、やはり曰く付きだった。江戸時代に、憎悪に心を乗っ取られた誰かが作り、ひたすら苦しみ抜いて死ぬことを祈って、別の誰かに贈ったのだ。

問題は、賀茂禮子があの市松人形を見たのは、今日が初めてだったということだ。

今日撮った映像で、発言を確認してみる。

「人の姿をしたものは、呪物になりやすいのですが、これもまた、きわめて危険な呪物です。それも、そもそもの初め——作られたときから、呪詛にまみれていた代物ですね」

つまり、賀茂禮子は、この人形がどのように作られたのかを見通していたことになるのだ。

だが、X線をかけてようやく発見したのだから、外から見ただけで、内部に釘が打ち込まれていることなど、わかるはずがない。

だとすると、呪物なるものは、この世に実在するのか。

まるで電気に打たれたように感じたあれは、暗示による錯覚などではなかったのか。

本家の四人は、本当に、呪いによって惨殺されたのだろうか。

ACT 2

SCENE 1

雨は久方ぶりに上がっていたが、参道の土はまだ濡《ぬ》れていた。空には雲は見えなかったが、いつまた天気が急変するかわからない気配があった。

「福生寺に来るのは、いつ以来かな。ずいぶん久しぶりです」

亮太は、福生寺の山門を撮影しながら、祖母に向かって言う。夏より若干くすんだ色合いになった杉苔《すぎごけ》の上に、紅葉《もみじ》が散っている様子は、インスタ映えしそうだ。

「そうね。あなたは、滅多にお墓参りにも来てくれないし」

祖母は、愚痴をこぼす。こうして、お互いに事件のことは忘れたように振る舞っていると、本当に何もなかったような気がしてくる。本家の四人も無事で、今日は、法事の打ち合わせで寺にやって来ただけのような。

「想像していた以上に、立派なお寺ですね」

賀茂禮子は、そうつぶやきながらも、山門の奥へとじっと目を凝らしている。その様子は、何か肉眼では見えないものを見ているような感じだった。

「おはようございます。……この度の悲しい出来事は、本当に、何と申し上げていいか」

川原道明《どうめい》住職が、合掌しながら現れた。記憶にある通りで、でっぷり肥って銀縁のメガネをかけており、剃《そ》り上げた頭はつやつやと血色がよかった。作務衣《さむえ》ではなく、法要のときに使う七条袈裟《しちじょうげさ》を着込んでいるのは、今日の会合を重視しているためだろうか。

ひと通りお悔やみを言うと、道明は、賀茂禮子の方に向き直った。

「あなたのことは、師の玄道からも、度々聞かされておりました。師の法力をはるかに凌《しの》ぐ、破格の霊力をお持ちだとか」

実物を見て興味津々という顔である。

「わたしも、お目にかかる機会を、心待ちにしていました。このような際でなければ、もっとよかったのですが」

賀茂禮子は、軽くいなす。

「さっそくですが、墓地を拝見させていただけますか」

「……では、福森家の墓所にご案内しましょう」

意外にも、賀茂禮子はかぶりを振った。

「できれば、その前に、一般の方の墓地からお参りさせてください」

福生寺の墓地は、三箇所に分かれている。山門を入ると、正面に本堂があって、右へ進んだところにあるのが一般の墓地だった。かなりの広さで手前の区画には新しい墓が建っている。奥へ進むほど、時代を遡《さかのぼ》っていくらしい。

墓地の周辺には、紅白の曼珠沙華《まんじゅしゃげ》が咲き乱れていた。もう季節は過ぎているのではないかと思うが、このあたりは花が咲くのが遅いのかもしれない。

ふと、松吉の話を思い出す。誰も植えていないはずの曼珠沙華が、福森家の庭にいっせいに狂い咲きしたというのは、本当に、幽霊の仕業だったのだろうか。何者かが、福生寺から株を取って来て移植したとしたら、一応の筋は通るのだが。

賀茂禮子は、一基の墓の前に来たとき、ぴたりと足を止めた。かなり古そうではあったが、周囲の墓ほどは風化が進んでいない。

亮太は墓にカメラを向けながら、ちらりと道明を見たが、咎《とが》められることはなかった。『同蓮《おなじはちす》』の文字が見える。極楽浄土で同じ蓮の上に転生するという意味だろう。きっと、家族か恋人が合葬された墓ではないかという気がした。

「これは、もしかして、松下秋繭さんのお墓ですか？」

賀茂禮子の言葉に、はっとして台座を見る。そこには、『松下伝蔵《でんぞう》』、『セツ』、『亀松《かめまつ》』という三人の名前が刻まれていた。『伝蔵』というのは、『秋繭』の本名だろうか。

「その通りです。よくおわかりになりましたね」

道明は、感心した様子だった。

「江戸時代中期のお墓には見えませんが、いつ頃建てられたものなんでしょうか？」

「明治十八年だと聞いております」

道明は、即答した。たぶん、この墓にも、何か曰《いわ》くがあるのだろう。

「それ以前にあったのは簡素な天然石の墓で、文字も読めないくらい風化が進んでいました。子孫の方とは音信不通でしたので、無縁仏になる寸前だったのですが、墓石を新調したとき、慰霊のための法要も営まれたようです」

いったい、どういうことだ？　亮太は、会話に割って入る。

「どなたが、その費用を支払ったんですか？」

「石田《いしだ》キクさんという方です」

道明は、またも即答する。覚えているくらい有名な人物だったのか。いや、そうじゃない。

亮太は気がついた。「キク」という名前は……。

「松吉と祝言を挙げるはずだった、あのキクさんのことですね」

賀茂禮子は、当然のように言う。だが、ちょっと待ってくれ。どうして、キクさんが秋繭の供養をしようと思い立ったのだろうか。夫になるはずだった松吉を取り殺したのは、他ならぬ、秋繭の描いた掛け軸の幽霊ではないか。

……あ、そうか。

「もしかすると、キクさんは、作者の秋繭を手厚く供養することで、掛け軸の幽霊の呪いから免れようとしたんでしょうか？」

亮太が訊《たず》ねると、道明は、うなずき、重々しく言った。

「おそらく、そうだろうと思います。それ以降、掛け軸にまつわる事件は一度も起きていないようですので」

まるで他人事《ひとごと》だな。亮太は、心の中でシニカルに突っ込む。相当な額のお布施を受け取っているんだから、あんたらは、檀家《だんか》の霊的警備保障の役割も担ってるんじゃないのか？

賀茂禮子は、お墓に向かって静かに合掌してから、道明に訊ねた。

「石田家のお墓は、こちらにはないようですが」

まだ、ほんの一部しか見ていないのに、どうしてないとわかるのだろう。

「現在は継承者が絶えて、無縁墓地の方に移されています」

え？　ちょっと待ってくれ。亮太は、混乱した。

「石田家の墓が無縁墓になっているのに、なぜ、こちらは残されているんですか？」

管理費が滞納されているのなら、撤去の対象になるはずだ。墓を維持するには、それなりの費用がかかるからである。

「こちらの墓には絶対手を付けぬようにと、当時の住職が断を下したらしく……。それ以上の詳細は、わかりません」

道明は、口をつぐんだ。たぶん、せっかく沈静化した祟《たた》りが再燃するのを恐れてのことだろうと、亮太は想像する。

「幽霊に取り殺された松吉という人物ですが、石田家の墓に入ったんでしょうか？」

賀茂禮子が訊ねる。道明は、少しためらってから、ゆっくりと首を横に振った。

「そういう記録はありません。たぶん、当寺では葬儀も行われていないと思います」

あまりに冷たすぎる扱いのような気がするが。幽霊に取り殺されるという異常な死を遂げた人間は、穢《けが》れていると見なされるのだろうか。

続いて、一行は福森家の墓所へと向かった。本堂の裏手の奥まった場所にある、高い白塀で囲まれた一帯がそうだった。

道明は、木の潜《くぐ》り戸を開け、三人を請じ入れた。

古い記憶が甦《よみがえ》った。亮太が、最後にここに入ったのは、たぶん小学校の低学年のときである。そのときは、やけに迫力があるなという印象しか残らなかったが、ふつうの墓地を見る機会が増えるにつれ、少しばかり異常ではないかという思いが膨らんでいった。

塀や木々で何重にも隠された墓所が、目の前に現れる。

数百本におよぶ真っ赤な鶏頭の花が、風に揺れていた。その向こうに、石造りの五輪塔が、ずらりと並んでいる。四角い台の上に丸い玉が載り、さらに屋根形の石、半球形、球形の石が積み重ねられていた。それだけでも壮観だったが、さらに目を引くのは、最奥に鎮座している一基だった。

「……ここまで大きな五輪塔は、初めて拝見しました」

さすがの賀茂禮子も、呆《あき》れたような表情だった。

「五輪塔の大きさは、水輪――丸い玉の直径で表します。ふつうのお墓には、一尺玉――直径三十センチのものが多いんですが、これは一丈玉で、直径が約三メートルあります。おそらく、日本には、これほど巨大な五輪塔は、他に存在しないでしょう」

道明が、自慢げに言った。たしかに途轍《とてつ》もないサイズだった。高さは十メートル以上あり、総重量では百トンをゆうに超えるだろう。踏み固めるくらいでは基礎が保《も》つはずがないので、たまたま真下が岩盤だったのだろうか。いずれにせよ、これほどの巨石を運搬するだけでも、たいへんな苦労だったはずだ。

福森家の墓所は、相当な広さがあったが、ところどころが緑に苔《こけ》むしている巨大な石塔は、異様な存在感と圧迫感を放っていた。

亮太は、隣に新たに建てられた石碑の、『福森弾正義秀之墓』という文字に目をやった。

あらためて考えてみると、不思議な気がする。福森弾正は、いくら権勢を誇ったとしても、たかが一大名の重臣に過ぎなかったはずだ。こんな規格外の石塔を建てるのは、分不相応ではないのか。

賀茂禮子の方を見ると、すでに周囲に並ぶ子孫の墓の方に関心を移していた。

「ここには、福森家の人々全員の、お墓が揃っているんでしょうか？」

道明の方を向いて訊ねる。

「はい。大正以降は、累代の墓として合葬されていますが、それまでは、お一方に一つずつ、五輪塔を建立していましたので」

……ということは、もし今が江戸か明治だったら、新たに四つも石塔を建てなければならなかったことになる。

「千太郎の墓が、見当たりませんが？　それに、弟の正五郎の墓もないようですね」

賀茂禮子は、彼らは架空の人物だったとでも言いたいのだろうか。

いや、そんなはずはない。

亮太は、頭を振って想像を打ち消す。嘘っぱちだったら、もう少し曖昧《あいまい》な話にするだろう。千太郎は、あくまで実在の人物として伝えられているし、内容も詳細でリアルだった。

「おっしゃるとおり、千太郎の墓は、ここにはございません。……正五郎に関しては、今日に至るまで神隠しに遭ったままということで、お墓は造られなかったようです」

道明は、賀茂禮子の視線を避けるようにして答える。

「ここにはないと言うと、千太郎の墓は、どこか別の場所に?」

「無縁墓地の外れにあります」

亮太は、ぽかんと口を開けた。千太郎の話は知っていても、これまでは、墓の所在など気にしたこともなかった。

「どうして、千太郎だけ、そのような扱いになっているのでしょう?」

賀茂禮子の質問に、道明は顔をしかめた。

「それが、よくわからないのです」

賀茂禮子は、意味ありげに道明の顔を見た。

「では、その無縁墓地を拝見させてください」

無縁墓地には、数多くの古い墓が押し込められており、ただの石材のように積み上げられている場所もあった。ここへやって来るのは初めてだったが、亮太はうそ寒い感覚に襲われた。死者を弔うための墓石が、かえって恨みを集積させるだけの呪物《じゅぶつ》と化しているように思われたからである。

無縁墓地をさらに奥に進むと、山際に出た。

「これが、千太郎の墓です」

道明が指し示したのは、道端に転がっている自然石にしか見えない丸い砂岩だった。表面は風化してザラザラになっており、文字が刻まれていたとしても、すでに判読不能だった。

賀茂禮子は、しばらく千太郎の墓を見下ろしていたが、合掌はしなかった。

「こちらは、何ですか?」

さらに離れた場所にある石碑の前へ移動する。

「江戸時代の供養塔です。行き倒れとか、身元不明の死者のためのものだろうと思いますが、詳細はわかりません」

道明は、また言葉を濁す。賀茂禮子は、石碑に向かって丁寧に手を合わせた。

亮太は、石碑の文字を撮影する。かろうじて『丁巳《ひのとみ》』という干支《えと》が読み取れた。

風が出て来た。草が揺れる。道明は掌《てのひら》を上に向けた。

「おや、ぽつぽつと降ってきたようです。お話の続きは、本堂でいたしましょうか」

だが、賀茂禮子は動かなかった。なぜか、奥の山の斜面を見つめている。

視線の先には、半ば山に埋もれている巨岩があった。賀茂禮子は、真っ直ぐそちらに進む。

亮太と祖母、道明も後に続いた。道明は、巨岩からは目を逸《そ》らすようにしていたが、祖母も、なぜか浮かない表情になっている。

「……これは、いったい何でしょうか？」

賀茂禮子は、驚愕《きょうがく》の表情をしていた。亮太は首を傾げる。一見したところ、小山の一部――ただの巨大な岩でしかないが。

「実は、この岩の下には、山崎崇春公と、御正室の真季《まき》様が眠っておられます」

道明が、信じられないことを言い出した。

「でも、山崎崇春公って、弾正様の主君だった人ですよね？　戦国時代も終わり頃になって、こんな古墳みたいな墓を造るんですか？」

亮太は、質問しながら、巨岩をズームで撮影した。玄武岩だろうか。岩肌はゴツゴツとしており、全体に黒ずんでいる。ところどころに、緑の苔や羊歯《しだ》が生えていた。

これが墓と言われると、そんな雰囲気もあるにはあるが。とにかく、あまりに巨大すぎて、重量はもはや見当もつかない。

この巨岩の下に、本当に山崎崇春や、正室の遺体を埋葬したのだろうか。

撮影しながら、亮太は半信半疑だった。はるか大昔にも、石舞台《いしぶたい》古墳のような巨石建造物が存在するのだから、人手と時間さえあれば何とかなるのかもしれないが。

「実は、ご覧に入れたいものがございます。こちらなんですが」

道明は、雨でぬかるんでいる斜面を登り始めた。亮太は後に続いたが、祖母と賀茂禮子は、足を滑らせると危険なので、下で待っていることになった。

「気をつけてください」

道明が、振り返って注意する。とはいえ、そう言うご本人の方がでっぷりしているだけに、足取りが危なっかしかった。

忠告通りに、崩落した後の斜面を細心の注意を払って登り、巨岩を近くで見下ろせる位置へやってきた。下から見たときは気づかなかったが、巨岩の中央部に大きな亀裂《きれつ》が入っている。高性能爆薬でも使わないかぎりは、こんなことはできないのではないか。

「長年の風雨の浸食により、天井石の玄武岩が脆《もろ》くなっていたが、先日の地震で割れた……。そうとでも、考える他はありますまい」

道明は、深く嘆息した。

そういえばと、亮太は、地震があったことを思い出す。それも、惨劇が起きた晩にである。直下型らしく、このあたりでは震度6弱を観測したが、奇妙なことに、少し離れた場所では、ほとんど揺れを感じなかったらしい。

「しかし、岩が割れたときには、かなり大きな音がしたはずですが、誰一人、何の音も聞いておりません。私には、これが単なる物理現象であるとは、どうしても思えんのです」

亮太は、巨岩を凝視しながら、ゆっくりと歩み寄った。雨は、止《や》んでいるように見えたが、頬に見えない霧雨の感触があった。足下の泥濘《でいねい》は、粘土のように滑りそうだ。

「……とても、信じられませんね」

そう言うのが、精一杯だった。手を触れると、ザラついた岩肌に風化の痕跡《こんせき》は見られるが、内部まで浸食が進んでいるような感じはしなかった。

しかし、巨岩の上部に無数のヒビが入っているだけでなく、パックリと巨大な割れ目が口を開けており、石室の内部にも雨水が流れ込んで、水琴窟《すいきんくつ》のような音が反響している。

「まさか、大きな隕石《いんせき》か何かが、降ってきたんでしょうか？」

「そうかもしれません。しかし、それならば、岩はVの字に折れるのではないかと思います。これは、見たところでは逆――への字になっています」

亮太は、道明の言葉の意味を考える。

「つまり、下側――石室の内部から、途方もない力が加わった、ということですか？」

道明は、咳《せき》払いした。

「そのように見えると申しましょうか。何分、私には土木関係の専門知識もございませんし、確かなことは申し上げられませんが」

何かが、あの晩、下から激しく突き上げ、この巨岩を危うく真っ二つにしかけた。

そして、この亀裂から、外へと出てきた？

亮太は、身震いした。……まさか、山崎崇春公の怨霊《おんりよう》ということはないだろうな。

これ以上見ていても、得るものはない。二人は、また斜面を下っていった。

「福生寺は、山崎公の菩提《ぼだい》を弔うために、福森弾正が創建したんですよね？」

亮太は、小声で訊ねた。幼い頃から、何度となく聞かされた話である。

「その通りです。それ以前は、同じこの地に、平霊寺《へいれいじ》という小寺があったのですが」

その話は、亮太には初耳だった。

「そのお寺は、どうなったんですか？」

「弾正様が、焼き払われたと、言い伝えられています」

「どうして、そんなことを？」

すでにある寺を焼いて、わざわざ別の寺を建てるというのは、どういう理由からだろうか。織田信長《おだのぶなが》が、比叡山延暦寺《ひえいざんえんりやくじ》を焼き討ちしたような、政治状況だったのか。

「元々ここにあったのは、長らく無住となっていた破れ寺ですが、いつのまにか、是挨《ぜあい》という雲水が住み着き、寺号を平霊寺とあらためました。是挨は、奇怪な妖術《ようじゅつ》で民百姓を惑わせて、みるみる信徒を増やし、一時はかなりの威勢を誇ったそうです」

急に伝奇小説のような話になったが、道明は、あくまでも大真面目である。

「是挨の正体は、謎に包まれており、一説には果心居士《かしんこじ》だったのではとも言われていますが、人心の紊乱《びんらん》を憂えた弾正様が、平霊寺を焼き払って、刃向から信徒を撫《な》で切りにしたのです。是挨もまた斬首《ざんしゅ》されるはずでしたが、寸前で姿を消し、行方は杳《よう》としてわかりませんでした。当寺は、山崎公の没後、その跡地に建立されました」

斜面を下りながら、道明は、芝居がかった調子で説明を続ける。

「弾正様は、福生寺の開基に当たり、除霊や怨霊封じで名高かった真道上人《しんどうしょうにん》を招聘《しょうへい》しました。是挨の悪しき残像を払拭《ふっしょく》するためには、比類なき法力をお持ちの上人に託すより道はないと、お考えになったのでしょう。裏手の小山にこのような墳墓を築いたのも、真道上人のお考えに基づいてのことだったようです」

道明は、巨岩を見上げながら、首を傾げた。

「ですが、なぜ、崇春公が、このような形で葬られたのかは、今もよくわかっておりません。推測するに、背後は小山に抱かれ、正面は福生寺でお守りするという形にされたかったのではないでしょうか」

本当に、そうだろうか。道明は、綺麗《きれい》事を言っているだけのような気がする。

ふと、「睨《にら》み合っている」という言葉が、亮太の頭に浮かんだ。

どこで聞いたのだろう。そうだ。昨日、祖母が言っていた。

「そういえば、福生寺の玄道さんが、あの達磨図をご覧になって、おっしゃっていたんです。この家では、その……睨み合っていると」

「睨み合っている？　何と何がですか？」

「達磨図と、幽霊画がです」


それとは、スケールがまったく異なっているが、ここでは、福森弾正の五輪塔と山崎崇春の墳墓が睨み合っているような気がしてならなかった。

賀茂禮子は、沈黙したまま、じっと巨岩を見つめている。

道明は、また空を見上げた。依然として雲の姿は見えなかったが、奇怪なことに雨は徐々に本降りへ近づいていた。

一同は、傘を差して本堂へと移動する。雨脚はあっという間に強まって、屋根の下に入ったときには、驟雨《しゅうう》が沛然《はいぜん》として地面を打ち、激しい飛沫《しぶき》を上げていた。

SCENE2

本堂に座って、熱い茶を振る舞われて、亮太は、ようやく人心地がついたような気がした。屋根を叩《たた》く雨粒の音が、伽藍《がらん》に響き渡っている。

「俗に、雲もないのに降る雨のことを天泣と申します。この度の信じられないような悲劇に、天も涙しておるのでしょう」

道明は、大仰な調子で言う。

「さぞかし、お力落としのことでございましょう。重ねて、お悔やみを申し上げます」

道明は、深々と頭を下げた。祖母と亮太も、答礼する。

「お通夜とご葬儀は、もろもろの状況を勘案し、お身内のみで執り行いたいとのことですね。たしかに承りました。ご遺体がお帰りになるのを待って、お屋敷にて、しめやかにお送りいたしましょう」

「ご住職。たしかに葬儀は大切です。ですが、わたしたちは、非業の死を遂げられた方々の、ご無念を晴らさなければなりません」

賀茂禮子が言うと、道明は、眉根《まゆね》を寄せる。

「それは、警察に任せるべき仕事ではないでしょうか。私《わたくし》どもは、御霊《みたま》が無事に成仏なさるための、お手伝いを第一に……」

「警察に、今回の事件を解明するのは、まず無理です」

賀茂禮子は、道明の言葉を遮った。

「あなたにも、そのことはおわかりのはずです。四人は、強盗や暴漢の類《たぐ》い——生身の人間に殺されたのではありません」

「では、何によってと、おっしゃるのですか？」

「昨日、わたしは福森家を訪れて、言葉を失いました。数多くの危険な呪物が犇《ひし》めき合って、周り中に呪いを撒《ま》き散らしていたからです。福森家を襲った惨劇は、そのうちの、いずれかが引き金になって起きたものだと確信しました」

道明は、瞑目《めいもく》した。

「ですが、元凶となった呪物が何だったのかは、そして、それを仕組んだ真犯人が誰なのかは、依然として不明です」

「……しかし、あなたにわからないなら、誰にもわからないのではないですか？」

「それは過大評価です。わたしは、すべてを見通せる神の目を持っているわけではありません。

わたしに見えているのは、その逆——犬が知覚する世界のようなものに過ぎないのです」

「犬ですか？　よくわかりませんが、どういうことでしょう？」

道明は、当惑気味に眉間《みけん》に皺《しわ》を寄せた。

「犬は、優れた嗅覚《きゅうかく》によって、わたしたちにはとうてい得られないような情報を得ています。その場所に、一匹のウサギがいたこと。それをキツネが追っていたこと。全力疾走したときに蹴立《けた》てた土の香り。汗に混じった恐怖の臭い。そして、死を意味する血の臭気」

賀茂禮子は、ガラス玉のような目を宙に向けた。

「わたしもまた、殺人現場や呪物などから、断片的な情報——映像を得ることができますが、それらを繫《つな》ぎ合わせる際は推理するしかありません。なので、今回のような複雑な事件では、背景となる情報は不可欠なのです」

霊能者とは、つまるところ、特殊技能を持つ探偵のようなものなのだろうか。

「この事件の背景には、福森家にまつわる、複雑に入り組んだ因縁と、呪いがあるはずです。それらについて、道明さんにご教示いただきたいのです」

道明は、身じろぎし、袈裟の襟を直した。

「はて。教示せよと言われましても、何を申し上げればいいのやら」

「道明さん。どうか、包み隠さず、賀茂先生にお話しになってください」

祖母が懇願する。

「このままでは、亡くなった四人も、失踪《しっそう》した姉も、浮かばれません」

「それは、もちろん、ご協力するに、吝《やぶさ》かではございませんが」

道明は、神経質そうにメガネを直し、ハンカチを出して禿頭の汗を拭《ぬぐ》った。

「では、こちらから、質問させてください」

賀茂禮子は、静かな目で道明を見据える。

「ここにおられる中村富士子さんに、若くして山崎家を継いだ山崎崇春公は、英邁《えいまい》の誉れ高い名君であったと伺いました。それは、史実なのでしょうか？」

てっきり千太郎のことを訊《き》くと予想していたために、亮太は意外に思った。そんな昔の話を持ち出して、どうするつもりなのだろう。

「それは……巷間《こうかん》そのように言い伝えられておることは、事実です」

道明の目が泳いでいるのを見て、亮太は、おやと思った。

「世の言い伝えほど、あてにならないものはありません」

賀茂禮子は、辛辣《しんらつ》な口調で返す。

「たとえば、大坂《おおさか》夏の陣で真田《さなだ》幸村《ゆきむら》を討ち取って功名を立てた松平忠直《まつだいらただなお》は、海音寺《かいおんじ》潮五郎《ちょうごろう》の『悪人列伝』では、日本史上最悪の暴君とまで貶《おとし》められていますが、妊婦の腹を裂いたという伝説は、後世の捏造《ねつぞう》という説が有力です。忠臣蔵の吉良《きら》上野介《こうずけのすけ》や伊達《だて》騒動《そうどう》の原田《はらだ》甲斐《かい》なども、あきらかに、後付けで悪人に仕立て上げられています」

「彼らが悪人じゃなかったという、根拠はあるんですか？」

亮太は、興味を引かれて質問した。

「証拠とまでは言えませんが、三人とも領民には深く慕われていたらしく、今日に至るまで、追悼の儀式が連綿と続けられています。もしも、彼らが本物の極悪人、暴君であったのなら、おそらく、そうはならないでしょう」

賀茂禮子の双眸《そうぼう》は、瞬きもしなかった。

「一方、山崎崇春はどうでしょう？　今挙げた三人とは好対照で、追善供養のための祭りや、碑、文書の類いはいっさいないようですね。残っているのは、名君だったとの話だけですが、そこにも、人となりを示すような具体的な挿話はなく、たいへん薄っぺらです。山崎崇春は、まったく顔が見えない——のっぺらぼうなんです」

「のっぺらぼうですか……。そのように思われるのは、菩提寺《ぼだいじ》を預かる者として、残念です。少々お待ちいただけますか」

道明は、立ち上がって、本堂を出て行く。さっきよりも、多少は小降りになったようだが、雨の音が、依然として伽藍の中に反響していた。

「お待たせいたしました」

戻ってきた道明は、座ると、持ってきた掛け軸を床に置いた。巻緒を解き、慣れた手つきで掛け軸を展開する。陰鬱《いんうつ》な焦げ茶色をバックに甲冑《かっちゅう》姿の武将が床几《しょうぎ》に腰を下ろしている絵が、広がった。

亮太と祖母は、思わず身を乗り出した。賀茂禮子は、姿勢こそ崩さなかったが、心なしか、目が光ったようだった。

「これは、唯一現存する山崎崇春公の肖像画で、当寺の創建以来、伝えられてきたものです。どうぞ、心ゆくまで、ご覧になってください」

亮太は、初めて見る偉丈夫の姿に目を奪われていた。着ている鎧兜《よろいかぶと》は、今も福森家にある、朱漆塗水牛角兜と黒糸威《くろいとおどし》朱桶側《しゅおけがわ》五枚胴具足だろう。大きな鷲《わし》鼻の上の吊《つ》り上がった三白眼は、眼光炯々《けいけい》としており、酷薄そうな感じの唇を一文字に引き結んでいる。

「松下弥兵衛という絵師の筆によるものですが、山崎公の勇壮なお姿のみならず、まとわれていた雰囲気から精神性まで、見事に描出されております。これは、中世日本における肖像画の傑作ではないでしょうか？」

道明は、ここぞと声に力を込める。

「いかがでしょう？　これを見てもまだ、山崎公は、のっぺらぼうだと思われますか？」

賀茂禮子は、微笑した。

「この頃の肖像画は、大半が死後に描かれる『遺像』ですが、これは、生前の姿を写し取った

『寿像』ですね。たしかに、息遣いが伝わってきそうな迫力を感じます」

どうして、これが生前に描かれたことがわかるのだろうか。当てずっぽうかとも思ったが、道明の驚いたような顔を見ると、図星らしかった。

「ですが、これもやはり、『虚像』にすぎません。福森家には、同じ絵師の手になる達磨図がありましたが、比較すると、この絵姿には、魂というものが感じられないのです」

「いや、そんなことは……」

道明は、不服げな顔になったが、賀茂禮子は、かまわず続ける。

「山崎崇春公に関して現在残されているものは、すべて後から巧妙に塗り固められた嘘です。そして、つい先ほど、墓と称するものを見たことで、ある確信を得ました」

「墓と称する、というのは、どういう意味でしょうか？」

道明は、聞き捨てならないという表情になった。

「あの場所に、山崎崇春公のご遺体が埋葬されているというのは、単なる言い伝えではなく、きちんと記録が残された史実です」

「たしかに、埋葬はされたのでしょう。ですが、あれは墓と呼ぶべきものではありません」

賀茂禮子の舌鋒《ぜっぽう》は、ますます鋭さを増していく。

「あえて言うならば、積石塚でしょうが、いずれにしても、あの常識外れの大岩は、けっして死者を慰撫《いぶ》するためのものではないのです」

「では、何が目的なんですか？」

亮太は、賀茂禮子の顔をアップにしながら訊ねる。

「山崎崇春の怨霊が、この世に出現しないよう、抑えつけるためです」

今にも道明が色をなして激怒するのではと思い、亮太はレンズを向けたが、予想とは逆に、蒼白《そうはく》な顔色に変わって瞑目している。

「そして、それこそが、福生寺が建立された本当の目的だったのでしょう。巨岩の重しにより動きを封じ、五輪塔から睨みを利かせる……。山崎崇春の怨霊から子々孫々までを守るため、福森弾正の描いた絵図のとおりでした。……あの晩まではですが」

賀茂禮子は、大岩の亀裂は見ていないはずだが、何が起きたのかは察しているらしい。

「待ってください。山崎崇春公は弾正様の御主君で、取り立ててくださった大恩人ですよ？　弾正様は、崇春公の亡き後は、幼君崇保《たかやす》公を奉じて、主家を守《も》り立てるべく奮闘したんです。それなのに、どうして崇春公が怨霊となって祟られるのですか？」

それまで沈黙を守っていた祖母だが、とうとう黙っていられなくなったらしい。

「なぜなら、山崎崇春を弑逆《しいぎゃく》したのは、他ならぬ福森弾正だったからです」

賀茂禮子は、爆弾発言をする。

祖母は、呆気《あっけ》にとられていたが、さすがに険悪な表情になった。

「それは、何か根拠がおありなんでしょうか？」

「根拠は、この絵にも描かれている、朱漆塗水牛角兜と黒糸威朱桶側五枚胴具足です」

賀茂禮子は、憐《あわ》れむような目で祖母を見た。

「昨日、次の間で拝見しましたが、勇壮にして優美、実に見事な鎧兜でした。しかしながら、どす黒い怨念が凝り固まって、恐るべき呪物と化していたのです。それには理由があります。福森弾正が山崎崇春より拝領したというのは、真っ赤な嘘で、実は、騙《だま》し討ちにより殺害し、奪い取った戦利品《トロフィー》だからです」

「話にならん……何という、無礼な！」

道明は、怒りに身を震わせた。

「おおかた、あんたは、その光景が見えたとでも言うつもりなんだろうが、我々は見えんし、その言葉を証明する手立てもない！」

「その刻印であれば、今でも皆さんの目に、はっきりと見えますよ」

賀茂禮子は、こともなげに言う。

「何だって？」

道明は、二の句が継げずに、固まってしまった。

「わたしに垣間見《かいまみ》えたのは、鎧兜に身を固めた山崎崇春の背後に回った、福森弾正の姿です。弾正は、武家のならいで、右利きに矯正されていましたが、元来は左利きだったようですね。**穿山丸**を左手に構えて後ろから組みつくなり、無防備な腋《わき》を刺して腋窩《えきか》動脈を切断しました。さらに、崇春が反射的に腕を上げるや、切っ先を真横に返し、肋骨《ろっこつ》の隙間より心臓を貫いたのです。崇春は、首をねじ曲げて弾正を睨み、何やら恐ろしい呪詛《じゅそ》の言葉を吐いていましたが、ほどなく絶命しました」

衝撃的な言葉の連続に、三人は息を呑《の》む。

「弾正が**穿山丸**を引き抜いたときに、刃が胴の背面の縁《へり》を擦《こす》って、深い刀傷を残しています。通常の合戦ではまず付くことがない場所と角度です。これは、背後から暗殺されたことを示す傷痕《あと》であり、あきらかな反逆の刻印です」

「そんな……」

祖母は、絶句してしまった。

「ちなみにですが、**穿山丸**という名が付けられたのは、主君の命を奪った後のようですね。『山を穿《うが》つ』の『山』とは、山崎を意味しているのです。弾正が、『抜山蓋世《ばつざんがいせい》』という言葉を好んで揮毫《きごう》したのにも、同じ含意があったのでしょう」

しばらくは、誰も口を利かなかった。

「……たしかに、弾正様は、元々は左利きだったようです」

ようやく口を開いたのは道明だった。衝撃からか、すっかり毒気を抜かれた様子である。

「ほとんど知られていない事実ですが、当寺の開祖である真道上人の覚え書きに、このような記述がありました。弾正様は、隣国との戦の際に、右手を矢で射貫《いぬ》かれてしまったのですが、生来、左器用《ひだりきよう》だったため、先登丸《せんとうまる》という愛用の小太刀を左手一本で振るって、血路を開き、辛くも逃げおおせたと」

「その先登丸ですね、崇春の命を奪い、後に穿山丸と改銘されたのは」

賀茂禮子の目には、四百年以上前の光景が、くっきりと映っているかのようだった。

「実はもう一つ、その真道上人の覚え書きには、山崎崇春公について、非常に気になることが記されていました」

道明は、複雑な表情で続ける。

「山崎崇春公は、背丈が七尺と言いますから、文字通りならば二メートルを超える美丈夫で、勇猛果敢、頭脳明晰《めいせき》であったとも伝えられています。実際、七尺はオーバーだったとしても、当時としては並外れた長身だったことは、あの鎧兜のサイズを見ればあきらかでしょう」

祖母が、うなずいた。

「福森家の者は、代々、そう聞かされて育ってまいりました。突然の病で亡くならなければ、天下を取っていてもおかしくない英傑であったと」

「ですが、公には、隠された暗い一面もあったようです」

道明は、ちらりと本尊の方を見やってから続けた。

「山崎崇春公は、いったん激昂《げっこう》すると抑えが利かなくなり、些細《ささい》な理由で家臣を手討ちにすることも日常茶飯事であったとか。これには、御正室だった真季様の影響もあったようですが、どんなに小さな恨みつらみも絶対に忘れずに、必ず復讐《ふくしゅう》を果たすという執念深い性格でした。特に自分を裏切った人間には冷酷無比であり、決まって同じ方法で処刑したそうです」

「どういう方法だったんですか？」

賀茂禮子は、ただの世間話のように訊ねる。

「逆磔《さかばつつけ》です」

さかばっつけ？　まったく意味がわからず、亮太は、ぽかんとした。

「磔《はりつけ》は、最も残虐な刑罰の一つですが、それを、罪人を上下逆さにして行うのです」

亮太の脳裏に、昨日見た映像が浮かんだ。

福森家の中の間。老竹色の聚楽壁《じゅらくかべ》に刻印された、天地が逆の血染めの人形《ひとがた》……。

あれは、両手両脚を拡げた人の姿だった。壁はへこんで、ところどころに罅《ひび》が入っており、暴れた痕跡がはっきりとわかる。胴中には、深い縦長の穴が開いていた。昆虫標本のように、壁に縫い留められていた跡らしい。幾筋もの縦縞《じま》を作って流れ落ちた血液は、真下の畳の上で血溜《だ》まりを作り、異臭を放つ暗褐色の塊に変じていた。

「そんな話は、わたしは、これまで一度も聞いたことがありません。それは、本当のことなんですか？」

祖母が、ひどく暗い声で訊ねる。

「申し訳ありません。別に、隠していたわけではないのですが。いずれにせよ、確かな話ではありませんし、御主君の行状とはいえ、世に知られれば、弾正様のお名前に傷が付きかねないと思ったものですから」

道明は、陳弁にこれ努める。

「ですが、かりに今の話がすべて真実で、弾正様が、山崎崇春公を殺《あや》められていたとしても、それは、家臣領民を思えばこその、万《ばん》やむを得ない仕儀であったのではないかと」

「……では、今回、福森家で起きたことは、山崎崇春公の祟りによるものなんですか？」

亮太が賀茂禮子に訊ねると、祖母と道明の視線が集中する。

「まだ断定はできませんが、とうてい、無関係とは思えませんね」

賀茂禮子は、そう言って茶を啜《すす》った。

「ですが、山崎崇春公がそれほど残酷な暴君だったんなら、なぜ、その事実は後世に伝わっていないんでしょうか？」

亮太には、その点が、どうしても合点がいかなかった。

「それも、福森弾正という男の深謀遠慮なのです」

賀茂禮子は、湯飲みを置いて、うっすらと笑った。

「弾正の行動を見ていると、子孫繁栄を何より願っていたふしがあります。そのため、後世に主《しゅう》殺しの汚名を着せられることは、何としても避けたかったんだろうと思われます。ですが、山崎崇春の実像があきらかになれば、陣中で急逝したことも、実は暗殺だったのではないかと疑われるかもしれません。そのため、山崎崇春を殺さねばならなかった、そもそもの動機から隠蔽《いんぺい》、糊塗《こと》しようと考えたのです」

それで、暴君ではなかったことにしたのか……。亮太は、弾正の狡猾《こうかつ》さに舌を巻いた。

あらゆる証人の口を封じ、すべての文献を改竄《かいざん》するのは、容易なことではなかっただろう。だが、他の家臣たちにしてみれば、弾正のおかげで山崎崇春の恐怖支配から抜け出せたため、誰一人として逆らえなかったのかもしれない。

「道明さんには、もう一つ、お伺いしたいことがあります」

賀茂禮子がそう言うと、道明は少し緊張した表情になった。

「何でしょうか？」

「福森家からの相談を受け、玄道さんはいったん、福生寺で幽霊画を引き取ると言われたそうですが、後になって撤回されていますね。いったい、なぜでしょう？」

「……そうですね。これは、まるで怪談のようなお話なので、お答えすることが少々憚《はばか》られるのですが」

道明は、眉をひそめて答える。

「幽霊画を引き取る前の晩、玄道の夢枕に、あの掛け軸の幽霊が立ったそうなのです」

もはや、幽霊が出ること自体には、何の不思議もないような気がしてくる。

「何か、警告のようなことがあったんですか？」

「幽霊は何事かを告げたらしいのですが、玄道は、詳しい内容は語りませんでした。ですが、玄道は、翌朝急に私を呼びまして、あの話はなかったことにすると……」

玄道師は、幽霊に脅され、ふがいなくも掛け軸を引き取るのを断念したのだろうか。

「わかりました」

賀茂禮子は、意外にあっさりと質問を打ち切った。

「最後に、こちらに千太郎の蔵書が保管されているそうですが、拝見できますか？」

「……では、どうぞ。ご案内します」

道明は、三人を先導して本堂を出た。空は一面灰色で、雨はまだ降り続いている。

本堂を取り巻く回廊から長い渡り廊下を歩いて行くと、渡り廊下が分岐している場所に、『→経蔵』と書かれたサインが出ていた。その先には、大きな蔵があるのが見える。てっきりここかと思ったが、道明はすたすたと通過してしまう。

やがて、渡り廊下の終端にある物置のような小屋の前に出た。よく見ると、『文庫』という小さな木札が掲げられている。

道明が立て付けの悪い引き戸を開けると、かすかに黴《かび》臭い臭いがした。

「どうぞ、お入りください」

道明は三人を請《しょう》じ入れる。中は思ったより広く、その一角には和書が平積みになった書棚があった。ざっと見ただけで、数百冊はあるだろう。糸で綴《と》じられた本ばかりでなく、折り本や巻物なども交じっている。

「この書棚にあるのは、すべて千太郎の蔵書ですか？」

賀茂禮子が訊ねると、道明はうなずいた。

「当時の最先端の医学書の他にも、生物学、民俗学、画帖《がちょう》など、千太郎さんの興味は、多岐に亘《わた》っていたようですな」

賀茂禮子は、『医書あ〜か』というラベルが貼られた棚を凝視していた。

平積みなので一番上の本の表紙しか見えないはずだが、ためらうことなく、積み上げられた中から数冊の本を抜き出す。亮太は、さっそく本にレンズを向けた。

「これは、かの有名な『解体新書《かいたいしんしよ》』ですね」

「ええ。写しではなく本物で、図と巻之一〜巻之四まで全巻揃っています。現存しているのが何部あるかわかりませんが、今では、たいへん貴重な本ですよ」

そう言う割には、平気で素手で触らせているし、それほど大切に保管しているようにも見えなかった。

……ここでも、千太郎は、一見丁重に扱われているようだが、実は、冷遇されているように感じるのは、気のせいだろうか。

賀茂禮子は、巻之一の表紙をめくる。亮太も教科書で見たことがある有名な扉絵が見えた。さらにめくると、骨格や臓器の精緻《せいち》な絵が並んでいた。印刷された文字の他に、千太郎のものらしい墨書きがいくつもあった。いかにも秀才らしい几帳面な筆跡である。

賀茂禮子は、唐突に『解体新書』を閉じると、すべて書棚に置いた。

その後は、しばらく離れた書棚にある画帖を中心に見ていたが、急に興味を失ったように、それらも戻すと、道明の方へと向き直る。

「ありがとうございました」

「もう、よろしいんですか？」

道明の方が、拍子抜けしている。

「ええ。おかげさまで、たいへん参考になりました」

そう言って、さっさと出て行ってしまう。残る三人は、あわてて後を追った。

雨はかなり小降りになっていたが、まだ止みそうにない。

祖母が道明に協力してもらったことへの礼を言って、車に乗り込むまでの間、賀茂禮子は、何かをじっと考え込んでおり、心ここにあらずという様子だった。

三人の乗った車は、福生寺を出て走り出す。雨がパラパラと窓を打つ音が車内に響いたが、賀茂禮子はずっと無言のままだった。

SCENE3

福森家の前の道には、昨日と同じようにマスコミの車が張り込んでいた。亮太たちの乗ったワゴン車が車用の門から中に入ろうとすると、昨日と同じように喚《わめ》きながら群がってきたが、門が閉まって、昨日と同じようにシャットアウトされた。

ワゴン車が車寄せに入ると、稲村さんと樋口刑事が待っているのが見えた。

「まあ、今日も、雨の中を、本当にご苦労様でした」

三人がワゴン車から降りると、稲村さんがねぎらう。

「昨日は、たいへん失礼しました」

樋口刑事が丁寧に一礼して、賀茂禮子のそばに行く。

「昨日お預かりした保存容器とペンナイフですが、検査結果が出ました」

賀茂禮子は、聞く前からわかっていたかのようにうなずく。

「保存容器からは毒物が、ペンナイフからは指紋が検出されました。指紋に関しては、家族の

「その指紋は、遥子さんの関係者——おそらくは、彼女の浮気相手のものでしょう」

誰も該当しませんでしたので、現在、照会中です」

賀茂禮子は、さも当然という顔だった。

「毒物とは、どのようなものだったのですか？」

「『ウェル・ダン・ミート』と書かれていた保存容器の中身は、焦げた肉です。『ブルーミー・ナッツ』というのは、ただのカビの生えたナッツ類でした。……ですが」

樋口刑事は、手帳に目を落とした。昨日とは態度が一変しており、驚くほど協力的である。よほど賀茂禮子の透視能力に感銘を受けたのだろうか。

「焦げた肉にはヘテロサイクリックアミン、カビの生えたナッツ類にはアフラトキシンという発ガン性の高い物質が、濃厚に含まれていたようです」

遥子さんは、夫の虎雄さんの食事の中に、ずっと発ガン物質を混ぜていたのかも。いかにも主婦らしい悪意の発露だというのは偏見だろうか。

亮太の遥子さんに対する印象は、背が高くて瘦《や》せぎす、引っ詰め髪で、口数が少ない女性というくらいだった。虎雄さんに何を言われても、黙って従っていたような。

だが、何かで虎雄さんに叱責《しっせき》され侮蔑《ぶべつ》的な言葉を投げかけられたとき、背後から虎雄さんを見つめていた視線が、妙に心に残っていた。無表情だったが、心の中では嵐が吹き荒れているような、ひどく不穏なものを感じたのである。

「どちらも、長期に亘って摂取すれば発ガン性があるというだけで、即効性はありませんが、『スパイシー・マッシュルーム』には、致死量を何倍も上回る毒物が含まれていました」

樋口刑事は、また手帳に目を落とす。

「……細かく刻んだ白いキノコが、醬油《しょうゆ》で茶色く煮染めてありましたが、タマゴテングタケ、シロタマゴテングタケ、ドクツルタケの仲間と考えられます。いずれも、アマトキシンという猛毒を含有しますが、アマトキシンは熱に安定な物質なので、料理などに混入されていたら、死に至っていた可能性が大だったようです」

「信じられない。遥子さんが、そんな」

祖母が、声を詰まらせる。虎雄さんの方も、遥子さんの浮気相手の指紋を付けたペンナイフで刺殺するつもりだったかもしれないので、どっちもどっちと言うべきだろうが。

「ですが、実際に犯行があったわけではなく、今となっては、毒物であったと認識していたかどうかもわかりません。アマトキシンなどは、毒物及び劇物取締法で規制されているわけでもありませんから、不問ということになると思います」

祖母は、力なくうなずいてから、哀願するような目で言う。

「……刑事さん、今日、皆の遺体を帰宅させていただけるということでしたわね？」

樋口刑事の顔が曇った。

「申し訳ありませんが、明日以降になるということです」

「まあ、そうですか」

祖母は、さらに肩を落とす。

「司法解剖は、もう終わっているんじゃないんですか？　どうして、まだ遺体を返してもらえないんでしょうか？」

亮太が訊ねると、樋口刑事は、渋い顔になった。

「たいへん異例のことですが、科警研《かけいけん》で、力学的分析をやり直したいということでして」

「何ですか、それは？」

「遺体に加えられた力が、人間の筋力の限界を、はるかに超えているそうなんです。何しろ、大腿骨《だいたい》を握り潰《つぶ》したり、手足を根元から引きちぎったりしていますので……」

樋口刑事は、祖母の表情を見て、いったん言葉を切る。

「当初は、およそ三万N《ニュートン》の力が加えられたと推定されていました。これは、重さ三十トンの物体に一m／s^2の加速度を生じさせる力ですが、人力の限界は、最大に見積もったとしても、一万Nに達しないそうです。建物の損傷部分などでは、さらに大きな十万Nもの力がかかっているらしいんですが」

犯行が人力では不可能なものとされれば、たとえ犯人を捕まえても、有罪にできないということなのだろうか。

「虎雄さんが手にされていた虎徹も、相当なダメージを受けたかと思いますが？」

賀茂禮子が訊ねる。昨日は答えようとしなかった質問だったが、樋口刑事は、うなずいて、封筒から写真を取り出す。

「発見されたとき——虎雄さんの遺体を壁に縫い留めていた際には、このような状態になっていました」

亮太は、カメラを構えて、賀茂禮子の肩越しに覗《のぞ》き込む。

A4サイズの紙に写真が印刷されている。一つ目には日本刀の全体が写っていた。細身で、刀身は七十センチくらいだが、ひどく刃毀《はこぼ》れしており、ほぼ真ん中でくの字に曲がっている。目釘《めくぎ》が抜け、鮫皮《さめがわ》を縛る柄糸《つかいと》もほつれ、木製の柄はバラバラに壊れていた。その隙間からは、鉄の尻尾《しっぽ》のような茎《なかご》が露出しているのが見える。

二つ目の写真は、その茎のアップだった。全体にかなり錆《さ》びており、『虎徹』の銘はない。代わりに『南無阿弥陀仏《なむあみだぶつ》』という文字が彫られている。鏨《のみ》の跡は稚拙な感じだった。

「茎尻《なかごじり》はいわゆる卒塔婆《そとば》形ですね。だから六字名号を彫ったわけではないでしょうが」

賀茂禮子は、紙をめくって、三枚目の写真を見た。

茎の反対側の面らしい。やはり素朴な鏨跡で、文字が刻まれていた。『玉二』と読めるが、刀工の名前だろうか？

「……なるほど。ようやく、この刀の素性がわかりました。忌まわしい呪物となったことも、むべなるかなと思います」

賀茂禮子は、納得したようにうなずく。亮太が、どういうことなのか訊ねようとしたとき、樋口刑事が横から割り込んでくる。

「防犯カメラの映像なんですが、よろしければ、賀茂先生に見ていただいて、率直なご意見を伺えないかと思いまして」

亮太は驚いた。いくら何でも、態度が豹変《ひょうへん》しすぎだろう。警察が民間人に助言を求めるなど、フィクションの世界でしかあり得ないと思っていたが。

「昨日のご様子では、防犯カメラには何も映っていなかったように思いましたが？」

賀茂禮子は、怪訝《けげん》な顔になる。

「はい。あの晩は、原因は不明ですが、電源が落ちていたために、何も録画されておりませんでした」

樋口刑事は、素直に認める。

「ですが、こちらの防犯カメラは、半年以上HD《ハードディスク》に映像を溜めてから、上書きする仕様になっていました。それで、過去に遡ってチェックしてみたのですが……」

その先は、実際に見てくれということなのだろう。「わかりました」と賀茂禮子が答えて、全員が屋内へ移動する。

本音を言えば、この建物の中へは入りたくなかった。今まで外で立ち話を続けていたのも、全員が同様の嫌悪感を抱いていたからかもしれない。稲村さんが、両開きのドアを開けた。

車寄せの奥に位置する裏玄関は、昨日入った正面玄関ほどではないにせよ、どす黒い瘴気《しょうき》が淀《よど》んでいるようだった。正面玄関と比べるとコンパクトだが、上り框《かまち》は公民館の入り口くらいある。稲村さんが出してくれたスリッパに履き替えて、左に折れると、『機械室』と書かれた部屋があった。

稲村さんが鍵《かぎ》を開ける。中は意外に広くて、八畳くらいあった。全館空調のための機械と、特大の分電盤とが並んでいる。壁には、十二台もの液晶モニターがずらりと掛けられており、小さな事務机の上にはパソコンのキーボードが置かれていた。横のスチールラックの棚では、たくさんの外付けＨＤがチカチカとランプを点滅させている。

「見つかったのは、この映像です。右上のモニターを見てください」

樋口刑事が、キーボードを操作した。

モニターには、暗視装置の緑色の光で照らされた光景が映っていた。庭の塀際のようだが、車用の門の横あたりかもしれない。すると、立木の間を縫って一匹の猫が姿を現した。毛色はわかりにくいが、黒猫のように見える。

黒猫は、そのまま、どこかへ行ってしまった。

「次の映像です」

同じ場所に、さっきの黒猫が戻ってきたようだった。するりと木々の間に潜って姿を消す。

何だこりゃ、と亮太は思った。よほどの猫好きでも面白いとは思わないだろう。

だが、賀茂禮子の反応は違っていた。鋭い眼光で身じろぎもせず黒猫を見つめている。

「この猫が、どうかしたんですか？」と、とうとう我慢できなくなった亮太が訊ねた。

「屋敷に出入りした方法が、どうしてもわからないんです」

樋口刑事のとんちんかんな返答に、呆気にとられる。

「塀の隙間からじゃないんですか？」

「隙間は、なかったはずです」

稲村さんが答える。

「一年くらい前までは、車用の門や正門などには、猫が通れるような隙間があったんですが、野良猫が入ってきて糞《ふん》や尿をするので、美沙子様のご指示で塞《ふさ》いだんです。これは、その後の映像なんですけど、どうやって入ってきたのやら」

「問題は、福森八重子さんが、どこから屋敷を出たのかということなので、この映像が参考になるのではないかと。もちろん、猫が這《は》い出る程度の隙間では、人一人が脱出するのは不可能なんですが」

樋口刑事が真意を説明したが、亮太は首を捻《ひね》った。ひょっとして、昔の探偵小説のように、秘密の出入り口でもあったのかと疑っているのだろうか。

賀茂禮子は首を傾げていた。

「昨日は、途中で雨脚が強くなってきたために、お庭の調査を中断せざるを得ませんでした。もう一度、この辺りを見てみましょうか」

一同は機械室を出て、車寄せの玄関へと戻った。屋敷の中にいるだけでも圧迫感を感じて、少々息苦しくなっていたため、小雨が降っていても外に出られるとほっとする。他の面々も、表情を見ると、同じように感じていたようだ。

稲村さんから傘を借りて、亮太は車用の門のそばに行き、猫が這い出られるくらいの隙間がないかチェックした。門柱の脇にある狭いスペースは、緑の有刺鉄線によって塞がれていた。悪意を感じるほど執拗《しつよう》な張り方である。美沙子さんは、よほど猫が嫌いだったらしい。

おや、と思う。一本の刺《とげ》にふわふわした物が付着していた。指で摘まんで目に近づけてみる。どうやら、白っぽい動物の和毛《にこげ》のようだった。

「それは、さっきの猫の毛です」

稲村さんが、言いづらそうに言う。黒猫でも、腹の毛は白いらしい。

「最初に何本か有刺鉄線を張った後でも、そんなふうにして無理やり押し入って来たんです。美沙子様が、絶対に入れないようにしてとおっしゃったので、さらにもう何本か張りました」

追加の有刺鉄線を張った後は、二センチほどしか隙間が残っていないので、いくら猫でも、ここから出入りするのは無理だろう。その前も、なぜ腹を引っ掻《か》いてまで入ってきたのかは、よくわからないが。

「それから猫が入ってくることはなくなったんですが、しばらくすると、また黒猫の姿を見るようになったんです。どうやって入ってくるのかわからなかったので、業者の方に、トレイルカメラっていうんですか？――小動物にも反応するカメラを付けてもらいましたが、不思議なことに、そちらには何も写らなかったんです」

稲村さんは、執事並みに、あらゆることを任せられていたらしい。

「それは、当然です」

一人離れて塀の上の方を見ていた賀茂禮子が、振り返って言う。

「有刺鉄線に引っかかり毛を残したときは、まだ生身だったのでしょうが、さっき写っていた猫には体温がありませんから、赤外線センサーには反応しません」

まだ生身？　体温がないって、まさか。

「霊的な存在は、よほどのことがないかぎり、人前に姿を現しませんし、光を反射する実体がないので、カメラに写ることは、通常ないのですが……。この屋敷では、呪物の異様なまでの密集によって、通常世界の矩《のり》が歪《ゆが》んでしまっているようです」

この家は、幽霊屋敷となって久しいらしい。亮太は、美桜が描いた家族の絵を思い出した。絵の右上隅に妙に影の薄い猫が一匹いたが、それがあの黒猫だったような気がする。

「……わかりました。猫のことはもうけっこうです」

樋口刑事は、がっかりしたようだったが、気を取り直して賀茂禮子に言う。

「福森八重子さんが屋敷から出た方法について、何かおわかりになりましたか？」

「ええ。今、ようやく見えてきました」

賀茂禮子は、平然と答える。

「惨劇の後、八重子さんは屋敷から彷徨《さまよ》い出て、ここへやって来たのです」

賀茂禮子の目には、あの晩の大伯母《おおおば》さんの姿がはっきりと映っているかのようだった。

「全身が、鮮血でぐっしょり濡《ぬ》れそぼっていますが、強い雨により洗い流されて、うっすらと赤い水溜まりを後ろに点々と残しながら、こちらに向かって近づいてきます」

賀茂禮子は、亮太のすぐそばの地面を指差した。刹那《せつな》、大伯母さんの恐ろしい姿が現前したような気がして、亮太は身震いした。

「残念ながら、あの晩の豪雨で、足跡も血痕も検出されませんでしたが」

樋口刑事が、ぞっとしたような目で地面を見つめる。

「暗すぎて、よく見えませんが、八重子さんは、見る影もないまでに変貌《へんぼう》しています。もはや人とは呼べない姿にまで」

賀茂禮子は、半ばトランス状態になり、幻視しているものを指差す。全員が、固唾《かたず》を呑んで注視していた。

「その地点まで来たとき、八重子さんは跳びました」

賀茂禮子が指差した場所は、少し地面が抉《えぐ》れたようになっていた。

「ここからですか？」

樋口刑事は周囲を見回したが、何もない。

「それで、どこに着地したんですか？」

賀茂禮子は、目を半眼にしたまま、塀の上を指差した。

「まさか。塀の高さは三メートル以上、距離も十五メートルはありますよ？」

樋口刑事は、開いた口が塞がらないという顔だった。おそらく、カンガルーやピューマでも無理な芸当だろう。

「塀の上を見てください。痕跡が残っていると思います」

樋口刑事は、賀茂禮子の言葉にもまだ半信半疑な様子だったが、制服警官を呼んで、脚立を持ってきて調べるように指示を出した。

齢《よわい》七十七の大伯母さんの大ジャンプは、まるで中国映画のワイヤー・アクションだったが、これまでに見てきたものを考えると、一笑に付すことはできなかった。

庭土が抉られてできた水溜まりには、雨が細かい波紋を作っている。

亮太は、まだ少し頭が朦朧《もうろう》としていた。異様に変貌した大伯母さんのイメージは、それほど圧倒的であり、思い出すだけで、脚に震えが来るようだった。

しかし、賀茂禮子はすでに、大伯母さんの逃走経路に対する関心を失ってしまったらしい。屋敷の周りを昨日とは逆の反時計回りに歩きながら、庭を調べている。

亮太は、気を取り直して、その様子をカメラに収めていった。

すると、賀茂禮子は、急に方向転換したかと思うと母屋の方へと向かった。傘を差したまましゃがみ込んで、縁の下を覗き込んでいる。

「何があるんですか？」

亮太は、遠慮がちに声をかけた。怖くて、あまり近づけない。

賀茂禮子は、軽く手を合わせてから、亮太の方を見た。

「ここに、仔猫《こねこ》の骨がありますね。三、四匹分でしょうか」

仔猫と聞いて、多少恐怖心が薄れ、亮太は近づいた。賀茂禮子の隣にしゃがんで、縁の下を撮影する。床下換気口の鉄格子の間から、小動物の骨らしきものが散らばっているのが見えた。茶色と白の毛皮の残滓《ざんし》のようなものもある。

「おそらく、さっきの猫は、ここで出産したのでしょう。餌を取ってきて、授乳するために、屋敷の敷地に出入りしていたのですが、有刺鉄線を張られたため、傷を負いながらでも入って来ざるを得ませんでした。ところが、今度はその狭い隙間まで塞がれて、とうとう仔猫を中に置いたまま締め出されてしまったのです」

するとと、背後から稲村さんの声が聞こえた。

「……本当に、可哀想なことをしました」

亮太は振り返った。稲村さんは、うなだれている。

「出入り口を完全に塞いでしまった後は、二匹の猫が毎日塀の外に現れては、うるさく鳴いていたんです。さっきの黒猫と、茶虎です」

猫は、ふつうは母親一匹で子育てをするが、たまに父親も協力すると聞いたことがあった。だったら、黒猫が母親で、茶虎の方が父親だろうか。

「仔猫は、結局、餓死してしまったようですね。親は、どうなったんですか？」

賀茂禮子が訊ねる。たしかに、親猫はなぜ幽霊になったのだろう？

「それが、鳴き声がうるさいから何とかしてと、美沙子様がおっしゃったので、しかたなく、業者に依頼して捕獲したんです」

「その猫は？」

亮太は、眉をひそめて訊いた。

「そのまま、業者に、保健所へ持って行かせました」

もうちょっと、やりようがあったのではないだろうか。誰か引き取り手を探すとか。

亮太の脳裏には、ありし日の美沙子さんの姿が浮かんでいた。

いつもブラウスにジーンズというスポーティーな恰好《かっこう》で、スーパーロングの黒髪をまとめて金のバンスクリップで留めていた。一度だけ、髪を解いたのを見たことがあるが、腰まである艶《つや》やかな黒髪がさらさらと滑らかに流れる様は、美しく印象的だった。

だが、美沙子さんが内に秘めた激しい気性には、うすうすながら気がついていた。幼かった亮太が、つい調子に乗って悪戯《いたずら》をしたときは、物凄《ものすご》い目で睨まれて竦《すく》み上がった記憶がある。もう二度と怒られるようなことはすまいと、子供心に固く誓ったものだった。

その後、美沙子さんは結婚したのだが、数年後に離婚し、娘の美桜ちゃんを連れて福森家に戻ってきてからは、ときたま癇癪《かんしゃく》を爆発させることがあった。そんなときは、大伯母さんや、虎雄さんですら、腫《は》れ物に触るようにしていたのを覚えている。

離婚の理由も、表向きは夫のDVということになっていたが、実際は、美沙子さんの方が、逆上すると暴力を振るったということらしい。

だから、うるさく鳴いて彼女を苛立《いらだ》たせた猫に対し、美沙子さんが死刑判決を下したのも、それほど意外というわけではなかった。

「まさかとは思いますが、殺処分された猫が祟ったとかいうことは、ないですよね？」

亮太は、冗談めかして賀茂禮子に訊ねる。

「鍋島藩《なべしま》の、化け猫騒動のイメージとは違い、猫が人に祟ることは滅多にありません」

亮太は、少しほっとしたが、その言い方だと、たまには祟るのだろうか。

「まして、今回のような恐ろしい事件を引き起こすことは、あり得ません。しかし、問題は、この屋敷の敷地内で無益な殺生が行われたという事実です」

賀茂禮子は、深刻な表情で続けた。

「ふつうの家だったら、おそらく何の影響もなかったでしょう。しかし、この家には、すでに多くの悪条件が揃っていました。みだりに生き物の命を奪うという愚かな行為は、その中で、さらに状況を悪化させた可能性がありますね。……ひょっとすると、こうした殺生は、他にもあったのではありませんか？」

最後の質問は、稲村さんに対するものだった。

「……そう言えば、一年ほど前のことですが、虎雄様が急に思い立って、犬を飼われたことが

稲村さんは、話しながら、当時のことを思い出したらしく、辛《つら》そうな顔になった。

「それで、デパートの外商の紹介で、血統書付きのゴールデンレトリバーを買われたんです。子供たちは仔犬を欲しがっていましたが、虎雄様はしつけるのが面倒だと言って札片《さつびら》を切り、ジェニーというドッグショーのチャンピオン犬を譲り受けました」

どうせ、この後ろくな展開にならないだろう。誰もがそう思っているらしく、憂鬱な表情で聞き入っている。

「ジェニーは、子供たちとは仲良くなったのですが、虎雄様には、あまり懐きませんでした。それが面白くなかったのか、虎雄様はしつけをやり直してやると言いだし、命令を聞かないとジェニーを折檻《せっかん》するようになったのです。ジェニーは、虎雄様をひどく怖がって、姿を見ると逃げるようになりました。そしてあるとき、恐怖のあまりか手に咬《か》みついてしまったのです。虎雄様は、ジェニーを、枇杷《びわ》の木刀で散々に打擲《ちょうちゃく》しました。それで、ジェニーは腎臓を壊し、みるみる痩せ衰えて死んでしまいました」

虎雄さんは、昔から乱暴者だったらしいが、それにしてもひどいことをするものだと思う。

亮太にとって、虎雄さんは、ほとんど別世界の人だった。世代が違うだけでなく、いわゆるヤンキー気質に、まったく共感できなかったからだった。

亮太に対してこそ、優しく鷹揚《おうよう》な態度だったが、虎雄さんは、逆らう者に対しては徹底的に暴力的になるという話を聞いていたので、亮太は、いつもどこか緊張していた。少なくとも、心の底から打ち解けたことは、一度もなかったと思う。

亮太は、美桜が描いた家族の絵を思い出していた。

虎雄さんは、ひときわ身体が大きくて、凶悪な表情をしていた。手には鎖を摑《つか》んでいたが、犬が死んでいるように見えたのが不思議だったのだ。美しい犬に対する粗暴で残酷な行為は、子供たちの心にも深い傷を残したに違いない。

「ジェニーは、幽霊になって現れたりはしなかったんですか？」

亮太が訊ねると、稲村さんは黙ってかぶりを振った。賀茂禮子が解説する。

「犬は、猫と比べても、執念深い動物ではありません。黒猫の場合には、仔猫に対する愛情がこの世に残ったため、生前と同じような屋敷への出入りを反復していたのでしょうが」

賀茂禮子は、そう言うと、急にはっとした表情になった。

「……なるほど。今、ようやくわかりました」

「何がですか？」

亮太は、また彼女の顔をアップにする。

「あの幽霊画の正体です」

「え？」

予想もしていなかった返答だった。

「わたしは福生寺で、千太郎と松吉は共にあることをして、幽霊画の逆鱗《げきりん》に触れてしまったと言いましたが、なぜ、幽霊画がそれを許さなかったのかは、漠然と想像していただけでした。しかし今、幽霊画の画題がわかって、すべてが繋がったと思います」

画題？　何のことやら、さっぱりわからなかった。質問すべく亮太が頭を整理していると、賀茂禮子は、稲村さんに別のことを訊ねる。

「さっき床下を覗いたときですが、かすかに薬品臭がしました。割と最近、白蟻の駆除を行いましたか？」

「はい。ええと、二ヶ月くらい前だったと思います」

稲村さんは、また叱られるのではないかという顔で、首をすくめる。

「それは、どなたの指示ですか？」

「遥子様でした。羽蟻が出たので、すぐに業者を呼んでとおっしゃって」

賀茂禮子は、顔を横に振った。

「白蟻の羽蟻が発生するのは、春から梅雨までで、晩夏の羽蟻は、ほとんどの場合、白蟻ではありません。したがって、駆除は不必要だったでしょうね」

そんなことは、害虫駆除の業者ならば百も承知のはずだが、金欲しさに黙って引き受けたのだろうか。

「問題は、それだけではありません。強すぎる薬剤を散布したために、床下や屋根裏にいた、黒山蟻《くろやまあり》、脚高蜘蛛《あしだかぐも》、守宮《やもり》、青大将《あおだいしょう》などまで皆殺しにしてしまったのです。これらの生き物は、何代にも亘り家を護《まも》ってきた眷属《けんぞく》ですから、これは、ただ単に無益な殺生というだけでなく、魔の侵入を容易にしてしまう愚行でした」

もはや、インチキ霊能者のたわごとと、馬鹿にする気にはなれない。

殺生を行わせたのは、たしかに家族の人間だったのだろう。しかし、みな、何者かによって操られていたような気がする。亮太は、カメラから目を離し、しばし考える。……だとすると、黒幕はいったい誰だったのだろうか。

「……あちらの方角から、ただならぬ気配を感じます」

賀茂禮子は、目を細めて庭の彼方《かなた》を指差し、すたすた歩き出した。方位だと北西だろうか。亮太たちも後を追う。

そこは、福森家の宏大《こうだい》な庭の中では、最も見栄えのしない一角だった。

コンクリートを打たれた地面に、三つのマンホールが並んでいる。まるで物置小屋のようなみすぼらしい建物の横には、枯葉から堆肥《たいひ》を作るためか、煉瓦《れんが》で囲われた巨大なコンポストもあった。日除《ひよ》けか目隠しのためらしく何本も棕櫚《しゅろ》が植えられていたが、大きな葉は半分以上が枯れている。

亮太はふと、美桜が幽霊に言われた『**おにわのはずれ**』という言葉は、この辺りのことを指しているのではないかと思いついた。

……だとしても、『**とっくらこ**』がどういう意味なのかは、依然、見当も付かないが。

「北西は、神が宿るとされている方位なので、粗略な扱いをすると、ときに鬼門以上に大きな災厄をもたらすことがあります」

賀茂禮子は、周囲を見回して難しい顔になった。

「ここに、かつて蔵があったことはお聞きしました。乾蔵《いぬいぐら》を取り壊すこと自体が大凶ですが、どうやら、それだけではありませんね。……この場所には」

賀茂禮子は、コンポストの一番端を指差す。

「以前は、井戸があったんじゃありませんか？」

稲村さんは、目を伏せた。

「はい、そのとおりです」

「おそらく、この屋敷が建てられたときに、掘られたものでしょうね。井戸の方位としては、北西は大吉ですから。その井戸は、どうなったんですか？」

稲村さんは、叱られた子供のような表情だった。

「リフォームのときに、埋めてしまいました。……飲料に適していないとかで」

またリフォームかと、亮太は思う。より快適で住みやすい家を作るためだったはずなのに、悪い話しか出て来ないのは、なぜだろう。最初からすべてが、福森家に破滅をもたらすために仕組まれていたような気さえしてくる。

「すべての井戸には水神が棲《す》まわれていますから、やむを得ず埋める際は、必ずお祓《はら》いを行わなくてはなりません。ところが、そうした配慮はいっさいなされず、生き埋めにしてしまったわけですね」

亮太は、どんな祟りがあるのか聞こうと続きを待ったが、賀茂禮子は歩き出す。

「……ここには、祠《ほこら》のようなものがありませんでしたか？」

次に、賀茂禮子が立ち止まって指差したのは、マンホールの上だった。もちろん、そこには何の痕跡も残っていない。

「そこまで、おわかりになるんですね」

稲村さんの声からは、畏敬《いけい》の念が伝わってきた。

「たしかに、ありました。あんまり古すぎて、何の祠なのか誰も知りませんでしたが」

「ここにあったのは、屋敷神を祀《まつ》っていた祠です」

賀茂禮子は、深い溜め息をつく。

「福森家の氏神であり、かつては村の鎮守も兼ねていたはずですが、長い年月を経るうちに、いつしか忘れ去られて、放置されるようになってしまったようです。しかし、それでもなお、屋敷神のご加護は残っていたはずです。神聖な祠を取り壊して、ただのゴミとして捨て去ってしまうまでは」

亮太は、徳川家康《とくがわいえやす》が、大坂城の防備を一つずつ取り除いていったやり口を思い出していた。堀を埋めて、砦《とりで》を壊させ、とうてい戦えない状態にしておいてから、満を持して襲いかかる。福森家もまた、ゆっくりと一つずつ、守りを外されていったのではないか。

「何よりも罪深いのは、乾蔵、井戸、屋敷神の祠を取り壊しただけでなく、その跡地に不浄の施設を作ったことです。枯葉を腐らせるコンポストも然《しか》りですし、マンホールの下にあるのは屎尿《しにょう》を処理する家庭用の浄化槽でしょう。さらに、それらを覆い隠す棕櫚は、陰の凶木です。……あなたにお聞きしたいのですが、いったいなぜ、ここまでなさったのですか？」

賀茂禮子は、急に振り返って、厳しい声で詰問する。全員、はっとして、彼女の視線の先を追った。

そこに佇《たたず》んでいたのは、三十代の半ばくらいの痩せぎすの男だった。白人のような鷲鼻に、赤いセルフレームのメガネを掛け、サイドを刈り上げた髪型で、光沢のあるオックスフォードシャツを着ている。いつからそこにいたのだろうと、亮太は仰天した。

「坂井先生。いらっしゃってたんですか？」

稲村さんがそう叫んだので、この男が建築士の坂井喬平《きょうへい》であることがわかる。そういえば、今日、家に呼ぶと、車の中で祖母が話していたようだ。

「たった今、来たところです」

男は、神経質な口調で答える。うっすらと色の入ったメガネのレンズ越しに、一重まぶたの吊り目が瞬《またた》いた。

「今のは、僕に訊かれたんですか？　質問のご趣旨が、よくわからなかったんですが」

坂井は、困惑したように賀茂禮子を見た。

「いいえ、よくおわかりのはずですよ。さっきから、そこに立ってわたしの話を聞かれていましたよね」

賀茂禮子は、不気味に輝く双眸を坂井にロック・オンしていた。

「ここら辺りは、下水が通っていなくて、ちょっと前まではバキューム・カーが来てました。それで、浄化槽を設置する必要があったんですが、設計上、そこが一番都合が良かったというだけの話ですよ」

坂井は、薄い唇を嚙《か》んだ。

「コンポストも、どうしても作りたかったんですよ。この庭はとにかく枯葉が多いですから、肥料にして循環させた方がエコですしね」

「では、井戸を埋めたのは、なぜなんでしょうか？」

「水質に問題がありました。ひどい金気水《かなけみず》だったんです。庭に撒くにも適さないとのことで、これはまあ、埋めるしかないだろうと」

金気水とは、鉄やマンガンを大量に含んだ水のことだが、飲用はおろか、下水に流すのも、配管を傷める可能性があるため避けた方がいいと聞いたことがあった。

だが、福森家では、その昔は、井戸水を生活用水に使っていたはずである。そのときから、そんなに金気がひどかったのだろうか。

「……こちらからも、一つ質問してもよろしいでしょうか？」

亮太は、坂井にカメラを向ける。

「福森家の親戚《しんせき》で、中村亮太といいます。昨日、ここの庭を拝見したのですが、植栽の変更で、いろいろと疑問に思うことがありました」

亮太は、どうして、ヒイラギやキンモクセイ、エンジュ、ツバキなどの木を伐採したのかと問い質《ただ》したが、稲村さんから昨日聞いた理由以外に、はかばかしい答えは得られなかった。

「風水というんですか？　方位とか、凶木の話は聞いたことはあります。僕らも、施主さんが気にされる場合は配慮しますが、正直に言って、優先順位は低いです」

坂井は、困ったように首筋に手を当てる。

「つまり、ただの迷信だということですか？」

動画を面白くするため、あえて対立を煽《あお》るような訊き方をしてみる。

「いや、もちろん、元々は、それなりの根拠があったんでしょうね。たとえば、母屋の北西に蔵を作ることは、それなりには理にかなっています。昔は火事が何より怖かったはずですが、冬は北西の風が吹きますから、蔵が風上にあれば、母屋から延焼する危険性は低くなります。反対に、蔵から出火することは、ほとんど考えられませんし。……ですが、時代が変わって、科学技術は大きく進歩してます。いつまでも古い言い伝えに縛られているのって、馬鹿げてはいませんか？　僕らは常に、合理性と利便性に基づいた設計を心がけていますから、是非とも信頼してほしいんです」

坂井は、滔々《とうとう》と持論を述べながら、だんだんと自信ありげな態度に変わって行く。亮太は、しだいに、自分がどちら側に立っているのかわからなくなっていた。

「おっしゃっていることは、わたしにもよく理解できます。おそらく、設計士さんとしては、ごくふつうの考え方なのでしょう」

賀茂禮子は、微笑した。

「しかし、そうだとしても、どうしても不可解なことが二つあります。一つ目は、母屋にある大黒柱です」

「あれが、どうかしましたか？」

坂井は、別段、とぼけているふうでもなかった。

「なぜ、わざわざ天地を逆に付け替えたのかが、とうてい理解不能なのです」

坂井は、額に手を当てながら考え込んだ。どうだったかなと思い出しているようだったが、目を隠して、表情を読まれないようにしているのかもしれない。

「あれは……そうですね。傷があったからかな」

ややあって、坂井はつぶやいた。

「どんな傷ですか？」

賀茂禮子は首を傾げる。

「大黒柱の上の方ですが、筋状の傷が何本か付いてたんですよ。以前は土間が暗かったので、黒い木肌の傷はほとんど見えなかったんです。ですが、いざ照明を入れてみると、影ができて目立つようになったんです。それで、柱を上下逆さにして、傷のある部分を床下に隠すことにしました」

坂井は、すっかり思い出したというように、うなずく。

「傷のところだけ削るとか、できなかったんですか？」

亮太が訊くと、坂井は眉根を寄せた。

「釘で引っ掻いた程度だったらいいんですが、うっかり手斧《ちょうな》を入れてしまったような、かなり深い傷でしたから」

「上下逆にしても、耐震性には問題はないんですね？」

「もちろんです。それに、以前は、あの大黒柱で、交差する天井の梁《はり》を受けていたんですが、荷重が分散するように構造補強しましたから、今はほとんど飾りみたいなものです。なので、新たにホゾを切る必要もなく、特に不都合はありませんでした」

坂井は、しきりに問題がないことを強調しているが、何となく言い訳がましい感じだった。ホゾを使わないのなら、柱の向きを変えることもできたろうが、傷を隠すというだけの理由で大黒柱の上下をひっくり返すというのは、やはり異様な気がする。

しばらくの間瞑目して考えていた賀茂禮子は、目を開けると、かすかにかぶりを振ったようだった。

「もう一つだけ、お訊きしたいことがあります。実物を見ながらの方がいいと思いますので、正面玄関の方へお越しいただけますか？」

一同は、庭を反時計回りに回って、西側の正面玄関の前に出た。

「ここに梅檀《センダン》を植えられたのは、なぜだったんでしょうか？」

賀茂禮子は、黄色っぽい実をたわわに付けた木を指差した。

「春は上品な紫の花が咲きますし、秋は、このとおりたくさんの実を付けるので、玄関のいいアクセントになるかと思ったんですが。もしかして、これも、凶木なんですか？」

最後は、うんざりしたような声音になった。

「いいえ、梅檀は、特に凶木とはされていません。楝《オウチ》の木として古くから親しまれており、万葉集《まんようしゅう》にも歌われています」

　賀茂禮子は、静かに答える。

「ただ、この家においては、特別な意味を持つ可能性があります。ですから、なぜ、この木を選ばれたのかを知りたかったのですが」

「それが、二番目の不可解なことですか？」

　坂井は、やれやれという顔で腕組みをする。

「いいえ。わたしが、どうしても理解しがたかったのは、こちらです」

　賀茂禮子は、一歩下がって、屋根の上を指差した。

「実に見事な鬼瓦《がわら》ですね。よほどの大寺院でもなければ、お目にかかることもないでしょう。幕末から明治にかけての名工と謳《うた》われた、村田辰次郎の入魂の作品です。雌雄一対になった、覆輪付きの大棟鬼、隅鬼、二の鬼、降《くだ》り鬼……。これらがしっかりと睨みを利かせていたなら、今回のような惨劇は起こりようもなかったはずです」

　睨みを利かせていたなら？　亮太は、言葉の真意を測りかねて訊ねた。

「でも、鬼瓦はこの通り、今もありますよね？」

「たしかに、遠目には、よくわからないかもしれません。お願いしたものを、持ってきていただけましたか？」

　亮太はうなずくと、ショルダーバッグから封筒を取り出した。中から光沢紙にプリントした写真を出して手渡す。

「これは、昨日、亮太さんがズームアップして撮影した鬼瓦の写真です」

　賀茂禮子は、写真を祖母に手渡す。

「遠目では、眼窩の部分が影になってわからなかったでしょうが、昔と比べて、何か変わりはありませんか？」

祖母の顔色が変わった。

「坂井さん。あなたは、この鬼瓦に、何をしたんですか？」

賀茂禮子は、炎が燃えているような目で建築士を睨み据えた。

「わ、私は何も……」

坂井は、蒼白な顔で、口ごもった。祖母が、キッとした顔を上げる。

「よくもまあ、こんなことを……！　あなたには、仏罰が下りますよ！」

亮太は、驚愕していた。いつも穏やかな祖母が、ここまで激怒するところを見たのは初めてだった。

「ええと、鬼瓦が、どうかしたんですか？」

亮太が当惑して訊ねると、祖母は、写真を突きつける。

「あなたの目は節穴なの？　これを見て、何もわからなかった？」

亮太は、あらためて写真を見た。鬼瓦なんて見たことがなかったから、こんなものなのかと思っていたが、たしかに、奇妙……というより、どこか異様な感じがする。

「国の重要文化財になってもおかしくなかったような傑作を、あなたは、見るも無惨なまでに破壊してしまいました」

賀茂禮子は、ひどく低い声になって坂井を詰る。

「何を使ったんでしょうか？　ディスクグラインダー？　あなたにこれをやるよう命じられた職人も、さぞかし戸惑ったことでしょう」

「待ってください。それは……」

坂井は、目を瞬《しばたた》き、しきりに首を振っている。賀茂禮子は、亮太を見た。

「鬼瓦の瞳《ひとみ》の部分には、穴が開けられていることが多いですが、これらの鬼の目は違います。すべて、眼球ごと抉り取られているのです。さらには、角と牙《きば》も半ばから切断されています。

鬼瓦も、広い意味での呪物の一種ですが、すべての念は鬼面という形の中に結晶しています。したがって、これらはもはや、魔除けとしての効力を完全に失っています」

全員の目が、坂井を注視した。

「いや、そうじゃありません。僕は、そんなつもりは……ただ」

坂井は、聞き取れないような声でつぶやいていたが、急に顔を上げた。

「たしかに、僕は、あの鬼瓦に、多少手を加えましたが、何もかも、施主さんのリクエストでやったことなんですよ」

亮太は、祖母と目を見合わせた。

「誰のことですか？　いったい何のために、あなたに、こんなことを頼むんですか？」

祖母が、まなじりを決して訊ねる。

「ええと……たぶん、旦那《だんな》さんだったと思います。元々の鬼に、迫力がありすぎたというか、あまりにも禍々《まがまが》しすぎるんで、印象を和らげたいと」

「いいえ、あの子は、絶対に、そんなことは言いません！」

祖母は、嚙みついた。

「虎雄は昔から、厳《いか》ついもの、鬼面人を威《おど》すようなものこそが大好きだったんです！　印象を和らげるなんてセリフを、あの子の口から聞いたことは、ついぞありません」

たしかに、その通りだろう。若かりし頃、千二百ccのハーレーのハンドルに牛の角を付けて走り回り、警察に逮捕された話は有名だった。

「……だったら、奥さんの方だったかもしれません」

坂井は、あやふやな口調になった。

「とにかく、僕は、独断でこんなことはやりませんって。稲村さん！　旦那さんか、奥さんのどちらかが、僕に鬼瓦を削るよう依頼されましたよね？　覚えてませんか？」

稲村さんは、あきらかに困惑しているようだった。

「えっ？　そんなこと……あったでしょうか？　わたしの記憶には、ちょっと」

記憶力抜群の稲村さんが覚えていないとすれば、本当にそういう話があったのかどうかは、かなり疑わしくなる。

「施主さんから受けた要望とか打ち合わせの内容なら、すべて記録してあります。ですから、僕が言われたとおりに施工したことは、証明できますよ」

坂井は、赤いメガネを直しながら豪語してみせたが、虚勢を張っている感じは否めなかった。第一、覚え書きのメモなど、後からいくらでも改竄が可能だ。

「……ですが、まったく心外です。こちらでたいへんな事件があったことを知って、少しでもお役に立てるかと思って来たんですが、これ以上、不合理な迷信に基づく難癖や、謂《いわ》れのない非難を受けることには、耐えられません。これで失礼します」

坂井は、早口の切り口上で言ったが、誰とも目を合わせず、声音は少し震えていた。

「今後、僕は、こちらで仕事をさせていただくつもりはありませんので。以降のご質問には、代理人を通して回答させていただきます」

そう言い捨てて、坂井は、足早に去って行った。

誰も、一言も発しない。坂井に対する疑惑は、恐ろしいまでに膨れ上がっている。

しかし、坂井の後ろ姿を見送りながら、亮太は、正体のわからない、まったく別の違和感を覚えていた。

SCENE4

昨日に続いて正面玄関から中に入ると、またも名状しがたい不安に胸を締め付けられる。

二日目なら、少しは慣れてもおかしくないのだが、この家を厭悪《えんお》する気持ちはかえって強くなっていた。奥に犇めいているたくさんの呪物が常に意識にあるせいか、無数の魑魅魍魎《ちみもうりょう》が、そこかしこで嘲笑《あざわら》っているような幻影がちらつくのだ。

亮太は、三和土《たたき》に目を落とす。くすんだ滅赤色《けしあか》の微妙な色合い。かすかな凹凸が影を作っているが、美しい陰翳《いんえい》というより、なぜか不気味に映る。

「昨日ですが、この三和土のことを、おっしゃってましたよね。これを作らせた憲吉さんは、人の心を持たない人だったとか、これが今回の事件の伏線というか、遠因になっているとか。あれは、どういう意味だったんですか？」

亮太が訊ねると、賀茂禮子は振り返った。窓から差し込んでいる光が眼球に反射し、まるで青いトンボ玉のように輝いている。

「昨日も説明しましたが、三和土は、赤土や砂利、消石灰、苦汁《にがり》の三種を混ぜて作られることから付いた名前です。福森憲吉は、苦汁の代わりに通常使われないものを混ぜて、この土間を打たせました」

それが何なのかは、聞く前にうっすらと見当が付いていたが、どうしても信じることができなかった。

「その、通常使われないものというのは？」

「人血です」

賀茂禮子は、あっさりと答える。

「そんな馬鹿な。いったい、誰の血なんですか？」

「今、私の耳に届いている多くの怨嗟《えんさ》の声を聞けば、どうやら、地代が払えなかったために、福森憲吉に虐殺された小作人たちのものだとわかるでしょう」

「……しかし、明治時代にもなって、そんなに簡単に人を殺せたんでしょうか？　どうして、罪に問われなかったんですか？」

亮太には、まったく理解不能だった。

「人を殺すのは、何時代でも、とても簡単です。そして、明治の頃であれば、地方の圧倒的な権力者であれば、事件を揉《も》み消すことくらい朝飯前だったはずです」

にわかには信じがたいが、賀茂禮子にとっては何の不思議もない話らしい。

「ふつう、地代が払えない小作人は、ただ土地を取り上げられるだけでしょうが、福森憲吉のやり口はそれよりずっと悪辣だったと、彼らは訴えています。払えなかった地代を借金として証文を書かせ、どうしても返済できなくなった者は、妻や娘を人買いに売り飛ばし、それすらできなかった者は、ときおり、見せしめに処刑していたと」

祖母が、これ以上聞きたくないというように顔を背ける。

「……いやいや、待ってください。だからといって、その人たちの血を、なぜ自宅の三和土に塗り込めるんですか？」

もはや気が知れないというレベルではなく、悪魔の所業としか思えない。

「これは単なる想像ですが、殺めた人間の血や身体の一部を我が物とすることで、霊的な力を得られるとでも信じていたのではないでしょうか。未開の人間や人殺しには、よくある類いの妄想です」

賀茂禮子は、辛辣に言い放ち、稲村さんの方を向く。

「昨日、ここには何かあるのかと私にお訊きになりましたね？　子供たちが怯《おび》えていたという理由からでしたが、本当は、あなた自身、夜中に亡霊の姿を見たからではありませんか？」

稲村さんは、震える手で三和土を指差した。

「真夜中になる頃に、ボロボロの野良着を着た大勢の人たちが、ちょうどその辺りに立って、じっとこちらを見ているんです。震え上がって辞めた使用人も大勢いるんですが、わたしも、実は、一度だけ」

そのときのことを思い出したのか、稲村さんは身震いした。

「そんなことがあっても、お辞めになろうとは思いませんでしたか？」

「それは……こちらのお屋敷には、とても愛着がありましたし、お給料も」

稲村さんは、口ごもった。

亮太は、呆然《ぼうぜん》として土間を眺める。代々この家に住む人間は、毎日ここを踏んでいたのか。大勢の人間の血で穢れた、この陰惨な三和土の上を。

いや、違うと、亮太は気がついた。

穢れているのは、三和土に練り込められた被害者の血ではない。

……今も俺の身体の中に流れている、福森の血の方ではないのか。

ひどく落胆して賀茂禮子を見やると、今度は、じっと大黒柱を凝視している。

「これを、わざわざ逆柱にした理由は、坂井さんの話を聞いても、納得がいきませんでした。それで、ぜひ大黒柱の床下部分の写真を撮影してほしいのですが」

賀茂禮子の言葉に、祖母も力なく答えた。

「わかりました。明日にでも、業者を呼びます」

「いや、だったら、後で俺が撮りますよ。ちょっと床下に潜るだけでしょう？」

亮太は、大黒柱に近づき、黒光りしている表面にそっと触れてみた。真の理由とは何だ？この柱を上下逆にすることに、いったいどんな意味があるというのか。

ふと、座敷にある展示台が目に入った。

靴を脱いで、式台から上り框に足を載せて、スリッパに履き替えた。座敷に上がってから、ガラスケースの中でディスプレイライトに照らされている土器を見下ろす。

『鴛鴦《えんおう》飾り蓋《ぶた》付　須恵器壺《つぼ》』……。

「名前に違わぬ須《すべか》らく恵むべしという、博愛精神の器――ではなかったようですね」

亮太が、皮肉な調子でつぶやくと、続いて座敷に上がった賀茂禮子は、ゆっくりとかぶりを振った。

「須恵器というのは、ただの当て字です。昔は、『陶器』と書いて『すえき』と読んだため、『とうき』と読んでしまわないよう文字を換えたんです。古物商が言ったような、おめでたい含意はありません」

「じゃあ、鴛鴦《おしどり》の装飾はどうなんですか？　昔から、夫婦和合の象徴ですよね？」

「その通りです。でも、皮肉なことに、この壺に深く染み付いている強烈な怨念は、それとは対極にあるものです」

「平安時代から今まで残っているということは、よっぽど怨念が強かったんでしょうか？」

予想に反して、賀茂禮子は、これにも首を横に振った。

「いいえ、そうではありません。この須恵器の壺が、恐るべき呪物となったのは、おそらく、長い長い時間が経過した後のことです」

賀茂禮子は、目を閉じると、半ばトランス状態に入った。

「うっすらと眼前に浮かび上がってくるのは、他の呪物と違い、明瞭《めいりよう》な映像ではありません。まるで、摩耗したビデオテープのようです。怒りと絶望……。しかし、それらはすでに著しく変質しています。きわめて長い時間が経過するうちに、呪物そのものが変容を遂げたのです。土塊《つちくれ》が窯《かま》の中で焼成されて、硬い陶器へと生まれ変わるように。あるいは、窯変《ようへん》という偶然の化学変化で、目もあやな天目茶碗《ぢやわん》の模様が生じるように。

……うら若い男女が見えます。千数百年前の京の都です。お互いに一目惚《ぼ》れしたのですが、双方の家族が吉凶を占ったところ、どちらにも大凶の卦《け》が出たため、結婚に猛反対しました。しかし、ところが、それでかえって恋情が燃え上がって、駆け落ち同然に一緒になりました。しかし、夢見心地の日々が過ぎ、熱病のような恋が冷めると、軋轢《あつれき》が生まれ始めました」

最初のうちこそ、途切れ途切れにつぶやいていた賀茂禮子の語調は、徐々に、はっきりしたものへと変わる。

「二人の命式は、四柱推命で言うところの天剋地冲《てんこくちちゅう》——最悪の相性でしたが、問題はむしろ、二人の家庭環境にこそありました。跡取り息子として、甘やかされて育った男は、夫や舅《しゅうと》姑《しゅうとめ》にかしずく母親の姿を見て、妻は夫に隷従するものと思い込んでいました。女もまた箱入り娘で、炊事や洗濯など一度もしたことがありません。それでも、最初のうちは、物珍しさから家事にいそしんだのですが、すぐに飽きてしまい、下女のような仕事を厭悪するようになりました。男は、自分の世話をしてくれない女に対し、不満をつのらせていきました。それまでの人生で我慢というものを知らなかった二人が衝突したのは、必然だったのです」

いまだ半信半疑ながら、全員が静かに聞き入っている。

「一度相手を嫌う感情が芽生えると、最初は魅力的だった相手の一挙手一投足までが疎ましくなってきます。顔をつきあわせれば、激しい諍《いさか》いになり、憤懣《ふんまん》ばかりが鬱積していきました。逃避行の末に辿《たど》り着いた愛の巣では、仲裁してくれる人とていません。そうして年が明けて、ある朝、男は、つまらない口論から女を刺殺してしまいました」

そのときの光景が、亮太の脳裏に、くっきりと像を結んだ。

冬の曙光《しょこう》が、板の隙間を通り抜けて、薄暗い掘っ立て小屋の奥まで差し込んでいる。直垂《ひたたれ》に短い丈の袴《はかま》を穿《は》いた男が、小袖《こそで》姿の女に覆い被《かぶ》さっていた。男の手に握られた細身の刀子《とうす》が、一瞬、囲炉裏の炎を反射してぎらりと輝いた。男は体重をかけ、女の腹部に幾度となく刀子を突き立てる。女は必死に抗《あらが》い、もがき、白い脛《はぎ》もあらわに宙を蹴ったが、やがて、その身体は激しく痙攣《けいれん》し、ぐったりとなった。

亮太は、呆然として目を瞬いた。いったい何だ、今のは。

「男は、まるで憑《つ》きものが落ちたように呆《ほう》けた表情になると、女の遺体をその場に放置して、囲炉裏にかかった鍋《なべ》から、山盛りの芹《セリ》が入った粥《かゆ》を土器《かわらけ》によそって、ガツガツと食べました。この日は、旧暦一月七日で、女が、年中行事の無病息災を祈る七草粥を用意していたのです。男の目には、いつしか涙が浮かんでいました。一度はあれほど愛した女だったのに、どうして我が手にかけてしまったのだろうと、生まれて初めて心底後悔したのです」

賀茂禮子は、ガラスケースの方に手をかざし、平板な調子で続ける。

「……ところが、食後しばらくたってから、男は激しく嘔吐《おうと》すると、悶《もだ》え苦しみ始めました。その前日、女は沼へ行って、籠《かご》にいっぱいの毒芹《ドクゼリ》を摘んで来たのでした。毒芹は、芹のような香気はありませんが、見かけは芹そっくりで、少量を食べただけで死に至る恐ろしい毒草です。そのことを悟った男は、後悔の涙もどこへやら、女への怒りが再燃しました。男は最後の力を振り絞って、莚《むしろ》の上を這いずって行きましたが、ついに意識を失ってしまい、女の遺体の上に折り重なるようにして絶命しました」

何とも救いのない話だが、何よりもぞっとさせられるのは、虎雄さんと遥子さんの関係に、奇妙なくらい符合している点である。生きていれば、二人はいつの日か殺し合う運命だったのかもしれない。

「でも、二人の怨念は、なぜ、この須恵器の壺に宿ることになったんですか？」

七草粥をよそった土器《かわらけ》かとも思ったが、少し大きすぎるような気がする。亮太が訊ねると、賀茂禮子は、まだわからないのかと憐れむような目になった。

「日本に仏教が伝来してから、上層階級では、遺体を火葬して、納骨するようになりました。この壺は、当時は『蔵骨器』と呼ばれていた骨壺です」

亮太は、あっと叫びそうになった。そんな可能性は、微塵《みじん》も想像していなかった。

「その当時、京の都には、行き倒れ人の死体を餌にする無数の野犬が跳梁跋扈《ちょうりょうばっこ》していました。夜間に人を襲うことはもちろん、女子供は昼間でも危険なほどでした。……二人の遺体が発見されたときは、血の臭いに誘われた野犬が入り込み、さんざん喰《く》い荒らした後だったのです。刺殺と毒殺の痕跡は完全に失われ、二人は野犬に襲われて亡くなったものと考えられました。まるでお互いを庇《かば》うように折り重なって死んでいた二人の姿に、両家の人々は涙したのです。結婚を許してやらなかったので、こんな結果を招いてしまったという後悔もあったでしょう。話し合いの末、二人の遺骨が夫婦として永遠に一緒にいられるよう、鴛鴦の蓋が付いた蔵骨器――この須恵器の壺に納めることにしたのです」

亮太は、肌に粟を生じて、ガラスケースの中を見やった。

「お互いの未熟さゆえに生まれた二人の憎悪は、それほど根深いものではありませんでした。もしも別々に葬られていれば、いずれは雲散霧消したはずです。ところが、よりにもよって、最も憎んでいる相手と、死後千年以上の長きに亘って、狭い壺の中に押し込められてしまったのですから、その無念と苦痛は、想像を絶するものだったでしょうね。成仏する機会も失い、二人の怒りと憎悪は、気が遠くなるほど長い年月に亘って、激しくぶつかり合い続けました。阿鼻叫喚《あびきょうかん》の坩堝《るつぼ》の中で、いつしか、互いに誰を憎んでいたのかも忘れ、さらに自他の区別すら曖昧《あいまい》になって、一つに融合したのです。さらに歳月が流れて、遺骨は風化し散逸しましたが、この須恵器の壺には、夫婦というものに対する無差別な怨念だけが深く染み付いていました。こうして、夫婦間の不和と憎悪を助長しては、最後には必ず破滅をもたらす、たいへん厄介な呪物が残されました」

賀茂禮子は、囁《ささや》くような声で続ける。

「このように、非業の死を遂げた者の怨念は、死後に受けた辱《はずかし》めで、さらに恐ろしいものへと変化することがあります。なので、くれぐれも、死者を粗略に扱ってはなりません」

「……よくわかりました。その忌まわしい骨壺の説明は、もうけっこうです」

祖母が、嗄《しわが》れた声で言い、稲村さんの方を向く。

「まだ処分してはいけないというのならば、せめてそのライトを消して、上に布でもかけて、見えないようにしてちょうだい」

「わかりました」

稲村さんは、展示台の電源スイッチを切ると、一礼して屋敷の奥に消える。

「亮太。これを持ってきた松下誠一という古物商なんだけど、電話しても、どうしても連絡が付かないらしいのよ。あなた、見に行ってくれない？」

祖母の顔を見ると、とうてい嫌とは言えず、亮太はうなずいた。会ったこともない古物商に対する怒りが、さっきから腹の中で渦巻いている。本当の黒幕は、坂井喬平なのか、それとも松下誠一だろうか。

待てよ、と思う。もしも、松下誠一が、悪意によって須恵器の壺を持ち込んだのであれば、どうしてそれが呪物だと判別できたのか。

……ひょっとしたら、松下誠一にも、賀茂禮子のような霊能力があったのだろうか。

賀茂禮子は、昨日と同じコースを辿って、廊下を奥に進んでいく。

「これから、どうされるんですか？」

亮太が後ろから声をかけると、振り向いた。

「もう一度、この屋敷にある呪物と一つずつ向き合い、再検証してみようと思います」

賀茂禮子の大きな目は、まるで昆虫の複眼のように瞬かない。

「ここにあるのは、すべて、最凶最悪の呪物ですが、どれ一つとっても、あそこまで恐ろしい事件を引き起こすことができたとは思えないのです」

「仏壇の中にあったという物体は、どうなんですか?」

いったい、何が入っていたのか。いまだに正体がわからなかったので、亮太には、よけいに不気味な印象が残っていた。

「たしかに、あの仏壇からは、信じられないほど強い妖気が発散されていましたが、それでもなお、あれほど恐ろしい事件を引き起こすには、力が不足なように思います。唯一考えられる可能性は、複数の呪物が共鳴することで、呪いの力を増幅したということですが」

悪魔のような千里眼を持つ霊能者にも、見えないものはあるらしかった。

どうしようかと、亮太は迷った。もう一度、畳廊下を通って田の字型の和室に入ることは、できれば避けたかった。しかも、そうまでして撮影したところで、絵的には昨日と変わり映えしないし。

……だが、あの中で、一つだけ、どうしても確認しておきたい呪物がある。

「わかりました。いろいろやることができたので、ここからは少し別行動とさせてください。ただその前に、次の間の親不知子不知図《おやしらずこしらずず》について、教えていただけないでしょうか?」

賀茂禮子は、うなずいた。

さっき奥に引っ込んだ稲村さんが戻ってきて、展示台のガラスケースに紫色の袱紗《ふくさ》を掛ける。

祖母は、おぞましげに顔を背けた。

賀茂禮子と亮太の二人だけが、畳廊下を奥へ奥へと進んで行く。残る二人は続こうとせず、黙って見送っていた。

次の間は、廊下に面している中の間の奥にある。賀茂禮子は、巨大な龍の目がこちらを睨んでいる襖《ふすま》を音もなく開けた。

左手には、達磨図と、聚楽壁の上に刻印された天地が逆の血染めの人形《ひとがた》がある。できるだけそちらを見ないようにしながら、亮太は、息を詰めるようにして奥へと向かった。

賀茂禮子が襖を開けた。真っ暗な次の間が目の前に現れる。床に開いた大きな穴の周囲を迂回《うかい》して、床の間に下がっている掛け軸の前に立った。

「それで、謎は解けましたか？」

賀茂禮子の問いかけに、亮太はうなずいた。

「『けんげしゃ茶屋』は、ネットで観ました。『のどかなる　はやしにかかる　まつえもん』という短冊の文句が、取りようから、不吉な呪いの言葉に変わるわけですよね。この掛け軸の、『親不知　子不知　過ぎたるはての　絶けい　ゝのらん』という賛にも、何か別の意味が込められていたんじゃないかと思いました」

賀茂禮子は、出来のいい生徒を見るように目を細めた。

「あなたは、この掛け軸を最初に見たとき、どこか妙だとは思いませんでしたか？」

亮太は、もう一度、全体を見やった。

「……そうですね。何というか、絵も賛も、妙に苦難ばかりを強調しているように思いました。この先、風景が開けることを想像させるにしても、奇妙な構図ですし」

断崖《だんがい》にしがみついている二人の旅人は、今にも風に吹き飛ばされて荒海に落ちそうだった。とてもハッピーエンドを予感させる絵ではない。

「その通りです。それなのに、この状態にいて、なぜ道中の安全を祈らずに、通り過ぎた後の絶景を祈るのでしょうか？　そもそも、絶景と言うのであれば、今いる親不知子不知こそが、天下の絶景です」

たしかに、そうだ。

「では、この賛をよく見てみましょう。江戸時代の文章表記には、統一されたルールがなく、筆まかせの勝手気ままなものでした。熟語の一部を仮名で書く交ぜ書きも、ごくふつうのことです。なので、『絶けい』と書かれているのも、さほど不自然ではないかもしれませんが」

賀茂禮子は、賛の最後の行を指し示す。

親不知　子不知
過ぎたるはての
絶けいゝのらん

「気になるのは、この繰り返し記号――『一ツ点』です。いくら江戸時代の表記が適当だとはいえ、繰り返し記号は、『こゝろ』のように一つの単語の中か、『よしのゝ里』というように、助詞に用いるのがふつうで、次の単語の頭に用いることは、あまりなかったろうと思います。掛け軸の賛のような目立つ文章で、『絶けい　ゝのらん』と書くのは、さすがに横着すぎるのではないでしょうか」

まるで亮太の苦手科目だった古文の授業を聞かされているようだったが、どこか、ストンと腑《ふ》に落ちる感覚があった。

「なぜ、そんな書き方をしたんでしょう?」

「カメラ越しではなく、目を近づけて、よく見てください。肉眼でないと、気づかないこともありますよ」

亮太は、怖々と顔を近づけて、賛の部分を矯めつ眇《すが》めつした。

肉眼でないと、気づかないこともある?　ファインダーや液晶画面越しに世界を見ている、ユーチューバーへの皮肉だろうか。今のビデオカメラは充分解像度が高いから、肉眼と比べて遜色《そんしょく》があるとは、とても……。

はっとした。では、昨日の晩、漠然と考えていたことが、正鵠《せいこく》を射ていたのか。

角度によって、繰り返し点の部分の色が、微妙に違うように見えるのだ。

「気がつかれたようですね」

賀茂禮子は、最初から、ここまで見通していたようだった。

「ここだけ、光が当たったとき、かすかに青みがかって見えますね」

「ええ。この『一ツ点』だけは、賛と同じ墨で書かれたものではありません」

賀茂禮子は、ずっと離れた、掛け軸の絵の右上の部分を指差した。

「では、こちらを見てください」

遠景に一筆で描かれた、三羽の鳥影。亮太は目を見開いた。遠すぎて目が行かなかったし、小さすぎて気がつかなかった。賛の繰り返し点と、形も色もそっくりではないか。

「……これは、どう見ても同じですね」

「このV字型の線は、墨ではなく、地の絵と同じ水干絵《すいひ》の具で描かれていますね。要するに、これは『一ツ点』などではなく、文字の隙間に見える鳥影だったんです」

だが、この賛は、たった一文字を取り去ったら、まったく別の文章になってしまうのだ。

『親不知　子不知　過ぎたるはての　絶けい　のらん』だろうか？　いや、そうじゃない。『け』と『い』の間の方が、『い』と『の』の間より、若干広くなっているから……。

「つまり、この賛には『親不知　子不知　過ぎたるはての　絶けい　いのらん』ではなく、『**親不知　子不知　過ぎたるはての　絶け　いのらん**』と書かれていることになります」

賀茂禮子は、うっすらと微笑んだ。

「『絶け』とは、『絶家』のことでしょう。跡継ぎがないため、家が途絶えるということです。そうなったら、『親不知　子不知』まで意味が変わってきます。北陸の通行の難所ではなく、親子が互いのことを知らない——断絶が、『過ぎたるはて』に、絶家にまで至ることを祈る。古語では、『祈る』には『呪う』という意味があります。この賛は、松下秋繭という絵師が、福森家の子々孫々にまでかけた呪いなのです」

亮太はもう一度、掛け軸の全体を撮影した。心なしだろうか、真っ黒な悪意が陽炎《かげろう》のように立ち上っているようだ。

「秋繭は、文字の間隔や構図を工夫することにより、周到に悪意をカモフラージュしました。この掛け軸が、一日でも永く福森家に伝えられて、呪いを及ぼし続けるように。その狙いは、まんまと図に当たったようですね」

「……しかし、秋繭は、なぜそこまで福森家を恨んでいたのでしょう？」

子孫の一人としては、真相を聞きたいような聞きたくないような気分だった。

「昨日、秋繭は、第十一代当主福森重藏の、お抱え絵師であったと伺いました。……千太郎の父親ですね」

ここで、千太郎の話まで絡んでくるのか。そういえば、あの幽霊図も、秋繭の作品だった。だとすれば、福森家を絶家させるために、重藏の息子を取り殺したということなのか。

「この掛け軸から感じるのは、底なし沼のような秋繭の恨みの深さです。しかし、注意すべきなのは、ターゲットが、福森重藏ではなく福森家ということです。ふつう、遺恨を抱くなら、重藏個人に対してでしょう。なぜ、福森重藏の非業の死ではなく、福森家の絶家を願ったのでしょうか？」

賀茂禮子は、亮太に反問する。

「それは、重藏が、手強すぎる相手だったからじゃないですか？　呪いをかけても、ただちに破滅させられるとは思えなかったでしょうし、その前に、重藏は一生を終えてしまうかもしれませんから」

答えながら、亮太は、別の可能性に気がついた。

「あっ、そうか。秋繭は、最初に、この掛け軸の趣向を思いついたんじゃないでしょうか？しかし、賛の中にうまく入れ込めるのは、『絶家』という言葉だけだったから」

賀茂禮子は、ゆっくりと首を横に振った。

「いいえ。秋藾はやはり、衷心から福森家の絶家を願ったのです。その理由は、一つしかありません。彼自身が、その、耐えがたい苦しみを味わわされたからです」

賀茂禮子の言葉に、亮太は、はっとした。

昨日福生寺の墓地で見た、松下家の墓のことを思い出したのだ。『同蓮《おなじはちす》』の文字。そして、『松下伝蔵』、『セツ』、『亀松』という三人の名前が刻まれていた。

「わたしに見えるのは、とても哀しい物語です」

須恵器の壺の話のときとは違い、賀茂禮子の声音は沈んでいた。

「松下秋藾は、まだ伝蔵と名乗っていたときには、放蕩《ほうとう》無頼の人生を送っていたようですね。家業である絵には、幼い頃より抜群の才を見せたものの、長じては飲む打つ買うの三拍子で、一時は親に勘当までされた身でした。そんな伝蔵を立ち直らせたのは、妻となるセツでした。幼い頃に両親を亡くしたセツは、遠い親戚に引き取られて厄介者扱いされましたが、辛かった子供時代に心が磨かれたらしく、他人の気持ちを思いやれる、美しい娘に成長していました。セツは、やはり母と死別していた伝蔵の深い孤独を感じて、憐れみが好意に変わったのです。伝蔵もまた、セツの優しさに強く惹《ひ》かれました。周囲の反対を押し切るように、二人は所帯を持ちましたが、それ以来、伝蔵は悪い仲間たちとはきっぱり縁を切り、生まれ変わったように画業に精を出しました。

やがて父親が亡くなり、跡を襲った伝蔵は、めきめきと腕を上げました。

松下家は、代々、福森家のお抱え絵師をしていましたが、福森重藏は、歴代の当主の中でも琴棋書画に通じ、絵師や陶工らのパトロンをもって任じていたようです。重藏は、伝蔵の絵をいたく気に入り、たびたび注文を出すようになりました。伝蔵は、重藏に深く感謝し、愛顧に応《こた》えようと、全身全霊を捧《ささ》げて技術を磨いたのでした。両者の蜜月《みつげつ》はしばらく続きましたが、運命は、ある日突然暗転します」

賀茂禮子は、いにしえの語り部を思わせるような、よく通る声で続けた。


伝蔵が、注文のあった絵を描き上げた疲れからか、流行《はや》り風邪で寝込んでしまったのです。代わりにセツが屋敷に絵を持参しましたが、重藏は彼女の美貌にすっかり目を奪われてしまい、横恋慕したのでした。その数日後です。伝蔵の家に、屋敷から思いがけない要請が来ました。セツを、上女中《かみ》として奉公させるようにというのです。伝蔵は、この話を丁重に断りました。このとき、すでに、セツが妊娠していたことがわかっていたからですが、それだけではなく、重藏は色好みで知られていたので、たとえ上女中という名目でも、実態は慰み者であることはあきらかだったからです。

するとと、重藏は奸計《かんけい》を巡らせました。重藏の表の顔は気前のいい大旦那でしたが、裏では、ヤクザ者を使い、邪魔な人間を脅したり殺したりする恐ろしい人間だったのです。昔の悪友の婚礼を口実に伝蔵を酒席に連れ出し、酩酊《めいてい》するまで飲ませました。次に賭場《とば》へ誘い込みます。伝蔵も、初めのうちこそ断っていましたが、酒の勢いもあり、女房の尻《しり》に敷かれているのかと焚《た》き付けられて、つい誘いに乗ってしまいました。

久方ぶりの鉄火場の雰囲気は、伝蔵の血を滾《たぎ》らせました。緒戦のうちは勝ち続け、ますます大きく張りを重ねます。そのうち徐々に負け始めましたが、すでに正常な判断力を失っていた伝蔵は、なに次は勝つさと強気に張り続け、気づいたときは、コマをすべて失っていました。このまま借金を背負っては帰れないと、伝蔵は、胴元から大金を借りて、一か八かの大勝負に打って出ました。しかし、結果は裏目に出ました。伝蔵以外の全員がグルになってイカサマをしていたのです。伝蔵は、腐れ縁の悪友にまで裏切られて、自分一人が陥れられたのだとは、想像すらしていませんでした。

ヤクザたちは、伝蔵を連れて福森家の屋敷へと乗り込み、重蔵が借金を肩代わりしないと、伝蔵を簀《す》巻きにして沼に沈めると脅しました。重蔵は、腕組みをして苦慮の態《てい》でした、結局、伝蔵が賭場で作った借金全額をその場で支払ったのです。もちろん、すべては芝居で、重蔵が描いた絵の通りでした。

平伏して、感謝の言葉を述べる伝蔵を、重蔵は冷たい目で見下ろしていました。それから、セツを五年間女中奉公させれば、借金を棒引きにしてやる、さもなくば、今すぐに耳を揃えて返済しろと言って、奥へ引っ込んでしまいました。

伝蔵は、このときようやく、自分が嵌《は》められたと気づきましたが、すべては後の祭りです。帰宅すると、涙を流してセツに詫《わ》びました。二人は、一晩中まんじりともせずに今後のことを話し合いました。伝蔵が拵《こしら》えた借金は、どれほど身を粉にして働こうとも、とうてい返済できないような額だったのです。いっそ二人で欠け落ちしようかとも考えましたが、たとえ他国へ落ち延びても、頼る先とてありませんし、主要な街道や宿場には必ずヤクザ者がいますから、どう足掻《あが》いても逃げ切れるものではありません。

セツは伝蔵の手を取って、五年辛抱しましょうと言いました。何も遠い国に奉公へ行くわけではありません。何かあれば、すぐに駆けつけられますからと。伝蔵は、妻の言葉に救われた思いがしました。

だが、ほどなく数人の男たちが現れて、拉致《らち》同然にセツを屋敷に連れ去ってしまいました。伝蔵はその場にひれ伏し、どうか出産まではご猶予をと懇願しましたが、蹴倒されて、呆然とセツが連れ去られるのを見送るしかありませんでした。

伝蔵は、セツとお腹の子供のことを思うと、仕事も手に付かなくなって、神仏に祈る日々を送っていました。もしかしたら重蔵に無理やり流産させられるのではないかと思うと、生きた心地がしなかったのです。ですから、臨月になってセツが家に帰されたときは、夢かとばかり喜びました。久方ぶりに家に帰ったセツは、前と変わらぬ様子だったので、伝蔵は心の底から安堵《あんど》しました。

そうして、セツは、無事に待望の男子を出産しました。伝蔵は、男の子を亀松と名付けて、夫婦は、ほんの束の間の幸せを味わいました。

ところが、伝蔵が留守をしたわずかな隙を見計らったように、またもや、屋敷から男たちがやって来たのです。そして、セツは再び連れて行かれてしまいました。

それを知った伝蔵は慌てて屋敷に走りました。せめて亀松が乳離れするまでは、セツを家に帰してくださいと頼みに行ったのですが、結局、重藏には目通りすらできずに、追い返されてしまいました。

そのとき、たまたま伝蔵の目に、屋敷の庭で遊んでいた、三、四歳の童子が留まりました。重藏の長男——千太郎です。虫籠を持って、無心に虫取りに興じている様子でした。

伝蔵はこのとき、ほとんど錯乱に近い状態でしたから、彼の脳裏を去来したものの正体は、はっきりとはわかりません。しかし、稲妻のように走ったのは、ぞっとするくらい冷たくて、身の毛もよだつくらいおぞましい思考でした。

亮太は、昨日の賀茂禮子の言葉を思い出していた。

「たぶん、千太郎の運命は、ずっと前に決まっていたのでしょう」

それは、もしかしたら、この瞬間だったのだろうか。

伝蔵は、生まれて間もない亀松を抱えて途方に暮れていました。当時、七つ前は神のうちと言われていたように、乳幼児の死亡率はきわめて高く、特に、母親のいない子には、しばしば苛酷《かこく》な運命が待ち受けていました。そのため、セツが重藏に懇願して、ようやく、日に二度、早朝と夜に、授乳をするために家に帰ることが許されるようになりました。さらには、伝蔵が村人たちに頭を下げて貰《もら》い乳をして回り、亀松は命を永らえることができました。

ですが、なぜ、母親が、産まれたばかりの赤子から引き離されて、人目を忍ぶ短い逢瀬《おうせ》で、授乳しなければならないのでしょう。どうして、父親は、村人たちの侮蔑の視線を受けつつ、乳を貰いに回らなければならないのでしょうか。

伝蔵は、力なき者の悲哀を思い知らされていました。このすべては、権力者である重蔵が、人妻に対し邪《よこしま》な思いを抱いたことに端を発しています。重蔵の欲望を満足させるためだけに、伝蔵は妻を寝取られ、亀松は母を奪われたのです。セツが、重蔵の好き勝手に弄《もてあそ》ばれていると思うと、伝蔵は怒りと屈辱に震えるしかありませんでした。しかし、それでも伝蔵は、必死に堪えました。希望がないわけではありません。五年辛抱すれば、一家水入らずで暮らすことができるのです。重蔵は色魔ですが、妾《めかけ》を取っ替え引っ替えしているように飽きっぽい性分です。五年もたてば、もうセツにも未練はなくなっているでしょう。そのときは亀松も成長しているはずです。五年というのは、過ぎ去ってみればあっという間ですが、一日千秋の思いで待っている身には、ほとんど永遠に等しいように感じられました。

亀松が生まれたのは春でしたが、その年の秋から、伝蔵は秋繭という号を用いるようになりました。蚕は、一年に二、三回繭を作りますが、秋に作る繭は、春のものと比べて質が劣ると言われています。秋繭の名には謙遜もありましたが、家族を幸せにできなかった自らを恥じる気持ちが強かったのです。そして、亀松が成長して一人前の絵師となった暁には、秋繭を凌《しの》ぐという意味で春繭《しゅんけん》と名乗ってほしいというのが、秋繭の切なる願いでした。

亮太は、先を聞くのが辛くなってきた。話が、時代がかりすぎていて、ＹｏｕＴｕｂｅ向きではないし。しかし、同時に、聞かなくてはならないと感じていた。それが、福森家の末裔《まつえい》である自分の義務のような気がしていたのだ。

ある日の夜中です。亀松が急に目覚めるなり、ひどくむずかり始めました。抱き上げても、あやしても、どうしても泣き止みません。空腹なのかと思って、重湯を与えても、嫌々をするばかりなので、秋繭は困り果てていました。そのとき、なぜかセツが、突然帰宅したのです。セツは、無言で閨《ねや》へ入り、亀松に乳房を含ませました。亀松も落ちついた様子になり、秋繭はほっとしました。ところが、亀松が眠りに就いた頃に覗きに行くと、セツの姿は、かき消したようになくなっていました。

秋繭は、セツを捜して戸口に出ましたが、晩秋の月の光に照らされて青一色になった美しい夜景を見つつ、総毛立つような感覚に襲われていました。それは理屈ではありませんでした。何か悪いことが起きたに違いないと思ったのです。

不幸にして、その予感は的中してしまいました。翌朝は、いつまで待ってもセツは現れず、心配しているところに、屋敷から連絡がありました。セツは、昨晩癪《しゃく》の発作を起こして倒れたのです。朝起きてこないので見に行くと、すでに冷たくなっていたということでした。癪はセツの持病でしたが、今で言う心筋梗塞《こうそく》だったのでしょう。無理な生活と心労がたたったことは、容易に想像が付きました。屋敷の使者は、さっさと遺体を引き取るようにと、告げに来たのでした。

葬儀が終わると、秋繭は、三日三晩家に籠《こ》もって、一枚の絵を描き上げました。

それが、あの幽霊図でした。

亀松のことを案じ、真夜中に家に帰ってきたセツは、すでに、この世のものではなかったに違いありません。そのことを考えると、涙が止まりませんでした。何かに取り憑《つ》かれたように筆が動きましたが、なかなか意に染まず、何枚も破り捨てた後、夜明け頃、ようやく鬼気迫る傑作が生まれました。秋繭の畢生《ひっせい》の代表作にして、これを描くことなく生涯を終われたなら、どれほど幸せだったろうと、神を呪い仏をも呪いながら描いた、一幅の絵が。

秋繭が、あの作品に込めた思いとは、何だったのだろうか。亮太には、想像すらできない。しかし、あの幽霊画に、人を取り殺せるほどの力がある理由は、腑に落ちていた。

最愛の妻を失っても、秋繭には、悲しみに浸っている時間はありませんでした。心配なのは、母を亡くして以来、亀松が日に日に衰弱していることでした。このときは、秋繭親子に同情が集まっており、村人たちは精一杯のことをしてくれましたが、残念なことに、亀松が持ち直すことはありませんでした。最後は、乳を飲む力も失われ、ついには、か細い呼吸は止まってしまいました。

秋繭は、亀松の亡骸《なきがら》に手を合わせると、匕首《あいくち》を摑むや家を飛び出しました。家族を失って、もはや人生に未練などはありません。重藏と刺し違えて死のうと思って、屋敷のすぐそばまで行きましたが、結局は空しく引き返すしかありませんでした。人一倍臆病《おくびょう》だった重藏は、常に警護の浪人や子分たちに囲まれていました。襲ったところで、返り討ちに遭うだけでしょう。それでは、ただの自殺でしかありません。

誰も応える声とてない家に戻って、たった一人で亀松の通夜を済ませると、伝蔵は、絵筆を凝視しました。これが一本の矢だったら、文字通り重藏に一矢報いられたでしょう。しかし、自分にできることと言えば、ただ注文主を喜ばせるような絵を描くことだけなのです。

失意と絶望のどん底にあって、伝蔵は思い出しました。こんな時にもかかわらず、重藏に、絵を注文されていたことを。新年に飾る掛け軸のために、福森家の家運隆昌を祈るおめでたい画題のものをということでした。

秋繭は部屋に籠もり、不眠不休で、一気呵成《かせい》に親不知子不知図を描き上げました。

そのとき、秋繭の頭の中には、屋敷で垣間見た、千太郎の姿があったようです。

重蔵は、後ろめたさもあったのか、その絵を異例の高値で買い上げました。博打《ばくち》の借金も、暗黙のうちに棒引きにされたようでした。

秋繭は、それを最後に、筆を折りました。遠い親戚から、絵に秀でていた喜平《きへい》という養子を迎えると、己が技のすべてを惜しみなく伝授しました。もし亀松が生きていたら、そうしたであろうように。

喜平は、才能豊かで性根の真っ直ぐな子でした。秋繭の期待に立派に応えて絵師となり、『秋』の一字を受け継いで、松下秋蜂《しゅうほう》と名乗るようになりました。

秋繭は、秋蜂に家督を譲って隠居しましたが、三年後、庭の松の木で首を縊《くく》りました。

秋蜂と村人たちは、秋繭の一家のために、路傍の自然石を彫って小さな墓を作り、福生寺に合葬したのでした。


賀茂禮子の話が終わると、亮太は、今一度、親不知子不知図を見やった。

呪いとは、しょせん、強者に蹂躙《じゅうりん》される弱者の歯軋《はぎし》りにすぎないのだろうか。

それとも、秋繭のかけた絶家の呪いは、とんでもなく長い時を経て、今ようやく成就に近づいているのか。

SCENE5

亮太は、賀茂禮子を次の間に残して、畳廊下を玄関の方へと戻って行った。

この化け物屋敷に関わることが、つくづく嫌になっていた。福森家の先祖たちが積み上げた悪業を考えると、どんなに恐ろしい報いがあってもしかたがないような気さえしていた。

今さら真相を究明したところで、何になるというのか。今すぐやるべきことは、一刻も早くここから引っ越して、残された子供たちに累が及ばないようにすることではないだろうか。

ふと顔を上げると、廊下にかかっている能面が、こちらを見ているような気がした。黒色尉《こくしきじょう》だ。への字形をした目は、まるで嘲笑っているように見える。

これもまた、例の古物商が持ち込んだ呪物ということだったが。

亮太は、まるで引き寄せられるようにして能面に近づいた。カメラを構えて、角度を微妙に変えながら動画を撮影する。

双眸の真っ黒な空洞は、ただの影ではなく、底知れぬ深淵《しんえん》へと開いている窓のようだった。この目は、あの惨劇の晩の一部始終を見ていたのだろうか。

亮太は、気がついたら両手を伸ばしていた。

軽い。能装束は重いと聞いていたので、面が、こんなに軽いものだとは思っていなかった。

ひっくり返して、裏側を見てみる。黒く焼け焦げた木肌に、数百年前の鑿《のみ》の跡がくっきりと残っていた。目の部分は丸く抉られているが、裏返しにした人面が出っ張っているかのように見えるホロウマスク錯視によって、膨らんでいるようだった。表から見る能面とは、まったく印象が違っており、妙にエキゾチックで、アフリカの呪術師が被る仮面を思わせる。

亮太は、裏から目の穴を覗き込んでみたが、への字形の目は小さかった。これでは、ほとんど視界が利かないのではないか。

そのまま、黒色尉の面を着けてみた。亮太は、自分の顔の大きさは標準的だと思っていたが、面が小さ過ぎて、かなり顔がはみ出してしまう。

それ以上に違和感を覚えたのは、目の穴の位置が合わないことだった。鼻を窪《くぼ》みにピッタリ入れると、視界はゼロになる。能楽師は、目の位置を合わせるように、かなり特殊な付け方をしているのだろうか。

面を取ろうとしたとき、何かが見えた。

え？　亮太は、思わず目を凝らす。視界は完全に面で覆われているから、何も見えるはずがないのに。


見えたのは、子供の顔だった。何人もいる。たぶん、十歳かそこらだろう。全員ぼさぼさの蓬髪《ほうはつ》か、荒縄で縛っている。襤褸《ぼろ》布のような着物をまとっているか裸同然だったが、目だけはぎらぎらと輝いている。

あっ。思わず顔を背けた。鋭い痛みを感じる。一人の子供が投げた石が肩に命中したのだ。さらに、二つ、三つと。今度は外れて、足下に落ちる。

たまらず、背を向けて逃げ出した。

周りの景色は一変していた。抜けるように高い青空だ。辺り一面に、草が生い茂っている。雨上がりのような泥濘に足を取られ、なかなか前に進めない。その間にも、背後からは石礫《つぶて》がパラパラと襲来する。

坂道を上っているようだ。何とかして逃れようとしているが、もどかしいくらい、足取りは遅かった。どうやら、足が不自由なようだ。もう、かなり来たはずだと思うのに、それでも、攻撃は止まなかった。

とうとう、怒りが込み上げて来て、振り返った。二、三十メートルほど離れたところにいる子供たちは、一瞬たじろいだようだったが、またすぐに投石を始める。

両手で頭を守りながら、じりじりと後ずさった。子供たちは、その様子を見て、また動きを止めたが、目を見交わしてニヤリとすると、前にも増して激しい勢いで石を投げつけてくる。

さらに、じりじりと後退した。そのとき、踵《かかと》が後ろにずるりと滑る。気がつかないうちに、崖《がけ》っぷちまで来ていたのだ。踏み止《とど》まろうとしたが、水を含んだ土は大きく崩れ、声を上げる間もなく、身体が後ろ向きに宙に投げ出される。

急斜面で身体がバウンドして、さらに落下していく。途中、幾度となく木にぶつかったが、止まらなかった。斜面を転げ落ち、最後にまた虚空に浮いた。

すうっと意識が遠くなった。なぜか、身体が炎に包まれたような錯覚に陥っていた。

そうか、と思い出した。どうやら、身体があの火事のときのことを思い出しているらしい。頭から水を被り、後先考えずに、炎の中に飛び込んだときのことを。

それから、また意識が戻った。身体の感覚は、ほぼなかった。地面に叩き付けられたときに、ひどい怪我を負ったようだった。間近でせせらぎのような水音が聞こえている。山道から沢に落ちたのだろうか。

すると、面の穴から、またあの子供たちの姿が見えた。怖々といった様子で近づいてくる。助けてくれと言いたかったが、声が出ない。

それから、餓鬼大将らしい子供が、目の前に屈《かが》み込んだ。黒色尉の面に手をかける。どうやら、無理やり引き剥《は》がそうとしているらしい。

やめてくれ、と口は動いたが、やはり声は出なかった。面は細紐《ひも》で頭に縛り付けてあるため、なかなか外れない。すると、ようやく餓鬼大将はそれに気づき、紐の結び目を解いた。

世界が真っ暗になるような、絶望に包まれる。

おのれ、面憎き小童《こわっぱ》ども。憤怒の言葉が、頭の中で木霊した。

これが、身を挺《てい》して村を救ってやったことに対する、おまえたちの返報か。

この日のことを、いつまでも、覚えておけ。

いずれの日か必ず、おまえたちは、今日のこの非道な仕打ちを悔ゆることになるだろう。

そして、乱暴に面が剝ぎ取られた。

亮太は、畳廊下に座り込んで喘《あえ》いだ。

いつのまにか黒色尉の面を外して、壁に掛けていた。

今垣間見たのは、この面に刻まれた記憶なのだろうか。横に転がったカメラに目をやった。うっかり取り落としてしまったらしいが、畳の上だったので、無傷のようだ。

カメラを拾って、身を起こそうとしたが、ひどい立ち眩《くら》みがした。

昨日まで、自分に霊感があると思ったことはなかったが、二日続けて幻覚を見ていることを考えると、もしかしたら、生まれながらに、賀茂禮子の同類である霊能者の素質があるのかもしれない。

あの市松人形のときもそうだったが、もう、うっかり呪物には触れない方がよさそうだ。

数歩歩いて、また、黒色尉の面の方を振り返る。

この面を着けていた男に降りかかった出来事は、依然として曖昧模糊としたままだったが、男の呪いの対象だけは、はっきりと理解できた。

子供たちである。

黒色尉の面を着けていた男の怒りは、ついさっき感じたが、思い出しただけでも足下に震えが来るくらい凄《すさ》まじいものだった。だとすると、あの晩も、この面は何か恐ろしい役割を担っていたのではないだろうか。

福森家の子供たちの、命を奪うために。

亮太は、黒色尉の面を叩き割りたい衝動に駆られたが、自制する。この屋敷に溢《あふ》れる呪物は、今でも危うい均衡を保っているのかもしれない。賀茂禮子が言うように、不確かな推測によりどれかを排除したら、予想外の厄介な事態を引き起こす可能性がある。

……先輩に預けたままの市松人形も、早く元に戻した方がいいかもしれない。

亮太が正面玄関に戻ると、祖母が、眉をひそめた。

「あなた、だいじょうぶなの？　ずいぶん顔色が悪いけど」

「ええ。あの座敷に入って、ちょっと気分が悪くなったけど、もう平気です」

亮太は、あえて元気なふりをした。

「今から床下に潜って、賀茂さんから頼まれていた、大黒柱の写真を撮りますよ。その後で、例の古物商に会いに行って来ます」

「そう……。本当に助かるけど、無理しないでね」

「でも、床下って、どこから入ればいいんだろう？」

縁の下の仔猫の骨は床下換気口の鉄格子の間から見えたのだが、とても人間が通れる幅ではなかった。隣には、三十㎝×六十㎝くらいの開口部もあったと思うが、リフォームのときに取り付けたらしいステンレス製の網付きパネルが、しっかりとコンクリートにネジ留めされていたはずだ。

「屋敷内の何箇所かに、床下点検口が切ってありますよ」

稲村さんが、案内してくれる。昨日も見たキッチンに入ると、隅のリノリウム張りの床に、四角い金属製の枠があることがわかった。枠の中の蓋を開けると、空の床下収納庫が見えた。プラスチック製の箱を取り外すと、薄暗い床下が見えた。かすかに風を感じる。

「ここが、たぶん、一番大黒柱に近いと思うんですけど」

稲村さんは、申し訳なさそうに言う。たしかに、近いとはいえども、十数メートルは床下を這わなくてはならないだろう。薬剤を撒いて皆殺しにしたのならば、蜘蛛やゲジゲジはいないかもしれないが、残留している化学薬品は健康に有害かもしれない。

やっぱりやめようかと思ったとき、稲村さんがランタン型の懐中電灯を手渡した。

「どうか、くれぐれも気をつけてくださいね」

心配そうな表情だった。亮太は、口元まで出かかっていた言葉を呑み込んだ。

「だいじょうぶですよ」

虚勢を張って床下点検口の縁に腰を掛け、脚を中に入れる。普通の家よりずっと床が高く、底までは七十センチはありそうだ。これならば、匍匐《ほふく》前進ではなく、膝《ひざ》をついて余裕を持って進める。

亮太は、底に降り立つと、奥を覗き込んだ。

外壁には、約五メートルおきに換気口が並んでいたが、光は中までは射し込まないらしく、床下全体はかなり暗かった。急に、背筋がぞくぞくし始めた。なぜ、自分からこんなところに入ると言ってしまったのだろうか。後悔先に立たずだったが、ここまで来たらしかたがない。さっさと大黒柱の写真を撮ってしまおう。

亮太は、四つん這いになると、懐中電灯で正面を照らしながら、ゆっくりと前進した。

床下から見ると、あらためて、この屋敷のとんでもない大きさが実感できた。家の敷地は、何もない状態が一番小さく見えるものだが、懐中電灯で照らしてみると、林立する柱を通し、遥《はる》か彼方まで続いているようだ。天井が低いせいで、奥行きが深く見えるのかもしれないが、控えめに言っても、大型の体育館レベルだろう。

最近の住宅によくある、コンクリートのベタ基礎とは違って、下はさらさらした土だった。蟻が活発に活動さえしていれば、白蟻の被害を心配する必要はないはずだが、強すぎる薬剤を撒いたためか、生き物の姿はまったく見えなかった。空気は黴臭くないが、かすかに薬品臭が鼻をつく。

太い柱が並んでいるが、すべて古い礎石の上に載せられた石場建てである。コンクリートの基礎に土台をアンカーボルトで固定し、その上に接合された柱と比べると、一見頼りないが、地震の際には、柱が礎石と固定されていないために、揺れが直接伝わらないというメリットがあるらしい。

だが、この屋敷が創建されたときは、寺院のように床下がオープンになっていたはずだが、いつの時点か、建物の外周にだけコンクリートの布基礎を張り巡らせる改修を行ったらしい。それでは、免震構造である石場建ての特長が、台無しになってしまったのではないだろうか。まあ、年代的には、坂井という建築士がやったことではないだろうが。

亮太は、床下の様子を撮影してから、大黒柱を捜した。潜る前に、おおよその方角の見当を付けていたので、すぐにあれらしいとわかる。建物の中心からは少し外れているが、他の柱と比べてあきらかに太い。

カメラを首にかけて、懐中電灯を右手に持ち、左腕と膝でいざるように進むのは、けっこう骨が折れた。ナマケモノが地上を歩くくらいの速度で進んでいくと、目の前にある柱に何かが絡まっているのが見えた。細長く、換気口からの微風でかすかに靡いているようだ。

亮太は、ぎょっとして動きを止めた。懐中電灯の光の輪で照らし出すと、それは巨大な蛇の抜け殻だった。

この床下の主だった蛇のものだろうか。蛇そのものの姿はどこにも見えなかった。亮太は、近づいて抜け殻を撮影する。異様なまでに大きかった。あの襖絵の龍を連想するほどである。国産の蛇の中で最大なのは青大将だが、ふつうは、せいぜい二メートルくらいのものだろう。これは、どう見ても三メートル以上はありそうだった。

亮太は、降りてきたばかりの点検口を振り返った。四角い入り口からは、スポットライトのように地面に光が落ちている。しかし、人の気配はまったく感じない。稲村さんは、どこかへ行ってしまったのだろうか。

耳がツーンとする感じがした。

何だろう、この感じは。以前にも経験したことがあると思う。

思い出した。無響室だ。

去年、ＹｏｕＴｕｂｅのネタ作りのため、先輩の伝手《つて》を頼り、大学の実験用無響室に入れてもらったことがあった。音のない環境が精神にどういう影響を与えるかというテーマであり、空耳や幻聴が起きたり、パニック発作を起こす人もいるらしいと聞いたからだった。

あのときの体験は、一種独特だったために、今も強く印象に残っている。神秘体験の入り口くらいまでは行ったかもしれない。それまで無音だと思っていた自分の身体から、様々な音が発せられていることを知った。心臓の鼓動や、血管を血が流れる音。関節の軋む音。そして、内耳の中で蝸牛《かぎゅう》から発生する、単調な高音まで。

そのうち、聞こえるはずのない音が聞こえてきた。風の音。意味不明なつぶやき。さらには物の怪《け》のような笑い声までする。自分の身体から発せられる、耳慣れない音に戸惑った脳が、強引に音に解釈を付け加えたのかもしれない。

ついには、あの女の声まで聞こえてきたので、実験は中止せざるを得なかったが。

その後で、自撮りした一時間弱の映像をチェックしてみたが、瞼《まぶた》をピクピクさせるチックのような症状が出ているくらいで、面白くも何ともなかった。しかも、ＹｏｕＴｕｂｅに似たような映像が上げられていたので、結局は、お蔵入りにするしかなかった。

今感じている耳鳴りは、あのときとまったく同じである。耳音響放射とか生理的耳鳴りとか呼ばれる症状に過ぎないのだ。かりに、何か意味のある音や声のように聞こえても、それは、不安な心が作り出した幻聴でしかないだろう。

しかし、ふいに疑問が浮かんできた。床下は、一般的に言うと静かな場所かもしれないが、無響室には程遠いはずだ。残響を完全に消し去ろうと思ったら、まわりの壁を凸凹の吸音材で覆い尽くさなくてはならない。なのに、なぜ今は、完全に無音の状態なのだろう。

周囲から、ざわざわとした音が立ち上がってくる。敏感になった耳が、通常では聞こえないような暗騒音を拾い上げているのか。それとも、体内の音が変化して、こんなふうに聞こえているのだろうか。

いや、どちらも違う。

砂地の上を歩く蟻が立てる、ザクザクという音。忙しく走り回って、昆虫の死骸《しがい》などの餌を見つけては、引き摺《ず》って巣に運ぶ。キチン質の殻が砂と擦れて出す荒々しい響き。

蟻が支配する床下に潜む、蟻地獄の罠《わな》。流砂に脚を取られてもがく蟻の激しく砂を蹴立てる音。蟻地獄が飛ばす砂礫《されき》が蟻の足下の砂にぶつかる爆発音。

天井——床の裏側を這い回る蜘蛛の密《ひそ》やかな足音。すばやく駆け回って獲物に食らいつく、守宮が突進する音。根太《ねだ》から地面に降りた巨大な青大将が、身体をくねらせて進む際に発する鋭い衣擦《きぬず》れのような音。

だが、この床下に棲息《せいそく》していた生き物たちは、薬剤により皆殺しになったはずではないか。

今聞こえているのは、もはや存在しない生き物たちの活動記録なのだと、亮太は気がついた。永遠に失われてしまった、生のエネルギーに満ちた音。

この暗い空間には、あえなく死んでいった者たちの記憶が刻み込まれている。

それはまるで、魑魅魍魎の饗宴《きようえん》のようだった。

亮太は、何かに導かれるように、右手を見た。おそらく、あのあたりが、田の字型になった四部屋の真下だろう。そのさらに左奥の方では、上から何かが垂れ下がり、地面には木っ端や引き裂かれた畳の残骸が散乱していた。

あそこは、次の間だ……。亮太は震えた。

遥子さんが、大伯母さんに憑依《ひようい》した怪物に惨殺されたとき、畳と荒床、その下の根太にまで達する大穴が開けられた場所である。

亮太は、忌まわしい場所から無理やり視線を引き剝がして、前方を向いた。すると今度は、左手から何かが耳朶《じだ》に届いた。

外壁から近いにもかかわらず、薄暗い床下でも特に深い闇がわだかまっている場所がある。そこから、はっきりとした、動物の鳴き声が聞こえてきたのだ。

仔猫のようだ。余韻嫋々《じようじよう》とした泣き声は、待てど暮らせど現れない親を恋しがっているかのようである。

亮太は、全身の毛が、ぞっと逆立つのを感じた。

いつまでもこんなところにいたら、気が変になってしまう。さっさと大黒柱の写真を撮り、戻らなくては。

亮太は、左腕と膝で精いっぱい速く進むと、大黒柱の前に辿り着いた。

ひときわ立派な礎石の上に立てられている極太の柱は、複雑なホゾが切られた跡があった。昔は上下が逆で、通し柱として屋根裏で梁を受けていた痕跡だろう。

その上には、くっきりと鑿で刻まれたような線が見えたが、詳しく見ている暇はなかった。夢中でシャッターを切り、角度を替えて写真を撮る。

それから、帰ろうとして、向きを変えた。

おや、と思う。点検口の入り口から漏れ出す四角い光が、ゆっくりと暗くなってきたように見えるのだ。

早く戻らなければと気ばかり焦るが、光はどんどん減衰していく。亮太は周囲を見回した。屋敷の外周に沿って開けられた換気口の光も、同様に暗くなりつつあった。

そうこうするうち、換気口の光は、うっすら赤くなったかと思うと、すうっと消えてしまう。点検口も、今や真っ暗である。

亮太は、ひとり闇の中に取り残されてしまった。

また別の音が聞こえてきた。屋敷の外からだ。馴染《なじ》み深い秋の夜の虫の声である。カンタン。

マツムシ。スズムシ。コオロギ。クツワムシ。ウマオイ。クビキリギス……。

おかしい。幼い頃には昆虫少年だった亮太は思った。まだ日暮れには早い。例外はあるが、秋の虫は夜鳴く方が一般的だ。こんな時間から、いっせいに鳴くものだろうか。

すると、虫たちは、ぴたりと鳴き止んだ。

何かが起こるという得体の知れない緊張感が、あたりを支配している。

すると、今度は、雨が降る音が立ち上がった。ひそやかに地を打つ秋時雨《しぐれ》は四周から響き、宏大な床下空間全体に充満していく。

ああ、もしかしたら、これは……。

亮太は、直感していた。

今聞こえているのは、あの晩、床下で聞こえていた音ではないのか。

もちろん、理屈には合わなかった。ありえないとは思うものの、すでにそれは強い確信へと変わっていた。

また、何かが聞こえてきた。

木製の扉を開く軋むような音。

しばらくしてから、心に染み入るような澄んだ音が二回。音高《ピッチ》はＤ７。お鈴《りん》であることは、すぐにわかった。

続いて、低い読経の声。

嘘だろう。すでに直感していたことではあったが、あらためて衝撃を受ける。

これは、大伯母さんの声だ。

読経しながら、お鈴を鳴らし、最後にもう二回お鈴の音を響かせて、お勤めは終わったようだった。

何か、とんでもなく異常なことが起きている。

しかし、いくら気を揉んでも、今さらどうしようもない。これは、すべて、すでに終わったことなのだから。

襖が敷居を滑る音。声は少し手前に移動した。仏間から居間へと。

今さらながら、少しおかしいという気がする。上の部屋の音は床下へ響くかもしれないが、人の声が、ここまではっきりと聞こえるものだろうか。

ぼそぼそと会話する声が、異常なほど鮮明に、鼓膜に達していた。

嗄れた老婆の声と、子供の声だ。

次の瞬間、強い衝撃が屋敷を襲った。地面が激しく上下動する。

さらに、今度は、ギシギシと音を立てて、柱や壁、床が撓《たわ》み、揺れた。

実際は、地震を追体験しているのではなく、そのときの音を聞いているだけだった。だが、その音響はあまりにリアルで、暗闇の中で、思わず身を低くして地面にしがみつく。

地震は、始まったときと同じように、何の前触れもなくピタリと止んだ。

不気味な静寂が戻ってくる。

再び、老婆がボソボソと話す声が聞こえてきた。地震などなかったかのように、話し続けていたらしい。音量自体は大きくないが、まるでアンプのボリュームを全開にしているように、ホワイトノイズが膨れ上がっている。

違和感は、いや増すばかりだった。亮太は、喘ぎ、拳《こぶし》を握りしめた。

今すぐ……そこから逃げろ！

そのとき、とうてい人のものとは思えないような、恐ろしい咆吼《ほうこう》が轟いた。

子供たちの悲鳴——魂が潰れるような絶叫が響き渡る。

バタバタという小動物のような足音。子供たちは、命からがら逃げ出したようだ。どっちへ行ったのかと思ったとき、大勢の声が降り注ぐ。

「この人でなし！」、「鬼の子らが！」、「犬畜生にも劣るわ！」、「餓鬼どもが、儂《わし》らの生き血を吸って、肥え太りおったか！」

何なんだ、これは。亮太は呆然とする。突如として現れた、大勢の声の正体がわからない。しかも、そのどれもが、子供たちに対する悪意に満ち満ちていたのだ。

亮太の脳裏に、仏間の長押《なげし》に飾られていた額の写真が浮かんだ。すべては、福森家とは縁もゆかりもない人々の写真だとばかり思っていた。しかし、そうではなかったのだ。いずれも、福森家に深い怨念を抱いていた人々だったに違いない。彼らは今、積年の恨みを晴らすべく、大声で騒ぎ立てているのだ。

だが、真の恐怖は、その後だった。子供たちを追ってくる、獰猛《どうもう》な跫音《あしおと》が響き渡ったのだ。それは、途方もない重量の怪物が歩く音だった。ふつうの日本家屋よりも、はるかに太くて頑丈な床下の根太と床梁が撓み、ギシギシと軋んでいる。

逃げろ逃げろ逃げろ逃げろ逃げろ逃げろ……！

亮太は、声を限りに叫んでいた。

捕まったら、殺されるぞ。

走れ走れ走れ走れ……！

襖が開く音。そして、声が響いた。

「来ないで！　この子たちにかまわないで！」

それは、遥子さんの声だった。子供たちを庇って、怪物の前に立ち塞がったようだ。

その声は、ぷっつりと途絶えた。次の瞬間、畳と荒床が一気に踏み抜かれて、床下に粉塵と血飛沫が広がった。

亮太は、恐怖に硬直しながら、次の間の真下を見た。一瞬、垣間見えたのは、昔の絵巻物に描かれた鬼のような下肢だった。異様に筋骨逞《たくま》しく、剛毛と長い鉤《かぎ》爪が生えている。

もうもうとした粉塵の中、血まみれの肢《あし》は引き上げられた。

襖が開く音。子供たちは危うく難を逃れたのか。

「お母さん？　その顔……身体は？」

美沙子さんの声だった。

「いったい、どうしたの？」

急を聞いて駆けつけたらしい、麻衣子さんの声もする。

「子供たちを、早く！」

獣の咆吼が屋敷を揺らす。同時に、階段を駆け下りてくる重い足音。

「何があった？」

野太い男の怒鳴り声。虎雄さんだろう。

「お袋、目を覚ませ！　自分の孫を、どうするつもりだ？　……畜生、魔に憑かれたのか？　おい！　おまえらは早く逃げろ！」

虎雄さんは怒号した。

まるで低周波のような老婆の唸《うな》り声は、床下の空気までビリビリと震わせるようだったが、言葉は途切れ途切れにしか聴き取れなかった。

「せんざん★★★★★ざしらず、★★★★げせん★か★な★、★★★★★きれると★★★★★★か？」

虎雄さんは、たじろいだようだが、すぐに裂帛《れっぱく》の気合いを込めて雄叫《おたけ》びを上げる。

「黙れ、化け物！　おまえは、お袋ではない！」

虎雄さんは、大伯母さんに向かって抜き打ちに斬りつけたらしい。瞬間、奇妙な音がした。

ふつうの風切り音とはあきらかに違う、ぴゅうぴゅうと風が哭《な》いているような刀の声が。

だが、どうやら虎雄さんの渾身《こんしん》の一太刀も通用しなかったらしい。キンという音とともに、偽虎徹は撥《は》ね返され、数合《ごう》切り結んだ末に、がっちりと受け止められてしまったようだ。

「う……！　くそ、かか、刀が」

虎雄さんの、激しい息遣いと苦しげな呻《うめ》き声が漏れる。

「✶✶✶✶わりか？　✶✶✶✶✶✶✶、✶✶✶ざいにん✶も✶、✶かば✶まい✶？」

激痛に苛《さいな》まれているような、虎雄さんの悲鳴が響いてきた。

「✶✶がめいうん✶、✶だまっ✶！」

とても大伯母さんの声帯から発せられたとは思えない、野太く冷酷な声。

吠え猛《たけ》っているのは、どう聞いても、鬼そのものである。

鬼が詰め寄る跫音が、床下に伝わってきた。

「だん✶✶✶✶✶✶えいが、さかばっつ✶✶✶✶く✶✶✶わ！」

虎雄さんの断末魔の絶叫が響く。大暴れする重い肉体が壁に縫い留められる、激しい振動が伝わってきた。

また、襖が開く音。美沙子さん、麻衣子さん、子供たちは、中の間から逃げ出したのか。

「✶き✶も、✶✶✶いった？」

鬼の唸り声が聞こえる。

すると、まるでそれに呼応するように、隣の居間から、何かが落下したような、ガシャンという金属音が響いた。さらには、たくさんの硬質な物体がシャラシャラとぶつかり合うような音もする。どこか、ガラガラ蛇の警告音のようだった。

再び、鬼の跫音が屋敷を揺らした。

「✶✶✶？」

スパーンという音とともに、襖が開け放たれる。

「来ないで！」

麻衣子さんの悲痛な叫び声。

亮太は、耳を塞ぎたくなった。だが、まだ子供たちは生きている。ついさっき、廊下に出たようだった。何としても、逃げ延びろ。心の底から祈りを捧《ささ》げる。

また襖が開けられる音。続いて屋敷全体を揺らすような跫音。鬼は、今度は廊下に出て来たようだった。

すると、今度は、カチャカチャと揺れているような金属音が聞こえてきた。

「**★★か**」

襖が開けられ、鬼は奥座敷へと侵入する。

「**ぎゃあああああああ……！**」

美沙子さんの断末魔の悲鳴が轟いた。

「**★★★★★、★こだ？**」

再び廊下に出て来た、鬼の唸り声と、野獣のような鼻息を感じる。

そのとき、少し離れた地点——亮太が今いる場所に近いところから、独特の癖のある嗄れた叫び声が聞こえてきた。

「**ええい！　誰かある！**」

この声は。亮太は、はっとした。

あの黒色尉の声ではないのか。

「**ここじゃ、ここじゃ！**」

黒色尉は嗄れ声で呼ばわった。

「**やるまいぞ！　逃すまいぞ！**」

ぎょっとする。あのキモい爺《じじい》の面は、子供たち憎さから、鬼を呼び寄せているのか。

屋敷を揺るがしながら、荒々しい跫音が、亮太の頭上へぐんぐん接近してきた。

亮太は、思わず目を瞑《つむ》り、頭を抱えて地面に突っ伏した。

……だが、それっきり何も起こらない。

床下はしんと静まり返っており、何の音も聞こえてはこなかった。

亮太は、ゆっくりと目を開けた。

周囲を見回して、気がつく。

換気口からは、床下に光が差し込んできている。点検口も降りたときのままで、キッチンの灯《あか》りが漏れていた。

亮太は身震いすると、点検口に向かって四つん這いで進んでいく。

ようやく辿り着くと、稲村さんが心配そうな顔で待っていた。

「あの……顔色が真っ青ですよ」

「いえ、何も。何でもありません」

自分の喉から出たのは、老人のようにかすれて弱々しい声だった。亮太は、床に上がったが、足下がふらついて座り込んでしまった。

「だいじょうぶですか？」

稲村さんが、流しへ行って、コップに水を入れて持ってきてくれた。

一気に水を飲み干すと、汗が噴き出してきた。

今聴いたのは、いったい何だったのか。

あれは、間違いなく、あの惨劇の晩、床下に響いた音だろう。しかし、なぜ、それが自分に聞こえたのか。

「亮太さん？」

稲村さんは、放心状態の亮太を見て、何かが起きたことを悟ったようだった。

「中村の奥様をお呼びしてきます」と言って、そそくさとキッチンを出て行く。

……しかし、最後は、いったいどうなったのだろう。鬼が一直線に追ってきたあの状態で、なぜ子供たちは助かったのか。

亮太は、ハンカチを出して汗を拭《ふ》いた。

いや、そんなことより、もっと大きな問題がある。大伯母さんが変身した恐ろしい怪物は、最初から子供たちを狙っていた節があった。

すべては、福森家の絶家を祈る、松下秋繭の呪いによるものなのか。もしそうだとすると、まだ危険は去っていないのかもしれない。一家の大人全員が殺害されたが、真のターゲットが子供たちだとしたら、さらなる危険が迫ってくる可能性があるのではないか。

「亮太。だいじょうぶなの？」

祖母が、不安げな顔をしてキッチンに入ってきた。

「ええ。ちょっと、気分が悪くなっただけですから」

祖母に続いて入ってきた賀茂禮子は、亮太を見て眉をひそめた。

「あなたには、床下で、何かが見えたんですか？」

「見えたというか……聞こえてきたんです」

賀茂禮子は、「ちょっと、二人だけで話させていただけませんか？」と言った。

祖母と稲村さんは、心配そうに振り返りながら、キッチンの外に出る。

「どうやら、あなたの霊能力は、途轍もない速度で昂進《こうしん》しているようですね。それがわかっていれば、一人で床下に潜るようなことはさせなかったのですが」

賀茂禮子は、亮太の方を振り向いて、溜め息をついた。

「昨日は、庭にも記憶があると言いましたが、床下というのは、実は、家の記憶が蓄えられる場所なのです」

家の記憶って、いったい何？　家には意識があるとでも言いたいのか。

「夢判断では、屋根裏と地下室はともに無意識を象徴していますが、その意味しているものは違っています。雑多なガラクタが詰め込まれている屋根裏は、忘れられた過去の経験の残滓が置き去りになっている場所です。一方、地下室は暗い本能の領域で、床一枚を挟んで、地中を流れる水脈――集合的無意識の影響を強く受けています」

賀茂禮子は、ユング派の心理学者を思わせる解説をする。夢に出てくる象徴としての家と、現実の家とは、まったく無関係だと思うのだが。

「地下室のない日本家屋においては、床下が地下室に相当します。屋敷が経験した出来事は、すべて屋根裏や床下に記憶されていますが、床に大穴が開いたために、意識と無意識の境界が破れてしまいました。この屋敷では、これから先、このような幻視や幻聴が頻繁に起きるやもしれません」

象徴と現実とをごちゃ混ぜにしているため、もはや何を言っているのかも理解不能である。だが、鬼の肢が床を踏み破った衝撃的なシーンを思い出すと、あながち戯言《ざれごと》とばかり片付けることもできない。

「それでは、あなたに聞こえたという音のことを、話していただけますか？」

亮太は、目を閉じて、一つ一つ思い出しながら言葉にしていく。

「最初は、無音の状態になって、それから、雑音が聞こえ始めたんですが」

最後まで聞いて、賀茂禮子は深くうなずいた。

「なるほど。まちがいなくそれは、あの晩、実際に床下で聞こえた音でしょう」

身の裡《うち》に、震えが走る。

俺は、床下から、あの晩の惨劇を追体験したのだ。

「ただ、残念なことに、鬼が何と言っていたのか、はっきり聴き取れませんでした」

「それでも、だいたいの見当は付きますよ」

賀茂禮子は、微笑んだ。

「第一声の『せんざん……』云々《うんぬん》は、たぶん、『穿山丸ならいざ知らず』と言ったのでしょう。虎雄さんが持ち出した偽虎徹を、『下賤《げせん》な刀』と呼んで嘲《あざけ》ったのだと思います」

下賤とは、何のことだろう？

「あの刀は、偽物ではあっても、恐ろしい呪物だということでしたけど？」

「ええ。警察が撮影した写真を思い出してください。『虎徹』の銘こそありませんでしたが、その代わりに『南無阿弥陀仏』という文字が彫られていました。そして、茎《なかご》の反対側には、『玉二』という文字が刻まれていました」

たしかに、そうだった。亮太は、記憶をたぐり寄せる。

「つまり、『玉二』という刀工の作刀なんですか？」

ネットで調べたら、初代と二代目の虎徹を名乗ったのは、長曾禰《ながそね》興里《おきさと》と興正《おきまさ》の親子だということだったから、玉二というのは、まったくの別人だろう。だったら、松下秋繭のように深い遺恨を抱いた刀工が、呪いを込めて打った刀なのだろうか。

「いいえ。あの文字は、刀工の銘ではありません」

亮太の憶測は、あっさり否定されてしまう。

「あなたは、画線法《かくせん》という言葉をご存じでしょうか？」

「聞いたこともありません」

「言葉は知らなくても、実際に用いたことはあるはずですよ。学校で投票したときなんかに、黒板に『正』の字を連ねて書きませんでしたか？」

ああ、あれのことか。小学五年生のとき、女子に圧倒的な人気があったイケメンの同級生の向こうを張って学級委員に立候補し、『正正正正正丁』対『下』で壊滅的な敗北を喫したのを思い出す。

「十進法で数えるのに便利なように、五本の線を一組にした漢字や記号で、数を表すのです。日本ではよく『正』の字が使われますが、海外は、縦線四本を斜めの線一本で〆る、タリーという記号が一般的なようですね。その他、□に斜めの線を足したものや、五芒星形《ペンタグラム》が使われることもあります」

呪物の数を数える場合は、逆さになった星形がぴったりかもしれない。

亮太は、はっと気がついた。

「でも、それがいったい……」

「ええ。江戸時代には、『正』の字ではなく、同じ五画の『玉』の字が使われていたのです」

つまり、『玉二』は『たまじ』と読むのではなくて、『七』という数字を意味していたのか。しかし、いったい何が七つなのだろう?

「あの写真を見たときに、わたしの頭に浮かんできたのは、野心満々な面構えの若侍でした。名前は……金井《かない》辰之介《たつのすけ》です」

賀茂禮子は、記憶をよみがえらせようとするように目を閉じた。

「金井家は、とある藩で、代々物頭《ものがしら》用人を務めてきた家柄だったようです。しかし、辰之介は三男であり、分家も許されなかったため、そのままでは一生部屋住みの身分でした」

亮太は、ふと千太郎のことを思い出していた。長男は、今は部屋住みでも、いつかは家督を継げるかもしれないが、三男では何の希望も持てないだろう。

「辰之介は、これだけは誰にも負けないと自負していた剣の腕によって、未来を切り拓《ひら》こうとしました。太平の世では無用の長物と思われましたが、まずは藩の御前試合で名を上げると、据え物斬りをお見せして、藩主に認められました。それから後はトントン拍子でした。藩主のお口添えで分家を許され、首切り役人のお役目を拝命したのです。

ところが、辰之介の父の圖書《ずしょ》は、息子が『不浄』役人になったことを、喜びませんでした。

むしろ、家名を汚すものとして辰之介を遠ざけたのです。それ以降は、本家の敷居はけっしてまたがせませんでした」

身を立てようとして懸命に努力する息子に対して、ずいぶん冷たい父親だと思うが、当時は珍しくない考え方だったのかもしれない。

「辰之介は、それでも必死にお役目に励みました。罪人とはいえども、人の首を落とすのは、辛い仕事ですが、日々剣の道に精進を重ねて、朝な夕なに経を上げ、処刑を行う日には、必ず水垢離《みずごり》を取ってから出仕しました。辰之介の刀は、無銘ではありますが、抜群の切れ味を誇る業物でした。辰之介は、罪人を一人斬首《ざんしゅ》するたび、茎に鏨で一本の線を刻んでいきました。悪趣味に、落とした首の数を誇っていたわけではなく、お役目とはいえ、自らの栄達のために他者の命を奪うという行為の重さを自覚しているが故でした。そして、今は、自分のお役目を厭悪している父も、いつかはきっと認めてくれるに違いない。その思いだけが、辰之介の心の支えになっていました。

ですが、そのこととは別に、彼の中では一つの変化が生まれていました。独力で磨き上げた剣技によって、作法通りに美しく罪人の首を刎《は》ねることに、悦《よろこ》びを見出《みいだ》し始めていたのです。

辰之介は、水際立った手並みで、六人を斬首しました」

つまり、『玉二』とは、辰之介が斬った首の数を意味していたのか。亮太はげんなりした。

そんな刀を有り難がる神経がわからない。

そのとき、あれ、と気がつく。……六人ということは、あと一人斬ったことになる。

「しかし、七人目の名を聞かされたときに、辰之介は、茫然《ぼうぜん》自失するしかありませんでした。父の圖書が、賄《まいない》を取って、不正に私腹を肥やしていたことが発覚したのでした。藩の財政が窮迫していた折だったこともあり、藩の重役たちは不届き至極と激怒し、切腹すら許されず、打ち首という極めて厳しい御沙汰《ごさた》が下されました。辰之介は懊悩《おうのう》しました。我が手で実の父を殺めるという罪深さに加えて、今度ばかりは、お役目をしくじるのではという恐怖に駆られたからです」

そもそも、生きた人間の首を斬り落とすという時点で、イップスが起こってもおかしくない気がするが。

「処刑の日、蓆の上に引き据えられて、辰之介を見上げた圖書の目には、驚愕と諦《あきら》めが宿っていました。辰之介は、無言のまま刀を振りかぶりました。首切り役人を拝命してから初めて、どうしようもなく、ぶるぶると手が震えるのを感じていました」

賀茂禮子は、続きを想像させるかのように、言葉を切った。

「では、辰之介は失敗したんですか？」

どうしても刀を振り下ろすことができず、茫然として処刑場を後にする辰之介。背後では、代わった同僚が父を斬首する。辰之介は蟄居《ちつきよ》して、お役目を返上する。そんなストーリーが、亮太の脳裏に浮かんだ。

……だが、さんざん人の血を吸った妖刀は、その味が忘れられず、夜哭きするようになる。辰之介もまた、人を斬る渇望を抑えられなくなり、夜な夜な街に彷徨い出ては辻《つじ》斬りをする。そして、最後には、辰之介自身が捕縛され、斬首されることになる。辰之介の首を斬ったのは、まさに彼を凶行に駆り立てた愛刀であり、茎には別人によって最後の線が刻まれた。

「いいえ」

賀茂禮子は、あっさりとかぶりを振る。

「最後の最後になり、辰之介の迷いは消えて、手元はぴたりと定まりました。一閃《いっせん》した刀は、圖書の首を、皮一枚残して見事に切断したのです。辰之介は、黒白をわきまえ、親子の情にもほだされない武士の鑑《かがみ》なりと賞賛を受け、五十歳で隠居するまで、無事にお役目をまっとうしました。罪人を出したために、金井家の本家は断絶しましたが、その後も代々首切り役人を務めた辰之介の分家は、明治維新まで存続したようです」

では、『玉二』の最後の一画を刻んだのも、辰之介自身だったのか。

彼は、いったいどんな気持ちで、鑿を刀に当てたのだろうか。

「圖書の首を落とした刀は、金井家の菩提寺に納められて、その後懇ろに供養されましたが、いつしか行方がわからなくなってしまいました」

盗まれたのだろうか。好事家——物好きは、その手の悪趣味な品を求めるのかもしれない。

それを、松下誠一という古物商が入手して、福森家に持ち込んだのか。

「これが、あの刀の来歴です。偽虎徹は、圖書を始め七人もの怨念を喰らってきた、恐ろしい呪物でしたが、それですら、福森家を襲った鬼には太刀打ちできませんでした。そのくらい、この相手は、強大だということになります」

賀茂禮子の声には、かすかな恐怖が感じ取れた。

「でも、亮太さんが聞いた音は、あの晩に起きたことの全貌を知るための、大きな手がかりになります。事件そのもののアウトラインは、ほぼわかったと言ってもいいでしょう」

賀茂禮子は、賞賛するような笑顔を見せた。

「しかし、まだ大きな謎が、いくつか残されています。まずは、福森八重子さんが、どうして鬼に変じたのかを、あきらかにしなければなりません」

「最初に、大伯母さんが仏壇にお参りしたらしいことは、お鈴の音でわかりましたが」

亮太は、顎《あご》に手を当てて考える。

「その後、何が起こったのかは、よくわかりませんでしたね」

「福森八重子さんが鬼に変じたのは、やはり、その直後、居間に移ってからのようですね」

賀茂禮子は、半ば瞑目しながら言う。そういえば、彼女が最初に居間を見たときも、何かが見えたらしく、発端は居間だったと言っていた。

「居間には、複数の恐ろしい呪物がありました。慶長小判、市松人形、合わせ貝と貝桶《かいおけ》です。ですが、かりに原因の一端を担っていたとしても、これらだけで、あそこまで恐ろしい事件を引き起こせたとは思えません。他に、主導的な役割を果たした呪物があったはずです」

今も何かが見えているらしく、賀茂禮子には確信があるようだった。

「それから、いわば主犯である呪物以外にも、福森家の人々に対し、あきらかな害意を露《あら》わにしていた呪物は、チェックしておく必要があります。あえて大きな音を立てることによって、子供たちのところに鬼を呼び寄せようとしたものもありましたから」

なるほど。亮太は、途中で聴いた騒々しい物音を思い出す。何かが落ちる音とか、金属音。それに、なんと言っても、あの黒色尉の面の憎々しい声だ。

「ですが、偽虎徹のように対抗勢力として働いてくれた呪物も、複数存在していたはずです。何が敵で、何が味方だったのかを特定できれば、真相に辿り着くヒントになるでしょう」

賀茂禮子は、亮太を励ますように微笑んだ。

「では、あの大黒柱を撮った写真を、見せていただけますか？」

ところが、あれほど苦労したというのに、肝心の写真は、まったくの期待外れだった。

亮太は、真っ黒な画面を見て、溜め息をついた。

シャッター速度や、絞りの設定を間違えると、デジタル写真が真っ黒になることはあるが、こんな失敗は初めてだった。しかも、どういうわけか、中央あたりには、不可解な紫色の筋が入っている。

賀茂禮子は、表情を動かすことなく、ただ黙って画面を見つめていた。

SCENE6

津雲堂は、国道から一筋入った路地にあった。歩道に置かれた『古いもの、何でも買い取ります』というブリキの看板には錆が浮いており、それ自体が骨董《こっとう》と化しつつあるようだった。二階建ての店そのものも、築五十年は超えているだろう。モルタル塗りの外壁は変色しており、あちらこちらにひび割れが目立つ。

亮太は外観を撮影すると、店先から中を覗き込もうとした。

安っぽい木枠に色ガラスが嵌め込まれたドアは、もともとは透明だったのかもしれないが、曇っていて、ほとんど奥を見通せない。まるで、結界を張って人が入るのを拒んでいるような店である。これでは客が来るはずもないが、福森家のようなお得意さん宅に対する訪問販売がメインだったら、とりあえず、事務所として店を構えているだけなのかもしれない。

意を決して、ドアを開けた。チリンチリンとドアベルが鳴ったが、応答はなかった。

まあ、いいだろう。とりあえず、中を見てやろう。客としては、ごくふつうの行動である。それでも誰も出て来なければ、そのとき考えればいい。

亮太は、店に並んでいる『古物』に目をやり、思わず顔をしかめた。

なぜか、どれもこれもが、どうしようもないくらいの陰の気を発しているのだ。

一番手前には、古い碁盤があった。『本榧天地柾七寸盤《ほんかやてんちまさ》』という札が立っているが、元々は相当な高級品だったらしい。黒く変色した表面さえ削ったら、今でもかなりの値が付くのではないだろうか。

しかし、撮影しながら、亮太は、この盤で碁を打ちたい気分には、いっさいなれなかった。石を打ち下ろすと、天に抜けるような澄んだ音ではなく、陰に籠もった不快な音が鳴りそうな感じがするのだ。

何の根拠もないが、この碁盤にまつわる、ひどく嫌な事件があったような気がしていた。

碁盤や将棋盤の裏側には、血溜まりと呼ばれる凹《へこ》みがあり、対局中に口出しした人間の首を剱ねて、そこに載せるという話を聞いたことがある。もちろん、ただの都市伝説だと思うが、この碁盤が漂わせている陰々滅々とした雰囲気は、もしかすると、あの話は本当だったのではないかと思わせるものがあった。

この店の品物は、雑多なだけでなく、置き方も滅茶苦茶《めちゃくちゃ》だった。碁盤の向こうにあるのは、茶道具一式である。飾り気のない土色をした大ぶりの茶碗の絵を撮る。飯茶碗のような形で、『大井戸茶碗《旻天《びんてん》》』という札が立っていた。一見、何の変哲もないのに、見れば見るほど背筋がうそ寒くなってくるのは、いったいなぜだろうか。

奥には、一枚の油絵が掛けられていた。『岡嶋洋二　裸婦像I　油彩15号』というラベルが貼られている。緑色のソファに座った痩せぎすの裸婦が、首をかしげ、膝に手を置いた姿勢でこちらを見つめていた。液晶画面でモデルの顔をアップにして、亮太は眉をひそめた。

タッチは、素朴と言うよりは、むしろ稚拙だったが、モデルの生《なま》の心が顕《あらわ》れたような迫力が感じられる。画家を見つめるその目は、底知れぬ怨嗟に満ちていたのだ。

この女性は、画家である夫によって虐待を受けていた妻か、または愛人なのかもしれない。モデルが抱く積年の恨みを、その対象である画家自身が描き出すことで生まれた呪物なのか。そんなことがあり得るかどうかは、賀茂禮子に訊いてみなければわからないが。

いずれにせよ、この絵には関わらない方がいいと直感していた。他人の怨念に付き合って、いいことは何一つないだろう。

亮太は、カメラを構えながら、店の奥へと進んでいった。おそらく、この先に何かがある。それは、どこか確信めいた予感だった。

機械製品が並んでいる棚に目を引かれる。古いＳＯＮＹのカセットレコーダーの向こうに、8ミリ映写機が並んでいた。この棚に置かれている品は、奥へ行くほど時代が古くなっているらしい。

あ。これは。……信じられない。まさか、こんなところにあったとは。

亮太は立ち止まった。パテベビー──8ミリよりも古い規格の9・5ミリフィルムを使っている撮影機と映写機だった。フランスで製造されて、大正の末頃からは日本にも輸入され始めた、ホームシアターやホームビデオの先駆けになった製品である。ちょっと前にビンテージものの映写機器をYouTubeで紹介したのだが、パテベビーだけは、どうしても（撮影させてくれる実機が）見つからなかったため、割愛せざるを得なかったのだ。

亮太は、糸繰り機を思わせる、二つの大きなリールが突き出ている映写機を眺めていたが、ふと、その横に積み重ねられていた黒いボビン──フィルムケースに目を奪われた。円盤形のケースの外周に紙が貼られて、墨書きでタイトルが書かれていた。『忠臣蔵』、『生の輝き』、『怪鼠伝《かいそでん》』……。9・5ミリフィルムだから、たぶん大正から昭和初期にかけての映画だろう。

一番下にあるボビンだけは、横文字だった。端正な飾り文字だが、インクが褪色《たいしょく》していて、かなり読みにくい。

ケースに目を近づけてよく見ると、『Die』という文字が目に入って、一瞬ドキリとするが、すぐにそれは英語ではなく、ドイツ語の定冠詞らしいとわかる。

『Die Walpurgisnacht』……。大学でやらされたドイツ語など、ほとんど覚えていない。「ディー・ヴァルプルギスナハト」と読むのだろうか。何かの夜？

亮太は、胸騒ぎのような感覚に襲われていた。それまで見た品とは比較にならないほどの、ひどく禍々しいものを感じるのだ。

気がついたら、震える手を伸ばしていた。やめろ！　危険だ！　心の中では、何かが声高に警告していたが、手は止まらず、蓋を開けてしまっていた。

中は、空だった。

一瞬、蛇の抜け殻の映像が頭をよぎる。

亮太は、ほっと息を吐いた。念のために他のボビンもあらためてみたが、すべてフィルムが入っていた。どうして、これだけが空なのだろう。そして、空にもかかわらず、これほど強い真っ黒な気を放っているのは、いったい……？

「あんた、そこで、何してるんだ？」

突然、背後から声をかけられて、ボビンを撮影していた亮太は飛び上がった。

振り向くと、初老の男が立って、こちらを睨んでいた。背丈は亮太と同じくらいあったが、ひどく痩せこけて、後頭部に残った白髪はタンポポの綿毛のようだった。皮膚は土気色だが、血走った目だけが、熾火《おきび》のような生命力を感じさせる。

「あ。すみません。珍しかったもので。これ、パテベビーですよね？」

亮太は、笑顔で取り繕おうとしたが、男は無言だった。

「あの、松下誠一さんですか？」

「そうだが」

男は、無表情のままだったが、目だけを猜疑心《さいぎ》で光らせる。

「俺……私は、中村亮太と言います。福森八重子の、ええと……」

こちらから見れば大伯母だが、向こうからは、何になるのだろう。

「妹の孫にあたるんですが」

男の表情が、ようやく、少しだけ動いた。

「ああ。それは、どうも」

それは、笑顔というより、狼狽《ろうばい》して、顔を歪めただけのように見えた。

「先日、福森家で起きたことについては、松下さんも、ご存じですよね？」

亮太は、攻勢に転じることにした。

「はい」

それだけでは愛想がなさ過ぎると思ったらしく、松下は、「本当に、大変なことでした」と付け加える。

「今ちょっと、その件について、調べてるところなんです」

松下誠一は、表情をピクリと動かしたが、何も言わなかった。

まるで死にかけの重病人だなと、亮太は思う。顔色はまるでゾンビだったし、腐臭が漂って来そうだった。福森家に数多くの呪物を売りつけた詐欺師なら、もっと血色が良くて弁が立つ男を想像していたのだが。

「あなたは、福森家に、いくつか品を納めていますね？　買ったのは主に虎雄さんでしたが、鴛鴦《えんおう》飾り蓋付須恵器壺、虎徹、黒色尉の面、骨灰磁器《ボーンチャイナ》のティーカップなどを」

松下は、うなずいた。

「覚えてますよ。それが、何か？」

「ある方の見立てなんですが、いずれも、曰く付きの品だそうですね」

松下は、片頬だけを歪めて笑みを見せた。

「それは、骨董品ですからな。当然、それなりの由緒来歴、曰く因縁はありますよ」

「でも、今言った品はすべて、怨念が籠もっていて、持ち主に不幸をもたらす呪物らしいじゃないですか？」

やや和らぎかけた松下の表情が、一瞬で凍りついた。

「怨念とか呪物とか、おかしなことを。ある方というのは、いったい誰ですか？」

「賀茂禮子さんという、霊能者です」

松下は、顔をしかめ、憤然とした様子を見せたが、どこか演技じみて見えた。

「霊能者？　ご冗談でしょう。あなたは、本当に、福森家のご親戚の方なんですか？」

「さっき言ったとおりです」

松下は、ちらりと棚に目を走らせた。

「困りましたな。……込み入ったお話なら、奥の事務所で伺いますが」

ここから移動させたいのだろうか。

「いや、ここでけっこうですよ。他にお客さんもいないようだし」

そう突っぱねてから、相手の表情を見る。松下は目を逸らした。亮太は、棚の上を指差して訊ねる。

「ここにある9・5ミリフィルムの映画ですけど、一つだけ、ボビンの中身が空になってますね。ドイツ語のタイトルが書かれている分ですが」

松下は、上目遣いの三白眼になって亮太を睨んだ。

「そいつは、初めから空だったんですよ。パテベビーの撮影機と映写機を、セットで海外から買ったとき、おまけで付いてきたもんですからね」

そんなこともありそうな気がするが、もちろん、額面通りには受け取れない。

「本当は、中身が入ってたんじゃないですか？」

亮太は、カマをかけてみたが、松下は答えなかった。

「業者に依頼して複製するために、フィルムだけ取り出したとか？」

オプティカル・プリンターを使えば、9・5ミリフィルムを35ミリに転写できるはずだ。

松下は、うんざりした顔になった。

「かりにそうだったとしても、なんだって、わざわざ容《い》れ物から出す必要があるんですか？ふつう、そのまま預けるでしょう？」

そう言われれば、その通りだが。

亮太は、空のボビンを見た。ここから感じる妖気は半端なかった。中に入っていた映画は、いったい何だったのだろう。

「もう、よろしいでしょうか？　そろそろ、お帰りいただきたいんですが。私も暇なわけじゃないんで」

松下は、亮太に詰め寄りながら、出口を指差した。

そのとき、鼻孔に嫌な臭いを感じ、亮太は鼻の付け根にシワを寄せた。あきらかに、松下の身体から漂ってくる。

ガン患者には、特有の臭いがあると言うが、それではないだろうか。……いずれにしても、松下誠一は余命幾ばくもないという感じがする。

もしかしたらだが、この店にある物品の大半が呪物なのかもしれない。呪物は呪物を呼び、店の中には常に悪い気が充満している。四六時中この中にいて、呪いに被曝《ひばく》することにより、松下は生命力を吸い取られてしまったのでは……。

「最後に、一つだけ、お伺いしてもいいですか？」

出口に向かいながら、亮太は振り返って言う。

「はあ？　何ですか？」

「あなたは、松下秋繭――いや、松下秋蜂のご子孫にあたる方なんですか？」

答えはなかった。

亮太が店を出ると、背後で乱暴にドアが閉められて、鍵をかけられる音がした。短い訪問で、目一杯嫌われてしまったようだ。

しかし、亮太はむしろ、外気に触れてほっとしていた。福森家の屋敷ほどではないものの、ここもまた、ある種の伏魔殿だと思う。

……それにしても、今日はもう、あそこに戻りたくはなかった。

亮太は、祖母に電話をかけて、ちょっと体調が良くないので、このまま帰りたいと伝えた。

祖母は心配してくれたが、気が咎めるような余裕もなかった。精神的のみならず、肉体的にもダメージが蓄積しているようである。

　せっかく東京に来ているので、杉本先輩に預けたままの、市松人形を取りに行こうと思う。できればもう、あの人形には近づきたくなかったが、屋敷から勝手に持ち出したままだから、早く元に戻しておかなくてはならない。

『NDIラボ』という会社は、茅場町《かやばちよう》にあるオフィスビルの三つのフロアを専有していた。一階の受付で名乗って、杉本先輩を呼び出してもらう。すると、二分後に、エレベーターから杉本先輩ではなく、制服姿の若い女性が降りてきた。手には紙袋を提げている。

「中村さんですか？」

　胸に『大江《おおえ》』という名札を付けた女性職員が、会釈する。亮太も、ぺこりと頭を下げた。

「杉本は、本日、休暇を取っておりまして。これを言付かっております」

　亮太は紙袋を受け取ったが、休暇という言葉が気になった。

「杉本さんは、もしかして、ご病気ですか？」

　大江さんは、少し迷っているような表情を見せた。

「俺、杉本さんの大学の後輩なんです。丈夫で、あまり風邪も引かないような人でしたから、どうしたのかと思って」

　杉本先輩が、働き方改革だの何だの言っても、俺みたいな下っ端は有給休暇なんて夢のまた夢だと言っていたのを、亮太は思い出していた。

　大江さんは、内緒話をするように顔を近づけてきた。黒髪からかすかにシャンプーの香りがしてきて、亮太はドキリとする。

「それが、今日、会社で急に腹痛を訴えて、救急車で運ばれたんです」

「腹痛？　盲腸とかですか？」

「わかりません……。胸からお腹にかけて、まるで何かに貫かれたような激痛が走ったって、口走ってましたけど」

亮太は、愕然となった表情を必死になって隠したが、変に思われてしまったかもしれない。

入院先の病院を教えてもらい、『NDIラボ』を辞去する。

まさか。……いや、しかし、偶然とは思えない。

亮太は、なるべく身体から離して持っている紙袋に、ちらりと目を落とした。市松人形は、検体を入れるのに使うらしい白いポリ袋に入っているため、髪の毛も着物も見えない。

杉本先輩の言葉が、耳の奥でよみがえった。


「それも、ふつうの形じゃねえぞ。ネジ釘みたく捻って鍛造した、特殊な和釘だ。そいつを、玄能か何かで、斜めに叩き込んであるんだ。もし人形に神経があったとしたら、めちゃくちゃ痛かっただろうな」


亮太は、思わず身震いしていた。東京も降ったり止んだりのはっきりしない天気で、秋風が肌に冷たかったが、けっしてそのせいではない。

市松人形を作った人間——まず間違いなく女——の毒念は、今でも生きているのだろうか。ひょっとしたら、あまりにも多くの呪物が犇めいていた屋敷では、かえって呪いを発動しにくかったのかもしれない。

それが、不用意に外に持ち出されたことにより、今まで溜まりに溜まっていた鬱憤を晴らし始めたとしたら……。

亮太は、はっとして、後ろを振り返った。ふと誰かの視線を感じたような気がしたのだが、それらしい人間は誰もいない。

……やっぱり、神経が過敏になっているようだ。

とりあえず、喫茶店かファミレスに入ることにした。コーヒーを飲みたくて仕方がないし、スマホではなく、画面の大きなノートパソコンを開きたかった。
するると、まるで渡りに船のように、よく使っているWi-Fiが無料のファミレスが見つかった。すぐに入って、奥まった席に陣取った。ドリンクバー付きのハンバーグのセットを注文して、コーヒーを取ってくると、ショルダーバッグからノートパソコンを出して開いた。
一口飲んだコーヒーは、いつも通りまずかったが、顔をしかめながらキーを打つ。
何から検索すべきかと迷ったが、『Die Walpurgisnacht』と入れてみる。ウィキペディアの『ヴァルプルギスの夜』という項目がヒットした。

ヴァルプルギスの夜（ヴァルプルギスのよる、独：Walpurgisnacht[1]）**は4月30日か5月1日に中欧や北欧で広く行われる行事である。ワルプルギスの夜とも表記される。**

春の訪れを祝う祭りのようだったが、Hexennacht（ヘクセンナハト）——『魔女の夜』とも呼ばれているように、魔女信仰にも関係しているらしく、日本人の感覚では、雰囲気が想像しがたかった。

南ドイツの田舎では、ヴァルプルギスの夜に若者たちが悪ふざけをする文化が残っている。例えば隣人の庭をいじくったり、他人の物を隠したり、私的財産に落書きをする、などである。これらの悪ふざけは時に、財産に致命的な損傷を与えたり、他人を負傷させたりすることもある。

ハレの日の祭りは、日頃のストレスのガス抜きの場でもあるから、少々社会常識を逸脱した行為も許されているのだろう。だが、日頃は秩序を重んじるドイツ人が、抑制をすっかり解き放ったときのことを想像すると、けっこう怖い気がする。

そのとき、足下に置いてあった紙袋にスニーカーがぶつかった。

そのとたん、何か、ひやりとするような感覚に襲われた。

亮太は、顔を上げて、ファミレスの店内を見渡してみた。別段、変わったことはなかった。談笑している女子高生たち。黙々と腹ごしらえをしている、初老の男性。亮太と同じように、ノートパソコンやタブレットに向かって仕事をしている、背広姿のサラリーマン……。

気のせい、気のせい。亮太は、画面に視線を落としかけたが、はっとして顔を上げた。

――窓の外だ。今視界を通り過ぎた影には、たしかに見覚えがあった。

まさか。いや、しかし、あの女――下川《しもかわ》李《り》々子《こ》じゃなかったか。

亮太は、顔から血の気が引くのを感じた。

そんな馬鹿な。いったい、どうして、こんなところで遭遇するんだ？　たまたま上京した、その晩に。

心臓が、狂ったような拍動を続けていた。どんなに、ありえない、気のせいだと考えようとしても、心の底で確信していた。あの姿は、絶対に見間違えようがない。

百七十五センチを超える筋肉質な身体で、やや猫背で顔を前に突き出して歩く独特の姿勢。高校のときは陸上部で短距離をやっていたらしく、走力は目を瞠《みは》るほどだった。

昔はロングヘアだったらしいが、『メッセージ』を見てから、ずっと黒髪の前下がりボブを続けているらしかった。さらに、美白に努めて『リリーちゃん』に寄せようとしたようだが、デフォルトの長い顔と細い吊り目は、整形でもしないかぎり、似ても似つかなかった。

クレランボー症候群、別名をエロトマニア。被愛妄想などという言葉は、あの事件のときに初めて聞いたのだが、被害妄想と違って、お花畑にいるようで楽しげな妄想だなというのが、亮太の抱いた能天気な感想だった。

ほどなく、それがとんでもない間違いだと思い知らされることになったが……。

あ。来る。

下川李々子が戻ってくるのがわかった。

理屈に合わないものの、この二日で、亮太の中で何かが変わっていた。感じることができる。

邪悪な想念でいっぱいになった心が近づいてくることを。

だが、いったい、何が、あの女を呼び寄せているのか？

亮太は、市松人形が入っている紙袋を見た。まさか、こいつなのだろうか？

ウェイトレスが、注文したハンバーグのセットを持って来た。

「ご注文は、こちらでよろしかったでしょうか？」

亮太は、黙ってうなずいた。ハンバーグは、ほかほかと湯気が立っているが、食欲は完全に失せていた。今すぐに、この店を出なくては……。

そのとき、軽い、ドンという音がした。はっとして顔を上げたとき、李々子の姿が見えた。ファミレスの窓に外から両手を当てて、店内を覗き込んでいる。

大きな二つの掌は、強くガラスに押し当てられているため、真っ白になっている。窓のすぐ内側に座っていた二人の女性は、ぎょっとして身を遠ざけていた。

亮太は、とっさに身体を低くして、李々子からは見えないように、背もたれの陰に隠れた。ポケットを探り、財布を取り出す。伝票を見て震える指で硬貨を数え、ハンバーグ・セットの料金をぴったりと揃えようとしたが、なぜか外税表示になっているため、面倒な暗算をしなくてはならなかった。

くそ……！　そういえば、ここは、以前からそうだった。ちょっとでも安く見せようというセコい考え方なのだろうか。だったら、内税表示のファミレスを選べばいいようなものだが、そういう店は、なぜか無料のＷｉ‐Ｆｉが、一部の店舗にしかないのだ。

ふと、雰囲気の変化を感じ取った。背もたれの陰から顔を出して、李々子の様子を窺《うかが》った。李々子は、窓から離れて入り口に回ったらしかった。ガラス窓には、遠目にもくっきり二つの掌の跡が印されていた。

震え上がった。今しかない。あの女が店に入ってきたら、もう逃げられない。

亮太は、席の足下に市松人形の紙袋を置いたままで立ち上がった。レジに向かって走ると、勘定を置く。そのことに気づいて、ウェイトレスが近づいてきた。亮太は、急に催したという身振りをしながら、レジの奥にあるトイレへと駆け込んだ。ドアが閉まる瞬間、振り返ると、ウェイトレスは、訝《いぶか》る様子もなく、金額を確認してレジを打っていた。

間一髪だった。入り口が開く。入ってきたのが李々子なのは、見なくてもわかった。

「いらっしゃいませ」という声が聞こえてきた。亮太は、ドアの内側で息を殺しながら気配を窺っていた。

気のせいだろうか。店内が急に静まりかえったようだ。

歩いている。李々子が、周りを見ながら、席の間を移動しているのがわかった。客たちは、何か緊迫したものを感じて、息をひそめているらしい。

亮太は、そっとトイレのドアを開けて、客席の様子を見た。

李々子は、キョロキョロと辺りを見回しながら、椅子席の間を歩いている。その少し先には、亮太の座っていた席があり、足下には市松人形の入った紙袋が置いてある。

今だ！　亮太は、身を低くしてトイレから走り出ると、すばやくファミレスのドアを開けて外に飛び出した。

「ありがとうございました」という声が響いた。余計なことを言うなと、心中で吐き捨てる。

李々子に気づかれるじゃないか！

亮太は、懸命に歩道を走った。全力疾走なんかしたのは、いつ以来だろうか。こんなに俺は遅かったっけ。息が苦しい。脚がもつれる。逃げ足の遅い生き物は生き残れない。日頃から、もっと足を鍛えておけばよかった。

前方にタクシーが停車する。サラリーマン風の男が一人降りた。もう一人が料金を支払っているらしい。すぐに二人目が降りて、ドアが閉まる。

ああ、ダメだ。間に合わない。行ってしまう。

「待って！　待って待って待って！　乗ります！」

亮太は、大声で叫んだ。

サラリーマン風の二人が、驚いたように亮太の方を見た。やった！　タクシーの窓ガラスを叩いてくれた。いったん閉まったドアが、また開く。

「ありがとう！　すみません！」

亮太は、二人に頭を下げて、タクシーの後部座席に滑り込んだ。

「どちらまで？」

初老の運転手が、訊ねる。

「ええと、とにかく、すぐ出してください！」

亮太が言うと、ドアが閉まり、タクシーは発進した。

振り返ったときに、ちょうどファミレスのドアが開き、李々子が出て来た。しきりに路上を見回している。手には、あの市松人形の紙袋を持っていた。

亮太は、反射的に身を低くした。新幹線に乗るため、東京駅の日本橋口《にほんばしぐち》に行ってほしいと、運転手に告げる。

助かった。いくら何でも、まだ追ってきているとかいうことは……。

おそるおそる、リアウィンドウから、追尾してくる車がないかたしかめる。

だいじょうぶだ！　あのタイミングでタクシーを捕まえられたのは、ほとんど奇跡だった。あの女まで都合良くタクシーを拾えるはずがない。まさか、B級ホラー映画のように、走って追いかけてくるわけはないだろうし。

亮太は、心底ほっとして、後部座席に身をもたせかけた。まだ、膝がかすかに震えている。運転手は、バックミラー越しにちらりとこちらを見たが、何も言わなかった。

自然に、あの日の話し合いのことを思い出していた。

弁護士事務所の殺風景な部屋。清家《せいけ》昌巳《まさみ》弁護士が、むっつりと書類挟みに目を落としている。本来は、こんな金にならない事件には関わりたくないのだろう。一等地のオフィスビルの中にある事務所なのに、エアコンの利きが悪く、室内は汗ばむような暑さだった。

ノックの音に続いて、向こう側のチャラい感じの弁護士が入ってきた。髪を後ろで括《くく》って、ピアスをしている。清家弁護士は、ますます不機嫌な表情になった。

弁護士の後ろから、下川李々子が登場する。こちらは、弁護士のアドバイスか、リクルートスーツのような地味な服装で、目を伏せてしおらしい態度だが、細い目で無表情な面長の顔は、まるで能面のように見えた。

話し合いは、最初から最後まで平行線——というより、まったく日本語が通じなかった。

「そもそもさ、俺は、あんたを知らないんだけど」

「わたしは、ずっと知ってたわ。ＹｏｕＴｕｂｅで『メッセージ』を見て、やっとわかったの。あなたが、わたしがずっと待っていた、運命の人なんだって」

亮太は、深い溜め息をついた。

『メッセージ』というショートフィルムは、友人たちの全面協力のおかげで完成した、初の監督作品だった。恋愛に消極的になってしまった女性への応援メッセージというコンセプトで、好きな女性にどうしても思いを伝えられない男子大学生が取った行動が、回り回って、すべて彼女へのメッセージとして伝わるという、恋愛ファンタジーである。主人公のリリーちゃんは、高校時代の同級生をモデルにした、色白、黒髪で笑顔が素敵な女性だった。

李々子とは比べるのも不愉快だが、リリーちゃんも陸上部員という設定だった。

あのとき合コンに参加していたこの女が、ＹｏｕＴｕｂｅで『メッセージ』を見たために、被愛妄想をつのらせていたとは、想像すらしていなかった。不運にもほどがある。いや、不運って、ふつう、もっとあっさりしたもんだろう。こんな、ふつうの道を歩いてて虎挟みに足を突っ込んでしまうような不運って、ありなのか？

「とにかく、これ以上、付きまとわないで欲しい」

亮太は、自分を抑えて言う。

「どうして、そんなことを言うの？　誰に言わされているの？　この人？」

李々子は、無遠慮に、清家弁護士に指を突きつけた。まともに相手をする気はないらしく、清家弁護士は書類に目を落とす。

「誰でもない！　これは、俺自身の意思だ」

「違うわ。嘘よ。わたしにはわかる。わたしたちは、結ばれる運命にあるのよ。そのことは、世界中の誰にも邪魔できないわ」

「おい、おまえさあ、いい加減にしろよ！」

亮太は、激昂して机を叩いたが、李々子には何のインパクトも与えなかったようだった。

「大声を出さないで。落ちついて、話し合いましょう。ね？」

まるで、向こうの方がまともな人間で、こちらが粗暴なチンピラみたいだ。

「……おまえは、いったい何なんだ？」

「もう、知ってるでしょう？」

李々子は、いかにもおかしそうに笑う。

「わたしは、あなたの許嫁《いいなずけ》、運命の女《ひと》よ」

「ふざけんな！」

亮太は、叫んだ。

「俺が、おまえなんかと結婚することは、未来永劫《えいごう》あり得ねえんだよ！　キモいんだって！　この妖怪女！　一回、自分の化け物面を鏡で見てみろ！」

「ちょっと、落ちついて。冷静に、冷静に」

清家弁護士が、亮太の腕を叩きながら、低い声で諭した。

「信じられないわ。どうして、そんなひどいことを言うの？　お願いよ！　目を醒《さ》まして！　いつものあなたに戻って！　そうすれば、どんな失敗だって取り返せるんだよ？　わたしは、全然気にしてないから。もう一度、一からやり直しましょう！」

能面のような顔を傾げた李々子には、蛙の面に小便だった。いつもの俺って、おまえは何を知ってるんだ？　いや、違う！　そんなことじゃなくて。

「あのなあ、俺は、正気なんだって！　何考えてんだよ？　おまえみたいなストーカー女と、やり直せるわけないだろう？　いや、やり直すも何も、そもそも何もないんだし」

目眩《めまい》がしていた。直接対決すれば、こちらの言葉はもうちょっと刺さると思っていたのに。バカの壁なんてものじゃない。まるで妖怪塗り壁と話しているみたいだ。言葉って、こんなに無力だったのか。

「だいじょうぶだよ。わたしに全部任せて。きっと、やり直せるよ。絶対。わたしを信じて。誓ってもいいから。ね？」

李々子は、女子アナのようにしっかりした滑舌と、女優のような感情表現で訴える。

「……俺が、知らないとでも思ってるのか？」

亮太は、ついに切り札を切る。

「何のこと？」

李々子は、首を傾げる。

「おまえ、高田《たかだ》さんっていう人に、ストーカーしてたんだってな？」

李々子は、高校生のとき、家庭教師だった大学生に一方的に想いをつのらせたらしかった。昼夜を分かたぬ電話やメールに始まり、異常なストーキング行為を繰り返すことで、大学生を精神的に追い詰めて鬱病を発症させ、自殺にまで追い込んでいた。

李々子の父親は、県会議員も務めた地方の有力者であり、被害者の遺族に対し露骨な圧力を掛けた上に、高額の示談金を支払うことで、事件をうやむやにしたらしい。結局、李々子は、数回のカウンセリングを受けただけで、治療不可能とされ、野に放たれてしまった。

「えっ？　誰、それ？　わたし、知らない」

李々子は、涼しい表情で、しゃあしゃあと言った。どう見ても、本当に覚えがないかのようだった。

「わたしが愛してるのは、昔っから、あなた一人だけなんだからね！」

「いや、もうけっこうです。わかりました。どうも、話が全然嚙み合っていないようですな。これ以上の話し合いは意味がないでしょう。こちらの要求を申し上げます」

業を煮やしたらしく、清家弁護士が、相手の弁護士に向かって事務的に告げる。

「下川李々子さんは、今後、中村亮太くんの生活圏内に立ち入らないこと」

心ならずも、亮太が最後の最後に頼ったのは、下川家を上回る福森家の財力と威光だった。タフ・ネゴシエーターとして知られていた福森家の顧問弁護士は、李々子のストーカー行為をやめさせるために十項目の要求を突きつけて、そのすべてを相手側の弁護士に呑ませることに成功した。

それ以来、李々子は、表面的には合意を遵守しているようだった。その裏で、自分のものにならないのならば来世で結ばれようと、狂った考えを巡らせた結果、鋭利な牛刀を手にして、まるで獲物を狙う肉食昆虫のようにアパートの外壁に張り付いて待ち伏せしているところを、亮太が見つけるまでは、だが。

それからの騒動は、予想すらしていなかったような泥沼だった。亮太は心身ともに疲弊し、鬱病の一歩手前にまで追い詰められた。ところが、いったんは逮捕され、進退窮まったはずの李々子は、「驚かせようと思っただけ」という驚愕の言い訳を警察が突き崩せなかったため、ほどなく釈放された。それ以降も、度重なる交渉や精神鑑定を経ながら、李々子に対しては、刑事罰を与えることも、措置入院させることもできなかった。福森家サイドが、何より亮太の安全を懸念したこともあり、李々子の行動を縛る条件を厳格化することで、手打ちにするしかなかったのだ。

今晩に関して言えば、あのファミレスは立ち入り禁止地域の外だったから、たとえ李々子が出没しても文句を言う筋合いはなかった。

しかし、たまたまそこへ立ち寄ったタイミングで、鉢合わせしてしまう確率が、どのくらいあるだろう。ふつうに考えれば、絶対に出会うはずがないのだ。

あの市松人形によって、引き寄せられでもしないかぎり。

INTERMISSION②

ひどく疲れていたが、気が立っていて寝ることもできなかった。亮太は、新幹線の車中を、もっぱらネット検索に費やした。

『Die Walpurgisnacht』というのは、おそらく古い映画のタイトルだろう。ドイツ映画——

少なくともドイツ語圏の映画であることは、間違いないはずだ。ふつうに検索しても何も出て来なかったので、ＹｏｕＴｕｂｅの設定で、場所をドイツ、言語もドイツ語にしてみる。

……あった。

やはり、ＹｏｕＴｕｂｅのドイツ版にアップされていた。一九二五年のドイツの無声映画だ。Peter Heinemann 監督作品。不釣り合いに陽気なピアノの伴奏が始まった。

映像の合間に挿入されるドイツ語のタイトル・カードは、まったく意味がわからなかったが、どうやら、ウィキペディアの説明通りに、ヴァルプルギスの夜に酒を飲んで、悪ふざけをする若者たちを描いた作品らしい。

まるでバカッターじゃないかと思っていたが、亮太は、しだいに眉をひそめた。馬鹿騒ぎがエスカレートした果てに、家に放火し、犬を殺し、悪魔を召喚する儀式の真似をする。

作者は、いったい何をしたかったんだろうか。こんな映像を撮るだけでも、けっこう予算はかかっているはずだ。それだけ金を使えば、もっとましな映画を撮れそうだが。

画面には、ついさっきまで落花狼藉《らっかろうぜき》を働いていた若者たちが、急にわらわらと逃げ出す様が映し出されていた。そのすぐ後ろから、頭に山羊《やぎ》のような角が生えた恐ろしげな人影が画面を横切る。

何だ、こりゃ。亮太は、顔をしかめる。低い解像度でも、あきらかな作り物だとわかった。いくらサイレント映画でも、こんな子供騙しじゃ、誰も怖がらせることは……。

怪人は、再び、一瞬だけ姿を見せた。

え。亮太は、啞然《あぜん》とした。

さっきのとは全然違う。撮影された角度の問題なのか、何かのトリックが用いられたのか、フォルムやサイズ感がどう見ても人間とは思えないのだ。

動画は、そこで唐突に終わっていた。たったの一分三十秒しかアップされていないらしい。

初期の9・5ミリフィルムだと、たぶん、そのくらいしか記録できなかったのだろう。

だが、残念ながら、その続きはどこにもないようだ。亮太は、もう一度最初から見てみたが、印象は変わらなかった。やはり、最後の一瞬だけが、突出して気持ち悪い。

ドイツ語の書き込みを翻訳してチェックする。大半は「私は夜中の一時にいったい何を見ているのだろう？」という酷評だったが、「Tolle Arbeit!」（素晴らしい仕事だ！）という賛辞や、「Der Teufel kam heraus!」（悪魔が出て来た！）、「Der Krampus !」（クランプスだ！）という、寛容なコメントもあった。クランプスとは、ヨーロッパで信じられるクリスマスの悪魔のことらしい。

そうした中に、一つだけ気になる情報があった。この映画の撮影中に何か恐ろしい出来事があったため、お蔵入りになったのだという。それが何だったのかは、結局、どこを見てもよくわからなかったが。

撮りためた素材はたくさんあったし、今日こそはＹｏｕＴｕｂｅに動画をアップしたかったが、今後、事件がどういう様相を呈するのか予想が付かないので、しばらくは、静観した方がいいかもしれない。

他にやることもなかったので、また福森家に対する世間の風当たりをチェックしてみたが、すでに別の事件に関心が移りつつあるらしく、思ったほどではなかった。

おや。これは何だろう。

『さかさ星』＋『逆磔』という検索ワードで、エッセイのようなものがヒットしたのだ。

戦国時代から続いている某地方の旧家にまつわる話だった。実名を出すのは憚ったらしく、Ｆ家というイニシャルしか書かれていなかったが、福森家を指していることは、亮太の目にはあきらかだった。

筆者は、地元の郷土史家である澤武郎《さわたけお》で、亮太も名前を知っている、高校の校長をしていたらしい。

自分の家のことだが、知らなかった話も多くて、読みながら、どんどん引き込まれていた。

たとえば、福森家の家紋の由来で、菱《ひし》形の中に丸がある図案は、黒田官兵衛の紋として有名な『黒餅《くろもち》』ではなく、いわゆる団子紋で、合戦で討ち取った敵の首を意味しているのだと言う。子供の頃に、瓦屋根の軒丸瓦に付いた紋を見て、無数の菱形の目のようで怖いと思った記憶があるが、幼心に何か禍々しいものを感じ取っていたのかもしれない。

もう一つは、ただの豪農の身分でありながら、江戸時代に京都からわざわざ陰陽頭《おんようのかみ》である土御門泰福《つちみかどやすとみ》を招いたという記述である。陰陽頭とは、陰陽師を統括する陰陽寮の長官であり、遠く関東にまで来駕《らいが》を乞《こ》うために、三百両と言われている大枚のギャラを支払ったそうだが、その理由は不明だという。

亮太は、土御門泰福について検索してみた。

ウィキペディアによれば、生誕は明暦《めいれき》元年（一六五五）の六月二十日、死没が、享保《きょうほう》二年（一七一七）六月十七日だった。

たしか、千太郎の事件が起きたのが、浅間山の大噴火の前年である、天明二年（一七八二）だったから、子供時代の千太郎を見ている松下秋繭が、絶家の呪いを込めた掛け軸を描くより、さらに昔の話になる。

おそらく、福森家中興の祖と呼ばれる清左衛門の頃だろう。福森家は、その頃から、深刻な呪いの脅威に曝《さら》されていたのだろうか。

亮太は、澤のブログにある別のエッセイも読んでみた。予想した通り、その大半は郷土史に関するものだったが、印象に残ったのはうち三篇だった。

一篇は、山崎崇春——Y公の恐怖政治について、もう一篇には、その家臣で槍《やり》の名手として名高いNという足軽大将の活躍が描かれていたが、『地獄の酒宴』と題された最後の一篇では、肌に粟《あわ》を生じた。

しかも、はっきりと名指しこそされていなかったが、その主役である家老のFというのは、おそらく福森弾正である。

この澤武郎という人物には、やはり、一度会って話を聞く必要があるかもしれない。

ACT3

SCENE1

小雨のそぼ降る中、亮太と祖母、賀茂禮子は、病院の裏口から通された。廊下は薄暗くて、森閑としている。建物全体が古く、地域の医療の中核を担う病院には見えないが、掃除は行き届いており、職員もきびきびと動いていた。

職員専用のエレベーターで上がる。理事長は、以前から福森家と昵懇《じっこん》の間柄だったために、子供たちが入院していることは極秘にされていたし、その他いろいろ融通を利かせてくれた。当主の虎雄さんを始めとする四人が亡くなって、大伯母《おおおば》さんも失踪《しっそう》してしまい、福森家が今後どうなるかわからない状態では、いつまで同じ特権を享受できるかは不透明だったが。

ＶＩＰ患者専用のフロアに上がった。床には柔らかい絨毯《じゅうたん》が敷き詰められており、個室も、まるでホテルのスイートルームのような佇《たたず》まいだった。

子供たちは、毎日のカウンセリングの最中ということなので、三人は部屋で待つことにした。あいにくの天気だが、窓からは紅葉している山々が見える。大きな部屋に、子供用のベッドが三つ入れてあり、手前には、落ちついたベージュの応接セットが据えてあった。

「三人とも、今は落ちついています」

男のような短髪の看護師長さんが、はきはきした口調で説明する。亮太は顔見知りだったが、祖母の隣に座った賀茂禮子に対しては、ときおり、何者だろうという目を向けていた。

「記憶が戻るような気配はありませんか?」

看護師長さんの横に座った亮太が訊《たず》ねると、難しい表情になる。

「ええ。ですが、忘れているからこそ、PTSDを発症しないですんでるとも言えるんです。なので、無理に思い出させようとしたり、あの晩のことを訊ねたりすることは、絶対にやめてください」

「あの子たちは、まだ、親が亡くなったことも、理解してないんですよね?」

祖母が訊ねると、看護師長さんは目を伏せてうなずく。

「はい。今はまだ、忙しくて来られないと説明しています」

だとしても、いずれは真実に直面するときが来るだろう。そのことを考えただけで、亮太は気が滅入《めい》った。いったい、誰が伝えればいいのか。

「……この部屋には、ふだん、誰が来ているんですか?」

ふいに、賀茂禮子が口を開く。看護師長さんは、眉《まゆ》を上げた。

「毎日、稲村さんが来られています。玩具《おもちゃ》や本を持ってきたり、話をしてくれたりして」

「その他に、誰か来られた方はいますか?」

「何度か、警察の方が来られていたと思いますけど」

看護師長さんは、少し考えて答える。

いったい何を感じたのだろうと、賀茂禮子を見ながら亮太は思う。

……いや、自分自身も、何も感じていないわけではなかった。

この病室は、清浄で明るく、いかにも何の問題もないように見える。しかし、その裏には、どこかあの屋敷と繫《つな》がっているような嫌な気配が潜んでいるのだ。

そのとき、病室のドアが開いた。

若い看護師に連れられて、三人の子供たちが入ってきた。

先頭は、虎雄さんの長男、虎太郎だった。今は十一歳のはずだ。それから、次男の剣士郎、八歳。最後に、美沙子さんの娘の美桜が、テディベアをしっかりと胸にかき抱いて姿を見せる。この子に至っては、まだ六歳だ。

三人は、目を丸くして、突然の訪問者たちを見ていた。

「こんにちは。本当に久しぶりだけど、わたしのこと覚えてる？」

祖母が、優しく声をかける。

「……ええと、中村のお祖母《ばあ》ちゃん？」

虎太郎が答える。大叔母《おおおば》さんというのはややこしいので、お祖母ちゃんにしてあるらしい。

祖母は、笑顔でうなずいた。それから、立ち上がって三人の方へ近づいたが、なぜか、三人は後ずさった。

「どうしたの？」と訊ねても、理由はわからなかった。

「あ、亮太兄ちゃんだ！」

美桜が、そう叫んで指差した。亮太は、思わず胸が熱くなる。二年以上会っていないので、虎太郎と剣士郎はともかく、美桜は覚えていないのではないかと思っていたのだ。

「美桜ちゃん……。大きくなったねー」

子供の頃には、親戚《しんせき》の大人は、会う度に同じことしか言わないと思っていたが、いざ自分が大人の立場になると、やはり同じことしか言えなかった。

亮太も立ち上がって、三人に近づく。今度は、誰も逃げず、笑顔で亮太を見上げた。

美桜は、亮太の背後の人物を見て、首を傾げた。

「おばさん、誰？」

振り返ると、賀茂禮子が立っていた。

「わたしはねえ、中村のお祖母ちゃんの友達の、占い師なのよ」

賀茂禮子は、ゆるキャラのような愛嬌《あいきょう》を見せる。意外に子供あしらいがうまいようだ。

「後で、みんなの来年の運勢を占ってあげようね」

「やったー！　美桜、うらない大好き！」

美桜は、テディベアに頰を擦《こす》りつけて、ぴょんぴょん跳ねた。

亮太は、ふと違和感を覚えた。賀茂禮子は、三人とも会ったことがない大人だし、しかも、かなり独特な顔をしている。ところが、遊園地の着ぐるみのような感覚なのか、誰一人として怯《おび》えた様子はなかった。

それなのに、幼い頃からよく知っているはずの祖母に対して、一瞬とはいえ、どうして逃げ腰になったのだろう。

祖母と大伯母さんは、そっくりというわけではないものの、どことなく雰囲気が似ている。あの晩の記憶は、たとえ子供たちの意識からは閉め出されていても、うっすらと残っており、影響を与えているのかもしれない。

「お兄ちゃん、写真とって！」

美桜は、亮太が首から提げたカメラを見て、おねだりを始める。

「ねえ、とって、とって、とって！」

「わかった。じゃあ、みんなで記念写真を撮ろうか」

全員で記念写真を撮った。前に三人の子供たちが並んだ。嬉《うれ》しそうな顔で、テディベアを抱きしめている美桜の様子からは、あんな悲劇があったとは想像すらできない。年長の二人の少年は、自分たちの置かれている境遇に不審を覚えているらしく、少し当惑した表情だったが、怯えた様子は見られなかった。

天気が悪くて窓からの光量が不足していたので、念のためにもう一枚、フラッシュを焚《た》いて撮っておく。

「ねえ、美桜ちゃん。とっても可愛いクマちゃんね。ちょっと見せてくれない？」

賀茂禮子は床に膝《ひざ》を突いて手を伸ばすが、美桜は笑いながら、するりと逃げてしまった。

「嫌だ」

「ちょっとだけよ。ダメ？」

「ダメ」

応接セットでは、祖母と亮太が、虎太郎と剣士郎と向かい合っていた。

「僕たち、なんで入院してるんですか？」

虎太郎が訊ねる。さすがに、六年生くらいになると、しっかりしている。

「健康診断よ。知ってるでしょう？　人間ドックって言うの。お祖母ちゃんも、少し前までは、毎年受けてたのよ」

「三人同時に？」

虎太郎の目には、不審の色が浮かんでいた。

「その方が、いっぺんにすんでいいでしょう？　美桜ちゃんも、寂しくないし」

「でも、学校はどうするの？」

虎太郎は、食い下がる。勉強が遅れるのが、不安なのかもしれない。

「学校行きたい」

剣士郎も、同調する。祖母は、困ったように亮太を見た。

「マジで？　学校なんか、休めてラッキーじゃん！　俺なんか、台風で学校が休みになるの、毎年楽しみにしてたよ」

亮太は、あえて能天気を装った。

「一日か二日だったらいいけど。もう、一週間近くなるし」

虎太郎は、心配そうに溜《た》め息をついた。

「それに、お父さんも、お母さんも、どうして来てくれないの？」

「それは……二人とも、今、すごく忙しいんだよ」

「お祖母ちゃんも？」

剣士郎も、眉をひそめていた。さっきまではそうでもなかったが、兄の態度を見て、異常な事態であることを悟ったのかもしれない。

「うん。実は、お祖母ちゃん、ちょっと具合が悪くてさ」

「だったら、どうして、この病院に入院しないの？　そうしたら、毎日会えるのに」

虎太郎の突っ込みに、亮太は、内心弱っていた。

「お祖母ちゃん、心臓が悪いみたいで、専門病院で調べてもらってるんだ」

「ここじゃ、ダメなの？　うちの家族は、いつもここで診てもらうのに」

「うーん。この病院、心臓関係は、あんまし得意じゃないんだよ。これまでに手術した人が、何人も死んだらしいし」

そばで聞いていた看護師長さんが目を剝《む》いたが、何も言わなかった。

「そうなんだ。……でも、そういえば、お祖母ちゃん、声が変だったな」

虎太郎が、ぽつりと言う。

「え？」

亮太は、絶句した。隣の祖母も、息を呑《の》んでいる。

「変だったって、いつ？」

「いつだったかな。よく思い出せないんだけど……」

虎太郎は、考え込んだ。待ったを掛けるタイミングを計っているらしく、看護師長さんが、一歩近づいて来た。

「でも、すごく変な声だった。何か、動物みたいに唸《うな》ってた」

話が、危険な領域へと近づいていた。思い出させない方がいいことは重々わかっていたが、その先を聞きたいのも事実である。

「幽霊の声も聞こえた」

剣士郎が、得意げに言う。

「えっ、幽霊？」

亮太は、ためらった。詳しく訊きたいが、看護師長さんが厳しい顔で首を横に振っている。

「臭いもした。天ぷらの臭い！」

例の行灯《あんどん》に使われていた魚油の臭いのことだろう。だったら、あの幽霊画の主に間違いなさそうだが。

「それは、いつ聞こえたの？」

「あー。わかんない」

剣士郎には、証人としての適格性に疑問が残るかもしれない。

「子供たちが疲れているみたいですので、そろそろ面会は終わりにしてください」

看護師長さんが、割り込んできた。

「えー？　全然疲れてないけど」

虎太郎が抗議する。

「疲れてないよ」と、剣士郎。

「……そうですね。わかりました。それでは、今日は、このくらいで」

祖母が腰を上げかけた。まずいなと、亮太は思う。できれば、もうちょっと子供たちの話を聞きたいのだが。

「ねえ、さっきの写真見せてー！」

そのとき突然、美桜が、亮太に飛びついてきた。

「うん、いいよ」

渡りに船、というほどではなかったが、とりあえず、時間稼ぎにはなる。亮太は、カメラの液晶画面に、さっき撮影した集合写真を映した。

美桜は、熱心に写真に見入っている。一枚目を見終わると、ほとんど違いはないだろうに、二枚目に移る。

「美桜ちゃん、すごく可愛く写ってるよ」

たぶん、自分の顔しか見ていないのだろうと思い、亮太は喜ばせてやろうとした。

「うーん」

だが、美桜は、なぜか眉間《みけん》にシワを寄せて写真を睨《にら》んでいる。

「どうしたの？」

すると、美桜は、亮太の顔を見ながら、液晶画面のテディベアを指差した。

「この子、どうして、こんなに目が光ってるの？」

「え？」

亮太は、目を近づけてよく見てみる。そのとたん、衝撃が走った。

いったい何だ、これは。

二枚目を撮るときには、フラッシュを焚いたから、当然、何かに反射してもおかしくない。しかし、この光り方は、あまりにも特徴的だった。

これによく似た写真は、かなり前にも撮影した記憶があった。真冬の知床《しれとこ》半島。エゾシカ。キタキツネ。それからヒグマ。夜間には、フラッシュの光を反射して、彼らの目は懐中電灯のように輝いていた。人間の目とは違い、多くの野生動物の目には、タペタム層と呼ばれる鏡のような反射板がある。かすかな光で効率よく物を見るためらしいが……。

亮太は、立ち上がると、病室の中を見回している賀茂禮子の方へ歩み寄る。

「どうかしました？」

霊能者は、亮太の表情を見ただけで、何かを察したようだった。

「これを見てください」

亮太が問題の箇所を指し示すと、賀茂禮子の顔に、緊張のさざ波が走った。だが、すぐに、ゆるキャラモードに戻ると、子供たちに向かって言う。

「みんな、来年の運勢を知りたくない？　占ってあげようか？」

美桜は、歓声を上げて走ってきた。虎太郎と剣士郎も、興味を引かれた顔でやって来る。

祖母が亮太を手招きしたので、そばへ行った。

「何をするの？」

亮太の耳元で、低い声で訊ねる。

「さっき撮った写真に、ちょっとだけ妙な部分があったんです。おそらく、これから、それをたしかめるんでしょう」

亮太は、液晶画面を祖母に見せた。祖母は、老眼鏡を掛けて写真を見るなり、ぎょっとした顔になった。

「……虎太郎くんは、元気だし、頭がよくて、リーダーシップがあるわね。だけど、みんなが君みたいに、何でも上手《うま》くやれるわけじゃないの。班ごとの競争で足を引っ張る子だっているでしょう？　だけど、そんな子にも舌打ちしたりしないで、温かい目で見守ってあげるのよ。そうしたら、みんなが、君をリーダーとしてますます尊敬するようになるわ」

虎太郎は、賀茂禮子の指摘を熱心に聞いていた。どうやら、思い当たる部分が、いろいろとあるらしい。

賀茂禮子は、剣士郎には、できるだけ注意して、人の話を聞くように諭した。そうすれば、早合点がなくなって、失敗しなくなるからと。剣士郎は、まるで褒められたかのように満面の笑みでうなずいていた。

　続いて、美桜には、来年は環境が変わり、新しい友達がたくさんできるだろうと予言する。その言葉の意味がはっきりとわかっていない美桜は、新しい友達はどんな子たちかと、期待に胸を膨らませているようだった。

「……ついでに、そのクマちゃんのことも、占ってあげましょうか？」

　賀茂禮子が、美桜が抱えているテディベアを指差すと、美桜は、守ろうとするかのように、テディベアを背中に回した。

「まあ、本当に、その子が大好きなのね」

　賀茂禮子は、耳に心地よい声を立てて笑った。

「教えて。クマちゃんの名前、何ていうの？」

「ジェニー」

　亮太は、おやと思う。虎雄さんが折檻《せっかん》して殺した、ゴールデンレトリバーと同じ名前だったからだ。

「じゃあ、美桜ちゃんがジェニーを抱っこして、わたしに見せてくれる？　占うには、まず、お顔をよく見なくちゃね」

　美桜は、うなずくと、母親が乳児を医者に診せるときのように、テディベアを胸に抱いて、賀茂禮子の方に向ける。亮太は、賀茂禮子の後ろから覗《のぞ》き込んだ。

　一見したところは、何の変哲もないテディベアだった。ライトブラウンのモヘアに、茶色のリアルなガラス製の目が輝いている。

　賀茂禮子が手を伸ばして、テディベアの頭や頰を撫《な》でた。

「いい子ね。ジェニーも、美桜ちゃんのことが大好きだって言ってるわ」

　それから、美桜には見えないように、ガラス製の目に触れる。写真で光っていたのは、左目だった。人差し指と親指で目を挟んで引っ張ると、コンタクトレンズのように簡単に外れた。外れたのはただの素通しのガラスであり、その下には、つぶらな眼球があった。

馬鹿な。信じられない。これは、どう見ても、本物だ……。

亮太は、口元に手を当てて息を呑む。

虎雄さんが殺したゴールデンレトリバーの、本物の眼球なのだろうか。もしそうだったら、なぜ、腐っていないのだろう。

すると、茶色い目がギョロリと動いて、賀茂禮子と亮太をまともに見た。

亮太は、恐怖のあまり硬直してしまう。

賀茂禮子は、ほとんど表情を変えずに、黙って元通りにガラスを嵌《は》め込んだ。

「ありがとう。来年はきっと、ジェニーにも、いい年になるわ」

「ほんと？」

「ええ。穏やかな楽しい場所で、ずっと過ごせるようになるはずよ」

「やったー！」

美桜は、無邪気に喜んでいる。

三人は、ほどなくして病院を辞去した。

車に乗ってからも、亮太の恐怖は、まだ後を引いていた。

「これは、思っていた以上に、憂慮すべき事態です」

賀茂禮子が、低い声で言う。

「子供たちは、まだ狙われています。あの事件でも、おそらく、真のターゲットは、子供たちだったのでしょう」

亮太は、床下で見たあの晩の幻影を思い出した。たしかに、大伯母さんの変身した怪物は、最初から子供たちを追いかけていた。

「そんな……どうして」

祖母が、悲痛な声で叫ぶ。

「また、あんなことが、起きるんでしょうか？」

「それは、たいへん難しい質問ですが、可能性がないとは言えません」

賀茂禮子は、答えを濁す。

「そろそろ、あの晩、何があったのかを、教えていただけませんか？」

亮太は、カメラを構えながら訊ねた。真実を聞くことが怖かったこともあって、今までは、うやむやにしてきたが、いいかげん、はっきりさせなければならないだろう。

「わかりました。すでにおわかりと思いますが、あの晩、福森八重子さんに取り憑《つ》いたのは、山崎崇春公の怨霊《おんりょう》に間違いないでしょう」

あらためてそう断定されると、非現実的な恐怖を感じずにはいられなかった。

「怨霊は、数百年の長きにわたり、真道上人が築いた福生寺の墳墓に封じ込められていました。しかし、天井石に入っていた大きな亀裂《きれつ》は、怨霊が抜け出した跡だと思われます。おそらく、あの晩、地震のような鳴動とともに」

「……じゃあ、あの鬼は、もう一度、やって来るんですか？」

この世のものとは思えない咆吼《ほうこう》が耳朶《じだ》によみがえって、背筋が冷たくなった。

「そこが、どうにも微妙なんです。山崎公の怨霊は、あの晩に、すでに解き放たれています。わたしには、どこにも、その存在を感じられません。すでに彼岸へと旅立ったと考えるのが、最も自然なのですが」

車の中に、少しだけ、ほっとした空気が流れた。

「ですが、問題は、怨霊が、悪意ある何者かによって召喚されたということです」

賀茂禮子は、楽観ムードに冷水を浴びせる。

「それも、並大抵の悪意ではありません。あの晩、四人……いや、五人の命が奪われました。しかし、テディベアに仕込まれた眼球を見ると、まだ満足していないことがわかります」

被害者が五人ということは、大伯母さんも、すでに亡くなっているということなのか。

「じゃあ、次は、いったい何が起きるとお考えなんですか？」

祖母が、ハンカチを握りしめながら訊ねる。

「はっきりとは、わかりません。ですが、狙われているのが子供たちであるとわかった以上、一刻も早く何らかの手立てを講じなければなりません。残念ながら、現状では、あの病院は、とうてい安全とは言えません」

「どこか、遠くへやった方がいいんでしょうか？」

しっかり者の祖母が、これまで見たことがないくらいオロオロしていた。

「いっそのこと、海外へでも……？　シンガポールなら、すぐに預かってくれる知り合いが、いますけど」

「いいえ。現実世界の脅威とは違って、距離が離れれば安全になるとは限りません。むしろ、我々の目が届かなくなって、かえって危険が増す可能性もあります」

「じゃあ、いったい、どうすれば？」

「本来なら、お屋敷に戻すのが最も安全でしょう。福森弾正が築いた金城鉄壁の要塞《ようさい》ですし、鬼門にある福生寺の霊的な加護も期待できます」

「えっ？　でも、あんな恐ろしいことがあった場所へ戻すんですか？」

祖母が息を呑むと、賀茂禮子はうなずいた。

「たしかに、あそこには、今も多くの呪物《じゅぶつ》が犇《ひし》めいています。しかし、呪いの拮抗《きっこう》によって、ある種の安定が保たれているとも言えるのです。もう一度同じような事件が起きるまでには、ある程度の時間の余裕があるはずです」

賀茂禮子は、瞑目《めいもく》しながら言う。

「それに、思い出してください。あの晩ですら、子供たちは生き延びました。そのことには、必ず何か理由があったはずなのです」

「何か理由があったって、言われましても」

祖母は、溜め息をついた。

「あの子たちは、たまたま助かっただけで、危うく死にかけたんですよ？　いったいどこが、金城鉄壁なんですか？」

「たしかに、あの晩に限っては、何者かが仕組んだバックドアによって、まんまと魔の侵入を許してしまったようです」

賀茂禮子は、うなずいた。

「ですが、今なら、わたしが子供たちを直接守ることができますし、危険な呪物を判別して、一つ一つ排除していけば、早晩、屋敷は最も安全な場所に戻るでしょう」

祖母は、首を横に振った。子供たちの様子を見て、もう一度恐怖がよみがえることだけは、避けなければと思っているらしい。

「……いいえ。やはり、それは、もう少し先のこととしてください」

祖母は、きっぱりと言う。

「今はまだ、あちこちに血の染みや、破壊の跡も残っています。子供たちを連れて帰るのは、せめて、すべて綺麗《きれい》にしてからにしたいんです」

「そうですか」

賀茂禮子は、うつむいて考え込む。

「わかりました。それでは、可能な限り、あの病院の霊的な守りを固めることとしましょう」

そう言ってから、釘《くぎ》を刺す。

「ただし、すべて、わたしに一任して頂かなければ、責任は持てません。皆さんは、たとえばお守りのようなものでも、持ち込むことは厳に慎んでください」

「……テディベアは、あのまま放置しておくんですか？」

亮太は、訊ねた。今この瞬間も、三人の子供たちは死んだ犬の眼球の視界に収められているかと思うと、生きた心地がしなかった。

「あれには、どうやら、子供たちを監視する以上の力はないようです。今は、下手に排除して刺激しない方がいいでしょう。……事件が収束した後に、福生寺に収めて、御霊《みたま》抜きの供養とお焚き上げをしてもらうといいと思います」

賀茂禮子のアドバイスは、今日に限っては、納得しがたいものばかりだった。

「でも、あれを仕掛けたのは、いったい誰なんですか？」

亮太は、疑問に思っていたことをぶつける。

「まさか、あれも呪物がやったというわけではないでしょう？」

「もちろんです。この事件には、人間の意思——それも、強大な霊能力を持った人物の悪意が介在しています。しかし、それも、ニワトリが先か卵が先かという、堂々巡りの議論になってしまいますが」

賀茂禮子の答えは、またもや煙に巻くようなものだった。

「それより、わたしには、気になることが、いくつかあります。まず、亮太さんが調べた『Die Walpurgisnacht』という無声映画のことですが」

今朝、病院へ向かう車の中で、昨日あったことの概容は報告してあった。

「そういうことに詳しい知り合いがドイツにいますから、訊《き》いてみようと思います」

「映画関係者ですか？」

「いいえ。『白魔女《ヴァイセヘクセ》』——いい魔女ですよ」

亮太は、絶句した。

「あと、市松人形ですが、やはり、独断で屋敷から持ち出したのはまずかったですね」

「すみません」

これには、素直に謝るしかなかった。

「それを持ち去った人物に、どういう影響を与えるのかは、今のところ、予測がつきません。いずれにせよ、けっして世の中に出してもいい物ではありませんから、できるだけ早く行方を捜してください」

賀茂禮子は、李々子を捜す手助けはしてくれないらしかった。たぶん、緊急にやらなくてはならないことが数多くあるからだろう。

「それから、郷土史家ですが、事件の真相を解き明かす、ヒントが得られるかもしれません。できれば、亮太さんは、これからすぐに連絡を取り、話を聞きに行っていただけますか？」

「わかりました」

亮太は、スマホを取り出すと、澤武郎のブログ宛てにメールを打った。

数分後に、返事が来た。定年後、よっぽど暇を持て余しているのかと思ったが、どうやら、亮太が福森家の親戚だと名乗ったことが効いたらしい。

澤の自宅は屋敷へ向かう途中で、しかも、今すぐにでも会えるということだった。

SCENE2

「先ほどメールをいただいたときには、たいへん驚きました」

澤武郎は、亮太を和室に案内すると、お茶をお盆に載せて持ってくる。

「どうしてでしょうか？」

亮太は、湯飲みを取り上げて掌《てのひら》を温めた。上質な玉露の香りがする。湯飲みにも茶渋などは付いていなかった。とはいえ、玄関から和室までの家の様子を見れば、澤が一人暮らしであることは明白だった。精一杯片付けてはいるが、雑然として埃《ほこり》っぽい雰囲気は、女手がないのを露呈している。

「……まさか、福森家の方から、私の研究についてお聞きになりたいとの申し出があるとは、想像もしていませんでしたからね」

澤は、六十代の終わりか七十代の初めくらいだろうか、グレイの頭髪は残部僅少《きんしょう》だったが、顔色や表情は生気に溢《あふ》れ、声にも力があった。

「今までは、とにかく口を閉じていろと言われてましたからね。あの清家弁護士さんからは、福森家の先祖に関して出鱈目《でたらめ》を流布すれば、法的手段を取るという警告をいただきましたし、その他、有形無形の圧力には本当に往生しました。福森家の威勢は、今でも大したものだと、つくづく実感しましたよ」

澤は、お茶を啜《すす》りながら、しみじみと言った。

「息子からも——今は、地元で小さな工務店をやってるんですが、親父、いい加減にしろと。あんたの趣味のために、俺たちを一家心中させる気なのかってさんざん責め立てられました。正直言って、福森家の方が、どうしてそんなに過剰反応するのか、不思議に思ったものです。私が研究誌に書いたものなど、ほとんど誰も読んでいないんですがね」

おそらく、相当ひどい目に遭ったのだろうが、澤の態度は淡々としていた。

「……その節は、たいへん、ご迷惑をおかけしました」

亮太が深々と頭を下げると、澤は慌てたように手を振る。

「いやいや、何も、そういうつもりで申し上げたんじゃないんです。ただ、私にはそもそも、福森家のご先祖を貶《おとし》めようなどという意図は、まったくありませんでした。郷土史家として、この地方にも波瀾《はらん》万丈な歴史があったという事実を、ちょっとでも多くの方に知っていただきたかったもので。……ですが、ご子孫としては、やはり気になることはわかります。なので、抗議をいただいてからは、人物名はイニシャルで表記し、特定できるようなキーワードも外すようにしています」

それから、急に真摯《しんし》な表情になり、居住まいを正す。

「……遅くなりましたが、この度のたいへんな事件に、衷心より、お悔やみを申し上げます。あんなことが現実に起きたということが、未《いま》だに信じられないでいます」

「ご丁寧に、痛み入ります」

亮太も、しゃちほこばって頭を下げた。

「それで、お聞きになりたいのは、どういうことでしょうか?」

澤は、湯飲みを置いて、真っ直ぐな目で亮太に向き合う。

どう見ても、腹に一物あるような人間には見えなかった。ここは余計な駆け引きなどせず、ストレートに教えを乞《こ》う方がいいかもしれない。

「先生がブログにお書きになっていた内容に関し、もう少しだけ突っ込んだお話が聞ければと思って参りました。ネットでは、福森家が呪われているとの誹謗《ひぼう》中傷が飛び交っていますが、いろいろと調べていくうちに、今回の事件は、福森家の歴史と無関係とは思えなくなってきたんです」

澤は、大きくうなずいた。

「わかりました。それではまず、私が、どうして、この時代の歴史に——それも山崎崇春公が亡くなった前後のいきさつに興味を抱いたのか、その理由からお話ししましょう」

澤は、お茶を一口飲んで軽く喉《のど》を湿した。

私の先祖は、山崎崇春公の家臣で勘定奉行まで務めた、澤多聞《たもん》という人物でした。子孫の私を見れば、おおよその想像は付くと思いますが、多聞は、武勇の方はさっぱりだったようです。背丈は五尺に満たず、大柄な奥女中を相手に腕押し――腕相撲をして、あっさり負けたという、何とも締まらない逸話も残っていますので。

……ですが、その一方、多聞は博識で数字に強く、しかも温厚篤実な人柄から家中の信望は厚かったようです。三十年ほど前のことですが、私の家の古い蔵を取り壊しました。そのとき、『砌下庵《せいかあん》日記』と題された古文書が発見されたんです。多聞の覚え書きであることは、すぐにわかりました。五十二歳で隠居した後、多聞は居所を『砌下庵』と号していたことはわかっていましたから。ちなみに、この家は、その跡地に建てられています。郷土史に興味を抱いていた私は、それこそ貪《むさぼ》るようにして『砌下庵日記』を熟読してきました。第一級の史料であると同時に、当時の人々の息づかいがわかる日記文学の傑作だと思っています。経済官僚として、理性と合理精神により難局に対処してきた多聞が、戦国時代の激動の荒波に翻弄《ほんろう》されつつも、いかに己を律し生き抜いたか。先祖ということで入れ込みすぎと思われるかもしれませんが、私には、痛いほど多聞の気持ちがわかりました。

亮太は、澤多聞の業績について耳を傾けた。戦国末期の激動期に、山崎家を支えようと孤軍奮闘していたようだが、最大の障碍《しょうがい》は、他ならぬ主君、山崎崇春公だったらしい。

……ご存じかと思いますが、山崎公は、恐ろしい主君でした。身の丈七尺余りというのは、さすがに誇張だと思いますが、鎧兜のサイズから、おおよそ六尺三、四寸――百九十センチはゆうに超えていたと推定されます。しかも、単なるのっぽではなく膂力《りょりょく》も抜群でした。愛用の朱槍《しゅやり》は、長さ二間半――約四・五五メートルもあったと伝えられています。もちろん、当時、これを超える長さの槍もありましたが、持つのが精一杯で、ほとんど動かせなかったでしょう。山崎公は、家臣たちの目の前で、この槍を軽々と操ってみせたそうです。

とはいえ、いよいよ最後のときを除いて、殿様が敵兵と相まみえることはありませんから、自慢の朱槍も、未だ敵兵を屠《ほふ》ったことはありませんでした。この槍が真価を発揮するところを見てみたいと思った山崎公は、特に目をかけていた家臣に朱槍を賜ったのです。

その家臣とは、長江靫負《ながえゆきえ》という足軽大将で、家格は低いのですが山崎の家中では福森弾正と並ぶ剛の者でした。戦国時代には、朱槍というのは特別の意味を持ち、家中第一の武功を立てた者にしか許されなかったんです。実は、このところ私が没頭しているのは、この長江靫負に関する研究なんですよ。

澤は、長江靫負に関する研究結果を長々と披瀝《ひれき》したが、亮太にすれば脱線でしかないので、早く本題に入らないかと思いながら、半分上の空で聞き流していた。

主君より栄えある朱槍を拝領した長江は、よりいっそうめざましい働きをお見せせねばと、奮い立ったらしい。

……そもそも、当時の足軽たちが用いていた槍は、あまりにも長く、重くなっていたため、容易に突いたり振り回したりできる代物ではなくなっていました。必然的に、最前線では叩《たた》き合いになりましたが、長江は槍一筋の強者《つわもの》だったため、一瞬の隙を突いて遠間《とおあい》から踏み込み、次々に敵兵を仕留めたのです。そんな長江にさえ、拝領した朱槍は重すぎたのですが、懸命の努力を重ねて、朱槍を自由自在に使いこなせるまでになりました。そのために、右腕が異常に太くなり、山崎公から望潮《しおまねき》という渾名《あだな》で呼ばれていたそうです。干潟などでよく見かける、片方の螯《はさみ》だけが大きな蟹《かに》のことですね。

くだんの朱槍は、敵兵から恐れられ、いつしか『長江の朱蛭《あけびる》』と呼び習わされるようになりました。

世に三名槍《そう》と謳《うた》われるのは、蜻蛉切《とんぼきり》、日本号《にほんごう》、御手杵《おてぎね》で、そのうち、蜻蛉切と日本号は現存していますが、これらは、工芸品、美術品としての価値は高くても、実戦で使用されたことはほとんどないはずです。これに対して、朱蛭は、史上最も多くの人間の血を吸った槍ではないかと思います。

……朱蛭という名は禍々《まがまが》しく聞こえるでしょうが、由来には諸説あります。一つ目は、柄に朱蛭《しゆびる》巻きの装飾が施されていたというものですが、もともと朱槍ということなので、実際には、朱塗りの上に鉄蛭《てつひる》巻きがあったのかもしれません。

また、あたかも獲物を狙う山蛭のように、ゆらゆらと穂先を揺らしながら機を窺《うかが》い、素早く襲いかかる獰猛《どうもう》な動きからという言い伝えも有力です。その当時、足軽の間では、打柄《うちえ》と呼ばれる、竹を割って膠《にかわ》でくっつけた槍が、その軽量さから人気を博したようです。打柄の槍は、たしかに先端がよく撓《しな》るのですが、殿様から拝領した槍が打柄であったとは考えにくいので、これまで朱蛭の先端が撓っていたという説は疑問視されてきました。しかし、文献を精読し、私は、別の説を提唱するに至りました。鉛筆の端を持ち上下に振ると、グニャグニャになったように見えませんか？　長江の柔らかい槍捌《さば》きが、そのような目の錯覚を誘ったと考えれば、異名の由来になったという話にも信憑性《しんぴよう》が出るのではないでしょうか。


「あの、長江靱負の話は、たいへん興味深いんですが、そろそろ、山崎公が恐ろしい主君だったという話に戻っていただきたいんですが」

あまりにも脱線が長いので、亮太は、堪《たま》りかねて澤の話の腰を折った。

「ああ、これは失礼しました。しかし、長江の話は、実は、そこへ行き着くんですよ」

澤は、にこやかに応じる。久しぶりに聞き手を得たせいか、機嫌がよいようだ。

長江は、合戦で仕留めた敵兵の数を、朱蛭の柄に金文字で刻んでいたと伝えられています。朋輩《ほうばい》が垣間見《かいまみ》たときに、十一の星形が輝いていたという記述がありますが、長江にとっては、天下無双の武勇の証《あかし》だったでしょう。ところが、合戦が一段落すると、山崎公より、思ってもみなかった、まったく別の命を下されました。

ここで、山崎公の特異なパーソナリティについての説明が必要でしょう。山崎公は、元々、優れた体格や武勇には似合わない病的な猜疑《さいぎ》心と復讐《ふくしゅう》心の塊でした。敵のみならず、数多くの家臣や味方を手にかけたことで知られていますが、山崎公の狂気にさらに拍車を掛けたのは、正室の鬘《かずら》姫だったという説が有力です。

鬘姫は、有力大名の娘らしく、九鬼《くき》氏の出という説もありますが、詳しい出自は不明です。諱《いみな》は真季ですが、『砌下庵日記』では、鬘姫という家中での渾名で呼ばれています。

鬘姫は、口数少なく態度は控えめでした。いつも、うっすら笑みを浮かべて端座しており、裳《も》裾《すそ》を引き摺《ず》りながら、しずしずと摺り足で歩くと、紅色の絵元結いと紅白の水引で結ばれた髪がゆらゆらと揺れたそうです。いわゆる大垂髪《おおすべらかし》ですが、長髢《かもじ》に加えて、異様なほど多くの髢で満艦飾になっていました。実は、この髢は、姫のとても癖の強い逆髪《さかがみ》を隠すためらしく、鬘姫という異名の元になったということです。

そして、この鬘姫は、穏やかな外見の下に、山崎公以上の邪悪な攻撃性を秘めていました。しょっちゅう妄想じみた嫉妬《しっと》や制御不能の激怒に駆られては、寝物語に山崎公に讒言《ざんげん》をして、殺すように焚き付けていたのです。鬘姫には、人を操る魔性が備わっていたようでした。

些細《ささい》なことで鬘姫の癇《かん》に障った家臣や、山崎公のお気に入りの側室や腰元などが、相次いで犠牲になりましたが、処刑の際には、鬘姫は、侍女たちを引き連れて見物するのが常でした。

気分が悪くなった侍女は、処刑されたりしたため、鬘姫の周りに残ったのは、いわば同類ばかりとなり、重箱に詰めた遊山弁当と酒を楽しみ、笑いさざめく女たちの姿は、あまりにも異様で、心ある人々の眉をひそめさせました。

さらに、鬘姫は、殺してもなお飽き足りない罪人の首は、屋敷内に晒《さら》すようになりました。その無惨な様や臭気に、家人たちはすっかり閉口していたようですが、鬘姫自身は、いっさい臭いを感じない性質《たち》だったらしく、けろりとしていたようです。

いつしか、鬘姫は、逆髪の鬼女なる、さらに恐ろしい渾名で呼ばれるようになり、家中で、すっかり忌み嫌われる存在へと堕していきました。

これは余談ですが、鬘姫の最も激しい憎悪の対象となったのは、側室の、お篠《しの》の方でした。彼女が、裏表のない優しい性格から、山崎公の寵愛《ちようあい》を一身に受けていたからです。そのため、鬘姫は、幾度となくお篠の方を陥れ、刺客を送り、果ては呪い殺そうとまで画策しましたが、山崎公の庇護《ひご》と、家臣たちの奔走によって、何とか難を逃れたようです。

とはいえ、鬘姫のマインドコントロールのせいか、山崎公は、後年になると敵への内通者に命を狙われているという妄想に取り憑かれてしまい、罪もない家臣を、次から次へと成敗していきました。

一度裏切り者と疑われると、もう、いかなる申し開きも助命嘆願も功を奏しませんでした。反逆への懲罰は、逆磔《さかばつつけ》と呼ばれる、罪人を上下逆さまにして行う磔刑《たつけい》です。

そして、長江は、その処刑人を拝命することになったのです。

人を殺すことに対する感覚は、当時と今ではまるで違っていました。当時の武士にとって、敵を殺すことには害虫の駆除程度の抵抗しかありませんでしたし、お役目とあらば、それまで朋輩や上役だった人物を処刑することも厭《いと》いませんでした。

亮太は、ふと金井辰之介のことを思い出していた。首切り役人となることで立身出世を果たそうとし、自らの父親を手にかけなければならなかった男の運命を。

いや、ちょっと待て。亮太は、はっとした。

長江の話と金井の話には、何か奇妙な共通点があるような気がするのだ。

「……長江は、深く、ゆっくりと精神を病んでいきました。その原因は、逆磔なる処刑方法にありました。通常の磔刑においては、まず罪人の目の前で二本の槍を交叉《こうさ》させる『見せ槍』を行い、続いて、左右交互に、脇の下から槍を突き刺します。罪人は、ショックと出血多量で、ほどなく死亡しますが、おそらく、これなら問題はなかったでしょう。ところが、長江ほどの剛の者にしても、逆磔には耐え難いものがあったようです。なぜなら、逆磔では、罪人を殺すためではなく、少しでも長く生かしておくために槍を使うからです。

人は、逆さまにされると、頭に血が上り脳浮腫《ふしゅ》で死にます。したがって、すぐには死なせず長く苦しめるため、槍の穂先でこめかみの血管を切って血圧を下げてやるのです。その後は、特段することはなく、罪人が死ぬのを待つだけです。槍一筋で、尚武の精神に身を捧《ささ》げてきた長江にとっては、究極の苦行でした。ですが、主君山崎崇春公に全身全霊で仕えてきた長江は、忍の一字で耐えたのです。

朱蛭の柄には、仕留めた敵兵の人数を示す星の下に、逆磔の犠牲者を表す、七つの逆さ星が刻み込まれましたが、このときには、すでに長江の性格は一変してしまっていたそうです。七人の無実の人間を処刑させられたことが、強靱な武士の心を壊してしまったのです。」

「逆さ星というのは、逆五芒星形《ごぼうせい》のことでしょうか？」

亮太は、思わずつぶやいていた。

「もし、そうだとすると、長江が処刑したのは、七人じゃなかったかもしれません」

「どういうことですか？」

澤は、怪訝《けげん》な顔になる。

「画線法です。もし一画が一人ならば、星形は五人を表します。だとすると、殺した敵兵は、十一人ではなく五十五人。処刑した人数は三十五人になるんじゃないでしょうか？」

合計で九十人というのは、にわかには信じられない数だが。

澤は、はたと膝を打った。

「なるほど！　そうか、たしかに、その通りですね！　これほどまでに単純なことに、なぜ、今まで気づかなかったんだろう。そう考えると、いろいろなことに辻褄《つじつま》が合いますよ。実は、朱蛭が、史上最も多くの人間の血を吸ったというのは、『砌下庵日記』の受け売りなんです。敵兵十一人と処刑が七人では、少し大げさではないかという気はしていました」

澤は、しきりにうなずいている。

「偶然、ちょうど五の倍数になっていた可能性もありますが、もしかすると、星の他にも線が刻まれていたのかもしれませんね。朱蛭に刻まれていたという星の数にしても、たまたま見た朋輩から、多聞が聞いた話に過ぎませんし……」

澤が自分の世界に引きこもりかけていたので、亮太は復帰を促した。

「長江靫負が心を病んでいたというのは、どういうことでしょうか？」

「そのままの意味ですよ。長江靫負は、本来、勇猛果敢な武将ではありましたが、けっして、社会病質者《ソシオパス》やサディストの類《たぐ》いではありませんでした。ところが、山崎崇春公の命を受けて、次々に家臣を処刑していくうちに、何かが変わっていったんだろうと思います。……さっきの三十五人というのも、おそらく、単に謀反を疑われた家臣だけではなく、その家族まで含んだ数だったんでしょう」

長江は、幼い子供や、妊娠中だった妻女までを、躊躇《ためら》うことなく串刺しにして殺しました。これには、家中の心ある者は眉をひそめましたし、多聞もきわめて強い言葉で非難しています。もしも、そのまま狂気の粛清がエスカレートしていたら、長江は、稀代《きだい》の殺人者として歴史に名を残していたことでしょう。

ところが、ここで大事件が出来《しゅったい》します。山崎崇春公が、急逝したのです。久方ぶりの合戦に出陣したときのことでした。急な病を発し陣中で身罷《みまか》られたとのことですが、暗殺されたとの風説が家中を駆け巡りました。筆頭家老であった福森弾正が、山崎崇春公の勘気を蒙《こうむ》ったのを察知し、先手を打ったというのです。これについては、確たる証拠こそありませんが、多聞は真実であると断定しています。

言うべきかどうか迷ったものの、亮太は、賀茂禮子から聞いた話を告げることにした。こちらも情報を提供することによって、より突っ込んだ話を聞けるかもしれないと考えたのである。

「福森弾正が山崎崇春公を殺害したことは、間違いないと思います」

亮太は、静かに言葉を挟んだ。

「本当ですか？　それには、何か根拠がおありになるんですか？」

澤は飛びついた。福森家の人間の言葉だけに、真実味があると思ったのだろう。

「はい。本家に残されている山崎崇春公の甲冑《かっちゅう》ですが、胴の背面の縁《へり》に、ふつうなら付かないような傷がありました。……これは専門家の方の見解ですが、おそらく福森弾正は、背後から山崎公の脇の下に短刀を突き立てて腋窩《えきか》動脈を切断し、さらに山崎公が反射的に腕を上げると、短刀を横に返して、肋骨《ろっこつ》の隙間から心臓を貫いたのではという見立てでした。胴の上の傷は、弾正が短刀を引き抜いたときに付いたようです」

専門家というのが霊能者だという事実は、あえて伏せておく。

「それは……やはり、そうだったのですか」

澤は、興奮のあまりか、呆然《ぼうぜん》としていた。

「福森弾正は、元来、左器用——左利きだったようですね。敵兵に囲まれ、絶体絶命の窮地に陥ったときも、穿山丸という短刀を振るって、死中に活路を開いたと言い伝えられています。……山崎崇春公を殺害したときに用いたのも、この穿山丸だったと」

「なるほど。多聞が書き残していたことは、すべて真実だったんですね」

澤は、興奮冷めやらぬ表情だった。

「しかし、その後の展開を考えるなら、さもありなんと言うべきでしょう。山崎崇春公という狂った専制君主が退場すると、今度は、別の意味で最悪の独裁者が登場したわけですから」

そう言ってから、澤は、しまったという表情になった。

「その通りだろうと思います。福森弾正は、福森家の繁栄の礎を築いた人物ではありますが、最悪の独裁者だったことも否めないでしょうから」

亮太は、澤を安心させるように微笑んだ。

「それで、山崎崇春公が殺害された後、何があったんですか?」

澤は、うなずいた。


山崎公と、まさに一蓮托生《いちれんたくしょう》の人生だったのは、鬘姫です。これまで史実とされてきたのは、山崎公の訃報を知るや、付き従っていた侍女を呼んで沐浴《もくよく》し、ともに死に装束に身を包むと、懐剣で喉を突き、見事自害して果てたというもので、山崎家中でも、過去の悪評ものかは、貞女の鑑《かがみ》なりと褒めそやされました。

しかし、『砌下庵日記』によれば、事実は異なっていたようです。山崎公が死去した直後に、蔓姫の寝所に福森弾正の兵士が踏み込むと、蔓姫と侍女らを捕縛し、用意の死に装束を着せて命を奪ったと書かれていますので。冷血な快楽殺人者であった蔓姫を、貞女であるかのように称揚したのも、真実を隠蔽《いんぺい》するための宣伝工作だったようです。

蔓姫が産んだ嫡男、喜代丸《きよまる》は、まだ四歳と幼く、利用価値があったために、すぐに殺されることはありませんでした。ほどなくして元服し、崇保と名乗りますが、翌年疱瘡《ほうそう》にかかると、呆気《あっけ》なく亡くなってしまいます。

皮肉な成り行きですが、お篠の方も、蔓姫が亡くなってすぐに姿を消しました。こちらは、出家したとの噂が流れましたが、実際は出奔だったようです。蔓姫から執拗《しつよう》に命を狙われても泰然としていましたが、庇護者の山崎公が亡くなって、本当に身の危険を感じたのでしょう。一説には、山崎公の子を身籠《みご》もっていたということでしたが、真偽のほどはわかりません。

澤は、すっかり冷めたお茶で、喉を湿した。

「気の毒だったのは、突然後ろ盾を失った股肱《ここう》の臣たち——特に、長江靱負でした。長江は、数多くの家臣たちを逆磔にしたことで、家中の多くから恨みを買っていましたから。そこで、長江が最初にしたことは、処刑された人々への供養と称し、朱蛭を燃やすことでした」

長江は、おそらく、すべては主君山崎崇春公の命によるもので、抗《あらが》うすべはなかったことをアピールしたかったんだと思います。ところが、それで納得する家中ではありませんでした。恨み骨髄に徹した人々は長江を死罪にするよう、強く要求しましたが、福森弾正を中心とした新執行部は、長江に蟄居《ちっきょ》を言い渡して、流れを見定めようとしました。

すると、どこからか不穏な噂が流れてきました。長江が燃やした朱蛭は偽物だったというのです。星の刻まれた柄は本物だが、大勢の血を吸った穂先は別ものにすり替えられていると。福森弾正は、糾明のため役人を派遣したのですが、長江の屋敷は、すでにもぬけの殻になっていました。長江は、いずこへともなく姿を消してしまったのです。

残された小者に糾《ただ》したところ、朱蛭の穂先は、本当に付け替えられて、朱蛭丸《しゅてつまる》という短刀に作り直されたらしいのですが、長江が持ち去ったらしく、これ以降、歴史の表舞台に登場することはありませんでした。

山崎崇春に忠誠を誓っていた者たちが逃散して、残された者たちも口をつぐんでしまうと、いよいよ、福森弾正の独壇場となったようだ。

この時代、日本を二分していたのは、親信長か、反信長かという区分でした。山崎崇春公は、自分以外の権威はけっして認めようとせず、反信長の急先鋒《きゅうせんぽう》でしたが、福森弾正は、親信長を標榜《ひょうぼう》し、信長の家臣である小坂雄吉《おざかかつよし》と誼《よしみ》を結んでいました。当時、こうした家内の不一致は、さほど珍しいことではありませんでした。家を存続させるためには、親兄弟が相反する陣営に属することもありましたから。

ですが、福森弾正は、決して方便ではなく、本気で信長に心酔していたようです。それは、山崎崇春公に対する恐怖と裏腹のものだったのかもしれません。山崎公より強大かつ恐ろしい信長に自分を同一化することで、ようやく恐怖を忘れられたのかもしれません。

なので、山崎家の実権を握った後に開いた酒宴でも、福森弾正は信長の顰《ひそ》みに倣いました。のみならず、信長すら躊躇《ちゅうちょ》したような暴挙に及んだのです。

亮太は、福森家の始祖である福森弾正の開いた『地獄の酒宴』について、ついに詳しく耳にすることになったのだった。

織田信長公が作らせたという髑髏杯《どくろ》については、もちろん、よくご存じだろうと思います。え？　一度も、お聞きになったことはありませんか？　『信長公記《しんちようこうき》』では、信長は、敵対した浅井長政《あざいながまさ》、浅井久政《ひさまさ》、朝倉義景《あさくらよしかげ》を討ち果たした後、三人の頭蓋《ずがい》骨に、漆で固めて金で彩色する箔濃《はくだみ》を施し、家臣たちに披露したそうです。また、『浅井三代記』によれば、三人の頭蓋骨で髑髏杯を作って、家臣たちに酒を飲ませたともされています。

『信長公記』と比べると、『浅井三代記』は資料的価値が低いとされ、髑髏杯の話も創作と考えられてきました。しかし、私の研究では、これには元ネタがあったのです。

福森弾正は、主君である山崎崇春公の髑髏に箔濃を施し、酒盃を作らせました。しかも、『砌下庵日記』の記述を信じるなら、福森弾正は、その髑髏杯を実際に使ったらしいのです。どうやら、このことが風説となり、信長公の逸話に転用されたフシがあります。

山崎崇春公が亡くなった後、お家の行く末を決めるために重臣たちの評定が開かれました。福森弾正は、幼君喜代丸君を膝に抱いて、さも当然のように上段の間に座りました。そして、居並ぶ重臣らに、山崎崇春公の髑髏に箔濃を施した盃を披露したのです。寂として声なき中、福森弾正は、箔濃盃になみなみと酒を注がせ、一気に飲み干したということです。

信長公が、浅井、朝倉の髑髏を披露したのには、まだ、ある種の敬意が感じられましたが、福森弾正のやり口には、当然ながら、亡き主君を敬う気持ちなどは微塵《みじん》もありませんでした。山崎崇春公に対する家中の根強い畏怖《いふ》を払拭《ふつしよく》し、自身を新たな覇者として認めさせるための、あざとい演出だったのでしょう。

この横暴きわまる振る舞いに対しては、当然、反発する家臣もいたはずですが、このとき、福森弾正の威勢は、まさに飛ぶ鳥を落とす勢いでした。さらに、いつ何時粛清されるかわからなかった山崎崇春公の恐怖政治から解放されたという安堵《あんど》も、家中を覆っていました。

福森弾正が、この先、どれほどの専横を振るうことになろうとも、山崎崇春公と比べれば、まだマシだろうという空気が支配的だったのです。

こうして、すべては、福森弾正の描いた絵図の通りに進行していました。

SCENE 3

亮太は、住宅街の歩道でタクシーを降りた。周りには何もない場所だった。雨は、一時的に止んでいるが、いつまた降り出してもおかしくない雲行きである。妙に肌寒い風が吹きすぎ、うなじの毛をざわざわとそよがせていった。

屋敷まで、まだ二百メートル以上あるが、記者たちが張っていたら、車門が開いただけで、口から泡を吹きながら殺到してくることだろう。今日もまたカメラの放列の前を横切るのは、ぞっとしなかった。

のんびりとした足取りで、近所の人間が散歩しているふうを装いながら、屋敷に近づいた。案の定だった。車門のすぐそばには、テレビ局のものらしいワゴン車が何台も駐車している。望遠レンズ付きのカメラを首から下げた、むさ苦しい男たちが、その周辺にたむろしていた。手持ち無沙汰《ぶさた》な様子で、たばこをふかしたり、路上に唾《つば》を吐いたりしている。

亮太は、スマホで電話をかけると、ぐるりと遠回りして屋敷の反対側へ回った。延々と高い板塀が続く途中に、主にゴミ出しに使っている小さな勝手口がある。板塀と一体化しており、一見しただけでは、わからないようなデザインなので、今のところ、報道陣にもマークされていなかった。

惨劇の晩は、勝手口のドアには内側からかんぬきがかかっていたため、大伯母さんが通って外に出た可能性はないと判断されていた。

亮太がノックすると、板塀の一部が割れて、ドアが開いた。稲村さんが、顔を覗かせると、亮太に道を空けた。

「まったく、しつこい連中ですよねー」

亮太が、中に入りながら吐き捨てるように言うと、稲村さんは苦笑した。

「でも、あの方たちも、お仕事でしょうから」

「賀茂さんは？」

「帰ってこられてから、ずっと納戸に籠もってらっしゃいます」

幽霊画だろうか。あるいは、河童《かっぱ》の木乃伊《みいら》か天尾筆を調べているのかもしれない。

想像しただけで、気分が重く沈んだが、今更逃げることもできなかった。

母屋に入り、しんと静まりかえった廊下を歩く。惨劇のあった田の字型の部屋を横目に見て、一歩ずつ納戸へと近づいていった。

ああ、行きたくない。勘弁してほしい。

心底そう思った。あの事件以来、出入りするたびに、おぞましいものを見聞きさせられて、限界に近い状態だった。屋敷の中にとどまっている間よりも、いったん外の風を吸って戻ってきたときが最悪で、今も生理的な嫌悪感で吐きそうだった。

なかんずく、あの納戸に入るかと思うと、キリキリと胃が痛くなってくる。

納戸の戸は開いたままだったが、亮太の足はピタリと止まった。入ろうかと迷っていると、中から「どうぞ」という賀茂禮子の声が聞こえてきた。

正直に言って、これも怖い。何もかも見通してしまう千里眼の霊能者というのは、そんなに化け物と変わらない気がする。不安なのは、自分の行動だけでなく内面まで見透かされているような気がするからだろう。

……おそらく、こう思っていること自体、たぶん知られているのだろうが。

だが、ここできびすを返して逃げ去るという選択肢はなかった。ＹｏｕＴｕｂｅのこともあるが、乗りかかった船だし、これは、福森一族の問題なのだから。

亮太は、納戸の中に足を踏み入れた。

賀茂禮子の後ろ姿が目に入った。ガラスケースの前に佇んでいる。

じっと眺めているのは、河童の木乃伊だった。

「……あなたは、ここから発散されているものを感じ取れますか？」

賀茂禮子は、視線を亮太に向けることなく訊ねる。

「ええ。何となく」

亮太も、河童の木乃伊を見た。何とも陰気な感じがするが、あらためてまじまじと見ると、その異様さが胸に迫ってくる。エジプトのミイラのように、長い時間を経た生き物の身体は、炭化して半ば植物のようになりながらも動物の生々しさを失わないために、触れてはいけない不気味さを感じさせるものだが、それだけではない。

半開きで鋭い牙《きば》の覗く口は、まるで笑っているようで、虚《うつ》ろな眼窩から、こちらを見ているという気がしてならないのだ。

亮太は、目を瞬いた。真っ黒な煙のようなものが、河童の木乃伊の身体から立ち上っているように見えるのだ。煙はゆっくりと空気中に拡散して見えなくなってしまうが、確実に周囲を汚染し続けている。

「やはり、あなたには、霊能者としての素質があるようですね」

賀茂禮子が、亮太を見てつぶやいた。やはり、俺に見えたものがわかっているのかと思う。褒められたようだったが、まったく嬉しくない。

「ここから発散されているのは、真っ暗な虚無と絶望だけです。その影響を受け続けるのは、きわめて危険なことなのです。これまでに、様々な持ち主の間を転々としてきたようですが、その大半は、この呪物がもたらした凶作用のために命を落としているようです」

賀茂禮子は、半眼になり、眉間に深いしわを寄せた。

「たとえば、明治時代には、一人の画家がこれを入手していますね。一目見て、衝撃を受け、芸術家としてのインスピレーションを得られると期待したのでしょうか。……しかし、結局は心を病み、自ら命を絶っています」

なぜ、そんなものを、わざわざ買い求めて、家に入れたのだろう。亮太には、とても正気の沙汰とは思えなかった。

「……そもそも、これは、どうして作られたんですか？」

亮太は、恐る恐る質問する。本音を言えば、知りたくなどなかったが、もしもこれが事件に関係しているのなら、避けては通れない。

「河童のミイラが、いつ頃から作られたのかはわかりませんが、人魚のミイラと同様、当時は商売繁盛の縁起物だったようですね。江戸時代には輸出もされたと聞いています」

そんなグロいものを買う人間の、気が知れないが。

「それで、最初に見たときには、てっきり江戸時代の作だろうと考えたのですが、実際には、室町《むろまち》時代のもののようです」

どうやって年代を特定しているのかは見当も付かないが、賀茂禮子は自信ありげだった。

「この河童の木乃伊を作り上げたのは、たいへん腕のいい細工師だったようです。今になってようやく、寂阿弥《じゃくあみ》という名前が見えました」

賀茂禮子は、集中するように目を細めた。

「この呪物に籠められていた念は、特異なものでした。生前の作者の意識自体が、混沌《こんとん》として渦巻いていたようで、容易に理解できませんでしたが、ようやく、霧の奥に分け入るように、真実が見通せるようになってきました」

質問したいことはたくさんあったが、亮太は、黙って続きを待つ。

「寂阿弥は、人嫌いの偏屈な性格でしたが、その作品は一見しただけでは本物にしか見えず、好事家の間では神品と評されていたようです」

賀茂禮子は、ほとんど目を閉じながら話したが、その間も忙しく眼球が動いているらしく、チック症のように瞼《まぶた》がピクピクと動いていた。

「しかし、やはり単なる変わり者の域を超えているようですね。幼い頃、沼で溺《おぼ》れましたが、河童に足を引っ張られたと譫言《うわごと》を言いながら、高熱を出し、一時は命さえも危ぶまれました。十五日ほど寝込んでから恢復《かいふく》しましたが、それ以降は、すっかり人が変わってしまいました。どういうわけか、動物の死骸《しがい》に対して異常な興味を抱くようになったのです」

それで河童のモチーフに執着するようになったのか。

「寂阿弥は、その頃にはまだ、竹と呼ばれていましたが、元来、手先がたいへん器用でした。溺れる前は木や竹で人形を作っていましたが、それが動物の死骸への興味と融合したらしく、山で拾ってきた猿や池の鯉の死骸を用いて、河童や人魚のミイラを作るようになったのです。両親は気味悪がり、きつく叱ってやめさせようとしたのですが、竹《たけ》の創作意欲は、いっこうに衰えませんでした。そんな中、竹の作った人魚のミイラを見た行商人から、高値で買いたいという申し出を受け、両親の態度は一変しました。農作業や家の手伝いはしなくてもいいから、とにかく少しでも多くの河童や人魚のミイラを作れと命じたのです。竹は、古い土蔵のような場所に押し込められ、日がな一日ミイラを作り続けることになりました」

想像しただけで気が滅入ってきそうだが、案外、本人は好きなことをやって楽しんでいたのかもしれない。

「その頃、近隣の町に河童のミイラを作る名人と謳われた職人がいたようです。たまたま竹の作品を目にした職人は、類い稀《まれ》な才能だと驚嘆しました。後継ぎがいなかったこともあって、両親になにがしかの支度金を払って竹を弟子入りさせ、本格的に河童や人魚のミイラの制作に携わらせるようになったのです。家の土蔵から師匠の仕事場へと、ただ場所を移しただけで、竹の生活は、ほとんど変わりませんでした」

賀茂禮子の口調は、徐々によどみなくなってきた。脳裏には、そのときの様子がまざまざと描かれているようだ。

「河童のミイラの作り方は、どの職人も大差ありませんが、竹の場合は、そこに独自の工夫を加えただけでなく、仕事の丁寧さ、細かさが際立っていたようです。まずは、死骸を眺めて、頭の中に完成形を描きます。それから、外科手術のように精密に骨を接ぎ合わせると、柿渋と明礬《みょうばん》で鞣《なめ》した革を被《かぶ》せて、漆と膠で硬化させるのですが、どの工程でも竹は他の職人の追随を許さなかったようです。しかも、リアルな作品を生み出すためには手段を選びませんでした。皮を鞣す最も原始的な方法とは、歯で嚙《か》んで繊維をほぐし、唾液《だえき》で脂肪と蛋白質《たんぱく》を除去することです。竹は、独特の風合いを出すため、ときには何日もかけ、動物の死骸から剝《は》いだ皮を嚙み続けたようです」

聞いているだけでも、胸が悪くなってくる。亮太の耳には、クチャクチャという湿った音が響いていた。

「一人前に成長した竹は、師匠から寂阿弥の名を貰《もら》いましたが、ほどなくして師匠は亡くなりました。竹は寂阿弥となってからも、様々な動物の死骸を拾ってきては河童や人魚のミイラを作り続けていましたが、身の回りのことには、いっさい無頓着《むとんちゃく》でした。乞食《こつじき》のようななりで、食事も気が向いたときにだけするという状態だったのです。ですが、収入はそれなりにあり、紹介してくれる人がいて、妻を娶《めと》りました。おそらくは、その頃が寂阿弥の人生で最も幸福な時期だったのでしょう」

ここから、例によって話が暗転していくのかと思うと、続きを聞くのが気重になってくる。呪物の由来だけに、はなからハッピーエンドは期待していなかったが。

「寂阿弥は、妻の実家に同居することになりました。妻は、うめといい、変人の寂阿弥にも、かいがいしく世話を焼きました。その一方で、妻の父である清太夫《せいだゆう》は、ほとんど喋《しゃべ》りもせず、何を考えているかわからない寂阿弥のことを、薄気味悪く思っていましたが、一家は寂阿弥の稼ぎで生活していたため、なるべく顔を合わせないようにしていました。

そうこうするうちに、うめには待望の長男が生まれました」

そんな変人でも、やることはやっていたらしい。うめの気持ちの方がわからないけどなと、亮太は辛辣《しんらつ》に思う。

「でも、喜びもつかの間でした。生後わずか三日で、赤ん坊は息を引き取ってしまったのです。子供に命名するためのお七夜も迎えられずに、一家は深い悲しみに包まれました。近くの寺の住職に形ばかりの読経をしてもらうと、赤ん坊の遺体は野原に埋められたのです」

嫌な予感が強くなり、亮太はちらりと河童の木乃伊を見た。

ちょうどその頃、寂阿弥は、荘園の領主から一体の河童のミイラを注文されていました。しかし、作業はいっこうに捗《はかど》りません。普段ならあり得ないようなミスを連発した挙げ句、小刀を握った手元が狂って、大切な材料である子猿の顔を損ねてしまいました。あわてて山に入り、子猿の死骸を探しましたが、そうそう都合よく見つかるものではありません。納期は近づいてきます。寂阿弥は、離れに終日籠もり、絶えずブツブツと独り言を言って、夜中に突然奇声を発するなど、以前にも増して奇行が目に付くようになりました。ついに狂を発したのではと、清太夫が疑うほどだったのです。

赤ん坊が亡くなったのは、そんな折りも折りでした。一家の歯車は、狂い始めていました。うめは、赤ん坊の死に人間的な反応を見せなかった夫を次第に疎んじるようになっていました。清太夫はますます怒りっぽくなっていました。そして寂阿弥は、しばらくの間は動物の死骸を探し求めて、野山をほっつき歩いていましたが、そのうち、離れに籠もったまま、窓も塞《ふさ》いでしまいました。うめが、板戸の前に食事の椀《わん》を置くと、いつの間にか空になっているのです。気になったうめが、中の様子を窺うと、意味不明な独り言とか、経を読む声、クチャクチャと何かを噛む音などが聞こえてきましたが、うめが声をかけたとたんに、音はピタリと止むのが常でした。

ですが、ある朝、突然板戸が開け放たれて、寂阿弥が出てきました。元々髭《ひげ》は生えないたちでしたが、髪は乱れ、はだけた衣服は垢《あか》で固まって異臭がしました。

「できた……遂にできたぞ！　出来《しゅったい》じゃ！」

寂阿弥は、恍惚《こうこつ》とした歓喜の表情で、呂律《ろれつ》が回らず、唇の端からは粘っこい涎《よだれ》を垂れ流していました。

「何事じゃ？」

清太夫が不審に思って問うと、ついに作品が完成したと言うのです。

離れに入ると、部屋の中には、嗅《か》いだことがないような悪臭が籠もっており、とても長くはいられませんでした。閉め切られていた雨戸を開け放って部屋を出ると、しばらくしてから、鼻を押さえてもう一度中に入りました。

机の上にあったのは、この河童の木乃伊でした。その、あまりにも見事な出来《でき》に、清太夫は唸りました。うめも滂沱《ぼうだ》と涙を流し、心から夫の努力を労《ねぎら》ったのです。

ところが、河童の木乃伊を凝視していた清太夫は、ふいに離れを飛び出していきました。何が起きたのかわからず、うめは父を呼び止めることもできませんでした。

寂阿弥は、覚束ない足取りで離れを出ると、母屋に向かいます。腹が減っているのだろうと思ったうめは、台所に先回りすると、ちょうど用意していた朝食をお膳《ぜん》に載せて出しました。寂阿弥は板の間に座って、それをガツガツと平らげます。

それは、この家に久々に訪れた、平和な光景でした。うめは、寂阿弥を風呂に入れてから、服を着替えさせようと思い、風呂を沸かしに外に出かけました。

ちょうどそこへ、清太夫が帰ってきました。すっかり血相が変わっています。

「何ぞ、ありましたか？」

うめが問うと、清太夫は、まるで別人のような声で答えます。

「ない！　掘り返されておったわ！　……あの外道めが！」

うめがその意味を理解するまで、しばらくかかりました。

清太夫は、母屋に入り、朝食を貪っている寂阿弥を見ると、一瞬硬直しました。それから、居間へ行き、床の間の天袋から打刀《うちがたな》を取り出すと、板の間へと取って返しました。

「おのれの為出《しで》かしたことが、わかっておるか？」

清太夫は切っ先を寂阿弥に突きつけましたが、寂阿弥には、まったく目に入っていないようでした。相変わらず椀を抱えて、旺盛《おうせい》な食欲で雑炊を食べ続けています。

清太夫は、一刀のもとに寂阿弥を斬り捨てました。

そして、死体を沼に捨てると、河童の木乃伊を寺に運び、供養してほしいと頼みました。

ところが、その後、河童の木乃伊の行方は杳《よう》としてわからなくなってしまいました。金に目が眩《くら》んだ生臭坊主が、注文主だった荘園領主に、こっそりと売り渡したのです。

そして、それが長い歳月巡り巡って、今この場にあるというわけです。

賀茂禮子は、話を終えた。

亮太は、あらためて河童の木乃伊に目を向けようとしたが、どうしても正視できなかった。

「……これには、どういう念が籠もっているんでしょうか？」

賀茂禮子は、憐《あわ》れみに満ちた目でガラスケースの中を見つめている。

「寂阿弥の妄執だけでなく、生後三日でこの世を去りながら、成仏することもできずに異形の物体へと作り変えられてしまった、哀れな赤ん坊の怨念です」

脚が震えた。おそらく、寂阿弥は、何らかの精神疾患にかかっていたのだろう。そのため、正常な判断ができなくなり、異常な行為に及んでしまった……。

しかし、赤ん坊にとってはどうだっただろう。もし今の話が事実だとしたら、恨みの深さは想像を絶するものに違いない。

あの事件とどう関係してくるのかは見当も付かないが、少なくともこれが元凶の一つである可能性は高いだろうという気がする。

「これより前に、天尾筆も詳しく霊視しています。その結果は、亮太さんにも、知っておいていただいた方がいいでしょう」

賀茂禮子は、棚から細長い桐の箱を取ると、蓋《ふた》を開けた。

この上まだ、おぞましい因縁譚《たん》を聞かなければならないのか。亮太はげんなりした。

木箱の中には、先日も見た、何の変哲もない筆が一本入っている。毛は灰色がかっており、軸は竹製だ。

「これは……人毛の筆だということでしたが？」

「ええ。鎌倉時代の初期の品ですが、この髪は、倫子《みちこ》という京の公家の出の女性のものです。夫は、源《みなもとのあつひら》敦平という武将でした。この筆を作らせたのは、敦平に寵愛されていた白拍子である彩御前《あやごぜん》という女です」

それだけで、ストーリーのアウトラインは見当が付いた。

「敦平は、名家の妻を得ることで、自分に箔を付けようとしたのでしょう。昔から、京の女の雅《みや》びさに漠然とした憧《あこが》れがありました。しかし、いざ実際に夫婦となってみると、常に自分の粗野さを暗に見下されているようで、どうにも居心地が悪く、いつしか、男あしらいのうまい彩御前に惹《ひ》かれていったのです」

倫子は、じっと耐えていました。名家の出だけに気位が高く、下賤《げせん》な白拍子の女などと争う気にはなれませんでした。

それに対して、彩御前もまた怒りの炎を燃やしていました。気が強く、無視されることには我慢がならなかったのです。そのため、ことあるごとに、敦平にまとわりついているところを見せつけ、倫子の嫉妬心を煽《あお》ろうとしました。

やがて、敦平は、無反応な倫子を侮り、彩御前への寵愛を隠そうともしなくなりました。

倫子は、夫に捨てられたことを悟り、誇りを守るために自害しました。

そこまでなら、非道だが、よくある話かもしれない。だが、この筆はいったい、どうして、呪物となったのだろうか。

彩御前は、倫子が死んでもなお、怒りの炎が収まりませんでした。最後まで自分を無視して逝った女を辱《はずかし》めてやろうと思ったのです。

そのため、倫子の遺体から、こっそり遺髪を切り取ると、職人に命じて筆を作らせました。長く美しい髪は、生前、倫子の誇りでした。この筆を使うたびに、勝利の感覚を味わうつもりだったのです。

ですが、それは、死者に鞭《むち》打つ行為でした。死後に受けた辱めは怨念を倍加させるのです。

ひっそりと逝くはずだった倫子の霊が、怨霊となり、この世へと戻ってきてしまいました。

これもまた、平凡な外見に似合わず、とんでもない怨念を秘めた呪物だった。

亮太は、天尾筆を見ながら眉をひそめていた。

呪いも、怨霊も、つまるところは、人の邪悪さ、愚かさから生まれるのだろうか。

彩御前は、ある晩、この筆で手紙をしたためようとして、ぎゃっと叫んで放り出しました。ざわざわと筆の穂先が動いたかと思うと、書いた文字が不気味に歪《ゆが》むのを見たからでした。

彩御前は、塀の外に筆を投げ捨てました。ところが、気がつくと、また自分の文机《ふづくえ》の上へと戻っているのです。それで、適当な口実を付けて自分の侍女に与えましたが、ほどなくして、侍女は真っ青になり天尾筆を返しに来ました。日記を書こうとすると、筆の穂先がひとりでに動いて、恐ろしい呪詛《じゆそ》の言葉を書き連ねるというのです。

彩御前には、敦平に救いを求めることも、しかるべき寺で筆を供養してもらうことも出来ませんでした。もしも自分の行為が知られたら、敦平の寵愛も、一瞬にして冷めるに違いないと思ったからです。

ついには、思いあまって、焼き捨てようとしたのですが、蠟燭《ろうそく》の炎を近づけようとすると、またざわざわと穂先が動き、几帳《きちよう》の外に髪の長い人影が現れます。

彩御前は、倫子の亡霊に怯えて、ひたすら読経と供養の毎日を過ごしましたが、短期間に、げっそりと痩《や》せ細り、それを見た人々は、倫子の祟《たた》りだと噂しました。

彩御前は、いつしか正気を失い、屋敷の隅にある古井戸に身を投げて死んだのでした。

「夫の敦平の方には、祟りはなかったんですか？」

亮太が訊ねると、賀茂禮子は、ゆっくりと首を振った。

「倫子の怨霊が、敦平の前に出現するということは、なかったようです。とはいえ、彩御前の事件は世間に知れ渡り、敦平はすっかり面目を失って、白い目で見られるようになりました。そして、小競り合い程度の小さな合戦に出たときに、なぜか雑兵にあっさりと首を挙げられてしまったのです。……そして、敦平の首が首実検に供されたときに、首札に名を記したのは、この筆だったようです」

「いや、ちょっと、待ってください」

さすがに、話について行けない。ここまで何でもありでは、ただの怪談だ。

「今のお話だと、まるで、呪物が、自らの意思を持っているように聞こえるんですが？」

当初の説明では、呪物とは、強い残留思念が染み付いた物体のことだったはずだ。

「たしかに、アニミズムめいて聞こえるかもしれません。本邦では、あらゆる器物は、百年を経ると精霊を宿し、付喪神《つくもがみ》という妖怪《ようかい》になると言われていますが」

賀茂禮子は、慎重に言葉を継いだ。

「呪物の中でも、本当に、ごく一部に限られますが、あたかも霊を宿して、それ自体が意思を持っているかのように振る舞うものが存在するのです」

「……それは、怨霊が、呪物に憑依したということですか？」

亮太は、眉をひそめた。

「正確なメカニズムは、わたしにもわかりません。しかし、**天尾筆**のケースで見れば、死後にひどい辱めを与えたがために、倫子の怨霊を招き寄せてしまったことは、あきらかでしょう。彩御前を取り殺したのは、**天尾筆**という呪物ですが、それと同時に、倫子の怨霊そのものでもありました」

賀茂禮子は、何かを恐れるように声を低めた。

「行灯の説明をしたときにも言いましたが、呪物は、特定の波長の怨念を発することにより、彼岸と此岸《しがん》の間の闇を照らす灯台となっています。そのため、ターゲットとなる人間の許《もと》に、怨霊を呼び寄せてしまうのではないでしょうか」

ただの戯言《ざれごと》だ。そう思いたかったが、聞いているだけで、背筋が寒くなってきた。

もし、天尾筆に宿っていた倫子の怨霊の怒りが、何らかの理由によって、福森家に向かったのだとしたら。

あの事件を引き起こしたという可能性も、充分にありそうだった。

SCENE4

時計を見ると、ちょうど午後三時になったところだった。ドイツでは、まだ夏時間《サマータイム》なので、日本との時差は七時間。つまり、向こうはまだ今朝の八時ということになる。

タブレットの画面には、赤いセルフレームのメガネをかけている若い女性が微笑んでいた。ソフィア・ミュンヒンガーは、ドイツの大学院生で、環境保護のためのNGOの一員であると自己紹介したが、同時に、『白い魔女《ヴァイセヘクセ》』だとも付け加えていた。二十一世紀に入って、しかもドイツのような先進国で魔女が生き続けているというのは、亮太には信じがたい話だったが、考えてみれば、日本における霊能者というのも、似たような存在かもしれない。

「状況は、よくわかりました。そこには、たくさんの品物があるようですね。わたしに見せていただけますか？」

ソフィアがドイツ語で喋ってから、二、三秒すると、日本語に翻訳された男の声が流れて、ウィンドウに字幕が表示された。

「わかりました。それでは、この品を見てください」

亮太は、賀茂禮子の方を見てから、タブレットを持ってテーブルの前に移動する。

「これは『Royal Ashton』という英国のティーカップなんですが、賀茂禮子さんは、呪物だと鑑定しています」

ソフィアは、息を呑んだようだった。眉をひそめると、首を振りながら早口でつぶやいた。スカイプの翻訳が上手く機能せず、支離滅裂な声と文章が現れる。

「よくわかりません。もっとゆっくりと、わかりやすい言葉で話してください」

亮太が頼むと、ソフィアは、ようやく落ち着きを取り戻したようだった。今度は、一音一音明晰《めいせき》な口調で話す。

「すみません。つい興奮してしまいました。これは、とても悪いものなのです。これでお茶を飲んでは絶対にいけません。火傷《やけど》しそうに熱いお茶が入っているときでも、ぞっとするような冷たい空気を発し、人の心を冷酷に変えてしまうのです」

賀茂禮子は、無言のまま、画面のソフィアに見入っている。

「では、これが何なのか、あなたはご存じなのですか？」

「もちろんです。これは、十八世紀にイギリスで作られたものです」

ソフィアは、大きく息を吸ってから続ける。

「これは、ヨーロッパでは、とても有名なフェティッシュなのです」

一瞬、何のことかわからなかったが、たぶん呪物に相当する言葉を訳したのだろうと察しがついた。

「ちょっと、いいかしら」

賀茂禮子が、タブレットに向かって話しかける。

「ソフィア。あなたには、このティーカップが生まれたときの光景が見えているの？」

驚いたことに、ソフィアは、うなずいた。

「はい。今もカップの中に若いイギリス人男性の顔が浮かんでいます。ですけど、その話は、あまりにも有名なのです」

まるで、見るまでもないと言わんばかりだった。

「何があったのか、教えてもらえますか？」

ソフィアの言葉の中では、かろうじて『Dale Ashton』という名前が聴き取れた。どうやら、窯元《かまもと》の名前らしかった。翻訳を加味すると、デールは『Valerie』という女性に恋していたが、ヴァレリーには『Alan White』という恋人がいた。デールは嫉妬を募らせた挙げ句、アランを殺害するに至ったのだという。

「でも、どうして、そのティーカップに怨念が宿ることになったのですか？」

亮太は訊ねた。単純な質問だが、なぜか日本語からドイツ語への翻訳が難しかったらしい。ソフィアは、首をかしげていたが、ようやく意味を悟ったらしくうなずいた。

「ご存じの通り、これは、骨灰磁器《ボーンチャイナ》です。ふつうは土に牛の骨を焼いた灰を混ぜるのですが、このティーカップには人の骨の灰が混ぜられています」

亮太は、衝撃を感じていた。やはり、そういうことだったのか。デールは、殺害した恋敵の遺体の処理に困り、最後に残った骨を牛骨の代わりに使ったのだろう。

「骨は、生き物が死んだ後も、一番長く残ります。ですから、最も呪物になりやすいのです。しかも、器の形をしているものは、非常によく怨念を溜め込みます」

賀茂禮子が、独り言のようにつぶやいた。

「ですが、わたしにわからないのは、そんな危険なフェティッシュが、なぜ日本にあるのかということです。このとき焼かれたカップの大半は、すでに『白い魔女《ヴァイセヘクセ》』により捜し出されて、粉々に打ち砕かれているというのに」

ソフィアはそう言って、また首をかしげた。

「明治時代――十九世紀の終わりか二十世紀の初め頃ですが、ヨーロッパを旅行した日本人が持ち帰ったようですね」

賀茂禮子が説明すると、ソフィアは深くうなずいた。

「なるほど。そういうグッズは、他にもあるのでしょうか？　わたしは、さっきから、非常に恐ろしいものを感じているのですが」

「ええ。でも実は、あなたに訊ねたかったのは、ここに集まっている呪物の来歴についてではありません」

賀茂禮子は、静かに言う。

「教えてほしいのは、ここにはないものについてです」

「それは、何ですか？」

「『Die Walpurgisnacht』という無声映画について、ご存じですか？」

ソフィアは絶句して、目を見開いた。言葉にこそ出さなかったものの、さっきよりも驚きの度合いは大きいようだ。

「もちろんです。もしかして、あれが、何か関係しているのですか？」

「その可能性があるだろうと思います。ここにいる亮太が、呪物を集めた古物商の店に行き、空のパテベビーの容器を見つけたのです」

「前半は、ドイツのＹｏｕＴｕｂｅにアップされているのを見つけたんですが、後半は、どこにもないようですね。あれは、いったい何なんですか？」

亮太も、我慢できなくなって口を出す。ソフィアは、しばらく沈黙した。

「あれは、呪われた映画です。無声映画の撮影中に、たいへん恐ろしい出来事がありました。そのために、一度も劇場で上映されることはなかったのです。でも、どこからか、フィルムが流出してしまいました。そして、今では、フィルムそのものが危険なフェティッシュに変化しています。ですから、仮にあなた方が後半を入手したとしても、絶対に見てはなりません」

「撮影中の恐ろしい出来事とは、いったい何だったんですか？」

亮太の質問に、ソフィアは爪を噛んだ。

「あの映画は、人が理性を失い、獣に変わる過程を描いています。そのとき、偶然にも様々な波動が一致してしまいました。意図せずに悪魔を呼び出す古い儀式を再現して、それが現実のものになってしまったのです」

「悪魔……？」

「実際に、彼らが呼び出したものが何なのかは、よくわかりません。しかし、たいへん邪悪な存在が現れて、その結果、世にも恐ろしい惨劇が起きました」

ソフィアは、考えながら、慎重に言葉を絞り出しているようだった。

「あなたは、この現象をよくご存じのはずです。様々な条件が揃ったときにだけ、起きることですが、ときには、意図的にそれを起こそうとする人間もいるのです。ドイツにおいても、『黒い魔女《シュヴァルツエ・ヘクセ》』は、しばしばそれを企《たくら》みます。さいわいにも、それは容易なことではないため、まだ一度も成功していませんが」

ソフィアは、少しためらってから、早口で言った。

「実を言うと、わたしは現在、あなたたちのすぐそばに、『黒い魔女《シュヴァルツエ・ヘクセ》』の影を感じています。同じことを企んでいるようです。……いや、すでに成功したのでしょうか？　いずれにしても、まだ悪意の黒雲は留《とど》まっています。危機は、けっして去ってはいないのです。どうか、充分に気をつけてください」

ソフィアの言葉を翻訳した男の声が、まるで悪魔の言葉のように不吉に響いた。

「わかりました。ありがとうございました」

亮太は、礼を言って、スカイプの通話を終えようとした。ところが、ソフィアは、まだ話は終わっていないというように首を振った。

「そこには、たくさんのグッズがありますね。すべてフェティッシュです。とても恐ろしい。しかし、本当に恐ろしいのは、見えている物ではなく、隠れている物です」

賀茂禮子は、身を乗り出した。

「あなたは、本当に隠れている物が見えているの？　わたしは、すべての呪物を調べたけど、未だに元凶が見つけられないでいる」

ソフィアは、首を振る。

「あなたの能力なら、ふつう、見えないものはないはずです。でも、そこにある物は、どれも一筋縄ではいかない。ふつう、グッズを無心に見れば、フェティッシュかどうかわかります。なぜなら、フェティッシュは叫んでいるから。誰かにわかってほしいんです。しかし、そこにある物のいくつかは、なぜか、まったく違うようです」

「どう違うんでしょうか？」

賀茂禮子が、教えを乞うような口調になっていた。

「そこにある物、集められたグッズには、生きている人間の悪意と、死んだ人間の呪いとが、分かちがたく混じり合っています。そのため、あるいは沈黙し、あるいは声高に虚偽の叫びを聞かせ、簡単には真実の声を聞かせないのです」

「真実の声は、隠蔽されているということ？」

「隠蔽……あるいは、擬態《ミミクリー》」

ソフィアは、ささやくようにそう言い、唐突にスカイプ通話が終わった。

賀茂禮子は、じっと宙を見つめながら、何かを考え込んでいるようだった。

亮太もまた、容易に答えが出そうにない疑問にとらわれていた。

擬態する呪物とは、いったい何だろう？

賀茂禮子と亮太が、もう一度母屋の呪物を調べようとして、ダイニングを出たときだった。玄関の方から樋口刑事がやって来るのが見えた。

血相を変えている。いや、それだけではない。脂汗を掻《か》き、目の焦点が定まっていないのだ。憔悴《しょうすい》しきっているように見えるのは、気のせいだろうか。

納戸で、急に様子がおかしくなったときのことを思い出す。この人は、いったい、どうしてしまったのだろうか。

樋口刑事は、そばまで来ると、息せき切った様子で囁《ささや》く。

「お待たせしましたが、明日には、四人のご遺体をお返しできることになりました」

「そうですか」

亮太は、ほっとした。

「これで、ようやく、お葬式を出せます。ありがとうございました」

だが、樋口刑事は、虚ろな目でこちらを見る。

「いや……それがですね、ついさきほど、福森八重子さんが発見されました」

賀茂禮子は、じっと樋口刑事の顔を見た。

「すでに、亡くなっていたんですね？」

「はい。近くの山中で、縊死《いし》しているのが見つかりました。おそらく、あの事件の直後に首を吊《つ》ったものと思われます」

亮太は茫然《ぼうぜん》としていた。怪物と化した大伯母さんが再び屋敷へ戻ってくるという恐怖から、解放された安堵はあったが、その反面、ますます真相の解明が難しくなってしまった。

ともあれ、できるなら、五人一緒に葬式を出してあげたいと思う。

「面通しのため、稲村繁代さんに一足先に行ってもらってますが、ぜひ、中村亮太さんにも、ご足労いただきたいのですが」

「わかりました」

歩き出そうとした亮太を、賀茂禮子がなぜか掣肘《せいちゅう》した。

「すでに稲村さんが確認に行かれているのだったら、亮太さんまで行く必要はないんじゃありませんか？」

樋口刑事は、むっとした表情になった。

「まあ、それは、そうなんですが」

「そうですか。では、遺体の確認は、稲村さんにお任せしましょう。わたしたちには、今からやることがあります」

「それは、何ですか？」

「この屋敷にある呪物を、もう一度、一から調べ直してみたいんです。座敷と納戸にあるものすべてを」

「そうですか」

樋口刑事の目が、妙な光を帯びたようだった。

「では、私も立ち会ってもよいでしょうか？」

まるで、証拠を隠滅されるのではという猜疑心に囚《とら》われているようだ。

「どうぞ」

賀茂禮子は、付いてきたければどうぞとばかり、すたすたと歩き出した。その後から亮太、そして樋口刑事が続く。

亮太は、畳敷きの廊下に目を落としていた。最高級の畳表に点々と飛び散っていた血痕《けっこん》は、稲村さんが、大根の汁やセスキ炭酸ソーダを使って必死に落としてくれていたが、それでも、まだうっすらと跡が残っている。新しい畳が来るまでは、ここを歩くしかない。

亮太は、極力前を見ないようにして歩く。廊下の左側には、田の字型になった四つの部屋、右側に奥座敷があるはずだ。

賀茂禮子が、立ち止まった。最初に見聞したときと同じく、左奥の部屋の襖《ふすま》を開ける。

意を決して、顔を上げる。最初の部屋は居間である。正面と左側の欄間には扁額《へんがく》が飾られ、床の間には額装された慶長小判があった。

「あなたが床下で聞いた、事件当夜の音を覚えていますか？」

賀茂禮子が、亮太の耳元で囁く。亮太は、うなずいた。

「この慶長小判は、どうでしたか？　子供たちに対する悪意を感じましたか？」

亮太は真剣に思い出そうとしてみたが、ほとんど印象に残っていなかった。

「わかりません。鬼は、仏間から出現して、子供たちのいた居間へとやってきたようですが、特に、慶長小判が騒ぎ立てたという感じはしませんでした」

賀茂禮子は、うなずいた。

「なるほど。やはり、そうですか」

「やはりというと？」

「この慶長小判には、べっとりと血糊《ちのり》が付着しているのです。江戸時代の裕福な仕舞《しも》た屋──商いを止めて金貸しをしていた一家が、押し込み強盗に皆殺しにされたとき、奪われた小判の一部ですから。一家の嘆きと恨みは、限りなく深かったことでしょう」

「では、これも元凶の一つだったんですか？」

「いいえ。この慶長小判の恨みは、押し入った賊と、その子孫へと向けられているようです。これに関するかぎり、福森家はまったく関わりはありません。したがって、この慶長小判は、真に悪意を抱いている呪物を隠すための擬装に過ぎないのです」

賀茂禮子は、確信を持ったように、慶長小判を容疑者リストから外す。

その次は、何だろう。亮太は、居間の床の間を見た。あそこには、あの市松人形があった。深く考えずに持ち出してしまったが、もしかして、あれがそうだったのか……？

だが、賀茂禮子の目は、すでに次の呪物に移っていた。

貝桶と**合わせ貝**だ。

「嫁ぎ先から離縁されて出戻り、首を縊《くく》った方姫《まさひめ》様のお恨みは、さぞ深かったことでしょう。だからこそ、本来ならばおめでたい**合わせ貝**は、持ち主を縁遠くする呪物と成り果てました。その点には、間違いありません。しかし、もし、それもまた、擬態だったとしたら？」

賀茂禮子のガラス玉のような目は、異様な光を放っていた。だが、不意に眉をひそめる。

「樋口刑事は？　どこへ行きました？」

「さあ？」

亮太は、当惑して周囲を見渡した。さっきまで、すぐそばにいたと思っていたのだが。

「しまった……！」

賀茂禮子は、叫んだ。

「一刻も早く、見つけてください！　取り返しの付かないことになりかねません！」

わけがわからないまま、亮太は廊下に飛び出した。樋口刑事が、いったい何をするというのだろう。かりにも刑事だし、福森家との間に、因縁はなさそうだった。たしかに、納戸では、かなり挙動がおかしかったが……。

はっとした。もしかして、納戸へ行ったのだろうか。

亮太は、畳張りの廊下を走る。左に折れると、納戸への入り口は開けっぱなしになっていた。

夢中で中へと飛び込んだ。

いた！　樋口刑事だ。だが、いったい何をしようとしているのか。

手には、一本の巻かれた掛け軸を持っている。

「何をしているんですか？」

自分でもびっくりするほど大声が出た。樋口刑事は、こちらを見る。焦点が定まっていない、薄膜がかかったような目で。

「それを、こちらに渡してください！」

亮太は右手を伸ばすが、樋口刑事は、取られまいとするように、掛け軸を遠ざけた。

「樋口さん？　あの、これは？」

亮太は呼びかけたが、続けてなんと言っていいのかわからない。

「こいつだ……。この幽霊画が、諸悪の根源だったんだ」

樋口刑事は、譫言のように口走る。

「どういうことですか？　それが、あの事件を引き起こした元凶だって言うんですか？」

樋口刑事は、亮太の質問には答えなかった。

「こいつだ。こいつが、全部悪いんだ」

樋口刑事は、巻かれたままの掛け軸を掲げた。

「燃やしてやる！　永遠に、この世から葬ってやる！　そうすれば、もう二度と、俺の夢には現れないはずだ」

夢に現れる？　亮太は呆気にとられた。知らないうちに、樋口刑事まで巻き込まれていたというのか。

樋口刑事は、内ポケットに手を入れると、百円ライターを取り出した。

「しょせん紙だ。燃えてしまえば、それまでだろう！」

「待ってください！」

そう叫びながら、亮太は、相反する感情に引き裂かれていた。

もしも、樋口刑事の言うとおりで、あの幽霊画の掛け軸が、すべての元凶だったとしたら、ここで樋口刑事が蛮勇をふるって焼却してしまえば、これ以上の祟りは防げるかもしれない。

だが、もし、そうじゃなかったら。

真に恐ろしい呪物は他にあり、幽霊画を焼くことで呪物間のバランスを崩してしまったら、どんな事態になるのか想像もつかない。

「落ち着いてください」

賀茂禮子の声がした。

「その掛け軸を焼き捨てたところで、何の解決にもなりませんよ」

樋口刑事は、賀茂禮子を睨み付けた。

「邪魔するな！　こいつが犯人なのは、あきらかなんだ！」

「悪夢を見たくないのならば、別の、もっと確実な方法があります。あなたには、そのことはよくわかっているでしょう？」

いったい何を言ってるんだ？　緊迫した場面なのに、亮太はぽかんとしてしまった。

「別の方法だ？　そんなものがあるか！」

樋口刑事は叫んで、百円ライターの回転ヤスリ部分を親指で擦った。火花が出たようだが、なかなか着火しない。

亮太は、とっさにきびすを返した。幽霊画を燃やすことは間違っていないかもしれないが、屋敷の中でやられたら、火事になりかねない。消火器を取ってこようと思ったのだった。

巨大な龍と虎に左右から睨み付けられながら、廊下を疾走していく。あった。赤い消火器のボンベだ！　引っつかんで、今来た道を引き返す。まだ、火の手は上がっていないようだ。

納戸に入ると、樋口刑事は、固まった姿勢で、百円ライターを握っている手の親指だけを、しきりに動かしていた。

「樋口さん。落ち着いて。正気に戻ってください」

賀茂禮子が、辛抱強く呼びかけている。

「あなたの悪夢のことだったら、わたしが、何とかします。ですから、落ち着いてください。ともかく、そのライターを捨ててください」

賀茂禮子の言葉は、はたして耳に入っているのか。樋口刑事は、ライターで火を付けようとする機械的な動作を繰り返していた。

「刑事は、あなたの夢だったんじゃないんですか？　今の地位を築くまでに、血の滲《にじ》むような努力があったはずです。本当に、すべてを失ってしまっていいんですか？」

賀茂禮子の言葉は、ようやく樋口刑事の意識に届いたようだった。

「うるさい！　ここまで来たら、もう、やるしかない！」

樋口刑事は、苦しげに呻《うめ》く。

今ならば止められるかもしれないと、亮太は思った。

樋口刑事は、拳銃《けんじゅう》は出していない。ただ、火付きの悪い百円ライターを擦っているだけだ。今ここで飛びかかり、百円ライターを奪うことができれば、少なくとも火事になる危機だけは回避できる。

だが、どう考えても、それは無理な相談だった。

警察官は、格闘技に長《た》けている。少なくとも、俺のような、ろくろく喧嘩《けんか》もしたことのないオタクが敵《かな》うはずがない。

死に物狂いで飛びかかったところで、軽く一発でKOされるのがオチだろう。

……しかし、だったら、どうすればいい？

亮太は、手にした消火器に目を落とした。

未然に防ごうなどと思い上がるな。火が付いてしまったときに、すばやく消し止めるんだ。

それが、今の俺に出来る、最善かつ唯一のことだ。

「樋口さん。あなたの問題は、充分解決することができます。わたしが、お約束しましょう。ですが、これ以上、あなたが無分別な行動を取り続けたら、保証の限りではありません」

賀茂禮子の声が、不吉な響きを帯びた。

「あなたは、その幽霊画に、取り殺されることになります」

樋口刑事は、たじろいだようだった。

「わたしは、何も脅しているわけではありません。今は、おそらく、最後の警告の段階です。今ならば、まだ、引き返すことができます。しかし、もしあなたが一線を越えてしまったら、もはや、わたしにも他の誰にも、あなたを助けることはできなくなります。……間違いなく、千太郎や松吉と、同じ運命を辿《たど》ることになるんですよ」

樋口刑事は恐怖に目を見開いていた。心が折れたのがわかる。ブルブル震える手は、今にも百円ライターを取り落としそうだった。

よし、思いとどまった。

とにかく、一度落ち着いて、話を……。

次の瞬間だった。百円ライターから、信じられないほど大きな炎が上がった。

樋口刑事は、虚ろな笑みを浮かべると、掛け軸を炎にかざした。

炎の舌は、巻かれたままの掛け軸を舐《な》める。

たちまち炎は膨れ上がって、天井に届くほど高くなった。

亮太は、消火器の安全栓を引き抜き、ノズルを炎に向けて力いっぱいレバーを握りしめた。

激しく噴出した強化液が、炎に襲いかかったかと思うと、瞬く間に、消し止めてしまった。

かすかに酸っぱい臭いが、あたりに立ちこめる。

頭から強化液を浴びせかけられた樋口刑事は、茫然と立ち尽くしていたが、顔を上げると、物凄《ものすご》い目で亮太を睨みつける。

「この餓鬼が！　なぜ俺の邪魔をする？」

樋口刑事は、背広の内側に右手を差し込んだ。嘘だろう。まさか、本気で撃つ気なのか？

亮太は震え上がった。

「落ち着きなさい！」

賀茂禮子が、凜《りん》とした声で樋口刑事を制止した。

「うるさい！　こいつを焼き捨てない限り、俺は命がないんだ！」

樋口刑事は怒号したが、最後の方はほとんど悲鳴に近かった。

「いいですか。あなたが、たった今焼こうとしたものを、よく見てみなさい」

賀茂禮子は、静かに指さす。

「何だと？」

樋口刑事は、左手に握りしめたままの掛け軸に目を落とす。黒くなった手にはひどい火傷を負っているようだが、痛みすら感じていないように見えた。

瞬時に消し止めたつもりだったが、巻かれた掛け軸は、表装がかなり焼けてしまっていた。特に、結んであった巻緒の部分は完全に焼け切れており、樋口刑事が手を開いたら、たちまち床に落ちて、おぞましい幽霊の姿を露《あら》わにするに違いない。

亮太ははっとした。幽霊画は、狙う相手に対して、あえて自らの姿を見せようとするのではなかったか。千太郎の話の一節が頭に浮かぶ。


千太郎は、誰もいない昼間、こっそりと蔵に忍び込んだ。くだんの掛け軸を捜し、一つずつ箱書きをたしかめていると、ふいに、棚の上から一個の桐箱が落ちてきた。鼠でもいるのかと思って見ると、はずみで箱の蓋が外れ、一本の掛け軸が飛び出した。しかも、あろうことか、しっかり軸を巻いて結わえてあるはずの巻緒がはらりと解け、掛け軸がコロコロ転がりながら床の上で展開していく。

千太郎は、とっさに掛け軸に飛びつくと、目をつぶって押さえた。

……桑原桑原。こいつを見たら、百年目だ。


やめろ、という声を上げる間もなかった。樋口刑事の手から、掛け軸が滑り落ちる。

床の上に落ちると、まるで命あるもののように、自ら広がっていく。その様子は、たった今想像したのと寸分違わなかった。

亮太は、金縛りに遭ったように、その場に立ち尽くしていた。

写真でしか見たことがなかった幽霊画を、ついに目の当たりにするのかと思うと、総毛立つ思いだった。絵が現れると思った瞬間、顔を背けて、目をぎゅっとつぶる。

「あなたは、これを、どこから持ってきたのです？」

賀茂禮子の声が響く。意味がわからず、亮太は、目を閉じたまま眉をひそめる。

「それは……こんな……なぜだ？」

樋口刑事が呻くような声で叫んだ。

「俺は、たしかに、幽霊画を持ち出したはずだ。この手で巻いて、紐《ひも》を結んだんだ」

樋口刑事の声は、悲痛でかすれていた。

「この手で巻いた？　幽霊画は、長い間、一度も開かれていませんよ。ずっと箱に収められたままです」

賀茂禮子は、厳しい声で詰問する。

「この掛け軸は、どこにあったのですか？」

「あの、四つの部屋の中の……たしか、中の間だ。床の間に掛けられていた」

まるで、譫言のように答える。え、どういうことだろう。

「中の間にあったのは、幽霊画などではありません。そのことは、あなたもよくご存じのはずでしょう?」

賀茂禮子の指摘に、亮太は恐る恐る目を開いた。

床の上に広がっていたのは、先日、一度だけ見た掛け軸である。表装部分は焦げていたが、画そのものはそっくり残っていた。

異様な迫力に満ちた、ギョロリとした目がこちらを睨んでいる。

それは、幽霊画ではなく、達磨図だった。

「あなたは、すっかり平静を失ってしまっていたので、まんまと呪物に幻惑されてしまったのです」

賀茂禮子の口調は静かだったが、どこか罪人を鞭打つような容赦のない響きがあった。

「待ってください。呪物って、いったい、どちらのことですか?」

亮太は、バックパックからカメラを出すと、一部が焦げた達磨図を撮影しながら訊ねる。

「自ら焼き滅ぼされることを望む呪物など、この世に存在しません」

賀茂禮子は、何を言ってるんだという呆《あき》れ顔だった。

「樋口さんが近づいてくることに気づいた幽霊画が、自らを滅しようとする意思を察知して、達磨図を身代わりに差し出したのです。あなたは、幽霊画であるかのように錯覚させられて、中の間の達磨図を持ち出したんですよ」

そういえばと、亮太は、賀茂禮子の言葉を思い出した。一部の呪物は、あたかも霊を宿し、それ自体が意思を持っているかのように振る舞うということだったが。

「じゃあ、達磨図は、たまたま中の間に掛かっていて、身代わりとして都合がよかったということですか?」

亮太が訊ねると、賀茂禮子は首を横に振った。

「いいえ、それだけではないでしょう。幽霊画にとって、達磨図は常に敵対する存在でした。この二つは、いわば相克の関係にあったんです」

「つまり、幽霊画の力を抑えていたのは、達磨図だったということですね？」

二つの画が睨み合っていたという言葉を思い出す。福生寺の玄道和尚が言ったのだという。先祖である松下弥兵衛の作品と、子孫の松下秋繭の描いた絵とが睨み合っているというのは、やはり腑《ふ》に落ちないが。

「ええ。納戸の引き出しにあった幽霊画の写真が、真っ黒になっていたことがありましたね。あれは、おそらく、達磨図の力によるものだったのでしょう」

それが、幽霊画の祟りのせいなのかと訊ねたとき、賀茂禮子は、「逆」だと言っていたが、その意味が、今ようやくわかった。

「いずれも、桁《けた》違いの力を持つ呪物です。その二つが互いの力を相殺していたため、長い間、均衡が保たれていたのでしょう。ところが、そこに、バランスを崩そうという何者かの意思が働いたことで、先日の事件が起きたのです」

賀茂禮子は、跪《ひざまず》くと、丁寧に達磨図を巻き取った。

「俺は……くそ！　騙《だま》されてたのか。あんな、古ぼけた掛け軸の画に」

樋口刑事は、とうてい信じられないという顔だった。ようやく火傷の痛みを感じたらしく、左手を見て顔をしかめる。

「ちくしょう……だったら、今度こそ本物を見つけ出して、焼いてやる！」

「無駄なことです。おやめなさい」

賀茂禮子は、憐《あわ》れむような目で言う。

「何度試したところで、同じことですよ。あなたは、ただいいように操られるだけでしょう。

それに、別の呪物が焼かれるくらいならまだしも、とばっちりで、誰かが大きな被害を受けることも考えられますから」

「俺が、また操られる……？　あの絵は、誰でも好きなようにマインドコントロールできるというのか？」

「いいえ、そうではありません。わたしも、ここにいる亮太さんも、あなたのように、完全に操り人形と化すことはないでしょう」

それでは、なぜ、樋口刑事は幻惑されてしまったのだろうか。

賀茂禮子は、ちらりとこちらを見ると、その疑問を読み取ったように続けた。

「呪物は、心の中の一番弱い部分や、邪悪な部分に作用するのです。あなたが夜ごと見ている悪夢もまた、あなた自身の罪の意識を標的としています。……お岩《いわ》の幽霊が、伊右衛門《いえもん》にだけ見えたように」

樋口刑事の罪の意識とは、いったい何のことだろう？

亮太には、皆目見当も付かなかった。

「うるさい！　俺は誰にも止められない！　……こうなったら、殺《や》るか、殺られるかだ」

樋口刑事は、背広の内側から拳銃を取り出した。

亮太は竦み上がったが、賀茂禮子は無言のまま溜め息をついた。

「今度邪魔したら、射殺する。俺がいいと言うまでは、おとなしくここに立ってろ！　誰かに助けを求めたり、電話をかけたりすれば、命はないからな」

恫喝《どうかつ》というよりは、むしろ平板な口調だったが、それがかえってリアリティを感じさせて、亮太は凍り付いていた。

樋口刑事は、銃を持った右手をだらりと下げて、納戸の中を見て回る。

「どうしたらいいでしょう？」

亮太は、小声で指示を仰いだが、賀茂禮子は、首を振った。

「やむを得ません。こうなったら、好きなようにやらせるよりないでしょうね」

「そんな……！」

「あなたも、拳銃で撃たれたくはないでしょう？　わたしだって同じことです」

霊能者も、物理的な暴力の前には、何もできないらしい。

「そうですね。もし霊能者に、何か役に立つことが言えるとすれば、もし指示に逆らったら、樋口刑事は、躊躇せずに撃つだろうということです。薄々感じてはいたのですが、あそこまで切羽詰まった状況にあるとは思いませんでした」

心で思っただけのことに返事をされるのが、いつの間にか当たり前のようになっているのが怖かった。それにしても、薄々何を感じていたのだろう。

そのとき、棚の間を探っていた樋口刑事が、急に引き返してきた。もう幽霊画を見つけたのだろうか。

いや、違う。右手には拳銃を握ったままで、火傷をした左手は空だった。

「樋口さん。……あの」

亮太は、恐る恐る声をかけたが、樋口刑事の耳には入らないようだった。無表情のままで、納戸の戸口から外に出て行く。

「どうやら、後を追った方がよさそうですね」

賀茂禮子は、少し距離を置いて樋口刑事を追う。しかたなく、亮太も後に続いた。

樋口刑事は、落ち着いた足取りで廊下を歩いていく。もし尾行しているのを見つかったら、撃たれるのではないかとヒヤヒヤしたが、途中、一度も振り返ろうとはしなかった。

車寄せのある方の玄関に着くと、樋口刑事は、革靴を履いて、引き戸を開けた。

かすかに水滴を含んだ冷たく湿った空気が吹き込んでくる。外ではまだ雨が降り続いているようだ。

樋口刑事は、傘も差さずに外に出て行った。亮太と賀茂禮子は、裸足《はだし》のまま土間に降りて、戸口からそっと様子を窺う。

秋雨は、しとしとと降り続いており、庭にはかすかに靄《もや》がかかっていた。

樋口刑事は、向こうを向いて庭に佇んでいる。

いったい何をしているのかと、亮太は怪訝に思った。それからカメラを構えて、樋口刑事の後ろ姿を動画に収める。

少しうつむき加減で、口元に何かを持ってきている。煙草を吸おうとしているのだろうか。この雨の中では、火を付けるのが大変かもしれないが……。

それから、はっと気がついて、全身の血が逆流するようなショックに見舞われた。

樋口刑事は、右手に拳銃を持っていたはずだ。戸口から外に出るまで、ホルスターに収めるような動作は見えなかった。

だとすると、今も、そのままのはずだ。だったら、あれは、煙草を銜《くわ》えているのではなく、まさか拳銃を……？

轟音《ごうおん》が鳴り響いた。

後頭部が弾《はじ》けて、何かの破片と液体が飛び散った。

樋口刑事は、硬直した姿勢で、バッタリと仰向《あおむ》けに倒れた。水飛沫《しぶき》が上がる。

嘘だろう？　そんな馬鹿な。この平和な日本で、目の前でこんなものを見せられるなんて、ありえない。

発砲音を聞きつけ、庭を回って制服警官が走ってきた。塀の外では、しだいに騒ぎが大きくなりつつある。

亮太は、賀茂禮子の方を見やったが、言葉が出てこなかった。

「樋口刑事には、とても気の毒な結果になりました。残念ですが、どのみち、どうすることもできなかったでしょう」

賀茂禮子は、無感動につぶやく。

「でも、もっと早く、あの幽霊画を何とかしていたら、樋口刑事が死ぬのを防げたんじゃないでしょうか？」

亮太は、口ごもる。

「以前にも言いましたが、真相が見えていない状態で、呪物間のバランスを崩したら、さらに恐ろしい事態が出来していたかもしれないのです」

賀茂禮子の言葉は、ただの自己正当化にしか聞こえなかった。

「それに、そもそも、こうなる原因を作ったのは、樋口刑事自身なのですから」

亮太は、顔に付いた雨のしずくを拭《ぬぐ》う。

「どういう意味なんですか？」

「いずれ、わかります。しかし、今は、それよりも重要なことがあります」

賀茂禮子のガラス玉のような目が、亮太を至近距離で見つめていた。

「悲劇は、まだ終わっていません。本当の危機は、これから訪れるでしょう。わたしたちは、たった今、そのことを思い知らされたのです」

SCENE5

福森家は、再び、蜂の巣をつついたような騒ぎに見舞われていた。

樋口刑事の拳銃自殺を目撃した亮太と賀茂禮子は、警察から、つぶさに事情聴取を受けた。

とはいえ、自殺であることはあきらかだったので、質問されたのは、もっぱら状況の確認と、その前に動機に関することを話していなかったかという点だった。

亮太から聴き取りをしたのは、真島《まじま》という若い刑事で、背広の下にはアメフトのショルダーパッドを入れているのではないかと思うくらい肩幅が広かった。質問は熱心で細かいのだが、やや的外れの感は否めなかった。いずれにしても、亮太には、話せるネタはなかったために、樋口刑事が、突然意味もなく死んだかのような印象の話しかできなかった。

賀茂禮子を担当したのは、額が広く黒縁眼鏡をかけた、波多野《はたの》というベテラン刑事だった。刑事というよりは公認会計士のような風貌《ふうぼう》で、真島刑事よりは優秀そうに見える。

小一時間ほどの聴取が終わって解放されたとき、ようやく祖母が到着した。

「亮太！　いったい、何がどうなってるの？」

「いや、それが、俺にもさっぱり」

亮太は、ただ首を振るしかなかった。実際、何一つわかっていないのだから。

「残念ながら、樋口刑事は、自ら破滅への途《みち》を選んでしまったようです」

賀茂禮子が、代わって答える。

「どういうことですか？」

「千太郎や松吉と、同じ運命を辿ったと、お考えください」

祖母の表情に、ぞっとしたような影が走った。何のことかは祖母にもわからないはずだが、賀茂禮子の言葉には、聞く者を震え上がらせるような響きがあった。

「わたしには、何としても、あの事件の謎を解き明かして、行方不明の姉を見つけたいという思いがあったんだけど」

祖母は、低い声で、ゆっくりと話した。

「これ以上、亮太を、危険に巻き込むわけにはいかないわね。ありがとう。本当によくやってくれたけど、あなたは、もういいわ。アルバイト料は、振り込んでおくから」

それでは、ここでお役御免ということなのか。内心ではほっとしていたものの、亮太の口を突いて出て来たのは、抗議の言葉だった。

「いや、ちょっと待って！　ここまで来て、それはないでしょう？」

「だめよ」

祖母は、にべもない。

「もしも、あなたまで死んでしまったら、どうするの？」

「俺なら、だいじょうぶだよ。死んだ人たちには、特別な理由があったみたいだから」

「特別？　いったい、どんな理由なの？」

「それは……」

答えに窮して、亮太は、賀茂禮子の方を見た。

「亮太さんの言うとおりです。彼が、亡くなった三人の轍《てつ》を踏むことは、ありえません」

賀茂禮子は、力強く請け合ってくれた。

「でも、その理由がわからないと、判断のしようがないんですけど」

祖母の方は、一段と困惑を深めていた。

「わかりました。それでは、真実をお話ししましょう。……たしかに、三人を取り殺したのは、納戸にあった幽霊画です。しかし、そうなる原因を作ったのは、三人の方だったのです」

賀茂禮子は、淡々とした調子で話す。

「原因っていうのは……？」

そのとき、波多野刑事が、真島刑事を伴って近づいて来るのが見えた。

「お話中、申し訳ありません」

波多野刑事は、丁寧に頭を下げる。

「先ほど、福森八重子さんのご遺体が発見されたと一報が入りました。すでに稲村繁代さんに確認のために行ってもらってますが、中村富士子さんか亮太さんにも、ご足労いただけないでしょうか？」

覚悟していたこととはいえ、祖母は衝撃を隠せない様子だった。

「そのことだったら樋口さんが亡くなる前にも訊かれましたけど、稲村さんが行ってるなら、充分確認できるだろうと思うんですが？」

波多野刑事は、唇を舐めた。

「それがですね、稲村さんはかなり取り乱されて、遺体を正視できない状態だというんです。おそらく、福森八重子さんだと思うが、確信は持てないということで」

「姉は、縊死したということじゃなかったんですか？」

祖母の表情からは、抑えがたい恐怖が滲み出していた。

「そうなんですが……若干の違和感があるようでして」

波多野刑事の答えに、祖母は重ねて何かを訊こうとしたようだが、途中で言葉を呑み込み、か細い声で答えた。

「わかりました。これから参ります」

「お祖母《ばあ》ちゃんは、ここで待っててください。俺が行きますよ」

亮太はそう言ったが、祖母は強くかぶりを振った。

「いいえ。これはやっぱり、姉妹《きょうだい》としての、わたしの務めよ」

「じゃあ、一緒に行きましょう」

本音では、大伯母さんの遺体を確認するのは、恐ろしくてたまらなかったのだが、祖母を、たった一人で行かせるわけにはいかないと思う。

「でしたら、わたしも、ご一緒させてください」

ほっとしたことに、賀茂禮子もそう申し出てくれた。大伯母さんと面識はないはずだから、本来、同行する意味はないのだが。

三人は、パトカーに同乗した。門が開くと、これまで以上に色めき立った取材陣が、どっと押し寄せてきたが、制服警官たちが排除する。

パトカーは山へと向かう道を走り出したが、賀茂禮子はずっと押し黙っており、それ以上、何も説明しようとはしなかった。


山道を走るパトカーは、林道らしい脇道に入ってから、ぬかるんだ路面にタイヤを取られて悪戦苦闘していたが、行き止まりのような場所で停車する。

「ここからは、歩きになります。足下がかなり悪いようですが、だいじょうぶですか？」

波多野刑事が、祖母と賀茂禮子、亮太の顔を順番に見ながら訊ねる。だったら、屋敷にいるときに、長靴でも履くよう言ってくれたらよかったのに。

林道の行き止まりから、どっち方向へ行くのかと思ったら、一番ありえないように見えた、左手の斜面を登り始めた。おいおい、嘘だろう。亮太は眉をひそめたが、立木に手をかけて、波多野刑事に続いてゆっくりと登る。後ろを振り返ると、賀茂禮子は、意外に苦もなく付いてきていたが、祖母は、かなり難渋しているようだった。亮太は、後ろに戻って祖母を助ける。

斜面には、道らしきものも見えたが、おそらくは獣道だろう。いったい誰が、こんなところを歩くというのか。

斜面を登りきると、少しだけマシな道があって、ほっとする。水溜まりの間を縫うような、いくつもの足跡が見えた。おそらく、その大半は警察官のものだろうが。

周りに生えているのは背の高い杉の木ばかりだったが、間伐とか下草刈りといった手入れをされているようには見えなかった。

「もう少しですから、頑張ってください」

波多野刑事は、何度か、気楽な調子でエールを送ってきたが、祖母は、可哀想に、すっかり息を切らしていた。

それにしても、大伯母さんは、なぜ、わざわざこんなところに入って縊死したのか。

それだけではない。どうして、こんなに早く遺体が発見されたのだろう。どう見ても、頻繁に人が立ち入る場所とは思えなかった。

切り立った谷に出て、急に視界が開けた。微小な雨粒を含んだ風が顔に当たる。曇っているのでわかりにくいが、日没が近いようだ。

急峻《きゅうしゅん》な斜面を見下ろすと、一本の巨木が生えているのが見えた。杉のようだが、ここまでに見てきた、無数の鉛筆を突き刺したような人工林の木々とは、まったく違っていた。

樹齢は、数百年か、もしかすると千年を超えているだろう。幹の太さは縄文杉《じょうもんすぎ》を思わせる。

それだけではない。普通の木とは樹形が全く異なっているのだ。

説明される前から、大伯母さんはこの木で首を吊ったに違いないという確信があった。

「あの木なんですよ。ご遺体が発見されたのは」

波多野刑事が、杉を指さしながら、かすかに緊張の感じられる声で言った。

「あれ、もしかして、『逆さ杉』かしら……？」

祖母が、信じられないという顔でつぶやく。

「それ、何のこと？」

初耳だったので亮太が訊ねると、祖母は沈鬱《ちんうつ》な表情になった。

「古くからある、ご神木よ。まさか、よりによって、あの木で首を吊るなんて」

「『逆さ杉』と呼ばれている杉の木は、全国各地にあります。中でも、有名なのは、屋久島《やくしま》や那須《なす》のものでしょうか」

賀茂禮子が、後ろから説明する。

「その多くは、まるで木の上下がひっくり返ってるように見える、特徴的な枝振りによって、名付けられたようです」

たしかに、『逆さ杉』の枝振りは、奇妙なものだった。太い枝は、梢《こずえ》の方に集中しており、しかも、下へ向かって垂れ下がっているため、杉と言うよりは、蛸《たこ》の化け物のように見える。亮太は、写真集で見たバオバブの木を思い出していた。

「……でも、よく発見されましたね」

亮太が訊ねると、波多野刑事は、うなずいた。

「昨日の夜中に、たまたま気がついた人がいたんです。今朝になってから、警察に通報がありました」

どういうことだろう？　亮太の頭の中では、いくつもの疑問が駆け巡っていた。その人は、夜中にこんなところへ何しに来ていたのか。それに、昨日も秋雨が降る暗い晩だったはずだ。よく木にぶら下がっていた遺体が見えたものだと思う。それだけじゃない。どうして、通報は今朝になってからなのか。

「中村さんは、ご神木とおっしゃいましたが、あの木からは、強い負の感情しか感じません。それも、長い年月――少なくとも百年以上にわたって蓄積されたもののようですね」

賀茂禮子は、半眼になって杉の木を見つめていた。

「京都の地主《じしゅ》神社には、かつては『のろい杉』と呼ばれていた、『いのり杉』がありますが、あれもまた、丑《うし》の刻参りに使われる呪いの杉の木ですね。……今は見えませんが、あそこには注連縄《しめなわ》も張ってあったはずです」

「いや、そのとおりです」

波多野刑事は、驚きで目を見開いていた。

「ご遺体の発見者も、藁《わら》人形と五寸釘を携えて、丑三つ時にやって来たようです」

「わざわざ、こんな山の中までですか？」

亮太には、とうてい信じられなかった。このあたりは、夜中には真っ暗になるだろうから、さぞ恐ろしい場所であるに違いない。

「この木は、昔から、特に霊験あらたかと言われているのよ」

祖母の口ぶりからすると、地元では有名な木らしい。

「他の『逆さ杉』は、たまたま、そういう樹形になっただけなのですが、この木に関しては、少々事情が違うようです」

賀茂禮子は、独り言のようにつぶやいた。

「どういうことですか？」

「『弘法大師《こうぼうだいし》の逆さ杖《づえ》』という話を、お聞きになったことはないでしょうか？　弘法大師が、上下逆の杖を地面に突き刺すと、そこから杖が根付き、やがて大木になったという伝説です。高野山《こうやさん》には『逆指《さかざ》しの藤』という藤の木がありますが、これも、祈親《きしん》上人が、願掛けのために逆さに植えたということです」

賀茂禮子は、首をかしげるようにして説明する。

「つまり、木を上下逆さに植えるのは、何らかの願掛けのためなのです。この『逆さ杉』も、誰かが願を掛けて、すでに生えていた木を、わざわざ上下逆にして植え直したものです」

「そんなことをして、木は枯れないんですか？」

木や枝には上下があるから、根っこが生えてくるのは、下の端からだけのはずだが。

「ほとんどの場合は、枯れてしまうでしょうね。ですが、中には上下逆さの状態に適応して、梢だった方から根を生やして、命を長らえる木もあるのです。古代中国では、いったん植えた桜の木を、ひっくり返して植え直す習わしがあったようです」

マジか。亮太は、バックパックからカメラを取り出し、『逆さ杉』を舐めるように撮影した。

そもそも、生きている木を、逆さにして植え直すという発想自体が、異常だという気がする。この木も、そう思って見ると、不気味さが増すようだ。

「通報者は女性でしたが、ちょうどこのあたりでご遺体を発見したらしく、驚愕《きょうがく》しながらも、本来の目的である丑の刻参りを最後まで行ったようです。そして、いったん帰宅しましたが、黙っていると、自分が殺したと疑われるのではと思って、迷った末に一一〇番したそうです。通報が今朝にずれ込んだのには、そういう事情があったらしくて」

波多野刑事は、とても理解しがたいというように首を振る。

だが、亮太には、遺体を発見するという恐ろしいハプニングに遭遇しながら、呪いの儀式を完遂した女の気持ちは、何となく想像できた。

きっと、首を縊った遺体がぶら下がっている今なら、丑の刻参りの効力はますます強まると考えたのだろう。復讐心でいっぱいの頭には、むしろ、千載一遇の好機のように感じられたのかもしれない。

「ご遺体があったのは、あの木のどのあたりですか？」

賀茂禮子が、奇妙な質問をする。そういえば、たしかに変だ。大伯母さんが首を吊ったのは地面に近い部分だろうから、ここからは見えないはずだが。

だが、波多野刑事は、『逆さ杉』を指さしながら、まったく予想外の答えをする。

「あそこに見える、あの樹冠の太い枝のあたりです」

まさか。亮太は、呆気にとられた。

あのあたりだと、地上から四、五十メートルはあるはずだ。どうやって、あんなところまで登ったのか。

いや、大伯母さんが鬼と化していたのなら、それも可能だったのかもしれないが。

「首吊り自殺をしようとする人は、通常、安全な低い場所を選ぶものなんです。半数以上は、足の立つ高さです。私が見た中で一番低い位置の首吊りは、寝たきりのおばあさんでしたが、簞笥《たんす》の引き手の輪に、腰紐を通して首にかけ、寝そべった姿勢のままで亡くなっていました。高さは四十センチもなかったでしょう」

波多野刑事は、妙にしみじみと言う。

「あそこまで高い木の梢近くから、ご遺体がぶら下がっていたとすれば、さぞかし非現実的な光景だったでしょう。しかも、紐が長すぎたせいか、かなり妙な具合になっていたようですからね」

祖母が、聞きたくないというように顔を背けた。

「妙な具合というのは、何ですか？」

亮太が訊くと、波多野刑事は、口が滑ったと思ったのか、「……いや」と言葉を濁したが、代わって賀茂禮子が口を開いた。

「長すぎる紐というのは、あの木に張られていた注連縄でしょう。八重子さんは、梢の近くに一端を結びつけ、もう一端を首に巻いて飛び降りたんです」

波多野刑事が、なぜそれを知っているんだという顔で、賀茂禮子を凝視した。

「注連縄が伸びきった瞬間に、首が絞まって意識を失ったようですが、大きくバウンドして、脚が木の枝に引っかかり、発見されたときには、遺体は上下が逆さの状態になっていました。そして、そのまま首が絞まり続けたため、通常の縊死と違い、顔はひどく鬱血していました。その結果……」

「わかりました。もう、けっこうですから！」

そんな話を聞かされる祖母の心中を思いやり、亮太は、強い調子で遮った。

「それより、大伯母さんの遺体はどこにあるんですか？」

詰問口調で、波多野刑事に訊ねる。こういう対面は遺体安置所でやるのだと思っていたが、なぜ、遺体発見現場まで連れてきたのだろう。

一刻も早く身元を確認するためかもしれないが、ひょっとすると、賀茂禮子に現場を見せたかったのかもしれないと思う。

「こちらです」

波多野刑事は、少し喋りすぎたと反省しているのか、言葉少なに三人を案内する。

ちょうど黄昏時《たそがれどき》で、あたりは徐々に薄暗くなりかけていた。

そのとき、生前の大伯母さんの面影が、亮太の脳裏に鮮明によみがえった。

まるで、これから見ることになるものの前に、本当のわたしの姿を思い出してほしいという、あの世からのメッセージのように。

大伯母さんは、たいへん強い人だった。夫の欣二《きんじ》さんは婿養子だったので、数十年の長きにわたって福森家の家長として君臨し続けた。あの虎雄さんでさえも、母である大伯母さんには、一度も逆らえなかったくらいである。

妹の孫である亮太のことは、ほとんど自分の孫のように可愛がってくれたと思う。だから、大伯母さんの持つ二つの顔のうち、亮太は温顔しか見たことがなかった。後年になり、借金があるなど弱い立場の人たちに対して、大伯母さんがどんなに冷酷非情な仕打ちをしていたかを知って、かなりショックを受けたのを覚えていた。

だが、それでも、思い出されるのは、やはり優しい笑顔だった。

斜面に生えていた大木を迂回《うかい》すると、遺体が載せられているブルーシートが目に入った。

『逆さ杉』から下ろされ、足場のいい場所に移されたらしい。

ずいぶん、大きい……。折しも射し込んできた西日に照らされた遺体に、亮太は目を疑う。

大伯母さんは、こんな大女だっただろうか。首吊りをすると、身長が伸びるというような話を聞いたことがあるが、それにしても、これは異常だという気がする。

覆うものがないので、近づくにつれ、大伯母さんの恐ろしい形相があきらかになってきた。

祖母は、喉の奥で嗚咽《おえつ》のような声を漏らしたが、ハンカチで口を覆いながらも、気丈に目を背けないでいる。亮太も、思わず口元に手をやった。いったい何だ、これは……。

どこからか、カチカチというカスタネットのような音が聞こえてくる。それが、自分の歯が小刻みにぶつかる音だと気づき、思わず歯を食いしばった。

異臭が鼻を突く。冷たい雨に打たれていても、腐敗は進行するものらしい。亡くなってから、どのくらいの時間がたっているのだろうか。

早くも、大伯母さんの遺体を見ることが、トラウマになりそうな予感がしていた。

嫌だ、もう逃げ出したいと、切実に思う。こんなところに来たくなかった。ちょっとくらいバイト料を貰っても、引き合わない。

だが、どうしても見なければならない。

亮太は、目を背けようとする衝動と必死に戦った。

夕日で血のように赤く染まった遺体は、たしかに大伯母さんの面影を残してはいた。だが、ミイラのように皺《しわ》だらけで鞣し革のように変色した顔の皮膚は、七十七歳という実年齢からも遠くかけ離れている。しかも、その面貌に刻み込まれていたのは、人間のものとは思えない、恐ろしい形相だった。

眦《まなじり》を裂いて飛び出した眼球。顎《あご》が外れたように大きく開かれて、紫色の長い舌が垂れた口。そして、醜く歪んだまま硬直してしまった顔面の筋肉。

そこには、狂気を超えた、激怒と驚愕。この世のものとも思えない悲しみ。底知れぬ深淵《しんえん》のような絶望が、混沌として混じり合っているようだった。

いったい、あの晩、大伯母さんの身に、何が起きたのだろう。

そして、どんなに凄《すさ》まじい葛藤《かっとう》の末に、自らの死を選択したのだろうか。

SCENE6

稲村さんは、一足先に遺体を確認した後、気分が悪くなり休んでいた。祖母の顔を見ると、立ち上がって泣き出した。二人が慰め合っている間、亮太は、賀茂禮子に質問を浴びせる。

「……大伯母さんは、どうして、自殺したんでしょう？」

「あの惨劇の夜、福森八重子さんは、悪霊に憑依されて完全に鬼と化していました。しかし、まるで『逆さ杉』に引き寄せられるようにここまで来たとき、ようやく悪霊の力が弱まって、生来の気力がよみがえり、正気を取り戻したのです」

賀茂禮子は、沈んだ声で答える。

「八重子さんにとって、これほどの絶望はなかったでしょう。自らの手によって大切な家族を惨殺したことを、はっきりと認識したわけですから。ですが、自死を選ばれたのは、ご自身が苦しみから逃れるためではなく、これ以上の犠牲者を出さないためだったと思われます」

そのときの大伯母さんの心中を慮《おもんぱか》って、亮太は胸ふたがる思いだった。

「ところが、普通に首を吊っても、八重子さんの意識が弱まったとたんに、憑依する存在が、縄を解いてしまいます。それを防ぐため、あえて鬼の力を利用して『逆さ杉』の梢まで登り、勢いを付けて飛び降りることで、一気に命を絶ったのでしょう」

そのとき、祖母と稲村さんが立ち上がって、こちらにやってきた。稲村さんは、亮太の顔を見ると、またひとしきり涙に暮れる。

それから、四人は二台のパトカーで屋敷に送り届けてもらうことになった。

「……大伯母さんは亡くなりましたが、真犯人は、まだ別にいるっていうことですよね？」

亮太は、後部座席で隣にいる賀茂禮子に訊ねる。

「それは、誰ですか？」

「ええ」

運転している真島刑事と、助手席にいる波多野刑事が、聞き耳を立てたのがわかった。

「おおよそ見当は付きかけていますが、まだ、お話しできません。確証がありませんので」

奥歯にものが挟まったような物言いだと思う。

「危険は、まだ去っていないわけですね？」

わかってはいたが、念を押す。

「ええ。狙われているのは、まちがいなく子供たちですから」

そのことが、今でも最大の気がかりだった。

「本来ならば、やはり、すぐにでも屋敷に戻すべきだろうと思います。でも、現状ではそれが難しいようですので、必要な道具を揃えてから、病院へ行って来ます」

「……しかし、俺には、あの屋敷が安全とは、とうてい思えないんですけど」

亮太は、賀茂禮子のアドバイスには首肯できないでいた。

「今日あったことを考えても。樋口刑事さんが、あんなふうになったのも、やっぱり」

亮太は、途中から声を潜める。波多野刑事たちは無言だったが、話にじっと聞き入っている様子だった。

「樋口刑事があなってしまったのは、元はといえば、樋口刑事自身に問題があったからです。したがって、あの事件を以《もっ》て、屋敷が最も危険な場所であるとは言えません」

賀茂禮子の言葉に、さすがに黙っていられなくなったのか、波多野刑事が訊ねる。

「樋口に問題があったというのは、具体的に、どういうことなんでしょう？」

賀茂禮子は、静かな目で前を見る。

「お聞きしたいのですが、樋口刑事は、結婚なさってますすね？」

「ええ……まあ」

波多野刑事は、戸惑ったようだった。

「お相手の方は、再婚だったんでしょうか？」

「それは、ちょっと。個人情報ですし」

波多野刑事は、バックミラー越しに賀茂禮子を一瞥《いちべつ》する。

「やはり、そうですか。男の子は、奥さんの連れ子だったんですね？」

賀茂禮子は、波多野刑事がはっきりと肯定したという態《てい》で続ける。

「ちょっと、待ってください。それがいったい……？」

賀茂禮子は、亮太の方へと向き直った。ガラス玉のような目が光を放った気がして、亮太はぞくりとした。

「亮太さん。ここへ来る前に言ったと思いますが、樋口刑事は、千太郎や松吉と、同じ運命を辿ったのです」

同じ呪いの犠牲者だったということだろうか。だとすれば、その元凶は一つしか考えられなかった。

「あの幽霊画ですね？」

また予想を裏切られるかもしれないと思ったが、賀茂禮子はあっさりうなずいた。

「その通りです」

「だとすれば、やはり、屋敷は危ないんじゃないですか？」

「なぜですか？」

「樋口刑事は、幽霊画を焼くつもりだったのに、騙されて達磨図に火を付けてしまいました。かろうじて保たれていた均衡が、達磨図が焼けたことで、崩れてしまったんじゃ？」

「いいえ、あなたも見たはずです。表装の一部は焦げましたが、達磨図そのものは、まったく損傷を受けていません」

そうだったと思い、亮太はほっとする。屋敷で最も恐ろしい呪物は、やはり、幽霊画としか考えられない。さっきの話の通りだったら、千太郎や松吉に続いて、樋口刑事まで取り殺したことになるからだ。

「ですが、あなたは、根本的に誤解しています」

賀茂禮子は、諭すように言う。

「どういうことでしょうか？」

「そうですね……では少し、千太郎の話をしてみましょうか」

賀茂禮子は、亮太だけではなく、波多野刑事らにもはっきり聞こえるように、明晰な口調で話し始める。

「あの話を聞いたとき、あなたは、少しおかしいとは思いませんでしたか？」

たしかに、辻褄が合わない点は、いくつかあったように思う。

「そうですね。たとえば、賀茂さんが指摘された点ですが、幽霊画に殺された人数が変です。千太郎と松吉の二人だけで、千太郎の弟の正五郎や、神隠しに遭った他の子供たちがカウントされていないのが不思議でした。それに、幽霊画がどんな理由で犠牲者を選んでいるのかも、わかりませんし」

「幽霊画が人を取り殺す規準は、きわめて単純かつ明快です」

賀茂禮子は、うっすらと笑みを漏らした。小鬼のように尖《とが》った歯が不気味だった。

「弾正に関する話だけではなく、福森家で語り伝えられている物語は、どれも強いバイアスがかかっています。福森の血を引く人間を正当化する方向に」

亮太は、眉をひそめた。それは、たしかにそういう傾向はあるかもしれないが。

「千太郎は、どういう人間だったと思いましたか？　優秀なのに、家督を継がせてもらえず、万巻の書に親しんでいた秀才ですか？　手習いを教えていた子供たちに続き、弟の正五郎まで神隠しに遭ったため、我が身の危険も顧みずに幽霊画の呪いの謎を解こうとした、勇敢な若者でしょうか？」

「まあ、だいたい、そういう感じですね」

「そもそも、それらのイメージのすべてが、フェイクだったのです」

どういうことだ？　亮太は、呆気にとられていた。

「千太郎は、おとなしい学者タイプの若者だった割に、存在感が際立っていますね。なぜか、私が霊視した伝蔵のエピソードにも登場してきたくらいですから」

そういえばと、亮太は思い出した。伝蔵が、重蔵に連れて行かれてしまったセツを取り戻すために、福森家の屋敷に出向いたときのことだ。

「そのとき、たまたま伝蔵の目に、屋敷の庭で遊んでいた、三、四歳の童子が留まりました。重蔵の長男——千太郎です。虫籠《かご》を持って、無心に虫取りに興じている様子でした。伝蔵はこのとき、ほとんど錯乱に近い状態でしたから、彼の脳裏を去来したものの正体は、はっきりとはわかりません。しかし、稲妻のように走ったのは、ぞっとするくらい冷たくて、身の毛もよだつくらいおぞましい思考でした。

亮太は、賀茂禮子の語った話の一節を思い出していた。そこまで正確無比な記憶力を持っているわけではないから、賀茂禮子の意識から流れ込んできたのかもしれないが。

「千太郎には、不可解な点が、数多く存在します」

賀茂禮子の声は、亮太の耳朶にひどく不気味に響いた。

「そもそも千太郎は、どうして家督を継ぐことを許されなかったのでしょうか？　おそらく、そこに、すべての答えが隠されているのです」

賀茂禮子は続けた。車内はしんとして、皆、彼女の話に聴き入っている。

「父の重藏は、永らく病床にありました。千太郎は、二十代の後半にさしかかっていました。千太郎が、本当に語り伝えられているくらい聡明だったとすれば、いつまでも部屋住みのままというのは変です」

賀茂禮子の問いかけに、亮太は少し考えてから答える。

「それは、千太郎が妾腹《しょうふく》の子だったからじゃないでしょうか？」

「たしかに、本来であれば、嫡出子が家督を継承する方が望ましいかもしれません。しかし、江戸時代には、優秀な庶子が跡目を継ぐことは、けっして珍しいことではありませんでした。それにもかかわらず、まだ幼かった弟の正五郎の成長を待たなければならなかったとしたら、何か切実な理由があったはずです」

亮太は首を捻《ひね》った。切実な理由とは、いったい何だろうか。重藏が、どうしても千太郎ではダメだと判断したとすれば。

「……人間性ですか？」

賀茂禮子は、深くうなずいた。

「その通りです。千太郎の人格には、きわめて大きな難が存在していました。それも、放蕩《ほうとう》が過ぎるとかいった、ありきたりの欠陥ではなかったのです」

「それは、いったい何だったんですか？」

亮太は、固唾《かたず》を呑んで訊ねたが、賀茂禮子ははぐらかすように話題を変える。

「千太郎は、幼い頃より、万巻の書に親しんでいましたが、その内容も多岐にわたっており、特に、昆虫などの身近な生物から、当時の最先端医学にまで興味を示していました」

亮太は、福生寺の文庫にあった『解体新書』のことを思い出した。

「千太郎が、昆虫好きであったことは、わたしが霊視した光景からも裏付けられます。伝蔵が福森家の屋敷を訪れたとき、当時まだ三、四歳だった千太郎は、虫籠を持って虫取りに興じていました」

「それが、いったい何だというんですか？」

亮太は、つい語気を荒らげてしまう。質問に対して素直に答えない賀茂禮子の話し方には、毎度のことながら、ひどく苛々《いらいら》させられる。

「ふつうだったら、微笑ましい光景でしょうね。ところが、伝蔵はそうは感じませんでした。総毛立つと言ってもいいほどの拒否反応を示したのです」

「それは」

亮太は、はっとした。たかが童子の虫取りが、見る者をそこまで不快にしたというのなら、可能性は限られてくる。

「千太郎は、ただ単に虫を捕まえていたわけではありませんでした。『虫愛《め》づる姫君』とは、根本的に違っており、千太郎は、捕まえるそばから虫を解体していたのです。それも、およそ生き物への扱いとは思えないようなやり方で」

伝蔵は、それを見て、どこかヒヤリとするものを感じたのだろうか。

「ですけど、子供が虫の脚をもいだりすることって、わりとふつうのことじゃないですか？幼すぎて、生き物の命について理解していなかったでしょうし、子供は、もともと残酷なものですから」

「伝蔵も、最初はそう思ったはずです。しかし、それにしても、千太郎のやり方は度が過ぎていたのです。残酷な行為を楽しんでいたというのとも違います。彼には、たぶん、残酷という概念そのものがなかったのです」

亮太の脳裏に、機械を分解しているように昆虫をバラバラにする幼子の姿が浮かんでいた。

目を輝かせながら、丁寧に、執拗に、一個ずつ部品を取り外していく。

「千太郎は、サイコパスだったんですか？」

「ええ。それも、きわめて重度で、他者に対する共感能力は、ほとんどゼロでした。まさに、冷血という形容がぴったりくるようなキャラクターだったのです」

賀茂禮子の声が、厳しい響きを帯びた。

「伝蔵は、直感したのでしょう。この子は、将来、恐ろしい人間へと成長するに違いないと。その予感は、的中しました。千太郎は、きわめて知能が高く知的好奇心にも富んでいました。万巻の書物を読み漁《あさ》り、まるで乾いた砂地に水が浸み込むように大量の知識を吸収しながら、昆虫よりももっと大きな動物にも関心を抱くようになりました。その頃の千太郎の愛読書は、『解体新書』でした」

車内の温度が、一気に、五、六度は下がったような気がした。いつのまにか、すっかり日が落ちて、外は真っ暗になっていた。パラパラと、ウィンドウに雨粒が当たる音がする。

「そう考えると、村の子供たちの神隠しも、まったく別の様相を帯びて見えてきます」

亮太は、かすかに首を横に振っていた。福森家の先祖の中では、一番まともな部類の人間と思っていたのに。まさか、そんな怪物だったとは。

「そもそも、千太郎が、村の子供たちを集めて手習いを教えていたことすら、獲物を誘い込む罠《わな》のようなものだったのです。彼は、ボランティア精神や、子供を可愛いと思う気持ちとか、教えることの喜びなどとは、完璧《かんぺき》に無縁でしたから。無料で手習いを教えてやると言ったら、自然に実験材料が集まって来るのです。彼は、その中から適当な個体を物色し、後を付けたり言葉巧みに呼び出したりして、いたいけな子供たちを何の躊躇《ちゅうちょ》もなく殺害しました。そして、『解体新書』と首っ引きで、腑分けに熱中したのでした」

前の席で、波多野刑事が溜め息をついた。ドン引きしているのがわかる。

「千太郎は、小児性愛者だったんですか？」

亮太は、半ば自棄《やけ》になった気分で質問した。今さら何を聞かされても、驚かないだろう。

「いいえ。彼は、子供たちに性的な関心があったわけではありません」

賀茂禮子は、言下に否定したが、亮太の気分は少しも晴れなかった。

「千太郎は、子供たちを、あくまでも知的探究心を満足させるための、モルモットとしてしか見ていませんでした。付け加えれば、彼は、どんな人間に対しても、性的な関心は、ほとんどなかったようです」

快楽殺人者だったと言われた方が、まだマシだったかもしれない。

「そして、千太郎は、とうとう、腹違いとはいえ実の弟である正五郎までも手にかけました。このときも、弟がいなくなれば自分が家督を継げる云々《うんぬん》の計算は、微塵《みじん》も存在しませんでした。自分とは違って、父から可愛がられて育った弟に対する、嫉妬があったわけでもありません。むしろ、千太郎は、共感能力を持たない人間としては最大限に正五郎を可愛がっていました。正五郎を殺した理由はただ一つで、健康で解剖に適していたからでした。それでも、屋敷内で獲物を選ぶと、自分に嫌疑が向く危険性があったため、ギリギリまで自粛していたのですが、めぼしい子供たちはあらかた解剖してしまい、我慢ができなくなったようです」

賀茂禮子は、異常きわまりない話を淡々と語る。

「千太郎の話は、真犯人を探偵役にすげ替えたデタラメなものでしたが、ところどころには、真実の残滓《ざんさ》が覗いています。千太郎が、犯行現場を何度も訪れたり、子供たちから聴き取りを行ったというのも、そうですね。彼は、自分が疑われないよう細心の注意を払って、あらゆる証拠を隠滅していました」

くそ。マジで最悪な野郎だ。

「また、千太郎が、書斎で本を読んでいるとき、子供たちの声を聞いたというくだりがありましたが、これも、自分が殺《あや》めたからこそでしょう。さらに、正五郎の『兄上……』という声を聞くに及んで、突っ伏して耳を押さえたというのは、サイコパスの連続殺人者でありながら、かすかな罪悪感のようなものが残っていたのかもしれません」

そう聞いたところで、とても慰めにはならない。

「幽霊画が取り殺した人数に、村の子供たちとか、正五郎が入っていなかった理由も、これでおわかりでしょう。このエピソードの中で、幽霊画により取り殺されたのは、千太郎ただ一人ですから」

「しかし、だったら、幽霊画は、なぜ、もっとさっさと千太郎を殺さなかったんでしょう？犠牲者の数は大幅に減っただろうし、正五郎も死なずにすんだじゃないですか？」

千太郎に対して湧き上がった怒りと嫌悪から、亮太は、吐き捨てるように言った。

「そこにも、大きな誤解があります。順序が、逆なのです」

賀茂禮子は、穏やかに応じる。

「千太郎以前には、幽霊画によって取り殺された人間は、一人も存在しません。幽霊画には、怒りや憎悪、殺意のようなマイナスの感情は、いっさい込められていなかったのです」

だが、それならば、どうして……？

「あの幽霊画は、松下秋繭の慟哭《どうこく》が結晶したものであり、死してなお子供を想う妻のセツと、幽明境《さかい》を異にしながらも、途方もない悲嘆の糸により繫がっていました。そのすぐ目の前で、日々行われていたことは、いったい何だったでしょうか？　罪もない子供たちが次々と犠牲となっていき、誰かが止めない限り、それは、いつまでも終わらないのです」

賀茂禮子の声は、年老いた魔女のようにかすれていた。

「幽霊画の抱いた憤怒は、地獄の業火さながらだったでしょう。おそらく、それが、さらなる窯変《ようへん》をもたらしたのです。こうして、特定の種類の人間たちにとって、この世で最も恐ろしい呪物が誕生しました」

特定の種類の人間たち……？

「逆説的に言うなら、現在の幽霊画は、千太郎が作り上げたと言っても過言ではありません。千太郎がいなかったら、あれほど恐ろしい力を目覚めさせることもなかったはずだからです。百年後に、松吉が取り殺されることもなかったでしょう」

ようやく、徐々に霧が晴れるように、図式があきらかになってきた。……しかし。

「ちょっと、待ってください。千太郎が取り殺された理由というのは、彼が、子供たちを狙う連続殺人者だったからですよね？」

「その通りです」

「じゃあ、後の被害者——松吉と」

刑事たちの耳が気になったが、訊かないわけにはいかなかった。

「樋口刑事は、どうしてだったんですか？」

「おおむね、似たような理由からです」

賀茂禮子は、忖度《そんたく》という言葉を知らないようだった。

「まず、松吉ですが、彼こそまさに、あなたが言った小児性愛者でした。キクに求婚したのも、恋に落ちたからではなく、幼い二人の娘が目当てだったのです」

だったら、松吉に浮いた噂の一つもなかったというのは、歪んだ性癖のゆえだったのだろう。松吉が子供たちを村祭りに連れ出したという微笑ましいエピソードすら、一転して、吐き気を催させるようだった。

「幽霊画は、子供たちが被害に遭ってから犯人を取り殺すのではなく、犯行を未然に防ごうとしたようです。松吉に向けられたまとわりつくような視線も、けっして、幽霊の懸想などではなかったのです。さらに、下駄の鼻緒が切れたり馬が暴れて怪我人が出たりと、不吉なことが立て続けに起きたのも、庭で真っ赤な曼珠沙華《まんじゆしやげ》が狂い咲きしたのも、祝言を取りやめよという警告でした」

それにもかかわらず、祝言を強行した松吉は、『高砂』の掛け軸に擬態した幽霊画によって取り殺されてしまう。

「しかし、じゃあ、樋口刑事はまさか……？」

できれば、連続殺人者や小児性愛者ではありませんようにと願う。波多野刑事が、助手席で居心地悪そうに身じろぎした。

「あの人は、連続殺人者や、小児性愛者だったわけではありません」

賀茂禮子は、例によって亮太の心を読んだように言う。

「しかし、やはり、幽霊画の逆鱗《げきりん》に触れるような行動を取ってしまいました」

「何をしたんですか？」

「樋口刑事は、最近、美人のシングル・マザーと結婚したようですが、彼女には連れ子である男の子がいました。その子は、どうしても樋口刑事には懐かなかったのです」

波多野刑事が、咳《せき》払いをした。振り向いて何かを言いかけようとしたが、思い直したのか、元通り前を向く。

「男の子は、いわゆる敏感気質《HSC》で、体育会系の樋口刑事とは、そりが合わなかったようです。樋口刑事も、打ち解けようと努力はしましたが、どうしても心を開かせることができなくて、しだいに苛立ちが募っていきました。そして、ついに虐待するようになってしまったのです。最初は、平手打ちをするくらいでしたが、母親に気づかれないように、腹など見えない箇所を殴るようになりました。仲良くなれないんだったら、服従させてやろうと考えたようですが、ＨＳＣの子供にとっては、生き地獄のような毎日でした。負の連鎖によって、二人はますます憎み合い、虐待はエスカレートしていきました」

「じゃあ、その子は……？」

亮太は、口を覆う。まさか、虐待死したのだろうか。

「無事ですよ」

賀茂禮子の答えに、初めてほっとする。

「ですが、あの状態が続いていれば、遅かれ早かれ男の子は殺されていたに違いありません。樋口刑事が福森家を訪れるようになってから、幽霊画は、何度となく樋口刑事の夢に現れては警告しましたが、残念なことに、樋口刑事は態度を改めようとせず、逆に、幽霊画を焼こうと試みました。その結果が、あの事件です」

重苦しい沈黙が訪れた。

亮太は、ネットで読んだ記事を思い出した。男性ホルモンの一種である、テストステロンの分泌が多いタイプの人は、警察官や消防士などの勇敢さが求められる職業に就くことが多く、それが吉と出れば、社会的に成功を収めるが、凶と出た場合には、暴力的な行動に出てしまうことがあるのだという。

いや、そんなことより、今の話が示唆することは。

「要するに、幽霊画が取り殺すのは、子供を傷つけたり、殺そうとした人間なんですね？」

「ええ。わかってみれば、きわめて単純明快な話でした」

「そういえば、庭で猫の骨を見つけたとき、幽霊画の画題がわかったと、おっしゃってましたよね？」

「ええ。あの絵は、『飴《あめ》を買う女』だったんです」

賀茂禮子の大きなガラス玉のような目は、今までになく優しい光を湛《たた》えていた。

『飴を買う女』のストーリーは、亮太にも聞き覚えのあるものだった。

夜中に、店じまいをした飴屋の戸を叩く音がする。主人が出ると、青白い顔で、白い着物を着た女が立っており、一文銭を出して、か細い声で飴を売ってくれと言った。主人は、不審に思ったものの、悲しげな様子を見て売ってやった。

すると、翌晩も、またその翌晩も女は現れて、やはり一文だけ飴を買っていく。六晩、同じことが繰り返された後、七晩目に現れた女は、「もう銭がございません。どうか飴を恵んでいただけないでしょうか」と懇願する。主人は、女の切羽詰まった様子に同情し、一文分の飴を与えたが、怪しんで女の後を付けてみた。すると、女は寺の門をくぐって墓地に入り、一本の新しい卒塔婆《そとば》の前でかき消すように姿が見えなくなってしまった。

主人は、寺の住職に訳を話し、墓を掘り返してみたという。すると、あの女の遺骸があり、胸には、生まれたばかりの赤ん坊を抱いていた。赤ん坊はまだ生きており、主人が与えたあの飴を舐めていたという。女は、死後に墓の中で子供を産んで、乳を与えられなかったために、三途《さんず》の川の渡し賃として持たされた六文銭で、飴を買いにきたものらしかった。

「この話は、『飴買い幽霊』や、『子育て幽霊』とも呼ばれ、日本全国に伝わっているほか、『水飴を買う女』として小泉八雲《こいずみやくも》の『怪談』に取り上げられて、落語にもなっていますから、どこかで聞いたことくらいはあるでしょう。助けられた赤ん坊は、長じてから通幻寂霊《つうげんじゃくれい》などの高僧になったという後日譚が付いていることも多いですね」

賀茂禮子の言葉に、亮太はうなずいた。

「この話をモチーフに多くの幽霊画が描かれていますが、その多くは、単純に人を怖がらせるだけではなく、母親の我が子への深い愛情がテーマになっているのです」

そのとき、突風が吹いて霧が晴れたように、亮太の中で、幽霊画の記憶がよみがえった。

あれは、小学校に上がって間もない頃だった。父親に連れられて、久しぶりに福森の本家を訪ねたのは。母親が大学病院に入院して、急遽《きゅうきょ》、三日ほど預かってもらうことになったのだ。そのときは、ただの風邪だと聞かされていたが、後からたしかめると、乳がんが見つかって、一時は生命も危ぶまれる状態だったという。

母親に会えないのは寂しかったし、何となく悪いことが起こっているような胸騒ぎがして、亮太はひどく沈んでいた。福森家でも、幼い子供の扱いに困ったのか、一応、美沙子さんが、紅茶とケーキを出してくれたが、後は、ほったらかしだった。亮太にしてみれば、その方が、ずっと気が楽だったが。

亮太は、ケーキを食べ終わると、屋敷中を探検することにした。常識外れの宏大《こうだい》さに度肝を抜かれていたが、屋敷の北西の庭に走り出たとき、唐突に、目の前にそれが現れた。

ああ、これは取り壊される前の乾蔵《いぬいぐら》だ……。俺は、実物を目にしていたのか。ずっと忘れ去っていた光景が、あざやかに現前する。

数多くの菱《ひし》形が整然と並んでいる海鼠壁《なまこかべ》は、美しいというより、妙に威圧的に感じられた。亮太は漆喰《しっくい》に触れながら蔵を一周したが、戻ってきたときに、入り口がほんの少しだけ開いているのに気がつき、子供心に妙だなと感じた。何か大切なものが保管されていることは想像に難くなかったが、こんなふうに開けっぱなしでいいのかと思う。それに、ぐるっと周る前は、たしかきちんと閉まっていたのに。銀行の金庫を思わせる分厚い扉には、痩せっぽちの子供が擦り抜けられるくらいの隙間があり、気がついたら、するりと入り込んでしまっていた。

黴《かび》臭いというのとも少し違う、古書店をさらに発酵熟成させたような独特の臭気を感じた。内部はひどく薄暗く、高い位置の小窓から、スポットライトのように光が差し込んでいたが、薄ぼんやりとしか見通せなかった。四囲には作り付けの棚があり、たくさんの木箱が犇《ひし》めいているようだ。中央にも棚が並んでいたが、上部は吹き抜けで、奥には急な階段があった。

亮太は、何かに呼び寄せられるように階段を上る。壁際の棚に沿って、図書館にあるような狭い回廊が走っていた。そこもぐるりと一周して、階段へと戻ってきた。すると、目立たない棚の一角に、観音開きの扉が設《しつら》えられているのに気がついた。黒光りしている重厚な木製で、黒い鋳鉄の縁取りがあり、いかにも頑丈そうだ。鍵穴《かぎ》らしきものは見当たらないが、開こうとしてもびくともしない。

この中には、何が収められているのだろう。貴重な品には違いないだろうが、それだけではないという気がした。幼い亮太の鼻は、どこか蠱惑《こわく》的な禁忌の臭いを嗅《か》ぎ取っていた。

亮太は、ふと手を引っ込めた。何か触れてはいけないものに触れている感覚があった。

そのとき、急に蔵の中が明るくなった。階段の脇に置かれていた、格子が嵌まった行灯が、自然に点《とも》ったのだ。冷静に考えれば、あり得ない事態ではあったが、日頃、センサーライトに慣れていたので、あまり気にも留めなかった。

すると、どこからともなく、小さな紙切れがはらりと落ちてきた。

上を見たが、蔵の二階部分の天井は低くて、紙が置かれていたような場所は見当たらない。

亮太は、反射的に、紙切れを拾い上げていた。

それは、古い白黒写真だった。

掛け軸のような縦長の日本画を撮影したものらしい。手前には、今点ったのと同じような、行灯が描かれており、その奥に、赤ん坊を抱いている女の人がいた。

この世のものではないことは、子供の目にもあきらかだった。脚の方が闇の中に溶けて無くなっているし、異様に長く垂れ下がった髪、落ち窪《くぼ》んだ頬と眼窩《がんか》、青白く生気のない表情が、幽霊であることを物語っていた。

しかし、亮太は、不思議と怖さを感じなかった。もともと想像力が過多な子供だったので、怪談や怪奇漫画を読んだだけで、一人でトイレに行けなくなるほどの怖がりだったのだが。

そこに写っているのが畏怖すべき存在であることは、見た瞬間から、充分に理解していた。幽明境を異にする、この世ならざるもの。安易な気持ちで触れてはならないし、けっして軽く扱ってはならないものだ。

だが、そこには、恐怖はなかった。感じられるのは、ただ深い悲しみだけだった。

すると、白黒写真の中の女の人が、うっすらと目を開けた。

亮太は、ギョッとして、初めて深い恐怖を覚えたが、それでもじっと写真を凝視していた。

女の人の唇がかすかに動き、亮太は、たしかに「……**あんずるな**」という声を聞いた。

それから、「**いわ、すなは……いゆ**」という謎のような言葉も。

そのまま、どれくらいの時間が経過しただろうか。我に返って見直したときには、それは、ただの白黒写真に戻っていた。


「どうやら、あなたも、何かを思い出したみたいですね」

賀茂禮子の言葉で、亮太は我に返る。

「ええ。今の今まで、すっかり忘れていました。昔、写真を見たことは覚えていたんですが、その後で、とても不思議なことが起こったんです」

美桜ちゃんが描いた幽霊の絵を見たときに、デジャブを感じたのも、今思えば当然だろう。その後、オカルトに傾倒するようになったきっかけも、もしかすると、あのときの記憶だったのかもしれない。

亮太は、幼い頃に、幽霊画の写真が告げた、謎めいたメッセージについて話した。

「ですが、『**あんずるな**』はともかく、『**いわ、すなは……いゆ**』というのは何のことなのか、未だにわからないんです」

小学一年生の耳には、「岩、砂は……いい湯」と言ったように聞こえたが、まったくもって意味不明である。

「状況を考えると、おそらく、こう言ったのでしょうね。『岩すなわち癒《い》ゆ』と」

賀茂禮子には、すぐに見当が付いたらしい。

「『岩』というのは、体内の痼《しこ》り——癌を意味する古語で、『すなわち』は、『すぐに』です。つまり、『癌はすぐに治る』という、お告げだったのでしょう」

その後、乳がんの摘出手術は成功し、ほどなく母は退院することができた。幸いなことに、今も元気にしている。

……だが、あのとき、そんな言葉をかけられていたとは、夢にも思わなかった。

亮太は、口を押さえたまま、しばらく茫然としていた。鳥肌が立っている。今度ばかりは、恐怖のせいではない。

「セツには、子供にもわかりやすい現代語で話すことは、できなかったようですね」

賀茂禮子は、そんな亮太の様子を見て、微笑んだ。

亮太は、はっとした。

「だとしたら、子供たちが聞いたという、童謡みたいな言葉も、そうだったんでしょうか？古語だから、わからなかったけど、松吉に向けたような恐ろしいメッセージでは、なかったんじゃないですか？」

賀茂禮子は、うなずいた。

「まったく、逆です。夜中ひとりでに行灯が点いて、幽霊が現れたのも、警告のためでした。恐ろしい事態がすぐ間近に迫っていると、わかっていたからです」

「教えてください。『おにわのはずれは、とっくらこ』とは、いったいどういう意味だったんですか？」

亮太は、我慢しきれなくなって訊ねた。

「それを聞いたのは、まだ五歳の美桜ちゃんでした。美桜ちゃんが、自分に理解できる言葉に引き寄せて考えたのが、『おにわの……』です。さっきよりも難問ですが、想像で補うなら、こう言ったのではないでしょうか」

賀茂禮子は、いったん言葉を切ると、能の謡を思わせる荘重な声を出す。

「**鬼現《おにあらは》れ出《い》づれば、疾《と》く蔵《くら》へ来《こ》よ**」

そうだったのか。亮太は、思わず大声を上げそうになった。

鬼が出て来たら、すぐに蔵へ逃げて来いと、子供たちに教えるためだったとは。

「蛇足ですが、幽霊画は、長い間ずっと、蔵の奥にしまい込まれたままでした。そのために、蔵がなくなって納戸に移されてからも、そこを『蔵』と呼んだのでしょう」

「では、それを聞いて、子供たちは納戸に隠れたんですか？」

驚いたことに、助手席にいる波多野刑事が、そう訊ねた。まさか、幽霊の存在を受け入れているのだろうか。

「そうなりますね」

「ですけど、それはちょっとおかしいですね。子供たちには、メッセージの意味を理解できなかったんじゃないんですか？」

賀茂禮子は、うっすらと笑った。

「おっしゃるとおりですよ。ですから、あの晩も、セツの絵姿が現れて、子供たちを納戸へと導いたのです」

「だとしても、三人の子供たちは、幽霊に付いて行くでしょうか？　一年前に現れたときは、ひどく怯えていたんでしょう？」

「たしかに、ふつうならば、一目散に逃げ出したことでしょうね。しかし、あの晩の状況は、それどころではなかったのです。三人の子供たちは、お祖母ちゃんが突如として鬼に変貌したことで、完全にパニックに陥り、いわば極限状況に置かれていたのです」

亮太は、床下で聞いた音を思い出した。

大伯母さんの読経する声。お鈴《りん》の音。お勤めが終わり、居間に戻ってくる。

その後、何があったのか。突如として、人のものとは思えないような恐ろしい咆吼が響く。

子供たちは、悲鳴を上げて逃げ出した。

仏間では、長押《なげし》に飾られていた縁もゆかりもない人々の写真が、いっせいに喚《わめ》きだしては、鬼を呼び寄せる。

子供たちは、再び、走り出した。後を追って、途方もない重量の、獰猛な跫音《あしおと》が響き渡る。

捕まったら、たちまち命を失うことは必定である。

子供たちを護《まも》ろうとして、遥子さんと美沙子さんが立ちはだかったが、あえなく惨殺される。

だが、間一髪で、麻衣子さんが子供たちを連れて逃げると、階段を駆け下りてきた虎雄さんが、偽虎徹を持って立ち向かった。

しかし、数多くの罪人の血を吸ってきた妖刀ですら、残念ながら、鬼には通用しなかった。

虎雄さんは、あえなく床の間に、逆磔《さかばつつけ》の形に串刺しにされてしまう。

その間に、子供たちはまた逃げたものの、ガシャン、シャラシャラという金属音によって、鬼の注意が引きつけられる。あれは、敵対的な呪物の仕業だろう。

そして、奥座敷では、カチャカチャという音。あれもまた、鬼を呼ぶ合図だ。

今度は、麻衣子さんが犠牲になるが、子供たちは納戸へと向かう。

そこで、セツの絵姿の導きがあったのだろうか。

「想像もできませんが、鬼に追われて逃げ惑っているときだったら、幽霊の導きにも従うかもしれませんね」

亮太は、そう言ってから、ふと別のことを思い出した。

「そういえば、あのとき、声が——黒色尉《こくしきじょう》の面の声がしました」

黒色尉の面が、大声で鬼を呼び寄せていたのだ。大昔に、悪童たちにより命を落とした恨みを晴らそうとしたのだろう。

「**ええい！　誰かある！**」「**ここじゃ、ここじゃ！**」「**やるまいぞ！　逃すまいぞ！**」

あの邪悪な嗄《しゃが》れ声は、今も、鮮烈に耳に残っていた。

「ですが、少し変だと思うんです。**黒色尉の面**が掛けられていたのは、玄関に近い廊下でした。納戸とは完全に逆方向なのに」

考えれば考えるほど、こんがらがってくる。

「それには、何の不思議もありませんよ。**黒色尉の面**は、子供たちを逃がそうとして、わざと、正反対の方角へと鬼を誘導したのです」

賀茂禮子の言葉に、亮太は、またも驚かされた。

「逃がそうとした？　どうしてですか？」

「あの**黒色尉の面**は、長い時を経て、恐るべき呪物と化しています。状況次第では、惨劇を招くような呪いを発していた可能性もあります。しかし、遠い昔、あれを被って亡くなったのは、とても心優しい若者だったのです。幼い三人の子供たちが鬼に喰《く》らわれるのを、座視するには忍びなかったのでしょう」

だったら、**黒色尉の面**は、子供たちの救い主ということになる。

背後に死者の意思があるとはいえ、呪物を、そこまで擬人化して考えてもいいのだろうか。

亮太は、すっかり混乱していたが、一方で、さらに大きな疑問が生じていた。

「鬼は、どうして、納戸に侵入しなかったんでしょうか？」

いくら納戸の戸が頑丈でも、鬼の力を考えれば、ひとたまりもない気がする。

「それは、納戸が強固な結界を張っていたからです」

賀茂禮子は、静かに言った。少し前なら、与太話にしか聞こえなかっただろう。

「さっき説明したとおり、幽霊画は、どんなことをしても子供たちを護ろうとしていました。しかし、それだけではありません。**天尾筆**は、倫子を裏切った夫の、源敦平と愛人の彩御前を取り殺しましたが、倫子は生前から、いとけない子供たちに対しては格別の慈悲を抱いていたようなのです」

呪物に宿るのは、怒りや憎しみなどの、マイナスの感情だけではなかったのか。あるいは、幽霊画と同様に、彼岸から倫子の霊を呼び寄せたのかも知れないが。

「さらに、**河童の木乃伊**は、心の病に冒された寂阿弥によって作られた、忌まわしい呪物でしたが、元は新生児——寂阿弥の長男の肉体から変造されたものでした。子供たちの味方をするのは、むしろ自然な成り行きだったと思います」

助手席の波多野刑事が、また、居心地悪そうに身じろぎをした。さっき質問をしてからは、ずっと沈黙を続けている。あまりにも荒唐無稽《こうとうむけい》な話ばかりが続くので、すっかり発言する気も失せてしまったらしい。

「おそらく、鬼には、納戸の入り口そのものが見えなかったのでしょう。そのため、むなしく屋敷内を探し回って時間を空費し、ついには夜が明けそうになったので、塀を跳び越えて姿をくらましたのです」

それが、三人の子供たちが無事だった理由なのか。混沌としていた事件の構図が、ようやく少し整理できたような気がするが、そう考えると、また別の疑問が湧いてくる。

「ですけど、大量の呪物を福森家へと持ち込んだのは、この事件を仕組んだ黒幕ですよね？やっていることが、支離滅裂な気がするんですが？」

賀茂禮子は、うなずいた。

「そもそも、永年にわたり福森家へ大量の呪物を持ち込み続けたのは、福森家の人々を霊的に腐敗させて、ゆるやかに自壊へと追い込むためでした」

福森本家に狙いを定めた、執拗すぎる悪意には、茫然とするしかなかった。

「しかし、その結果、福森家には制御不能の渾沌《カオス》が生まれました。あまりに多くの悪しき念がぶつかり合い、渦巻いていたため、あちこちに小さな淀《よど》みや空白が生まれ、誰にも予測不能な状態となっていたのです」

賀茂禮子の淡々とした声が、パトカーの中に響く。

「事件を仕組んだ黒幕にとって、さらに想定外だったことは、きわめて強力な複数の呪物が、鬼への防波堤となってくれたことでした。その間《あわい》に身を潜め、三人の子供たちは、からくも命拾いできたのでしょう」

「じゃあ、どうして、もうちょっと呪物を減らしておくか、せめて、障碍になりそうなものを除去しなかったんでしょう？」

「向こうには、どうしても福森家を呪物で埋め尽くさなくてはならない、別の理由があったのです」

賀茂禮子は、うっすらと不気味な笑みを見せた。

「福森家への刺客となった呪物はどれも、あまりにも恐ろしく凶悪な気を発散していました。霊感を持った人間なら、誰でも感じ取れるレベルです。それをカモフラージュするためには、あれだけの呪物が犇めき合っている、カオスな状況が必要でした」

どれも……？　ということは、呪物は複数だったのだろうか？

「ええ。それも、二つや三つではありません」

賀茂禮子は、例によって心を読んだらしく、じっと亮太の顔を見る。

「そんな……いったい、いくつあったんですか？」

「少なくとも、五つの呪物が、関与していたようです」

賀茂禮子の言葉に、またも驚かされる。五つ？　そんなのは反則だろう。ミステリーでも、五人が共謀したなんていう作品は——まあ、ないこともないが。

「ですが、そのうちの一つは、あなたにもわかるはずですよ」

何だろうと、亮太は考える。

今までの話から、怪しいと思われた呪物をいくつか除外することができた。特に幽霊画は、最もクロに近いと思っていたのだが、正反対に子供たちの守り神だったとわかった。しかし、その逆となると、まったく見当が……。

あ。亮太は、自分の顎を拳《こぶし》で小突く。

どうして、すぐに気がつかなかったのだろう。逆なのだ。シロだとわかった呪物と対立していた呪物は、自動的にクロということになるではないか。

「達磨図ですか？」

賀茂禮子は、微笑んだ。

「その通りです」

まさかと思う。達磨大師は、最も有名な高僧の一人で、その姿をかたどっているダルマは、日本中で親しまれている縁起物なのに。

「前にも言ったと思いますが、今回の元凶となった呪物はどれも、たいへん擬態に長けているようなのです」

擬態？

「じゃあ、あれは？」

「もちろん、達磨図などではありません」

ACT4

SCENE1

翌朝、亮太が、駅前のビジネスホテルを出たときには、朝靄《もや》が立ちこめていた。早朝予約のハイヤーに乗って、福森家の近くに到着したのは、午前六時前である。

相変わらず、マスコミの重囲は解けていない。それどころか、樋口刑事の自殺で、ますます報道は過熱していたが、張り込んでいる記者の多くは、ワゴン車内で仮眠を取っているのか、ほとんど動きはなかった。

亮太は、靄に紛れるようにして、勝手口へと回り、稲村さんにかんぬきを開けてもらった。稲村さんも、事件以降は近くのアパートに移っていたが、いったい何時に来ているのだろう。しかも、驚いたことに、賀茂禮子も、すでに来ているという。

亮太が、正面玄関の方に回ると、賀茂禮子が、じっと木を見上げていた。

「おはようございます」

亮太は挨拶《あいさつ》したが、それに答える声も、どこか上の空のようだった。

この木は何だっけと、亮太は、記憶を辿《たど》る。そうだ。たしか初日に庭を見て回ったときも、注目していた木だ。

「これは、栴檀《センダン》でしたっけ？」

賀茂禮子は、ようやく亮太の方を見て、うなずいた。

「この木がここに植えられていた理由を、ずっと考えていたのです。五つの呪物《じゅぶつ》に比べると、遥《はる》かに重要性が低いと思っていたのですが、やはり、これは無視できないようです」

賀茂禮子は、自分の判断ミスを嚙《か》みしめているように、低い声で言った。

「この木は、悪霊の目印になっています。この木があるかぎりは、いつ何どき、あんな事件が起きるかわかりません。ですから、一刻も早く伐採しなくてはなりません。すぐに造園業者を手配してください」

「わかりました。祖母が来たら、話してみます」

だが、賀茂禮子は、亮太の方を向いて、強くかぶりを振った。

「いいえ、相談する必要はありません」

「しかし、俺には、そんなことを、勝手に決める権限はありませんし」

福森家の親族とはいえ、アルバイトで来ているにすぎないのだ。

「事後承諾で、かまわないでしょう。ことは一刻を争うのです」

賀茂禮子は、なぜか、ひどく性急に話を進めようとしているようだ。

「よろしいですか？」

「でも、相談するだけだったら、別に、時間はかかりませんよ」

賀茂禮子の薄い唇から、牙《きば》のように尖《とが》った歯が覗《のぞ》く。

「お祖母《ばあ》様には今、迷いが生じています。最近、立て続けに近しい人たちを失って、感傷的になっているはずです。屋敷の木を切ることには、心理的に抵抗があるでしょう」

亮太も、迷っていた。賀茂禮子の言うことはわからないでもなかったが、だからといって、自分が独断で、そんなことを決めてしまっていいのだろうか。

キッチンで、稲村さんが用意してくれた朝食を摂《と》ると、賀茂禮子は、亮太らに、厳しい声で指示を出す。

「事件の元凶と考えられる五つの呪物については、お通夜の前に隔離しなければなりません。稲村さん、亮太さん。手伝っていただけますか？」

そう言うなり、賀茂禮子は立ち上がり、屋敷の奥へと歩みを進めていく。当惑しながらも、二人は後に続くしかなかった。

賀茂禮子は、お城のような畳廊下を、東へと進んだ。左手の八枚の襖《ふすま》では、雲を巻き起こす巨大な龍が、バスケットボール大の目を剝《む》いている。右手では、緑の竹林の間に見え隠れする六頭の虎が睨《にら》み付けていた。

賀茂禮子は、左手前の襖を開けた。虎雄さんが逆磔《さかばつつけ》にされていた中の間だ。

亮太の目は、自然に、床の間の達磨図に吸い寄せられた。樋口刑事が焼こうとしたときに、表装の一部が焦げたが、亮太自身がすぐに表具屋に持って行き、すでに修復済みである。

だが、今あらためて見ると、背筋に戦慄《せんりつ》が走る。賀茂禮子が語った達磨図の正体についての話が本当だとすれば、これほど忌まわしい掛け軸は他にないだろう。

それから、チラリと賀茂禮子を見やる。達磨図を修復する際には、別の指示も受けていた。そちらはまだ完了していないが、いったい何のために、そんなことをする必要があるのかは、未《いま》だにわかっていなかった。

「この掛け軸は、とりあえず、納戸に収めましょう」

賀茂禮子は、稲村さんに言って、達磨図を巻き取らせる。

「……それから、これは、取り壊しておいた方がいいでしょうね」

霊能者の視線の先にあるのは、神棚である。空っぽのままで悪霊の巣になっているのなら、たしかにそうかもしれない。しかし、さすがに祖母と相談してからでなければ、亮太も返事はできなかった。

賀茂禮子は、さらに、奥の部屋に通じる襖を開ける。遥子さんが亡くなっていた次の間だ。

畳に開いた大穴は、まるで地獄へ通じているように見えた。

亮太の目は、自然に、床の間にある親不知子不知図《おやしらずこしらず》に吸い寄せられていた。

以前は、ただの掛け軸にしか見えなかったが、松下秋藾と妻セツ、息子亀松の悲しい物語を聞いて、呪いの賛のことまで知った今、これが恐るべき呪物であることは疑いを容《い》れない。秋藾の描いたもう一枚の絵――幽霊画は、子供たちを救ってくれたが、反面、三人もの人間を取り殺している。やはり、この掛け軸は放置できなかった。

あの惨劇を引き起こした呪物は、すべて擬態が得意だということだったが、この画の賛――遠景の鳥の絵を一ツ点であると見せかけた――こそが、まさにそうではないか。

ところが、賀茂禮子が真っ直ぐに向かったのは、部屋の一番奥に鎮座しているあの鎧 兜《よろいかぶと》――朱漆塗水牛角兜と黒糸威朱桶側五枚胴具足《くろいとおどししゅおけがわ》の前だった。

「お二人で、これを庭に運び出してください」

たしかに、この措置は首肯できると、亮太は思う。

何しろ、福森弾正に弑逆《しいぎゃく》された、山崎崇春公の恨みが染みついた鎧兜なのだから。

「でも、それでは、霧がかかって濡れてしまいますが」

稲村さんが、恐る恐るお伺いを立てる。どれも福森家の家宝なので、当然の心配だろう。

「かまいません。最終的には、福生寺で、お焚《た》き上げをしてもらうことになりますから」

自分のものではないせいか、賀茂禮子は涼しい顔だった。

亮太は、稲村さんと一緒に、鎧兜を運び出した。想像したより重く、こんなものを着用して戦場に臨んだ山崎崇春公は、伝説通りの化け物だったと感じ入る。しかも、木製の飾り台ごとなので、長い畳廊下を戻って縁側まで持って出るだけで一苦労だった。

「とりあえず、ここでいいんじゃないでしょうか？」

稲村さんは、また心配そうに言った。たしかに、小雨が降り出して、雨霧《あまもや》になりつつあり、雨ざらしにすると祟《たた》りがありそうだった。……すでに、充分祟っているにせよ。

次の間に戻ると、賀茂禮子は、すでに仏間を過ぎて、居間にいた。麻衣子さんが殺害された血痕《けっこん》は、今なお生々しかった。

亮太は、カメラを構える。まず、『福生有基　禍生有胎』、『積善余慶　積悪余殃』の書額が目に付いた。

それから、額装された十枚の慶長小判。

床の間の上が不自然に空いているのは、あの市松人形が置かれていたスペースだ。

さらに、その横には、金箔《きんぱく》が貼られ、蒔絵《まきえ》が施された貝桶があった。

賀茂禮子が指さしたのは、意外な物だった。

「え？　この合わせ貝なんですか？」

亮太は、思わず、訊《たず》ねていた。

祖母の話を思い出した。たしか、第六代当主福森監物の長女、方姫《まさひめ》の持ち物だったらしい。どこかの大名家で離縁されて、実家に戻り、失意の中で縊死《いし》したという話だったが、だからといって福森家の子々孫々にまで祟るというのは、筋違いという気がする。

「騙《だま》されてはなりません。祟っているのは、方姫ではありません」

賀茂禮子は、例によって、亮太の心を読んで答える。

「それに、危険なのは、合わせ貝ではなく貝桶の方です。これは、きわめて巧妙に擬態した呪物なのです。……そのまま運び出してください」

賀茂禮子が詳細を語らないので、妙に釈然としなかったが、亮太は貝桶を持ち上げた。

そのとたん、何とも名状しがたい嫌な感覚が走った。

市松人形に触れたときにも、電流が走ったような激痛を感じたものだった。しかし、それと比べても、はるかに生々しく鳥肌の立つような悪寒だった。

賀茂禮子は、亮太の反応を見て、うなずいた。

「どうやら、感じたようですね。……それでは、最後の一つです」

賀茂禮子は、襖を開けて畳廊下に出ると、反対側の奥座敷の襖を開けた。

ここも、美沙子さんが惨殺されたときの血痕が残されたままである。

床の間を見ると、十牛図《じゆうぎゆうず》の掛け軸。古い屛風《びようぶ》や、七福神の彫像、鷲《わし》の剝製《はくせい》などが、床板や違い棚の上に並んでいる。

だが、やはり、これか。

賀茂禮子は、ゾッとするような目で、黒漆を塗った傍折敷《そばおしき》の上に載っている銀の三ツ組盃《はい》を見下ろしていた。

亮太の脳裏に、ここを検分したときの賀茂禮子の言葉がよみがえった。

「それも、周囲にまで漂う異常な冷気――妖気《ようき》からして、最も恐ろしい部類のものでしょう。この銀の三ツ組盃には、いくつか小さな不定形の曇りが見えますが、これは、過去に人の命を奪ってきた業が染み付いたものです」

「先日、この銀盃が、人の命を奪ってきたとおっしゃってましたよね？」

亮太は、勢い込んで質問する。

「それは、やはり毒殺なんですか？　加害者は福森家の人間で、被害者の無念と怒りが銀盃に染みついて、福森家の子孫に祟っているんでしょうか？」

「江戸時代には、石見《いわみ》銀山《ぎんざん》などで採掘された砒《ひ》素《そ》は、しばしば毒殺に使われました。銀杯は、毒を見分けると言い伝えられてきましたが、それは、銀が砒素そのものに反応するのではなく、初期には砒素から硫黄《いおう》分を完全には除去できなかったために、銀が硫黄に反応して、黒っぽく変色したからです。……しかし、しだいに精製技術が上がり、砒素は銀杯に反応しなくなりました。そのことを知らなかった複数の人間が、この銀盃に注がれた酒により毒殺されたのは、紛れもない事実です」

賀茂禮子は、淡々と説明する。

「ですが、下手人の中には福森家の人間はいなかったようです。したがって、恨みの感情は、福森家へではなく無差別に世間へと放射されており、先日の事件とは無関係です」

「じゃあ、銀盃じゃないんですか？」

亮太は、呆気《あつけ》にとられた。だったら、なぜ、あんな目で見ていたのだろう。

「これもまた、擬態の一種です。まったく関係のない恐ろしい呪物を上に載せることにより、本物の害意をカモフラージュしているのです。あの晩の事件を引き起こした呪物は、こちらの方です」

賀茂禮子が指さしたのは、銀の三ツ組盃の下にある、傍折敷《そばおしき》の方だった。

「へっ？　その……台の方なんですか？」

見たところ、脚が三つ付いた、二十五センチ四方くらいの四角形のお盆にすぎなかった。

「ええ。これも、運び出してください」

賀茂禮子に頼まれ、稲村さんは、おっかなびっくりという手つきで銀の三ツ組盃を降ろすと、そっと傍折敷を持ち上げた。

縁側に並んだ、鎧兜と貝桶、傍折敷を見ながら、稲村さんが亮太に小声で言う。

「あの、本当によろしいんでしょうか？　中村の奥様に、了解をいただかないでも？」

「うん……まあ、とりあえず、ここに置いておきましょう」

亮太も、また確信が揺らぐのを感じていたが、あえて自信ありげに答える。

しかし、賀茂禮子の言いなりになっていて、本当にいいのだろうか。

「今度は、納戸に行きます」

賀茂禮子が現れたが、庭に出すよう言った三つの呪物が縁側に置いてあることに対しては、何も言わなかった。

「納戸ですか？　まだ、悪玉があるんでしょうか？」

「今度は、逆です。守りに役立ちそうな、善玉の呪物を納戸から出すのです」

少なくとも四つの呪物――幽霊画、黒白尉《こくしきじょう》の面、天尾筆、河童《かっぱ》の木乃伊《みいら》は、惨劇の起きた晩、子供たちを匿《かくま》ってくれたらしい。だから、もう一度、その助力に期待するのだという。

それでも納戸に入るのは気が進まなかったが、我慢して二つの呪物を持ち出してきた。

天尾筆はともかく、鋭い牙がぎっしりと生えている河童の木乃伊は、見るからに不気味で、作られた経緯を思い出すと、とても正視に耐えなかった。

廊下にかかっている黒色尉の面は、そのままの位置を守らせるらしい。

「わたしは、これから、子供たちを守るための部屋を選定しようと思います」

賀茂禮子は、屋敷内を透かすように見ていた。

「それから、この四つの呪物を再配置して、霊的な守りを固めます。稲村さんと亮太さんは、お祖母様と相談して、準備が整い次第、子供たちが屋敷に帰れるよう手配してください」

「わかりました」

亮太は、うなずいた。

「あの、一つ、お願いがあるんですが」

稲村さんが、おずおずと言い出す。

「何でしょうか？」

「あの晩、子供たちを守ってくれたのは、ここにある四つの呪物なんですよね？　ですけど、わたしを助けてくれたのは、福森家伝来の守り刀――穿山丸だったんです」

なるほどというように、賀茂禮子はうなずいた。

「ですので、今回も是非、穿山丸の力を借りられればと思うんですが」

それはいい考えだろうと、亮太は思った。山崎崇春公の怨霊《おんりょう》からすれば、穿山丸は、いわば天敵のようなものだ。あの晩、あれほど猛威を振るった鬼も、稲村さんを襲わなかったのは、向こうも、穿山丸を恐れているということかもしれない。

「穿山丸は、まだ警察にあるんですか？」

賀茂禮子の質問に、亮太はうなずいた。

「一緒くたに、押収されてしまったみたいですね。ですが、事件には直接の関わりがなかったはずなので、申し出れば、たぶん返還してくれるんじゃないかと思います」

清家昌巳弁護士に頼めば、きっと話が早いだろう。

「では、その手続きをお願いします」

賀茂禮子は、なぜか小声で続ける。

「それから、さっきの造園業者の件も、なるべく急いでください」

「わかりました」

ようやく腹を決めて、亮太は答えた。けっして、すべてに納得しているわけではなかったが、今は、この奇妙な霊能者に運命を託すしかないだろう。

呪物の仕分けに、思った以上に時間がかかり、すでに午前十時に近づいていた。稲村さんに出入りの造園業者の名前を教えてもらい、電話してみる。福森ですと名乗ると、緊張が走ったようだったが、午後一番に伺いますという返答だった。

それから、清家弁護士に電話した。折悪しく来客中ということだったが、折り返し、すぐにかかってきた。弁護の依頼かと思ったらしかったが、警察に押収されている短刀を取り戻してほしいという用件を聞き、拍子抜けしたようだった。それでも、還付請求をすれば、おそらく今日にでも返してくれるだろうという。清家弁護士は、警察にはかなり顔が利くようなので、あながち大言壮語でもないのだろう。

そう思っていたら、三十分後に、再び清家弁護士から電話があった。今からすぐ捜査本部の置かれている警察署に行けば、穿山丸を返却してくれるという。

よし。亮太は、形勢の好転を感じていた。

ここへ来て、すべてが好都合に転がりつつある。いざというときでも、穿山丸さえあれば、命は助かる公算が高い。これは、切り札になり得るはずだ。

さっそく、賀茂禮子に断って、警察署に向かった。思いついて、カメラを持って行くことにした。ここ数日間の取材内容は、とてもYouTubeにアップできるようなものではなかったが、とにかく記録を続けておくことが肝心だと思い直す。

事件が完全に終熄《しゅうそく》してから、あらためて発表する方法を考えてみてもいい。状況次第では、フィクションとして世に出すことも考えられるのだから。

警察署に着いて、来意を告げると、総務課の証拠品係という窓口へ回された。

中年女性の警察官が、段ボール箱に入った穿山丸を持ってきて、運転免許証を確認すると、還付請求の書類に記入するよう指示した。

それで、そのまま持って帰れるのかと思ったら、穿山丸の登録証に付けられた付箋《ふせん》を見て、顔をしかめた。

「ちょっと待って」

そう言って、どこかに電話を掛ける。すると、ほどなく、不機嫌な顔をした中年男がやってきた。

「あんたねえ、これ、ダメだよ」

いきなりダメ出しをされたが、何がダメなのか、さっぱりわからない。

「ほら、これ、登録証。ここ、よく見てみなさいよ」

男は『銃砲刀剣類登録証』と書かれた書類を指さす。上段が『刀剣類』で、種別の欄には『短刀』、長さは『四十三・二』センチメートルである旨手書きで書き込まれている。

「ええと、どのへんが、まずいんでしょうか？」

亮太は、なるべく下手に出て訊ねた。

「長さが違ってる。実測したら、四十四・九センチあったよ」

そうなのか。でも、そう言われても、どう答えていいのかわからなかった。登録証の内容と齟齬《そご》があるから、それを理由に返せないと言われるのは困るが……。

「教育委員会の原票を見たら、外装などから同じ刀とわかったけど、一・七センチの誤差は、けっこう違うからね。研いで短くなったってんならわかるけど、長くなるって、ありえないでしょう？　最初から、もうちょっと、きっちり計っとかないと」

「すみません」

ずいぶんと、細かいことを言うものだと思う。どうして自分が謝らなければならないのか、わからなかったが、ここは、長いものに巻かれておくしかないだろう。

「まあ、今回は大目に見るけど、ちゃんと、教育委員会で訂正の手続きをしといてね」

「わかりました」

亮太は、深々と頭を下げて、段ボール箱を引き取った。

SCENE 2

屋敷の前に張り込んでいる報道陣は、気温の上昇に伴い、早朝よりずっと活発化していた。

亮太が乗っているタクシーが門の前で止まると、フラッシュが焚かれ、記者たちが殺到して、しつこく中を覗き込もうとする。

電動の門扉が開き、車が中に入る。背後で電動の門扉が閉じると、心底ほっとした。

タクシーを降りたとき、意外な人物の姿が眼に入った。

建築士の坂井喬平だ。軽ワゴン車の横で図面を見ながら、作業服を着た若者と打ち合わせをしているようだ。

「お帰りなさい。ご苦労様でした」

稲村さんがそばに来たので、小声で訊いてみる。

「あの建築士さんは、ここで、何をしてるんですか？」

「賀茂先生が、お呼びになったんです。大黒柱を正しい向きに直すには、どのくらいの費用がかかるのか、お見積もりを出してもらうそうで」

「でも、前に来たときは、ずいぶん怒って帰られましたけど？」

賀茂禮子だけでなく、祖母にまで鬼瓦《おにがわら》を削ったことを非難されて、今後、ここで仕事をするつもりはないと気色ばんでいたのを覚えているが。

「和解されたようです」

稲村さんは、あっさりと答える。

「亮太さんが出かけられてからすぐに、電話でお話なさっていました。それで、坂井先生も、納得されたみたいです」

賀茂禮子が呼んだということは、坂井は、黒幕ではないということなのだろうか。

どういうことだろうと思う。怪しい点は、多々あったはずなのに。

「それより、亮太さん。**穿山丸**の方は、いかがでしたか？」

「この中です」

亮太は、抱えている段ボールを見せた。

「賀茂さんは今、どちらにおられるんですか?」

「ちょうど、亮太さんと入れ違いで、田中さんの運転するワゴン車で出かけられました」

稲村さんの目は、なぜか段ボールに釘付《くぎづ》けになっていた。

「何か、病院にお荷物が届いたとかで」

何だろうと、亮太は思う。

「お屋敷でも結界を張り終えたそうで、クリーニングとリフォームが終わったら、子供たちを連れて帰られるそうです。賀茂先生は、それまでは病院の守りを固めて、安全にしておかなくてはならないとおっしゃってました」

稲村さんは、いつになく柔らかい表情になっていた。

「結界を張り終えた? そんなに簡単にできたんですか?」

だったら、もっとさっさとやっておけばいいのに。

「ええ。ですから、子供たちをここへ連れてくるまでが、一番危険だとおっしゃってました。何かに見張られてるとか、小耳に挟んだんですが。亮太さんは、ご存じですか?」

「いやあ、わかりませんね」

亮太は、とぼけることにした。とても、あの異様な縫いぐるみについて説明する気にはなれなかった。

「結界って、どんなふうに張ったんですか?」

「そのあたりのことは、わたしには、何とも申し上げられませんが」

そう言いながら、稲村さんがにじり寄って来たので、亮太は面食らった。

「あの、わたしがこんなことをお願いするのは、厚かましいことだとは重々わかってますが、ひと目だけ、**穿山丸**を見せていただくわけにはいかないでしょうか?」

「え? どうしてですか?」

「何しろ、あの晩、わたしの命を守ってくれた守り刀ですからね。あれ以来、ずっと身も細る思いで過ごして参りました。一目見られれば、きっと安心すると思うんです」

亮太は少し考えたが、特に断る理由は見当たらなかった。

「いいですよ。ここで見ますか？」

「ええ、ええ、ぜひ！」

稲村さんは、勢い込んでうなずいた。

亮太は、段ボールを持ったままガムテープを剝《は》がして、蓋《ふた》を開ける。

稲村さんは、中を覗き込んだ。

「ああ、これだわ！　わたしの、命の恩人です！　**穿山丸**さえあったら、もうこのお屋敷は、だいじょうぶ！　たとえまた鬼が出てきても、子供たちには指一本触れられませんから！」

稲村さんは、はしゃいだ声で言うと、**穿山丸**に触れようと手を伸ばした。

「触るのは、ちょっと待った方がいいですよ。賀茂さんに訊《き》いてからの方が」

「……あら、そうですね。ごめんなさい。つい興奮してしまって」

稲村さんは、いかにも残念そうに手を引っ込めた。

「じゃあ、これは、納戸にでも入れておきましょうか？」

「いえいえ、納戸はダメです」

亮太の問いに、稲村さんは、顔をしかめながら首を振った。

「母屋から運び出そうとしていた悪い呪物ですけど、全部、納戸にしまうことになったんです。あんな不浄な品物と一緒にしておいたら、せっかくの**穿山丸**も、御利益がなくなってしまうんじゃないでしょうか」

「なるほど。それも、そうですね」

だったら、このまま持っていた方がいいかもしれない。変なところに置いて紛失でもしたら困るが、手元に置いておいた方が、いざというときに安心な気がする。

稲村さんがいなくなってから、ちょっと迷ったが、亮太は、穿山丸を段ボールから出した。外で持ち歩くのはまずいだろうが、家の敷地内だったら、別にかまわないだろう。

白木の鞘《さや》に入った短刀は、ずっしりと重かった。いかにも頼りになりそうな感じがする。

それから、穿山丸もまた恐ろしい呪物であることを思い出したが、福森家の子孫である俺に対しては、よもや祟ったりはしないだろうと、自分を安心させた。

さすがに、手に持って歩くのは危険人物っぽすぎるので、バックパックに入れた。

さて、何をしようか。

賀茂禮子を信じるならば、すべては順調に進んでいるようだ。今すぐやらなくてはならないミッションは、特にない。

屋敷の中は、悪の呪物が納戸に押し込まれ、善の呪物が睨みをきかせている。

となると、気になるのは、坂井建築士だった。

たとえ、賀茂禮子が呼んだとしても、まだ、その真意は聞いていなかった。一応、見張っておいた方がいいような気がした。

亮太は、庭を回って、正面玄関へ向かう。

そういえば、玄関前に植えられている栴檀《センダン》――楝《オウチ》の木を見ておいた方がいいかもしれない。

賀茂禮子は、あの木は悪霊の目印になっていると言い、強硬に伐採を主張していたのだから。それがどういう意味なのかは、よくわからないが。

角を曲がって、正面玄関が視界に入ったとき、亮太は、はっとして立ち止まった。

そこには、見慣れない人物の姿があったのだ。

中肉中背で、僧侶《そうりよ》の着る墨染めの法衣に身を包んでいる。楝の木に手を当て、梢《こずえ》を見上げているようだ。

「どなたですか？」

亮太が声をかけると、僧形の人物は振り返った。

意外さに、亮太は、目を瞬《しばたた》いた。

男の僧侶のような法衣をまとってはいるが、あきらかに女性である。

それも白人らしい。短く刈られた髪は赤味がかっているし、色白で睫《まつげ》毛が長く、大きな目の虹彩《こうさい》は、見たことのない色をしていた。年齢はわかりにくいが、二十代後半くらいだろうか。

目の高さは、亮太とほとんど変わらないから、身長も百七十センチはあるだろう。

「わたしは、月晨《げっしん》と申します。比丘尼《びくに》です」

なめらかな日本語で、自己紹介する。ビクニ？　ビキニを連想してしまったので、とっさに意味がわからない。

「ええと、ゲッシンさんですか？」

「月の、夜明けという意味ですね。シンは、日の下に……」

月晨は、漢字を説明する。

「福生寺の川原道明様から、ご依頼をいただきました。こちらのお屋敷に伺って、お守りするようにと」

「でも、どうやって入ったんですか？」

亮太は、警戒して、少し距離を置いたまま喋《しゃべ》る。**穿山丸**は、バックパックに入れたりせず、手に持っていれば良かったと思う。

「さっき、お手伝いさんの――稲村さんにお電話して、お勝手口から入れていただきました。わたし、テレビに映るのは、ちょっと困るので」

穿山丸に夢中になるのはかまわないが、こんなに大事なことを伝え忘れるなんて、いったい何を考えてるんだ。亮太は、稲村さんに腹を立てていた。

「この木は、楝の木ですね。まだ若木ですが、すくすく育っています」

月晨は、愛《いと》おしげに、木の幹を撫《な》でさする。

「稲村さんから、お聞きしました。この木を、切ってしまうのですか？」

どうして、そんなことまでペラペラと喋るんだと思う。

「ええ……まあ」

すると、月晨は、怖い顔になって首を横に振る。

「いけません！　これは、絶対に、切ってはいけない木なのです」

「それは、どうしてですか？」

亮太は、興味を引かれて、一歩近づいた。

「信じてはいただけないでしょうが、わたしには法力があります。天眼通《てんげんつう》と言われるもので、将来起こることを見通せるのです」

賀茂禮子を見ているから、信じられないということはないが。

「とはいえ、まだ修行中の身ですから、何でも見えるわけではありません。わたしの師匠なら、一目でわかるでしょうが……。この木を切ると、きっと悪いことが起こります。それだけは、断言できます！」

初対面の人間に断言されても、どう扱えばいいのかわからない。

「ある霊能者の方から、この木は切った方がいいとアドバイスをされたんですが」

月晨は、大きく目を見開いて、亮太を見た。まるで、自分の背後にある何かを見ているようだった。

「わたしには、家相とか風水とか、そっち方面のことはよくわかりません。ですが、せっかくここまで育った木を切るのは、かわいそうです」

たいして育っているようにも見えないが、月晨は、また楝の木に手を触れると、美しい声で朗唱する。

「妹《いも》が見し楝の花は散りぬべし。わが泣く涙いまだ干なくに」

「え？」

「山上憶良《やまのうえのおくら》です」

月晨は、にっこりと笑った。

「見返るや門《かど》の樗《おうち》の見えぬ迄《まで》。これは、正岡子規《まさおかしき》」

「はあ……」

すると、今度は、聞き覚えのあるメロディで歌い始める。

「おーうち散ーる、川辺の宿の、かーど遠ーく、水鶏《くいな》声して、ゆーうーづーきすーずしきー、夏ーはー来ぬー」

月晨は、また微笑んだ。

「夏は来ぬ、です」

言わずもがなだと思うが。

「あの、それは、いったい……？」

「かりにです。悪木というものが存在したとしても、これだけ古くから親しまれてきた木が、悪木ということがあるでしょうか？」

月晨は、真剣な表情に戻る。

「わたしは、仏教に帰依した比丘尼ですから、木が家を守るというようなことは、迷信としか申し上げられません。……でも、もしかしたら、この木こそは、福森家を守る最後の一本かもしれません」

「ちょっと、待ってください」

亮太は、混乱して、相手の言葉を遮った。

「あの、川原道明住職からご依頼をいただいたというのは、どういうことなんでしょうか？俺は何も聞いてませんけど」

「ああ、これは、失礼いたしました」

月晨は、一転して背筋を伸ばし、営業マンのような姿勢になると、首に掛けた頭陀袋《ずだ》から、名刺を取り出した。

「わたしは、フリーランスの派遣僧侶です。お寺はありませんが、『よあけ』という事務所に所属しております。住職が急用で来られなくなったので、代理で来ました」

名刺には、〈事務所『よあけ』、月晨〉とだけ書かれていた。

名刺を貰《もら》ったときに、いい匂いがしたため、亮太はドキドキした。

そう思って見ると、法衣で隠されていて、細身の男のようにしか見えなかった身体の線も、なよやかな感じがする。

派遣僧侶という存在なら、ＹｏｕＴｕｂｅで見たことがあった。住職のいない、いわゆる無住寺が増えている一方、お寺に所属せずマンションなどで活動している、マンション坊主と呼ばれる僧侶がいるのだという。

「いいえ、わたしは、マンション坊主じゃありませんよ。今は、もっぱらキャンピングカーの中で寝泊まりしていますから」

月晨は、ニコニコしながら答えた。そうなのかと納得しかけたが、よく考えると、こちらが言葉に出していない疑問に答えられたことになる。心を読まれるのは、賀茂禮子で、すっかり慣れっこになってしまったが、本来、あり得ないはずのことだ。

「それは、わかりましたが。そもそも、あなたは、何者なんですか？」

ペースを取り戻そうと、亮太は、強い声を出す。

「何者？　……ああ、そうか。わたしが、どう見ても日本人っぽくないから、警戒されてるんですね？」

そう言ってしまったら、身も蓋もないが。

月晨は、さっきの頭陀袋から、地味なボルドー色の冊子を取り出した。鷲の紋章が見える。

古いドイツのパスポートのようだ。

写真が貼付されているページを開けて見せられる。名前は、『Alda Friedhof』となっていた。

「アルダ・フリードホフです。バックパッカーとして来日したんですが、何となく、そのまま日本に居ついてしまい、比丘尼になりました」

名前の部分は、日本人にもわかりやすいように、カタカナっぽく発音してくれる。

「居ついてっていうのは？」

「今は帰化しています。師の名字をいただいて、戸籍名は、伊藤《いとう》月晨になりました」

月晨は即答する。どこまでも、完璧《かんぺき》な答えだった。

ドイツ人……。亮太は、ふと思いついて、訊ねてみた。

「ソフィア・ミュンヒンガーという方を、ご存じですか？」

月晨は、首を捻《ひね》った。

「Sophia Münchinger……？　いいえ、そういう名前の人は知りません」

今度は、とても真似できないようなネイティブの発音だった。

「一応、『白魔女《ヴァイセヘクセ》』ということなんですが」

発音には自信がなかったが、重ねて訊いてみた。

「Weiße Hexe……」

月晨は、考え込む。

考えてみると、ドイツはそれなりに大きな国だし、仏教の僧侶が、魔女のことを知っているはずもなかった。

「それなら、たいてい知っているはずですが、その人のことは知りませんね」

……知っているのか。世界宗教者平和会議ででも会うのだろうか。

亮太は、ソフィアに、ドイツから福森家を霊視してもらったことを話した。

「変ですね。それほどの力がある魔女なら、絶対に、一度は聞いたことがあるはずです」

背筋に、ヒヤリとする感覚があった。賀茂禮子から聞かされた以外には、ソフィアのことは何も知らないのだ。亮太は、ダメ元だと思って、スカイプで通話したときに見た、ソフィアの容姿について説明してみた。

「たぶん別人だとは思いますが、同じドイツ人で、ハンナ・クルップという黒魔女《シュヴァルツェ・ヘクセ》がいます。まだ若いのですが、とても恐ろしい……特に擬態《ミミクリー》を得意としている魔女です」

月晨は、信じられないことを言い出す。

「ハンナ……クルップ？」

「ええ。Hanna Krupp です」

月晨は、しかつめらしくうなずいた。

「彼女のことは、あまり話したくありません。こうやって遠い異国で名前を出しただけでも、もしかすると、勘づかれてしまうような気がするので」

「……ちょっと、こちらに来ていただけますか？」

亮太は、月晨を連れて、正面玄関から屋敷の中に入った。

土間を通り過ぎるときに、陰鬱《いんうつ》な色をした敲《たた》き土について、月晨が何か言うかと思ったが、特に関心は示さなかった。

土間と座敷の境にある、黒光りする巨大な大黒柱の前では、坂井建築士と助手らしき男が、何事か話し合っている。

亮太は、坂井に目礼すると、月晨を連れて上がる。

坂井は、月晨を見て、驚いた表情になった。まあ、美形の白人の尼僧だから、目を惹《ひ》くのも当然だろう。

一方で、月晨は、坂井には目もくれなかった。大黒柱の方はチラリと見たものの、やはり、何の感想もない。

座敷に上がると、月晨は『**鴛鴦**《えんおう》**飾り蓋付　須恵器壺**《つぼ》　平安時代初期』とのプレートが付いたガラスケースに目をやった。

亮太は、我慢しきれなくなって訊ねた。

「この土器については、どう思いますか？」

月晨は、首をかしげる。

「とても古い物ですね。日本は、伝統を大切にする国ですが、この時代の物にも、もう少し、脚光が当たってもいいんじゃないかと思います」

どうも、ピントがずれている。亮太は、じれったくなった。

「さっき言った霊能者は、この器は、とても恐ろしい呪物だと言っていました。月晨さんは、天眼通で何か見えませんか？」

月晨は、あらためて須恵器壺を見ることもなく、かぶりを振った。

「かりに、この器に何か呪いのようなものがかけられていても、こんなに古い物にまで残っているとは、まず考えられませんね」

賀茂禮子が言ったこととは、真っ向から対立する意見だった。

亮太は、波立つ思いを抱えながら、月晨を伴って廊下を奥へと進む。

「これは、どうでしょうか？」

そこに掛けられているのは、**黒色尉**《こくしきじょう》**の面**だった。良い呪物の一つだと見なされているため、賀茂禮子は、結界を張る際も、場所を動かしていない。

すると、月晨は、屋敷内に入ってから初めて表情を動かした。

「これは……よくわかりませんが、とても怖いです」

天眼通を持つ僧侶ではなく、急にただの若い女性に戻ったような、か細い声だった。

「怖い？　それは、どういう意味でしょうか？」

月晨は、何度か首を振ったが、考えがまとまらないらしい。

「これも、たいへんに古い物だろうと思います。さっきの壺ほどではありませんが。しかし、これにはまだ、持ち主の強い念が宿っているようです。けっして、良い感情ではありません。……いや、違う！　この面には、ただ単に念が宿っているのではありません！」

月晨は、何かを感じたらしく、小さく叫んだ。

「まるで、わたしに対して反応し、心が蠢《うごめ》いているみたいです！　あきらかに、これ自体が、意思を持っているような。こんなことは、呪物でも、めったにないんですが」

賀茂禮子は、自らの意思を持つかのように振る舞う呪物は、怨霊がこの世に舞い戻るときの道標《みちしるべ》になっていると言っていた。この黒色尉の面もまた、遠い昔に着けていた男の霊と、今なお繋《つな》がっているのかもしれない。

この面を着けたとき亮太が垣間見《かいまみ》た、男の生前の記憶は、けっして良いものではなかった。迫害した子供たちへの憎悪は凄《すさ》まじく、思い出しただけで脚に震えが来るほどである。

もし、これが、賀茂禮子の言うような、良い呪物ではなかったとしたら。

ここは、どうしても、たしかめなければならないと思った。

「実は、この先にも、見てほしいものがあります」

亮太は、月晨を連れて廊下を進むと、右に折れた。すると、周囲の景色が一変する。廊下は赤い絨毯《じゅうたん》張りに変わり、白い漆喰《しっくい》の壁にガレ風のブラケットライトが並んでいる。和風建築の中に突如として現れた洋館のような光景だが、月晨は、興味深そうに見ているだけだった。

重厚な焦げ茶色のドアを開けて、ダイニングに入る。

すでに処分されてしまったかと思ったが、骨灰磁器《ボーンチャイナ》のティーカップは、まだそこにあった。

かすかに光が透ける乳白色で、薔薇《ばら》の花と草花の絵が繊細なタッチで描かれている。糸底に、王冠のマークと、『Royal Ashton』という窯元《かまもと》の名が記されているはずだ。

「このティーカップは、いかがですか？　何か見えると思うんですが」

ソフィア・ミュンヒンガーは、スカイプの映像を通じてこれを見るなり、はっと息を呑《の》み、十八世紀にイギリスで作られた有名な呪物であると言い放った。この骨灰磁器には、牛の骨を焼いた灰ではなく、人の骨の灰が混ぜられているのだと。

月晨は、ティーカップを手に取って見た。

「特に、何も感じませんが」と不思議そうに言う。

「これはただの、牛の骨を使ったボーン・チャイナですよ。それも、比較的新しいもののようですね」

そんなことがあるだろうか。亮太は、呆気にとられていた。

「本当ですか？」

月晨は、うなずいた。

「ええ。ごくふつうのティーカップとしか思えませんが」

だったら、このティーカップにまつわる話は、すべてデタラメだったというのか。

「ええと……もう一度、この骨灰磁器《ボーンチャイナ》を、よく見てください」

「はい」

「さっき言った霊能者は、このカップは使わない方がいいと言っていました」

「そうですか。でも、なぜなんでしょう？」

月晨は、きょとんとした顔だった。

「それは……」

そういえば、賀茂禮子は、自分の口からは明確な理由は言っていない。来歴を語ったのは、ソフィアの方だった。

「糸底には、『Royal Ashton』という窯元の名前がありますよね？　これは、『Dale Ashton』という名前の人物が作った製品だということでした」

「そうですか」

亮太は、ソフィアの語っていた言葉を、できるだけ正確に思い出そうとした。あのときは、スカイプの翻訳機能を介してだったので、細部についてはかなり怪しかったが。

「デールは『Valerie』という女性に恋をしていたそうなんです。ところが、ヴァレリーには『Alan White』という恋人がいたため、デールは嫉妬《しっと》を募らせてアランを殺害してしまった。そして、牛の骨の代わりにアランの骨を焼いた灰を混ぜたということなんですが」

月晨は、眉根《まゆね》を寄せて、**ティーカップ**を見たが、ゆっくりと首を横に振る。

「わたしには、そんな昔の話を、まるで映画のようにはっきりと見て取ることはできません。ですけど、どんなに心を澄まして見ても、怨念がこもっているようには感じられないんです。骨は、怨念を遺すには最も適した記憶媒体です。もしも、本当に人間の骨が混ざっていたら、手にぴりぴりとした電気のような刺激を感じるはずなんですが」

マジか。

「さっき言った、ソフィア・ミュンヒンガーという『白魔女《ヴァイセヘクセ》』は、これは、ヨーロッパではとても有名な呪物なのだと言っていました。もしこれでお茶を飲んだら、たとえ火傷《やけど》しそうに熱いお茶が入っているときでさえ、ぞっとするような冷気を発して、人の心を冷酷に変えてしまうんだと」

「その人は、わたしなど及びもつかないような、千里眼の持ち主なのかもしれませんね」

月晨は、首をかしげて、目を閉じる。

「ですが、そんなに有名な呪物だったら、わたしも、一度くらいは聞いたことがあるはずだと思います。それに……」

目を見開いて、真っ直ぐに亮太を見つめる。

彼女の虹彩は、薄い緑色の中に茶色が混じったような複雑な色合いだった。こういうのを、榛《はしばみ》色と言うのだろうか。見ていると、吸い込まれそうな気分になる。

「かりに、ソフィア・ミュンヒンガーと名乗った人が、本当はハンナ・クルップだとしたら、すべては嘘だということになります」

もし、そうだとすると、賀茂禮子もグルで、嘘をついていたということになるが。

「もう一つ、伺ってもいいですか？」

亮太は、舌で唇を湿した。

「『Die Walpurgisnacht』という無声映画について、ご存じですか？」

まさか、あの話も、まったくの虚構だったのだろうか。ところが、月晨は、緊張した表情になってうなずいた。

「ええ。ナチス関連のものを除けば、おそらく、ドイツが生んだ最も恐ろしい呪物です」

月晨の説明は、大筋でソフィアの語ったことと同じだった。無声映画を撮影している間に、悪魔憑《つ》きのような出来事が起こったため、フィルムはお蔵入りになり、一度も劇場にかけられることはなかった。ところが、どこからかフィルムが流出し、複製されて、危険な呪物として流通しているのだという。

「『黒魔女《シュヴァルツェ・ヘクセ》』たちが何を企《たくら》んでいるのかは、正直言ってわかりません。でも、隙を見ては、このフィルムを多くの人の目に触れさせて、強大な悪魔を召喚しようとしているようですね。

一方で、『白魔女《ヴァイセヘクセ》』は、このフィルムがインターネットにアップされているのを発見したら、すぐに削除依頼をします。応じない場合、実力行使で消去してしまうこともしばしばですが、ずっとイタチごっこがつづいています」

双方が、ほぼ同じことを言っているのだから、この点は、まず真実と見ていいだろう。

「でも、『Die Walpurgisnacht』が、何か関係しているのですか？」

月晨の質問には、緊張が感じられた。

亮太は、松下誠一の店で、パテベビーの容器《ボビン》を発見した経緯を簡単に説明した。

「だとすると、こちらのお宅で起きた恐ろしい事件は、あのフィルムの内容をなぞっているのかもしれません」

月晨は、気遣わしげな表情になった。

「やはり、キーパーソンは、その霊能者だろうと思います。いったい、どんな人ですか？」

話していいものかと迷う。考えてみると、月晨はたった今会ったばかりの人間なのだ。しかし、まあ、賀茂禮子の外見くらいならいいだろう。

すると、月晨の表情に、驚くべき変化が現れた。剝き出しの恐怖である。

「……たぶん、その人には、一度だけ会ったことがあります」

月晨は、かすれた声で言った。

「ある事件の起きた、お家ででした。そのときにも、本当は師匠が行くはずだったんですが、急用ができて、わたしが代理で行きました。そこで会ったのが、その人だと思います」

月晨は、少しためらってから、名前を口にする。

「その人は、カモレイコと名乗りました。最強の霊能者という触れ込みでしたが、たしかに、わたしなんか足下にも寄れないくらいの、底知れぬ力をお持ちのようでした」

月晨は、言葉を切って身震いした。

「それまでにも、そういう人たちは、大勢見てきました。世界中のどこでも、祈禱《きとう》師のような人たちは、不幸のあった家を嗅《か》ぎつけて集まってきます。……まるで、蠅のように」

穏やかな声音に、かすかに棘《とげ》が交じる。

「でも、カモレイコという人は、そういう連中とは、まったく違っていました。本物であると思わせるものがあったんです。実際、絶対にわかるはずのないことを次々と言い当てたので、ちょっと怖くなるほどでした」

同じ経験をしてきた亮太には、よくわかる話だった。

「その家には、ある、非常に恐ろしい悪霊が取り憑《つ》いていたのですが、わたし一人だったら、どう対処していいかわからないほど、たちの悪い相手でした。ところが、カモレイコさんは、まったく動じなかったんです。わたしは、いつしか彼女を頼りにするようになっていました。悪霊を払う手順も、彼女の言うとおりにしました。そして」

月晨は、そのときのことを思い出しているように絶句する。

「どうなったんですか？」

亮太は、固唾《かたず》を呑んで訊ねる。

「悪霊は、無事に退治されました……たぶんですが。ところが、そのお家は、けっして幸せを取り戻すことはできませんでした。悪霊を落とす過程で、幼い女の子が亡くなって、そして、お母さんは精神を深く病んでしまいました。旦那《だんな》さんは、酒浸りになり、一年後、自らの命を絶たれたようです」

具体性に欠ける話ではあったが、亮太の心に、暗雲となって垂れ込めるには充分だった。

「……つまり、賀茂禮子という霊能者は、何者なんですか？」

「わかりません」

月晨は、力なく答える。

「正体を暴こうとは思いませんでした。わたしの力では、あの女《ひと》と五分に渡り合うことなどはできませんから。師匠ならばと思いますが、それでも勝てるか疑問なほどです。師匠からは、一人では、絶対に相手にしてはいけないと釘を刺されています。……でも」

月晨は、複雑なカラーの目を瞬いた。

「今回ばかりは、見過ごせません。カモレイコさんが、ハンナ・クルップとおぼしき女性を、仲間に引き入れているからです。まさか、あの女が、『黒魔女《シュヴァルツェ・ヘクセ》』と関係があるだなんて、疑ってもみませんでしたが」

今まで信じていたことが、ガラガラと崩れ去っていくようだった。亮太は、慎重に考える。

「わかりました。それでは、とにかく、賀茂禮子さんが帰ってきたら、直接対面していただけませんか？　俺も、いろいろ疑問に思うことも出て来ましたし」

月晨は、ぶるぶるとかぶりを振る。

「それは……お断りします。わたしは、あの女《ひと》が怖いんです」

「しかし、それじゃあ、動きようがないですよ」

亮太は、途方に暮れる思いだった。

「賀茂禮子さんには、祖母が依頼したんです。ですから、かりにあの女が邪悪な存在であるとわかっても、俺には何の権限もないですし」

「では、お祖母様に確認していただけませんか？」

月晨は、真剣な瞳《ひとみ》で言う。

「いったい、どこで、あの女のことを知ったのか？　それから、なぜ、あの女に依頼しようと思われたのかです」

「わかりました」

祖母が、子供たちを連れて帰ってきたら、一人のときに訊いてみよう。

「月晨さん。他にも、ちょっと見てほしいものがあります」

亮太は、意を決して、彼女をダイニングから連れ出した。

稲村さんが必死に拭《ふ》き取ったはずの、畳廊下の血痕だったが、月晨には見えているらしい。血痕を踏まないように、細心の注意を払って、怖々と足を運んでいた。

しかし、左右に並んでいる大きな襖絵には、さすがに度肝を抜かれたらしく、六頭の虎や、巨大な龍をまじまじと見ては、嘆声を漏らしている。

「左手には四部屋、右手には奥座敷があります。どちらも事件の起きた現場です」

亮太が説明すると、熱心にうなずいている。ただならぬ気配を感じているのだろう。

ふいに、ぴたりと足を止めた。

「どうしたんですか？」

亮太が訊ねると、月晨は、左手の襖の奥を透かし見るようにしている。

「……何か、霊的な防衛線のようなものが築かれていますね。おそらく、あの女《ひと》が作ったんでしょう」

賀茂禮子が、福森家を守るための結界を張り終えたというのは、本当だったのか。

「ただ、奇妙な空白があります。まるでバックドアのような……。なぜ、そこだけ穴が開いているのかがわかりません」

月晨は、自分の力については謙遜《けんそん》気味に話していたが、廊下から見て、そこまで見抜けるとしたら、恐るべき霊能力の持ち主なのかもしれない。

「空白……とはいえ、何か、得体の知れないものが蠢いているように見えますね。ただちに、脅威となるものではありませんが」

賀茂禮子が言ったように、今でも、たちの悪い悪霊が巣くっているのか。

「それは、どの辺りにあるんですか？」

「神棚です」

亮太は、呆気にとられた。

「仏教のお坊さんが、神棚のことを気にされるんですか？」

月晨は、にっと笑ってから、意外なことを言い出す。

「わたしは、昔、カトリックの修道院にいました。孤児でしたので」

「そうなんですか。……それは、びっくりです」

「そんなに不思議でしょうか？　日本は、宗教の融合に関しては、昔から寛容だったじゃないですか？　神仏習合とか、本地垂迹《ほんじすいじゃく》とか」

月晨は、笑った。白い綺麗《きれい》な歯並びが見える。

「まあ、聞いたことはありますけど」

「でも、日本に来てから、お寺の中にふつうに神社があるのを知って驚きました」

月晨は、急に真剣な顔になった。話す内容によって、くるくる表情が変わるので、見ているだけで飽きない。

「わたしは、一神教と多神教の違いはあっても、どの宗教も、つまるところは同じ神を祀《まつ》っているんだと思います。……そして、悪魔もまた、同じ存在を指しています」

「この家に祟ったのは、悪魔なんですか？」

あの惨劇のことを考えると、妙に納得させられる。

「ええ。それだけは、間違いないでしょうね。そして、悪魔と闘うときには、わたしたちは、宗教の垣根を越えて団結しなければなりません」

月晨は、力強く言い切った。

「じゃあ、中を見てみますか？」

亮太は、襖に手をかけようとした。

「いいえ。待ってください」

月晨は、亮太の右腕に手を置いて制止する。

「今、襖を開けると、あの女に気づかれてしまうと思います。それに、神棚を見たとしても、空白になっていることが確認できるだけですから」

「はあ……」

いつの間にか、賀茂禮子は、霊的な導師《メンター》から、最も警戒すべき対象に変わっていた。

「それより、亮太さんが、わたしに見せたいと言っていたものとは、何でしょうか？」

「ああ、こっちです」

あれ、どうして名前を知っているんだろう。さっき自己紹介したっけと思いながら、亮太は、月晨を納戸の方へ案内した。

畳廊下の突き当たりを左に折れると、狭い板張りの廊下へと変わる。とはいえ、これでも、ふつうの家なら、かなり幅の広い部類かもしれない。

亮太は、突き当たりにある納戸をまじまじと眺めた。先日見たときには、透明な渦のようなものが流れ出してくるのが見えたが、今は何も感じなかった。

月晨の様子を窺《うかが》っても、特に緊張した様子はない。

真っ直ぐ進んで、亮太は、木製の扉に手をかける。鍵《かぎ》が掛かっている。

「入れませんね」

亮太は、頭を掻《か》いた。鍵を探してこなくては。

すると、背後から、声が聞こえた。

「どうされたんですか？」

振り返って見ると、稲村さんが立っていた。

「ああ。納戸の中を見たいんですが、鍵がないんです」

「鍵でしたら、持ってますけど……」

稲村さんは、エプロンのポケットから鍵束を出した。用意のいいことだ。

「ですが、賀茂先生がいない間に、納戸に入るのはどうでしょうか？　今は、悪い呪物ばかり入れられていますから」

稲村さんがためらっていると、月晨が、にっこりと笑いながら首を振った。

「だいじょうぶです。そんなに悪い気は感じませんから」

「あら、そうなんですか？」

稲村さんは、半信半疑の表情になった。

「ええ。少なくとも、危険はないだろうと思います。運び込むときだって、何もなかったんでしょう？」

「ああ、それもそうですね」

亮太も、うなずいた。あのときには、賀茂禮子が傍に付いていたとはいえ、ふつうに荷物を運び出すように、呪物を縁側まで持って行ったのだから。

「それに、むしろ、わたしたちを護《まも》ってくれるような強い波動も感じます」

月晨は、亮太のバックパックを指さした。

「ああ、**穿山丸**ですね！」

稲村さんは、嬉《うれ》しそうに両手を打ち鳴らす。

「ですから、何の心配もいらないと思いますよ」

月晨に請け合われて、稲村さんは、納戸の鍵を開けた。

亮太は、ふと、かすかな危惧《きぐ》を感じた。二人とも、月晨に会うのは今日が初めてなはずだ。こんなに言いなりになってしまっても、だいじょうぶなのだろうか。

納戸の中に入る。以前とさほど変わってはいないが、一番奥の棚が片付けられて、母屋から回収された呪物の専用のスペースになっていた。

「ここにあるのが、あの事件の元凶となった、五つの呪物です」

月晨は、身じろぎすらしないで、じっと目を凝らしている。彼女のすぐ目の前にあるのは、棚に入らないので、じかに床に置いてある呪物だった。

あの鎧兜——朱漆塗水牛角兜と黒糸威《くろいとおどし》朱桶側《しゅおけがわ》五枚胴具足である。兜と胴はくすんだ朱色で、鍬形《くわがた》の代わりに鬼のような黒い角が生えている。

「これが、なぜ、元凶の一つとされているのでしょうか？」

月晨は、疑問を呈した。亮太は、溜《た》め息をつく。ここへ来て、また何もかもひっくり返ってしまうのか。

「これは、弾正様——福森弾正が、山崎崇春公より拝領した鎧兜であると伝えられてきました。そのため、福森家の守り神として、一年中飾られてきたんです」

そう思って見ていたときは、頼もしく感じられたものだ。現在では、逆に、恐ろしさの方が勝っているが。

「賀茂禮子さんによれば、この鎧兜は、拝領したわけではなく、福森弾正が主君を弑逆して、奪い取ったものだということでした」

月晨は、首をかしげつつ、鎧兜に手を触れた。

「でも、怨念のようなものは、微塵《みじん》も感じられませんね。この鎧兜は、実際に、合戦のときに着用されたもののようですから、呪物といえば呪物でしょうね。ですけど、それが、どうして福森家に仇《あだ》をなすのでしょうか？」

「胴の背面の縁《へり》に、深い刀傷があるそうなんですよ。通常の合戦では付くはずのない位置で、福森弾正が山崎崇春公を背後から刺殺した証拠だというんですが」

そう説明しながら、亮太は、自分の目ではその傷を確認していないことに気がついた。

「拝見します」

月晨は、鎧兜の背後に回り込み、しゃがんで目を近づける。

「その傷というのは、どこにあるんですか？」

亮太も、月晨の横にしゃがむと、鎧兜を仔細《しさい》に見た。たしかに、それらしき傷は、どこにも見当たらない。

「……もしかしたら、ここかなあ？」

亮太は、胴の左側にある脇板の上部を指さした。光の加減か、刀が擦《こす》った跡のようなものが見えた気がしたのだ。

「どこですか？　わたしには、傷は見えませんが」

月晨は、不思議そうに訊き返す。

「あれ？　今、見えたような気がしたんですが」

もう一度見直すと、あれ？　ない。どこにも、傷はなかった。

月晨は、無言で立ち上がった。今度は、棚の上段に置かれた、**合わせ貝**の入った貝桶に目を向ける。

「これは、とても悲しい呪物です」

しばらく見つめてから、ポツリとそう言った。

「福森家には、その昔、出戻ってこられたお姫様がおられたようですね。その後、首を吊《つ》って亡くなられているようです。これは、その方の持ち物だと思います」

第六代当主、福森監物の長女、方姫のことらしい。この点でも、賀茂禮子の霊視と一致しているから、おそらく間違いないだろう。

「賀茂禮子さんによれば、祟っているのは、**合わせ貝**ではなく、**貝桶**の方だと」

亮太は、貝桶を持ち上げたときに感じた、名状しがたい悪寒を思い出していた。

「たしかに、この貝桶は、元々この合わせ貝が入っていた容器ではないようですが」

月晨は、目を閉じて集中しているようだった。

「亡くなられたお姫様は、とんでもないお家に嫁がれてしまったようです。お相手は、嫡子である長男ですが、その方には、その前にも正室がいたようですね。しかし、やはり離縁され、里に帰されました。その男は、すぐに女性に飽きて、とっかえひっかえ新しい妻を娶《めと》りたがる悪癖の持ち主だったのです」

え、そうだったのか。賀茂禮子は、そんなことは言っていなかった。

「そして、この貝桶は、以前の奥さんの持ち物だったようです。どうして入れ替わったのかはわかりませんが、前の奥さんは、新しく嫁いだ女性に対し、強い嫉妬と筋違いの恨みを抱いていたはずです。そのために、この貝桶は、福森家に戻ったお姫様が自死をするような執念深い呪いを及ぼし続けたんでしょう。……しかし」

月晨は、眉をひそめながら亮太を見た。

「今頃になって、福森家の子孫の方にまで祟るとは、ちょっと考えづらいです」

「じゃあ、どうして、この貝桶が元凶だなんて」

「スケープゴートですね」

月晨は、かすかに首を振った。

「本物の悪玉である呪物を隠すため、濡《ぬ》れ衣《ぎぬ》を着せられたのです」

「ちょっと、待ってください！」

それまで黙って聞いていた稲村さんが、急に口を出した。

「賀茂先生が、そんな嘘をつくなんて、わたしには思えません！ 新しい結界を作るときに、教えてくださったんですよ。福森家に仇をなす目的で、何者かが、さかさ星の呪法を用いたんだって」

　さかさ星の呪法……？

「ここにある五つの呪物を、星形――逆さになった星形に並べて、世にも邪悪な祈禱を行ったそうなんです」

　そうだったのか。亮太は、あらためて、納戸にある呪物を見た。

「たしかに、その晩、五つの呪物が、星の形に並べられていたようですね」

　月晨は、うなずいた。

「しかし、それは、本当に、呪いのためだったんでしょうか？」

「どういう意味ですか？」

　亮太は、思わず反問した。

「わたしには、その五つの呪物は、その晩も、福森家を護る結界を作っていたんじゃないかと思われるんです」

　月晨は、静かな口調で言った。

SCENE3

　祖母は、あきらかに衝撃を受けた様子だった。

　昨日、大伯母《おおおば》さんの遺体を見たショックも、癒《い》えていないはずだ。立ち直れるだろうかと、亮太は心配になる。

「その話は、本当なの？　わたしには、ちょっと信じられないけど」

　亮太は、応接室のソファに端然と座っている月晨をチラリと見てから、続ける。

「正直に言って、まだ、よくわからない。でも、今までは、何もかも賀茂禮子さんの言いなりだったでしょう？　万が一、あの女《ひと》の言うことが間違っていたとしたら、それこそ取り返しの付かないことになると思う」

　それから、末席に控えている稲村さんに訊ねる。

「あの女は、今、どこにいるの？」

「納戸に籠《こ》もっておられるみたいですけど」

　稲村さんは、そう言ってから、我慢しきれなくなったように反論する。

「……だけど、亮太さん。わたしには、賀茂先生の能力は、本物としか思えないんですけど。今までも、わかるはずのないことを、次々言い当てたじゃないですか？」

「それなんだけど、あらためて映像を見て検証してみると、疑わしい部分がいろいろと出てくるんですよ」

　亮太は、カメラに収録した動画を見ながら説明する。

「そもそも、あの女《ひと》がこの屋敷に来て、最初に見たのが庭だったのが、不思議だったんです。あれだけの事件が起きた場所なのに、屋敷の中には入ろうとせず、ずっと庭木の話をしてたでしょう？　ふつうなら、まず、何をおいても現場を見たいと思うんじゃないかな」

「それは、そうかもしれないけど、庭を見たらどうだっていうの？」

　祖母は、よくわからないというように眉根を寄せた。

「ホット・リーディングですよ」

　亮太は、うっすらと笑った。自分自身、ついさっきまで気づいていなかったのだが。

「俺たちが、あの女には超能力があるって信じたのは、かつて庭に植わっていた木々の種類を言い当てたからでしょう？　しかし、考えてみたら、そういった情報は、前もって調べれば、いくらでもわかることだし」

「出入りの造園業者が、そんなことをペラペラ喋るとは思えないけど」

祖母はそう言ったものの、表情は冴《さ》えなかった。

「本気で調べる気になったら、手はいくらでもあると思う。いくらご大層な福森本家だって、植木まで秘密にしていたわけじゃないでしょう？」

つい、本家に対して嫌みな言い方をしてしまう。

「賀茂禮子は、庭木の種類を言い当てたことで、俺たちから、充分な信頼を得たと思ったんでしょう。ようやく屋敷に入って、呪物について講釈をたれたんです。でも、そのほとんどは、検証不可能なストーリーでした。大昔に何があったかなんて、今さらわかるわけがない」

「……あ、でも、待ってください！」

稲村さんが、声を上げた。

「あの、大黒柱はどうですか？　だって、本当に逆柱になってたんでしょう？」

「それには、二通りの考え方ができますね。一つは、本当に、あの場で逆柱になっているのに気がついたのかもしれない。注意深い人間が、鵜《う》の目鷹《たか》の目で探したら、そういう縁起の悪い箇所をたまたま見つけても、おかしくないでしょう。それから、もう一つの可能性としては、協力者がいたのかもしれません」

「協力者って？」

稲村さんは、ぽかんと口を開けた。

「あの、まさか、わたしをお疑いなんでしょうか？　長年、こちらのお屋敷に、ご奉公させていただいておりますが」

「違いますよ。稲村さんを疑うわけないじゃないですか」

稲村さんが涙声になりかけたので、亮太は慌てて打ち消した。

「俺が一番疑わしいと思っているのは、例の建築士——坂井喬平という人です」

「でも、賀茂先生は、坂井先生とは対立されてましたよ。あの井戸を埋めたことで」

「ひょっとすると、それも、芝居だったのかもしれませんよ。現に、いつの間にか和解して、今は屋敷に来てますよね？」

稲村さんは、うっと詰まった。

「たしかに、坂井先生には、わたしも不信感を拭《ぬぐ》えない部分があります」

祖母も、つぶやくように言う。

「あの鬼瓦の角を切り、目を抉《えぐ》った暴挙だけは、今でも信じられません。虎雄の指示だったというのも、本当なのかどうか。それから、大黒柱を上下に付け替えた工事ですが、あらためて訊ねたら、たいへんな手間と、常識外れの費用がかかっていたらしいんです」

それはそうだろうなと、亮太も思った。

日本家屋で、屋根を支える要《かなめ》である大黒柱を取り去るためには、まず別の柱や壁を新設し、その分の加重をカバーしなくてはならないし、大黒柱を抜き取って上下を逆にするためには、屋根に大穴を開けるしかないだろう。それを、柱の傷を床下に隠すためにやったというのは、さすがに信じられなかった。

だとしたら、いったい何のために、それほど無茶で大がかりな工事を強行する必要があったのだろうか。

「もし、坂井さんがグルだったとすると、いろいろなことに説明が付くんですよ。庭の植栽に関しても、リフォームについても、いくらでも情報を仕入れることができたわけだし」

賀茂禮子は、庭木の伐採については、坂井建築士に批判的な口調だったが、今となっては、それも額面通りには受け取れない。

会話の途中で、幾度となく、心を読まれているように感じさせられて、いつしか賀茂禮子の千里眼を信じ込んでしまったが、あれも、きわめて巧みなコールド・リーディングの一種か、あるいは催眠術に近いものだったのかもしれない。

「あの……もう一つだけ、よろしいですか？」

稲村さんが、遠慮がちに言う。

「だとしても、冷蔵庫にあった保存容器のことは、説明が付かないと思うんです！　あそこに書かれていた文字は、たしかに奥様のものでした」

今度は、亮太がぐっと詰まる番だった。

「たしかに、そうね。あの中には、何だったかしら、猛毒が仕込まれていたんでしょう？」

祖母が、はっとしたように言う。

『Well-done meat』と書かれていた保存容器内の焦げた肉と、『Bloomy nuts』と書かれた保存容器のピーナッツ類には、それぞれ発ガン性の物質が含まれていた。さらに極めつきは、『Spicy mushroom』で、アマトキシンという猛毒が検出されたのだ。

「たしかに、あれは、下調べしてもわかることじゃないし、部外者が毒物を混入することも、まず不可能でしょうね」

亮太は、溜め息をついた。また振り出しに戻ったのか。

「あのー。わたしも、一言申し上げてよろしいでしょうか？」

今まで沈黙を守っていた月晨が、そっと手を挙げた。

「どうぞ」

亮太は、発言を促す。

「みなさんが議論されているのは、あの女《ひと》が、インチキ霊能者だったのかどうかということですよね？　でも、その点については、まったく、議論の余地はないと思うんです」

「どういうことですか？」

祖母が、月晨に厳しい目を向ける。

「彼女の力は、まぎれもなく本物です。それも、わたしの師匠によれば、他に類を見ないほど強力なようです。なので、保存容器に毒が入れられていたことも、たぶん一目でわかったんでしょう」

祖母は、当惑顔になった。

「だったら、いったい……？」

「問題は、あの女《ひと》の目的が何かということなんです」

月晨は、柔らかい声音で続ける。

「あの女が霊視したという呪物のいくつかを、わたしも拝見しました。あの女の見立てとは、食い違う部分が、多々あったんです。もちろん、わたしの能力の未熟さの故かもしれないんですが」

月晨のしおらしい態度に、祖母の目が少し優しくなったように見えた。

「だったら、賀茂禮子さんには、どんな目的があるというんですか？」

「わかりません。ですが、もしかすると、こちらのお家に呪いをかけているのは、あの女なのかもしれません」

月晨の言葉に、座は凍り付いた。

「そんな……信じられません」

稲村さんが、つぶやく。

「それは、何か根拠があって、おっしゃってるんですか？」

祖母の目も、再び厳しい光を帯びる。

「亮太さんには、ご説明しましたが、あの女が危険だと判定した呪物は、わたしには、どれも悪いものだとは思えませんでした。その反対に、子供たちを護ってくれたという呪物の一つ、黒色尉の面には、身の裡《うち》に震えが走るような強烈な怨念を感じたんです」

祖母は、額に手を当てて、深い溜め息をついた。

「もし、あなたの言うことが正しければ、たしかに、たいへんなことだとは思います。でも、今日初めて会ったあなたの話を、鵜呑みにすることはできません」

月晨は、深くうなずいた。

「もちろん、そうでしょうね。ですが、あの女は、どうなんでしょうか？　以前からご存じの方だったんですか？」

「知人というわけじゃありませんけど、もちろん、ご紹介を受けたから」

そう言いかけて、祖母は絶句した。

「あら？　誰の紹介だったのかしら。ちょっと、今すぐには思い出せないんだけど」

助けを求めるように、亮太の方を見る。

「あなた、覚えていないかしら？」

「いや、俺は、全然知らないって」

亮太は、当惑した。どういうことだ。

「だって、呼ばれて来たら、もう、あの女はいたしさ」

「ですけど、あの刑事さんも、賀茂先生のことは、ご存じのようでしたよ？」

稲村さんが、三人の顔を順繰りに見ながらつぶやいたが、鳥肌が立っているのか、しきりに腕をさすっている。

「本当に、そうおっしゃいましたか？」

亮太は、カメラに保存されている動画を探した。あった。樋口刑事が来たときのものだ。

カメラを向けると、苛立たしげにレンズを手で遮られた。その後はしばらく、床の映像と、会話の音声が記録されていた。

「何をしてるんですか？　あなたは？」

樋口刑事の、少し横柄な声。

「この子は、わたしの孫なんです。今日は、この屋敷の内部を、映像で記録してくれるように頼みました」

こちらは、祖母の声だ。

「記録というと？　よろしければ、皆さんが本日ここへいらっしゃった理由をお聞かせいただけますか？」

「実は、この方に、今回の事件に関する調査をお願いしたんです」

「調査？」

警察が捜査しているのに、民間人が余計なことをするなと言わんばかりの声音だった。

「こちらは？」

「賀茂禮子と申します」

「あなたが？　……そうですか。それで、何か見えましたか？」

そうだ。たしか、このときに軽い衝撃を受けた。警察まで賀茂禮子の力を信じているのかと思ったからだった。

しかし、本当にそうだったのだろうか。樋口刑事が、賀茂禮子を知っていたらしいことは、彼の言葉からわかる。とはいえ、それは、必ずしも霊能者として信頼しているということにはならないのではないか。

「その刑事さんは、どうなりましたか？」

月晨の言葉に、再び、全員に緊張が走った。

「亡くなりました。拳銃《けんじゅう》自殺です」

二人が何も言わないので、しかたなく亮太が説明する。

「刑事さんが亡くなるときに、何か、呪物が関与していませんでしたか?」

亮太は、瞑目《めいもく》した。樋口刑事の声が耳元によみがえる。


「こいつだ。こいつが、全部悪いんだ」

樋口刑事は、木箱の蓋を開けて、巻かれたままの掛け軸を取り出した。

「燃やしてやる! 永遠に、この世から葬ってやる! そうすれば、もう二度と、俺の夢には現れないはずだ」


「例の、幽霊画です」

亮太がそう言うと、月晨は目を見開いたが、しばらくの間何も言わなかった。ややあって、口を開いたが、声は、さっきまでとは別人のようにかすれていた。

「中村さん。これは大事なことなので、思い出してください。最初に、あの女と会ったのは、いつのことですか?」

祖母は、茫然《ぼうぜん》とした様子で宙を眺めていた。

「思い出せませんが、たぶん、あそこです」

「あそことというのは、どこですか?」

祖母は、驚愕《きょうがく》の面持ちで亮太を見やる。それだけで、恐怖が伝染したように、亮太は身体が硬直してしまった。

「車の中です。ここへ向かう……」

SCENE4

陰鬱な小雨が降り続いていた。昨日来たときもそうだったなと、亮太は思い出す。

病院の裏口から入ると、暗くて、森閑と静まり返っているところは前回と同じだったが、どことなく雰囲気が変わっていると感じた。良い方に変わったのか、悪い方に変わったのかはわからない。ただ、以前よりも空気が張り詰めているような気がした。

祖母は、屋敷を出てからずっと硬い表情だった。何かを感じているかどうかはわからない。

月晨もまた、緊張の色を隠せないでいた。しきりに宙を見回しては、口の中で経文のようなものをつぶやいている。

職員専用のエレベーターに乗り、VIP患者専用のフロアに上がる途中も、緊迫した感覚は変わらなかった。というより、ますます強くなっていくようだった。

柔らかい絨毯を踏んで、スイートルームのような個室に向かう。

部屋に入ると、中の様子は一変していた。

最初に目に付いたのは、一対の彫像だった。白い砂岩のような素材で、ピンポン球のようにまん丸な目と、長い牙、尖った帽子が特徴的である。

病院へ届いた荷物とは、これだったのかと、亮太は思う。かなりの重量がありそうだから、配達はたいへんだっただろう。

「何かしら、これ？　どこかで見たような気がするけど」

祖母が、つぶやいた。

「ラクササかな。バリ島に行ったときに、見たんじゃない？　よく門の前なんかに置いてある魔除《まよ》けだよ」

亮太は、説明する。以前に旅行したとき、YouTubeにアップしたことがあった。

「そうか。狛犬《こまいぬ》かシーサーみたいなものね」

祖母は、納得したようだった。

「ラークシャサ……羅刹《らせつ》ですね」

月晨は、顔をしかめていた。あきらかに、いい印象は受けなかったらしい。

子供たちは、今日もカウンセリングに行っていて不在だった。

病室とは思えないような、落ち着いたインテリアの部屋には、三つのベッドが並んでいる。

頭の側の壁には、奇怪な風貌《ふうぼう》をした超大型のお面が掛けられていた。黒い瞳の巨大な眼球と、湾曲した長い牙。頑丈そうな門歯の下からは長い舌を垂らしている。ラクササと似ているが、遥かに迫力があった。亮太は、カメラを出して撮影する。

「これも、たしか、バリ島で見たわ。ホテルのショーの民族舞踊で」

祖母は、眉をひそめていた。

「ああ、バロンダンスだね。これは、バロンじゃないかな。ほら、獅子《しし》舞みたいな恰好《かっこう》をしていたやつ」

亮太は、記憶を辿《たど》った。

「森の王とも呼ばれる災いを防ぐ聖獣で、悪の化身であるランダという魔女と、終わりのない戦いを繰り広げているとか……」

「じゃあ、これも、やっぱり、子供たちを守ってくれる魔除けということなのね。ちょっと、顔が怖いけど」

月晨の方を見ると、妙に青ざめた顔をしていた。口の中で何かしきりにつぶやいているが、どうやら日本語ではないようだ。

亮太は、部屋の反対側の壁を見た。そこには、木製らしい古びた十字架のペンダントが掛けられている。

近づいて仔細に見てから、カメラに収めた。長い時を経て表面が黒ずんでいるだけでなく、縦棒の上端や横棒の右端には、焦げ跡のようなものも見えた。

だが、亮太は、その十字架のフォルムに、何とも言えぬ違和感を覚えていた。

「……ここは、とても危険です」

しばらく十字架を凝視していた月晨が、掠《かす》れた声で言った。

「一刻も早く、子供たちを連れ出さないといけません」

「危険って、どういうことですか？」

祖母が、厳しい声で訊ねる。

「ここにあるのは、日本ではあまり馴染《なじ》みがありませんが、どれも恐ろしい呪物ばかりです。それも、子供たちを守る魔除けなどではありません。全部、その逆なんです」

「逆って……どうして、そう思うんですか？」

亮太は、月晨にレンズを向けた。

「一つ目は、これです」

月晨は、入り口の手前に置かれた石像を指さす。

「羅刹は、元々、ラークシャサというヒンドゥー教の悪魔でした。夜ごと墓場に出没しては、供え物や死体を喰らう怪物だったのです」

「でも、仏教に取り込まれて羅刹天になってからは、仏法の守護者なんでしょう？」

亮太は、多少の知識があったので、反論する。

「ええ。ですが、これは、仏教の羅刹天になる前の、バリ・ヒンドゥー教の鬼神です」

月晨は、顔をしかめて言う。

「現地でも、正しく祀れば邪気を祓《はら》ってくれますが、粗略な扱いをした場合には、逆に祟ると恐れられています」

「……この像は、正しい扱いを受けていないということなんですか？」

亮太は、あらためて、二体の**ラクササの石像**を見た。特に変わった様子は見られないが。

「外観からはわかりませんが、ラークシャサの深甚な怒りの波動を感じます」

月晨は、身震いした。

「この石はパラストーンという砂岩で、職人が手彫して像が作られるのですが、どうやら、その職人の身に、何か良くないことが起きたようです。……これを刻んだ鑿《のみ》によって」

またか、と亮太は思う。呪物を作り出す因縁譚《たん》とは、ことごとく、人の愚かさや、残酷さに起因しているものらしい。

「それ以上に問題なのは、二つの像の向きなんです」

月晨は、切々と訴える。

「本来なら、外敵に備えるために、部屋の外に外向きに置くべきです。ですが、この二体は、部屋の内側に、子供たちのベッドを睨むように配置されています」

たしかに、そう言われればと思う。ならば、子供たちを監視していたというのか。

「……ですが、後の二つの脅威に比べれば、ラークシャサなど、ものの数ではありません」

月晨は、亮太の方に向き直って、壁に掛かった面を指さす。

「あなたは、さっき、これがバロンの面だろうと言いましたね？　ですが、本当にそうだと、言い切れますか？」

えっ。どういうことだ。亮太は、目を瞬いた。

「まさか、違うんですか？」

月晨は、重々しくうなずく。

「バロンダンスを見た方ならわかると思いますが、顔だけ見ると、善神バロンと、悪神であるランダは、非常に良く似ているのです。どちらも、大きくまん丸な目を剝いて、長く湾曲した牙が生えています。バロンには強い呪力を秘めた顎髭《あごひげ》があり、ランダは長い白髪を振り乱していることが多いのですが、見分けるのは、容易でありません」

月晨は、他宗教にも詳しいらしく、博学ぶりを発揮する。

「最大の違いは、舌です。ランダは、たいがい長い舌を垂らしています。でも、バロンでは、まずそういうことはありません」

壁に掛けられたお面は、長い舌を垂らしている。

「じゃあ、これは、悪の化身……ランダということですか？」

亮太は、愕然としていた。

「魔女なの？」

祖母も、怖々とお面を見やる。

「ええ。でも、それだけではありません。ランダの本当の恐ろしさは、『寡婦』という別名に象徴されています」

月晨は、さらに祖母に衝撃を与えるようなことを言う。

「ラークシャサは、仏教に取り込まれて十二天の一つとなりました。しかし、ランダは逆に、仏教の鬼子母神が、バリ・ヒンドゥー教に取り込まれたものだと言われているのです」

鬼子母神……。言わずと知れた、子供を攫《さら》っては喰《く》っていたという鬼神ではないか。

「何ていうこと？　じゃあ、このランダの面は、うちの子供たちを狙っているの？」

祖母が、悲痛な声を上げた。

「そう考えるより、ないでしょうね。……そして、それよりさらに恐ろしいのは、ここにある十字架なんです」

月晨は、反対側の壁に掛かっている、古びて焦げた十字架を指さした。

「そんな。まさか十字架まで……？」

祖母は、絶句した。

「これが、ふつうの十字架ではないことは、よく見ればわかります」

月晨は、囁《ささや》き声で続ける。

「ふつうの十字架は、横棒より上が短く、下が長い。でも、この十字架は、上の方が長くて、下は短いでしょう？　つまり、これは、天地がひっくり返っている、逆十字なんです」

「逆十字って……まさか、悪魔の十字架？」

祖母は蒼白《そうはく》になり、あわや卒倒しそうな有様だった。

「でも、逆十字が悪魔のシンボルだというのは、ただの俗説でしょう？」

亮太は、反論した。その辺りのことは、以前にＹｏｕＴｕｂｅに上げた動画のために、少し調べたことがあった。

「アレイスター・クロウリーとかブラックメタルのバンドが、そういう誤解を広めただけで、これ自体は、大昔からある十字架の、一つのバリエーションだと思うんですが」

「たしかに、逆十字は、もともと、悪魔とか反キリストを意味しているわけではありません。カトリックでは**聖ペトロ十字**として認められており、今も多くの教会に掲げられています」

月晨は、重々しくうなずいた。

「ですが、今まさに福森家を脅かしている呪いにおいて、この十字架は、まったく別の意味を持つのです」

月晨の声は、ひどく冷たく、遠くから聞こえてくるようだった。

「別の意味って、いったい何なんですか？」

「それを説明する前に、この十字架にはもう一つ、無視することができない因縁があるので、お話ししましょう」

月晨は、十字架に近づき、焦げ目の跡のような部分を指さした。

「これは、古い火事の痕跡です。おそらく、三百年以上は前のものでしょう」

月晨は、うっすらと目を閉じ、身体をゆっくりと前後に揺らす。半ばトランス状態に入ったようだった。

「わたしの力では、あの女《ひと》ほど、はっきりと見えません。……でも、この十字架の持ち主は、自分の子供たちを守ろうとして、サーベルで全身を貫かれ焼き殺されたようです。そのとき、この十字架を握りしめて、襲撃者たちに対して呪いの言葉を残しました」

月晨は、かっと目を見開いた。

「おまえたちの子や孫が、その最も遠き末裔《まつえい》に至るまで、わたしと同じように、悲惨な終焉《しゅうえん》を迎えるようにと」

それが、単なるホラ話でないことは、亮太にも、はっきりと感じられた。

ぼんやりと、一人の女性の姿が瞼《まぶた》に浮かんでいた。赤いシャツを着た、体格のいい、白人の中年女性だ。

いや、違う。白いシャツが、自身の血で赤く染まっているのだ。前のめりに倒れながらも、必死になって、この十字架を掲げようとしている。

亮太は、思わず身震いした。この十字架が背負っている怨念とは、月晨の言葉通り、想像を絶するものなのかもしれない。

「この十字架は、聖具でありながら、紛れもない呪物になっています。そこに**聖ペトロ十字**の含意が作用したとき、呪いは、恐るべき相乗効果を発揮するでしょう」

「**聖ペトロ十字**の含意というのは、何のことですか？」

祖母が、焦《じ》れたように訊ねる。

「聖ペトロは、イエス・キリストの最初の弟子で、十二使徒の筆頭であり、聖パウロと並んで首座使徒とされる聖人です。イエスから『天国の鍵』を授けられたために、初代ローマ教皇とされており、カトリックの総本山であるサン・ピエトロ大聖堂も、聖ペトロの墓があることに由来しています」

月晨は、まるでカトリックの修道女のように、よどみなく説明する。

「聖ペトロは、キリスト教を伝道し、様々な奇跡を行いましたが、キリストがユダの裏切りによって捕らえられたときは、キリストのことなど知らないと三度も否認する、人間的な弱さも露呈しています。その負い目からでしょうか、皇帝ネロに捕らえられ、自身も磔刑に処せられようとしたとき、キリストと同様の十字架ではなく、天地を逆にした逆さ磔《はりつけ》にしてほしいと、自ら懇願したのです」

逆さ磔……。まさか、ここで、そのワードが顔を出すとは思わなかった。

亮太と祖母は、息を呑んで、その場に立ち尽くしていた。


応接室に現れた賀茂禮子は、瞬き一つせずに、ゆっくりと部屋の中を見回した。

「さっきまで、そこに、誰かがいましたね？」

月晨が、座っていたあたりを指さす。月晨は、賀茂禮子と顔を合わせるのが怖いと言って、退出していた。

「ええ。……どうぞ、お座りになってください」

祖母が、緊張した声で言う。

「玄関前の楝の木ですが、結局、切らないことに決まったんですか？」

開口一番、賀茂禮子は、そう訊ねる。どうして、そのことを知っているのだろう。亮太は、祖母と顔を見合わせた。

「鈴生《すずなり》造園の方が来られましたが、とりあえず、延期しますと伝えました」

祖母が、答える。

「あの木を切るだなんて、わたしは、いっさい聞いておりませんでしたので」

「そうですか……。明日、こちらで、御葬儀が行われると伺いましたが？」

「先ほど、警察から、司法解剖が終わったので姉の遺体を返還するという連絡がありました。今晩、先の四人の遺体と一緒に、搬送されることになっています」

惨劇のあったその場所で葬儀を行うなど前代未聞だろうが、今まさに、その設営が行われているところだった。葬儀社の職員が、田の字型の四つの和室と奥座敷の襖を取り払っている。

中間の畳廊下も併せて、宏大《こうだい》なスペースが、青と白の浅葱《あさぎ》幕によって仕切られつつあった。

同時に、北東の仏間のスペースに五人分の祭壇が、その南側の居間には護摩壇が設《しつら》えられており、奥座敷から出る庭には、篝火《かがりび》を焚くための鉄製の篝籠《かご》がいくつも立てられていた。

賀茂禮子は、首をかしげた。

「そのために、先ほど子供たちを退院させたんでしょうか？」

また、得意の千里眼かと思う。だが、もう騙されないぞ。

「あの子たちも、お通夜とお葬式には、参列させてやりたいと思いまして」

祖母は、精一杯の威厳を込めた声で言ったが、かすかに語尾が震えていた。

「それに、あの子たちの身が、何より心配でしたから」

「あの病院は、どこよりも安全な場所になっていたはずですが」

賀茂禮子は、いつになく落ち着かない様子で、あらぬ方へと視線を彷徨《さまよ》わせている。

「わたしが病室に配置したお守りは、どうなったんですか？」

「病院の倉庫に保管してありますが、いつでもお返しいたします」

祖母は、引き攣《つ》った表情になっていた。**ランダの面と聖ペトロ十字**の正体を知ったときの、衝撃を思い出しているのだろう。

「あれは、すべて取扱注意の呪物だそうですね。この屋敷でも、様々な呪物で結界を作られていたそうですが、その作業は、もう完了したんですか？」

賀茂禮子は、無表情に祖母を見た。ガラス玉のような目には、まるで昆虫の複眼のように、感情というものが感じられなかった。

「ええ。葬儀の設えが始まる前に、すべて終わりました」

「そうですか。だったらもう、子供たちが帰ってきても大丈夫なわけですね。わかりました。これまで、本当にご苦労様でした」

祖母は、深々と頭を下げた。

「どういうことでしょうか？」

賀茂禮子は、無表情なままだった。

「謝礼については、取り決めていなかったと思うんですが、いかほどでしょうか？」

「それは、この先は、わたしの力は必要ないという意味ですか？」

「もう充分にご尽力をいただきましたので、ここで、いったん区切りにしたいと思います」

「ずいぶん、突然なお話ですね」

賀茂禮子は、亮太の方を向いた。

「わたしがいない間に、何があったんですか？」

「いや、その」

亮太は、言葉に詰まる。

「いろいろと、今後のことを話し合ってたんですが、とりあえず、めどが付いたという結論になったんで」

「さっきまで、ここに座っていたのは、どなたですか？」

賀茂禮子は、月晨のことが気になるようだった。

「あなたの霊能力でも、見えないんですか？」

祖母は、いつになく険のある言い方をした。

「どうやら、たいへん、自分の身を隠すすべに長《た》けた人のようですね。こんなことはめったにないんですが、まったく姿が見えません」

賀茂禮子は、かすかに首を振った。

「擬態している、というのが、最も近い感覚でしょうか。この屋敷にある呪物のいくつかと、共通したものを感じます」

祖母は、亮太と目を見合わせたが、勇を鼓したように続ける。

「とにかく、そういうことですので。……いろいろ、ありがとうございました」

「わたしを、疑っておられるようですね。その理由は何ですか？」

賀茂禮子は、不思議そうに訊ねた。

「いいえ、特に、そういうわけではありません」

「率直に、お話し願えませんか。誤解ならば、ご説明すれば、解けると思いますので」

祖母は、逡巡《しゅんじゅん》していたが、思い切ったように口を開く。

「それでは、お聞きしますが、あなたは、どなたのご紹介で、我が家へ、いらっしゃったんでしょうか？」

賀茂禮子は、じっと祖母の顔を見つめる。

「紹介ですか？　特に、どなたからも受けてはおりませんが」

「それでは、どうして、今、ここにいらっしゃるんですか？　どんなに思い出そうとしても、あなたに助力を依頼したという記憶がないんですが」

賀茂禮子は、深くうなずいた。

「そのことですか」

「わたしは、あなたに調査を依頼したとばかり思っていました。しかし、そのあたりの記憶は空白なんです。わたしが思い出せるのは、この屋敷へと向かうワゴン車の中に、あなたがいたこと。それが、最初です。信じられませんが、車に乗り込むところすら思い出せません」

祖母の声は、恐怖に震えていた。

「あなたは、いったい、何者なんですか？　それから、どうやって、入り込んだんですか？　車じゃありません。……わたしたちの頭の中に」

賀茂禮子は、黙って祖母の目を見つめる。

「目を見たら、ダメだ！」

亮太は、思わず叫んでいた。

賀茂禮子は、チラリと亮太を見ると、また祖母の方に視線を戻した。

「わたしには、幸か不幸か、生まれつき、たいへん強い霊能力があります。その力を活用することによって、困っている人たちを助けたいと念願してきました。ところが、そこには常に、ある問題が横たわっていました」

賀茂禮子は言葉を切ったが、誰も何も言わない。

「本当に助けを必要としている人々は、なかなか、わたしのところまで辿り着けないんです。その一方で、どうでもいい依頼——恋愛運を知りたいとか、誰かを呪ってほしいとか、そんな人ばかりが大挙してやってきます。ですから、わたしは、こちらから依頼者を選別することにしました」

「どうやって、選別するんですか？」

亮太は、思わず質問した。

「今回のように、恐ろしい事件が起きたり、困っている人がいるという話を聞いたりすると、自分から訪ねていって、助力を申し出ることにしたんです」

「わたしには、あなたが訪ねてきたという記憶は、いっさいないんですが？」

祖母が詰問する。

「ええ。真正面から訪問したところで、たいていは門前払いされますから。なので、むしろ、自然に溶け込むようにすることが多いですね」

自然に溶け込む……？　亮太は、愕然とした。それは、ある種のマインドコントロールではないのか。

「もう、けっこうです！」

祖母が、聞いたことのないような激しい声で叫んだ。

「あなたは、わたしからお願いした方ではないわけですね？　もしそうでしたら、ここまでとさせてください。今すぐ、この屋敷から退去するようお願いします。報酬については」

「報酬は、けっこうです。こちらから押し売りしたわけですから」

賀茂禮子は、静かに言う。

「ですが、本当に、わたしがここでいなくなっても、かまわないんでしょうか？　たしかに、呪物を再配置して、霊的な防衛線は作りましたが、この先、敵がどう出てくるかは、まったく予想が付かない状態です。……いや」

賀茂禮子は、立ち上がって、亮太を見下ろした。

「これが、敵の一手というわけなんでしょうね。まずは、守りからわたしを外すこと」

「どうぞ、お帰りください」

祖母は、頑《かたく》なに言う。

「わかりました。くれぐれも、ご無事をお祈りしています」

賀茂禮子は、そう言って、静かに部屋を出て行った。

SCENE5

亮太は、スマホの画面を見て、眉をひそめた。

またた。またあのメールが復活している。

ゴミ箱は空にしたし、メールの保護も解除済みだった。なのに、何度削除しようとゾンビのようによみがえってくる。メールサービスのサポートに電話して、懇切丁寧に教えてもらって、今度こそは完全に抹消したと思ったのだが、いつの間にか元に戻っていた。

差出人は、『Sophia Münchinger 』で、件名は『Warning ; Schwarze Hexe !』となっていた。英語力には自信がなく、機械翻訳では、百パーセント理解できたかどうか心許《こころもと》なかったが、

「黒い魔女の気配が急に強くなりましたが、何かあったのですか？　とても心配しています」

というような内容だった。

ソフィア・ミュンヒンガーと名乗る女が、自称するような『白魔女《ヴァイセヘクセ》』なのか、それとも、本当は件名にある『黒魔女《シュヴァルツエ・ヘクセ》』なのかは、五分五分という気がしていた。だが、少なくとも、悪質なウィルス入りのようなこの苛立《いらだ》たしいメールは、どこから見ても、正義の味方が送ってくる代物とは思えなかった。

「どうかしましたか？」

月晨が、こちらを向いて訊ねる。助けを求めるほどのことでもないし、説明が面倒なので、

「いや、ただのスパムメールですよ」と言ってごまかした。

「それより、呪物は、どんなふうに再配置するんですか？」

賀茂禮子が、事件の元凶と名指しした呪物のうち、貝桶、鎧兜、傍折敷《そばおしき》、達磨図の四つは、すでに納戸の奥に隔離してあった。達磨図については、賀茂禮子から指示されたことがある。この際、月晨に打ち明けようかとも思ったが、なぜか、黙っていた方がいいという気がして、亮太は口をつぐんでいた。

代わりに表に出してあるのは、幽霊画、黒色尉の面、天尾筆、河童の木乃伊の四つだったが、賀茂禮子が食わせ者なら、これらはすべて、福森家に仇なす危険な呪物かもしれない。

悪霊を寄せ付けぬように描かれたはずの魔方陣が、実は、悪霊を招き入れる装置だったら、身の毛もよだつ結果になるだろう。

「それなんですが、わたしも、まだ少し迷っています」

月晨は、儚《はかな》げな吐息を漏らした。

「あの女《ひと》が、何かたくらみを抱いて、この家に入り込もうとしたのは、もはや確実でしょう。ですが、それが福森家を滅亡させるためだったかどうかは、定かではありません」

今さら、そんなことを言われても困る。月晨を信じて、賀茂禮子を放逐したのだから。

「でも、月晨さんは、賀茂禮子の嘘を暴いたじゃないですか？　あの女が危険だと言っていたものがそうでもなく、反対に、子供たちを救ったとされる呪物の中にも、怖いものが交じっているって」

「そうです。……たしかに、それは、そうなのですけど」

月晨は、眉間《みけん》にしわを寄せて、苦しげに身をよじる。不謹慎だが、僧形のためにかえって、何とも言えぬ色気が感じられ、亮太はドギマギした。そばにあったカメラをそっと手にして、再び動画を撮影し始める。賀茂禮子がいなくなった今、動画は正常にアップロードできるかもしれない。だとしたら、月晨は、けっこう人気が出るかもと思う。

「でも、悪玉と善玉の呪物の間に、かなり複雑な濃淡の違いのようなものが感じられるのです。あの女がやったことを、果たして、機械的にひっくり返すだけでいいのかと」

月晨は、難しい顔で腕組みをしていた。

「どういうことですか？」

「あの女は、桁《けた》外れの霊能者です。最初から、こうなることまで予測していても、不思議ではありません。わたしが現れて、自分がこの家を追われることさえもです」

「えっ？」

そんな可能性は、考えもしなかった。

「あの女は、九枚のカードを、五枚と四枚の二組に分けました。五枚の方は、すべてが悪玉、四枚の方は、すべて善玉と宣言して。あの女が、嘘をついていたとわかった以上、五枚の方が善玉で、四枚は悪玉だったと単純に考えがちです。ですが、そこまで読まれていたとしたら、どうでしょうか？」

背筋を冷や汗が伝うような嫌な感覚があった。

「つまり、どうなっているわけですか？」

「たとえば、あの女は巧妙に善玉と悪玉を交ぜていたという可能性もあります。五枚のうち、悪玉は二枚で、善玉が三枚。四枚の方は、二対二だったのかもしれません。単純に、ひっくり返すだけでは危険だというのは、そのあたりなんです」

まるで、いかさまポーカーの手口について解説しているかのようだった。

「だったら、全部排除すればいいんじゃないですか？」

「そうすると、子供たちを護ってくれた善の呪物も、すべて喪《うしな》うことになります。あの女は、今度は、呪物に頼らないやり方で、攻撃を仕掛けてくるかもしれません。それから、可能性はもう一つあります」

この上、まだ何かろくでもない可能性があるというのか。

「今言った九つの呪物以外にも、この屋敷には多くの呪物が集められています。その中には、さらに凶悪なものが、息を潜めている可能性もあります。あの女は、あえて悪の呪物の一部を犠牲にして、こちらの切り札となる善の呪物を、排除しようとしているかもしれないのです。もしそうなったら、はたしてわたしの法力だけで子供たちを護り切れるかどうかは、まったく自信がありません」

もう勘弁してくれ。亮太は、頭を抱えたくなった。

「だったら、どうすればいいんですか？」

「もう一度、すべての呪物をチェックする必要があります。その中で、絶対に安心だと確信を持てる物だけを選び出しましょう」

「……どうか、よろしくお願いします」

月晨は、にっこり笑うと、尼僧とは思えないことを言い出す。

「その前に、今晩のお通夜と、明日の葬儀に備えて、神棚封じをしておきましょうか」

「え？　月晨さんは、仏教の僧侶ですよね？」

亮太は、呆気にとられた。

神道では、家族に不幸があった際、神に穢《けが》れを触れさせないように、五十日間神棚を封じることになっている。しかし、仏教では、そもそも死を穢れとは捉えていないはずだが。

「神棚封じは、本来、神職の務めではありません。誰がしてもかまわないのですが、むしろ、ご遺族以外の人が望ましいとされているので、わたしならうってつけと思います」

月晨は、にっこりと笑みを見せた。

「それに、前にも言いましたが、わたしは、宗教の垣根は重要ではないと思っているんです。人を救うという、目的さえ正しいのなら」

「昔は、カトリックの修道院にいたとおっしゃってましたね？」

「ええ。孤児だったので、修道院に引き取られたんです」

月晨は、少し恥ずかしそうにうつむいた。

「今も、修道院長をされていたクラリッサ・バール様には、感謝と敬愛の念でいっぱいです。かの聖ヒルデガルト・フォン・ビンゲンの流れを汲《く》む、とても徳の高い方なんです。それに、修道女のみなさんも、わたしをとても可愛がってくれました。わたしは、修道院での規律ある生活とクラリッサ様の薫陶が、今のわたしを形作ったと思っています」

「それが、どうして……その」

そんなに立ち入ったことを訊いていいのかという気がして、亮太は口ごもった。

「なぜ、異教である仏教に帰依し、遠い日本にやってきたのかということですか？　それは、たいへん長い話になるので、またの機会にしましょうか」

気にした様子もなく、月晨は微笑する。

「でも、ちょっと待ってください。うちの神棚には今、神様はいないはずじゃないですか？」

神棚が空っぽになっていて、悪霊が巣くっていると言ったのは賀茂禮子だが、月晨もまた、そこには奇妙な空白があり、得体の知れないものが蠢いていると言っていたはずだ。

「ええ。なので、まずは魑魅魍魎《ちみもうりよう》の類《たぐ》いを一掃しましょう。脅威にならないと言いましたが、どう転んでもプラスに働くことはありません。異例なことですが、その後に神様をお祀りし、あらためて神棚封じを行いたいと思います。亮太さんは、ご家族として立ち会っていただけますか？」

もちろん、穢れを払うことに否やはなかった。ひょっとしたら決定的な瞬間が取れるのではという期待もあり、カメラを持って行く。事前にお清めが必要ということで、二人で洗面所に行った。本来は手水舎《ちょうずや》で柄杓《ひしやく》を使うらしいが、略式で水道の水を使ってもかまわないらしい。右手で水を受けて左手をすすぎ、今度は左手で右手を清める。最後に、両手で受けた水を口に含んで、すすぎ清めた。

まず最初に向かったのは、厠《かわや》だった。

昭和までは普通に見かけた和式の便所だが、厠神には珍しく神棚が祀られている。それも、神明《しんめい》型の宮形まである本格的なものだった。

月晨は、ぶつぶつと口の中で「ノウマク、サンマンダ、バザラダン、カン」と唱えていた。オカルト界隈《かいわい》では有名な不動明王の真言だが、しだいに声のトーンが低くなったかと思うと、ふいに外国語のような耳慣れない呪文を発した。

次の瞬間、亮太は目を瞠《みは》る。宮形から、何か黒いものが飛び去ったように見えたのだった。

今のは、カメラに記録されているだろうか。

月晨は、宮形の中を祓う仕草をし、恭しく烏枢沙摩明王の御札を収め、宮形の扉を閉めた。

「福森八重子、虎雄、遥子、美沙子、麻衣子の帰幽をご奉告致します」

淡々とした口調に、かえって、この屋敷で起きた事件の異常さと恐ろしさを実感させられた。

月晨は、そのまま神棚を白い半紙で封じた。

次に、台所へ向かった。現在のキッチンではなく、裏玄関の手前にあった昔の台所である。

リフォームの前は、広い土間に古い竈《かまど》が四つも並んでいたが、今では、板張りの廊下の端に、竈が二つとモザイクタイルの流しが、モニュメントのように残されているだけだった。

その横の黒光りする柱には、神棚が設えられ、注連縄《しめなわ》の下に黒ずんだ異相の面がかけられていた。仁王のような憤怒の形相で、目だけは鏡のように光を反射している。

「ワオ！　これは竈面《かまどめん》ですね」

月晨は、興味深そうに面に見入る。

「北上《きたかみ》地方では、家を建てた後で、大工さんが端材で彫るそうですが、鑿跡が力強いですね。目の象嵌《ぞうがん》は鮑《あわび》の貝殻でしょうか」

「もしかして、これにも何か？」

亮太は、竈面にズームしながら訊ねたが、ふと稲村さんから聞いた話を思い出していた。竈のある台所や古いお風呂《ふろ》場でも、夜中になると、ざぶざぶと水が流れる音がするとか。

「たしかに、何かがいます。本来、ここに宿るべきではない何かが」

月晨は、竈面の上に手のひらをかざすと、瞑目した。口の中で唱えているのはお経らしい。

亮太は、思わず目を瞬いた。錯覚だろうか。心なしか、竈面の表情が変わったような気がしたのだ。目の放つ光も、一段と強くなったようだ。

月晨は、再び、例の外国語の呪文を発する。

すると、あり得ない光景を目の当たりにして、亮太は喘《あえ》いだ。

木彫の竈面が、まるで生きているかのように顔をゆがめたのだ。次いで、大きく口を開け、怒りに歯を剝き出したかと思うと、真っ黒な煙のようなものを吐き出す。

亮太は、恐怖に後ずさったが、月晨は、何事もなかったような顔で神棚を祓い、帰幽奉告を行うと、白い半紙で神棚を封じる。

「今のは、いったい、何だったんですか？」

亮太が、裏返った声で訊ねると、月晨は微笑した。

「正体はわかりませんが、取るに足らぬ魑魅の類いでしょう」

それから、少し深刻な表情を見せる。

「もちろん、あんなものが普通の家に住み着くことはあり得ません。なので、このお屋敷は、かなり末期的な状態にあると言えます」

亮太は、おそるおそる竈面に触れてみた。ただの固い木地の感触である。さっき見たのは、幻影だったのだろうか。

「……末期的とは、どういうことですか？」

亮太は、カメラを構え直して、月晨を正面から撮る。

「霊的な意味合いで、破綻《はたん》してしまっているということですね」

月晨は、かすかにかぶりを振った。

「免疫システムが崩壊した患者が、日和見感染の温床となるようなものです」

「だとしても、あんなものが、どこから湧いてくるんでしょうか？」

「禿鷹《はげたか》や蠅と同じで、ずっと遠くから腐臭を嗅ぎつけて、寄り集まってくるのです」

福森家は、精神的道徳的に、腐敗堕落してしまっているということらしい。賀茂禮子にも、同じようなことを言われたが、先祖代々の悪行が頭に浮かび、反論できなかった。

「さあ、行きましょう。次が一番難物ですよ」

月晨は、踏み台を手に歩き出す。亮太は、思わず身震いした。もう一つの神棚がある部屋、そして一番の難物ということなら、あの部屋以外に考えられない。

畳廊下を通り、神棚のある中の間へと向かった。床の間の老竹色の聚楽壁《じゅらくかべ》に、血で印された逆さの人形《ひとがた》は、何度見ても衝撃的だった。

月晨から促されて、亮太は、踏み台に乗って、恐る恐る宮形の扉を開いた。予想した通り、中は空っぽだった。


「……それも、さらに質《たち》の悪いものばかりが集まっています」

賀茂禮子の不気味な託宣が、耳朶《じだ》によみがえる。

「寂れて、荒れ果てた神社が、悪霊の巣窟《そうくつ》になっているように」


月晨は、さっきまでとは様変わりした真剣さで一心に経を唱えていたが、途中で首を振って溜め息をついた。

「予想以上に頑強ですね。残念ながら、力が及ばないようです」

「えっ。じゃあ、どうするんですか？」

「本来ならば、神棚を清めてから、神様をお迎えすべきなのですが、悪霊を祓うところから、お縋《すが》りするしかないでしょう」

月晨が懐から取り出したのは、紙に包まれた御札だった。表には、『天照皇大神宮』という墨文字と、朱印が二つある。

「『神宮大麻《じんぐうたいま》』です。邪気を祓い、正気《せいき》を取り戻していただきましょう」

月晨は、涼しい顔で言う。

仏教の僧侶が伊勢《いせ》神宮の御札に頼るのは奇妙だったが、亮太は、月晨から御札を受け取る。

包み紙に比べ、中の木札はずいぶん小さいようだった。悪霊の巣窟となっている穢れた宮形に、いきなり神聖な御札を納めてもいいものかと思ったが、言われるままに、宮形の扉を開いて、御札を中央に納めた。扉を閉め、踏み台を降りると、月晨と並んで神棚から少し離れた場所に立った。

そのときだった。突然、どこからともなく奇妙な声が聞こえてきたのは。

荒々しい男の呻《うめ》き声のようでもあり、老婆の金切り声にも聞こえる。

部屋の中を見回してから、亮太は確信した。間違いない。たった今御札を納めた、神棚から聞こえてくる。それは、まるでスズメバチに襲われたミツバチの巣のような大騒ぎへと発展しつつあった。

「神棚に巣くっていた、悪霊たちが退散します」

月晨が、亮太の耳元で囁いた。思わず、ぞくりとして、全身に鳥肌が立つのを感じる。

すると、今度は、どこからともなく蠅が現れて、部屋の中を飛び回り始めた。

羽音からすると、かなりの大物のはずだが、まったく姿を目に捉《とら》えることができない。

「悪霊を、目で追ってはいけません」

月晨に注意され、亮太は両目を閉じた。

そのとき、また一匹、蠅の羽音が増えた。ほとんど顔にぶつかりそうなくらい、すぐそばを飛び回っている。今、こめかみの横を前から後ろに飛び去ったのがわかった。次は、頭の上。そして、首の周りをぐるっと一周する。

目を閉じて聞いていると、蠅の飛ぶ軌跡が、ありありとわかった。

蠅の数は、どんどん増えていった。五匹から先は、まったく数えられなくなった。十匹か、二十匹、いや、五十匹。違う。どう考えても、百匹以上はいる……。

「恐れてはいけません。思った以上の数ですが、わたしたちに、害を与える力はありません。無視してください」

パニックに陥りかけたとき、月晨の落ち着いた声で、我を取り戻す。

一匹の蠅の羽音が、真正面からぐんぐん近づいてきた。亮太は、ぎゅっと固く目を閉じた。眉間か額に激突する衝撃を予期して。

だが、予想に反して、何の感覚もなかった。羽音は、まるで亮太の頭を突き抜けたように、後ろに移動し、また鋭い弧を描いて反転する。

これは、月晨の言うとおり、超自然の存在——魑魅魍魎の類いだ。

神棚に新しい御札を奉納したことによって、今まで空の宮形を根城にしていた悪霊どもが、大挙して逃げ出したのだろう。

亮太は、あらためて、神札の威力と、月晨の霊能力に感服していた。

いつまでも悪霊なんかを祀っていたら、良くないことが起こって当然だろう。この機会に、追い出すことができて、本当に良かったと思う。

……だが、神棚の悪霊について最初に指摘したのは、賀茂禮子だった。

あの奇妙な霊能者が、敵方だったというなら、どうして、神棚が危険なことは正直に教えてくれたのだろうか。

しばらくすると、羽音は、一つ、また一つと消えていった。そして、最後には静寂が戻ってくる。

「悪霊は、すべて飛び去りました。それでは、お参りをいたしましょう。わたしがするのと、同じようにしてください」

月晨が囁いた。若い白人の——それも僧形の女性から、神棚の参拝の作法を教えてもらうというのは、何とも奇妙な感じだった。

「まずは、二拝です」

月晨は一歩前に進むと、神前で軽く頭を下げた。それから、今度は身体をくの字に折って、深々と頭を下げた。亮太も、その様子を横目で見ながら真似をする。

「次に、二拍手」

月晨は、そう言って両手を胸の高さで合わせた。次に、右手の指先を少し引くようにして、柏手《かしわで》を二回打った。亮太もそれに倣う。

「最後に、一拝です」

また、深々と礼をする。最後に軽く一礼して、後ろに下がった。

「どうですか?」

ニコニコしながら、月晨が訊ねる。

「さっきまでより、うんと、すがすがしい気分ではありませんか?」

どうだろう。正直言って、よくわからない。

「そうですね。そういえば、どこか、そこはかとなく、清浄な気が満ちてきたような」

そう言うと、自分でも、何だかそんな気がしてきた。

「でも、やっぱり、俺は違和感が拭えないですね。仏教のお坊さんが、神棚への参拝を勧めるというのは」

「気にしない、気にしない。人類は一つです」

月晨は、笑顔で受け流す。

もう一度神棚を見やると、光線の加減なのか、宮形が輝いて見える。

月晨が白い半紙で神棚を封じても、まだぼんやりと発光しているようだった。

亮太は、ダイニングに行くと、ぐったりと椅子に腰をかけた。

さっきの経験は、思った以上に気力と体力を磨《す》り減らした。とても、月晨が言ったような、すがすがしい気分を感じるどころではない。

無数の蝿の羽音の中で、身じろぎもせずに耐えるというのは、苦行そのものだったと思う。あれが全部悪霊なのか。だったら、やつらは、蝿が群舞しているゴミ捨て場には、いつでも、相当数いるのではないか。

いや、待てよ。たしか蝿は、西洋では悪魔のアバターじゃなかったっけ。

亮太は、スマホを出して検索する。漠然とした記憶だったが、やはり、そうだ。蝿の王との異名を取る悪魔、ベルゼブブは、サタンに次ぐとも言われる大魔王で、蝿の姿で飛び回り、しばしば悪魔憑きを起こしたりしている。

だとすると、さっきだって、取り憑かれる可能性があったのかもしれない。そう考えると、首筋がひやりとした。

しかし、月晨は、害を与える力はないと言っていた。おそらく、霊能力によって、危険度を正確に読み取ったのだろう。

だいたい、あんなにいっぱいいた悪霊が、全部、悪魔の親玉のはずがないし。

ふと、月晨が唱えていた耳慣れない呪文のことを思い出した。

二回も聞いたから、何となく耳に残っている。たしか、「ガーン、ヌー、ネッソ！」というふうに聞こえたが。

録画した映像の音声をチェックして、しばらく検索すると、呪文の正体が判明した。

……「Gang ût, nesso!」

古ドイツ語の呪文で、「ヴィーンの寄生虫の呪文」と呼ばれるものらしい。Nesso《ネッソ》と呼ばれているのは寄生虫の一種であり、体内から出よと命じる呪文だとか。

おそらく、神棚に巣くっている悪霊を追い出すために、似たイメージの古いドイツの呪文を当て嵌《は》めたのだろう。そのことに特に不思議はないが、現在は仏教に帰依しており、かつては修道院にいたという月晨のバックグラウンドからすると、古代ドイツの呪文に対し、かすかな違和感があった。もちろん、それ以外の彼女の人生については何も知らないのだが。

無性にコーヒーを飲みたくなったので、全自動のコーヒーメーカーに豆と水をセットして、スイッチを押す。本当は、豆を挽《ひ》くのは、手動の方が美味《おい》しくできるのだが、今は、そこまでやる気力が湧かなかった。

月晨は、もう一度呪物の鑑定をするとか言って、納戸に閉じこもってしまった。たいへんな作業になるはずだから、おそらく、今日一日では終わらないだろう。

大きなアンティークのダイニング・テーブルの上には、朝刊が置かれていた。

亮太は、新聞を取り上げる。ネットニュースで充分なので、数年前から購読をやめていたが、チャンスがあれば、隅々まで読むことにしていた。

ほとんどの人は、一面から順番に読んでいくようだが、亮太は逆に、テレビ欄を飛ばして、社会面から読むのが常だった。政治面で面白かった記事なんか、これまで一度も読んだことがない。

……どうやら、たいした事件は起きていないようだ。交通事故。飲食店の小火《ぼや》。それに。

ぎょっとして、亮太は目を見開き、身を乗り出した。ついさっきまで感じていた倦怠《けんたい》感は、一瞬にして吹っ飛んでいる。

まさかと思ったが、この名前は。

下川李々子。同姓同名ということも考えられないではないが、しかし、記事の内容を読めば読むほど、あのストーカー女であることを確信する。

新聞記事によれば、ハイツの屋根裏で、女の死体が発見されたのだという。死後二日ほどが経過しており、かすかな異臭で住人が気づいた由。

ファミレスで、危うくあの女に捕まりそうになったのが、二日前の晩だった。だとすると、あの後、ほどなくして、死んだことになる。

亮太は、新聞記事から目を上げると、天井を向いて頭に手をやった。

これは、吉報に違いない。あの女が生きているかぎり、いつまたストーカー被害に遭うかもしれないし、心のどこかで不安を抱えながら生活しなくてはならないのだから。

しかし、何度も想像したような歓喜は湧いてこなかった。もちろん、ある種の安堵《あんど》はある。李々子を悼む気持ちなど、もとより微塵もないのだから。

しかし、今は、それ以上に、恐怖が勝っていた。

亮太は、再び、新聞記事に目を落とす。李々子が死んでいた屋根裏は、浴室の真上だった。苦悶《くもん》の表情で胸を押さえていたが、外傷が見当たらないので、一酸化炭素中毒死と見られるということだった。屋外に設置された給湯器が、不完全燃焼を起こし、ブロック塀と屋根の間で滞留した排気が、建物内へと逆流したらしい。

さほど、珍しい事故ではないのかもしれない。

しかし、あの晩、李々子はあの市松人形を手にしていた。おそらく、あのまま持ち帰ったに違いない。持ち主に危害を及ぼすように、ネジ釘のように捻って鍛造された呪いの五寸釘を、体内深く打ち込まれたまま。

亮太は、市松人形に触れたときの激痛を思い出した。まるで電気ショックでも受けたような感覚が胸に走った。あれに近いことが、李々子にも起きたのではないか。

呪物は、誰に対しても、同じ効果をもたらすものではないようだった。持ち主をことごとく取り殺してしまうほど強力な物もあれば、一部の人間にのみ凶作用を及ぼす物もある。

その違いは、被害者の属性にあるのかもしれない。暴力的な夫に殺された妻の恨みを孕《はら》んだ呪物は、無垢《むく》な少女よりも、粗暴な男に対して、より強く祟るのではないだろうか。

李々子の場合、胸の中に宿していたストーカー気質や憎悪、復讐心《ふくしゅう》、攻撃性などの属性が、より強く呪物と共鳴してしまい、まともに呪いを浴びてしまったのかもしれない。

とはいえ、もし、下川李々子が、市松人形を持ち去った直後に取り殺されたのだとすると、祟りの凄まじさは常軌を逸している。作られた当初から、これほど危険な呪物だったのなら、この市松人形の周囲は死屍《しし》累々となり、もっと前から、世界中で有名になっていたはずだ。

……もしかすると、福森家に、あまりにも多くの呪物が集積したために、相互作用により、すべての呪物が賦活化され、危険度が格段にアップしたのかもしれない。

たしかめたいと思った。李々子本人の脅威は、すでに消滅したわけだし、もし単独の呪物が人を殺せるのであれば、その実例を、この目で見て、映像に収めたい。

いや、それより、あの市松人形を野放しにしておいてはいけないのではないか。そもそも、あれを持ち出したのは俺だし、次に誰かが手にしたら、新たな犠牲者となる可能性もある。

首尾良く、市松人形を回収できたら、月晨に鑑定してもらおう。きわめて邪悪な呪物であることは間違いないが、ひょっとすると、霊的な防衛線を張るのに役立つかもしれないし。

亮太は、興奮して立ち上がった。それから、コーヒーができていることに気づく。

まずは、気持ちを落ち着かせた方がいいだろう。天井まであるドイツ製のシュランクから、カップを取り出して、淹《い》れたてのコーヒーを注ぐ。

今からすぐ、李々子の件を調査しに行こうと考えていた。月晨には断ろうかとも思ったが、精神集中の邪魔をしたくなかった。それに、市松人形を見つけられず、すごすご帰った場合、どう思われるかも気になる。やはり、ここは黙って行くことにしよう。

亮太は、カップを口に運んだ。

その次の瞬間、異状に気がついた。

何だ、これは……？

火傷しそうなくらい熱いコーヒーが入っているのに、まるでドライアイスを唇に当てたかのような、冷たい痛みが走ったのだ。

あっと無音の叫び声を上げて、亮太はカップを放り出した。

カップは、まるでスローモーションのように、フローリングの床に落ちて、バウンドした。茶色い液体がベールのように広がり、ちぎれた先端が玉になって宙に浮遊する。

時間感覚が、異常に引き延ばされている。自分自身の喘ぎ声や瞬きまで、とんでもなく遅く感じられた。

だが、ゾーンに入ったような奇妙な状態は、一刹那で消失した。

「どうかしましたか？」

ダイニングに、稲村さんが入ってきた。亮太のただならぬ様子から、何か起きたと察知したらしいが、床にこぼれたコーヒーを見ると、急いでモップを取りに行く。

亮太は、ようやく我に返ると、床の状態を見て、あることに気づいた。

こぼれたコーヒーからは、かすかに湯気が立っている。

かがみ込んで触れてみると、見た目通り、まだ温かかった。

「すみません。俺、やりますから」

稲村さんからモップを受け取って、フローリング上にできたコーヒー溜まりを拭き取った。

モップの房は、たちまち茶色く染まっていく。本当なら、さらに水拭きすべきなのだろうが、あとは、毎晩動かす床拭きロボットがきれいにしてくれるだろう。

稲村さんは、レジ袋を手に放り出されたカップを片付けようとした。だが、床からカップを取り上げると、怪訝《けげん》な表情になり、ためつすがめつしている。

「あら……？　変ね」

思わず漏らした声に、亮太は振り返った。

「何か？」

「いえね、どこも壊れてないようなんですよ。これは陶器ですから、ふつう、フローリングに落ちたら砕けると思うんですけど」

稲村さんは、亮太にカップをかざして見せた。たしかに無傷のようだ。しかし、そのとき、ようやく気がつく。『Royal Ashton』の銘……。これは、骨灰磁器《ボーン・チャイナ》のティーカップだ。

やっぱり、これは、とんでもない呪物なのかもしれない。

だとすると、賀茂禮子やソフィア・ミュンヒンガーの言っていたことが、正しかったということになるのか。ソフィアは、これは通常のボーン・チャイナ——牛の骨を焼いた灰を混ぜている——ではなく、人の骨灰が混ぜられていると霊視した。『Dale Ashton』という人物が、『Valerie』という女性に横恋慕した挙げ句、恋敵であった『Alan White』を殺害してしまい、その骨を使って骨灰磁器を作ったのだと。

亮太は、スカイプの画面上で翻訳されたソフィアの言葉を思い出していた。

「これは、とても悪いものなのです。これでお茶を飲んでは絶対にいけません。火傷しそうに熱いお茶が入っているときでも、ぞっとするような冷たい空気を発し、人の心を冷酷に変えてしまうのです」

その言葉は、たった今感じたドライアイスのような異様な冷気と符合していた。もちろん、普通の状態なら感じなかったかもしれないが、ここ数日の異常な経験のせいで、霊感が極度に高まっており、呪いの冷気を物理的な冷たさとして認識したのかもしれない。

だが、そうなると、月晨の発言は、どう解釈したらいいのだろう。

彼女はたしか、特に何も感じないと言っていたはずだ。これは、「ただの、牛の骨を使ったボーン・チャイナですよ」と。

亮太は、混乱した。じっとりと背中に冷や汗が伝う感触がある。

どちらかが、嘘をついている。その点は、すでに疑問の余地はない。だが、これをもって、やっぱり賀茂禮子の方が正しかったと断定することもできない。彼女がこの屋敷を去る前に、ティーカップに何らかの仕掛けを施して、疑惑の種子を植え付けようとしたのかもしれないのだから。

「亮太さん。本当に、どうかしたんですか？　さっきから、顔色が優れないようですけど」

稲村さんが、心配そうに声をかける。

「いや、すみません。うっかり、手が滑っちゃって。……ちょっと、出かけてきます」

「夕方からは、お通夜の準備ですので、早めにお帰りになってくださいね」

「わかりました」

亮太は、足早に、ダイニングを出て行った。なぜか、一度も振り返らなくても、稲村さんが胡乱《うろん》な目で自分の後ろ姿を追っているのがわかった。

SCENE6

亮太は、表具店のガラス戸を開けて、外に出た。

ゴロゴロという音で空を見上げると、分厚く垂れ込めている灰色の雲間で、ところどころ、光っている箇所が見えた。やばい。亮太は足を速めた。一昔前の、のどかな夕立とは違って、今の東京では、いつ何時ゲリラ豪雨が襲来するかわからない。熱帯地方のスコールのように、天地が晦冥《かいめい》し、篠突《しのつ》く雨がアスファルトに突き刺さる。この季節のゲリラ豪雨は、スコールと比べても、雨粒が冷たい分だけダメージが大きいのだ。

稲光と雷鳴の間隔を数えてみると、だいたい三秒だった。音が伝播《でんぱ》する距離を暗算すると、約一キロくらいだ。雨はもう、かなり間近にまで迫っているらしい。

肩に掛けた大型のトートバッグから覗く、掛け軸を入れた袋が気になった。金襴《きんらん》の袋だが、ほとんど防水性はないだろう。掛け軸そのものも、水には弱いはずだ。

袋の中に入っているのは、達磨図のレプリカだった。

達磨図を修復した際、賀茂禮子は、カラーコピーを作って本物そっくりに表装するように、亮太に指示していた。そのため、正体不明の敵にバレないように、わざわざ東京にある老舗《しにせ》の表具屋に持ち込んで、超特急で仕上げてもらったのである。

カラーコピーの段階で賀茂禮子に見せたのだが、すでに呪物化しているということだった。本物の達磨図が、どれほど恐ろしい代物だったかという証だろう。

「ですが、敵に本物だと誤認させるには、かえって好都合かもしれません」

賀茂禮子は、そう言った。

「本物の達磨図が、危険な殺人ウィルスだとしたら、コピーは、弱毒化したワクチンのようなものです。さかさ星の呪法を成立させるには、絶対的に力が足りないのです」

だとすれば、入れ替えておく意味はあるのかもしれないが、賀茂禮子が強く主張したなら、達磨図を福生寺に隔離することもできただろう。どうして、わざわざ偽物を作らせたのかが、そのときは、どうにも腑《ふ》に落ちなかった。

しかし、今となってみれば、賀茂禮子は、最悪の事態に備えていたのかもしれないと思う。もしかすると、自分が放逐されることまで想定していたのだろうか。

それにしても、わざわざ警察まで足を運んで時間を費したのは、失敗だったかもしれない。

李々子に、ファミレスで市松人形を盗まれたという話をでっち上げて、被害届まで出したが、それらしき人形は、少なくとも、李々子が死亡した屋根裏では見つかっていないらしかった。だとすれば、今でも、李々子のアパートにあるのかもしれないが、まさか、探偵小説のように忍び込むわけにもいかなかった。

それで、今度は、市松人形の、そもそもの出所を確かめてみようと思い立った。

あれもまた、津雲堂の松下誠一が持ち込んだものだったのだろうか。カメラに録画された、福森家の呪物を検分したときの映像を見返してみたが、その点は判然としなかった。

それで、津雲堂を再訪してみたが、店は閉まっていた。定休日というわけでもないらしい。ダメ元で、周辺で聞き込みをしてみると、近所の床屋さんで、松下誠一は入院しているという有力な情報が得られた。病名については、はっきりとは口にしなかったが、どうやらガンで、それも末期らしい。

そういえば、前に津雲堂に来たとき、松下誠一の顔色がゾンビのようだったのを思い出す。身体からは、独特の嫌な臭いがしていた。日々あまりにも多くの呪物に囲まれていたために、生き腐れの状態にあるかのようだな。

床屋さんで病院名を教えてもらい、地下鉄を乗り継いでやって来たが、たまたま、表具屋がすぐそばだと気がつき、達磨図のレプリカを受け取りに行ったところで、突如として雲行きが怪しくなったのである。

うっかり傘を持って出るのを忘れていたが、あいにく周囲には、コンビニも見当たらない。亮太は、さらに歩調を速めて、競歩のような早足になる。グーグルマップによれば、病院は、すぐそばのはずだ。

背後で、いっせいに人々の悲鳴のような声が上がる。振り返って見ると、道路のずっと先に、めったに見ない雨の端っこが出現したところだった。俗に、夕立は馬の背を分けると言うが、道路が濡れて色が変わっているところと乾いたままの部分が、画然と分かれている。そして、その境界線は、急速にこちらに近づいてきていた。

何だ、これは。もちろん、呪いなどではなく、ただの自然現象だろうが、こんな極端なのは見たことがない。亮太は、駆け足になり、さらに脱兎《だっと》のごとく走り出した。

あ、あれじゃないか。前方に、病院のような白っぽい建物が見えた。たぶん、間違いない。それらしき看板も出ている。

そのとき、背後から異音が聞こえてきた。亮太は振り返り、ぎょっとする。

白っぽい粒のようなものが、爆撃するように激しく道路にぶつかっては、跳ね返っている。さらに、駐《と》めてある車のフロントガラスには、何とヒビが入っていた。

これは、ゲリラ豪雨じゃない。雹《ひょう》だ。それも、特大の。

冗談じゃない。こんなのに打たれたら、無事で済むとは思えない。

もはや、なりふり構わず、全力疾走する。こんなに必死に走ったのは、いつ以来だろうか。雨を避けるというより、もはや、巨大な怪物のあぎとから命からがら逃れているようだ。

硬質な音が、すぐ後ろまで迫ってきた。

間一髪で、自動ドアを開けて病院の中に滑り込む。

外に向き直ると、無数の白い雹が道路の上で跳ねて、乱舞していた。

「いったい何だ、こりゃ……？」

車椅子の老人が、呆然《ぼうぜん》とした顔でつぶやいた。病院の狭いロビーに集っている患者たちは、全員が、外の異様な悪天候に、すっかり目を奪われているようだった。

亮太は、受付に寄り、松下誠一の病室を聞き出す。応対した若い女性も、すっかり雹に気を取られており、ろくすっぽ亮太の顔も見ていなかった。

旧式のエレベーターに揺られながら、四階に上がる。松下誠一という札の出ている部屋は、エレベーターを降りてすぐの場所にあった。

亮太は、そっと病室に入った。

二人部屋だが、手前のベッドは空で、奥の窓際にあるベッドには、土気色の顔をした老人が寝ていた。

松下誠一だ。前回見たときより、かなり状況は悪化しているようだ。もはや、余命幾ばくもないように見える。

窓の外には、白い雹が降り注いでいるが、窓ガラスにぶつかるものは多くなく、一階よりはずっと静かだった。

「松下さん。中村亮太です。先日、津雲堂の方へお邪魔しました」

そう声をかけても、松下誠一は無反応だった。

「お加減は、いかがですか？」

すぐ傍に立つと、ぴくりとも動かない老人を見下ろす。

「覚えておられますか？　この前、パテベビーのことで質問に伺ったんですが」

やはり、まったく反応はない。ひょっとしたら、死んでいるのではないかと不安になるほどだったが、よく見ると、パジャマを着た胸がかすかに上下していた。

落胆を感じる。コミュニケーションができる状態ではないようだ。

狂気じみた雹に打たれてボコボコにされる危険を冒して来たのに、またも無駄足だったか。

亮太は、バックパックからカメラを取り出した。何の意味もないだろうが、せめて、病室の様子を動画に収めておこうと思う。

松下誠一の顔のアップから、全身を撮影する。それから、手ぶれしないように、ゆっくりとパンして、病室の様子を撮《うつ》す。誰かが看病している様子も、見舞いに来た形跡も、まったくと言っていいほど見られなかった。

松下誠一は、ただ、ここで、死を待っているのだろうか。

「今日は、市松人形のことを訊きたいと思って来ました」

亮太の口を衝《つ》いて、自然に言葉が出て来た。この男は、敵の一味かもしれないが、せめて、人間らしく扱ってやりたいと思ったのだ。黙って撮影して去るのでは、死体を撮っているのと変わらない。

「あの市松人形も、松下さんが持って来られたものだったんですか？　もちろん、あれもまた札付きの呪物だということは、承知の上ですよね？　それも、他の呪物とは違い、最初から、持ち主に仇をなすように呪いを込めて作られた代物なんじゃないですか？」

おや、と思った。松下誠一が、微妙に身じろぎしたように感じられたのだ。だが、どんなに注視しても、その後は何の動きもない。やはり、気のせいだったのか。

それでも、ひょっとしたら、もっと肝心なことへの答えが得られるかもしれない。

「この前の質問への、答えをいただけないでしょうか？　あなたは、松下秋繭の養子だった、松下秋蜂の子孫なんですか？」

すると、松下誠一の口が、少し開いたようだった。喉《のど》の奥から、かすかな喘鳴《ぜんめい》のような音が聞こえる。亮太は、再び彼の顔をアップにして撮影を続行する。

「松下秋繭は、福森家に対し、とうてい言い尽くせない恨みを抱いて亡くなったようですね。その怒りの深さは、あの掛け軸——親不知子不知図《おやしらずこしらず》を見ればわかります」

亮太は、言葉を切って、賛の文章を正確に思い出そうとした。

「普通ならば、『親不知、子不知、過ぎたる果ての絶景祈らん』と読んでしまうことでしょう。でも、絵の具で描いた鳥影を除けば、こうなります。『親不知、子不知、過ぎたる果ての絶家祈らん』……」

すると、松下誠一が、半眼にしていた目を大きく見開いた。

「あれは、松下秋繭が、福森家の子々孫々にまでかけた、家門断絶の呪いだったんですね？　あなたは、それを知って、先祖の無念を晴らすため、呪いを完遂しようとした」

亮太は、液晶画面から目を逸《そ》らさずに続けた。

「答えてください。あなたは、先日福森家を襲った惨劇について、何かご存じなんじゃないですか？」

そのとき、病室の入り口から、憤然とした女性の声が聞こえてきた。

「あなた、誰ですか？　ここで、何をしてるの？」

あわてて声のした方を見ると、三十代くらいの小太りの女性が立っていた。信じられないという目で、亮太を凝視している。

「あ。いや、これは……」

亮太は、返答に窮して、女性を見つめた。松下誠一を撮していたカメラは、そのまま女性の顔の方へ向く。

「勝手に撮さないでください！」

女性は、声を荒らげた。

「すみません」

亮太は、カメラのレンズを下げる。

「あなた、誰？　イタズラなの？　だったら、警察を呼びますよ！」

「いや、違うんです。俺は、中村亮太と言います」

亮太は、慌てて名乗り、誤解——と言えるかどうかわからないが——を解こうとした。

「名字は違いますけど、福森家の親戚《しんせき》なんです。実は、松下さんが、うちに持ってきてくれた品物のことで、お伺いしたいことがあって」

「品物……？」

女性は、少し落ち着いたようだったが、依然として疑惑の目で亮太を見ている。

「伯父《おじ》は、この通り、質問に答えられるような状態じゃありません。そのくらいは、見れば、わかりますよね？」

「おっしゃる通りですが、ひょっとしたら、何か反応を示してくれるんじゃないかと」

「どうかしましたか？」

病室に、体格のいい男性の看護師が入ってきた。さっきの女性の声を聞きつけたらしい。

女性は、亮太を見て、一瞬ためらってから、かぶりを振った。

「いいえ。何でもありません。この人がお見舞いに来ることで、ちょっと行き違いがあったもんですから」

男性看護師は、うなずいた。危険人物かどうか、値踏みするように亮太を見てから、黙って病室を出て行く。

「ありがとうございます」

亮太は、ほっとして礼を言う。

「まだ、あなたのことを、信用したわけじゃありませんから」

女性は、冷たくそう言って、肩にかけていたバゲットバッグをテーブルの上に置いた。

「とにかく、家族の了解も得ないで勝手に撮影するなんていうことが、許されるんですか？これって、犯罪になるんじゃないですか？」

「本当に、申し訳ありません」

亮太は、平謝りに徹する。

「どなたもいらっしゃらないと思ったものですから」

「だからって！」

女性は、また亮太を睨んだ。

「もう、けっこうです！　今すぐ、お引き取りいただけますか？　伯父は、何を聞いたって、何の反応も示しませんから」

「……はい。たいへん、失礼をいたしました」

亮太は、身をすくめるようにして、病室を出ようとした。

すると、亮太越しに松下誠一の方を見ていた女性が、はっと息を呑んだ。

亮太も、反射的に振り返る。

松下誠一は、ベッドに仰臥《ぎょうが》したまま、宙に手を伸ばしていた。

「伯父さん！」

女性が、亮太の脇を擦り抜けて駆け寄る。

「気がついたの？　わかる？　わたし、芙美《ふみ》よ」

松下誠一の口からは、呻き声が漏れるが、脈絡のある言葉は聴き取れない。

そのとき、亮太の視界と二重写しになって、まったく別の光景が出現した。

髷《まげ》を結い、お茶の宗匠のような十徳《じっとく》を着た初老の男が、文机《ふづくえ》に向かって端座している。

これは、松下秋繭なのか。

畏《おそ》れに硬直して、亮太は、その場に立ち尽くしていた。

松下秋繭らしき人物は、一心不乱に筆を動かしているようだった。ところが、よく見ると、その眼光は鷹のように鋭く、口元は歯を食いしばっているかのように緊張している。

秋繭は、持てる画技のすべてを駆使して、今まさに、呪いの掛け軸を描いているところだ。

亮太は、そう直感していた。

やはり、松下誠一は、松下秋繭の養子、秋蜂の子孫だったのだろう。

そして、秋繭の怨念に操られるように、福森家に危険な呪物を、せっせと持ち込み続けたに違いない。

鴛鴦《えんおう》飾り蓋付須恵器壺、虎徹、黒色尉の面、骨灰磁器《ボーンチャイナ》のティーカップ……。

それに、あの市松人形もまた。


帰り道、スマホが呼び出し音を奏でた。見ると、福生寺の川原道明住職からである。

いったい、何だろう。亮太は、首を捻りながら電話に出た。

「もしもし。中村です」

「ああ、亮太さんですか！　ちょっと、大変なことが起こったんです！　大至急、寺まで来ていただけませんか？」

道明の声は、いつになく上ずっていた。

「大変なことというのは、いったい何ですか？」

「それが、これればかりは、百聞は一見にしかずと申しますか、直接見ていただきたいのです。福森家の今後の運命を、予見させるような出来事ですので」

「わかりました」

亮太が通話を終えると、間髪を容れず、次の着信があった。この番号は、誰だっただろう。

「もしもし……？」

「中村さんですか？　先日お目にかかった、澤武郎です」

声を聞いた瞬間に、すぐに思い出した。福森弾正と山崎崇春公にまつわる因縁話を聞いた、郷土史家だ。

「ああ、その節は、ありがとうございました」

内心では、何の用だろうと訝《いぶか》っていた。

「実は、ちょっと思い出したことがあるんですよ。本来は、この間お話しすべきことだったと思うんですが」

澤は、どこか歯切れが悪かった。

「いや、まったく不思議なんです。どうして、この間思い出さなかったのか。何だか、記憶に靄がかかっていたかのようで。まあ、まさか、例の事件には関係ないと思うんですが」

例の事件とは、福森家を襲った惨劇のことだろう。亮太は、かすかな興奮を感じた。

「わざわざ、ありがとうございます。それで、どんなことでしょうか?」

すると、澤は、急に声を潜める。

「うん。それがですね、できれば、直接お目にかかって、お話ししたいのですが」

どいつもこいつも電話じゃ話せないって、どういうことだ。昭和生まれのおっさんたちは、そんなにみんな、人恋しいのだろうか。

「わかりました。……そうですね。ちょっとまだ時間はわからないんですがお伺いしても、よろしいでしょうか?」

「私は、かまいません。暇な身ですから。それでは、拙宅にてお待ちしております」

澤は、ほっとしたように電話を切った。


亮太は、呆然として、信じられない光景を眺めていた。

本堂の裏手の奥まった場所にある、高い白塀で囲まれた一角。そこには、高さ十メートル、重さは百トンを超える巨大な五輪塔が立っていた。

それが、見るも無惨に倒壊しているのである。

「どうして、こんな……?　いったい、何があったんですか?」

亮太の問いに、道明は静かに首を振った。

「わかりませんが、昨晩の地震のせいだろうと思われます。私は庫裏で休んでおりましたが、まったく音はいたしませんでした」

たしかに、夜中に地震があって驚いたが、せいぜい震度4クラスだった。惨劇があった晩の地震は、震度6弱だったが、そのときですら、この五輪塔は、びくともしなかったのに。

それが、今は見る影もなかった。

四角い台座の地輪は横倒しになっており、丸い玉の水輪は、そこから十メートル以上離れた場所に転がっている。巨大な屋根型の火輪には鋭い亀裂《きれつ》が走っていた。その上に載っていた、半月形の風輪と宝珠形の空輪は、塀に激突したらしく、深い窪《くぼ》みを作っている。隣にあった『福森弾正義秀之墓』と彫られていた石碑も倒れ、文字が欠けて読めなくなっていた。

「実は、異変が起きたのは、ここだけではありません」

道明は、深刻な顔で言う。

「どうぞ、こちらへ」

道明に続いて、前回と同じように、無縁墓地を抜ける。

山崎崇春公の墳墓とされていた巨岩が、視界に入った。だが、前回と違って、ここからでも中央部分が、ひしゃげているのがわかる。しかも、広範囲に土砂が崩落しているようだ。

「こちらも、前より、ひどくなってるみたいですね」

「ええ。ここからでは、はっきりとはわかりませんが」

道明が、ためらいがちに言う。

「庫裏の屋根裏から見たところ、どうやら、天井石の真上に新たな亀裂が入りかけているようなのです。このままいくと、天井石が真っ二つに割れ、お墓全体が崩壊しかねません」

「新たな亀裂は、この前みたいな感じですか？」

「ええ。まだヒビが入っている段階らしく、裂け目にまでは発展していないようなのですが。斜面が崩れかけていて危険なため、登って目視することができません。後ほど業者に頼んで、ドローンで確かめてもらおうと思っているんですが」

だが、山崎崇春公の怨霊は、あの晩墳墓を抜け出しているはずではないのか。それなのに、また新たな亀裂が入るというのは、いったい、どういうことだろう。

はっと、ひらめいた。

「……あの墳墓には、山崎崇春公だけでなく、鬘姫も葬られているんですよね？」

道明は、顔をしかめた。

「それは、たいへん悪意のある渾名《あだな》でして、御正室の名は、真季様とおっしゃいます」

「お墓の中で、石室は別々になっているんですか？」

「はい。追葬で別の棺を運び込む場合には、通常、同じ石室内に収めるようですが、山崎公と真季様の場合は、同時期に亡くなっていますので、最初から石室を二つ拵《こしら》えたようです」

答えながら、道明は、まさかという表情になる。

「そんなことが。いや……さすがに、それは、あり得ません」

「すでに、あり得ないようなことが、何度も起きているんですよ？」

亮太は、道明の目を真っ直ぐに見た。

「俺自身、まだ信じられませんが、大伯母に取り憑いたのは、山崎崇春公の怨霊だったとしか思えないんです。……だとしたら、次は」

「いや、それ以上は、お口になさらない方が」

道明は、被《かぶ》せ気味に制止する。不吉な言葉が現実になるのを、恐れているかのようだった。たしか、仏教は、言霊を否定していたはずだが。

「ですが、どうか、くれぐれも、お気を付けください。私から申し上げられることは、ただ、それだけです」

そう言うと、口の中で経文を唱えて合掌する。

「待ってください！」

亮太の中で、張りつめていたものが、プツンと切れた。

「あの事件以来、ずっと五里霧中の状態なんです。気を付けろとだけ言われても、具体的に、どうしたらいいんでしょうか？」

道明は、苦渋に満ちた表情になる。

「善後策については、先日お見えになった、賀茂禮子様に相談なさってはいかがでしょうか。何しろ、あの方の霊力には師の玄道のお墨付きがありますから。このような事柄に関しては、私などより、遥かに頼りになるはずです」

「えっ」

亮太は、呆気にとられた。道明が何も知らないというのは、奇妙である。

「賀茂禮子さんは、今日、祖母に解任されたんですけど」

「それはまた、どういうわけでしょうか？」

道明は、眉間に深いしわを刻みながら訊ねる。

「月晨さんからは、何もお聞きになっていませんか？」

「はて」

道明は、首を捻る。

「それは、どなたですか？」

亮太は、たっぷり二、三秒は、啞然《あぜん》としていた。

「……ご住職から、紹介されて来たということでしたが」

「私は、誰も紹介してはおりませんが」

道明は、険しい顔で首を振った。

「それよりも、ゲッシンですか……」

銀縁メガネに手をやり、目を閉じて考え込む。

「どこかで聞いたことのある名のようですが、あいにく、にわかには思い出せません」

亮太は、思い出したら電話をくれるように頼み、礼を言って、福生寺を辞去した。

山門を出て、すぐに祖母に電話してみたが、応答したのは留守番電話サービスの声だった。

今度は稲村さんの携帯電話を呼び出してみたが、こちらも出ない。おそらく、通夜の準備で、忙殺されているのだろう。

それから、タクシーを呼んだが、到着するまでには、しばらくかかるとのことだった。

思い出して、郷土史家の澤武郎にかけてみる。こちらは、すぐに応答があった。

「はい。澤です」

「中村です。そちらに向かうところだったんですが、実は、急用ができてしまいまして」

「そうですか。わかりました。では、またの機会にしましょうか」

澤は電話を切りそうな気配だったので、亮太は、あわてて続ける。

「いや、差し支えなかったら、先ほどの話を、この電話でお聞かせいただくわけにはいかないでしょうか？」

「それは、かまいませんが」

かまわないのか。だったら、最初から、電話で話してくれ。

「この間お目にかかってから、思い出したことがありましてね。どうして、あのとき思い出さなかったのかが、今でも不思議なんですが」

澤は、のんびりした口調で言う。それは、さっき聞いたって。

「今から、もう三十年ほど前になりますか。ひどい年だって、話していたような気がします。一年の前半で、阪神淡路《はんしんあわじ》大震災と地下鉄サリン事件が起きた……。だとすると、一九九五年ということになりますか。うん。そのはずですね」

何年でもいいから、さっさと本題に入ってくれ。亮太は苛立ったが、穏やかに訊ねる。

「何があったんですか？」

「突然、やってきたんですよ。我が家に。驚きましたね。私はまだ現役の高校の教師でした。教科は日本史だろうと思われるでしょうが、実は古典だったんです。郷土史の研究を始めて、それほどたっていませんでしたが、その数年前に『砌下庵《せいかあん》日記』が発見されてから、ようやく解読が終わったところでしたが、まさか、ゆかりのある人物が、向こうから訪ねてくるとは、予想もしていませんでした。ずっと古文書と格闘していたせいか、あの頃から、近眼と老眼が同時に進む有様でしてね。しかも、最近、医者に眼圧が高いと言われたんで」

「あの。誰が来たんですか？」

とうとう我慢できなくなって、亮太は、澤の話の腰を折った。

「ああ、それなんです！　……ただ、まだ名前が思い出せないんですよ。あのときは、身分を証明するものを、きちんと見せてもらったんですが。運転免許証だったか、保険証だったか、そういうものです。ところが、どうしても、名前が出てこない。当時の日記を見ればわかると思ったんですが、それがまた、どこへ行ったのか」

「いや、じゃあ、とりあえず名前はいいです。どういう人だったんですか？」

亮太は、ぐるぐると歩き回りながら、先を促す。どうせタクシーを待っていて暇だったが、澤のテンポは、どうにも我慢できそうにない。

「ええ。ですから、子孫だということで」

澤は、まだ言ってなかったかというふうに答えた。

誰のだよ。

「あの、どなたの？」

「長江靫負《ゆきえ》ですよ。……この前お話ししたと思いますが、山崎播磨守《はりまのかみ》崇春の足軽大将です。『長江の朱蛭』という長槍《ながやり》をふるって、家中随一の手柄を立てましたが、主君の命に従って、処刑人を務めるようになってから、人格が変わってしまった」

その話だったら、よく覚えている。

「で、その人に、たしか、『砌下庵日記』のコピーを一部渡したと思うんです。私が現代文に抄訳したものですが」

「その、長江靫負の子孫というのは、どんな人だったんですか？」

澤は、うーんと唸る。

「どう言ったらいいんでしょう。いたって、普通の人でしたが」

「まず、男性ですか、女性ですか？」

どうやら、一つずつ確認していくしかないようだ。

「ああ、女性ですよ。そうそう。若かったですね。まだ二十代だったでしょう」

女性……。三十年前に二十代だったということは、今は五十代ということだろうか。

「顔は、どんな感じでした？　何か目立った特徴は、ありましたか？」

そうは言っても、これだけ年数がたっていれば、顔も変わっているだろうと思う。

ところが、澤が話した風貌に、亮太は、心底愕然とした。

SCENE7

タクシーに乗り込んでから、亮太は、もう一度、祖母に電話してみたが、相変わらず連絡が付かなかった。

すると、ふいに、スマホに着信があった。見たことのない番号だ。

一瞬ためらったが、意を決して電話に出てみる。

「亮太さん。わたしが、わかりますか？」

ゴブリンのような顔ほどではないが、賀茂禮子の声には、充分すぎるくらい特徴がある。

「はい。わかります」

なぜ、教えてもいないのに、この番号がわかったんだろう。

「単刀直入にお訊ねします。今は、どういう状況ですか？」

緊迫した声に、何かを感じたのだろうとわかる。

亮太は、賀茂禮子が去ってからのことを、かいつまんで説明した。福生寺に起きた異変と、澤武郎の話について聞くと、さすがの霊能者も、衝撃を受けたようだった。

「もはや、一刻の猶予もないと思います。今すぐに、屋敷に戻ってください」

言われなくても、福森家へ向かうつもりだったが。

「その前に、こちらからも、ちょっと質問していいですか？」

まだ信用したわけじゃないぞと、亮太は気持ちを引き締めて言う。

「どうぞ」

「あなたが、子供たちの病院に持ち込んだ、いくつかの呪物についてです……」

月晨が、賀茂禮子を断罪した根拠を列挙する。

「なるほど。どれも、もっともらしい言いがかりですね」

賀茂禮子は、可笑しげに言う。

「まず、**ラクササ**ですが、バリでは悪霊や災厄を防ぐための守り神として信仰されています。元々は魔物だったというのは、仏教やヒンズー教などではよくある話です。むしろ、かつては恐ろしい存在であったからこそ、御利益があるとされているのですよ」

「子供たちのベッドを睨むように配置されていたのは？」

「監視カメラと同じです。家全体を守る場合は玄関に設置しますが、警護の対象が子供たちに絞られるなら、直接あの子たちの眠るベッドに向けるのは当然のことでしょう」

そう言われると、何の不思議もないような気がしてくるのだが。

「だったら、あのお面のことは、どうなんですか？　善神バロンではなく、悪の象徴である、ランダだったんですよね？　しかも、ランダという魔女は、子供を喰らう鬼子母神に由来しているとか」

「たしかに、バロンダンスにおいては、ランダは悪役を務めています。しかし、聖獣バロンといえども、元は人を喰らう悪獣であり、ランダにもまた子供を慈しむ二面性があるのです」

賀茂禮子は、静かな口調で、善玉と悪玉の違いが紙一重、表裏一体であることを説く。

「鬼子母神も、お釈迦《しやか》様に諭されて、羅刹鬼《らせつき》から子供たちの守り神へと生まれ変わりました。あの**ランダの面**が、しっかりと睨みを利かせている限り、どんな悪霊でも、子供たちには手を出せなかったはずなのです」

亮太は、ぐっと詰まった。もしかして、すべては、とんでもない誤解だったのだろうか。

「なるほど、わかりました。しかし、一番引っかかったのは、あの十字架です」

亮太は、唇を舐《な》めて続ける。

「一部に焼け焦げた跡がありますが、これは三百年以上前の火事の痕跡ということでした。この十字架の持ち主は、サーベルで全身を貫かれて、焼き殺されたとき、十字架を握りしめ、襲撃者たちに対し呪いの言葉を残したそうです。襲撃者たちの子や孫が、その最も遠き末裔に至るまで、自分と同じように悲惨な終焉を迎えるようにと」

賀茂禮子は、これには、声を上げて笑った。

「典型的な嘘つきの論法ですね。途中までは、あえて真実に即して語りながら、結論だけを、正反対なものへと、すり替えるのです」

「どこが違うというんですか？」

「悲劇が起きたのは、一七一五年のことでした。その前年から一七二一年までのロシアによるフィンランドの占領期間は、フィンランドの歴史では『大いなる怒り』と呼ばれていますが、その名の示す通り、ロシアのコサック兵は悪逆非道の限りを尽くしました。住民を拷問して、財産を根こそぎ奪い、その挙げ句に、男は皆殺しにし、女はレイプし、子供はロシアに送って売り飛ばしました。十字架の持ち主は、シャシュカという町に住むニーナという女性ですが、子供たちを護ろうとして滅多《めった》刺しにされ、まだ息があるうちに焼き殺されました。そのとき、最後まで握りしめていたのが、あの十字架なのです」

賀茂禮子には、三百年以上前の光景が、鮮明に見えているようだった。

「今際《いまわ》の際に、ニーナが神に祈ったのは、どうか我が子らをお救いください、それだけです。復讐など、考える暇《いとま》もあらばこそなのです」

亮太は、二の句が継げなかった。どちらにより説得力があるかは、あきらかだろう。

「……それでは、もう一つだけ、教えてください。あの十字架は、**聖ペトロ十字**ですよね？　つまり逆十字だし、しかも、**逆さ**磔を意味していると聞かされたんですが？」

「由来はその通りです。しかし、ご存じと思いますが、逆十字が悪魔のシンボルというのは、俗信に過ぎません。アレイスター・クロウリーやブラックメタルのバンドが、**聖ペトロ十字**の存在を無視して、ラテン十字を逆さにすれば反キリストのシンボルになると喧伝《けんでん》したせいなのです」

賀茂禮子は、淡々と濡れ衣を論破していく。

「実際には、聖ペトロは、イエス・キリストと同じ磔刑《たっけい》では畏れ多いという理由で、わざわざ逆さ磔を望んだとされています。ラテン十字も聖**ペトロ十字**も、等しく殉教の象徴なのです。同じ逆さ磔であっても、山崎崇春公の残虐な処刑方法と比べた場合、天と地の違いがあるとは思いませんか？」

聖ペトロは初代ローマ教皇であり、**聖ペトロ十字**は、フィンランドも含め、今も多くの国で信仰の対象になっているらしい。

「ニーナの我が子の無事を願う痛切な思いは、彼女の死後、あの聖ペトロ十字に結晶しました。子供たちを護るには、まず、これ以上のものはなかったはずなのですが」

亮太は、沈黙した。背中に冷や汗が滲《にじ》むのを感じる。しまった。月晨の甘言に乗せられて、子供たちを退院させたのは、最悪の間違いだったのかもしれない。

「ご納得いただけたでしょうか？」

賀茂禮子の囁くような声は、亮太の心に深く染み入ってくる。

「子供たちは、現在、とても危険な状態にあると思われます。一刻も早く屋敷に戻らなければなりません」

「わかりました」

亮太は、できるだけ急いでほしいと、運転手に告げた。

運転手は、硬い表情で、黙ってうなずく。

「もう一つ、教えてください」

亮太は、さっき澤から聞いた話を伝える。

「それで、澤さんを訪ねてきたという、長江靭負の子孫なんですが……」

「あなたが思っている通りですよ」

亮太がその先を言う前に、賀茂禮子は答えた。

「じゃあ、あの人が」

「ええ、真犯人です」

あっさりと肯定されて、亮太は二の句が継げなかった。

「しかし、どうして、今までわからなかったんでしょう？　賀茂さんは、何度も顔を合わせていたじゃないですか？」

「ええ。……ですが、彼女たちは、たいへん自分の身を隠すすべに長けているようなのです。この間も言いましたが、彼らの用いる呪物と同様、実に巧みに擬態しています」

亮太は、賀茂禮子が、去り際にも、そう言っていたことを思い出した。

「天性の素質もあるとは思いますが、ここまでうまく誤魔化すためには、おそらく、何らかの修行を積んだんでしょうね」

修行……。当初は純粋な動機から始めたのに、何かのきっかけで、ダークサイドに堕《お》ちてしまったのだろうか。それとも、初めから、福森家に復讐する目的だったのか。

「とはいえ、いったん化けの皮が剝がれると、はっきりと見えるようになりました。わたしの目には今、二人の女性の姿がはっきりと映っています」

亮太は、ゾッとした。二人ということは、もう一人は、たぶん月晨だろう。

「その向こうには、さらに、別の人物もいるようです。……男性のようですね。おそらくは、本当の黒幕はこの男なのでしょう。しかし、こちらは桁外れに強力な結界に身を隠しており、まったくといっていいほど姿が見えませんね。ですが、雲隠れも、ここまで完璧にやったら、逆に無意味なのです」

「どういうことですか？」

「そんなことができる存在は、おのずと限られてくるからです」

賀茂禮子の声に、不気味な笑いが交じった。

「しかも、弟子の姿は、隠し切れていないのですから。もしかすると、その尼僧という女は、ゲッシンと名乗りませんでしたか？」

「ああ、そうです！」

彼女の名前は、一度も、賀茂禮子には話していなかったはずだ。

「どんな漢字を書くと言っていましたか？」

「ええと……月に、晨《あした》というんですか？　日の下に、辰《たつ》という字の」

「なるほど。それは偽名ですね。音は一緒ですが、本当は別の字です」

賀茂禮子は、愉《たの》しそうな声になる。

「彼女の真の法名は、月震です。月に地震の震と書きます」

漢字がわかったところで、たいした意味はなかった。……言葉の意味は、月に起きる地震のことらしいが。

「そして、彼女の背後にいるのは、日震という、得体の知れない存在です」

こちらは、遥かにスケールアップして、太陽に起きる地震のことだ。世界を震撼《しんかん》せしめるという意味でも込められているのか。

「『日』と付いてはいますが、大石寺《たいせきじ》とも日蓮宗《にちれん》とも、いっさい関係ありません。そもそも、勝手にそう名乗っているだけですから」

「いったい、何者なんでしょうか？」

「わかりません。法力を使って、悪事に手を染めている連中で、人の呪殺すら請け負います。同様のペテン師は珍しくありませんが、この連中の力は、紛れもなく本物です」

かりに賀茂禮子がホワイト・ハッカーだとするなら、クラッカーということなのか。

「しかし、今回の事件では、おそらく、月震が真犯人から頼まれて手を貸したのでしょうが、日震は、直接関わってはいなかったようですね」

「どうしてわかるんですか？」

「日震が自ら手を下していれば、何があろうと、仕損じることはなかったはずです」

当然という言い方だった。

「真犯人——稲村繁代は、なぜ、福森家を根絶やしにしようと考えたんでしょうか？」

亮太が訊ねると、賀茂禮子は、しばらく沈黙した。

「今わたしの脳裏に映っているのは、彼女の昔の映像です。……できるだけリラックスして、わたしの言葉に耳を傾けてください。おそらく、あなたにも、見ることができるはずです」

亮太は、スマホを耳に当てたまま、タクシーの後部座席で目を閉じた。

「まだ、スマホも、パソコンもない時代です。たぶん、今から四十年くらい前でしょう」

賀茂禮子の言葉が、肉声のように生々しく耳に響く。

「小学生——六年生くらいの女の子、稲村繁代が見えます。小太りで、団子っ鼻の、愛らしい顔立ちをしています」

亮太の頭の中にも、うっすら映像が映し出されていた。たしかに、今も面影はある。

「古い日本家屋があります。築七十年くらいたっているでしょう。繁代は、母屋にくっついて物置の前に来ました。……中に入ります。何か用があったはずなのですが、別のものに興味を引かれています。物置の一番奥に押し込めてあった、古い木箱のようです。家そのものより、ずっと古い箱ですね。焦げ茶色に焼けています。墨書きらしきものがあるのですが、かすれて読めません。繁代は、上に載っていた物をすべてどけて、箱を引っ張り出しました」

どうして、その箱にそんなに惹かれたのか、繁代にはわからなかった。ただ、心躍るもの、血肉が沸き立つような、今まで感じたことのない感覚があった。

箱の蓋を開けると、中には、ボロボロの錦のような布で巻かれた包みがあった。

繁代は、丁寧に包みを取り出した。小学生の手には、ずっしりと重い。それだけで、ひどく貴重な品物だという気がしていた。

繁代は、包みを縛っている紐《ひも》をほどく。それから、床の上で転がしながら、巻き付けてある布を開いた。

そこにあったのは、白木の鞘《さや》に入った短刀だった。とはいえ、長さは四十センチ以上ある。

繁代は、短刀をぎゅっと握りしめた。

とくとくと、心臓の拍動が響く。

これまで短刀に触れたことは一度もなかったが、右手で柄《つか》を握り締め、左手で鞘を払った。

出てきたのは、赤く錆《さ》び付いてしまった刀身だった。

玉散る刃《やいば》が現れるのを期待していた繁代は、がっかりしたが、その次に頭に浮かんだのは、この短刀を研いで光るところを見たいという強い欲求だった。こんなに錆び付いているのに、なぜ簡単に抜けたのだろうという疑問は、一度も頭をよぎらなかった。

繁代は、物置を出ると短刀を自分の部屋の押し入れに隠し、台所に行った。父親は仕事で、母親は買い物に行ったらしく、いずれも不在だった。

包丁を研ぐ砥石《といし》を見つけると、急いで短刀を取りに行く。台所に戻ってくると、砥石を水に濡らし、丁寧に短刀の刃を研いだ。これまで、包丁を研いだこともなかったが、要領はすぐにわかった。繁代は、それから一時間以上、一心不乱に短刀を研ぎ続けた。

ふと我に返った。玄関の方から、母親が帰ってきたらしい音が聞こえる。

繁代は、あわてて砥石を拭いて元の場所に置くと、短刀を手に自分の部屋に行こうとした。そのとき、廊下に足音がした。このままだと、母親と鉢合わせしてしまう。

繁代は、短刀の柄を握りしめた。母親に見つかったら、取り上げられてしまうに違いない。子供が持つには危険すぎる代物だからだ。

また、鼓動が速くなってきた。自分が何をしようとしているのか、見当も付かなかったが、繁代は緊張に身体を強張《こわば》らせた。

ところが、足音は、引き返していった。玄関が開く音。何かを忘れたらしい。

今のうちだ。繁代は、短刀を持って、自分の部屋まで全速力で走る。

危ないところだった。繁代が部屋の襖を閉めたときに、母親が再び玄関から入ってきたのがわかった。

音がしないように勉強机の引き出しを開けて、短刀を収めた。完全に引き出しを閉めきらないうちに、部屋の襖が開けられる。

繁代が、勉強机に向かっているのを見ると、母親は目に見えて機嫌が良くなった。机の上に教科書類が出ていないことにまでは、気が回らないようだった。

母親がいなくなると、繁代は引き出しを開けて、短刀を取り出した。

剝き出しの刀身は、今までに見たことがないような妖《あや》しい光を放っていた。

繁代の目は、たちまち、その眩《まばゆ》いばかりの輝きに吸い寄せられた。

なんて美しいんだろう。

ちょっと前まで赤錆に覆われ、朽ちかけていた短刀は、繁代が、たった一時間あまり懸命に研いだことにより、元通りの生命を取り戻していた。

繁代は、短刀を持ち上げると、惚《ほ》れ惚《ぼ》れと眺めた。刀身にぼやけた自分の顔が映っている。

幼い時分から、おばさんのような容貌と太めの体形に、ずっとコンプレックスを持っており、鏡を見るのは大嫌いだったが、ぼんやりとした自分の顔の反射像は、まるで、細面の美少女のように見えた。

繁代は、我知らず短刀に口づけしていた。

痛い……！

はっと気づいたときには、スッパリと唇が切れていた。

どうしてだろうと、不思議に思った。刃の部分に唇を擦りつけるような、馬鹿な真似をした覚えはなかったのだが。

思ったよりも、深く切ってしまったらしい。短刀の上に、たらたらと鮮血が滴った。鏡面のような鋼は、ほんの一瞬だけ曇ったかと思うと、かすかな湯気のようなものが立ち上る。

すると、拭いもしないのに、血の雫《しずく》はすべて吸い込まれたように消え失せてしまった。

ああ、そう……。

繁代は、唇から血を滴らせたまま、ニッと微笑んだ。

おまえ、血が欲しいのね。

長い年月にわたって、暗い場所に押し込められていた短刀に、繁代は心の底から同情した。

今日、ようやく日の目を見て、短刀は温かい血を欲している。

わかったわ。わたしが、おまえに血を吸わせてあげる。

繁代は、唇から流れる血を左手で拭って、短刀の上になすりつけた。

繁代の顔には、我が子に授乳する母親のような、満足げな笑みが浮かんでいた。


そのときの映像を見ている亮太もまた、戦慄と同時に、奇妙な悦《よろこ》びを味わっていた。

まるで、吸血蝙蝠《こうもり》が、目を細めて、喉を鳴らしながら、獣の熱い血を飲み干しているときのような……。


繁代は、すっかり短刀に魅せられてしまった。

これまで、家庭でも、学校でも、自分が価値のある人間だと感じたことは一度もなかった。いつも、誰からも求められず、注目もされず、身の置き所に悩んで、息を殺すように生活していた気がする。

だが、この短刀を手にしているときだけは、別だった。繁代は、不器量で何の取り柄もない少女ではなく、玲瓏《れいろう》とした輝きを放つ神秘的な短刀の持ち主——いや、召使いだった。

短刀が何を望んでいるのかは、会話しているようによくわかった。

物にはすべて、その本来の用途に役立てられたいという欲望がある。切れ味が悪くなって、ネジ回しの代用として使われている鋏《はさみ》が、紙や布を切りたいと望むのは、当然のことなのだ。

短刀は、ひたすら刺し貫くことを希求していた。

段ボールや、粘土など、繁代にも簡単に手に入るつまらないものではなく、体温を備えて、血が噴き出る生き物の身体を欲していたのだ。切っ先が触れた途端に、肉はスムーズに二つに割れていき、鋼鉄の刀身が抵抗もなく侵入していく。噴き出す血が伝い流れ、ほかほかとした湯気を立てる。そのイメージは、繁代の頭にすんなりと流れ込んできた。

その瞬間、短刀は、喜びに身を震わせているようだった。それは、繁代が知るよしもない、男性のオルガスムスに似ていたが、はるかに強烈で、邪悪で、喜悦に満ちていた。

しかし、それを実現するためには、犠牲が必要だった。

最初は、可愛がっていたシマリスだった。繁代は、ケージの前でしばらく立ち尽くしていた。自分にとっては唯一の友達だったし、殺すなんてことは、一度も考えたことはない。

でも、やるしかなかった。

短刀が、それを欲しているのだから。

繁代は、白木の鞘を払い、抜き身の短刀を手の中で握り直した。

ケージの扉に左手をかける。

そのとたんに、それまでおとなしかった二匹のシマリスが、狂ったように走り回り始めた。殺気を感じたのだろうか。これでは、おとなしく捕まえられることはないだろう。

繁代は、ケージをテーブルの上に置き、左手で扉を開けると、短刀を握りしめた右手を中に潜り込ませた。短刀は、血を吸えるという期待からなのか、ギラギラと輝いている。それは、もはや光を反射しているというより、自ら発光しているかのようだった。

シマリスは二匹とも、その光を見ると、化石したように動かなくなった。

そろそろと切っ先を近づけていく。黒い瞳に短刀が映っている。だが、二匹のシマリスは、硬直したままだった……。

二分後、二つの小さな死骸《しがい》を見下ろしながら、繁代は、ほっと溜め息をついた。人生に、これほどの喜びがあったとは、想像もしていなかった。全身が汗ばみ、目が潤み、心臓がトクトクと鼓動している。

繁代は、震える手を伸ばして、まだ温かい死骸に触れ、指先に血を付けた。

手を口元に近づけると、舌を伸ばしてペロリと舐める。

ぞくぞくして、身体が震えた。シマリスの血は、塩辛いだけでなく、独特の臭みが強くて、ひどく不味《まず》かった。にもかかわらず、繁代は、このとき、人生で初めての絶頂を経験した。

シマリスの死骸は、日が落ちてから、こっそりと公園の隅に埋めた。ざくざくと土を掘っているときは何も思わなかったのだが、死骸を二匹仲良く並べて、上から土をかけているとき、なぜか涙が一筋頬を伝った。

繁代は、頬に触れて、ほんの一瞬怪訝に思ったものの、すぐに、頭は別の考えでいっぱいになっていた。

もっとだ。もっと、新しい犠牲が必要だ。

小さなシマリス二匹など、おやつにしかならない。短刀は、もっと血を欲している。

次のターゲットは、学校で飼われていたウサギだった。

繁代は、短刀を注意深く布でくるんだが、どうしてもランドセルからは飛び出してしまう。三十センチ以上あるリコーダーと比べても、ずっと長くて目立っていた。そのため、放課後、いったん家に帰ってから、画用紙で巻いた短刀を持って学校へと引き返した。

先生も生徒も、誰一人繁代には注目しなかった。繁代は、下校する児童たちとは逆方向に、学校の中庭を目指す。本当は、夜中になってから来たかったが、校門が閉ざされてしまうと、乗り越えるのが大変そうだった。

中庭には、誰もいなかった。

繁代は、大型のケージに歩み寄る。中には、数匹のウサギがおり、餌箱に入ったペレットと、野菜屑《くず》をもぐもぐと食べていた。少し前に、飼育係の児童から餌を貰ったらしい。

扉を開けようとして、ダイヤル式の南京錠がかかっているのに気がついた。

繁代も、低学年のときにウサギ当番をしたことはあったが、そのときは南京錠はなかった。諦《あきら》めようか。弱気になりかけたときに、短刀を持った右手が、すうっと挙がった。それは、まるで繁代の意思に反して、何者かに操られたような動きだった。

繁代は、右手に引っ張られるようにして、ケージに近づいた。

短刀を振り上げる。

自分でも、何をするつもりなのかは見当も付かなかった。ただ、それが、短刀の意思であることはわかっていた。

短刀を持った右手は、柄の側で南京錠を一撃する。

驚いたことに、南京錠は、簡単に弾け飛んでしまった。こんなに脆《もろ》いんだったら、わざわざ錠を付けた意味がないと思う。

繁代は、金網が張られたドアを開けて、中に入る。ウサギたちは、相変わらず食事に忙しいようだった。

繁代は、短刀を構えた。刀身は、また、ギラギラと光り始めている。心なしか、シマリスのときよりも光が強いようだった。

事が終わると、繁代は、短刀を鞘に収めて、画用紙の筒に隠してケージから出た。遠目には異状がわからないよう、一応扉は閉めたが、死骸はそのまま放置しておいた。いつ見つかるかわからない状況だし、とても一匹ずつ埋めているような暇はない。

中庭を出て、もう一度下校するときにも、繁代に注目する者は、誰もいなかった。まるで、民話に出てくる、天狗の隠れ蓑《みの》を着ているかのようだった。

その日の午後遅く、学校の用務員さんが、ウサギたちの死骸を発見したらしい。

不審者が侵入したらしいと思われて、一時は大騒ぎになり、緊急の保護者会まで招集された。

翌日の朝礼では、校長先生が言葉を詰まらせて報告し、児童たちの間では啜《すす》り泣きが漏れた。

繁代は、一人だけ首をかしげていた。みんな、いつも、ウサギ当番は面倒くさがっていたし、そんなに関心はないのではないかと思っていたからだった。

だが、誰かに見つかる危険を冒してウサギを供物にしたというのに、短刀は、まったく満足していないようだった。

短刀を押し入れの奥深くに隠して、宿題をしているときも、何かにせっつかれているような気持ちが去らなかった。もっと、血を。もっと、豊満な肉を。もっと、脈動する命を。

しかたがない。

繁代は、溜め息をついて鉛筆を置くと、近所の猫を犠牲にしようと思いついた。もちろん、すばしっこいし、歯も爪も鋭いから、簡単に捕まえることはできない。

だが、餌付けしてやれば、猫も安心するのではないか。

繁代は、冷蔵庫からくすねたミルクを皿に入れて庭に置き、猫をおびき寄せることにした。ほどなく、たくさんの猫がやって来るようになった。大半は野良猫だったが、中には首輪をしたものもいた。

母親は、冷蔵庫のミルクの減り方が早すぎるのを不審がっていたが、繁代が持ち出していることには気付いていないようだった。

多分、猫はシマリス以上に危険に敏感だろうと思い、繁代は、短刀を部屋に隠したままで、猫を手懐けることに専念した。

そして、チャンスが訪れた。

餌付けしてわかったが、猫は、毛色によって性格が違う。白猫は、臆病《おくびょう》なせいか、なかなか気を許そうとはしない。対照的に、三毛は気が強くて、マイペースだった。

その日、繁代は、短刀を背中に隠していた。そして、三毛が皿に入れたミルクを貪《むさぼ》るように舐めている間、ずっとチャンスを窺っていた。

今だ、と思う。

どうして、そんなに勘が良くなったのかは、わからない。しかし、動物の気配を感じ取り、警戒しているときと気を許して弛緩《しかん》しているときは、容易に見分けが付くようになっていた。

背中に回した右手で、白鞘に入った短刀を握る。そろそろと右手を前に持ってきた。

三毛は、相変わらずの無警戒だった。

繁代の動作には、緊張というものが感じられなかったため、三毛もまったく気付かなかったのだろう。

繁代は、ランドセルから教科書を取り出すときのように自然な動作で、短刀の鞘を払うと、三毛を撫でるようにかがみ込んで、無造作に短刀を突き立てた。

ギラギラと輝く、包丁よりも長い刀身は、まるでプリンを刺し貫いているように抵抗なく、猫の身体に吸い込まれていった。

終わってから、繁代は、長い溜め息をついた。それは、満足の吐息だった。

短刀も、喜んでいるのがわかった。

習慣になっていた儀式で、猫の血をペロリと舐めた。思わず、嘔吐《えず》きそうになる。本当に、不味い。シマリスやウサギの血が、美味に感じられるほどである。肉食獣というのは、みんなアンモニアのような臭みがあるものなのだろうか。

それでも、短刀の欲望を満足させられて、鼻歌を歌いたいような気分だった。

とはいえ、まだ後始末が残っている。他の猫に警戒されないように、死骸を処理しなくてはならない。庭に埋めたとしても、鋭い嗅覚《きゆうかく》で気づかれる恐れがあった。繁代は、三毛の死骸を黒いビニール袋に入れると、近所の野原に持って行き、池に放り込んだ。

猫殺しは、それからもしばらく続いた。猫に警戒されないように、なるべく時間を空けて、その間は辛抱強く餌付けを続けた。

野良猫が多少間引かれても、ウサギのときのような騒ぎにはならなかった。ただ、電信柱に、迷い猫を捜していますというポスターが増えたくらいだった。

そして、最後まで警戒を弛《ゆる》めなかった白猫が断末魔の声を上げ、それ以降、庭に猫が寄りつかなくなってしまうと、次のステージに進まなければならないと思った。


「まさか、稲村さんが……。俺は、まだ信じられません」

亮太は、呻いた。

「だけど、あの短刀って、いったい何なんですか？」

「あなたには、わかっているはずですよ。澤武郎さんの話を聞いたでしょう？」

賀茂禮子は、世にも不気味な笑い声を漏らした。

亮太の脳裏に、澤の言葉が再生された。


朱蛭の穂先は、本当に付け替えられて、朱蛭丸《しゆてつまる》という短刀に作り直されたらしいのですが、長江が持ち去ったらしく、これ以降、歴史の表舞台に登場することはありませんでした。

それでは、朱蛭丸こそが、すべての元凶となった呪物なのか。

繁代の顔が、洗面台の鏡に映っている。

さっき見た映像と比べると、かなり成長している。高校生くらいだろうか。あいかわらず、身なりや化粧にはまったく気を遣っていないようだ。表情は、一見落ち着いているようだが、よく見ると、どこか抜け殻のように空虚だった。

繁代は、右手に朱蛭丸を手にしていた。袖《そで》をたくし上げた左手を持ち上げる。

それから、朱蛭丸の刃を左の手首にあてがった。

まさか、自殺するつもりなのか。亮太は、息を呑む。

いや、だが、稲村繁代は死んでいない。だとすると、いったい……。

繁代は、すっと朱蛭丸を引いた。鮮血がいくつもの筋となって前腕を流れ、肘《ひじ》からシンクに滴った。

「どう？　おいしいでしょう？　たっぷり飲んでね」

繁代が、媚《こ》びを含んだ声で言う。流れる血に、ピタピタと刀身を押し当てる。

まるで、本当に朱蛭丸が繁代の血を飲んでいるような気がした。

そのとき、亮太は、鏡に映った繁代の腕に、無数の傷が走っていることに気がついた。

「相当な数のリストカットをしてますね」

賀茂禮子は、一緒にテレビ画面を見ているように、脳内の映像について話す。

「でも、自殺をするつもりではないので、切っているのは静脈だけですね。しかも、きわめて鋭利な刃物で切っているので、傷口もくっつきやすいのでしょう」

そんなものなのか。そういえば、と亮太は思い出す。ＹｏｕＴｕｂｅでも、リストカットの跡を見せびらかしている女がいたっけ。

すぐにアカウントがBANされてしまったため、今ではもう見ることができないが、本当に死ぬ気がなくて、周りの人間へのアピールで手首を切っている場合は、それほどの危険はないのかもしれないと思ったものだ。

「稲村繁代は、この後、何をしたんですか？」

賀茂禮子は、かすかに首を振った。

「本当に、見たいですか？」

亮太の脳裏に映し出されたのは、恐ろしいシーンだった。

懐中電灯の光の中に浮かび上がったのは、瘦《や》せ細った髭面の男だった。必死に掌《てのひら》をこちらに突き出して、身を守ろうとしている。

カメラの手ぶれのように、激しく映像が揺れた。周囲はひどく暗くて、光の輪を外れると、男の姿はほとんど見えなくなる。

激しい息づかいの音。後ずさる男を追いかけていく。

視界に、朱蛭丸が映った。懐中電灯の光を反射し、たいまつのように輝いている。

男が、何かに躓《つまず》いて、仰《あおむ》向けに転倒した。

その上にのしかかるようにして、朱蛭丸の切っ先を喉元にあてがった……。


「もう、いい！　やめてください」

亮太は、低く叫んだ。タクシーの運転手が、バックミラー越しに、チラリとこちらを見るのがわかった。

「稲村さん——あの女は、本当に、悪魔に魂を売ったんですね」

「ええ。ほとんどがホームレスでしたが、相当な数の人を殺《あや》めています」

「でも、どうして、発覚しなかったんですか？」

そこが、わからない。日本は、世界でも有数の良好な治安を誇る法治国家のはずなのに。

「あなたもご存じのように、この国には、上級国民と呼ばれる人たちが存在します。いかなる場合でも、たとえ殺人犯になってさえも、特別扱いされる。その一方で、下級国民――いや、国民にカウントされていない人たちもいるんですよ」

ホームレスが殺されても、警察は、まともに捜査もしないということなのか。

「それに、**朱蛭丸**という呪物の存在があります。稲村繁代の守り刀として、いかなるピンチに陥っても、彼女を救ってきたのでしょう」

正の守り刀だけではなく、邪の守り刀というものもあるらしい。

そういえば、稲村繁代が、やたらに**穿山丸**に拘《こだわ》っていたのも、**朱蛭丸**に対する異常な執着を示していたのだろう。

「ランダムに犠牲者を選んでいた稲村繁代と**朱蛭丸**は、ついに目的を見出《みいだ》しました」


繁代は、高校を卒業してからは、介護施設で働き始めたようだ。そこでも犠牲者が出たのかどうかは、よくわからない。

それよりも、もっとエポックメイキングな出来事があった。

繁代は、自分なりに、朱蛭丸の秘密を解明したいと思ったらしかった。

休日になると、自宅の物置をひっくり返して、古文書の類いがないかを調べた。それから、母親から聞いて、先祖の菩提寺《ぼだいじ》を訪れたり、図書館で郷土史を勉強したりもした。

そして、訪れたのが、澤武郎の家だったのだ。

阪神淡路大震災と地下鉄サリン事件の年に、繁代は、澤に会って、山崎崇春公と福森弾正の話を聞いた。そして、山崎崇春公の足軽大将だった、長江靱負《ゆきえ》のことも。

そればかりではない。澤が現代語に訳した『砌下庵日記《せいかあん》』のコピーも貰っている。

繁代は、貪るようにそれを読み、そして、結論づけた。

自分が持っている――いや、今や一心同体である短刀こそが、朱蛭丸であるということを。

繁代の祖母の旧姓が長江だったことから、自分の先祖が長江靫負であったことも確信できた。

何より、この朱蛭丸の存在が、そのことを裏付けている。

復讐しなければならない相手とは、福森弾正の子孫だ。繁代は、そう確信していた。

生まれて初めて味わう崇高な使命感に、繁代は恍惚《こうこつ》とし、奮い立っていた。


「稲村繁代が、福森家に住み込みで働くようになったのは、二十数年前のことだと思います。つまり、二〇〇〇年前後ということになりますね」

亮太は、記憶を辿りながら言った。

「ええ。『砌下庵日記』を入手してから、五年ほど後ですね。その間、彼女は、厳しい修行を積んでいたようです。すべては、福森家への呪いを成就させるためです」


繁代は、平安時代から伝わる陰陽師《おんようじ》の許《もと》を訪ねて、全身全霊で修行に励んだ。元々の素質があったのかもしれないし、朱蛭丸に操られた異常な情熱のたまものだったのかもしれないが、短期間のうちに恐るべき能力を開花させた。

特に、繁代が抜きん出ていたのは、自らの存在、意図を完全に隠すことができる隠形《おんぎょう》の術、それから、呪物を駆使して、幽世《かくりよ》から怨霊を召喚する呪いの技だった。

「あの女の隠形は、わたしにも見破れなかったくらい完璧でした。日震という強大な存在が、バックに付いていたということもあるでしょうが」

亮太は、ふと不思議に思った。

「それなのに、今はすっかり見えてしまっているのは、なぜですか？」

「福森家の周辺では、あまりにも多くの呪物の集積によって、空間の矩《のり》が歪《ゆが》んでしまっているからでしょう」

賀茂禮子は、事もなげに言う。

「強風が吹き荒れる中で、煙幕を張ろうとしても、詮《せん》ないことなのです」

そう聞いて、なるほどと思ってしまう自分がいた。だんだん、正常と異常の区別がつかなくなりつつあるようだ。

タクシーの運転手が、落ち着かなげに首をかしげ、身じろぎした。読心能力などなくても、こんな変な客は早く降ろしたいと思っているのが、ありありとわかった。

賀茂禮子の声が、少し厳しくなる。

「向こうの動きは、思ったよりずっと速いですね。急いだ方がいいと思います」

亮太が何も言わないうちに、運転手はアクセルを踏み込んだ。

亮太のスマホが鳴った。福生寺の川原道明住職からである。

賀茂禮子に断って、キャッチホンを取る。

「先ほどは、たいへん失礼しました」

道明は、押し殺したような声で言った。

「また、何かあったんですか？」

嫌な予感がして、亮太は声を潜めて訊ねた。

「いいえ。実は、一つ、思い出したことがございまして。おっしゃっていた、ゲッシンという尼僧のことです」

かすかな違和感があった。月晨が女性だということは、道明に伝えていただろうか。

「いや、尼僧とは言えませんな。もしかすると、その女《おんな》は、日本人ではなかったのではありませんか？　背の高い、若い白人女性だったのでは？」

「ええ。その通りです」

亮太は、記憶をたぐる。たしか、月震の本名は……。

「だとすると、その女は、アルダ・フリードホフと名乗っていたはずですよ。それ以外にも、ハンナ・クルップやマリア・ペトロヴァという名前も使っているようですが、すべて偽名で、パスポートも偽造です」

「どういうことなんですか？　住職は、なぜ、そんなことをご存じなんですか？」

話が急すぎて、付いていけない。

「実は、我が国の仏教界と、カトリック、プロテスタントの教会とは、同じ伝統宗教として、古くから交流がございます」

道明は、妙なことを言い出す。

「元々は、親睦《しんぼく》を深め、せいぜい、大所高所に立った意見交換を行うくらいだったのですが、近年では、共通の脅威に対処するために、情報のやりとりをするようになってまいりました。私も、その女のことは噂で聞いただけだったのですが、さきほど本山に電話して、確認いたしましたところ、まず間違いないだろうということで」

「で、彼女が、何だと言うんですか？」

「少なくとも、仏教徒とは呼べません。元は、カトリックの修道院にいたそうですが」

「そのことなら、彼女自身が、そう語っていましたよ」

亮太は、また記憶を呼び覚まそうとした。修道院の名前は、言ってなかったかもしれない。だが、たしか、院長は……。

「クラリッサ・バールという院長には、たいへん世話になったと言ってました。……ええと、聖ヒルデガルト・フォン・ビンゲンの流れを汲む人だとか」

「なるほど。そこまでお聞きになっていましたか」

道明は、嘆息した。

「ヒルデガルト・フォン・ビンゲンは、中世ドイツのベネディクト会系女子修道院長として、たいへん著名な方であるようです。クラリッサ・バール院長が、その流れを汲むというのも、事実らしいです。……ですが、バール院長は、その後、教会から破門されています」

「なぜですか？」

「ヒルデガルト・フォン・ビンゲン自身、幻視体験から神秘主義に傾倒したそうなのですが、バール院長は、そこから更に逸脱して、何と悪魔崇拝に転じてしまったと」

どこをどう間違ったら、そんなことになるんだ。亮太にとっては、遠い異国を舞台にした、B級オカルト映画みたいな話としか思えなかった。

「その直系の弟子であるアルダ・フリードホフも、当然のことながら、悪魔崇拝者なのです。それも、人の欲望の肯定を主眼としたサタン教会などとは違い、本気で、この世を悪魔の世に変えたいと思っている外道どもです。そして、その流れで、仏教に興味を抱いたようです」

「どういうことですか？」

話の筋道が、さっぱり見えない。

「一部の原理主義的なキリスト教徒にとっては、異教は、すべて悪魔のなせる業ということになるそうです。なかんずく、仏教やヒンズー教のような多神教は、悪魔崇拝としか思えんのでしょう」

たしかに、ヒンズー教にはもともと異形の神が多いし、それらを取り込んできた仏教でも、六観音のうち千手観音や十一面観音、八部衆の阿修羅《あしゅら》や緊那羅《キンナラ》、多くの寺で秘仏とされているゾウの顔を持つ大歓喜天《かんぎてん》などは、キリスト教的な世界観では悪魔にしか見えないだろう。

「つまり、悪魔崇拝を極めるために、仏門に入ったということですか？」

開いた口がふさがらないとは、このことだった。多くの宗教は、入ってくる方の改宗には、動機を問わない。とはいえ、いくら何でも、それはないだろう。

「私ども仏教者からしますと、まったく言語道断と申しますか、たわけた話ですわ」

当然ながら、道明は、それ以上の憤激を感じているようだ。

「アルダ・フリードホフの究極の目的とは、どうやら悪魔を召喚することだったようですが、とにかく、その女が何を言おうと、金輪際信用してはなりません。くれぐれも注意を怠らないでいただきたいのです」

「……わかりました」

「私も、これからお通夜のお勤めに伺うところです。では、また後ほど」

亮太は、丁寧に礼を言って、電話を切った。

「これで、月震が、さかさ星——逆五《ご》芒星《ぼうせい》形に執着する理由がわかりました」

通話内容を聞いていた賀茂禮子の、低い声が聞こえる。

「どういうことですか？」

「五芒星形——ペンタグラムの持つ神秘的な力は、古代より、世界中の様々な文化で独立して発見されてきました。すると、ほどなく、その上下を転倒させることで負の力を解き放とうとする者たちが現れました。キリスト教の生んだ鬼子である悪魔崇拝者たちのように」

上下が逆の逆五芒星形《インヴァーテッド・ペンタグラム》については、今回の事件を機に、亮太もネットで調べていた。西欧においては、悪魔の星《デビル・スター》や、山羊《やぎ》の頭を持つ悪魔の顔に見立ててバフォメットの紋章《Signal of Baphomet》などと呼ばれており、最も強い魔性を持つ図形とされているようだが。

「おそらく、月震らは、遠く日本まで来て、さかさ星を再発見し、独自に発展してきた呪法に大いに魅了されたのでしょう」

「でも、日本では、古来、逆五芒星形に、悪い意味合いはなかったんじゃないですか？」

亮太は、以前にレイラインについて取材したときの記憶を呼び起こしながら、反駁《はんばく》する。

念頭にあったのは、平城京《へいじょうきょう》を護るために配置されたという、いわゆる近畿《きんき》の大五芒星だった。元伊勢皇大神社《もといせこうたいじんじゃ》（京都府）、伊勢神宮内宮《いせじんぐうないくう》（三重県）、伊吹山《いぶきやま》（滋賀県）、伊奘諾神宮《いざなぎじんぐう》（兵庫県淡路島《あわじしま》）、熊野本宮大社《くまのほんぐうたいしゃ》（和歌山県）の五箇所を直線で結ぶと、驚くほどきれいな五芒星形ができるのだ。

「でも、この五つは、北が上になった地図で見ると、逆五芒星――さかさ星の形になります。つまり、古代には、五芒星も逆五芒星も、ともに結界を張る魔法円のようなものでしかなく、それほど明確には区別されていなかったんじゃ？」

「いいえ、それは違います」

賀茂禮子は、言下に否定する。

「だとしたら、近畿の大五芒星も、どちら向きでもよかったことになります。しかし、当時の日本の国運を賭《か》けた一大プロジェクトですから、そんないい加減な話ではなかったはずです。あの向きにすることが、当初からの予定だった――というより、絶対に、あの向きでなければならなかったのですよ」

「なぜですか？」

「京都市の地図を見たとき、左京区《さきょうく》が右にあり右京区《うきょうく》が左にあることに、疑問を持ったことはありませんでしたか？」

唐突な質問に、ポカンとする。そういえば……なぜなんだろう。

「君主は南面する、という言葉があります」

賀茂禮子は、囁くような調子で言う。

「古代中国では、天子は北の空に輝く不動の北極星にたとえられました。そこで、天子は、『北に座して南に面す』こととなったのです」

亮太は、はっとした。なぜ、今まで気づかなかったのだろう。

「つまり、平城京であれ、平安京であれ、御所から見れば、近畿の大五芒星は、正位置ということになるのですよ」

単純だが、そんな視点で考えてみたことはなかった。

「さかさ星の持つ凶作用は、けっして甘く見てはなりません。ただ、あなたが着目したのは、もしかすると、たいへん重要な点なのかもしれません」

賀茂禮子の声は、亮太の脳髄へと直接染み渡ってくる。

「水平に配置されたさかさ星には、たしかに、やや曖昧《あいまい》な部分が残っています。地図上では、一般的に北が上という常識はあるものの、現実に、屋敷の中に五芒星形が描かれていたとき、それが正位置であるのか、逆位置になるのかは、中の人間の向きにより変わってしまいます。五つの頂点には最凶最悪の呪物を配したとはいえ、果たしてこれで、さかさ星の呪法が本当に成ったのかという、疑問が残るんです」

だが、現実に、あの晩、福森家では世にも恐ろしい惨劇が起きている。

「……月震たちがもくろんだのは、やはり日本古来の呪法ではなく、逆五芒星形《インヴァーテッド・ペンタグラム》により悪魔を召喚しようとしたんじゃないでしょうか？」

「あるいは、そうかもしれませんね」

賀茂禮子は、珍しく確信が持てないようだった。

「だとすると、やはり、月震――アルダ・フリードホフが、稲村繁代を背後で操る黒幕だったんでしょうか？」

「誰が主導的な役割を果たしたのかは、現時点ではわかりません。松下誠一という骨董商《こっとう》は、先祖の悪因縁により福森家へ引き寄せられましたが、おそらく、単なる協力者か、利用されただけでしょう。しかし、坂井建築士は、そうではないような気がします」

「それは、屋敷を魔改造したやり方に、明確な悪意が感じられたからですか？」

福森家を守ってきた木々を選んで伐採し、鬼瓦を削り、大黒柱を上下逆にしただけでなく、ご丁寧にも、井戸や屋敷神の祠《ほこら》、乾蔵《いぬいぐら》まで潰《つぶ》しているのだ。誰かから命令されたり、唆されただけとは考えにくかった。

「そのこともあります。しかし、わたしが気になっているのは、彼から感じる独特の臭い――彼の血脈に潜む何かなのです。やはり、先祖代々の宿怨が、二重螺旋《らせん》の鎖となって彼を縛り、福森家へと導いたのだと思います」

遺伝子のことを言っているらしいが、だったら、坂井建築士は、誰の子孫だと言うのか。

そう思ったとき、亮太の脳裏に、別の映像が明滅した。

高い鷲《わし》鼻。一重の鋭い目。薄い唇。つい最近、絵姿で見たばかりだ。坂井喬平に似ていないだろうか。そうした容貌の特徴が、戦国時代から今に至るまで、連綿と受け継がれることは、あり得るのか。

しかし、ちょっと待て。山崎崇春の嫡男だった喜代丸は、元服後に疱瘡《ほうそう》で亡くなっている。それ以外に子供がいたという話が、あっただろうか。念のため、もう一度、澪に確認した方がいいかもしれない。

そのとき、はっと思い出す。側室のお篠の方は、山崎公の死後、出奔したはずだ。しかも、懐妊していたという噂もあったらしい。

……では、やはり、あの男が山崎崇春公の子孫で、すべてを仕組んだのか。

「坂井喬平、稲村繁代、そして月震。そのうちの一人が、真の黒幕だったのかもしれません。あるいは、一人ではなく二人、ひょっとすると三人ともに、主犯であった可能性もあります。稲村繁代一人を取っても、彼女の歪んだ心が原因だったのか、**朱蛭丸**という呪物が彼女の心を狂わせたのかは、何とも言えません」

賀茂禮子は、含みを持たせた言い方をする。

「鶏が先か卵が先かですが、状況は、我々の想像以上に、複雑に絡み合っていたのでしょう。それに、先ほど申し上げたように、月震の背後には、まだ最後の大物が控えています」

「日震ですか？　法力を使って、悪事に手を染めているということでしたけど」

賀茂禮子は、奇怪な笑い声を漏らした。

「日震は、己の存在を世間に知られることを、何よりも恐れています。そのために、めったに人前に姿を現さないのですが、古くから——にわかには信じられないほどの昔から、この国の裏側で暗躍してきました」

どういう意味だろうと、亮太は訝った。

「わたしが、父から最初にその名を聞いたのは、わたしがまだ幼い少女の頃でした。なので、日震が人間なのかどうかも、未だに確信が持てません」

人間でないとしたら、いったい何だと言うんだ。だが、それ以上訊くのが怖くなってきて、亮太は沈黙した。

しばらくの間、黙って窓の外を眺める。

小康状態を保っていた空模様が、怪しくなってきた。

タクシーの窓に、ポツポツと雨粒が付き出した。それと同時に風も強くなってきたらしく、吹き飛ばされた紙切れが高く車道に舞っている。

雷が鳴った。

稲村繁代や月震の呪いだか何だかが、天候にまで影響を与えているのだろうか……？

亮太は、首を横に振った。

演出効果こそ満点だが、単なる偶然だ。いくら何でも、そんなことまで認めてしまったら、迷信の中で生きてきた中世の農民と変わらないことになる。

雷鳴が、さっきより大きくなった。

するると、あたりが、みるみる暗くなっていく。

松下誠一の入院する病院を訪ねたときと、同じだと思う。熱帯地方なら、それほど珍しくはないのかもしれないが、日本——それも東京で、ここまで暗くなるのは異常である。

再び、天地は完全に晦冥した。

まだ日没前だというのに、まるで真夜中のような暗さである。

稲光が空に走った。背景が漆黒なので、人の毛細血管のような光の筋が、ほんの一瞬だが、はっきりと見えた。

そして、間を置かずに、雷鳴の轟《とどろ》き。まるで、間近に爆撃されたような大音響だった。

運転手が動揺したのか、タクシーがふらつく。

何だよ、これ。マジ勘弁してよ、もう。厄日だ厄日だ厄日……。

運転手の内心の声が聞こえたようだった。本当ならば、彼も乗客と会話して、驚きと恐怖を共有したいところだろう。

ダメダメ。後ろに乗っているのは、たぶん、カルト宗教だか何だかの、ヤバい人間だろう。話してる内容が完全に狂ってる。正直、関わりたくない……。

亮太は、はっとした。タクシー運転手のつぶやきを聞いたわけでも、想像したのでもない。思考が、そのまま意識に流れ込んできたような気がしたのだ。

秋雨は、スコールのような豪雨から、さらに勢いを増して、バケツをひっくり返したような状態になっていた。外が真っ暗な上に、絶え間なくガラス窓を流れ落ちる水の皮膜のせいで、景色もほとんど見えない。

せっかく加速しかけたタクシーは、また速度を落とすしかなかった。

だが、この状況下では、それもしかたがないかもしれない。周囲を走っている車もすべて、ヘッドライトを点《つ》けて徐行運転をしていた。

一秒でも早く屋敷に到着したいのに。亮太は、やきもきして拳《こぶし》を握りしめた。

自分の手は、氷のように冷たくなっていた。福森家には絶対に行きたくないという、本心を露呈しているように。

ACT 5

SCENE 1

三度目の正直で、祖母は、3コールが終わる前に電話に出た。

「亮太？　何してるの？　早く帰ってきてちょうだい！」

祖母は、かなり苛立《いらだ》っているらしく、いつになく切り口上で言う。

「何度か、電話したんだけど」

「これから、お通夜なのよ？　もうすぐ五人も帰ってくるし、子供たちも心細がってるから、そばに付いいててほしいのよ」

「うん、わかってます。もう、すぐそばだから」

タクシーは、福森家の長い塀の横にさしかかったが、亮太の指示で車用の門へは向かわず、そのまま通り過ぎた。亮太が人気のない場所で降りると、運転手は露骨な安堵《あんど》の表情になり、あっという間に走り去った。

空は、相変わらず真っ暗なままで、亮太は、街灯もまばらな暗い道を歩いた。

さいわい、一時的にだろうが、雨はまた小降りに転じている。

細かい雨のホワイトノイズをバックに、まるで蝙蝠傘《こうもりがさ》が集音器になったように、パラパラと防水布を打つ滴の音が耳朶《じだ》に響いていた。微妙に揺らぐリズムが心地よく、意識を内へ内へと向かわせる。

アスファルト上に、たくさんの雨粒が跳ねていた。かすかな光を反射して、ダイヤモンドのように輝いている。

いつしか、目が釘付《くぎづ》けになっていた。こんな景色は、これまでの人生で山ほど見てきたはずなのに、あまりにも繊細な美しさに、感極まって涙が出そうだった。

いや、待て。この心理状態って、変じゃないか。というより、ヤバすぎるかも。

亮太は、ふと我に返った。

こんな何の変哲もない光景が、かけがえのないものとして感じられるのは、もしかすると、無意識のうちに、何かを予感しているからなのか。

やめろ！　余計なことを考えすぎるな。この状況で、自ら変なフラグを立ててしまったり、自己暗示をかけたりするのは、絶対に禁物だ。

……これから、一晩中何事も起きず、平穏に過ぎ去るとは、とても思えない。

最も危険なのは、明日の葬儀よりも、屋敷に五人の遺体が帰ってくる今夜だということは、すでに確信となっている。間違いなく、今晩一晩が勝負なのだ。

深呼吸して、理不尽な恐怖に萎《な》えそうになる心を励ました。

ここまで来たら、行くしかない。たとえ、どんな恐ろしいことが待っていようとも。

これまでの人生で、俺は、ずっと何かから逃げ続けていた。しかし、今ここでも逃げたら、二度と再び、自分自身を信じられなくなるだろう。

福森家の正門と車用の門は二十四時間メディアの監視下にあるが、まるでトリックアートのように板塀に溶け込んだ勝手口は、今もノーマークのままだった。

亮太は、稲村繁代にかんぬきを開けてもらい、屋敷に入った。

「亮太さん、お帰りなさい」

通夜の手伝いのために黒い割烹着《かっぽうぎ》を着ている稲村繁代は、探るような上目遣いでそう言い、亮太が肩にかけているトートバッグに、チラリと目を走らせる。

「遅くなりました」

さすがに、稲村繁代の顔を直視できず、亮太は、曖昧《あいまい》にうなずいて脇を擦り抜けた。

正面玄関の前に来たとき、ふと棟《オウチ》の木を見上げた。暗い空を背景に、伸びた枝と茂った葉、たわわに付けた実が、黒々とした不吉なシルエットを形作っている。

屋敷に入って、亮太は、なぜか強い違和感に襲われた。

土間には、たくさんの供花《くげ》が並べられている。多くは、地元企業や政治家の名前だったが、今なおお衰えぬ福森家の威勢を物語っているようだった。

「今、タオルをお持ちしますね」

稲村繁代は、奥へ入っていく。亮太は、なるべく三和土《たたき》を踏まないように気をつけながら、木製のベンチに腰をかけた。

いったい、どこがおかしいのだろう。周囲を見回す亮太の目は、大黒柱に引きつけられた。照明を受けていつも以上に黒光りしているようだが、特に変わったところはない。

土間から上がったところにある座敷には、須恵器の壺《つぼ》を展示するガラスケースが見えた。

おや、と思う。祖母は、それが呪われた骨壺であったことを知り、まだ処分できないなら、ライトを消して、上に布でもかけて隠すように言っていたはずだ。

だが、今、ディスプレイライトは、煌々《こうこう》とガラスケースの中の須恵器の壺を照らしている。

稲村繁代が、バスタオルと、ハンガーに掛かった黒いスーツ類を持って戻ってきた。

「できれば、ここで、お着替えも済ませちゃってください」

稲村繁代の言葉に、亮太はうなずいた。手早く身体を拭《ふ》くと、ワイシャツと漆黒のスーツ、黒いネクタイとソックスに着替える。

稲村繁代は、亮太が脱ぎ捨てた服を洗濯室へと持って行った。後ろ姿を見ながら、亮太は、未《いま》だに信じられない気分でいた。この女が、五人の人たちを惨殺し、さらに、幼い子供たちを的にかけようとしているなんて。

見たこともない地下迷宮《ダンジョン》に足を踏み入れたような緊張感があった。

ゆっくりと、廊下を進んでいく。幼い頃から勝手知ったる屋敷だが、今晩だけは、まるで、
左右に、鋲《びょう》で留めた白幕が張り巡らされており、まるで迷路のような印象だった。

亮太は、廊下を透かし見た。

はっとして、足を止める。

壁に、あの黒色尉《こくしきじょう》の面と三番叟鈴《さんばそうすず》が掛かっていた。

への字形をした目が、まるで嘲笑《あざわら》うように亮太を見返している。

双眸《そうぼう》の真っ黒な空洞は、底知れぬ深淵《しんえん》に繫《つな》がっているかのようだった。

これは、どういうことだろうと、亮太は訝《いぶか》った。

敵方から見れば、この面は、邪魔者ではないのだろうか。

これを仕組んだ奴らはおそらく、あの晩とまったく同じ状況を再現したかったのだろう。

だから、須恵器の壺だけでなく黒色尉の面も、元通りにされたのかもしれない。あるいは、黒色尉の面と三番叟鈴は、あの晩、子供たちの居所を鬼に告げ口しようとしたと誤解しているのかもしれないが。

これで、ますます、今晩が正念場になるという予感に、信憑《しんぴょう》性が増してきた。

亮太は、畳敷きの廊下を進む。右に折れれば、洋風にリフォームされたエリアに入る。

だが、あえて真っ直ぐに進んだ。惨劇の舞台となった田の字型の四部屋と奥座敷に向かって。

その先には、あの幽霊画の眠る納戸もある。

そして、愕然《がくぜん》とした。

道明の指示で、葬儀社の職員の手により田の字型の四つの和室と奥座敷の襖《ふすま》が取り払われ、

畳廊下も併せて宏大《こうだい》なスペースが、青と白の浅葱《あさぎ》幕によって仕切られていたはずだ。

最後に見たときには、北東の仏間に祭壇が、その南側の居間には護摩壇が設《しつら》えられていた。

だが、現在の設えは、それとは、まったく違っている。

襖は、元通りに戻されて、その上を白幕で覆われていた。そして、四つの部屋と奥座敷は、画然と五つに仕切られていたのだ。

なぜ、こんなふうにしているんだろうと、亮太は思う。通夜にも葬儀にも、襖を取り外して広い空間にした方が、ずっと好都合なはずなのに。

そのとき、背後から、稲村繁代に声をかけられる。

「亮太さん。ここに、いらっしゃったんですか。奥様たちは、ダイニングでお待ちですよ」

「うん。ちょっと先に、お通夜の場所を確認しとこうかと思って」

亮太は、能天気を装った。

「でも、てっきり襖なんかは取り外して、スペースを広く使うと思ってたんですけど」

「そうですね。道明さんが、途中で、ご指示を変えられたそうなんです」

稲村繁代は、内緒話をするように声を潜める。

「今宵《こよい》は、五人のご遺体がお帰りになりますが、まとめてのお通夜は、亡くなられた方々への敬意に欠けるだけではなく、蠟燭《ろうそく》やお線香の数が多いと、迷わずあの世に辿《たど》り着くのに支障があるということなんです。それで、ご遺体が到着したら、それぞれ、五つのお部屋に安置することになりました」

「へえ、そうなんですか」

相変わらず稲村繁代は記憶力が良すぎるが、道明は本当にそんなことを言ったのだろうか。早急に、確認する必要がある。

だが、とりあえず今は、ダイニングへ行かなければならない。亮太は、廊下を引き返して、左に折れると、赤い絨毯《じゅうたん》を踏んで廊下を歩く。洋館風の白漆喰《しっくい》の壁にも白幕が張り巡らされているのに、奇異の念を抱く。白幕や鯨幕を張るのは、俗世の余計なものを覆い隠すためとか、結界を作るためとか言われているが、ここまでやる必要があるのだろうか。

「亮太！　待ってたわよ」

ノックして、ダイニングのドアを開けると、祖母の声が、響いた。「お兄ちゃん！」という子供たちの声も。

三人の子供たちに飛びつかれて、亮太は、じいんとした。血縁という点では、それほど近しいわけではない。しかし、この子たちは今、生きるか死ぬかの瀬戸際に置かれている。そして、救える人間は、自分をおいてはいないのだ。

「もう、だいじょうぶだよ！　俺が付いてるから」

子供たちを順番に抱きしめながら、亮太は、決意を新たにしていた。

どんなことがあったって、この子たちは助ける。何百年も前の恨みで、福森家を根絶やしにされてたまるか。

それから、ふと別の可能性に思い至って、背筋が寒くなる。

もし、この子たちがいなくなったら、次のターゲットは、俺になるのではないか。

「亮ちゃん」

控えめに声をかけられて、亮太は、そちらに目をやった。

「え？　どうして」

ダイニング・テーブルには、喪服を着た両親の姿があった。

「どうしてって、お通夜だから、来たんじゃない」

母の優子《ゆうこ》は、あたりまえでしょうという口調だった。いつもは無造作に髪を束ねているが、美容院へ行ってきたらしく、耳より低い位置にシニヨンを作ってまとめている。

「いろいろと、たいへんだったみたいだな」

父の昭博《あきひろ》は、しみじみと言った。辣腕《らつわん》で知られる不動産会社の役員で、声には覇気があり、ゴルフ焼けした顔は昭和サイズで、恰幅《かっぷく》がいい。

「亮は知らんだろうが、本家のお通夜は、寝ずの番だからな。俺も交代するよ」

まずい、と亮太は思った。こんなに危険な場所に、両親を来させたくなかった。とはいえ、帰らせる口実も見つからない。

「寝ずの番って？」

亮太の質問に、祖母が答える。

「この頃は、二、三時間で切り上げる半通夜が大半みたいだけど、昔は、お葬式まで夜通し、仏様に付き添うのが普通だったのよ」

オペラ『トゥーランドット』のアリア、『誰も寝てはならぬ《ネッスン・ドルマ》』が、頭の中でこだまする。まずいなんてもんじゃない。危機は一晩中続くのか。いつ何が起きるかわからない状況で、夜通し集中力を切らさず警戒し続けるなんてことが、はたして可能だろうか。

そのときになってようやく、戸口の横に佇《たたず》んでいた二人の男が目に入った。いずれも巨漢と言える体軀《たいく》だが、見事なまでに気配を消していたらしい。

「この人たちは、金城《きんじょう》警備保障から来てもらったの。お通夜に必要ないと思うでしょうけど、あんなことがあった後だし、やっぱり、子供たちが心配だから」

祖母の説明に、亮太は心の底からホッとした。金城警備保障の前身は、建設現場に労働者を派遣する地元の口入れ屋だったが、警備業の看板を上げてから急成長している会社で、たしか福森家も株主だったはずだ。

「竹内《たけうち》です」と自己紹介をしたのは、三十代前半くらい、五分刈りでゴリラ顔の男性である。がっちりした体格で、ゆうに百二十キロ以上はありそうだ。耳が潰《つぶ》れているところを見ると、

わかる。
留めずに開けているが、胸筋が発達しているために、内ポケットが不自然に膨らんでいるのが
いるが、吊しではまず見ないサイズだから、オーダーメイドだろう。スーツの前のボタンは、
二人とも、ボディガードとしては、エース格に違いない。ともにダークスーツに身を包んで
選手のように背が高く、筋肉質で、無表情な馬面だった。
「左右田《そうだ》です」と、もう一人が頭を下げる。こちらは二十代後半だろう。バスケットボールの
柔道かレスリングでもやっていたのだろう。

かなり以前に、この会社は、裏で暴力団と繋《つな》がりがあるとかいう噂を聞いたことがあった。

まさかとは思うが、例の、非合法な、あれを所持しているのだろうか。

「家の周りも、金城さんの警備員で固めてもらってるから」

祖母の言葉を聞き、父も、「それは、安心だ」と笑顔でうなずいた。どうやら、内心では、
ビクビクしていたらしい。

「皆さんは、その、武――装備は、どんな感じなんですか?」

亮太が訊《たず》ねると、竹内が、丁寧に答えた。

「外に配置している隊員は、全員ヘルメットとプロテクターを着け、警戒杖という長い棒か、
刺股《さすまた》を持っています」

警戒杖とは、警察署の前で警官が持っている警杖と同じようなものだろう。というよりも、
奉行所の門番の六尺棒か。

「我々は、ソフトな身辺警護を身上にしておりますので、特殊警棒くらいですが」

竹内は、にこやかに続ける。嘘だと直感し、亮太はチラリと祖母を見た。

とはいえ、仮に、あれを持っていたとしても、当然、こちらからの要請によるものだろう。

つい先日、この屋敷内で、樋口刑事の事件があったばかりだというのに。

「みなさん、今晩一晩は、ここで過ごしてくださいね。身内だけなので、通夜振る舞いというわけじゃないけど、お寿司《すし》やオードブルとか、お酒やジュースなんかも用意していますから。……子供たちは、眠くなったら、そこにあるベッドで寝ればいいからね」

祖母は、ダイニングの一角に置かれた、三つの簡易ベッドを指さした。

「寝ずの番っていうのを、やめるわけにはいかないんですか？」

亮太は、祖母を説得しようと試みる。

「代々続いている、福森家の大事なしきたりなのよ」

祖母は、にべもなかった。

「でも、福森家は、もう無くなったようなものなんだし、そこまで無理してやることかな？あんなことがあった後で、みんな、けっこう負担が大きいと思うし」

亮太は、食い下がった。昔から、何かを一生懸命に頼むと、祖母は、最後には根負けして、言うことを聞いてくれた。今も、必ずわかってくれると信じながら。

「いいえ。わたしたちは、ただの縁続きでも、子供たちは福森本家の血を引いているのよ？この子たちが成長したときのためにも、伝統を絶やしてはいけないの。そんなことをしたら、亡くなった姉に申し訳が立たないわ」

亮太は、ゾッとしていた。祖母の厳しい表情が、大伯母《おおおば》さんそっくりに見えたからだった。

非合法な武器を持ったボディガードを雇ってまで、力で敵をねじ伏せようとするところも、大伯母さんがやりそうなことに思える。

「それに、福森家のしきたりには、必ず理由があるはずよ。あなたも知っているでしょう？福森家の歴史とは、呪いとの戦いの歴史だったはずよ。だからこそ、誰かが死んだときには、必ず寝ずの番をするように、厳しく定められたんだと思う」

続く祖母の言葉に、ダイニングの中の空気が凍り付く。

「死んだ人間が、悪霊に取り憑《つ》かれないようにするためにね」

マジか。勘弁してくれと思う。いったい、どうしちゃったんだよ。お祖母《ばあ》ちゃんは、事件が起きる前とは、まるで別人だ。

だが、一方では、一理あるような気もしていた。お通夜に、そういう意味合いがあるのも、事実らしい。魂がなくなった遺体に悪霊が入り込むことも、あり得ると信じられてきたのだ。少し前なら一笑に付していただろうが、この四日間で、信じられないようなものを、いくつも目にしてきた。今では、あながち否定できないような気分になっている。

「まあ、今夜一晩のことだし、頑張ろうじゃないか。昔から、そうやってきたんだしね」

父が、なぜか、祖母に肩入れするようなことを言う。

「この子たちに伝統を引き継ぐ一助になるのなら、親族として、我々も協力を惜しむべきじゃないと思うよ」

もしかすると、父は福森家の遺産のことを考えているのか。亮太は、疑心暗鬼になる。中村家は、今や唯一の親戚《しんせき》だが、体面を気にする父が、あんな事件の後で、夫婦でお通夜に参加するとは思っていなかった。直系の子供たちがいる以上、中村家にまでは、相続の順番は回ってこないはずだが、不動産の処分にでも、ビジネスチャンスを見ているのかも。

だが、父は、この屋敷が今、どんなにヤバい状態にあるのかを知らない。教えたとしても、絶対に信じなかっただろうが。

「……俺たちは、この部屋にいて、起きてればいいんですか?」

亮太が、確認すると、祖母は、首を横に振った。

「五人の遺体が到着して、湯灌《ゆかん》と安置を済ませたら、一人一人対面して、お焼香しましょう。そこからが、本当の寝ずの番なのよ。夜通し、蠟燭の火と、お線香の煙を絶やさないように、定期的に火を点《つ》けに回らないといけないの」

えっ？　マジか。嘘だろう？　ただの冗談だと言ってくれ。

「その、蠟燭とか線香って、どのくらいの時間燃えてるもんなの？」

「おそらく、蠟燭の方は心配いらないわね。百匁《もんめ》の碇《いかり》型の和蠟燭で、九時間ほどは保《も》つから。お線香は、普通は三十分程度だけど、特注品だから、たぶん五十分くらいかしら」

つまり、朝まで、五十分ごとに五つの部屋を巡回し、線香に火を点けなきゃならないのか。想像しただけでも、胃がキリキリと痛むようだった。

「ちょっと、トイレに行ってくる」

亮太は、荷物をその場に置いて、スマホとカメラだけを持ってダイニングを出ると、本当にトイレで用を足して、賀茂禮子に電話をかけた。

すぐに出たので、とりあえず、現状について報告する。

「五人の遺体を、五つの部屋に分けて安置ですか。お通夜のやり方として、あり得ませんし、道明さんが、そんな指示をするとは思えませんね」

賀茂禮子は、深い溜《た》め息をついた。やはり、敵方の謀略の一部だったらしい。

「不思議なんですけど、向こうは、いったい何のために、そんなことをするんでしょうか？」

「五体を、田の字型の四つの部屋と奥座敷に配置して、さかさ星の形を作るためでしょう」

賀茂禮子は、平然と、信じられないような言葉を吐く。

「それも、おそらく、それぞれの遺体が絶命した場所へ戻す予定だと思います」

「でも、どうして？」

「成仏《じゅぶつ》する前の遺体――それも非業の死を遂げたものは、扱い次第によっては、最も恐ろしい呪物になりますから」

亮太は、絶句するしかなかった。

「どうやら、最悪の想像が、当たってしまったようです。敵は、本気で、福森家を根絶やしにするつもりと見えますね」

「そんな。どうやってですか？」

「前回は、山崎崇春公の怨霊《おんりょう》の依《よ》り代として選ばれたのは、当主の、福森八重子さんでした。今回は、五つの遺体のうち一体を、依り代に使うのでしょう。……おそらくは、蔓姫の怨霊を召喚し、憑依《ひょうい》させるために」

スマホを握っている手に、力が入った。吐き出す息が、小刻みに震える。

「それは、あの、誰の遺体にですか？」

「わかりません」

賀茂禮子は、素っ気なく答える。

「ですが、どんなことをしても、それを突き止め、阻止しなければなりません。さもないと、今度こそ、福森家の血筋は、この世から永遠に消滅してしまうことになるでしょう」

亮太は、乾いた唇を舐《な》めた。

「どうやって、狙われている遺体を特定して、憑依を阻止すればいいんでしょうか？」

「ターゲットがどの遺体かは、それぞれの部屋の設えをよく観察すれば、わかると思います。阻止する方法は二つですが、直接的なのは、呪符《じゅふ》か呪物によって遺体を守ることです」

呪物だったら、屋敷内に溢《あふ》れているが、いったい何を使えばいいのだろうか。

賀茂禮子は、『呪物の論理』を考えることが肝要だと説く。

前回の惨劇の晩、幽霊画や、天尾筆、河童《かっぱ》の木乃伊《みいら》には、いずれも、子供たちを救う動機が存在した。今回もまた、何らかの理由によって敵を阻んでくれる呪物を、見つけ出さなくてはならないのだと。

「しかし、それで守り切れるかとなると、正直、難しいだろうと思います。敵は、一晩かけて呪いの儀式をやり遂げるでしょう。蔓姫が、囚《とら》われている墳墓から抜け出して、ターゲットを見つけたら、憑依しようと執拗《しつよう》にアタックし続けるはずです。……たぶん、このやり方では、時間を稼ぐのが精一杯でしょう」

賀茂禮子の声は、真剣だった。

「なので、その前に、さかさ星を崩すしかありません。五つの部屋には、遺体以外に、前回と同じ五つの呪物が配置されているはずです。最低でも、そのうち一つを取り除く必要があるのです」

「……ええと、五つの呪物って、鎧兜《よろいかぶと》、達磨図、貝桶《かいおけ》、傍折敷《そばおしき》、それに、仏壇の中にある物ですよね？」

亮太は、慎重に確認する。仏壇の中にあるのは、おそらく澤の言っていた髑髏《どくろ》杯だろう。

「ええ。その通りです」

「そのうち、正体がわからないのが、貝桶と傍折敷なんです。結局、何だったんですか？」

もちろん、知ったところで、何ひとつ変わらないかもしれないが。

「なるほど。わかりました」

賀茂禮子は、二つの呪物が、本当は何であったのかを、事細かに説明していく。

亮太は、愕然とした。たしかに、擬態しているとは聞いていたが、まさか、揃いも揃って、そんな忌まわしいものばかりが、この屋敷に集まっていたなんて。

「でも、五つのうち一つを取り除けばいいんですよね？　だったら、もう手立ては講じてあるじゃないですか？」

さかさ星の五つの頂点のうち、一つでも崩せば、呪いは、効力を失うはずだ。だとすれば、ターゲットになっているのがどの遺体か、特定する必要も無くなるのでは。

「手立てなら、おそらく、向こうも講じていることでしょう」

賀茂禮子は、冷たく応じる。

「こちらの動きは予測できますから、逆に、無策のままとは、まず考えられません」

「そんな。敵は、具体的に、何をするっていうんですか？」

「わかりません。しかし、最も単純に考えれば、代役を用意している可能性はあります」

つまり、さかさ星の一角を担う呪物を無効にされても、そこにスペアの呪物を当て嵌《は》めるということなのか。

それでは、イタチごっこだ。絶望で目眩《めまい》がした。賀茂禮子に対する怒りも湧いてくる。他人《ひと》のことだと思って、好き勝手に、無茶なことばかり言いやがって。

「……俺には、とても無理です。助けてください」

賀茂禮子は、しばらく沈黙してから言う。

「残念ですけど、わたしが、そちらへ伺うことはできません。月震のマインドコントロールが解けていませんから、お祖母様が、わたしを受け入れてくれることはないでしょう」

では、全部俺一人でやれというのか。亮太は茫然《ぼうぜん》とした。そんな、できるわけないだろう。俺には、霊能力なんかカケラもない。ただの心霊系ユーチューバーだというのに。

いや、しかし、それでもやるよりない。亮太は、ベストを尽くそうと腹を括《くく》った。

「わかりました。だったら、線香に火を付けて回る役は俺が引き受け、その間に、何とかして探ってみます」

それから、一縷《いちる》の望みを込めて訊ねる。

「今回は、強力なボディガードも付いていますから、ダイニングにいれば、うちの家族とか、子供たちは、だいじょうぶですよね？」

「いいえ」

間髪を容れず、賀茂禮子は答えた。

「もし鬘姫の怨霊が現れたら、生身の人間のボディガードなど、何の役にも立ちません」

しがみつこうとした蜘蛛《くも》の糸が切れ、一瞬で奈落《ならく》の底へ突き落とされた気分だった。

「そうなったら、ゲームセットだと思ってください。ご家族や、子供たちの命は、ひとえに、今晩のあなたの行動にかかっているのです」

勘弁してくれ！　亮太は、心の中で悲鳴を上げた。俺を、スーパーヒーローだとでも思っているのか。

「……じゃあ、蔓姫は、山崎崇春公と同じくらい恐ろしいということですか？」

「もしかするとですが、それ以上かもしれません」

亮太は、澤から聞いた、蔓姫の本性について思い出していた。

執拗な悪意と攻撃性、飽くなき復讐《ふくしゅう》心と嗜虐《しぎゃく》性。生前から悪魔のようなサイコだったのが、さらに怨霊と化したら、いったい、どんな化け物になって出てくるのだろう。

「唯一、助かる可能性があるとすれば、前回と同様、納戸に避難した場合だけでしょう」

あの幽霊画なら、蔓姫にも対抗できるかも知れないと思う。だが、賀茂禮子の声音からは、それも望み薄だと考えていることが伝わってきた。

「できれば、今すぐ、納戸の様子を確認してみてください。もし入れるようなら、ただちに、ダイニングから場所を移した方がいいと思います」

亮太は、そのまま電話を切らずに、赤絨毯の敷かれた廊下に出ると、元来た道をたどった。いったい、どう言ったら、祖母は、ダイニングから納戸の中へと、お通夜の場所を移すことに同意してくれるだろうか。

畳廊下に戻り、四人が殺された呪われた場所にさしかかる。龍虎《りゅうこ》の襖絵は、白幕で隠され、すっかり様変わりして見えた。あたかも、血で血を洗った合戦の痕跡《こんせき》が、真っ白な雪によって覆い隠されたように。

白幕の隙間から、田の字型の四つの部屋や奥座敷で、忙しく立ち働く人たちの姿が見えた。

濃紺のジャンパーの背に、『あらきセレモニー』という地元の葬儀会社の名前が入っている。

亮太は、その横を通り過ぎ、廊下の突き当たりを、左に折れる。板張りの廊下の一番奥に、納戸の入り口のドアがあるはずだった。

だが、亮太は、驚愕のあまり、その場に立ち竦《すく》んでしまった。

納戸への入り口は、完全に封鎖されている。

重そうな長持などが、天井すれすれまで積み上げられており、木製の扉は見えなかった。

納戸の中から発せられていた、透明な渦のような気も、感じ取ることはできない。

とりあえず、カメラを構えて、その様子を動画に収める。

「どうかされましたか？」

後ろから声をかけられて、振り返った。『あらきセレモニー』の濃紺のジャンパーを着た、小太りの中年男性が、不審そうにこちらを見ている。胸の名札には、『西塔《さいとう》』とあった。

「ちょっと、出したいものがあったんですけど、納戸は、開けられませんよね？」

「……そうですか。さすがに、もう、無理ですねえ」

西塔は、眉根《まゆね》を寄せて困惑の態《てい》だった。

「お通夜とお葬式の間、納戸は厳重に封印しておくようにと、中村富士子様よりご指示がありましたので」

どう考えても、月震の差し金に違いない。

「今さら、長持をどけるって言っても、これだけあると、難しいんでしょうね」

亮太は、バリケードを見上げ、嘆息した。おそらく、すべて納戸の中にあった物だろうが、ここまで堆《うずたか》く積まれると、廊下の床が抜ける可能性すらあるだろう。

「それもそうなんですが、納戸の扉は、足場板で完全に釘付けにしてありますから」

そこまでやるのかと、啞然《あぜん》とする。

敵は、あらかじめ、こちらの退路を遮断してきた。どうやら、同じ轍《てつ》は、絶対に踏まないということらしい。

だったら、こちらは、どんなことをしても、悪霊の、遺体への憑依を妨がねばならない。

まずは、どの遺体が狙われているのかを、見極める必要がある。

そして、密《ひそ》かに、さかさ星を解体するよりない。

SCENE2

亮太が、ダイニングに戻ると、祖母と両親の三人は、寿司をつまみ、ビールを飲みながら、小声で話をしていた。

子供たちは、テレビの前に集まってゲームをしている。二人のボディガードは、戸口の横に佇んでいたが、単に無聊《ぶりょう》を託《かこ》っているのではなく、位置を変えて外の様子に耳を澄ませたり、ヘッドセットで外にいる隊員と情報交換をしたりしているようだ。

亮太は、はっと気がついて、荷物を確認した。さっきは、うっかりこの場に置きっぱなしにしてしまったが、誰かに、トートバッグに入っている達磨図のレプリカを見られるとマズい。さりげなく、食器棚の横の隙間に押し込んだ。

「亮。一杯いこう」

父がビールの大瓶を持ち上げて、亮太を差し招く。亮太は、ダイニング・テーブルの向かいに座って、注がれたビールを飲み干して、返杯した。こうして父と酒を酌み交わすのは、かなり久しぶりかもしれない。

「今度のことでは、いろいろ、頑張ってくれたんだってな」

「亮ちゃんには、お祖母ちゃんも、とっても感謝してるって」

母も、口を添える。

「もう、本当に、そうだったのよ。亮太がいなかったら、わたしは、もう、どうしていいのかわからなかったから」

祖母は、にっこりする。和気藹々《あいあい》として、まるで田舎のひいお祖父《じい》ちゃんが大往生した後の平和だったお通夜のような雰囲気だった。

「別に、たいしたことはしてないよ」

亮太は、本心から言った。

「ＹｏｕＴｕｂｅの動画を撮るためでもあったたし。……もちろん、本家の名誉に関わるような映像は、絶対に上げないけど」

「それなんだが、これからも、ユーチューバーを続けるのか？」

父が、秒で、一番触れてほしくない話題を持ち出した。そうか、だから父と酒を飲むことはなかったんだと、思い出す。

「まだ、中途半端だから。一応、やれるところまでは、やってみようと思ってるよ」

「まあ、若いうちは、やりたいことをやるのもいいかもな」

父は、あっさり矛を収め、寿司をつまんだ。

「でも、まあ、その傍らでいいんだが、勉強して、宅建を取ってみる気はないかな？」

また、その話か。

「俺、不動産とか、全然興味がないから」

「ＹｏｕＴｕｂｅとか、ホラー小説でも、最近は、不動産がらみのがけっこう多いだろう？後々、思わぬ形で役に立つんじゃないかな」

意外な方向から攻められて、亮太は、苦笑した。

「一応、考えとくよ」

「そうか」と言って、父は、また亮太のグラスにビールを注ぐ。

「……そうそう。忘れないうちに、これを渡しておかないと」

祖母が、麻の葉文様の小袋を、亮太に差し出した。

「何、これ？」

「お念珠よ。亮太は、持ってないでしょう？」

袋の中を見ると、透明感のある緑色の石でできた数珠《じゅず》が入っていた。翡翠《ひすい》のようだったが、こんなに美しいものは見たことがない。

「糸魚川《いといがわ》で採れた琅玕《ろうかん》――最上級の翡翠なのよ。福森家に、代々伝えられてきたものだけど、強い魔除《まよ》けの力があると言われてるの」

やはり、祖母は、自分のことを心配してくれていたらしい。亮太は、秘《ひそ》かに感動していた。強い魔除けの力というのも、おそらく本当だろう。今の亮太には、見ただけで、それが強力な呪物であることがわかった。

「ありがとう」

亮太は、素っ気なく答えると、数珠を袋に納め、ポケットに入れた。

ダイニングのドアに、ノックの音がした。二人のボディガードが、定位置に付く。

祖母が、「どうぞ」と言うと、ドアが開き、稲村繁代が顔を出した。

「お坊様が、お見えになりました」

道明が来たのか。どうして、あんなふうに遺体を安置するのか訊ねようと思い、亮太は腰を浮かせる。

だが、続いて顔を覗《のぞ》かせたのは、月震だった。

「たいへん、遅くなりました」

父は、ポカンと口を開けて、固まってしまった。母も目を丸くしている。祖母はというと、特に意外そうな顔でもなかった。

「本日は、福生寺の川原道明住職が伺う予定でしたが、何か、突然の体調不良ということで。代わりに、ふつつか者ではありますが、わたくしが、お通夜のお勤めをさせていただきたいと思います」

「こちらは、月晨さん。道明さんの代理で、いろいろと、お骨折りいただいていた方よ」

祖母が、紹介する。

「そうですか。ぜひ、よろしくお願いします。……ええと、日本の方ではありませんよね？お国はどちらですか？　私も、よく海外には出張するんですが」

父は、想像もしない場面で若い美女が登場したために、かなりテンションが上がっていた。加えて、白人とか尼僧とか、変に昭和のオヤジ受けする要素も手伝っているようだが。

「道明さんが体調不良というのは、どういうことでしょうか？」

亮太は、父の言葉を遮って、問い質《ただ》す。

「わたしには、よくわかりません」

月震は、表情を変えなかった。

「急遽《きゆうきよ》、代わりに参上するようにと、連絡をいただきましたので」

「でも、俺は、ここへ来るちょっと前に電話で話したばかりですが、特に、変わりはないようでしたけど？」

「心配ですね。たいしたことがなければいいのですが」

月震は、合掌し、榛《はしばみ》色の目で、じっと亮太を見つめる。

「ですが、今晩は、精一杯、お勤めさせていただきます。明日のご葬儀には、本山より導師をお招きし、さらに多くの脇導師や役僧がいらっしゃるとのことですが、わたしは、それまで、皆さまとともに寝ずの番をさせていただきます」

「お心遣い、たいへん痛み入ります」

祖母が、深々と頭を下げた。そこまでしてくれる僧侶《そうりょ》など、あまり聞いたことがないから、当然の反応かもしれない。

「では、わたしは、枕飾りなどをチェックして参ります。また後ほど、ご遺体が到着したら、お目にかかりましょう」

そう言って合掌すると、月震は、ダイニングから静かに出て行く。両親と祖母が、黙礼して見送った。

亮太は、スマホを取り出し、道明を呼び出した。だが、空しく呼び出し音が鳴るばかりで、応答はない。「お出になりません」というアナウンスを聞いて、諦《あきら》める。

次の通話は、周囲の人間に聞かれるわけにはいかなかった。亮太は、そっと廊下に出ると、再び賀茂禮子に電話をかける。

「……わかりました。わたしは、これから福生寺に行ってみます」

賀茂禮子の声は、お通夜のように暗かった。

「道明さんの安否も確認しなければなりませんが、それ以上に、墳墓の様子が気になります。前に見たときより天井石の亀裂《きれつ》が広がっていれば、鬘姫の怨霊が自由になってしまうのも、時間の問題でしょう」

「賀茂さんの力で、何とか、封じ込めることはできないんですか？」

「わたしには、そんな強大な神通力はありません」

賀茂禮子は、またも、あっさりと望みを打ち砕く。

「ただ、遅らせることなら、できるかもしれません。おそらく、わずかな時間でしょうが、時間を稼げたにしても、結局は、俺が何とかしなくてはならないのか。

亮太は、げっそりしたが、丁寧に礼を言って電話を切った。

向こうから、稲村繁代がやって来た。

「もうすぐ、ご遺体が到着します」

亮太にそう囁《ささや》くと、ダイニングのドアをノックする。

いよいよ、来るのか。

もともと、死体に対しては、あまり耐性がある方ではない。Z世代の例に漏れず潔癖症で、ホラー・オカルト界隈《かいわい》が主戦場とはいえ、グロ系とかゴア系の映像は見るのも苦手である。遺体との対面など、普通のお通夜でも気が重いのに、この状況下では、恐怖を押し隠せるかどうかも自信がなかった。

ダイニングにいた全員が、ぞろぞろと出てきた。裏玄関から、ビニール傘を差して出ると、待っていた月震とともに、車用の門の内側で、五つの遺体の無言の帰還を出迎える。

亮太が帰って来たときには、まだ日没前だったが、空は分厚い雲に覆われており、あたりは深夜のような闇の帳《とばり》に閉ざされていた。しかし今は、雲間よりうっすらと夕日が射し込んで、まるで夜が明けたかのような光景を呈している。雨も、一時よりは小降りになっていた。

庭には、雨覆いの付いた大きな篝火《かがりび》が、いくつも焚《た》かれていた。三本脚の鉄製の籠《かご》の中で、赤々と薪が燃えさかっている。

長い木の棒を持って合羽を着た、数名の警備員の姿が見えたが、あまり目立たないように、塀の内側に身を潜めているようだ。

亮太は、カメラを構えた。

門が開くと、外側を固めていた報道陣が押し寄せてきて、いっせいにフラッシュを焚くが、まるで見えない結界が張られているかのように、敷地内には立ち入ろうとしなかった。

黒い遺体搬送車が続々と入ってくる様は、壮観だった。五台がずらりと並んで、もう一台、白いバンが入ってきたところで、門扉が閉じられる。

いっせいにクラクションが鳴らされた。通常、出棺のときに鳴らすものだと思っていたが、自宅に到着したときにも鳴らすらしい。かなりの音量だったので、ここが住宅密集地ならば、苦情が出ていたかもしれないと思う。

遺族らは、月震に倣って合掌した。そのまま、棺《ひつぎ》に入った遺体が、搬送車から降ろされて、順番に屋敷に運び込まれる様子を見守る。『あらきセレモニー』の社員らが、棺の先に立って指示をしているようだった。

「それでは、参りましょう。それぞれのお部屋で、湯灌の儀を行いますので」

月震が、全員を見渡して、言った。

「ここにいらっしゃる方は、お身内ですね。無理にとは申しませんが、なるべく多くの方に、ご参加いただきたいのですが」

湯灌の儀というのは、遺体を洗い清める儀式である。亮太は、怖気《おじけ》を振るった。できれば、パスしたいが、このメンツだと、どう考えても、抜けられない公算が大きいだろう。

「福森家の通夜では、直系の者は必ず湯灌に立ち会うこととされておりますが、今回だけは、子供たちには過酷だろうと思います」

祖母が、きっぱりと言った。

「ここにいる大人四人だけで、立ち会わせていただきましょう」

これは、もう逃げられないなと、亮太は覚悟する。五人もの遺体の湯灌に立ち会わなければならないとは、予想もしていなかった。隣にいる父の表情を見ると、親子で似たような思いでいるらしい。美容院で髪をセットしてきた母も、話が違うという顔で父を見やっていた。

準備に多少時間がかかるということで、全員が、いったんダイニングへ戻ることになった。葬儀会社の男性が、湯灌の給排水用らしいホースと電源コードのリールを持って、裏玄関から屋敷の奥へ歩いて行くところだった。

十五分後くらいに、準備ができたという知らせがあり、大人四人だけが部屋を出た。祖母を先頭にして、亮太と両親は、絞首台に向かう死刑囚のような足取りで続く。

気が重い理由は、他にもあった。五人の遺体はどれも、ひどい損壊を蒙《こうむ》っていたはずだし、しかも、死後八日ほどたっているからだ。

ここへ搬送される前に、専門業者によって、遺体の衛生保全《エンバーミング》と、エピテーゼというシリコン素材のパーツを使った修復が施されているはずだったが、どういう外見になっているのかは、対面してみるまでわからない。

そして何より、あと数時間のうちに、五人の遺体のうち一体に恐ろしい悪霊が憑依するかもしれないと想像しただけで、非現実的な恐怖に身の毛がよだつ。遺体の顔を直視する勇気は、とても湧きそうになかった。

葬儀社の社員が、廊下で一行を出迎えて、これからの流れについて説明する。

これから、四人で五つの部屋を順番に回り、湯灌の儀に立ち会う。その後、すべての遺体が布団の上に安置されたら、今度は子供たちも加えた七人でもう一巡し、僧侶――つまり月震が枕経を読み、全員が焼香をするという運びらしい。

白幕を張られている廊下を折れて、田の字型の四つの部屋と奥座敷の前にやって来た。

最初は、左手前にある中の間だった。

柱や壁の大半が白幕に覆われた部屋に入ると、達磨図が、床の間からこちらを睨《にら》んでいた。その上には、神棚封じをしたばかりの神棚も見える。

畳の中央にビニールシートが敷かれ、その上に湯灌専用らしい大きな浴槽が置かれていた。浴槽の上部にあるストレッチャーのようなシートに横たわっているのは、虎雄さんだった。肩幅が広すぎて、逞《たくま》しい腕が両側にはみ出している。

恐る恐る顔に目をやるが、特に損傷は見当たらない。あらためて見ると、目を閉じていても騎馬民族のように精悍《せいかん》な感じのする顔つきである。どうか無事に成仏して、蔓姫の依り代にはなりませんようにと、祈るしかなかった。

　黒縁メガネをかけた初老の女性湯灌師が、湯灌には、現世の汚れを洗い流して、来世に向けての産湯という意味合いがある云々《うんぬん》の口上を述べた。

　それから、逆さ水の儀式になる。普通、お湯に水を足して温度を調節するが、逆さごとで、桶の水にお湯を入れて適温にする。そして、喪主から順番に遺体にお湯をかけていくのだが、これも逆さごとで、足下から始めて胸元へと上がる。さらに、右手に桶、左手に柄杓《ひしゃく》を持ち、柄杓の根元を逆手に握るなどの強迫観念のような慣習があるが、福森家では、それらをすべて厳密な作法に則《のっと》って遵守しなければならず、祖母以外は、かなり悪戦苦闘していた。

　次は、洗顔や髭剃《ひげそ》りだが、エンバーミングの際に必要な処置が行われているということで、省略される。

　最後は、湯灌師と助手が、ボディソープとシャワーを使い、丁寧に全身を洗い清めていく。遺族にもスポンジが渡されたが、祖母以外の三人は、形ばかり遺体を擦《こす》っただけだった。

　これなら、何とか無事に、一人目は終わりそうだな。亮太がそう考えたときだった。突然、不機嫌な唸《うな》り声のような、鼾《いびき》のような音が聞こえてきたのは。

　その音は、明らかに、虎雄さんの遺体から発せられたようだった。

　全員が、一瞬に動きを止める。

「え、今のって？」

　亮太は、思わずそうつぶやいた。すると、湯灌師が、すかさずフォローする。

　驚かれるのも無理はありませんが、何かのはずみで遺体の肺に溜まった空気が押し出され、溜め息や声のように聞こえることがあるんです、と。

　祖母と両親は、それを聞いて安心したようだが、亮太は、内心、首を捻《ひね》っていた。

亡くなった直後ならともかく、一週間以上経過しているのに、まだそんな現象が起きるものだろうか。

まさかとは思うが、これは、何かの兆候《サイン》なのかもしれない。

……ひょっとすると、怨霊に狙われているのは、虎雄さんなのでは。

湯灌師が、遺体の水気を拭き取ると、浴槽の湯がポンプで抜かれていく。

「このお湯は、お願いした通り、床下に流していただいていますよね?」

祖母が、小声で訊ねると、湯灌師は、「はい。ご指示の通りに」と答える。

亮太は、驚いた。たしかに、昔は、湯灌に使った湯を日に当てると祟《たた》りがあると信じられていたために、床下に流していたらしいが、今では、排水は業者が持ち帰るのが普通なはずだ。これもやはり、福森家の厳密なしきたりなのか。

湯灌師は、一礼をして立ち上がり、空になった浴槽とともに、北側の部屋に移動した。

そこからは、納棺師が引き継ぐ。通常、湯灌師と納棺師は一人だが、分業にしているのは、五人いっぺんにやるのはたいへんだからだろう。

男性の納棺師と二人の助手が、重そうに虎雄さんの遺体を布団に載せた。恭しい手つきで、白い死に装束を左前に着せる。さらに、死出の旅のために手甲と脚絆《きゃはん》を着け、六文銭を入れた頭陀袋《ずだ》は左の袖《そで》に入れた。念の入ったことに、足袋《たび》も左右逆にして履かせる。

亮太は、ふと、部屋の隅に置かれた棺を見やる。そもそも、ここまでの順序も逆さになっているのではないだろうか。普通、人が亡くなったときは、布団に寝ていた遺体を、湯灌を経て棺に納め、家から送り出す。ところが、今回は、帰ってきた遺体を棺から出して、湯灌の儀を行い、最後に布団の上に安置しているのだ。

納棺師は、大きなドライアイスのブロックを二個、遺体の腹部に載せた。さらに、首筋や、胸部、鼠径部《そけい》などにも、次々とブロックを載せていった。エンバーミングでは血液を防腐剤と入れ替えるため、通常はドライアイスは必要ないはずだが、施術までに時日が経過しており、臭気を防ぐための措置なのだろう。

そして、薄手の布団を、これも上下逆に掛ける。

最後に、胸の上に、刃先が下になるようにそっと短刀を置いた。死者を魔物から守るために持たせる守り刀である。ふつうは、銃刀法との兼ね合いで、袋に入った木刀や模造刀を使い、刃渡りもせいぜい三十センチくらいだが、これは、鞘《さや》の長さからすると、刃渡り四十センチはありそうだった。もはや、短刀と言うより、脇差しの長さである。鍔《つば》のある小《ちい》サ刀拵《がたなごしら》えで、鞘は黒《くろ》蠟《ろ》色塗《いろぬり》だった。

こんなに長い刀を葬儀社が用意するはずがないから、これは、福森家伝来の品に違いない。だとすると、中も当然本身だろう。

一同は、合掌すると、北側の部屋へと移った。鎧兜が鎮座する次の間である。

さっき運び出された浴槽は、すでにセッティングが完了していた。

遥子さんの遺体にもまた、完璧《かんぺき》な修復が施されているようだった。死後、時日が経過して、湯灌の前だが、死に化粧によって生きているような顔色になっている。エンバーミングの際にエンゼルケアのような処置も施されているらしい。

もともと身長の高い人だったが、引っ詰め髪を解いて横たわると、なおさら大きく感じる。生前から無表情な顔は、目を閉じていると、頬骨が目立って厳《いか》めしく見える。皮肉なことに、今が一番、虎雄さんと似たもの夫婦のようだった。

先ほどと同じ逆さ水の儀式で、一人ずつ、足の方から胸元に向かって、柄杓のお湯をかけていった。そのとき、また異変が起こる。

胸の上に置かれていた右腕が、突然ピンと伸びて、だらりと垂れ下がったのである。

誰もが息を呑《の》んだ。

湯灌師が、顔色を変えながらも、そっと腕を持ち上げて、元の位置に戻した。死後硬直は、もう解けているのに、入念に関節をほぐすマッサージもしたので、ちょっと柔らかくなりすぎましたねと、冗談めかしながら。

だが、腕が垂れ下がったのはともかくとして、その前の動きが、あまりにも不自然すぎた。死後の化学変化などによる、いわゆる死体現象で、あんなバネに弾《はじ》かれたように急激な動きが生まれることがあるだろうか。

これもまた、何かのサインのような気がしてならなかった。悪霊が憑依する遺体は一体だとばかり思っていたが、二体か、それ以上の遺体が、次々と起き上がって来ることもあるのか。そんな狂気の地獄絵図は、想像すらしたくないが。

さっきと同じように、遥子さんの遺体を布団の上に安置し、最後に守り刀を置いた。

今度も、脇差し並みのサイズと拵えだったが、鞘は赤漆塗りだった。

三箇所目は、次の間の東にある仏間だった。

亮太は、秘かに、仏間こそが一番恐ろしい場所だと思っていた。何と言っても、鬼と化した大伯母さんが安置される部屋なのだから。

大伯母さんの顔については、修復した人を賞賛するしかないだろう。

舌を吐き出して異様に歪《ゆが》んだ驚愕の表情は、きれいに整えられており、安らかに眠っているように見える。

ミイラのように皺《しわ》だらけで、鞣《なめ》し革のように変色していた顔の皮膚は、すっかり人間らしい肌理《きめ》と顔色に戻っていた。単なるファンデーションの厚塗りではなく、エンゼルメイクという特殊な死に化粧を施したに違いない。

そして、逆さ水の儀式が終わったとき、それは起こった。

閉じていた大伯母さんの唇が、微《かす》かに動いたように見えた。

亮太は、ギョッとして凝視する。父母が、後ずさった気配がした。

見間違いだろうか。そう思った瞬間、唇がゆっくりと開く。あっと叫びそうになったとき、二本の赤い触角が現れた。続いて、赤い扁平《へんぺい》な頭部と、ヌメヌメと光る濃紺の胴体、そして、ザワザワと蠢《うごめ》く無数の真っ赤な肢《あし》も。

母が、悲鳴を上げた。湯灌師も、半分腰を抜かしかけたものの、とっさにシャワーヘッドを取り上げると、ぬるま湯をムカデにかける。

水圧が弱いせいなのか、なかなか動かなかったが、やがて、ムカデは、水流から顔を背けるように、大伯母さんの顔からズルズルと滑り落ち、枠の隙間から浴槽の中に落下した。

「こんなことは、わたしも、初めてです」

湯灌師は、声を震わせながらも、必死に笑顔を作った。

「仏様は、数日間夜露に耐えておられましたから、きっと、そのとき潜り込んだのでしょう。哀れな虫に罪はありません。後ほど、山へ持っていって、放生してやりますので」

あり得ないと、亮太は思った。大伯母さんの遺体が収容されてから丸一日が経っているし、その後に、司法解剖とエンバーミングが行われているのだ。その間、口の中をまったく見ないとは考えられないし、飛び出した舌を押し込んだりもしているはずだ。今のは、体色から見てトビズムカデのようだが、見たところ二十センチはあった。見つからずにいるのは、とうてい不可能だろう。

全員、動揺が収まらない様子だったが、その後は、特に問題もなく、湯灌は終わる。だが、大伯母さんの遺体を移動させて、排水する前に湯灌師がたしかめると、ムカデの姿はどこにも見当たらなかった。

「あら、どこへ行ったのかしら？」とつぶやく湯灌師は、さすがに笑みが引き攣《つ》っていた。

あのムカデは、シャワーで落とされたように見えたが、もしかすると、実体のある存在ではなかったのかもしれない。

だとすれば、いったい何だったのか。

大伯母さんは今も山崎崇春公の悪霊に取り憑かれているという、しるしなのか。それとも、鬘姫の悪霊の使い魔で、憑依する遺体を検分でもしていたのか。

納棺師たちは、遺体を布団に安置し、守り刀を置く。

やはり、鍔のある小サ刀拵えだったが、鞘にはグレイに白い斑点《はんてん》が浮き出した鮫《さめ》皮を張ってあった。

結論は出ないまま、仏間の南側にある、居間へと移動する。

四人目は、麻衣子さんだった。

顔には、最初から大きな損傷がなかったらしく、一番ナチュラルなメイクが施されている。

まだ三十五歳の若さだったためか、ショートカットの髪も艶《つや》を失ってはいない。

そして、ここで変事を目撃したのは、亮太ただ一人だった。

祖母と両親が逆さ水の儀式を終え、最後は、亮太の番だった。左手で逆手に柄杓を持って、
足下にぬるま湯をかける。そして徐々に、身体の上に向けてかけていく。四人目ともなると、
我ながら、妙に手つきが堂に入ってきたと感じる。

そして、麻衣子さんの顔に視線を向けた瞬間だった。

麻衣子さんは、目を見開くと、ギョロリと目玉を動かして、亮太を見下ろした。

「うわっ！」

亮太は、柄杓を放り出して、その場に尻餅《しりもち》をついた。

「どうしたの？」と、全員が、異口同音に訊ねる。

亮太は、麻衣子さんの顔を指し示したが、すでに彫像のように固く目を閉じていた。

「今のは……誰も、見なかったんですか？」

亮太の訴えに対して、返ってきたのは、困惑したような沈黙だけだった。

現在の状況は、理解不能を通り越していた。異常な兆候が現れた遺体が一体だけだったら、その遺体をマークすればいい。しかし、ここまでに見たすべての遺体で、何かしら、合理的に説明するのが困難な現象が発生している。

いっそのこと、五人の遺体全部に灯油をかけて、焼き尽くしたいという思いにとらわれる。そうすれば、どの遺体が危険か判別する必要もなくなるだろうし、さかさ星を壊さなくても、鬘姫の憑依という最悪の事態だけは避けられるだろう。

しかし、それは、現実には、とうてい不可能な話だった。

お通夜と葬儀を経て、茶毘《だび》に付されるべき遺体を、廃棄物のように燃やしてしまうことに、祖母や両親が賛成するはずもない。それでも強行しようとすれば、ボディガードたちにより阻止され、精神錯乱と見なされて、精神科病院に措置入院させられるのがオチだろう。

麻衣子さんの遺体が安置されると、最後に守り刀が置かれたが、今までよりかなり小さく、鍔のない合口《あいくち》拵えだった。鞘は梨地塗りで、福森家の家紋、菱《ひし》に丸が金で描かれていた。これで、守り刀はすべて、福森家のものだと断定していいだろうと思う。

最後は、廊下の南側にある奥座敷だった。

北側にある四つの和室も広かったが、ここはほぼ、その四つを足したくらいの広さがある。浴槽の上に横たえられていたのは、美沙子さんの遺体だった。

スーパーロングの黒髪は、生前は、きれいにまとめて金のバンスクリップで留めていたが、今は黒いゴムの髪留めで縛り、胸に置かれている。緑の黒髪には、まるでモルフォ蝶《ちょう》のような光沢が浮かんでいた。

ふと、長く垂らした髪が、まるで大垂髪《おおすべらかし》のようだなと思う。宮中の女官などに用いられた、前髪を両脇に張り出し、後ろで束ねて背中に垂らした髪型だが、本来は、ただ後ろに垂らすという意味だった。垂らした髪は、髢《かもじ》を加えて長くするのが通例だが、これは、鬘姫が愛用していたとされる髪型でもある。

逆さ水の儀式のときから、亮太は、今度は何を見せられるのかと戦々恐々としていた。

だが、美沙子さんの遺体は、本来はあたりまえだが、動くことも声を出すこともなかった。ただ静かに、遺体としての務めを果たしているように見える。

逆さ水の儀式が終わると、湯灌師と助手が、泡立てたボディソープで全身を丁寧に洗浄し、シャワーで洗い流していく。四人も、スポンジで手足をそっと撫《な》でていた。

「……何だか、美沙子さん、気持ちよさそうね」

母の言葉で、少し場が和む。

「不思議だけど、そんな気がするな。最初は、遺体に触れるのに抵抗があったけど、だんだん慣れてきたみたいだ」

父も、うなずいた。

亮太は、遺体の左手を担当しながら、美沙子さんの表情を見て、眉をひそめた。

え？　まさか、気のせいだろう。

しかし、目を凝らせば凝らすほど、暗い疑念が深まっていく。

笑っている？

遺体の口元が、緩んでいる……というよりも、唇が左右に引っ張られて、うっすらと笑みを形作っているように見えるのだ。

それはとてもリアルで、まるで生きているかのようだった。もはや、偶然や死体現象では、説明が付かない。ついさっき、麻衣子さんは、ほんの一瞬だったが目を剝《む》いたように見えた。しかし、今となっては、本当に見たという確信が持てない。もしかすると、恐怖が作り出した幻影に過ぎなかったのではないだろうか。

だが、今見ている笑みは、幻覚でも錯覚でもない。はっきり網膜に映し出され続けている、現実の光景であり、後は、それをどう解釈するかだけの問題だった。

後の三人は、これを見ても、何とも思っていないのか。亮太は、祖母と両親の顔を見比べ、愕然とした。三人とも、見ていない。見て見ぬふりをしているというのとも違う。いっさい、遺体の顔に視線を向けていないのだ。

見ることがなければ、怪異は存在しない。このまま、目を閉じて、今晩一晩をやり過ごしてしまいたい。きっと、そう思っているのだろう。

亮太だけは、逆に、美沙子さんの顔から、一秒も目を離すことができないでいた。こうして見続けるのは、怖くて怖くてたまらなかった。だが、目線を切った瞬間に、何かとんでもないことが起きるような気がしてならず、ひたすら凝視し続けていた。

すると、心の奥底で最も怖れていたことが、現実になる。

美沙子さんの唇が、ニュッと左右に引き延ばされた。

今度こそ、見間違いようがなかった。笑っているのだ。

さらに、唇の間からは、矯正されたきれいな歯列が覗く。

喉《のど》の奥で悲鳴のような音を立てると、亮太は、反射的に立ち上がっていた。

「どうかされましたか？」

湯灌師が、不自然に、のんびりとした調子で訊ねる。

「だいじょうぶ？」と母親。しかし、それっきり誰も何も言わなかった。下手に突っついて、知りたくない事実を突きつけられたくないのだろう。

その後は、特に異状が起きることはなく、布団の上に安置されたときには、美沙子さんは、無口で無表情な、ただの死体に戻っていた。

最後に置かれた美沙子さんの守り刀は、麻衣子さんのものと似た、合口拵えの短刀だった。

赤漆塗りの地に鶴の金蒔絵《まきえ》が描かれている。もしかすると、これは、同じ守り刀であっても、女性が嫁入りする際に、護身のため持たされた懐刀だったのではないだろうか。だとすると、あまりに悲しすぎる流用という気がする。

　ようやく五人分の湯灌の儀が終わったときは、亮太は、すっかり消耗しているのを感じた。肝心のスタミナが削られてしまった。肝心の寝ずの番は、まだ始まってもいないのに。

　この後、子供たちを連れて五つの部屋をもう一巡しなければならない。月震が枕経を読み、全員が焼香をする予定になっているのだ。

　全員が、その前に、トイレ休憩を求めた。緊張から解き放たれて、気分をリセットしたいのだろう。祖母には一階の近い側のトイレを譲り、両親は、少し離れた場所にある、例の厠神《かわやがみ》を祀《まつ》った古い便所へ回った。

　亮太は一人、二階への階段に向かう。

　トイレにも行きたかったが、それ以上に、一刻も早く、湯灌の儀で起きたことを賀茂禮子に伝えて、善後策を授けてもらいたかった。

　二階へ上がった踊り場で、賀茂禮子に電話をかける。スマホの音声には、なぜか前回までは聞こえなかった、奇妙な空電のようなノイズが乗っていたが、気にしている余裕はない。

「考えられる説明は、二つあります」

　亮太の説明に静かに耳を傾けていた賀茂禮子は、ややあって、口を開いた。

「一つ目は、無念の死を遂げた死者が、悲惨な記憶の染み付いた現場に戻されたことにより、一時的な覚醒《かくせい》——蘇《よみがえ》りを果たしたというものです。それには、この屋敷の特殊事情も、大いに関与していることでしょう」

　多すぎる呪物の集積によって、現実世界の法則が歪んでいるためか。

「では、さっきの怪異は全部、死んだ五人からのメッセージだということですか?」

「いや、意味のあること——たとえば警告を伝えられたかと言えば、疑問です。低い唸り声。腱《けん》反射のような腕の動き。目を開いて、眼球を動かす。薄く微笑む。どれも偶発的で無意味な動作としか思えません。気になるのは、八重子さんの口から這《は》い出したムカデですが」

　賀茂禮子の声は、まるでＡＩの自動音声のように、よどみがなかった。

「ムカデには、前進するが後退しないという伝承があるため、多くの戦国武将が旗印に用いてきました。おそらく、山崎崇春公も、そうだったのでしょう。ムカデの幻影は、八重子さんに取り憑いた山崎公の怨霊が生前抱いていた、イメージの残滓《ざんし》にすぎないと思います」

「でも、蘇るというのは、あの世から霊が戻って来るということじゃなかったんですか？」

　たしか、そういう説明だったはずだ。もしそうならば、どうして、もっと脈絡のある行動が取れないのかと思う。

「……魂魄《こんぱく》という言葉をご存じですか？」

「ただの魂《たましい》とは、違うんですか？」

　心霊系の動画で聞いたことはあったが、意味はよくわからないままだった。

「道教では、人間の魂には、『魂《こん》』と『魄《はく》』の二種類があります。『魂』とは、陽の気であり、我々の精神を司《つかさど》るものです。一方、『魄』は、陰の気で、肉体を司っています。人の死後に、『魂』は、天上に昇って神となり、『魄』は、地上にとどまり鬼となるとされています」

　何となく、話が見えた気がする。

「今、五人の遺体には、『魄』だけが残っているということですか？」

「ええ。かりに、『魄』が一時的に覚醒したとすれば、湯灌の際に、あなたが目撃したような、意味のない動きをする可能性はあります。しかし、五体とも同時に似たような状態になったとすれば、もう一つの説明の方がしっくり来るかもしれません」

　賀茂禮子の声が、一段と低くなった。

「悪霊に狙われた遺体は、まだ憑依されていないときから、まるで蘇ったような挙動を見せることがあります」

「どうして、そんなことになるんですか？」

「雷が落ちる瞬間の、スーパースロー映像を見たことはありますか？」

賀茂禮子は、またもや突拍子もないことを言う。

「落雷は、帯電している積乱雲と、地表の導電物との間に起きる放電です。雲からジグザグに伸びた稲妻は地表へ向けて降下しますが、それと同時に、地面からも稲光が天を指して走り、両者が結びついた瞬間に、激しい閃光《せんこう》とともに雷鳴が轟《とどろ》くのです」

そういえば、YouTubeで、そういう動画を見たことがある。地表から伸びる電光は、『お迎え放電』と呼ばれていた。地上から天に走る『逆さ雷』というのもあったが、プラスとマイナスが逆で、完全に別物だったはずだ。

「怨霊の召喚は、溜まっていたエネルギーの解放であり、落雷を引き起こすようなものです。彼岸からのエネルギーに触発されて、遺体に残っている『魄』が反応したのかもしれません。五人の遺体が、あたかも生き返ったかのような振る舞いを見せたのは、そのためでしょう」

「でも、どうして、五体すべてが反応したんでしょうか？」

一体だけだったら、せめて、どの遺体が狙われているか判別できたのに。

「今はまだ、積乱雲が上空に現れた段階だからです」

賀茂禮子は、即答する。

「雷雲によって大気が帯電し、地上にいる人々の髪の毛が逆立つ現象は、ご存じでしょう？その時点では、全員が落雷の危険に曝《さら》されていますから、すぐに避難しなければなりません。放置した場合に、雷に打たれるのは一人だけでしょうが、その一人を事前に特定することは、通常、不可能なのです」

聞いているだけで、胸苦しくなり、吐きそうな気分だった。最後まで特定できなかったら、俺たちは全員、死ぬことになるかもしれないのだ。

「ただし、あなたの話には、朗報も含まれていました」

賀茂禮子は、慰めるように言う。

「五人の遺体には、それぞれ、福森家に代々伝えられる守り刀が寄り添っているんですね？守り刀は、故人を魔から守る呪符のようなものですから、鬘姫の怨霊に対しても、ある程度の抵抗力があるかもしれません」

「若干の、時間稼ぎになるということですか？」

亮太は、つぶやいた。

「いや、それだけとは限りません」

賀茂禮子の声が、一段高くなった。

「ターゲットとなる遺体さえ判明すれば、そこに五つの守り刀を集中させることもできます。そうなれば、いかに鬘姫といえども、憑依するのは容易ではないでしょう」

マジか……。そんな手があるなら、少し希望の光が見えてきたような気がする。

「とにかく、敵に狙われている遺体を、発見しなければなりません。繰り返しになりますが、それぞれの部屋の設えを、よく観察してください」

たしか、さっきも、そう言っていたが。

「設えがどうなっていたら、クロなんですか？」

「怨霊を召喚するとき、複数の遺体があったとしても、どれでもかまわないというやり方は、まずしません。それでは、結局、どこにも憑依できずに終わる可能性が高いのです。なので、憑依させる遺体へと確実に誘導するための、目印が必要になります」

賀茂禮子の声は、虚空の果てから響いてくるようだった。

「それがどういう形状をしているかは、わかりません。文字なのか、図形なのか、あるいは、それ以外のものなのか……」

空電のようなノイズが大きくなる。うっかり聞き逃すと、命を失うことになるかもと思い、亮太は、霊能者の言葉に必死で耳を澄ました。

「とはいえ、それは、怨霊にとっては一目瞭然《りょうぜん》のものでなければなりません。暗号の類《たぐ》いや、持って回った解釈が必要なものではないでしょう」

死神の囁きのようだった賀茂禮子の声が、突如、耳元ではっきりと聞こえた。

「だとすれば、あなたが見ても、必ず、直感でわかるはずです」

SCENE3

亮太は、正座が辛《つら》いふりをしながら身体を傾けて、さりげなく周囲に目を配る。

中の間の中央には、布団が敷かれ、虎雄さんの遺体が北枕で安置されていた。

枕元には、白木の枕机があり、枕飾りとして様々な物品が置かれている。

中央手前には香炉と線香があり、その左右には枕団子とお鈴。その後ろには、左右に燭台《しょくだい》が置かれ、樒《しきみ》の枝を挿した花瓶、一膳飯《いちぜんめし》、水の入ったコップがある。

そして、枕机の奥には、四曲一隻の屏風《びょうぶ》が、上下を逆さにして立てられていた。逆さごとの一つとして有名な、逆さ屏風というやつだろう。

屏風には、七文字×八行の漢字を墨書した紙が貼られていた。漢詩のようだが、逆さなので読みにくい。目を凝らしているうち、「鬼」、「恨」、「血」という文字が目に飛び込んで来て、ドキリとした。

床柱は、他の柱と同様に白幕で覆われていたが、虎雄さんの血痕があったはずの床の間は、左官が腕を振るったおかげで、すっかり元通りになり、不動明王の掛け軸が掛けられていた。その隣では、相変わらず、あの達磨図が、こちらを睨んでいる。

神棚も、白幕で隠すのは畏《おそ》れ多いのか、白い半紙で封じた状態のままだった。

祖母と両親、亮太、三人の子供たちは、布団の横に正座している。二人のボディガードは、廊下側と北側の襖の前に控えているが、立て膝《ひざ》で座っているのは、何かあったときのための、即応体勢なのだろう。

「それでは、お焼香をしましょう」

祖母に促されて、枕机の前に出て焼香を行う。血縁の濃い順で、最初は子供たちだった。

虎太郎は、父の遺体を目にしても、気丈に涙を見せなかった。十一歳という年齢に似合わぬ落ち着きで、堂々と焼香をする。

八歳の剣士郎は、さすがに涙ぐんでいたが、それでも見よう見まねで、焼香を済ませる。

美桜には、祖母が手を持って焼香をさせたが、終始無表情で、人形のようにされるがままになっており、むしろ六歳という年齢より幼く見えた。

子供たちが焼香している間に、遺体が蘇りの兆候を見せるのではないかと危惧《きぐ》していたが、さいわい何事もなく終わった。

それから、血縁の濃さにより、祖母、父、亮太、母の順で焼香する。

翡翠の数珠を左手にはめて、枕机の前に座ったときに、亮太は、強い香りを鼻孔に感じた。抹香臭いというのだろうか。独特の強い香りである。発生源は、樒の枝を挿した花瓶らしい。これも、遺体の臭いを感じさせないための配慮なのかもしれない。

焼香が終わると、中の間の廊下側の襖が静かに開き、月震が、一礼してから入室してきた。稲村繁代が、後に続く。月震は、金襴《きんらん》の座布団に座り、こちらを向いて丁寧に合掌してから、枕机に向き直って、美しいメゾソプラノで枕経を読む。

「爾《に》時《じ》無《む》尽《じ》意《い》、菩《ぼ》薩《さ》即《そく》従《じゅう》座《ざ》起《き》偏《へん》、袒《たん》右《う》肩《けん》……」

ふつう、枕経は、臨終の際か、死後まもなく納棺の前に読むものだろうが、すべての順序が逆転している。この流れからすると、最後には、遺体が蘇るという運びなのか。

枕経が終わると、湯灌のときと同じく、一同は北側にある次の間へ移る。

遥子さんの遺体を見ると、虎太郎と剣士郎は、さすがに堪《こら》えきれなくなり、ボロボロと涙をこぼしてしまう。美桜は無表情なままだったが、見ていて、亮太も目頭が熱くなった。

鬼によって、胴中を畳や床もろとも踏み抜かれ、遥子さんの身体は、ほぼ真っ二つになっていたはずだが、どのように修復したのか、布団を掛けられた身体には、特に異状はないように見えた。

亮太は、次の間の中を観察する。

最初に気になったのは、北側の床の間にある鎧兜だった。目立たないように端に寄せられているが、この部屋に置いてあるのは、さかさ星を形作る呪物の一つだからだろう。

この部屋にも、不動明王の掛け軸が掛けられていた。通夜においては、大日如来の化身で、右手の剣で煩悩を断ちきってくれる不動明王が、ご本尊になると聞いたことがあった。

やはり、問題は、逆さ屏風だろう。次の間にも、四曲一隻の屏風が逆さに立てられている。こちらは漢詩ではなく絵で、錆《さ》びた色の金地に、繊細なタッチで白菊が何本か描かれている。署名と落款を探したが、遠くからでは、よくわからなかった。

月震の枕経が終わると、その次は、仏間だった。

ここで、初めて一悶着《ひともんちゃく》あった。

三人の子供たちが、ひどく怯《おび》えて、どうしても入室したくないと駄々をこねたのである。

いや、駄々という表現は、当たらないかもしれない。仏間に安置されているのは、あの晩、家族を惨殺し、追いかけてきた鬼が憑依していた遺体なのだから。

それを、無理やり仏間に連れ込み焼香をさせるというのは、あまりに酷ではないだろうか。いや、そもそも、いくら福森家の掟《おきて》とはいえ、五人もの死者に対する焼香と枕経に、心に傷を負った子供たちを付き合わせること自体、児童虐待以外の何物でもないような気がする。

祖母は、あくまでもきまりを優先したいようだったが、見かねた父が説得し、子供たちは、次の間で、二人のボディガードと待つことになった。

大伯母さんの遺体は、湯灌の儀のときから変化はなかった。口からムカデを吐いたことが、今ではとても信じられない。

部屋の北東の隅にある仏壇は、固く扉を閉ざされていた。お通夜では閉めるものらしいが、亮太は、異様な気配が漂ってくるのを感じていた。この中には、何か途轍もなく邪悪なものが息づいている。さかさ星を形作る五つの呪物の中でも、最も恐ろしい存在が。

間違いなく、それは、箔濃盃《はくだみはい》――山崎崇春公の頭蓋《ずがい》骨で作った髑髏杯だろう。

部屋の北側に目を転じる。壁の前には、今までに見た部屋と同じく、四曲一隻の逆さ屏風が立てられていた。

今度も絵だったが、白菊の図とはまったく趣が違っており、赤い花が、点描のような独特のタッチで描かれている。松吉の話にも出てきた曼珠沙華《まんじゅしゃげ》だ。遠目にも、かなり毒々しい感じを受ける。

そう思うと、不動明王の掛け軸も、今までのものより赤味が勝っているように見えた。

焼香と月震の枕経が終わると、一同は居間へと移った。子供たちも、仏間を避けて中の間を通り、廊下側から合流した。

麻衣子さんは、穏やかな顔で横たわっている。ギョロリと目を剝いた様が頭に浮かびかけ、亮太は、あわてて打ち消した。

正面と左側の欄間に飾られている書は、白幕の下になっていた。

床の間の長い一枚板の床板の上には、貝桶が置かれ、床脇に慶長小判の額が掛かっていた。唯一なくなっているのは、床の間にあった市松人形だけだった。

問題は、何と言っても、貝桶である。

亮太は、金箔が贅沢《ぜいたく》に貼られ、双頭の鳥の美しい蒔絵が施された、円筒形の器を思い出す。それから、ついさっき聞いた、この呪物の正体のことも。


「我ながら、迂闊《うかつ》でした。最初に見た瞬間に、気づくべきだったと思います」

賀茂禮子は、忌々しげに吐き捨てた。

「あの絵は、比翼の鳥でしょう。雌雄で目と羽を一つずつ持ち、一緒に飛ぶ想像上の鳥です。本来は男女の和合の象徴ですが、あきらかに、この呪物の正体を隠すために描かれています。それも、少なくとも三百年は昔のことで、よほど名のある絵師に依頼したのか、見事なまでの出来映えです。さらに、中に納められていた合わせ貝も、方姫《まさひめ》に由来する本物の呪物でした。その二つが相まって、まんまと貝桶であるかのように思い込まされたのです」

詐術は、遥《はる》か昔から始まっていたらしい。

「でも、貝桶なら、地貝《じがい》用と出し貝用の二個一組になっているのが普通です。錦《にしき》の袋に包み、一つの器にまとめて入れることは稀《まれ》ですし、大きさも、ずっと小ぶりです」

「じゃあ、貝桶の正体は、何だったんですか？」

「首級桶――俗に言う首桶です」

亮太は、ギョッとして、立ち竦んだ。

「戦国時代に、合戦で討ち取った敵将の首は、誰なのかたしかめる首実検を行う必要があり、その際、身分のある武将の首は、首桶に入れる習わしでした」

「じゃあ、そこに首が入れられた、身分のある武将というのは？」

嫌な予感がしていた。

「あの首桶に納められていたのは、山崎崇春公の首級です」

嘘だろう。そんな恐ろしいものが、福森家の家宝となり、代々伝えられていたなんて。

「……しかし、山崎公は、合戦で、敵に討ち取られたわけじゃありませんよね？　誰なのかは明白だから、首実検をする必要はないはずだし」

「それも、福森弾正の企《たくら》みだったのです」

賀茂禮子は、うっすらと笑った。

「どうやら、福森弾正は、山崎公は病没したという公式発表を行いながら、裏では、主だった武将らを集め、首実検を行ったようです。そこで、山崎公の首級を見せられ、すっかり荒肝を拉《ひし》がれた武将らは、福森弾正への同心を誓ったようです」

亮太は、澤に聞いた話を思い出していた。重臣たちの評定の場で、髑髏杯を披露したときと同じようなパフォーマンスを行ったのだろう。

「首桶は、首実検を行った後、叩き壊し燃やすのが定法です。怨念の塊のような呪物であり、残しておくのは、あまりに危険すぎますから。ところが、あの首桶は、首実検の後で、秘かに持ち出されました。その後、長い時を経て、比翼連理の蒔絵を描かれ、貝桶であるかのように擬装して方姫に贈られたのです。一つになった貝桶は夫婦和合の縁起物であると偽り、結婚に対する方姫の儚《はかな》い希望に付け込んだようですね」

「しかし、いったい誰が、そんなことを？」

「わたしに見えるのは、山崎公から深い寵愛《ちようあい》を受けていた女性です」

賀茂禮子は、霊視しているらしく、半ばトランス状態でつぶやいた。

「穏やかですが、少々のことでは動じない泰然とした気質の持ち主です。ところが、山崎公が討たれると、身の危険を感じて出奔しました。その際に、この首桶を持ち去ったようです」

亮太は、はっとした。思い当たる人物がいたからだ。

それでは、お篠の方は、山崎崇春公を殺された恨みを子々孫々に語り伝えて、二百年間も、復讐の機会を窺《うかが》い続けたのか。澤の話を聞く限りでは、穏やかな性格とのイメージだったが、その恨みの深さには、想像を絶するものがある。

福森家に対する怨念の包囲網は、信じがたいまでに複雑に入り組んでいるようだった。


亮太は、我に返る。首桶は、さかさ星の一角を担う最凶のクインテットの一つに違いない。いざとなれば、場所を移すか、焼いてしまわなければならないだろう。

だが、今は、向こうも警戒しているはずだ。慎重に機を窺う必要がある。

今度は、逆さ屏風へと目を向ける。

写実的な筆致の水墨画で、靄《もや》にかすむ大木が描かれている。すでに落葉しているようだが、梢《こずえ》近くには、鳥の巣のような丸い葉叢《はむら》がいくつか見られた。どことなく幽玄な雰囲気を覚える屏風絵だった。

全員の焼香の後、月震が枕経を読んだ。最後は、廊下を隔てた奥座敷へと移動する。

ここでは、やはり美桜の精神状態が心配になった。六歳で母親の遺体に向き合わせるのは、いくら何でも残酷すぎるのではないか。

両親が、そう疑問を呈してくれたので、亮太も加勢する。祖母は、あくまでも福森家の掟にこだわりたい様子だったが、最後には折れたので、美桜にはボディガードの竹内が付き添い、ダイニングに戻ることになった。

奥座敷は、今までに見た部屋より格段に広く、本来であれば、ここに五人の遺体を安置するところだっただろう。

北側には、すでに大きな祭壇が用意されていた。枕飾りは、あくまでも臨時のものであり、通夜の際は祭壇が必要になるのだ。他の部屋にはなかった朱塗りの台に載った大きな磬子《けいす》や、銅鑼《どら》なども用意されている。

その手前には、特大の護摩壇が設えられており、月震が護摩木をくべるたびに、大きな炎が上がった。

美沙子さんの遺体に目を転じると、長い髪を束ねて右肩から身体の上に流してあり、まるで生きているように美しかった。

ふと、湯灌の儀の際の笑みを思い出して、亮太は背筋がうすら寒くなった。

この部屋で注目すべき呪物は、銀杯と、それが載った傍折敷《そばおしき》だった。銀杯自体も、人の命を奪った凶悪な呪物らしいが、賀茂禮子によれば、本当に恐ろしいのは、一見何の変哲もない、傍折敷の方なのだという。


「福森弾正は、山崎公の首実検を、二度行っているようです。一回目は、山崎家中の主だった武将に対して同心を誓わせるためで、二度目は、織田信長に従うために主君を弑逆《しいぎやく》したという申し開きのためでした。信長の家臣である小坂雄吉《おざかかつよし》が見届け役になり、たしかに山崎崇春公の首級であることを確認したのです」

賀茂禮子の声音は、その時代で一部始終を見て来たかのように、揺るぎなかった。

「首実検には作法があります。まずは、首級を傍折敷——角を切らない折敷の上に置きます。広さは、八寸四分四方、厚さ九分、高さ一寸二分で、必ず木目を竪《たて》にして置きます」

亮太は、あらためて傍折敷に視線を落とした。手前の縁の黒い漆塗りが一箇所剝げており、生地の木目の縦縞が見えている。

賀茂禮子の説明を聞いて、亮太は、総毛立った。銀杯の台だと思い込んでいた傍折敷には、山崎公の生首が載っていたのか。だとすれば、そんな忌まわしいものが、どうやって福森家に入り込んだのだろう。

「傍折敷を持ち出したのは山崎公の小姓で、首桶をお篠の方に渡したのと同一人物だったようです。このとき、お篠の方は、すでに出奔していましたが、小姓とは、その後も秘かに連絡を取り合っており、傍折敷を受け取ると、黒漆を塗ることで本来の用途を糊塗《こと》しました。そして、いつの日にか必ず、福森家の蔵に収めるようにとの遺言を残しました。それから百年あまりの歳月を経て、お篠の方の子孫は、まんまと仇《かたき》の腹中に鋭い刃《やいば》を潜り込ませることに成功したのです」

そのときはまだ、福森家への復讐が成就するかどうかは、雲を摑《つか》むような話だったはずだ。お篠の方には、果たして、どんな成算があったのだろうか。

「数年前になって、福森家の蔵に傍折敷があることに気づいた人間が、古物商の松下誠一に、銀杯を納めさせました。そして、彼らの計算通りに、傍折敷は蔵から出され、銀杯の台として使われるようになったのです」

かくて、かくも根深き悪意は時を超えて継承され、福森家を包囲し、息の根を止めるための輪は、一段と狭まったのだった。

亮太は、最後の逆さ屛風を仔細《しさい》に見た。

青紫色と白色の花が描かれているようだ。たぶん、秋の七草の一つである桔梗《ききょう》の絵だろうと見当が付く。二色の花の色のコントラストが目に付くが、シンプルで落ち着いている。

桔梗には、どんな象徴的な意味があっただろうか。色々思い巡らすが、何も思いつかない。後で検索してみるしかないだろう。

ここにも、不動明王の掛け軸。だが、部屋が広すぎるせいか、迫力不足に感じられた。

六人が焼香を済ませると、月震が、護摩木をくべながら、観音経を読んだ。五回も同じ経を読むというのは、ご苦労なことだが、たとえ、経文の中に呪いの文言を忍び込ませていても、我々には気がつかないだろう。最初から、すべての枕経を録音しておけばよかったと思うが、今さら後悔しても、詮《せん》無いことだろう。

だが、枕経が終わるとすぐに、月震は、亮太が想像もしていなかった挙に出た。

稲村繁代が運んできた箱から、月震が取り出したものを見て、亮太は、愕然とした。

行灯《あんどん》だ……。縦に四本、横に五本の桟が見える。安倍晴明のライバル蘆屋道満に由来する、ドーマン——魔除けの九字紋である。

同じ行灯が幽霊画の中にも描かれており、セツがこの世に現れるための灯台になっていた。これがなければ、もはや、セツが子供たちの救援に駆けつけることは不可能になってしまうのではないか。

「ちょっと待って！」

亮太が叫ぶと、行灯を掲げた月震は、一瞬だけ動きを止めた。

「どうかしましたか？」

余裕たっぷりに訊ねる。

「今、それを燃やすのは、やめた方がいいんじゃないですか？　その、この先、どんな影響があるかわからないし……」

「これは、あの幽霊画と一体の呪物で、子供たちのところに幽霊を導いた恐ろしい代物です。幽霊画そのものを焼くには、相当な危険を覚悟しなければなりませんが、その道案内をする、いわば提灯《ちょうちん》持ちである呪物こそ、お焚き上げして禍根を断つのが上策でしょう」

月震は、それ以上、有無を言わせなかった。行灯を、丸ごと護摩壇へと放り込む。

天井を焦がすのではないかと思うくらい、大きな炎が上がった。

亮太は、がっくりとうなだれた。なぜ、こうなることを予期して、子供たちを護《まも》ってくれた呪物を守る手立てを講じなかったのだろう。取り返しの付かないことになってしまった。

いや、ちょっと待て。亮太は、顔を上げた。まだ、終わりではないのかもしれない。

月震はというと、今まさに、あの**天尾筆**を掲げたところだった。

危機を察知したらしく、**天尾筆**の穂先は、ザワザワと蠢き、月震の指に絡みつこうとする。だが、月震は、いっさい頓着《とんちゃく》することなく、**天尾筆**を護摩壇に放り込んでしまった。

その刹那《せつな》、女性の悲鳴のようなものが聞こえてきたのは、果たして空耳だったのだろうか。八百年あまりの時を経た**天尾筆**は、そのまま炎の渦の中に没し、消滅してしまった。

続いて、観音経を唱えながら、月震が取り上げたのは、あの**河童の木乃伊**である。

亮太は、思わず立ち上がったが、月震は、委細かまわず投げ込もうとして、悲鳴を上げた。

「Scheiße《くそ》！」

見ると、**河童の木乃伊**が、月震の指に食いついている。鮮血がほとばしった。

「Das mißgebildeten monster!《この畸形の化け物め》」

月震は、歯を剥き出して唸る。指が裂けるのもかまわず、**河童の木乃伊**を強引にもぎ離し、炎の中へと放り込んだ。

寂阿弥の赤ん坊の身体から作られたパッチワークの怪物は、まるで護摩壇から抜け出そうとしているかのように身悶《みもだ》えし、ギリギリと歯軋《はぎし》りをしながら燃え尽きていった。

月震は、顔を上げて、こちらを見た。色白の美貌《びぼう》が、赤々と炎に照らされて、血に染まっているかのようだ。月震は、睫毛《まつげ》の長い目を見開いた。茶色やヘーゼルカラーの混じった複雑なグレイの虹彩《こうさい》は、最初に見たときには、抗しがたいほど魅力的に映ったが、亮太は、今はただ恐怖しか感じなかった。

「ご安心ください。これで、当家に仇《あだ》なしていた邪悪な呪物を、無事に焼き滅ぼすことができました」

「いや、しかし、だいじょうぶですか？」

父が立ち上がって、月震の許《もと》に走り寄る。アイロンの利いたハンカチを取り出し、真っ赤な血が滴る指を縛った。

「ありがとうございます。わたしのことなら、心配はいりません」

月震は、どんな男も骨抜きにするような、儚げな微笑みを浮かべて言った。

「これは、闘いなのです。善と悪、仏と悪魔との。わたしは、仏の弟子として、いつ何時でも、我が身を捧《ささ》げる覚悟はできています」

「本当に、ありがとうございます。何とお礼を言っていいのか」

海千山千の商売人である父が、すっかり感動して、涙を流さんばかりだった。

父を非難することはできなかった。自分も、もし同じ立場だったとすれば、すっかり月震に取り込まれてしまっていたことだろう。

亮太は、四方八方から、真っ黒な絶望がひたひたと押し寄せてくるような感覚に襲われた。

それは、あっという間に胸にまで達して、呼吸を妨げる。

これから、どうしたらいいのだろう。

頼みの綱の賀茂禮子は不在であり、最後の安全地帯であった納戸は、封印されてしまった。

最強の守り神だった幽霊画は、行灯を失って、この世へのアクセスを絶たれたかもしれない。

そして、数少ない子供たちの味方だった、天尾筆と河童の木乃伊もまた、なす術《すべ》なく焼き尽くされてしまった。

この状況から、いったいどんな奇跡があれば、形勢を逆転できるというのか。

全員が、ゾロゾロと、ダイニングに戻る。亮太は、トイレ休憩という口実で、一人離れた。

月震と稲村繁代が、胡乱《うろん》な目でこちらを見ていた。

賀茂禮子に電話をかける。待っていたかのように、すぐに出た。今あったことを報告して、指示を仰ごうと思っていたのだが、賀茂禮子の方が、息せき切って話し出す。

「たいへんなことになりました。まさかとは思っていたのですが、完全に予想外の事態です。このままだと、早々と勝負が決してしまうかもしれません」

「どうしたんですか？　わかるように言ってください！」

亮太は、思わず大声で叫んでいた。

「日震が動き始めました。現れるとすれば、福生寺だろうと思い込んでいました。どうやら、わたしの見通しが、甘かったようです」

何を言いたいのか、さっぱりわからない。

「だから、いったい、どういうことですか？」

「日震が、そちらに向かっています。車に乗っているとしても、あり得ないような速度です。どんなときも、けっして表には立たなかったはずなのですが、今回は、自らの手を汚してでも決着を付けるつもりでしょう」

亮太は、息を呑んだ。

「俺は、どうすればいいんでしょうか？」

「絶対に、屋敷内に入れてはいけません。いったん入り込まれてしまったら、もはや打つ手はありません」

そんな、無茶苦茶な……。勘弁してくれ！　いったい、どうすればいいと言うんだ？

「亮太さん。すべては、あなたにかかっているのです」

賀茂禮子の声は、死刑宣告のように無情に響いた。

「福森家の末裔《まつえい》――福森弾正の子孫である、あなたの手立てに。それが無効に終わった場合、今そこにいる人々は、誰一人、生き延びることはできないでしょう」

やめてくれ！　俺には、そんな重い責任は負えないって。

「いいですか。今が、正念場です」

賀茂禮子の声は、悪魔のように冷酷に響いた。

「考えるのです。真に致命的な魔の侵入を阻むために、いったい、何をすればいいのかを」

SCENE4

昔から、ピンチに強い人間のつもりでいた。ふだんは頼りなく見えても、いざとなったら、隠していた牙《きば》を剝き、実力を発揮する男なのだと。

鈍感力には定評があるから、少々のプレッシャーだったら、ヘラヘラして切り抜けられる。ギリギリの状況に追い詰められても、開き直って、ベストを尽くせるはずだと自負してきた。だからこそ、有名大学から有名企業へという出世コースから、早々とドロップアウトしても、人生一発逆転が可能だという、何の根拠もない楽観にすがって生きてこられたのだ。

しかし、これは、あんまりだ。無理ゲーにも程がある。

敵は、人間かどうかもわからないと賀茂禮子に言わしめたほど、強大な霊能者である。こちらは、賀茂禮子に電話で指示を仰いでいるとはいえ、生齧《なまかじ》りのオカルトの知識しかない底辺ユーチューバーで、フィジカルな戦闘力では、マルチーズよりちょっと上くらいだろう。いったい何を武器に、そんな化け物と渡り合えばいいのか。

亮太は、廊下を歩きながら、溜め息をつく。

問題は、祖母が月震に取り込まれたままであることだった。月震から、師匠の日震が助けに来たと言われれば、喜んで迎え入れてしまうことだろう。

では、まず祖母を説得すべきか。いや、それは難しいだろう。少なくとも、この急場には、とても間に合いそうもない。

だからといって、屋敷の外に打って出て、直接対決したとしても、秒殺されるだけだろう。そもそも、相手が、どこから来るのかもわからないし。

いや、待てよと、亮太は思い直す。

いくら化け物じみた相手でも、まさか空を飛んでくるわけではないはずだ。冷静に考えると、屋敷に入る方法は、限られている。賀茂禮子の言葉を思い出した。


「日震は、己の存在を世間に知られることを、何よりも恐れています。そのために、めったに人前に姿を現さないのですが……」


だとすると、マスコミ関係者が張り込んでいる車用の門や正面玄関から入ってくることは、考えにくいだろう。カメラの放列からいっせいにフラッシュを浴び、写真を撮られる事態は、絶対に避けたいはずだ。ここへ来たときに乗っていたワゴン車のように、車のサイドとリアは、スモークフィルムで隠せるが、フロントガラスだけは真っ黒にはできないから、正面から姿を捉《とら》えられてしまう危険性がある。

つまり、可能性の高い入り口は一つ——勝手口だけだから、そこを潰せばいい。

敵が納戸を釘付けにしたやり口を思い出したが、物理的に封鎖するというのはまず無理だ。内側から勝手口のドアが開かないよう工作しても、月震や稲村繁代が、元通りにしてしまうに違いない。そこで開けさせないよう頑張ってみても、祖母が向こうに取り込まれている以上、ボディガードに排除されるのは、俺の方だろう。

だったら、どうすればいいのか。

亮太は、考えあぐねながら、ダイニングに戻った。

「お疲れ様でした」

月震が、ニコニコしながら、亮太に声をかける。

「実は、川原道明住職に代わり、師匠が通夜経を上げさせていただきたいと申しております。今こちらに向かっておりますが、ほどなく到着するでしょう」

まずい。もう、時間はほとんどなさそうだ。しかし、まだ何の手立ても思いついていない。くそ！　わからない。いったい、どうしたらいいんだ？

「たいへん、ありがたいことと存じます。どうぞ、よろしくお願いいたします」

祖母が、合掌した。

「お師匠様は、車でいらっしゃるんでしょうか？」

父が、ビールを飲みながら訊ねる。

「余計なことかもしれませんが、門前はマスコミが固めているようですから、失礼があってはいけないと思いまして」

「お気遣い、どうもありがとうございます」

月震は、丁寧にお辞儀をする。

「世間を騒がすことは師匠の本意ではありませんので、近くまで来たら車を降り、勝手口から入らせてもらおうかと思っております」

やはり、そうか。亮太は、自分の推理が間違っていなかったことを知り、勇気づけられた。勝手口だ。何とかして、あそこさえブロックできれば。

そのとき、天啓のように、アイデアがひらめいた。

「ちょっと、表の様子を見てきます」

亮太は、そう言い捨てると、さっと立ち上がってダイニングを出た。時間がない。もはや、一分一秒たりとも無駄にできなかった。

玄関でスニーカーを履いてから外を見ると、すでに真っ暗で、まだ小雨が降り続いている。ビニール傘を取り、庭に出た。かんぬきを外して勝手口を開けたが、予想通り誰もいない。塀に沿って、正面玄関まで歩く。いた。透明な雨合羽を着た七、八人の男女が、たむろしている。多くはカメラを持っており、一人は肩にビデオカメラを載せていた。

亮太は、一瞬立ち止まったが、すでに一秒を争う状況で、躊躇《ためら》っている余裕はなかった。

「ご苦労様です！　雨の中、たいへんですね」

亮太は、勇を鼓して声をかける。当初は、全員、怪訝《けげん》な様子だったが、亮太の黒いスーツを見て、はっとしたようだった。

「あの、福森家の関係者の方でしょうか？　できましたら、お話を伺いたいんですが」

ミディアムボブの女性が、マイクを片手に歩み寄ってきた。すると、たちまち残りの連中も続き、獲物を狙うハイエナさながらに亮太を半ば包囲する。

「今現在、お屋敷の中は、どういった状況なんでしょうか？」

「ご存じと思いますが、今晩は、五人のお通夜です」

亮太がそう答えると、質問をした女性は、目を見開いて、大げさにうなずいた。

「皆さんに、お願いがあるんです。しめやかに送ってやりたいと思いますので、今日はもう、取材は終わりにしていただけませんか？」

彼らは、目を見合わせた。まさかとは思うが、そうですか、わかりましたと言って引き揚げられたら、元も子もない。

「実は、これから、たいへん大切なお客様がいらっしゃいます。……その、皆さんのことを、かなり気にしておられるので」

興味を惹《ひ》くように、あえて言葉を濁した。

「それは、どういう方なんでしょうか？」

マイクを突きつけている女性は、敬服に値する鈍感さを発揮して質問する。

「お名前は言えませんが、ちょっと、顔が障《さ》す方なものですから」

こう言えば、勝手に有名人だと誤解してくれるだろう。

「おっしゃることはわかりますが、こちらも仕事ですから、引き揚げるわけにはいきません。騒音等については、ご近所に迷惑にならないよう、充分気をつけますが」

エラの張った四角い顔をした男が、亮太のリクエストを撥《は》ね付ける。いいぞ、その意気だ。面の皮の厚さと強心臓で飯を食ってるんだろう。このくらいで、引き下がるなよ。

「そうですか。……しかたがありませんね。でしたら、取材場所は、正面玄関と、車用の門の周辺だけに、限定していただけませんか？」

こちらを見つめている全員の顔が、ポカンとなった。

「と言いますと、他にどこか、差し障りのある場所があるんでしょうか？」

女性が、小狡《こずる》そうな笑みを浮かべて訊《き》く。

「いや、別に、どこというわけじゃないんです。……失礼します」

亮太は、逃げるように、その場を離れる。家に戻るのなら、正面玄関から入るはずである。おかしいと思って、後を追ってきてくれることを期待していた。

勝手口の前に来たとき、チラリと背後を振り返る。思った通りだった。少し距離を置いて、ゾロゾロと付けてきている。

気づかないふりをして、亮太は、勝手口のドアを開けた。

声こそ聞こえないが、記者たちが驚いている気配が伝わってきた。まさか、そんなところに隠し扉があったとは……というところだろう。

亮太は、傘をすぼめて中に入る素振りを見せてから、立ち止まった。そろそろ、ラスボスがやって来る頃合いだろう。

記者たちとは反対の方向へ目をやったとき、その影が見えた。

雨の中で、傘も差さずに立っている。街灯が後ろにあるため逆光だが、シルエットからは、袈裟《けさ》を着た僧侶のようだった。まず目を引くのは、その身長の高さである。控えめに見ても、百九十センチはありそうだ。

これが、日震に違いない。異様な戦慄《せんりつ》とともに、亮太は確信していた。

三十メートル以上の距離があるが、この世のものとも思えないようなオーラを感じていた。どうあがいても、とうてい太刀打ちできる相手ではないだろう。

だが、この瞬間に限っては、こちらには、強力無比な友軍がいる。

亮太は、思いっきり息を吸い込むと、影に向かって大声で呼びかけた。

「すみません！　悪天候の中、ご苦労様です！　どうぞ、こちらから、お入りください！」

影は、ピクリとも動かなかった。

「こちらです！　ここが勝手口です。にっ……失礼しました、和尚様」

はっきりと名前を呼ぶのは、宣戦布告に等しいだろうから、そこまでやる勇気はなかった。しかし、そちらの出方次第ではすべてをぶちまけるぞという、警告のつもりである。

亮太の声を聞いたマスコミの尖兵《せんぺい》たちが、殺到してきた。二、三人が、カメラを構える。

その瞬間、僧形の影は、かき消すようにいなくなってしまった。フラッシュが無人の路上を照らし出したが、隠れる場所もない一本道なのに、どこへ消えたのだろう。

記者たちにも、影は見えていたらしく、不審に思ったようだ。「あれ？　どこへ行った？」などと口走りながら、あたりを捜し回っている。

記者たちの矛先がこちらに向く前にと、亮太は勝手口から中に入り、かんぬきをかけた。

そのとき、少し離れたところに佇む稲村繁代の姿が目に入り、ぎくりと立ち竦む。

「たった今、月晨さんのお師匠さんが来られたようですが、どういうわけか、お帰りになってしまったようなんです」

言い訳しかけて、稲村繁代の表情に気がついた。

なるほど。もはや、お遊びは終わりということらしい。

「ずいぶんと、姑息《こそく》な真似をされますね、亮太さん。それで、勝ったつもりですか？」

稲村繁代は、不気味な薄ら笑いを浮かべながら言う。

「日震様が、いようがいまいが、ここまで来たら、もう結果は同じことなんですよ」

「俺は、そうは思いませんね。まあ、どうなるか、見ててください」

亮太は、稲村繁代のすぐ横を通り過ぎながら、短く言い返す。

これで、勝手口の守備は、マスコミがやってくれる。誰かが見張っている間は、再び日震が現れることはないだろう。

とりあえず、急場はしのぐことができた。

しかし、これから、いよいよ、地獄の通夜を迎えるのだ。

俺は、本当に生き延びることができるのだろうか。

「釋迦牟尼佛《しやかむにぶつ》。初轉法輪《しよてんぽうりん》。度阿若憍陳如《どあにやきようじんによ》。最後説法《さいごせつぽう》。度須跋陀羅《どすばつだら》……」

通夜経を読む月震を見て、亮太は、おやと思った。

どこか様子がおかしい。音吐朗々と枕経を読んでいたときと比べ、あきらかに本調子でないことが、見て取れるのだ。

呼吸も苦しげだし、表情にも余裕がない。何より、声に力が籠《こ》もっていないのだ。

いったい、月震に、何が起きているのだろう。

日震が来られなくなったという言い訳は、かなり苦しいものではあったが、そのことが尾を引いているというのとも違う。

亮太は、月震の右手に目をやり、はっとした。父が応急手当をした後、稲村繁代が消毒し、包帯を巻いていたが、手の甲から手首にかけて、紫色に腫《は》れ上がっているように見えた。

月震は、**河童の木乃伊**を焼き捨てようとしたとき、指に食いつかれていたが、ダメージは、単なる怪我にとどまらなかったのかもしれない。

河童の木乃伊は、ただの呪物というより、得体の知れない妖怪《ようかい》に近い存在だった。これは、希望的観測というよりは、ただの妄想かもしれないが、嚙《か》みついたときに、呪いをかけたか、毒のようなものを注入した可能性はないだろうか。

ここまでは、やられっぱなしだったが、ひょっとすると、あの哀れな呪物が、自らの消滅と引き換えに、一矢報いてくれたのかもしれない……。

奥座敷の通夜経が終わると、祖母と両親、亮太と子供たち、それに二人のボディガードは、ダイニングに戻った。

「今から、朝まで寝ずの番か。若い頃だったら、徹マンも上等だったけど、この年になると、さすがに厳しいかな」

ビールから、お気に入りの日本酒に切り替えた父が、早くも一杯機嫌でつぶやく。

「ちょっと。もう、飲み過ぎじゃないの？　まだ、お通夜は始まったばかりなのよ？」

母がたしなめても、父は、どこ吹く風である。

「何を言ってるんだ。これは、大いなる悲劇だ。一族から、一気に五人も失ったんだからな。酒でも吞まなきゃ、やってられるか」

父は、おだを上げ始めた。

「まあまあまあ……おっとっとっと」

亮太は、父のグラスに、なみなみと酒を注ぐ。敵はどうせ、闘っても勝てる相手ではない。

父には、泥酔しておとなしくなってもらった方が、いいかもしれない。

「ちょっと、亮ちゃん！　あんまり、お父さんに呑ませすぎないで」

母が、小声で苦言を呈す。

「だいじょうぶだよ。お父さん、肝機能の数値がいいって自慢してたじゃん」

「肝機能にかけては、俺はサイボーグ並みだからな。アルコール分解工場と言われてる」

父が、にんまりとして、グラスを口に付けた。

「でも、ほら、お線香を点けに行ったりとか、しなきゃいけないでしょう？」

「いいよ。その辺のことは、全部俺がやるから」

亮太は、母を安心させるように微笑んだ。

「そうかあ。亮は、本当に成長したな。これで一安心だ。後は宅建だな。時代は、不動産だ。不動産を制するものはな、日本経済を制するんだよ」

亮太の認識とはかけ離れた意見だったが、父は、すっかりご満悦の態だった。

「それでね、亮太。悪いんだけどね、そろそろ」

祖母が、心底申し訳なさそうな顔で言った。特注品だという線香に火を着けてから、もう、五十分に近づいているらしい。

「うん、行ってくる」

亮太は、その場にいる全員から感謝のまなざしを受けながら、立ち上がった。

皆の視線がそれてから、目立たないように食器棚の横の隙間からトートバッグを取り出す。

ここからが、いよいよ本当の闘いになる。

福森家を根絶やしにされて、たまるものかと思う。たしかに、先祖は色々とやり過ぎたかもしれないが、戦国時代にまで遡《さかのぼ》れば、おそらく誰の先祖だって悪行三昧《ざんまい》だろう。大事なのは、今現在であり、将来なのだ。

廊下に出ると、そこは、すでに狂気の世界と化していた。

壁を覆っている白幕が、不自然に震えて、浮き上がったり、ピッタリと壁に張り付いたりを繰り返している。隙間風もなく、とても、まっとうな物理現象とは思えない。

天井のあたりから、ブツブツつぶやく呪詛《じゅそ》や、不気味な笑い声が聞こえてくる。あきらかに幻聴ではない。ここでは、怪異が常態に取って代わりつつある。呪物の力が強くなりすぎて、魑魅魍魎《ちみもうりょう》が人をなめ始めているのだ。ほどなく好き勝手に跳梁跋扈《ちょうりょうばっこ》し出し、この屋敷は完全な無秩序状態に陥ってしまうことだろう。

だとしても、今は、雑魚《ざこ》にかかずらっている余裕はなかった。

鬘姫の怨霊の召喚と、福森家の根絶という陰謀を防ぐことだけが、目下の至上命題なのだ。後のことは、今から心配してもしかたがない。

お化け屋敷のようにザワザワと蠢く廊下を過ぎて、田の字型の四部屋と奥座敷に挟まれた、最も忌まわしい一帯に到達する。

まずは、左手前にある、中の間からだ。亮太は、大きく息を吸い込むと、白幕をめくって、中に入った。

SCENE5

広い和室は、ひっそりと闇の中に沈み込んでいた。

虎雄さんの遺体は、あくまでも死人らしく、静かに横たわっている。

月震は、どうやら、廊下を挟んで向かい側の奥座敷で、読経しているようだった。

今のうちに、どうしても、やっておかなければならないことがあった。勝利するためには、死活的に重要な次の一手だ。

亮太は、不動明王の掛け軸の隣に掛かっている、達磨図に、慎重に手を掛けた。

それは、よくある達磨図のように見えた。掛け軸の本紙いっぱいに達磨の顔が描かれているだけのシンプルな構図である。

だが、その迫力は、今見ても、異常と言うよりなかった。

かっと見開かれた目は上転し、瞳《ひとみ》が天を睨んでいる。真一文字に引き結ばれた口は、憤怒《ふんぬ》に歯嚙みしているように見えた。

また、背景には、意味のわからない斜めの線が二本描かれている。

この絵の正体が何なのか、パトカーの中で、初めて聞かされたときの衝撃を思い出した。


「じゃあ、あれは?」

「もちろん、達磨図などではありません」

賀茂禮子の声が、耳朶によみがえる。

「一言で説明するなら、福森弾正が、お抱え絵師だった松下弥兵衛に描かせた、山崎崇春公の生首の模写なのです」

もはや、悪趣味などというものではなかった。とても、自分の先祖がやったこと——いや、人間の所業とも思えない。

「それは……何のためにですか?」

「何のため? 現代の人間には想像するのも難しいことですが、仕留めた獲物をトロフィーにするような心境でしょうか」

あり得ない発想に、ますます啞然とさせられた。

「松下弥兵衛は、繊細な性格だったようです。そのため、世にも恐ろしい仕事を強要されて、精神の平衡を失ってしまい、ついに引退を余儀なくされたようです。松下家の福森家に対する遺恨の原点は、ここにあったのです」

恨みの形相凄《すさ》まじい首を観察して、絵を描くというのは、たいへんな苦行だっただろう。

「でも、あの絵は、どこから見ても、達磨図のようでしたが」

「福森弾正は、最初から、達磨になぞらえて描くようにと指示したのです。頭頂部の髪がない顔のアップなので、似せるのは、けっして難しいことではありませんでした。……おそらく、どうだ、達磨のように手も足も出ないだろうと、心底恐れていた主君を嘲弄《ちょうろう》するような意図もあったのでしょう」

賀茂禮子は、達磨図の、ギョロリとした大きな目を指さした。

「ちなみに、首実検の際には、首の目玉がどちらを向いているかで、吉凶を占ったようです。右を向いている右眼は吉、左眼は凶などと言われますが、あの絵では、眼球が上転しており、目玉は天を向いています。これは天眼と呼ばれ、叛心勃々《はんしんぼつぼつ》である証《あかし》で大凶とされています」

賀茂禮子は、信じられないことに、ここで笑みを漏らした。

「ところが、本物の達磨図でも、大半の場合、なぜか眼球は天を向いています。そのために、討ち取られた首の絵はなおさら達磨図そっくりに見え、真相など知るよしもない子孫により、達磨図として後世に語り伝えられることになったのです。……ただし、松下弥兵衛は、これが本当は達磨図などではないことを暗示するため、わずかな描き足しをしていました」

賀茂禮子は、絵の背景にあった、意味のわからない二本の線に言及する。

「あれは、生首が載っていた、傍折敷を示す線なのです」

とても、信じられなかった。まさか、それほどまでに忌まわしい絵を、先祖代々家宝として有り難がっていたとは。

「前にも言いましたが、あそこまで不吉な絵は、わたしは、見たことがありません。たぶん、日本に二つとないことでしょう。あの絵は、強烈なマイナスの心的エネルギーの坩堝《るつぼ》となっています。松下弥兵衛の天才的な画技によって写し取られた山崎崇春公の怨念が、弥兵衛自身の怒りと恐怖によって、とめどなく増幅されているようです」

パトカーを運転する真島刑事と、助手席にいる波多野刑事は、もはや、一言も発しようとはしなかった。

「だからこそ、あの幽霊画とも拮抗《きっこう》するだけの霊力があるのでしょう。あの絵は、さかさ星の一角を担うだけの、恐ろしい呪物なのです」


亮太は、トートバッグの中から、達磨図のレプリカを取り出した。床の間の達磨図を外して巻き取ると、紐《ひも》を結んでトートバッグに入れ、レプリカを床の間に掛けた。

とりあえず、これで、さかさ星の一角を崩し、敵の呪いを無効にできるはずだ。

ほっとしかけたが、まだ、やることは終わっていなかった。まず、ここへ来た本来の役目を全うしなくてはならない。

亮太は、虎雄さんの遺体の方に向き直った。

すでに枕飾りは撤収されており、新たに通夜と葬儀のための立派な祭壇が設えられていた。最下段には、赤々と炎を上げる特大の和蠟燭と、火の付いた線香の立てられた香炉、それに、お鈴が置かれている。線香は、すでに、かなり短くなっていた。

亮太は、琅玕の数珠を左手に巻いて合掌して、『奇楠沈香《きなんじんこう》』と書かれた箱から新しい線香を一本取り、蠟燭の火を移して香炉に立てる。以前の線香は、手で煽《あお》いで消した。蠟燭や線香は故人の道標《みちしるべ》になるため、多すぎてかえって迷わせないように、どちらも一本ずつにするというルールがあるのだ。

最高級の伽羅《きゃら》の線香は、甘くえもいわれぬ香りを放った。

香食《こうじき》といって、故人が冥土《めいど》へ長い旅をする間の唯一の食べ物は線香の香りで、お通夜では、故人が空腹で辛い思いをしないように、線香の火を点《とも》し続けるのだという。より実用的には、屍臭《ししゅう》を消す効果もあるのだろう。

次は、どの遺体が悪霊のターゲットであるのかを調べなければならないが、迅速に行動する必要がある。グズグズしていると、五箇所目には、線香に火を着けるのが間に合わないという事態になりかねない。ふつうの通夜なら、一時的に線香が消えても何の問題もないだろうが、今晩、この屋敷においては、どんな恐ろしい障りがあるかわからないのだ。

……焼香のときは、不動明王の掛け軸が気になったが、達磨図をすり替えるときに見ると、まったくオーラのようなものが感じられなかった。たぶん印刷されたものだろう。そもそも、いくら福森家でも、不動明王の掛け軸が五幅もあったとは思えないから、葬儀社が持ち込んだものに違いない。

だとすると、怪しいのは、やはり、逆さ屏風の方だろう。

亮太は、漢詩の書かれた四曲一隻の屏風に近寄り、スマホで何枚か写真を撮る。それから、スマホアプリを使って画像検索すると、端正な書体だったので文字として認識できたらしく、すぐに漢詩の正体が判明した。

それは、李賀《りが》という唐代の詩人の、『秋来』という詩だった。

桐風驚心壮士苦
衰燈絡緯啼寒素
誰看青簡一編書
不遣花蟲粉空蠹
思牽今夜腸應直
雨冷香魂弔書客

桐風心を驚かし　壮士苦しむ
衰灯　絡緯　寒素に啼く
誰か看ん　青簡一編の書
花虫をして　粉《こな》として空しく蠹《むしば》ましめず
思いに牽かれ　今夜　腸応に直なるべし
雨は冷ややかにして　香魂　書客を弔う

秋墳鬼唱鮑家詩　秋墳　鬼は唱う　鮑家の詩
恨血千年土中碧　恨血千年　土中の碧

中国にはよくある、自らの不遇をかこつ詩のようだが、気になるのは、最後の二行だった。

「秋墳」とは秋の墓という意味だが、自分の墓のことだろう。「鬼」は、中国語においては幽霊のことで、自身の恨みの籠もった血は、千年のうちに碧玉《へきぎょく》へと変わると詠《うた》っている。

何となく不穏なイメージは伝わってくるが、しかし、それがただちにクロであるとの心証に結びつくかと言えば、微妙だろう。

亮太は、時計を見た。いかん。思った以上に時間を使ってしまった。

トートバッグを持って、次の間に移ろうとしたとき、ギョッとするものが視界に入った。

虎雄さんの遺体だ。かすかに、胸が上下しているように見える。

亮太は、呼吸を乱して、後ずさった。

さらに、布団の周囲にも異変があった。うっすらと霧のようなものが立ちこめているのだ。

すぐに、それがドライアイスの煙であることに気がつく。だが、水に浸《つ》けでもしなければ、こんなに煙が出ることはないはずだ。

気になって、この場にとどまろうかと思いかけたが、賀茂禮子から聞いた話が頭をよぎる。

おそらくは、魂魄の『魄』が、悪霊の接近に反応しているだけだろう。

こちらは、徒《いたずら》に惑わされることなく、予定をこなしていくしかない。

それから、虎雄さんの胸の上に置かれた、全長五十センチほどの守り刀に目をやった。

黒《くろ》蠟《ろ》色塗《いろぬり》の鞘、黒の菱巻の柄《つか》は、江戸の幕臣のスタンダードである。ありふれた拵えだが、
亮太には、どうしても、ただの平凡な脇差しとは思えなかった。抜けば玉散る氷の刃という、昔の弁士の決めゼリフを思い出す。この守り刀には、何か尋常ならざる力が宿っているという

気がしてならないのだ。

気がつくと、亮太は、守り刀に触れようと、震える手を伸ばしていた。

指先が触れた瞬間、感電したようなショックに見舞われる。

だが、それは、市松人形に触れたときに感じたような激痛とは、はっきりと一線を画していた。

何か途轍もなく巨大な力に触れ、それが自分の中に流れ込んできたような感覚だろうか。

鞘を払って、刀身の輝きをこの目でたしかめたいが、思いとどまった。

これは、紛れもない呪物だと直感したからである。守り刀には、本来、魔を遠ざける力が備わっているらしいが、それ以上に、この刀は、想像を絶するようなエネルギーを秘めている。

残念ながら、賀茂禮子はいないので、どういう来歴の刀なのかは知るよしもないが。

北側の襖を開けて、亮太は、次の間に入った。

遥子さんの遺体に一礼して、祭壇で新しい線香に蠟燭の火を着ける。

ここでは、部屋の隅の、朱漆塗水牛角兜と黒糸威《くろいとおどし》朱桶側五枚胴具足が、圧倒的な存在感で迫ってくる。

すでに、達磨図をレプリカとすり替えているので、そんなことをする必要はないだろうが、万が一、この鎧兜を処分しなければならなくなったら、持ち出すにしろ、焼き捨てるにせよ、たいへんな作業になるだろう。

それから、すぐに、逆さ屏風に向かう。

こちらも、中の間と同じく、四曲一隻の屏風が逆さに立てられている。錆びた色の金地に、繊細なタッチで白菊が何本か描かれていた。

今回も、画像検索をしてみる。葛飾北斎《かつしかほくさい》の娘である応為《おうい》の描いた『菊図』に似てはいるが、まったくの別人の作のようだ。

署名と落款を見ると、かろうじて『松下秋蛍《しゅうけい》』と読むことができた。してみると、これも、松下家が輩出した絵師の作品なのか。何かと因縁のある家系であり、しかも、この絵自体が、呪物だという感触があった。また、何となく、この絵師は女性ではないかという直感が働く。

だが、それ以上の情報は得られそうになかったため、東側の仏間へと移動しようとした。

足下を、白い煙が流れているのに気づく。中の間と同様に、遺体を冷やすドライアイスに、やはり何らかの異常が生じているらしい。

遥子さんの遺体に目をやった瞬間、あり得ない光景に、全身にゾッと鳥肌が立った。

何かを求めるように、宙に向かって右手を伸ばしている。

ふつうのお通夜ならば、死んだと思われていた人が蘇生《そせい》したことになり、ただちに救急車を呼ばなければならない。しかし、すでに死後八日間も経過し、エンバーミングの処置も受けているのである。金輪際、生き返るはずがない。

これは、悪霊の接近による、磁場のようなものの影響に過ぎない。台風が近づいたことで、古傷が痛み出すようなものだろう。そう考えて、見て見ぬふりを続ける以外になかった。

赤漆塗りの守り刀に目を転じる。中の間にあった黒い守り刀と同様、脇差しのように長く、うっすらと霊験のようなオーラが感じられる。だが、あれほどの強烈なエネルギーは感じられなかった。この刀は、いったいどこまで、怨霊の憑依を食い止めてくれるだろうか。

東側の襖を開けて、仏間に入った。

今までの部屋も恐ろしかったが、ここは、やはり別格かもしれない。

湯灌の際に見た大伯母さんの顔は、面通しのときと比べると、ずっと穏やかなものだった。だが、今は、とても、まじまじと見る気にはなれなかった。どうしても、あの恐ろしい形相が頭に浮かんでしまうからである。

仏間の東北――鬼門に当たる位置には、扉を閉ざされた仏壇が鎮座している。あの中には、くだんの髑髏杯が収められ、虚《うつ》ろな眼窩《がんか》で、今もこちらを睨《ね》め付けているのだろう。

こちらもまた、必要に迫られたとしても、処分することはかなり難しいだろう。そもそも、仏壇の扉を開くこと自体、リスクが高すぎるし。

仏壇から視線を外したときに、一瞬、大伯母さんの姿が視界をよぎり、何か大きな違和感を覚えた。見たくない……。強くそう思ったが、通り過ぎた視線を、ゆっくりと元に戻す。

大伯母さんの顔は、濡《ぬ》れ光っていた。溢れる涙が目尻から頰を伝い、枕をしとどに濡らしているのだ。

亮太は、愕然としていた。これも本当に、無意味で機械的な反応に過ぎないのだろうか。遺体が数滴の涙をこぼすという話は、YouTubeで見たことがある。だが、ここまでの大量の涙は、あり得ない。そもそも、これは涙なのか。エンバーミングで注入されたらしい、ホルマリンの刺激臭が鼻を突いた。

しかし、それでもなお、大伯母さんは、泣いているとしか思えなかった。

あの晩、山崎崇春公の怨霊に憑依され、自らの家族を手に掛けたことへの慚愧《ざんき》の念からか。それとも、今晩、福森家の人間を待ち受ける運命を予見してだろうか。

いや、待て。冷静になれ。過度の思い入れは禁物だ。亮太は、危ういところで我に返った。感情的になりすぎると判断を過つ。今はただ、機械のように、淡々とやるべきことをこなしていくしかない。

新しい線香に火を着けてから、逆さ屛風をチェックし、何枚か写真を撮った。

赤い曼珠沙華の絵は、ごく間近で見ると、禍々《まがまが》しい雰囲気がさらにアップするようだった。点描のような独特のタッチも、メルヘンチックとは程遠く、ただ不気味さを醸し出す効果しか生んでいない。ネット上に似たような絵はいくつかあったが、特に参考になるようなものは、発見できなかった。

赤い曼珠沙華の花言葉を検索したが、「情熱」、「独立」、「再会」、「悲しい思い出」であり、不吉な意味合いのものは見当たらなかった。それに、冷静に考えてみると、鬘姫が花言葉など知っていたはずもないし。

守り刀を見る。総じて、次の間の赤い守り刀と似た印象だった。白い斑点が浮き出している灰色の鮫皮は美しく、迫力も満点だった。代々福森家の故人を守り続けてきた、威厳と霊気が感じられる。それでも、あの黒い守り刀には遠く及ばないという気がしていたが。

ここまでは、まだ何一つ決定的な証拠は摑めていない。かなり焦りの気持ちが出てきたが、南側の襖を開けると、そっと居間に入る。

麻衣子さんの遺体は、見た瞬間から、不穏な雰囲気をまとっていた。

静かに、微動だにせず天井を仰いでいる。だが、そこには最初から不自然な部分があった。まるで下手な死体専門の役者が、息を止めて身体を硬直させているような。

亮太は、そっと、麻衣子さんの顔を覗き込んだ。湯灌で、ギョロリと目玉を動かしたときの衝撃が頭をよぎる。

麻衣子さんの目が、静かに亮太を見返した。

恐怖に頭が真っ白になったが、亮太は、目をそらすこともできないでいた。

麻衣子さんの目は少し濁っていたが、周囲がどす黒く変色した虹彩は、かえってはっきりとわかる。それが、上下に激しく振戦《しんせん》し出した。

やがて、両目が、カメレオンのように、左右別々の動きをし始める。上下左右に動いたり、グルグルと回ったりと、まるで壊れた玩具《おもちゃ》のように。

何なんだよ、これ。ふざけてるのか……。

あまりの非現実感から、ひどい乗り物酔いにかかったような吐き気に襲われる。

亮太は、口を押さえながら、顔を背けた。

大伯母さんが流した涙とは違い、これこそ、完全にランダムで、無意味な反応に過ぎない。しかし、ここまでに見た誰よりも、奇怪でグロテスクな反応は、何を意味するのだろうか。もしかすると、すでに憑依のプロセスが始まっているのではという、不安すら湧いてきた。急がねばならない。

とりあえず、祭壇で新しい線香に火を着けると、床の間の首桶を見る。

世にも恐ろしい呪物だが、サイズはそれほどないし、叩き壊したり、燃やしたりするのも、それほど難しくはないだろう。こちらとしては、格好のターゲットかもしれない。

そう考えたときに、ふと、疑問が湧いた。納戸を封印したり、邪魔な呪物を始末したりと、向こうは、計画的に、着々と準備を整えていたはずだ。それなのに、最も重要なはずの五つの呪物については、無防備なまま放り出しているように見えるのは、なぜだろう。

今でも、こちらは、首桶を自由に破壊することができる。それによって、祟りを受けるかもしれないが、少なくとも、さかさ星は崩れ、鬘姫の怨霊を憑依させるという向こうの計画は、水泡に帰すかもしれないのに……。

次は、逆さ屛風の番だった。

五つの部屋で水墨画はこれだけだったが、あらためて見ても名品、いや神品だと感じた。大木が霧にかすんでいる様子は、墨の濃淡ならではの表現で、モノクロの写真を思わせる。季節は秋か冬らしく、枝の葉はほとんど落葉しているが、鳥の巣か杉玉を思わせる丸い葉叢がアクセントになっていた。

この木は、いったい何だろう。亮太は、画像検索をしてみた。ピッタリと当て嵌まるものはなかったが、色々見ていくうちに、どうやら榎《えのき》であるらしいことがわかる。

榎は縁起のよい木の象徴で、「嘉樹《ヨノキ》」が転じて「エノキ」となったらしいが、それ以外に、「餌《え》の木」や「枝《え》の木」、「縁《えん》の木」などの諸説があるらしい。

屏風絵の左下（逆さになっているので、右上だが）を見ると、署名と落款があった。これも画像検索して、どうやら「松下秋蟬《しゅうせん》」と書かれているらしいことがわかる。

またもや、松下家だった。この絵師も、福森家と何か因縁があったのだろうか。

最後に、守り刀をチェックする。

今までの部屋の守り刀は、どれも脇差し並みの刃渡りがあったが、今度は、三十センチ以下であり、短刀――あるいは、さらに小さな懐剣というサイズだった。

鍔のない合口拵えで、鞘は梨地塗り、福森家の家紋「菱に丸」が金で描かれている。

亮太は、目を閉じて、守り刀から発散されるエネルギーを感じ取ろうとした。

……これまでに見た三つの守り刀と比べると、若干迫力不足のような気がする。とはいえ、この懐剣も、主《あるじ》の遺体を守ろうとする強い使命感は感じさせた。

いかん。思っていた以上に、時間を取ってしまった。

亮太は、白幕をくぐって廊下に出ると、南側の奥座敷に入った。

少し前までは、読経の声が聞こえていたので、月震がいるのではないかと予想していたが、広い座敷は完全に無人だった。護摩壇の火も、消えてはいないが小さくなっている。

線香に火を着けると、まず最初に、美沙子さんの遺体に目をやる。相変わらず、うっすらと笑みを湛《たた》えているかのようだった。

ドライアイスの煙は、ここでも、ますますもうもうと広がって、畳が見えないほどである。

美沙子さんが安置されている布団も、雲海に浮かんでいるように見えた。

亮太は、視線を、南側の超特大の床の間にある傍折敷に転じた。

そのとき、背後から、奇妙な音声が聞こえてきた。

「aguagua……pshuuu……eguaguagua……psssssss」

まるで、零歳児の喃語《なんご》のように無意味な、しかし明確なパターンと意図を持って発せられた音声である。しかも、それは、大人の声帯と唇からでなくては生まれない、強く複雑な響きを伴っていた。

亮太は、振り返った瞬間、全身に粟《あわ》を生じた。

美沙子さんの唇が動いている。相変わらず、目は閉じたままだった。しかし、唇を開いたり閉じたりしながら、はっきりと言葉を発しているのだ。

発音そのものには、何の意味もないかもしれない。だが、赤ん坊を模した行動というのは、憑依により新たな生を与えられるという意味があるのではないだろうか。

では、やはり、本命は彼女だったのか。

亮太が、そうではないかと思った理由は、二つあった。

第一に、美沙子さんの遺体が安置されているのが、この奥座敷であるという点である。

もちろん、美沙子さんが奥座敷で亡くなったのは、ただの偶然だが、護摩壇を焚いて読経する間、美沙子さんを見守れるというのは、敵にとって、少なからぬメリットになるはずだ。

もっとも、どういうわけか今、月震は不在だが。

もう一つ、最初から注目していたのは、彼女の豊かな黒髪である。

鬘姫の髪は、ひどい逆髪だったようだが、無数の髢を付けて誤魔化し、長すぎる大垂髪《おおすべらかし》を揺らしながら、しずしずと歩く様子は、家中では、陰口と嘲笑の的だったらしい。

鬘姫は、内心では美沙子さんのような真っ直ぐで美しい黒髪を渇望していたのではないか。

そうだとしたら、これ以上魅力的な依り代はないし、わかりやすい目印にもなるだろう。

一応、容疑者の目星は付いた。次は、証拠を見つけなくてはならない。

亮太は、逆さ屛風に向かう。

青紫色と白色の花が描かれた、桔梗図だ。桔梗について、ネットで検索してみる。

……特に不吉なイメージはないようだ。ピンクの桔梗には「薄幸」という花言葉があるが、この絵に描かれているのは、青紫色と白の桔梗だけだし。

唯一気になったのは、桔梗は武士階級に好まれたらしく、桔梗紋なる家紋が存在しており、明智《あけち》光秀《みつひで》の家紋が桔梗紋だったために、「裏切り者の家紋」と呼ばれていたという記述だが、今回、それが大きな意味を持つとは思えなかった。

だとすると、逆さ屛風には、最初から何の意味もなかったのかもしれない。

念のため、落款と署名を調べてみると、この絵もまた、「松下秋蟬」であることがわかった。秋の蟬とは、いかにも物悲しいが、福森家との間に何があったのかは、とても調べている暇はないだろう。

守り刀を見ると、麻衣子さんの守り刀と同様、鍔のない合口拵えの短刀で、赤漆塗りの地に鶴の金蒔絵が描かれている。麻衣子さんの梨地の守り刀と同様に、華やいだ雰囲気からして、本来は婚礼用だったという想像は当たっているのではないか。

悪霊を遠ざけるパワーにおいても、最初の三本——特に黒い守り刀と比べると、一歩を譲る可能性が高いと思う。

亮太は、奥座敷から廊下に出た。ふと、背後に気配を感じて振り返ったが、誰の姿もない。だが、意識を集中すると、廊下の突き当たりの角で、稲村繁代が息を潜めているのを感じる。我ながら、異常なまでに五感が研ぎ澄まされているようだった。

稲村繁代は、五つの部屋の様子を確認するつもりだろうが、達磨図をレプリカと入れ替えたことには、気づかないはずだ。

廊下を歩いて、五つの部屋から遠ざかったとたんに、どこからともなく生ぬるい風が吹いてきたり、木が割れるような音が響いたりした。傍若無人な魑魅魍魎どもも、あの一角にだけは、怖れて近づかないのかもしれない。

そのまま廊下を西に進み、車用の門に近い玄関から庭に出る。

これからやることには、危険を伴う。そのことは、覚悟の上だった。

雨は、かなり小降りになっていた。

広大な庭の中央に、地鎮祭のように四本の斎竹《いみだけ》が立てられ、注連縄《しめなわ》が張り巡らされている。その中には、立派な護摩壇のようなものが設えられていた。

おそらく、本来は庭で護摩を焚く予定だったのが、悪天候で断念したのだろう。

庭の要所要所では、透明な合羽を着た警備員が、刺股や警戒杖を手に警戒に当たっている。

亮太は、彼らに黙礼して、玄関の外に設置された大きな篝火の台に近づいた。雨除けは付いているものの、これ以上雨が強くなれば、篝火も消えてしまうかもしれない。

深呼吸すると、トートバッグの中から、巻かれたままの達磨図を取り出す。

呪物を、正しい手順に則ったお焚き上げ以外で処分するのは、危険が伴うとわかっていた。月震でさえも、河童の木乃伊に手を咬《か》まれて深刻なダメージを負ったようなのだから。

とはいえ、行灯《あんどん》や天尾筆はほとんど有効な反撃ができなかったところを見ると、危険度は、呪物それぞれの個性によるところも大きいのではないか。

最も激烈な反応を見せたのは、あの幽霊画だった。自らを焼こうとした樋口刑事に対して、達磨図を身代わりに差し出し、最後は自殺に追い込んでしまった。それで恐れをなしたのか、月震も、幽霊画そのものを焼こうとはしなかったくらいである。

一方で、この達磨図は、それとは好対照であり、ほとんど抵抗らしい抵抗は見せていない。身代わりにされるがまま、甘んじて火を点けられるままだった。なまじ達磨に似せたために、受け身なたちとなり、反応するまでに時間がかかるのかもしれない。

だったら、後日深刻な災いが降りかかることは覚悟の上で、今ここで、その致命的な弱点を衝《つ》かせてもらおう。

亮太は、達磨図を、赤々と燃える篝火の中に放り込んだ。

その瞬間、信じられないほど高い火柱が上がり、夜空を焦がす。

野獣のように荒々しく野太い叫び声が、福森家の庭に轟き、屋敷を揺るがした。

「お✶れ……こ✶返報は✶✶✶ずや✶✶✶✶！」と聞こえたが、それから先は、床下で聴いた山崎公の怨霊の叫びと同様に、音割れがひどく聴き取れなかった。

警備員たちは、呆然《ぼうぜん》とした様子で、微動だにせず立ち尽くしている。

山から強い風が吹き下ろし始め、雨脚が強くなってきた。

SCENE6

亮太は、ダイニングに戻って、線香の火を着けてきたことを報告した。全員からねぎらいの言葉を受ける中、母と祖母が、さっきの音は何だったのかと、異口同音に訊ねる。

屋敷に潜む魑魅魍魎が暴れ出したんじゃないかと答えると、一様に不安そうな顔になった。

時計を見ると、午後七時三十分を回ったところだった。

寝ずの番は、始まったばかりである。いろんなことがあったので、まだこんな時刻かという感覚だったが、実は、残された猶予はあまりないのかもしれない。

再び廊下に出ると、賀茂禮子に電話した。すぐに出たが、なぜか、音声が途切れ途切れで、ひどくノイズが多い。それだけならばスピーカーの不具合かもしれないが、音が途中で奇妙に歪《ひず》む現象は、過去に経験したことがないもので、魑魅魍魎のしわざではと疑いたくなる。

亮太が、さっきまでのことを説明すると、賀茂禮子は、少しく沈黙してから訊ねる。

「それで、あなたは、どの遺体が、そうだと思ったのですか？」

「おそらく、美沙子さんではないかと」

理由を説明したが、電話の向こう側で、賀茂禮子が首を傾げている雰囲気が伝わってきた。

「残念ながら、それだけでは、決め手に欠けるような気がします。それより、部屋の設えで、蔓姫へのメッセージと解釈できるものは、ありませんでしたか？　……たとえば、逆さ屛風の画題などですが」

それは考えたが、わからなかったと正直に答える。

「おそらく、そこが最も重要な点でしょう。敵は、あらゆるものにカモフラージュを施すのが得意技のようですが、蔓姫へのメッセージだけは、一目瞭然なものにしなければなりません。それを読み解くことさえできれば、憑依は阻止できます」

それこそ、言うは易くというやつだ。逆さ屛風の実物を検分してから、ずっと考えているのだが、未だにヒントすら見つかっていない。

「じゃあ、今はまだ、守り刀は動かさない方がいいですね？」

単なる確認のつもりだったが、賀茂禮子は、意外な答えを返してきた。

「いいえ、とりあえず、すぐに再配置を行ってください。猶予は、ほとんどありませんから」

「え？　しかし」

「向こうの準備がいつ整うのかは、こちらにはわかりません。もしかしたら、五分後かもしれないのです。だったら、ここは自分の読みを信じて、対策をしっかりと講じておくべきです。今のように、五つの守り刀を分散した状態では、どの遺体も守れていませんから」

だが、俺のプランは、五つの守り刀全部を美沙子さんの遺体の守りに投入するというものだ。もし、その判断が間違っていたら、他の四人の遺体は無防備になって、蔓姫は、いとも易々と憑依を果たしてしまうだろう。

「そんな思い切ったことをしても、本当に、だいじょうぶなんでしょうか？」

「すでに、安全確実に勝利が得られるような状況ではありません。一か八かのギャンブルも、やむを得ないのです」

賀茂禮子の声は、電波のせいか不安定に遠くなったり近くなったりしていたが、いつになく切迫した調子だった。

「わたしには、ずっと気になっていることが、二つあります。一つ目は、向こうが、虎の子の呪物をいっさい守ろうとしていないこと。二つ目は、月震が奥座敷にいなかった理由です」

たしかに、その二点は、亮太も気にはなっていたが。

「間違いなく、あなたが五つの部屋を回った後、向こうも、部屋に異状がないか確認していることでしょう。五つの守り刀を奥座敷に集中させた場合に、向こうがどういう反応をするか、知りたいのです。かりに、それが正解だった場合は、おそらく放置はできないでしょう」

たしかに、それはそうかもしれないが。

「月震の姿が見えない理由については、いくつか考えられます。美沙子さんの遺体が依り代であったとしたら、あらかじめ危険を避けただけかもしれません。または、河童の木乃伊による咬傷が、思った以上に重症で、とても祈禱《きとう》を続けられる状態ではなかったとも考えられます。しかし、ひょっとするとですが、別の事態を危惧して、身を隠した可能性もあります」

「別の事態って、何ですか?」

「あなたから危害を加えられることを、怖れているのかもしれません」

亮太は、あっけにとられた。

「そんなこと、俺が、やるわけないじゃないですか?」

「むろん、そうでしょう。しかし、人は、他者の考えを自らの考えに照らして推し量ります。泥棒は盗まれることを警戒し、人殺しは殺されるのではないかと怖れ、プーチンはNATOに攻め込まれるのではと心配するのです」

それはつまり、いざとなれば、向こうは、俺を標的にするということなのか。

「劣勢を意識した側は、最後の手段として、反則や場外乱闘にまで選択肢を広げかねません。

かりに、こちらが敗色濃厚となっても、月震が祈禱を続けられなくなったら、こちらの勝ちになります。逆に、こちらが優勢になっても、あなたが動けなくなった場合は、向こうの勝利を阻むものは何もなくなるのです」

心にまた、ズッシリと重いストレスが加わるのを感じる。それも、今までとは、まったくの別角度からだった。超自然の呪いから、現実的、物理的な脅威へと。

脳裏に、パラパラと傘を打つ雨の音がよみがえった。そして、アスファルトの上を跳ねる、たくさんの雨粒の映像も。ここへ来る途中で感じた、人生への惜別にも似た思い……。

やめろ。自己暗示で、変なフラグを立てるな。俺は、絶対死なない。こんなところで死んでたまるか。

「亮太さん。あなたが守らなければならないのは、必ずしも五人の遺体だけではありません。その前に、何よりも、あなた自身を守る必要があります。どうか、そのことだけは肝に銘じておいてください」

くそ！　ちくしょう！　マザー・ファッカー！　何で、俺ばっかり、こんな目に。

だが、気を取り直すと、一縷《いちる》の望みを託して賀茂禮子に訊ねる。

「だけど、俺は、達磨図を、さかさ星から取り除いた上に、焼き捨てました。だから、現在、さかさ星は機能していないはずです。その気配は、賀茂さんには伝わってきませんか？」

だが、賀茂禮子の返答は、期待に反して、捉えどころのないものだった。

「たしかに、変化を感じます。質的な変化ですが、量的にも。しかし、それが決定的なものかどうかは、かなり微妙です。……いや、というよりも、これは」

はっきり言ってくれ。どういうことなんだよ？

「残念ながら、脅威はなくなっていません」

賀茂禮子の静かな声は、亮太の儚い望みを、粉々に打ち砕いた。

亮太は、白幕をくぐり、奥座敷に入った。

腕一杯に抱えた守り刀を、美沙子さんの布団の上に載せていく。黒い守り刀。赤い守り刀。灰色の守り刀。梨地の守り刀。そして、元からここにあった、蒔絵の守り刀も。

当初は、すべての守り刀を、美沙子さんの守りに投入する予定だった。ルーレットならば、一点賭《が》けのオールインだ。

だが、賀茂禮子の言葉が、ずっと心に突き刺さっていた。

かりに、遺体をめぐる賭けに勝ったとしても、次の瞬間、稲村繁代に刺殺されてしまえば、すべては水泡に帰す。それに対する備えは必須《ひっす》だろう。

……だったら、俺は、こいつに頼りたい。

亮太は、黒い守り刀を取り上げた。

そのとたん、全身にエネルギーが満ちるような感覚が走って、思わず身震いする。すでに、この刀の正体については、確信に近い思いがあった。

もしかすると、これこそが、本物の穿山丸なのではないか。

いったいどういう経緯から、福森弾正と一心同体だった守り刀が、わざわざ拵えを変えて、ただの短刀に身を窶《やつ》すようになったのか。また、後から福森家に入ってきたはずの朱蛭丸が、どうやって、まんまと穿山丸と入れ替わってしまったのか。わからないことだらけだったが、今は、そんなことを詮索している余裕はなかった。

稲村繁代の朱蛭丸と対抗できるのは、ご先祖様——福森弾正ゆかりの、この刀しかない。

亮太は、美沙子さんの遺体を見下ろす。怨霊に反応して遺体が騒ぐのにも波があるらしく、今は、さいわいにして、おとなしくしているが……。

五つの守り刀で、美沙子さんをガードするつもりだったが、その中で最強の一本を外してしまったら、果たして守り切れるかどうか疑問だった。

ならば、どうすればいいか。

亮太は、左手首に巻いていた琅玕の数珠を外し、美沙子さんの胸の上に置いた。これでも、差し引きの戦力ダウンは否めないから、憑依を完封することまでは難しいだろうが、4+αでかなりの抵抗力を示せるような気がする。

次に、四本の守り刀の鞘を払うと、足下に刃を向けて置く。怨霊が間近に迫っている以上、体裁になどかまっていられない。抜き身で迎え撃つしかないのだ。

さあ、これが、こちらのベットだ。吉と出るか凶と出るかは、ほどなくわかるだろう。

亮太は、奥座敷を出て、左手前にある中の間に入った。

正解の部屋にある怨霊への目印が何なのかは、今もって、まったくわからなかった。だが、残りの部屋の中で一番不安なのは、虎雄さんの遺体が安置されている中の間である。

亮太は、あらためて逆さ屛風の漢詩を眺める。ここに隠された意味は、まだわからないが、不気味なのは、これが唐代の詩だということだった。つまり、戦国時代には、すでに数百年が経過していたことになる。だとすれば、鬘姫の実家か山崎公の城には、漢詩の書かれた屛風か掛け軸の類いがあってもおかしくないだろう。つまり、鬘姫にとってのみ、特別な意味を持つメッセージたり得るのだ。

何となく、鬘姫の依り代だから女性の遺体が怪しいような気がしていたが、考えてみれば、山崎崇春公の怨霊が憑依したのは、大伯母さんだった。ということは、性別は無関係なのか。あるいは、むしろ陰陽が引き合い、逆になる傾向もあるのかもしれない。

そう考えると、鬘姫が宿って一番恐ろしいのは、虎雄さんではないかという気がしてきた。もともと大柄で体力があり、かなりの武闘派だったんだし。

だが、現状では、美沙子さんに、すべてのリソースを割り当てているのだから、虎雄さんの遺体を守ることはできない。せめて一本か二本、守り刀を移そうかとも思ったが、これ以上、美沙子さんの守りを手薄にすることはできなかった。

あえて危険には目をつぶって、勝負に行くべきか。いや、待て。そんなに簡単に諦めるな。何か別の方法で、カバーできないだろうか。

……『呪物の論理』を考えることが肝要です。亮太は、賀茂禮子のアドバイスを思い出す。

屋敷内に溢れる呪物を使うしかないかもしれない。

それでは、鬘姫が虎雄さんに憑依するのを妨げてくれるような呪物が、はたしてこの屋敷に存在するのだろうか。

しばらく考えるうちに、はっとひらめいた。男女の結びつきを何よりも厭《えん》悪《お》する呪物があることに気がついたのだ。

亮太は、中の間を出ると、急ぎ足に正面玄関へと向かった。

四角いガラスケースの中で、ずんぐりした土器が、柔らかいディスプレイライトで照らされている。

鴛鴦《えんおう》飾り蓋《ぶた》付須恵器壺《つぼ》だった。

亮太は、ガラスケースの蓋を開けて、須恵器の壺を取り出した。

こいつなら、鬘姫と虎雄さんの合一を邪魔してくれるかもしれない。

中の間にとって返すと、虎雄さんの布団のそばに須恵器の壺を置いた。だが、これではまだ不充分だという気がした。

続いて頭の中に浮かんだ考えに、我ながら唖然とする。

俺は、いったい、どうなってしまったんだ?

だが、ためらっている場合ではない。やるよりないのだ。おかしくなったのは俺じゃない。この状況すべて——全世界なのだから。

亮太は、黒い守り刀——穿山丸を取り出して、鞘から抜くと、左腕にあてがう。それから、そっと刃を引いた。

正気の人生よ、さようなら。泡立つ暗褐色の液体を眺めながら、亮太は思った。

俺は、とうとう、狂気の支配する世界へと足を踏み入れてしまった。

たらたらと滴る血を、須恵器の壺で受ける。

……美味《うま》いだろう。たっぷり飲め。もうすぐ、この男の許《もと》へ女がやって来るかもしれない。二人が一つになるなんて、絶対許せないだろう？　男と女は、やっぱり、憎み合わなきゃな。おまえたち夫婦みたいに。

左腕の傷口にハンカチをあてがい、黒いネクタイを外してきつく縛る。そんなに深く切ったつもりはなかったが、ジンジンと痛みが襲ってきた。

穿山丸の刃をズボンで拭《ぬぐ》う。そこまで意図したわけではないが、穿山丸もまた、血を吸ってエネルギーをチャージしたかのように、ギラギラとした輝きを増していた。

鞘に収めた穿山丸を、ズボンの後ろ側に挿した。

そろそろ、ダイニングに戻った方がいいだろう。あまり長い間帰らないと、心配して捜しに来るかもしれない。

それにしてもと、床の間の達磨図のレプリカを見る。

さかさ星は消したはずなのに、なぜ、未だ脅威は去っていないのか。

タイムリミットは迫りつつある。その前に、どの遺体が狙われているのかわかればいいが、もしかしたら、このまま手をこまねいていて、手遅れになる前に、さっさと残り四つの呪物も始末した方がいいのかもしれないと思う。

ダイニングに戻ると、口々に、どこへ行っていたのかと訊かれる。左腕を見せて、うっかり切ってしまったと言うと、たちまち大騒ぎになった。祖母がどこからか救急箱を取ってきて、母がきちんと消毒した上に包帯を巻いてくれる。

「いったいどうしたの？　こんなに深く切るなんて」

母は、驚きを隠せないでいた。

「うっかり切ったって、どこでやったんだ？」

父も、信じがたいという表情である。

「ちょっと、釘が出てたところがあって。でも、もう、だいじょうぶだから」

もっともらしい嘘は思いつかなかったので、亮太は口を濁す。

「もうすぐ、また線香に火を着けに行かなきゃならないな。今度は、俺が行くよ」

立ち上がりかけた父を、亮太はあわてて制した。

「いや、いいから座っててよ。俺が行くから」

逃げるように、また廊下に出る。そのまま五つの部屋へ行くつもりだったが、思い直して、車用の門の側の玄関から庭へ出た。

風雨は、強まりかけて小止みに戻るという繰り返しだったが、まだ小康状態が続いている。

亮太は、庭の中央に目をやって眉を顰《ひそ》めた。

さっき見たときは、外護摩は雨で取りやめになったのかと思ったが、数人の警備員たちが、周りに集まって、準備を再開しているように見える。中央にある護摩壇には、ブルーシートがかけられたままだが、二人の童子を従えた不動明王の立像や、蠟燭、香炉などが載った祭壇が用意されているのだ。今は小降りでも、雨が完全に上がるとは思えないので、どういうつもりなのだろうと訝った。そもそも、警備員のやる仕事ではないだろうし。

だが、今は、それどころではない。

「すみません！　どなたか、手の空いている方！　お二人、来ていただけませんか？」

亮太は、刺股や警戒杖を手に警備に当たっている警備員たちに、大声で呼びかけた。すると、一番近くにいた二人が、顔を見合わせてから、こちらに向かって走ってきてくれる。

「至急、屋敷内で警備していただきたい場所があるんです。お願いできますか？」

警備員たちも、雨の降る屋外から中に入れるのは嬉《うれ》しいのか、二つ返事で承諾してくれた。

ウォーキー・トーキーで、警備隊の隊長に、依頼人の要請により持ち場を離れる旨を伝える。短く「了解」という返事があったが、苦笑交じりであり、どことなく羨《うらや》むような声音だった。

二人がこれから警備する場所がどんなところか知っていたら、まったく違う反応になっていただろうが。

亮太は、刺股と警戒杖を持った二人の警備員と一緒に屋敷に上がり、廊下を進んだ。途中、風もないのに白幕が異様に波打ったり、天井の一角から奇妙な音が聞こえてきたりしたため、警備員たちは不安な表情を隠せないでいた。

五つの部屋の間を横切る廊下に来ると、亮太は、二人に指示を与える。

「俺は、中村亮太といいます。お恥ずかしい話ですが、窃盗事件が起きました。廊下の両側の部屋には国宝級の骨董《こっとう》品が多数ありますから、ここの廊下は、俺以外は、誰も通さないようにしてください」

「中村さん以外には、誰もですか？　お坊さんや、他のご家族や、お手伝いさんとかも？」

胸に『萩原《はぎわら》』という名札を着けた警備員が、念押しした。

「はい、とりあえずは、全員を立ち入り禁止にします。お坊さんが読経するときは、俺が立ち会いますので、知らせていただけますか？」

さらに、稲村繁代が窃盗事件の容疑者であるかのように、臭わせておく。

「それから、黒い割烹着を着た中年の女性には、特に気をつけてください。刃物を持っている可能性もありますので」

二人の警備員の表情に緊張が走った。あらかじめ警告さえしておけば、いざというときも、刺股や警戒杖で距離を取って対処してくれるだろう。

二人が、廊下の両端に陣取ったのを見て、亮太は、安堵の溜め息をついた。

こちらが優勢になったら、向こうは、最終手段として俺の命を狙いかねない。賀茂禮子からそう聞かされ、死の予感がよみがえったものだが、冷静に考えると、その前に心配しなければならないことがあった。

美沙子さんがターゲットだった場合、現状は守り刀四本と数珠でディフェンスしているが、稲村繁代が土壇場で奥座敷に侵入し、それらを取り除いてしまえば、鬘姫の憑依を阻むものは何もなくなってしまう。遺体に守り刀をベットするルーレットにおいては、まず守るべきは、チップを置く賭け枠《レイアウト》だったのだ。

時計を見ると、すでに定刻に近づいていた。さっきと同様に、中の間から順番に線香の火を継いでいくことにする。

待てよ。これで、向こうは五つの部屋には入れなくなったわけだ。だったら、単純明快に、憑依を不可能にする方法があるじゃないか。

亮太は、中の間に入ると、賀茂禮子に電話をかけた。さっきより、さらに電波の状態は悪くなっていたが、何とか会話はできる。賀茂禮子は、廊下に警備員を配置した亮太の機転には、賛辞を惜しまなかったが、肝心の提案に対しては、強い難色を示した。

「逆さ屛風をすべて撤去するというのは、賛成できません」

「どうしてですか？　目印がなければ、鬘姫の怨霊も、憑依できなくなるんでしょう？」

「まず第一に、逆さ屛風が目印かどうかは、はっきりしません。他にサインがあった場合は、撤去は無意味です」

「だけど、今のところ、一番怪しいのは、逆さ屛風じゃないですか？　だったら、取り除いておいた方が安全だと思うんですが？」

「そもそも、逆さ屏風は何のために立てているか、ご存じですか？」

賀茂禮子は、たしなめるように言う。

「あれもまた、悪霊から故人を守るための霊的な装置なのです。したがって、逆さ屏風一つがないだけで、憑依へのハードルはかなり下がります。ましてや、五つ全部がなくなった場合、トータルでの防衛力の低下は、著しいものになるでしょう」

いったい何なんだ、これは。亮太は、天を仰ぐ。何もかもが、がんじがらめになっていて、動きようがない。ここまで、向こうの狙い通りなのだろうか。

「やはり、どの遺体が狙われているのかを見破ることが、先決だろうと思います」

賀茂禮子は、考え込むように言葉を継いだ。

「それと、達磨図が欠けたにもかかわらず、未だささか星が崩れていない理由を、探るべきでしょう」

亮太は、愕然とした。たしかに、前回、脅威はなくなっていないとは言われたが。

「本当に、さかさ星は、今も崩れていないんですか？」

「現在の屋敷の状態は、わたしからは、本当に見えにくくなっています。おそらく、これは、日震が作り出した霊的な煙幕のせいでしょう。ですが、さかさ星は、以前と変わらず存在し、脈動しているように感じられます」

「それは、つまり、達磨図に代わる、別の呪物があるということですか？」

「おそらく、そういうことだと思いますが」

賀茂禮子は、確信がないのか、珍しく言いよどんだ。

亮太は、床の間に掛かっている達磨図のレプリカを見つめた。だったら、すり替えたのも、無意味だったということなのか。そのとき、脳裏に強くひらめくものがあった。

「ちょっと、待ってください」

中の間の中を見回して踏み台になるものを探すが、何も見当たらなかった。

しかたがない。不敬は承知で、床脇の地袋板の上に足を乗せて、床柱を抱きかかえながら、神棚へと手を伸ばす。一瞬躊躇《ちゅうちょ》したものの、神棚を封じた白い半紙を取って宮形の扉を開き、御札を取り出した。月震に渡された、『神宮大麻』である。

あのとき、この御札を入れたとたんに、神棚に巣くっていた悪霊たちがパニックに襲われたように飛び出してきて、ぶんぶん飛び回った挙げ句に退散した。

さすが『神宮大麻』は霊験あらたかだと感心したものだが、もし、ここに入っているのが、伊勢神宮の御札ではなく、悪霊も尻尾《しっぽ》を巻いて逃げ出すくらい恐ろしい呪物だったとしたら、どうだろう。

宮形に納めたときは気づかなかったが、指先に当たる感触は、かなり奇妙なものだった。『天照皇大神宮』と墨書された和紙に、小さな板状の物体が包み込まれているようだ。

亮太は、床に降りると、賀茂禮子に『神宮大麻』のことを説明する。

「今すぐに、中身を確認してください」

賀茂禮子の指示に、逡巡《しゅんじゅん》したものの、亮太は、御札の紙を開いた。

中から出てきたのは、古色蒼然《そうぜん》とした木簡だった。灰色の表面に二行の墨文字が見えるが、掠《かす》れていて、ほとんどが判読不能だった。かろうじて、一行目の「弾」、二行目の「山」、「春」の文字が読み取れるくらいである。

「それは、おそらく首札でしょうね」

亮太の説明を聞いた賀茂禮子は、深い溜め息をついた。

「前にも言いましたが、山崎崇春公の二度目の首実検では、織田信長の家臣である小坂雄吉《おざかかつよし》が見届け役になり、たしかに山崎崇春公の首級であることを確認しています」

まるで、その時代で一部始終を見て来たかのような口ぶりだった。

「首札は、討ち取った首に付けるものです。戦場で多くの首級を挙げたときは、その場で回収する暇がありませんから、所有権を示すために、木札や紙札に『何某これを討取る』と書いて左の鬢《びん》などに結び付けておくのです」

「……そういえば、何とか、『弾』と、『山』、『春』という文字だけは読めますね」

「たぶん、『福森弾正討取る　山崎崇春の首』とでも書かれているのでしょう」

賀茂禮子は、無感動な声で言う。

「ただし、身分の高い武士の首級を首実検する際は、首桶に名前を書き、首札を付けることはありません。山崎公は戦場で死んだわけではないので、首札は必要なかったはずですが」

これも、山崎崇春公を辱めようとする、福森弾正の演出だったのかもしれない。

首札を持っている手が、自然に震えた。これもまた、他の四つの呪物に勝るとも劣らぬ、恐ろしい代物であることを直感したからだった。

しかし、首札の存在を暴いたことで、今度こそ、さかさ星は消滅するに違いない。これさえ処分してしまえば、もう怖いものはないはずだ。

通話を終えると、亮太は、新しい伽羅の線香に火を着けて香炉に立て、前の線香を消した。合掌したとき、ふいに、背後から奇怪な声が聞こえてきた。

「もう、なあ……おまえ、あれ見たっけ?」

身体が硬直して、全身に脂汗が噴き出してきた。もはや死体が喋《しゃべ》った程度では驚かないが、まるでこちらに呼びかけるように、脈絡のある言葉をつぶやかれると、恐怖が再燃する。

寝言や譫言《うわごと》ではない。とっくに息絶えた骸《むくろ》が発している言葉なのだから。

とても振り返る勇気がなく、枕屏風に視線を向ける。唐の天才詩人、李賀の『秋来』という漢詩だ。

漢字で書かれているので、日本人なら、ある程度の意味は取れるが、逆さになっていると、さすがに、ほとんど頭に入ってこない。

だが、眺めるうちに、脳が慣れてきたのか、いくつかの文字が網膜に飛び込んできたとき、なんとも言えない違和感を引き起こす。

すぐにスマホに保存してある文章をチェックしたいと思ったが、今はそれどころではない。虎雄さんの遺体には目を向けずじまいで、中の間を出て、次の間、仏間、居間の順で、新しい線香に火を着ける。三つの部屋では、特段、変わったことはなかった。

廊下へ出て奥座敷に入る一刹那に、廊下の両端にスタンバイしている二人の警備員の姿を、視界の隅でチェックする。一人は、左に折れた廊下が納戸で終わっているので、警戒杖を手にこちらを睨んでいる。もう一人の『萩原』という警備員は、こちらに背を向けて廊下の両側に目を光らせているようだった。

奥座敷に入ると、すぐに新しい線香に火を着けて、美沙子さんの遺体に手を合わせる。

ここに、虎の子の四本の守り刀に加え琅玕の数珠まで投入したことは、はたして正解だったのだろうか。

そう思って見ていると、ゆっくりと美沙子さんの口角が上がり、自然なイントネーションで言葉を放った。

「さぁ……？」

亮太は、思わず後ずさった。いったい何だったんだ、今のは。

偶然だとは思うが、まさか、俺の心の声に返事をしたのだろうか。

これだけ怪異を見せつけられた後だというのに、心臓の鼓動が跳ね上がっている。

奥座敷を飛び出して、萩原の横を擦り抜けると、庭へと急ぐ。風雨は、いったん収まっていたが、また徐々に強さを増しつつあった。

その中で、護摩壇に火が燃えさかっているのに、亮太は目を瞠《みは》った。

月震だ。護摩行なら奥座敷でできるはずなのに、どうして、わざわざ荒天の野外で強行しなければならないのか。

庭にいくつも配置されていた篝火は、残念なことに、どれもすでに消されてしまっていた。ならば、あの火を利用させてもらうしかないだろう。

亮太は、護摩壇の方へと歩み寄った。月震は、こちらには目もくれずに、一心不乱に祈禱を行っている。その様子を一目見て、亮太は、ギョッとして立ち竦んだ。

護摩壇の上では、風が激しく渦を巻いて、雨を撥ね付けていた。まるで火災旋風のように、炎を巻き込んで、天高くオレンジ色の火柱を上げている。その光景は、心胆を寒からしめると同時に、神々しくもあり、庭に佇む警備員たちは、ただ茫然と見とれているようだ。

そして、月震の着ている法衣《ほうえ》の右袖は、まるで懐手をしているように、ぺしゃんこになり、垂れ下がっていた。護摩木をくべる動作も、すべて左手で行っている。

はっと気がついて、亮太は、戦慄した。

右腕がない。おそらく、月震が自ら切り落としたのか、稲村繁代が手伝ったのだろう。

河童の木乃伊が与えた咬傷は、途轍もなくひどいものだったに違いない。放っておいたら、腕が腐り落ちるのみならず、身体全体に毒が回り命を奪ってしまうような。

それなのに、右腕を失っても福森家に対する呪詛に執着し続ける姿は、もはや恐怖そのものでしかなかった。

……いや、怯《ひる》んでたまるか。腕一本が何だ。こちらは、全員の命が懸かっているんだ。

亮太は、四本の斎竹《いみだけ》の間に張られた注連縄をくぐり、結界の中へと足を踏み入れた。

ようやく、月震が、こちらを見た。雨に濡れそぼってはいるが、整った顔立ちは、奥座敷で見たときよりもさらに赤々と照り映え、榛《はしばみ》色の双眸にも、炎が燃えさかっているようだった。

「おや、何しに来たの?」

月震の口から発せられた声は、老婆のように嗄《しゃが》れ、悪魔のように傲然《ごうぜん》としていた。

「俺も、護摩木をくべに」

亮太は、スーツの内ポケットから首札を取り出し、炎の竜巻が揺れている護摩壇を見た。遠くから放り込んだのでは、あの竜巻に巻き上げられて、ただ遠くへ運ばれるだけだろう。確実に、炎の中で焼き尽くさなくてはならない。

亮太は、首札を握った右手を、すっと炎の中に差し入れると、指を開いた。

「今、何をした？」

亮太が、炎から右腕を抜くのと同時に、首札が爆発したように周りに火の粉が飛び散った。

すると、それに呼応するように、上空で眩《まばゆ》い稲妻が光り、凄まじい雷鳴が轟く。

月震が、天を仰ぐ。目を閉じて、シャワーのように降り注ぐ雨を、じっと顔に受けている。泣いているのだろうか。さかさ星が潰《つい》えたことで、もはや蔓姫の召喚は、永遠に叶《かな》わぬ夢となったのだから。

いや、違う。亮太は、息を吞んだ。

まさか、なぜだ。笑っている。雨水が流れ込むのも厭《いと》わず、大きく口を開けて。

激しい雨音にかき消されて、声こそ聞こえないが、狂ったように哄笑《こうしょう》しているのだ。

SCENE7

雨に濡れていたおかげで、右手の火傷《やけど》は大したことがなかった。だが、スマホから聞こえる賀茂禮子の声によって、ジンジンという痛みが、次第に強くなってきた。

「どうしてなんですか？　俺は、首札を焼いたんですよ？　達磨図と同じ、中の間にあった。どう考えたって、さかさ星の一角は、もう崩れているはずでしょう？」

賀茂禮子は、しばらく沈黙した。

「ええ、そのはずでした。しかし、さかさ星は、まだ、その屋敷内に確実に存在しています」

まさか、嘘だろう。そんな馬鹿なことが。

「首札以外に、まだスペアがあるっていうことですか？」

「さすがに、その可能性は、ないと思います。あのクラスの呪物が、そういくつもあるはずがありませんから」

まるで詐欺に遭ったような気分だった。そもそもの出発点から間違っていたのか。

「もしかして、五つの呪物全部を始末しないと、さかさ星は無効化できないんですか？」

「そんなはずはないのですが」

賀茂禮子の自信なげな声が、無性に癇《かん》に障った。よし。だったら、やってやる。

「現在、五つの部屋に自由に出入りできるのは、俺一人です。これから、残りの四つの呪物を処分しに行こうと思うんですが」

亮太の宣言に、賀茂禮子は、一転して強く引き留める。

「それは、止めた方がいいでしょう。あなたが、鎧兜を持ち出したら、窃盗犯がいると言ってあなたが配置した警備員たちは、どう思うでしょうか？」

ちくしょう。亮太は、歯嚙みする思いだった。自縄自縛とは、このことだろう。

「それどころか、残った呪物を焼くことは、こちらにとって自殺行為になるかもしれません」

「どういうことですか？」

「敵が、どうして、五つの呪物——首札を入れると六つ——を守ろうとしていなかったのか、ずっと疑問に思っていました。しかし、それらの呪物をこちらに焼かせるよう仕向けていたと考えれば、筋は通ります」

「でも、敵は、どうしてそんなことをするんですか？」

「お寺や神社などのお焚き上げでは、極力、残留している怨念を和らげ、慰めるような手順を踏みます。でも、今晩あなたが取ったのは、問答無用で焼き捨ててしまうという方法でした。これでは、ますます怒りと憎悪が増幅されるだけですから、敵から見れば、怨霊を召喚して、遺体に憑依せしめるという大目標へと、一歩近づくのです」

まるで責められているような気分だった。

「しかも、最もたちの悪い呪物が相手の場合は、祟りで命を失うことすらあり得ました」

そんな大事なことは、もっと早く言ってくれ。

「今思えば、月震が、行灯や河童の木乃伊、天尾筆を焼き捨てたのも、こちらを挑発するためだったのかもしれません。向こうにとっても、それは危険きわまりない行為だったはずです。実際、月震は、片腕を失う羽目に陥ったわけですから」

それでは、俺は、まんまと踊らされたのか。亮太は、呆然としていた。

まさか、擬態までしていた呪物が、すべて囮《おとり》だったとは。

しかし、待てよ。だとすると、どういうことになるんだ。亮太は、思考をめぐらす。

「でも、それだと、さかさ星は、なくなってしまいますよね？」

「いいえ。屋敷内のどこか別の場所に、必ずあるはずです」

亮太は、がっくりして、その場に崩れ落ちそうになった。ほとんど、心が折れかけている。どこにあるのかすらわからない状態では、対処のしようがない。

「ここは、いったん方針を転換した方がいいかもしれません」

賀茂禮子の囁き声は、弱った心に染み入ってくるようだった。

「どの遺体が狙われているのかを、もう一度考えましょう。誰なのか確信が持てれば、総力で守ることで憑依を完封できるかもしれません。そうでなくても、かりに二択に絞り込めれば、かなりの時間が稼げるはずです」

すっかり混乱し、疲弊した頭でダイニングに戻ると、腹立たしいくらい平和な光景が目に飛び込んできた。

壁際に百インチの小さなスクリーンを下ろして、プロジェクターで映し出されていたのは、福森家の古いホームビデオである。モルディブで撮ったものだろうか。祖母は、大伯母さんや虎雄さん、遥子さん、美沙子さん、麻衣子さんのありし日の姿を、食い入るように見ている。母は、それに付き合わされているようだ。

子供たちはというと、テレビ画面のゲームに夢中で、飲み過ぎの父は、いぎたなく眠りこけている。

右手を火傷してしまったと亮太が告げると、祖母と母が驚いて、また手当てをしてくれる。

「亮ちゃん。さっきから、いったい何をしてるの？」

母から詰問されたが、当然ながら、筋の通った答えなど不可能である。庭の護摩壇の設営を手伝っていたと言って、誤魔化すしかなかった。

祖母が、ビデオを見ながら、母に思い出話をし始めたので、亮太は、スマホを覗く。

確認したかったのは、中の間の逆さ屛風に書かれていた李賀の『秋来』という漢詩である。

今度は、読み下し文ではなく和訳を対照することで、ようやく細かい意味まで理解できた。

桐風驚心壮士苦　桐の枝を揺らす風の音に心を動かされ、壮士（私）は苦しむ。
衰燈絡緯啼寒素　灯火は暗くなり、クツワムシが月光を浴びて鳴く。
誰看青簡一編書　私の一冊の本を誰が読んでくれるのだろうか。
不遣花蟲粉空蠹　紙魚に喰われ、粉になるだけではないか。
思牽今夜腸應直　そんな思いに引かれ、今夜、私は腸が伸びる苦しみを味わう。
雨冷香魂弔書客　雨は冷たく、美女の亡霊が、書生（私）を弔う。

秋墳鬼唱鮑家詩　秋の私の墓では、死者たちが、殺された鮑照の詩を歌ってくれる。
恨血千年土中碧　恨みを呑んだ血は、千年かけて、土の中で碧玉へと変わる。

鬼才と称されるだけあって、難解ながら、はっとさせられる詩だった。初めて見たときは、最後の二行の不穏さばかりに目を奪われたが、よく読み込んでみると、それ以外にも気になるところがある。

まずは、最初の行で苦しんでいる『壮士』だ。血気盛んな壮年の男子という意味だろうが、生前の虎雄さんを彷彿《ほうふつ》とさせる表現ではないか。

しかし、それ以上に気になったのは、最後から三行目だった。「雨は冷たく」とは、まさに今の気象だが、問題は、「香魂」という言葉である。この詩では、香《かぐわ》しい昔の詩人の魂という解釈が一般的なようだが、本来の意味は、「美人の幽霊」ということらしい。

蔓姫が美人だったかどうかは、今や知るよしもないが、招き寄せようとしている怨霊には、多少の社交辞令は必要だろう。

そして、注目すべきなのは、幽霊である「香魂」が「書客」を「弔」っていることである。前の行では、「私」が、「腸が伸びる苦しみに」、「死ぬだろう」と解釈されているらしいが、どこにも死んだとは書いていない。まだ生きているとすれば、生者が死者を弔うのではなく、死者が生者を弔っているという倒錯した関係になる。それは、とりもなおさず取り殺すということではないのか。

もちろん、唐の詩人が、現代に起こることを予知して、この詩を書いたとは考えられない。だが、作者の意図はともかく、蔓姫に向けたメッセージとしては明白ではないだろうか。

今すぐに、虎雄さんの守りを固めなければならない。

亮太は、そっとダイニングから忍び出た。

廊下を進むと、二人の警備員は律儀に持ち場を守っていた。ねぎらいの言葉をかけてから、亮太は、奥座敷に入る。

四つの守り刀と琅玕の数珠に守られている、美沙子さんの遺体に合掌する。申し訳ないが、守り刀を貸してくださいと念じながら。

赤の守り刀と梨地の守り刀を選んで鞘に収め、廊下を通って中の間に入る。

現状、虎雄さんの遺体を守っているのは、己《おのれ》の血を注ぎ込んだ、鴛鴦《えんおう》飾り蓋付須恵器壺だけだったが、そこに、抜き身の守り刀を二本追加する。

これで、どのくらいの間持ちこたえてくれるだろうか。合掌して祈ると、スマホに収めた、他の逆さ屏風の写真をチェックする。

最初に気になったのは、居間の麻衣子さんを守っている『榎図』だった。逆さ屏風の中では唯一の水墨画であり、幽玄な雰囲気を醸し出している。

いったいなぜ、この絵に、これほど引っかかるのだろう。

じっと画像を見つめているうちに、ようやく違和感の正体に思い当たった。

季節は、たぶん秋から冬にかけてだろう。大木の枝はほとんど落葉し、丸裸になっている。にもかかわらず、生い茂った丸い葉叢のようなものが、あちこちに点在しているのだ。

画像検索をすると、その正体は、すぐに判明した。

これは、ヤドリギだ。

鳥肌が立つような戦慄が、全身を駆け抜ける。

ヤドリギとは、その名の通り、他の樹木に寄生し成長する植物である。キレンジャクなどの鳥に果実が食べられると、固くて消化されない種子が、粘液で数珠状に連なって排泄《はいせつ》される。それが別の木の上に落ちると、粘液の糸で取り付いて発芽し、寄生根が樹皮から食い込んで、水や栄養分を奪うのだ。

寄生と憑依というのは、科学とオカルトという正反対の分野ながら、不気味なほど類似した概念である。一方、ヤドリギは万葉集の歌にも詠まれるなど、日本では古来親しまれてきた。当然、鬘姫も知っていただろう。

だったら、これこそが、最もわかりやすい憑依のサインではないのか。

この暗合は、とても無視できない。いや、一躍、麻衣子さんが最有力になったと言っても、過言ではないだろう。

亮太は、再び奥座敷に入ると、もう一度美沙子さんの遺体を見下ろす。ためらいながらも、残された灰色の守り刀と、蒔絵の守り刀を取った。ただし、琅玕の数珠だけは、保険として、そのままにしておくことにした。

それから、廊下を隔てた居間に入り、麻衣子さんの布団の上に、二本の抜き身の守り刀を、丁寧に並べた。

これで、よし。未だ確信には至らないが、虎雄さんと麻衣子さんの二択に近いところまで、絞り込むことができた。自分なりに、ベストを尽くした結果である。

とはいえ、守り刀がそれぞれ二本ずつでは、守備力はかなり心許《こころもと》なかった。考えてみると、虎雄さんの方には、須恵器の壺もあるので、守り刀は一本にして、麻衣子さんの方を、三本で守った方がいいのかもしれないが……。

いくら考えても、結論は出そうになかったので、いったん、ダイニングに戻ることにする。

廊下を右に折れて、赤い絨毯張りの廊下を歩くと、白幕に覆われた壁がひどくざわついた。白幕の間から、ガレ風のブラケットライトだけがいくつも突き出しているが、その周囲では、白幕の皺が、まるで生き物のように複雑な動きを見せている。

もはや、その程度では、亮太は驚かなくなっていたが。

重厚な焦げ茶色のドアを開けると、広いダイニングの中は、照明を落としてすっかり薄暗くなっていた。

出たときと同じく、壁際のスクリーンには、古ぼけた映像が映し出されている。

だが、あいにく、それに注目している人はいないようだ。虎太郎と剣士郎は、ダイニングの反対側にあるテレビ画面でゲームに夢中になっているし、美桜は、疲れたのか、簡易ベッドですやすやと寝息を立てている。

二人のボディガードは、一瞬、亮太の方に注目したものの、それぞれ別々の方向に向いて、外から聞こえる物音に神経を集中していた。

父はというと、すっかり泥酔して、座卓の前で船を漕《こ》いでいる。

そして、祖母と母は、頭を寄せ合って、ひそひそ話に熱が入っていた。もはや悪徳政治家の密談のような態である。

「だけど、未成年後見人って、親権者になるようなものなんでしょう？」

「そうなのよ。でも、わたしの年齢《とし》じゃ、さすがに、裁判所もね」

「昭博さんは、その気はあると思うんですけど」

「でもね、どっちにしても、三人を引き取るんだったら」

やれやれ。折角の故人を偲《しの》ぶためのホームビデオも、誰も見ないんじゃ気の毒だ。

そう思って、スクリーンに目をやって、亮太は、慄然とした。

あっ、これは……！

そこに映し出されていたのは、一度だけ目にしたことがある、古い白黒の無声映画だった。白人の若者たちが、家に放火し、犬を殺し、悪魔を召喚する儀式の真似をするなど、無軌道の限りを尽くしている。

『ヴァルプルギスの夜――Die Walpurgisnacht』だ。二十世紀初頭のドイツで生まれた、最悪の呪物映画であり、それを世に出すかどうかを巡って『白魔女《ヴァイセヘクセ》』と『黒い魔女《シュヴァルツエ・ヘクセ》』が、今も熾烈《しれつ》な争いを繰り広げているという、恐るべき代物だ。

映写機を見ると、最新式の４Ｋプロジェクターではなく、見るからに古めかしい黒い機械が動いている。津雲堂で見た、８ミリよりも古い規格の９・５ミリフィルムを使うパテベビーだ。

いったい誰がこんな物を持ち込んだのかは、考えるまでもなかった。稲村繁代に違いない。俺がここを離れた一瞬の隙を突いて、俺の家族に、死の贈り物をセットしたのだ。

映画は、すでに佳境に入っていた。急にわらわらと逃げ出す若者たち。その後、一瞬だけ、頭に山羊《やぎ》のような角が生えた恐ろしげな人影が画面を横切る。どう見ても人間ではない。

マズい！　亮太は、駆け寄って、パテベビーの電源コードを引き抜いた。

「あら、お帰りなさい」

母が、のんびりした声をかける。

しかし、驚いたことに、パテベビーは、映像をスクリーンに投射し続けている。この機械もまた、完全に呪物化しているのか。

亮太は、パテベビー本体を頭上に持ち上げた。

スクリーン上の怪物が、こちらを振り返る。まさか、襲ってくるのかと恐怖を感じた刹那、怪物は、スクリーンから横の白幕へと移動し、素早く姿を消してしまう。

亮太は、そのままの勢いでパテベビーを床に叩き付けた。黒い鋳鉄製の土台と映写機部分が真っ二つに折れ、レンズが弾け飛んで、ようやく映像が消える。

「何をするの？」

母と祖母が、異口同音に叫んだ。二人のボディガードは、たちまち臨戦態勢になる。今までゲームに興じていた男の子たちも、驚いたような顔でこちらを見た。

「今そこに映っていたのは、呪いの映画なんだ」

亮太は、呼吸を整え、なるべく落ち着いた声で説明する。

「信じられないとは思うけど、あの晩のことを考えて。福森家を根絶やしにしようとしている奴らがいるんだよ。今かかっていた映画は、見ている人を狂わせ、凶行に駆り立てるんだ」

あまりにも突拍子もない話に、誰一人として、言葉を発しようとはしなかった。

「思い出してみて。さっきは、最新式のプロジェクターに、昔のホームビデオがかかっていたはずだよ？　だけど、今見たら、機械ごと変わっていた。これはパテベビーと言って、大昔の規格の撮影機兼映写機だけど、俺が電源コードを引き抜いても、まだ動いていたでしょう？　要するに、完全な呪物になっているんだよ」

祖母が、動揺を抑えるように、胸に手を当てながら言う。

「……わかったわ。亮太がそう言うんなら、きっと、そうなんでしょう」

母は、まだ状況が理解できないようだったが、亮太を見る目には、信頼が感じられた。

「さっき、そこにいたのは、稲村さんだったわよね？」

祖母の問いに、母はうなずいた。

「ええ。そういえば、機械を入れ替えていたみたいでしたけど」

「それで、わかったでしょう？　稲村さんは、向こうの一員なんだよ」

まだ、二人とも半信半疑のようだったが、一応、亮太の説明を受け入れてくれたようだ。

亮太は、ダイニングから出ると、賀茂禮子に電話をかけた。

「そうですか。それは本当に危機一髪でしたね」

賀茂禮子は、腹立たしいくらい落ち着いていた。

「『Die Walpurgisnacht《ヴァルプルギスの夜》』という無声映画は、撮影中に世にも恐ろしい出来事があったため、お蔵入りになったという、曰《いわ》く付きの作品です」

意外なほど、ドイツ語っぽい発音だった。

「もちろん、こんなことは、めったに起きることではありません。信じられないほど悪条件が積み重なるか、常軌を逸した執拗な悪意がないかぎりは」

賀茂禮子の声は、激しい雑音の中で、近くなったり遠くなったりしていた。

「ですが、わたしの知るかぎりでは、日本においても、昭和と大正に、ほぼ同じ現象が起きています」

そして、信じられないような物語を語り出す。

「戦後間もない時期に、ある地方の神社で、薪能が催されました。演目は『鉄輪《かなわ》』です」

賀茂禮子は、能の大まかなストーリーを解説する。

「ある夜、貴船《きぶね》神社の社人に夢の告げがありました。丑《うし》の刻参りをしている都の女に、神託を伝えよ、というものです。真夜中、神社に女が現れました。女は、自分を捨て後妻を娶《めと》った夫に、報いを受けさせるため、遠い道を幾晩も、貴船神社に詣《もう》でていたのです。社人は女に、三つの脚に火を灯《とも》した鉄輪――五徳を頭に載せて、怒る心を持つなら、望みどおり鬼になると神託を告げ、女とやり取りするうちに怖くなり、逃げ出します。女が神託通りにすると言うやいなや、様子は変わり、髪が逆立ち、雷鳴が轟きます。雷雨の中で、女は恨みを思い知らせてやると言い捨て、駆け去りました」

その頃から天候は呪いに支配されていたというのか。現実に目の当たりにしていなければ、とうてい信じられなかっただろうが。

「女の元夫、下京《しもぎょう》辺りに住む男が、連夜の悪夢に悩み、有名な陰陽師《おんようじ》、安倍晴明《あべのせいめい》を訪ねます。晴明は、先妻の呪いによって、夫婦の命は今夜で尽きると託宣します。助けてほしいという、男の懇願に応じて、晴明は彼の家に祈禱棚を設けて、夫婦の形代《かたしろ》――身代わりの人形を載せ、呪いを肩代わりさせるため、祈禱を始めます。そこへ脚に火を灯した鉄輪を戴《いただ》き、鬼となった先妻が現れます。鬼女は、捨てられた恨みを述べ、後妻の形代の髪を打ち据え、男の形代にも襲いかかりますが、神力に退けられ、時機を待つと言って姿を消すのでした」

現実も、そんな勧善懲悪のストーリーのようであればと思う。

「この薪能で、鬼女を演じていたシテが、舞台上で本物の鬼女に変じて、ワキを縊《くび》り殺すと、そのまま闇の中に走り去ったという事件です。二人の間には、以前から、強い確執があったということですが」

本物の鬼女に変じたというのは、大伯母さんと同じようなことだろうか。

「犯人は、見つからなかったんですか？」

「失踪《しっそう》してから一月後に、山中で自殺体で見つかったということです。被害者が一人だけで、死因が絞殺だったこともあり、たしかに本物の鬼女になったという目撃者の証言は無視され、通常の刑事事件として処理されました」

大伯母さんのことを思い出して、背筋がうそ寒くなる。

「もう一つは、大正時代に起きました。東北地方で、黄昏《たそがれ》時に、鬼ごっこの鬼になった子供が本物の鬼に変貌《へんぼう》し、友達ら数名を殺傷したというものです。村人が総出で鬼を押さえ込もうとしましたが、さらに甚大な犠牲が出たため、やむなく猟師が村田銃《むらたじゅう》で十数発の銃弾を浴びせ、ようやく鬼を仕留めました」

「ちょっと、待ってください。そんな話は、これまで一度も聞いたことがないんですが」

それが事実だったら、もっと有名になっていて然《しか》るべきだろう。現に、ＹｏｕＴｕｂｅで、都市伝説について調べたときも、一度も引っかかってきたことはない。

「あまりにも衝撃的な事件だったため、村人が外聞を憚《はばか》り、閉鎖的な集落の中で、揉《も》み消されてしまったのです」

賀茂禮子は、なぜそんな話を自分が知っているのかは、説明しなかった。

「もし、うちの家族が、あの映画を見ていたら、どうなっていたんですか？」

亮太は、一番気になっていたことを訊く。

「なんとも言えません。しかし、完全に見入ってしまっていたら、取り憑かれていた可能性はあると思います。山崎崇春公の怨霊に憑依された福森八重子さんほどではないと思いますが、二人の武装したボディガードでも、止められたかどうかは微妙です」

こちらが五人の遺体に全神経を注いでいる間に、ノーマークのダイニングで、そんなことがあったなら、どうしようもなかっただろう。子供たちはゲームに夢中で、父は泥酔しており、ボディガードは職務に一意専心し、母と祖母は下世話な話に没頭していたせいで、それぞれに難を逃れたのは皮肉な成り行きだった。

「……さっき、映像が途切れる前に、怪物がスクリーンの外に逃げ出してしまったんですが、だいじょうぶでしょうか？」

我ながら、いったい何を言っているのかと思う。ほとんどアメリカン・カートゥーン並みに荒唐無稽《こうとうむけい》な話である。

「とりあえずは、静観しましょう。たしかに悪意ある存在ではありますが、魑魅魍魎ならば、その屋敷の中にはウジャウジャいますし」

人に憑依できなければ、白幕の上で暴れ回るくらいが関の山ということだろうか。

「それよりも、一刻も早く、さかさ星を発見しなければなりません。もはや、ほとんど猶予はありません」

「そう言われても、どこから探したらいいのか、見当も付かないんですが」

賀茂禮子は、探索のための秘策を授ける。それを聞いた亮太は、唖然とした。

まさか、あれを、もう一度やらなければならないというのか。

「それと並行して、もう一度、怨霊を遺体へと導く目印について、よく考えてみてください。わたしには、今の賭け方《ベット》が最善のような気がしないのです」

SCENE8

白幕がモゾモゾと奇怪に蠢き、野獣のような唸り声や金切り声が、あちこちから聞こえる。もはや百鬼夜行の様相を呈し始めた廊下を歩きながら、亮太は、懸命に頭を働かせた。

ここまで来たら、もはや、目印は逆さ屏風にあると決め打ちするしかない。

李賀の『秋来』という漢詩も、ヤドリギの絵も、怪しさはマックスだが、冷静に考えると、憑依の目印なのかどうかはかなり微妙である。もしかすると、それ以外にも、見落としているものがあるのではないだろうか。

漢詩以外の四つの逆さ屏風は、いずれも絵だ。見た瞬間、直感的にわかるものでなければ、蔓姫へのメッセージにはならないだろう。その反面、これだけ考えてもわからないのだから、どこかで一捻りしてあるに違いない。

たとえば、判じ絵のようなものだろうか。洒落《しやれ》好きな江戸時代の庶民に、親しまれていた。時代は近接していても、戦国時代のお姫様には、縁遠いものかもしれないが。

ぼんやりと、ネットで見た判じ絵を思い出した。歯の下に、逆さまになった猫の絵がある。猫は逆さまに読んで、「はこね」という意味になるのだという。

待てよ。判じ絵では、絵が逆さまの場合には、その絵の音を逆に読むというルールがある。今の今まで、屏風が逆さまであることを考慮していなかった。

だとすると、どうなる。曼珠沙華や彼岸花は、長すぎるから、たぶん違うだろう。桔梗は、「うょきき」、榎は「きのえ」。甲《きのえ》は十干の一つだから、年号は暗示できるかもしれないが、少々話が遠い。

菊は、「くき」。これも、何だかなあという感じだ。「茎」では、何のことやら……。

亮太は、はっとして立ち止まった。

記憶が曖昧だったが、たしか、そんな話を聞いたような気がする。

スマホを出し、その場で電話をかけた。相手は、賀茂禮子ではなく、郷土史家の澤である。

夜分すみませんと謝ってから、用件を話すと、澤は、すぐに欲しかった答えをくれた。

「そうです。山崎崇春公の正室であった鬘姫――真季の実家は、九鬼氏と伝えられています。

これも、確実な証拠があるわけではないのですが」

やはり、そうか。亮太は、鼓動が速くなるのを感じた。偶然とは思えない。

「今晩は、お通夜だそうですね。かなり賑《にぎ》やかな声が聞こえていますが」

澤が聞いているのは、たぶん人の声ではないだろう。亮太は、曖昧に誤魔化し、礼を言って電話を切った。

逆さ屛風にあるのが、初見の判じ絵だとしたら、鬘姫も気がつかないかもしれない。だが、もし、子供のときにそういう言葉遊びをしていたとすれば、逆さになった菊の絵を見た瞬間、自分の家のことだと理解するのではないだろうか。

これも、決め手とまでは言い難い。怪しさでは、漢詩より上でヤドリギといい勝負だろう。いずれにせよ、守り刀の配置は、変える必要がありそうだが。

その前に、やらなければならないことがある。賀茂禮子のアドバイスに全幅の信頼を置いているわけではなかったが、他にどうしようもないというのが、正直なところだった。

早足に正面玄関に向かうと、黒色尉《こくしきじょう》の面と三番叟鈴《さんばそうすず》が掛けられている壁の前に立つ。

この二つの呪物は、あの惨劇の晩に、子供たちを救ってくれたことになっている。しかし、本当にそうなのかは、今でも確信がなかった。向こうが、この二つを残したのは、子供たちの居場所を告げ口したと誤解しているからかもしれないが、ひょっとしたら、誤解しているのはこちらの方かもしれないではないか。

だが、もはや、グズグズしている暇はない。

亮太は、**黒色尉の面**を手に取った。この前と同様、ひどく軽い。裏返しにして、額縁用の紐を解き、顔に近づける。への字形をした目は、嘲笑っているかのようだった。

こんなものは、二度と被《かぶ》りたくないと思っていた。それでも、今はやるしかない。もはや、守り切ることは不可能なのだから。

顔に面を着ける。面紐はなく、額縁用の紐では、頭の後ろで固定するには長さが足りない。この前被ったときには、ずっと手を添えていたが、このままだと、手を離すと落ちてしまう。そう思っていると、なぜか、**黒色尉の面**は顔に吸い付くようにフィットした。

自分の呼吸音が耳に響く。スクーバ・ダイビングをしたときのような圧迫感があった。視界が狭い。前回は、鼻の位置を合わせたためか、完全に視界がゼロになってしまったが、今は、鼻が少し下にずれているため、かろうじて右目だけは、への字形の穴から外を見ることができる。ただし、両方の目の穴の間隔が狭すぎるため、左目はまったく何も見えない。

亮太は、右目だけで、廊下を見渡してみた。

そのとたん、ゾッとして、腰を抜かしそうになった。

つい今し方まで、白幕が、物理法則に反して蠢くことにも、すっかり慣れたと思っていた。しかし、その原因がクリアーに見えるとなると、話は別である。

白幕の上を、うねうねと身をくねらせて通る蠕虫《ぜんちゅう》のようなものが見えた。逆さまに天井からぶら下がったムカデが、獲物を求めて上体を揺らしている。それを、人間の顔をした蜘蛛が、前四本の肢を持ち上げて威嚇していた。不定形のゼリーのような塊が、中に埋もれた一つ目で周囲を睨め付けながら壁を流れ落ちる。襖絵の巨大な龍が、新幹線のような凄まじい勢いで、廊下を通過していった。それを追いかけるのは、雄牛のようなサイズの吠《ほ》え猛《たけ》る虎だった。

これは、拡張現実《AR》の世界だ。現実の背景はふつうに見えるが、それに加えて、異形のものが跳梁跋扈する様子が、はっきりと認識できるのだ。

同時に、自分の意識が変容していくのを自覚する。

この面を被ったことによって、俺は、俺ではないものに変わってしまうのではないか。

それは、異形の存在によって身体を乗っ取られることに対する、本能的な恐怖でもあった。大伯母さんが、鬼に変身したのと同じように。

硬く冷たい物体に閉じ込められた怨念は、温かい生身の肉体を求めているような気がする。

この呪物に自分を委《ゆだ》ねてしまって、本当にいいのだろうか。

とてつもなく深い悲しみが溢れ出てきて、心が締め付けられる。

俺は、村を救った。赤ん坊や年寄りのため、自ら火の中に飛び込んだ。だが、その返礼は、いったい何だったのか。この無念は、永遠に消えることはないだろう……。

違う！　そうじゃない。正気を取り戻せ。俺は、中村亮太だ。ただの底辺ユーチューバーで、この面の持ち主だった猿楽師か何かとは、全くの別人だ。

恐怖から反射的に、面を引き剝がそうとしたが、どうやっても無理だった。**黒色尉の面**は、まるで顔と一体化したようにへばりついており、外科手術でもしない限り、取れそうにない。

反面、左右にはグラグラと動くが。

ふいに面がずれて、今度は左目の視界が利くようになった。

瞬時に、世界が一変した。屋敷は闇に暗く沈んで、存在感が稀薄《きはく》になった。その代わりに、乱舞する目もあやな光が目に飛び込んでくる。

右目ではクリーチャーのように見えていた魑魅魍魎は、カラフルに明滅する光球に変わる。壁に掛かったままの**三番叟鈴**に目をやると、オーラのような力強い光を放っている。

亮太は、**三番叟鈴**を手に取ると、振ってみた。カラーン、シャーンという清浄な音が鳴り、緑や黄色、青の強い光芒《こうぼう》を闇に放つ。すると、それまで群がり騒いでいた魑魅魍魎の光球は、蜘蛛の子を散らすように逃げ去ってしまった。

亮太は、闇の中をそろそろと歩いた。

能面を着けていると、視界が著しく遮られる。特に足下は、片目と鼻孔の小さな穴を通して見るしかなく、自然と摺《す》り足にならざるを得なかった。能の演者は、よくこれで、スムーズに足を運んだり舞ったりできるものだと思う。

さらに、左目の視界では現実の存在が微かにしか見えず、何かにぶつかったり躓《つまず》いたりする危険があった。呼吸もしにくいので、ちょっと歩いただけで息が切れる。

そのまま、能楽師のような姿勢で静々と歩み、五つの部屋の前の廊下にさしかかる。脈動するオレンジ色に近い光が、目の前に立ちはだかっている。すぐに、それは、警備員の一人だと見当が付いた。

「中村亮太です。これから、遺体に対面しての儀式がありますので」

「ご苦労様です」

オレンジ色の光は、道を空ける。この声は、萩原という名前の警備員に違いない。能面を着けて遺体に対面する儀式などどこにも存在しないだろうが、この家であれば、さもありなんと思ったのだろうか。

亮太は、両側の部屋に五つの遺体が横たわっている廊下に歩みを進めた。

左右の部屋から漏れ出す鮮やかな紫色の光線が、侵入者を検知するレーザー光線のように、廊下を寸断している。

さらに、何となく異常を感じて、能面の鼻の穴から足下を見ると、ほんの少し見ない間に、ドライアイスの煙の量がとんでもなく増加していることがわかった。廊下ですら、足首を隠すまでになっているのだ。

亮太は、左手前の中の間に入った。

虎雄さんの遺体に目をやると、紫色のスパークのような光が空中に伸びているのがわかる。まるで、天からの落雷を促す『お迎え放電』のように。

その一方で、枕元に置いた須恵器の壺は、邪悪な煙突のように、絶え間なく、赤と紫の光が入り交じった毒気を吐き出し続けていた。

賀茂禮子の指示を思い出し、黒色尉の面を壁に掛けていた額縁用紐を、ポケットから出し、抜き身の守り刀で五つに切り分ける。視界が心許ないため、ほとんど手探りの作業だったが、強靱なケブラー紐ではなく麻紐だったのは助かった。守り刀は、二本とも鞘に収める。

次は、三番叟鈴だ。下段、中段、上段に、それぞれ七、五、三個の鈴が付いており、別名を七五三鈴と言うとか。これも手探りで、上の段にある三つの鈴の一つを取り外した。輪っかに切り分けた紐を通し、逆さ布団をめくって虎雄さんの遺体の足首に鈴を結び付けた。

鈴一つでは憑依を妨げる力はないが、万一のとき、いち早く急を告げてくれるのだという。

時間は少し早かったが、新しい線香に火を着けて、古い方を消し、次の間へ移る。

真っ先に、鎧兜が視界に入った。とんでもなく強い紫色の光輝を四方八方へと放っている。あらためて、これは途轍もない呪物だと感じる。万が一、これを焼き捨てようとしていたら、恐ろしい祟りがあったに違いない。

遥子さんの遺体からも、虎雄さんの遺体と同様に、紫色の『お迎え放電』が、触手のように揺らめいていた。

逆さになった菊の図が「九鬼」を表しているなら、間違いなく遥子さんが大本命だろう。

亮太は、今度は鈴を二個取り外して、遥子さんの足首に結び付ける。虎雄さんのところから持ってきた二本の守り刀は、鞘から抜いて布団の上に置いた。

これで、守り刀の数は、麻衣子さんが二、遥子さんが二、虎雄さんは、須恵器の壺だけで、

○になった。もし麻衣子さんか遥子さんのどちらかが的中すれば、鬘姫といえども、憑依には少々手こずるかもしれない。だが、残る二人のうち、美沙子さんの守りは琅玕の数珠のみで、大伯母さんに至っては、完全にノーガードである。
これでは、あまりに手薄なので、よっぽど黒い守り刀＝穿山丸を投入しようかと思ったが、まずは自分自身を守れという賀茂禮子のアドバイスを思い出して、断念する。

ここでも、新しい線香に火を着けて、仏間に移動した。

閉ざされた仏壇は、ありとあらゆる隙間から、他のどの呪物より強烈な紫の光が漏れ出しており、まるでメルトダウン寸前の原子炉のようだった。

大伯母さんの遺体からの『お迎え放電』は、たくさんの細長い棒状で、海底から顔を出したチンアナゴを思わせる。遺体によってそれぞれ形が違うが、それが何を意味しているのかは、見当も付かない。あまりにも怪しい遺体が多すぎるために、ここは捨てざるを得なかったが、絶対にないという確証はない。どうかシロであってくれと祈るしかなかった。

大伯母さんには、三個の鈴を付け、新しい線香をあげた。

続く居間では、慶長小判が強い紫色の光彩に包まれていたものの、それを圧していたのは、隣の首桶である。放射される無数の紫の閃光は、可視化された力線のように四方八方へ走り、この居間全体を支配しているようだ。

麻衣子さんの遺体からは、今までに見た『お迎え放電』の中では最強と言える紫色の光が、草の根のように細かく枝分かれし、宙に蠢いていた。足首には四つの鈴を付ける。遺体ごとに鈴の数を変えているので、鳴ったとき、どの遺体が動いたかわかる仕組みだった。

線香に火を着けると、残るは奥座敷の美沙子さんだけだった。

白幕をくぐると、正面の巨大な床の間に鎮座する、傍折敷と銀杯が、眩いばかりの紫の光で出迎えた。とくに、傍折敷の周辺では、紫の光が怒濤《どとう》のように波打っており、不用意に近寄ることさえ憚《はばか》られる。

美沙子さんの目や口、身体の各所から発散する紫色の電光は、強さでは麻衣子さんに一歩を譲るものの、ほとんど天井近くまで届いていた。

三番叟鈴の下段に残った五個の鈴をすべて、足首に結びつける。だんだん慣れてきたため、数が多くても手早くすませられた。線香に火を着けると、部屋を出る前に逆さ屏風を確認したかったが、面の左目を通して見ると、ほとんど絵の様子はわからない。

ふいに、凄まじい雷鳴が轟いた。室内にいても、身が竦むほどである。屋根を打つ雨音も、かつてないほど激しくなった。

いよいよ、そのときは近いらしい。

さかさ星は、この屋敷のどこかにあり、その手がかりは、紫色の光にありそうだった。

紫は、心理学では憎しみを表すが、この面の左目を通してみた世界でも、呪いや怨念を示す色らしい。ならば、最も強い紫色の光を探せば、そこに、さかさ星があるはずだ。

もはや、それは、儚い望みのようなものに過ぎなかったが、今から別の方法を考える時間はなかった。

警備員の横を蹌踉《そうろう》と通り過ぎ、廊下を正面玄関の方へと向かう。そちらに何かがあるという根拠はなかった。ただ、自然と足が向いただけである。

そのとき、ガラガラと、正面玄関の引き戸が開く音がした。外を吹き荒れる風雨の響き。

ギョッとして、その場に立ち竦んだ。誰かが入ってきたことがわかる。土間から上がって、こちらを見れば、かなり距離があるとはいえ、見つかってしまう。

脈動するオレンジ色の光で、入ってきたのは人間らしいとわかる。だが、そこには、常軌を逸した紫色の光が複雑に混じり合っていた。精神的には、人外の域に入っているとわかる。

横にある白幕が、不自然に膨らみ、蠢いているのが目に入り、とっさに鋲《びょう》で留めている端を剝がして、滑り込むように身を隠した。

引き戸が閉められ、外の音が聞こえなくなった。誰かが入ってきた気配がする。

ゆっくりと、跫音《あしおと》が近づいてきた。鼓動が早鐘を打つ。

亮太が、白幕の隙間から見ようとしたとき、また面がずれて、右目の視界に入れ替わった。

その瞬間、目の前を通過したのは、ぐっしょり濡れて、黒い割烹着を着た稲村繁代である。

右手には、まだ生々しい血刀を提げている。そして、左腕に抱えていたのは、紛うかたなき、人の生首だった。

生首は、訴えるように、こちらを見た。錯覚ではない。微かに唇を動かしている。

それは、坂井喬平の生首だった。

気が遠くなりそうな恐ろしさに、亮太は、硬直していた。

稲村繁代は、変わらぬ足取りで五つの部屋へと近づいていく。いったい何をするつもりなのだろうか。

答えは、瞬時にひらめいた。五つの呪物で構成されたさかさ星。そのうち、中の間だけは、達磨図に続いて、首札も消されたため、空白になっている。

もしかしたら、あそこに、坂井喬平の生首を供えるつもりなのだろうか。あえて山崎公の子孫の首を晒《さら》すことにより、鬘姫を引き寄せようとしているのかもしれない。もしそうなら、何としても阻止すべきではないだろうか。

しかし、稲村繁代と渡り合う勇気は、とても湧いてこなかった。

穿山丸があるとはいえ、殺し合いどころか喧嘩の経験すら皆無に近いのだ。どう考えても、勝ち目があるとは思えない。

それに、賀茂禮子は、さかさ星は、別に存在すると言っていた。それを見つけ出さない限り、今晩、福森の血を引くものは誰一人助からないだろう。

亮太は、そろそろと幕の下から忍び出た。稲村繁代の後ろ姿を確認し、正面玄関へ向かう。

須恵器の壺が入っていたガラスケースが置かれた、小上がりのような座敷が見えてきた。

そして、座敷と土間の境には、黒光りする巨大な角柱がそびえ立っていた。

一尺五寸角の欅《けやき》の大黒柱である。

この柱に関しては、わからないことが多々あった。江戸時代、先祖である福森清左衛門が、一千両という大枚をはたいて京都から運ばせた理由も、今考えると謎でしかない。

それと同時期に、京都からわざわざ陰陽頭《おんようのかみ》である土御門泰福《やすとみ》を招いたという記述もある。

陰陽頭は、陰陽師を統括する陰陽寮の長官なので、遠く関東にまで来駕《らいが》を乞《こ》うため、三百両と言われている破格のギャラを支払ったそうだが、その理由も不明らしい。

さらに奇怪なのは、リフォームにおける大工事である。どうやって大伯母さんや虎雄さんを納得させたのかはわからないが、わざわざ、この巨大な柱を天地逆に付け替えたというのは、にわかには信じがたいような話だった。

大黒柱に近づいて、つくづくと眺めた。ふと、不思議に思う。屋敷内の他の柱は、どれも白幕で覆い隠されているのに、どうして、大黒柱だけは剝き出しのままなのだろうか。

賀茂禮子に言われて、わざわざ床下に潜って写真を撮ったが、なぜか真っ黒になっていた。

しかも、中央あたりには、不可解な紫色の筋まで入っていたが。

まさか。

亮太は、黒色尉の面に手をかけて、横にずらそうと試みた。大黒柱の様子を、左目の視界でたしかめてみたいと思ったからだった。容易には動かないだろうと覚悟していたが、なぜか、視界は簡単に切り替わった。

左目の視界で見た大黒柱の姿は、衝撃的なものだった。

まるで太陽のフレアのように、圧倒的な量の紫の炎を放っている。それは、五つの部屋で、最強の呪物たちが発していた紫色の光と比べても、桁違《けたちが》いのスケールだった。

では、これが、福森家に仇なしていた真の元凶だったのか。

だが、いったい、なぜなんだろう？　逆柱なのはわかるが、それだけで、こんなに凄まじい呪いや怨念が湧き出てくるものなのか。

逆柱……？

その瞬間、頭の中で、何かがスパークしたようだった。繋がった。やっとわかった！

これで、大黒柱にまつわるすべての謎が解けた。

なぜ、福森清左衛門は、大枚を支払って陰陽頭を招き、この柱を京都から運ばせたのか。

そして、なぜ、敵は、わざわざ、それを逆柱へと変えたのか。

背後から、人の叫び声が聞こえてきた。怒号のようだ。

おそらく、生首を持った稲村繁代が、中の間に侵入しようとし、それを二人の警備員が押しとどめているのだろう。

だが、今は、それどころではない。一秒でも早く、さかさ星を抹消する必要がある。

亮太は、靴を履く時間も惜しんで、靴下のまま、座敷から土間へと降りた。

足裏に感じる土間の感触は、ゾッとさせるものだった。冷たい三和土が足裏に粘り着いて、まるで捕えようとしているような感触だったのだ。

これが、借金を払えなかった小作人たちの血液を混ぜた敲《たた》き土で作られたことを思い出す。

顔を上げたとき、目の前に立ちはだかる、無数の光の群れに気がついた。

これは、ボロボロの野良着を着ていたという、幽霊たちに違いない。

ふつうに見たら、恐怖に金縛りになっていたことだろう。人の道に外れた行いをしたのは、福森家の方なのだ。穢《けが》れているのは、三和土に塗り込まれている小作人たちの血液ではない。

俺の体内を流れる、福森家の血の方なのだ。罪悪感は闘志を萎えさせる。

だが、今は、黒色尉の面のおかげで、不定形の光の集合体にしか見えない。この土壇場で、そのことがさいわいしたようだ。

亮太は、紫の光の間を突っ切り、引き戸へと向かった。並べられているたくさんの供花は、左目の視界ではほとんど見えなかったので、一つか二つ蹴倒《けたお》してしまったが、委細かまわず、引き戸を開くと、外へとまろび出た。

まるで台風が直撃したかのような、激しい風雨に襲われる。

これも、おそらく、鬘姫の怨霊が出現する前兆であるに違いない。急がなくては。

だが、走り出そうとする亮太の足は、ピタリと止まってしまう。

自分を見下ろしているのは、玄関脇に植えられている、梅檀《センダン》——棟《オウチ》の木だった。

賀茂禮子は、この木は凶木ではないが、福森家に対しては特別な意味を持つと言っていた。さらには、悪霊の目印になっていると言い、強硬に伐採するよう求めていたが、その理由が、ようやくわかった。

見える。ぼんやりと光る紫色の光球が、棟の木に鈴なりになっているのが。

木の枝に、無数の生首が晒されているのだ。

棟の木は、別名を晒し首の木と言い、平家物語では、源 義朝《みなもとのよしとも》の首を晒したとの記述もある。

敵は、玄関脇に梅檀（棟）の木を植えさせて、この家には晒し首があると暗示したのだ。

そして、だからこそ、月震は、伐採をやめさせようとしたに違いない。

ようやく呪縛が解け、亮太は、靴下のまま、泥田のようになった庭を歩き出した。

黒色尉の面の視界を右目に変えたが、豪雨に叩かれる庭には、警備員の姿も見当たらない。

どこか床下に潜れる場所を捜して、さらに庭を半周する。すると、光が見えた。

護摩壇だ。この豪雨の中でも、なぜか炎は赤々と燃えさかっている。

月震は、幽鬼のような形相を炎で赤く染め、濡れそぼちながら、一心に呪詛を続けていた。

亮太は、そっと通り過ぎる。関わっている暇はない。お互いに、我が道を行くしかないのだ。最後は、自分のタスクをきちんとこなした側の勝ちになる。

結局見つけたのは、仔猫《こねこ》の骨を見つけた換気口の横にある、三十センチ×六十センチほどの開口部だったが、ステンレス製の金網パネルで完全に塞《ふさ》がれている。

しまったと思う。前に潜ったときは、キッチンにある床下点検口からだった。だが、今から屋敷の中に戻っている余裕はないし、もしも稲村繁代と出くわしてしまったら、万事休すかもしれない。

だったら、こいつを外すしかないだろう。

亮太は、ズボンの後ろに挿した**穿山丸**を引き抜くと、抜刀した。

切っ先でコンクリートに留められたパネルのネジを回そうとする。サイズが合わない上に、雨で滑り、幾度となく自分の手を切りそうになる。しかし、悪戦苦闘の末に、ようやくネジを外すことに成功した。

金網パネルを外して、亮太は、四つん這いの姿勢になる。

かなり時間を使ってしまった。もしかすると、もう間に合わないかもしれない。

それでも、抜き身の**穿山丸**を片手に、亮太は床下に這い込んだ。

SCENE9

床下の高さは七十センチほどもあるため、比較的楽に進めそうだったが、奥には、侵入者を拒絶するような濃密な暗闇がわだかまっていた。

一度入ったが最後、二度と出てこられないような気がする。ここは、闇雲に突進する前に、何かアドバイスをもらった方がいいかもしれない。

亮太は、スーツの内ポケットからスマホを取り出して、電話をかけた。

賀茂禮子はすぐに出たが、空電のような雑音がひどすぎて、まったく通話にならなかった。しかも、そのうちに、気味の悪い女の笑い声が野放図に響き始めて、いっさい他の音が聞こえなくなってしまったので、とうとう諦めて電話を切った。

怖がるな。亮太は、心の中でつぶやいた。

恐怖が心を侵食するにまかせたら、後は、破滅に向かって一直線である。筋肉は縮こまり、神経が麻痺《まひ》し、何ひとつ筋道だった行動ができなくなってしまう。挙げ句の果ては、恐怖から逃れるために、自ら死を望むようにさえなるかもしれない。

これは、ただのホラゲーだと、亮太は自分に言い聞かせた。俺は、VRゴーグルを着けて、ゲーム実況をしているんだ。いつもやってるのと同じ、ただのPV稼ぎだ。

「さあ、始まりました。『さかさ星』のベータ版です。グラフィックスがけっこうシュールな感じですが、どうも、ひたすら床下を進んでいくゲームみたいですね。アイテムは、これで、充分なんでしょうか。何と言っても、穿山丸を持っているのが心強いかな。進むべき方向は、よくわからないんだけど、とりあえず、真っ直ぐ進んでみましょう」

ほぼ五メートルおきに並んでいる床下換気口からは、護摩壇の灯《あか》りがうっすらと射し込んでくるが、雨も吹き込んでくる。うっすらと異臭が漂っているのは、湯灌のときの排水を床下に流したからだろう。五人の遺体の存在が、ひどく生々しく感じられて、思わず身震いする。

再度、あらゆる光を排除したような、暗黒の空間に目を向ける。手前には、まだ薄明かりが到達しているので、あそこまで真っ暗なのは、どう考えても不自然だった。

「こういうときは、やっぱり、これを使うんでしょうね」

スマホのフラッシュライトを点ける。

「もう、最近はこればっかり。ホラー映画でもドラマでも。他にないのかって感じですけど、ないんでしょうね。だから、俺も、臆面《おくめん》もなく、使わせてもらいましょう」

フラッシュライトに照らし出された領域から、正体のわからない異様な影が逃げ出していく。

ヒヤリとしたが、今は気にしている余裕はない。

奇妙なのは、フラッシュライトが照らす歪《いびつ》な円のすぐ外は、あいかわらず漆黒の闇だということだった。指向性の強いスポットライトでも、ここまで画然とは分かれないだろう。

大黒柱は、どのあたりだっただろうか。方向音痴ではないつもりだったが、なぜか見当識を喪失していた。フラッシュライトをゆっくりと左右に振ってみたが、同じような光景ばかりで、かえって混乱が増すばかりだった。

音が聞こえる。

それも、異様なくらいくっきりと。しかし、何の音なのかは判然としない。

これは、俺を惑わそうという魑魅魍魎のいたずらなのか。

「ええと、方角がわかんなくなっちゃったんですが、どういうこと？　入ってきたところが、屋敷の西側の庭からでしたけど、途中で、頭がグルグル回るような感じがして」

いや、待て。また聞こえた。

人の声だろうか。何か言っているようにも聞こえるが。

……そうじゃない。これは、仔猫の声だ。

親を恋うような悲痛で甘えた響きだが、この声の主は、すでにこの世には存在していない。親猫が閉め出されて保健所で殺処分になったため、餓死しているのだから。

しかし、亮太は、意を決して、仔猫の声が導く方角へと進んだ。

ここで止まっているわけにはいかない。何としても、漆黒の闇を突っ切って床下を横断し、大黒柱のところへ行かなくてはならないのだ。

たとえ、この声が俺をおびき寄せようという悪霊の罠《わな》だとしても。

徐々にだが、それ以外にも、さまざまな声が聞こえるようになってきた。前に潜ったときと同じく、かつての床下の住人たちの記憶が、超小型の集音マイクで拾ったような3D音響となって立ち上がってくる。

砂地の上を走り回っている蟻の、ザクザクという足音。それを狙う蟻地獄が砂礫《されき》を飛ばし、弾丸のように蟻の足下の砂にぶつかっては爆発音を立てる。蟻は、漏斗状の罠に滑り落ちて、流砂に脚を取られてもがき、激しく砂を蹴立てる。

床の裏面では、蜘蛛が密やかに這い回り、凶暴な守宮《やもり》がすばやく突進し獲物に食らいつく。根太から降りた青大将は、龍のような巨体で、轟音《ごうおん》を発しながら蛇行している。

これらの生き物はすべて、代々床下を守ってきた福森家の眷属《けんぞく》たちである。殺虫剤によってあえなく皆殺しにされるまでは、だが。

すると、濃密な闇の奥から、それらとはまったく異質な音が聞こえてきた。第一主題だったメロディがデクレッシェンドし、第二主題に取って代わられるように、今はなき小動物たちの立てる密やかな音は後方に退き、かき消されてしまう。

新たに床下の空間を満たしたのは、悪意と憎しみの不協和音だった。生理的な嫌悪感から、否応《いやおう》なく恐怖をかき立てられる。

ついさっきスマホで耳にしたばかりの、情動失禁を思わせるような、不気味な女の笑い声。笛のように鳴る断末魔の喘鳴《ぜんめい》。地の底から響いてくる野太い男の声の呪詛。トラツグミに似た化鳥の鳴き声。無数の牙を持つ獣が、ガチガチバリバリと歯嚙みしているような音。

か細い子供の泣き声は、まるで妖怪が声色を使っているように不自然だった。

怖れるな。こんなのはすべて、この屋敷の異常な霊気に引き寄せられた、低級霊や動物霊の類いだろう。相手にする価値もない。

「はい。いろんな音で怖がらせてきますね。もう、効果音《SE》が半端ない。うるさい」

亮太は、あえて陽気な声でつぶやいた。

「まあ、どうせ、こけおどしばっかですから、先を急ぎましょう。この先」

そのとき、その音は響いてきた。すると、それまでの狂騒状態が嘘のように、辺りはしんと静寂に包まれる。

それは、闇を貫いて、再び耳に達した。

鈴の音だ。ほんの微かにだが、シャラシャラン、カラン、と鳴ったようだ。

「え？　……今のは」

頭がその意味を理解するより前に、ゾッと背筋に寒気が走る。全身の毛穴という毛穴から、どっと脂汗が噴き出してきた。

あれは、遺体の足首に付けた、三番叟鈴の音だ。

幾度となく見た、遺体の機械的な反応ではないという確信があった。これまでに見たのは、目を動かしたり、声を発したり、腕を伸ばしたりと、すべて上体の反応だった。足首に付けた鈴が鳴ったのは、起き上がろうとする予備動作ではないだろうか。

その想像が正しいならば、蔓姫の怨霊が、遺体に触手を伸ばし、いよいよ憑依が始まろうとしているのかもしれない。

亮太は、四つん這いで進む動作を速めた。

今の音は、一つの遺体から発せられたものだろう。だが、いったい、どの遺体なのか。

守り刀を置いた遺体なら、今少し猶予があるかもしれない。しかし、何もないところなら、すでに絶体絶命の状態に陥っているのかも。

その答えは、少し考えれば、あきらかだった。そのために、わざわざ遺体に付ける鈴の数を変えているのだから。

今鳴った鈴は、一つや二つではなかった。ということは、虎雄さんでも、遥子さんでもないことになる。なら、漢詩も、菊図も、ただのこじつけ——思い過ごしだったのか。

では、鈴は三つか。いや、たぶん、それも違う。俺の耳が正しいとすれば、大伯母さんでもないだろう。

四つか、五つだった。

つまり、麻衣子さんか、美沙子さんの二択ということになる。

ということは、やはり、憑依のサインはヤドリギだったのか。だとしたら、麻衣子さんは、二本の守り刀でガードしているから、少しは持ちこたえられるはずだ。

しかし、もし美沙子さんだとしたら、守りは琅玕の数珠だけである。もはや、全員の命は、風前の灯火《ともしび》と言っていいだろう。

しかし、その場合、憑依のサインは、いったい何だったのだろう。

今さら考えても遅いが、美沙子さんの遺体が安置されているのは奥座敷で、桔梗の描かれた逆さ屏風が置かれていた。桔梗にどんな意味があるかは、いろいろと考えたが、これといって思いつかなかった。

安倍晴明。

さかさ星の正体に思い当たったキーワードは、それだった。

福森清左衛門が招いた陰陽頭《おんようのかみ》、土御門泰福《やすとみ》とは、安倍晴明の子孫である。呪いに悩まされ、福森家の存亡の危機に直面した清左衛門が頼ったのは、最強の陰陽師の残した遺産《レガシー》であったに違いない。おそらく、それこそが、あの大黒柱だったのだ。

そして、桔梗で安倍晴明を思い出したのは、『晴明桔梗紋』という存在があるからである。最強の魔除けの呪符である五芒星形は、成り立ちが桔梗の花を図案化したものだとも言われているのだ。

あっ。亮太は、愕然とした。どうして、今の今まで、こんな単純なことに思い至らなかったのだろうか。

『菊図』の意味を考えていたときに、気がついたはずじゃないか。逆さ屛風である以上は、逆さにして考えなければならないと。

『桔梗図』に描かれている桔梗は、どれも美しい星形をしていた。『晴明桔梗紋』の存在を考慮すれば、そこには当然、五芒星形の含意があるはずだ。そして、その屛風が逆さになっているのだから、さかさ星を暗示するのは、至極あたりまえのことではないか。

三たび、鈴の音。

今度こそ、はっきりと聴き取れた。鈴の数は、五つだ。すなわち、ターゲットは美沙子さんなのだ。屋敷内にいたなら、守り刀をプラスすることもできたが、もはや、どうあがいても、憑依は止められない。その前に、さかさ星を抹消するしか、生き残る術はない。

少し前までは、騒々しく跳梁跋扈していた魑魅魍魎や悪霊の気配は、恐れをなしたように、すっかり影を潜めている。

周囲は、耳が痛くなるような完全な無音だった。

あ、あれじゃないか。亮太は、フラッシュライトで大黒柱の影を見つけた。他の柱と比べ、段違いに太い。だとすると、さかさ星は、あそこにあるはずだ。

亮太は、勇躍、四つん這いでダッシュしようとした。

そのとき、何の前触れもなく地面が沈下し、続いて跳ね上がった。瞬間、何が起こったのかわからなかったが、奈落の底に沈むような縦揺れに続き、激しく振り回されるような横揺れに見舞われる。屋敷全体が、ギシギシという悲鳴を上げていた。

地震だ。それも、かなり大きい。

本能的な恐怖で、動くことができなかった。その場に這いつくばったまま、ひたすら揺れが収まるのを待つ。

激動は、いつ果てるともなく続くように思われたが、実際のところは、ものの一分も揺れていなかっただろう。気がついたときには、周囲の闇は森閑として静まりかえっていた。

だが、皮膚はピリピリと緊張している。周囲は、真空のような無音無響の状態にあった。

亮太は、そろそろと前進を再開する。もう少し。あとちょっとで、大黒柱に手が届く。

すると、着信音もないまま、スマホから、空電のようなノイズが混じった、賀茂禮子の声が聞こえてきた。

「……墳墓……崩れ……気をつ」

それっきり、声は途絶えた。通常の通信が不可能だったので、渾身《こんしん》の霊能力でメッセージを届けようとしたのだろう。その意味するところは、あきらかだった。墳墓の天井石が崩壊し、鬘姫がついに自由の身になったに違いない。

では、美沙子さんの遺体への憑依は、すでに秒読みに入っているのか。

突然、世界の終わりを思わせる、凄まじい雷鳴が轟いた。

それまでの雷が冗談に思えるくらいの大音響に、思わず身が竦む。

だが、もう臆してはいられない。亮太は、大黒柱の影を目指し、四つん這いで突進した。

床の上で、美沙子さんの遺体に付けた鈴が、シャラシャラシャラ、カランという澄んだ音を立てる。今までにないほど大きく、くっきりと。

激しい爆音が響いた。遺体の上に置いていた、琅玕の数珠が弾け飛んだのだった。

玉は、散弾のように奥座敷中に飛び散って、壁に穴を開けたらしい。

奥座敷で、むっくりと遺体が起き上がった。

まったくの無音だったにもかかわらず、その気配は、まざまざと感じられた。

遺体に掛けてあった逆さ着物と布団が、滑り落ちる音が聞こえた。

ドライアイスのブロックが、ドスン、ドスンと畳に落下する。

もう駄目だ。皆、死ぬしかない。

絶望の中で、亮太は、運命を悟った。

ごめんなさい。本当に、謝る言葉もありません。俺は、間に合いませんでした。

せめて、怨霊に狙われていた遺体を、事前に特定することさえできていれば……。答えは、すぐ目の前にあったというのに。

両親と祖母、それに子供たちは、苦しまずに逝ければいいのだが。

床に膨大な重みがかかり、ギシリと軋む。

美沙子さんに、そこまでの体重があるとは思えないが、これも憑依によって生じる超常的な現象なのだろう。山崎崇春公が憑依した大伯母さんが、鬼と化したときのように。

ああ、弾正様、弾正様！　どうか俺に力を貸してください。

亮太は、必死に祈りを捧げた。

せめて、俺の命と引き換えにしてでも、この化け物を屠《ほふ》る方法を教えてください。

このままでは、俺は、死んでも死にきれません。

美沙子さんの遺体が、ゆっくりと歩き出した。

身体を操るのに慣れないのか、跛行《はこう》し、蹌踉《よろば》うような足袋の摺り足の音。

シャラン、シャランという鈴の音も響く。

それに、経帷子《きようかたびら》の衣擦《きぬず》れの音も。白い麻の着物は、足が見えないよう長く仕立ててある。

遺体は、ふいに立ち止まった。

真下に目を凝らしているのを感じる。

まさか、こちらの存在に気がついているのだろうか？

遺体は今、頭上にいる。二、三十センチの距離しか隔てていないので、畳や荒床を通して、ありありと、その様子が感じ取れた。息遣いすらないのだが、こちらを凝視している気配は、はっきりとわかった。

亮太は、あえぎ、戦慄した。全身の立毛筋が収縮する。

恐怖のあまり、歯の根が合わない。カタカタ鳴らないよう、スマホを持った右腕を嚙む。

音を立てないように、息を殺して前進した。

まだ、勝負はついていない。

遅きに失したかもしれないが、さかさ星だけは、必ず消し去ってやる。

たとえ、それが、無駄な努力に終わるとしても。

床の上を歩く音が近づいてくると、亮太は、動きを完全に止めて、息を殺した。

跫音は、そのまま通り過ぎていった。

大黒柱だ。あと、ほんの少しで、手が届く。

大きな礎石が、フラッシュライトの光に浮かび上がった。前に潜ったとき気づかなかった、苦悶する人の顔のような模様が浮き出ている。さらに、風化した文字のようなものも見える。

そして、その上には、規格外の太さの大黒柱が載せられていた。

この柱だ。ご先祖様——清左衛門さんが、大枚をはたいてでも入手しようとしたのは。

いや、違う。真に欲しかったのは、柱そのものではなかった。奇跡的に柱に残されていた、安倍晴明が手ずから刻んだ晴明桔梗紋——五芒星形だった。

そして、敵は、大黒柱の天地をひっくり返すという奇策により、まんまと最強のさかさ星を手に入れ、呪いを完遂させようとしたのだ。

すると、一度は遠ざかったはずの跫音が、再び、ゆっくりと近づいてくる。

くそ。なぜなんだ。

亮太は、また息を殺して、やり過ごそうとした。

ところが、頭上の跫音は、すぐ近くまで来て、ピタリと止まる。

どうしたんだ。何をしているんだろう。

ギシギシという異音が聞こえ始めた。

ゆっくりと、途轍もない圧力を加えられているため、屋敷全体が不気味な音を立てて軋んでいるのだ。

こいつは、いったい全体、何をしようとしているんだ?

亮太は、信じられない思いで、床裏を見上げた。

すると、鼻孔が異臭を捉える。

甘い伽羅の香にマスキングされた、蛋白質《たんぱくしつ》の腐敗臭。これは屍臭だ。

はっとする。とんでもない力を加えられたために、荒板がたわみ、隙間が開いたのだろう。

ああっ……! これは、もう駄目だ!

皮膚に、冷気を感じる。周囲の空間が、ドライアイスによって冷やされた白っぽい水蒸気の霧に包まれ始めていた。

ドライアイスの白い煙は、凍った水の粒である。空気より重いために、床の隙間を通って、下へと降りてくるのだ。

想像を絶する恐怖に、頭の中まで真っ白になる。

そっとフラッシュライトを当てると、頭上の荒板が、極限まで大きくたわんでいる様子が、目に入った。

あまりの非現実感に、亮太の中で時が止まる。

次の瞬間、畳、荒板、根太、大引きまでが、轟音とともに崩壊した。

亮太は、大黒柱の陰で身を伏せていた。

もうもうとしたドライアイスの白煙に土煙が混じり、視界が閉ざされてしまう。

鼻孔を刺す、強烈な悪臭に襲われていた。

耐えがたいような酸性の腐敗臭。それに加え、数百年を経た木乃伊を思わせるように黴《かび》臭く、いがらっぽい悪臭も。

亮太は、失禁していた。温かい液体が、しとどに下半身を濡らしていく。

そして、霧が晴れるように、ゆっくりと視界が戻ってきた。

右目に映った光景は、とうていあり得ない、信じられないものだった。

目の前に、真っ黒な糸杉か、植物の根っこのような不気味な物体が、垂直に伸びている。

それは、至るところが跳ねて逆立っている異様な黒髪だった。美沙子さんの素直な髪とは、似ても似つかない。これが、鬘姫の逆髪なのか。

美沙子さんが、すぐ目の前の穴から逆さになって、顔を出していた。

にんまりと笑みを浮かべている。穴から漏れ出している光で、うっすら歯が光っていた。

白く濁った吊り目を瞠りながら、ちょっと首を傾げるようにして、亮太を見ている。

どうやら、黒色尉の面をつけている亮太を、なかなか認識できないでいるらしい。

蛇に睨まれた蛙のように、亮太は、微動だにできなかった。

ああ。俺は、ここで、このまま死ぬんだと思う。

痺《しび》れた頭に浮かんだのは、一秒でも早く逝くことで、この恐ろしい瞬間に過ぎ去ってほしいという、絶望的な願いだけだった。

ふいに、黒色尉の面が右にずれて、左目の視界が開いた。

大黒柱の根本で、何かが眩いばかりの紫色に輝いている。それは、逆五芒星形をしていた。

これだ……間違いない！

亮太の左手が、ひとりでに、すっと伸びた。

そして、あたかも暴君の動脈を切断するように、紫色に燃え上がっている『さかさ星』に、穿山丸を突き立てて、一気に削り取った。

EPILOGUE

秋霖《しゅうりん》は三日も降り続き、もともと灰色だった街の景色をさらに陰鬱《いんうつ》な色に染め上げていた。熱帯化しつつある日本では、短時間集中豪雨がむしろ常態になっているようだが、何となく、明治か江戸に戻ったような気がする。

病院の周辺には、さいわいなことに、マスコミ関係者の姿は見えない。亮太は、例によって裏口から中に通してもらい、エレベーターでVIP患者専用のフロアに上がった。ふかふかの絨毯《じゅうたん》の上を濡《ぬ》れたスニーカーで踏むのが、申し訳ないような気持ちになった。

病室に入ると、ベッドに横たわっていた祖母が、顔を上げる。

「亮太」

「どう？　身体の調子は？」

亮太は、ベッドの横にある椅子に腰をかけた。

「ええ。もう、すっかりいいわ」

気丈な言葉とは裏腹に、声は弱々しい。

「でも、火傷《やけど》もしてるんでしょう？」

あの晩、屋敷は、板で密閉されていた納戸を除けば、ほとんど全焼していた。祖母と両親、子供たちは、逃げる際に、それぞれ軽度の火傷を負っていたはずだ。

「大したことないのよ。それだけは、あの豪雨のおかげかしら」

祖母は、うっすらと微笑んだが、すぐに沈んだ表情になる。

「いまだに、信じられないの。まさか、稲村さんが、あんなことをするなんて」

「それは、俺も同じだけど」

稲村繁代が朱蛭丸の影響下にあったことは、祖母には話していなかった。説明するのが難しいし、たとえ納得したとしても、それで気が楽になるとは思えない。

「だけど、稲村さんは、いったい何をしようとしてたの？」

祖母の眼光に急に鋭さが戻った。亮太は、答えに窮したが、ここは事実関係を簡潔に伝えるしかないだろう。

「五人の遺体が安置された部屋に、強引に押し入ろうとしたらしい。……建築士の坂井さんの首を持って」

祖母は、眉《まゆ》を顰《ひそ》めたものの、視線は逸《そ》らさなかった。

「何のために？　そんな」

「わからない。何か、儀式でもやろうとしてたのかな。変な宗教か悪魔崇拝みたいなものに、嵌《は》まってたのかも」

「坂井さんだけじゃなくて、月晨さんの腕も切り落としたって聞いたけど？」

誰だ、そんな余計なことまで教えたのは。

「そうみたいだね。あの後、月晨さんがどこへ行ったのかはわからないから、今となっては、何があったのか訊《き》くこともできないけど」

実際、月震の行方は、警察の必死の捜索にもかかわらず、杳《よう》として知れなかった。死亡して遺体は焼かれたとしても、何の痕跡《こんせき》も残らないということは考えにくかったし、かといって、あの屋敷から誰にも見られずに脱出するのは、至難の業だったはずだ。

「だけど、二人の警備員が、稲村さんを止めてくれたのよね？」

祖母は、稲村繁代をさん付けで呼ぶのを、未《いま》だにやめられないでいた。

「うん。あの二人は、よく職責を果たしてくれたと思うよ」

　ふつうなら、二人がかりでも、朱蛭丸を持った稲村繁代には太刀打ちできなかっただろう。ところが、たまたま二人とも、刺股《さすまた》と警戒杖《けいかいじよう》というリーチの長い得物を手にしていたことが、功を奏したらしい。どんなに朱蛭丸を振り回しても、近づけないのではどうしようもない。

　皮肉なものだと思う。朱蛭丸に作り直される前の朱蛭《あけびる》は、刺股などは遥《はる》かに凌駕《りようが》する長さを誇っていたのだから、二人とも簡単に突き殺すことができただろう。もし呪物《じゆぶつ》に心があれば、さぞかし無念だったに違いない。

　侵入を阻止された稲村繁代は、坂井喬平の生首を放り出し、今度はダイニングへ向かった。健闘した二人の警備員も、残念ながら、足が竦《すく》んで後を追うことはできなかったらしい。

　稲村繁代は、途中で灯油を保管してあったロッカーに立ち寄ってポリタンクを持ち出すと、ダイニングのドアの隙間から注ぎ、火を点《つ》けた。あわよくば、中にいる人たちを焼き殺すか、逃げ出すところを仕留めようとしたのだろう。

　ここで、いち早く異変を察知したのは、二人のボディガードだった。火が点けられる前に、キッチンに全員を待避させると、別のドアから廊下に逃がそうとした。その際、竹内の方は、泥酔して正体をなくしていた父を背負わなくてはならなかったらしい。

　稲村繁代は、廊下にまで流れ出した灯油に火を点けると、先頭で廊下に出てきた左右田に、煙に紛れて襲いかかった。

　不意を突かれた左右田は、ひとたまりもなく、朱蛭丸で首を斬られて即死したが、竹内が、咄嗟《とつさ》に背負っていた父を放り出すなり、拳銃《けんじゆう》を発砲した。そのうち二発が腕と胸に命中して、さしもの稲村繁代も逃走に転じたが、庭に出たところで力尽きて倒れたようだった。

　ここで、発砲音を聞いた二人の警備員が駆けつけて、合流する。左右田の死を確認すると、竹内は父を背負い、二人の警備員が左右田の遺体を運びながら、祖母と母、三人の子供たちを誘導して外に避難し、事なきを得たようだった。

屋敷の外にいた警備員たちは、ようやく火事に気づくが、その時点では、消し止めることはとうてい不可能になっていた。そのため、四人の遺体は、無数の呪物と屋敷とともに焼失してしまった。

ただし、鬘姫が憑依した美沙子さんの遺体は、さかさ星が削り取られた瞬間、力を喪って、床下に滑り落ちた。そのため、一部が焼けたが大部分は残り、翌日、葬儀は中止になったが、予定通り茶毘に付されていた。その際、何か、火葬場の職員を震え上がらせるくらい恐ろしい出来事があったようだが、なぜか全員が口をつぐんでおり、詳細は不明だった。

稲村繁代は、坂井喬平を殺害した容疑により逮捕された。二発も銃弾をくらっていながら、駆けつけた警察官に対し、なおも朱蛭丸を振るおうとしたという。その後、手錠をかけたまま入院させられ、現在は、精神鑑定のために、一般病棟から閉鎖病棟の隔離室に移されていると聞かされていた。検察は、どうやら、前回の惨劇もまた稲村繁代の犯行によるものだったと、無理矢理結論づけるつもりのようだった。

気の毒だったのは竹内である。六人の命を救ったにもかかわらず、拳銃の不法所持の容疑で逮捕され、厳しい取り調べを受けているようだ。容疑には、さらに発射罪と殺人未遂が加わる予定だが、現場に拳銃を持ち込んだのは、あくまでも自分の独断であり、依頼者である祖母は知らなかったことだと供述しているらしい。

病室にノックの音がした。祖母が、「どうぞ」と言うと、賀茂禮子が姿を現した。

「お加減は、いかがですか？」

賀茂禮子が訊《たず》ねると、祖母は、「ありがとうございます。もうすっかり良くなりました」と、にこやかに応じる。亮太は、ふと、嫌なものを感じた。月震のマインドコントロールが解け、賀茂禮子への信用を取り戻したのだろうが、ひょっとすると、新たなマインドコントロールを受けている可能性もあるのではないか。

「さっき、道明さんのお見舞いに行ってきました。とても、お元気そうでしたよ」

賀茂禮子も、愛想良く報告する。

川原住職は、事件の翌朝に、福生寺の本堂で意識を失っているところを発見されたのだが、あの晩のことは、何一つ覚えていないということだった。

「亮太さん。ちょっと、いいですか?」

賀茂禮子は、亮太を病室から外に連れ出した。病院関係者には聞こえないくらいの音量で、立ち話をする。

「道明さんを襲ったのは、やはり、日震だったようです。わたしとしては、少し意外だったのですが」

「何が意外なんですか?」

日震は、そのくらいのことは平気でやりそうなキャラクターに思えるが。

「昔の日震ならば、いっさい躊躇《ちゅうちょ》せず、道明さんを殺していたはずだからです」

賀茂禮子は、怖いことを言う。昔とは、いつ頃のことを指しているのだろうか。

「亮太さんが、マスコミを使って日震を撃退したときにも思いましたが、ずいぶん、やり口がソフトになりましたね。この情報化時代に、自らの存在がクローズ・アップされることだけは避けたいのでしょう」

亮太は、鼻白んだ。昔の日震であれば、俺は、あの場で殺されていたということなのか。

「ですが、冷酷な本性には、些《いささ》かも変わりはないようです。つい今朝方、もう一人の犠牲者が出ました」

「え? 誰のことですか?」

「稲村繁代です。三時間ほど前に、閉鎖病棟の隔離室で死んでいるのが見つかりました」

「そんな話は……いったい、どなたから聞かれたんですか?」

そう訊ねてから、愚問だったことに気がついた。この女には、「視える」のだ。

「警察は、まだ、稲村繁代の死亡については発表していません」

賀茂禮子の口調は、まるで警察関係者のようだった。

「どうしてですか?」

「おそらく、いろいろと不審な点があるからでしょう。稲村繁代が入れられていた隔離室は、完全な密室でしたから、外因死はまず考えられません。ところが、発見されたときは、見るも無惨なまでの恐怖と苦悶《くもん》の表情を浮かべていたようです」

亮太は、背筋が凍った。……では、まだ終わっていないということなのか。

「いいえ。その逆でしょう。わたしは、これは、日震からの手打ちのメッセージではないかと考えています」

例によって、賀茂禮子は、亮太の心中の疑問に直接答えてしまう。

「手打ち? どうして、そんなことがわかるんですか?」

「福森家に対する抜き難い敵愾心《てきがい》を抱いていた稲村繁代を始末することにより、もう攻撃するつもりはないと宣言したのだと思います。ただし、やる気になれば、このように、いつでも、誰でも、殺すことはできると見せつけながら」

亮太は、少し考えた。

「……手打ちの条件は、何ですか?」

「警察にも、メディアにも、日震や月震のことは、いっさい喋《しゃべ》らないということでしょう」

亮太は、かっとした。

「そんな、虫が良すぎませんか? こっちは、五人も犠牲者を出しているんですよ?」

左右田まで含めると、六人になる。

「たしかに、その通りです。ですが、手打ちに応じるなら、今後、子供たちが狙われることはなくなるでしょう。それに、亮太さん、あなたもです」

そう言われると、とうてい突っぱねることはできそうにないが。

「しかし、そもそも、そんなに自由自在に人を殺せるなら、あんなに回りくどいことはせず、福森家の人間を根絶やしにすることだって、できたんじゃないんですか？」

賀茂禮子は、にっこりと笑った。

「その通りです。ですが、日震が望んでいたのは、暗殺ではなく、復讐《ふくしゅう》ですから」

「なぜですか？　たしかに、福森家の先祖は、けっこうな悪行三昧《あくぎょうざんまい》だったかもしれませんが、どうして、あんな化け物坊主にまで復讐されなきゃならないんですか？」

「寺を焼かれたことが、よほど恨み骨髄に徹したんでしょうね」

亮太は、しばらく、賀茂禮子の言葉の意味を考えていた。え？　それって、まさか。

「被疑者死亡により、稲村繁代の書類送検で事件は幕引きになるでしょう」

賀茂禮子は、さっさと話題を変える。

「それより、今対処しなくてはならない喫緊の課題は、子供たちのことです」

「でも、もう、危険はないんでしょう？」

「外部からもたらされる危険は、そうです。しかし、子供たちの心の中には、将来的に破滅に直結しかねない、忌まわしい記憶が刻み込まれています。ですから、禍根は、可及的速やかに取り除かなければなりません」

具体的に何を言っているのかはわからなかったが、亮太は、賀茂禮子と一緒に、子供たちの病室へと向かった。

「不幸中の幸いだったのは、子供たちが、美沙子さんがよみがえったところを見ていないことです」

賀茂禮子は、小声で言う。

「特に、美桜ちゃんは、怨霊に憑依された母親の姿を見ていたら、心が完全に死んでしまったかもしれません」

亮太は、黙ってうなずいた。あの恐ろしい瞬間について思い出しただけで、今も脚の震えが止まらないほどである。

二人は、病室に入った。

子供たちは、ベッドにいたが、全員が無表情に押し黙り、誰一人として、こちらを見ようとしなかった。

「どうしたんでしょうか？」

亮太は、当惑して、賀茂禮子に訊ねる。

「この子たちにとって、今も深刻なトラウマとなっているのは、五人が亡くなった惨劇の晩の記憶です」

賀茂禮子は、囁き声で答えた。

「それは、あまりにも恐ろしく、不用意に思い出すと心が壊れてしまうので、心の防衛機構が記憶を封印したのです。ところが、お通夜の晩に覚えた恐怖により、抑圧されていた記憶が、意識の直下にまで浮かび上がりつつあります」

「じゃあ、どうすればいいんですか？」

亮太も、囁き声になって訊ねる。

「子供たちから、トラウマである大本の記憶を消去しなければなりませんが、そのためには、ほんの一瞬、すべてを思い出すことになります」

「でも、それじゃあ……？」

「わたしを信じてください。子供たちが叫び声を上げたら、間違いなく、看護師さんたちが、飛んで来るでしょう。そのときには、何でもないと言って追い返してほしいんです」

そんなことができるだろうかと、亮太は思った。とはいえ、赤の他人である賀茂禮子より、身内である自分の方が適任であることはたしかだろう。

「もう一つだけ、亮太さんに、お願いしたいことがあります。その瞬間のことは、あまりにも破壊的で衝撃的な記憶なので、誰かが一緒に受け止めなければなりません。わたしだけでは、受け止めきれない可能性があるのです」

勘弁してくれ。そんな恐ろしいシーンを、どうして俺が……。

しかし、だったらなおさら、子供たちだけに負わせるわけにはいかない。

「わかりました」と、亮太は、かすれる声で答えた。

「トラウマとなっているのは、福森八重子さんに山崎公の怨霊が憑依した瞬間の記憶です」

賀茂禮子の言葉に、たちまち、安請け合いしたことを後悔する。

「死者に憑依するときと、生者に憑依するときとでは、一つ、大きな違いがあります」

賀茂禮子は、半眼になり、ゆっくりと身体を揺すり始めた。

「死者は、魂魄《こんぱく》のうち、『魂』はすでに飛び去っています。なので、怨霊も、さほど抵抗なく憑依することができるのです。しかし、生者の場合は、自意識が邪魔になります。そのため、自我を消失させる儀式が必須《ひっす》となるのです」

自我を消失させる儀式……。いったい、どうやって。亮太は、ぼんやりと考える。

「たとえば、『Die Walpurgisnacht《ヴァルプルギスの夜》』というドイツの無声映画では、浴びるように酒を飲んで、悪ふざけをエスカレートさせ、挙げ句の果てには悪魔や魔女を召喚する儀式まで行いました。集団的熱狂に身をまかせることで個人の自我が溶け去り、悪魔の憑依を受ける条件が整ったのでしょう」

しかし、あの晩、大伯母《おおおば》さんが、そんな儀式を行ったとは思えないが。

「昭和の薪能の場合は、能面を付けて『鉄輪《かなわ》』を演じたシテは、まさに入神の演技によって、自我を消し去り、鬼女になりきりました。そこに、得体の知れない悪霊が付け込んだのです」

亮太は、黒色尉《こくしきじょう》の面を付けたときのことを思い出した。

あのときの俺は、危うく自我を喪失して、能面に意識を乗っ取られる寸前まで行ったような気がする。

「そして、大正時代の子供は、もっと単純でした。ただ黄昏《たそがれ》時に鬼ごっこをしていただけです。ですが、途中で意識が変容していき、本物の鬼と一体化してしまったようです。この場合も、憑依したのが何だったのかはわかりませんが、被害の大きさを考えると、山崎公の怨霊と似たような存在だったのかもしれません」

しかし、まさか、夜に鬼ごっこなんかするはずがないし。

「あの晩、この屋敷は、いわば地獄の釜の蓋が開いたような、極限状況に置かれていました。逆柱に刻まれた垂直のさかさ星からは、天に向けて巨大な紫色の炎が吹き上げ、五つの呪物が形作るさかさ星も水平に大渦を巻いて、山崎崇春公の怨霊を迎え入れようとしていたのです。そのターゲットは、仏壇を開いて、髑髏杯を直に見てしまった福森八重子さんでした」

賀茂禮子の言葉は、鮮明なイメージとともに、脳髄に染み入ってくる。

「ですが、生きており意識も清明な人間への憑依を果たすには、最後の一押しが必要でした。今言った、自我を消し去る——あるいは、そう装うような儀式です。あの晩の状況であれば、それは、日常からほんの半歩踏み出すような、小さな動作や言葉で事足りたかもしれません。子供たちを驚かす悪ふざけとして、怪物になったふりをしたり、何かになりきって怖い物語を語ったりという」

大伯母さんは、子供たちを心から愛していたはずだ。そんな、本気で驚かすようなことは、まずやらないと思うが。

そのとき、亮太は、最初に床下に潜ったときに聞いた、あの晩の音を思い出した。

低い読経の声。間違いなく、大伯母さんの声だった。仏壇に向かってお鈴を二度鳴らして、お勤めは終わった。

そして、襖が敷居を滑る音がして、声は仏間から居間へと移動した。

会話をする、くぐもった声。

大伯母さんの嗄れた声と、子供の声だ。

そのとき、強い衝撃が屋敷を襲った。地面が激しく上下動する。

ギシギシと音を立てて、柱や壁、床が撓み、揺れた。

地震は、始まったときと同じように、何の前触れもなくピタリと止んだ。

山崎公の怨霊が、墳墓から脱出したのだ。

不気味な静寂が戻ってくる。

大伯母さんがボソボソと話す声が聞こえてきた。地震などなかったかのように、話し続けていたらしい。

どこかで聞いたことのある、単調な繰り返しのフレーズ。

次の瞬間、人間の声帯から発せられたとは思えないような、恐ろしい咆吼《ほうこう》が轟《とどろ》いた。

子供たちの悲鳴と絶叫が響き渡る。

ああ、これは……。

やっと、わかった。大伯母さんは、地震に怯《おび》える子供たちをあやそうとしていたのだ。

それも、とんでもなく異様なやり方で。

そう考えた瞬間、亮太の意識に感応したかのように、それまでは無反応だった子供たちが、まるで集団ヒステリーを起こしたように泣き叫び始める。

「どうやら、思い出したようですね」

賀茂禮子は、記憶の防波堤が決壊した幼い子供たちの脳裏から、イメージを読み取っているようだった。

そのイメージは、亮太の脳裏にも流れ込んでくる。

大伯母さんは、孫たちをあやすのが大好きだった。

「いないいない……」と言いながら、ゆっくりと顔を隠し、「ばあ」と言って、両手を開く。

虎太郎《こたろう》は十一歳。剣士郎《けんしろう》は八歳。美桜《みお》も六歳で、もう幼児ではない。しかし、大伯母さんのあやし方は異様そのものだった。

その様子は、さらに常軌を逸したものへと変わっていく。

ギクシャクとした動作は、すでに、何かに取り憑《つ》かれているかのようだ。

照明が、明滅する。

子供たちがいくら、怖いから止めてと言っても、聞き入れてはくれない。

亮太は、美桜の描いた『鬼』の絵を思い出していた。

顔の横に両掌《りょうてのひら》を見せた姿。あれは、まるで。

顔は、荒々しい線で真っ黒に塗りつぶされていた。

あの絵は、やはり、惨劇の晩を予知したものだったのだ。

「いない……いない……」

大伯母さんの声は、苦悶し、啜り泣くようなものから、不自然に割れて、奇怪な音声へと変化していく。

どよめく群衆の怒号。ナイフでガラスを擦っているような耳障りな音、それに、豚や山羊の悲鳴や、荒々しい猛獣の咆吼が混じっているような。

三人の子供たちは、号泣している。ふつうの子供の泣き方ではない。心の底から絶望して、身も世もなく泣きじゃくっているのだ。その声は、聴く者の心を強くえぐった。

大伯母さんの細い背中が揺れて、肩が激しく痙攣する。

顔を覆っていた両手を、ゆっくりと開いた。

「ばあ」

本書は、「小説　野性時代」二〇一八年一二月号～二〇一九年八月号、一〇月号～二〇二〇年七月号、九月号～一二月号、二〇二一年二月号～四月号に掲載されたものを大幅に加筆・修正した作品です。

本作はフィクションであり、実在の個人、団体とは一切関係ありません。

貴志祐介（きし　ゆうすけ）
1959年大阪府生まれ。京都大学経済学部卒。生命保険会社に勤務後、作家に。96年「ISOLA」が日本ホラー小説大賞長編賞佳作となり、『十三番目の人格《ペルソナ》 ISOLA』と改題して角川ホラー文庫より刊行される。翌年、『黒い家』で第4回日本ホラー小説大賞を受賞、同書は130万部を超えるベストセラーとなる。2005年『硝子《ガラス》のハンマー』で日本推理作家協会賞、08年『新世界より』で日本SF大賞、10年『悪の教典』で山田風太郎賞を受賞。ほかに『天使の囀《さえず》り』『クリムゾンの迷宮』『青の炎』『ダークゾーン』『狐火の家』『鍵のかかった部屋』『ミステリークロック』『コロッサスの鉤爪』『罪人の選択』『我々は、みな孤独である』『秋雨物語』『梅雨物語』『兎は薄氷に駆ける』などがある。

さかさ星《ぼし》

2024年10月2日　初版発行
2025年6月15日　6版発行

著者／貴《き》志《し》祐介《ゆうすけ》

発行者／山下直久

発行／株式会社KADOKAWA
〒102-8177　東京都千代田区富士見2-13-3
電話　0570-002-301（ナビダイヤル）

印刷所／株式会社ＤＮＰ出版プロダクツ

製本所／本間製本株式会社

ISBN 978-4-04-115129-7　C0093